D1189640

RETOUR EN ACADIE

DU MÊME AUTEUR
CHEZ LE MÊME ÉDITEUR

Les Seigneurs de la haute lande
La Palombe noire
La Sève et la Cendre
Le Secret du docteur Lescat
Acadie, terre promise

CHEZ D'AUTRES ÉDITEURS

La Rizière des barbares
Et tu franchiras la frontière
La Fin des mandarins

A l a i n   D u b o s

RETOUR EN ACADIE

Roman

Production Jeannine Balland
Collection Sud Lointain

ISBN 2-258-05994-1

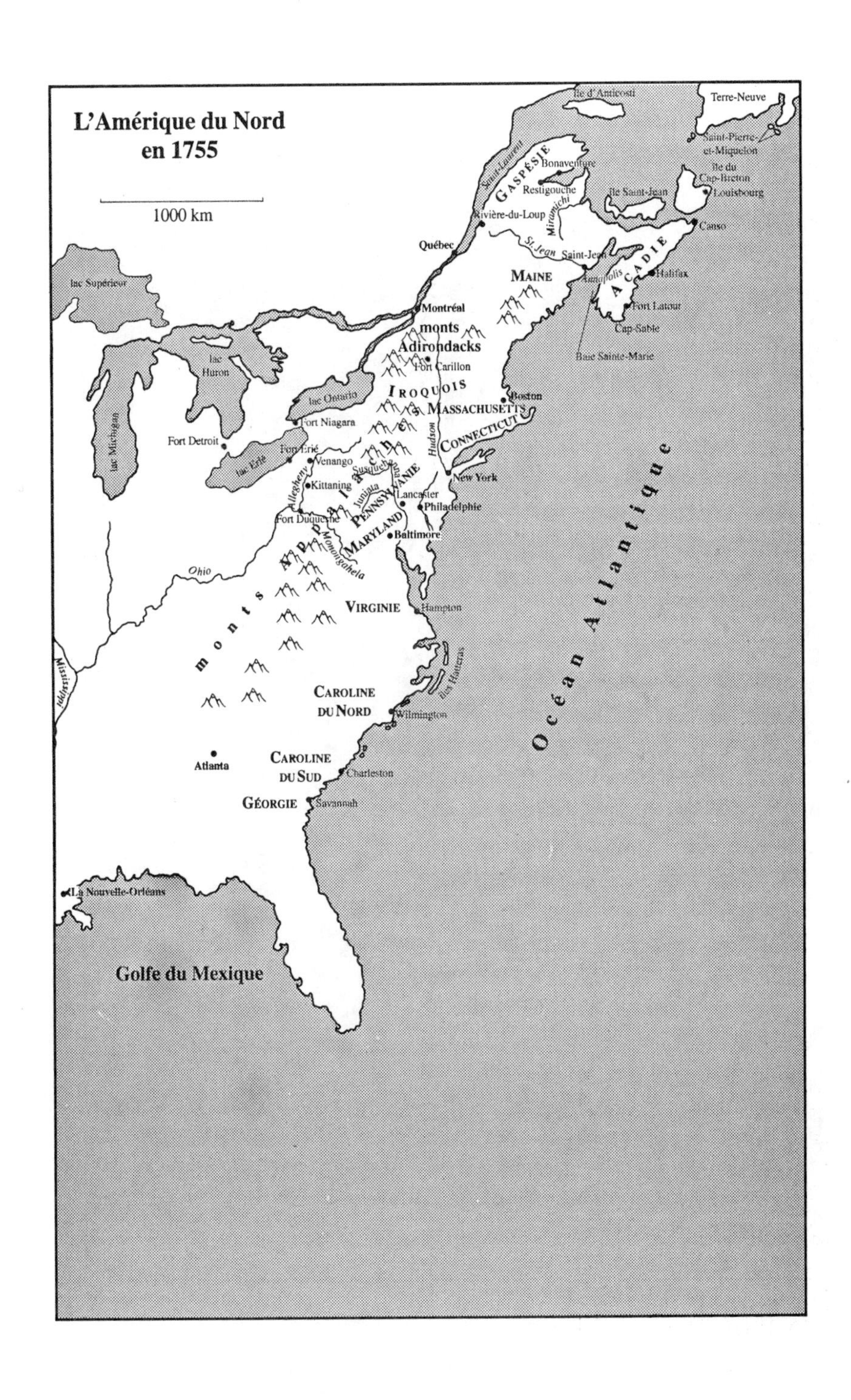

L'Amérique du Nord
en 1755
1000 km
Île d'Anticosti
Terre-Neuve
Saint-Pierre-et-Miquelon
Île du Cap-Breton
Louisbourg
Canso
Gaspésie
Bonaventure
Restigouche
Saint-Laurent
Miramichi
Île Saint-Jean
Rivière-du-Loup
Québec
St Jean
Saint-Jean
Acadie
Annapolis
Halifax
Fort Latour
Cap-Sable
Baie Sainte-Marie
Maine
lac Supérieur
Montréal
monts
Adirondacks
Fort Carillon
lac Huron
lac Michigan
lac Ontario
Iroquois
Boston
Massachusetts
Connecticut
Hudson
Fort Niagara
Fort Detroit
lac Érié
Fort Érié
Venango
Kittaning
Allegheny
Susquehanna
Juniata
Pennsylvanie
Lancaster
Philadelphie
New York
Fort Duquesne
Maryland
Baltimore
Monongahela
Ohio
monts Appalaches
Virginie
Hampton
Mississippi
Îles Hatteras
Caroline du Nord
Wilmington
Atlanta
Caroline du Sud
Charleston
Géorgie
Savannah
Océan Atlantique
La Nouvelle-Orléans
Golfe du Mexique

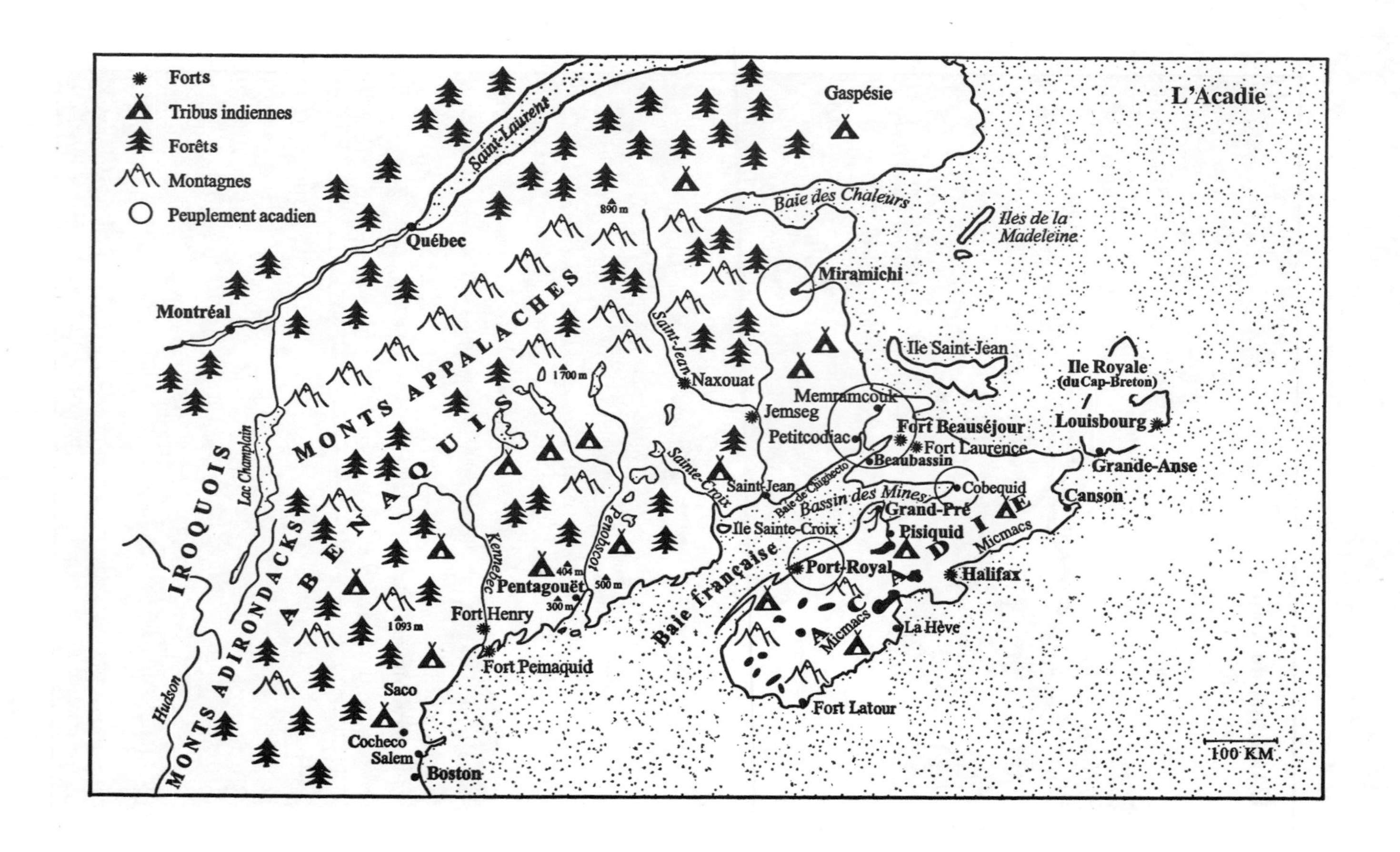
L'Acadie
Forts
Tribus indiennes
Forêts
Montagnes
Peuplement acadien
Gaspésie
Saint-Laurent
Baie des Chaleurs
Iles de la Madeleine
Québec
Montréal
890 m
Miramichi
MONTS APPALACHES
Saint-Jean
Ile Saint-Jean
Ile Royale
(du Cap-Breton)
Louisbourg
Grande-Anse
Canson
Naxouat
1 700 m
Memramcouk
Jemseg
Petitcodiac
Fort Beauséjour
Fort Laurence
Beaubassin
Cobequid
Lac Champlain
IROQUOIS
ABENAQUIS
Sainte-Croix
Saint-Jean
Baie de Chignecto
Bassin des Mines
Grand-Pré
Pisiquid
Micmacs
ACADIE
Ile Sainte-Croix
Penobscot
Kennebec
404 m
500 m
Pentagouët
300 m
Port-Royal
Halifax
Baie française
Fort Henry
MONTS ADIRONDACKS
1 093 m
Fort Pemaquid
La Hève
Micmacs
Saco
Hudson
Cocheco
Salem
Boston
Fort Latour
100 KM

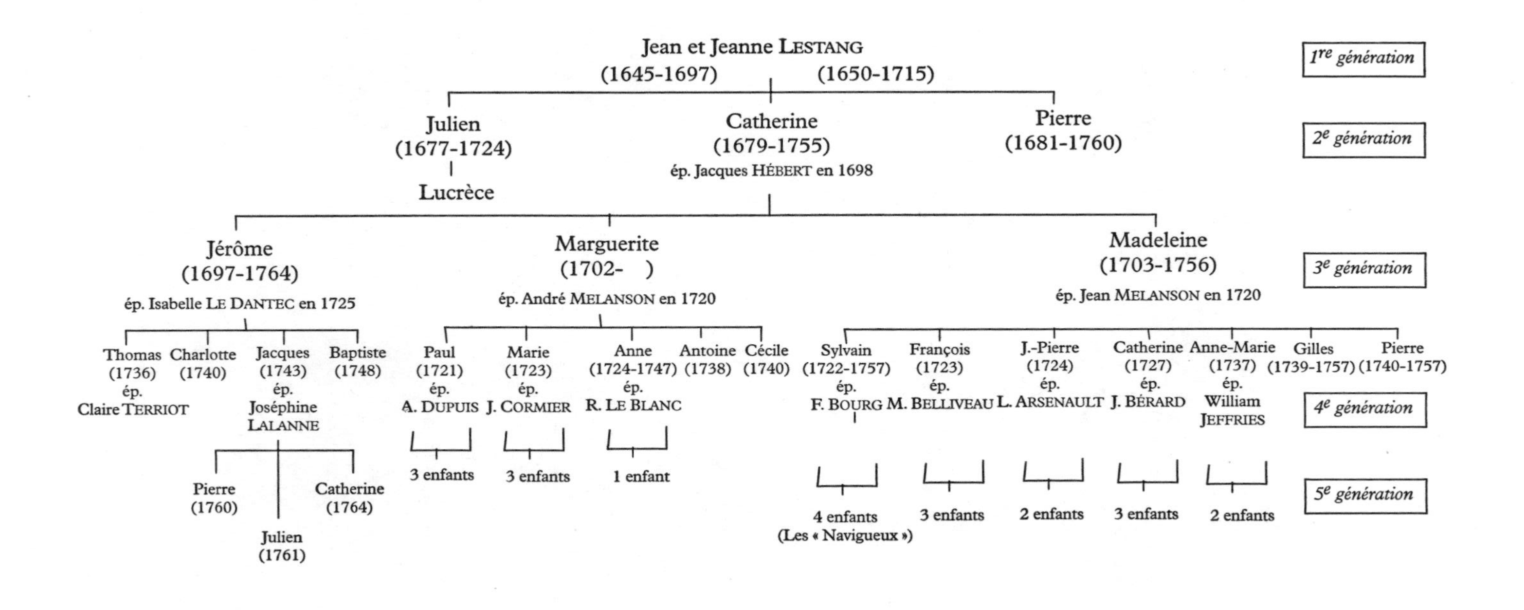

Jean et Jeanne LESTANG
(1645-1697) (1650-1715)
1re génération
Julien
(1677-1724)
Lucrèce
Catherine
(1679-1755)
ép. Jacques HÉBERT en 1698
Pierre
(1681-1760)
2e génération
Jérôme
(1697-1764)
ép. Isabelle LE DANTEC en 1725
Marguerite
(1702-)
ép. André MELANSON en 1720
Madeleine
(1703-1756)
ép. Jean MELANSON en 1720
3e génération
Thomas (1736) ép. Claire TERRIOT
Charlotte (1740)
Jacques (1743) ép. Joséphine LALANNE
Baptiste (1748)
Paul (1721) ép. A. DUPUIS
Marie (1723) ép. J. CORMIER
Anne (1724-1747) ép. R. LE BLANC
Antoine (1738)
Cécile (1740)
Sylvain (1722-1757) ép. F. BOURG
François (1723) ép. M. BELLIVEAU
J.-Pierre (1724) ép. L. ARSENAULT
Catherine (1727) ép. J. BÉRARD
Anne-Marie (1737) ép. William JEFFRIES
Gilles (1739-1757)
Pierre (1740-1757)
4e génération
Pierre (1760)
Julien (1761)
Catherine (1764)
3 enfants
3 enfants
1 enfant
4 enfants
(Les « Navigueux »)
3 enfants
2 enfants
3 enfants
2 enfants
5e génération

Au peuple acadien,
en hommage à la reconquête
patiente et passionnée,
par-dessus tout légitime,
de son droit.

Les personnages

Les Lestang

Famille béarnaise arrivée en Nouvelle-France en 1685, installée aux marches de la colonie, près de la Nouvelle-Angleterre. Trois enfants :

Julien, coureur des bois, chasseur de castors, tué par des Indiens à Port-Royal, en 1724 ;

Catherine, fondatrice de la lignée des Hébert-Melanson, disparaît peu avant la déportation de 1755 ;

Pierre, le dernier survivant de cette génération. Pêcheur, puis corsaire, il a sauvé le *Locmaria*, la goélette de son ami le Bellilois, et cabote à son bord, de Louisbourg aux côtes de l'Acadie.

Les Hébert en 1755

Jérôme, 57 ans, fils bâtard de Catherine Lestang et d'un noble, Aubin de Terville. Adopté à Port-Royal par Jacques Hébert, chef de la milice et patriote acadien. Jeune héros de la chute de Port-Royal en 1710. Rebelle aux Anglais, chassé de Port-Royal, il a migré vers le bassin des Mines et l'île du Cap-Breton, où il a épousé Isabelle Le Dantec, dont il a quatre enfants : Thomas, Charlotte, Jacques et Baptiste. Devient laboureur sur la rivière Pisiquid. Blessé alors qu'il est en forêt, il échappe à la déportation.

Madeleine et **Marguerite**, sœurs de Jérôme Hébert, fermières sur la rivière Pisiquid.

Isabelle, 45 ans, fille du corsaire Jean Le Dantec dit le Bellilois. Femme de Jérôme Hébert. Née à Cap-Breton, héritière de la pêcherie familiale. Déportée en Caroline du Sud, sur l'*Endeavour*. Ses enfants :

Thomas, 19 ans, échappe à la déportation ;

Charlotte, 15 ans, déportée en Pennsylvanie sur le *Hannah* ;

Jacques, 13 ans, déporté en Pennsylvanie sur le *Hannah* ;

Baptiste, 7 ans, échappe à la déportation.

Les Melanson en 1755

Les sœurs de Jérôme Hébert, Marguerite et Madeleine, ont épousé deux frères, André et Jean Melanson.

Marguerite, 53 ans, déportée en Virginie sur le *Neptune,* a plusieurs enfants dont **Antoine**, déporté sur le *Hannah*, **Paul,** emprisonné avec son père **André** à Halifax aux premiers jours de la déportation.

Madeleine, 52 ans, **et Jean,** déportés sur le *Neptune*, ont aussi plusieurs enfants dont :

Catherine, 28 ans, mariée avec un marchand de Montréal ;

Anne-Marie, 18 ans, amoureuse d'un soldat anglais, déportée sur le *Neptune* ;

Sylvain, 33 ans, proscrit depuis dix ans, déporté de Beaubassin, sur l'*Endeavour ;*

Gilles et **Pierre**, 16 et 15 ans, déportés en Pennsylvanie sur le *Hannah*.

Autres personnages

Les Terriot : **Jean**, le père, veuf. **Claire**, sa fille aînée, 18 ans, fiancée à Thomas Hébert, ses cadettes **Suzanne** et **Mathurine**. Tous déportés au Maryland, sur le *Leopard*.

William Jeffries, soldat écossais originaire de Boston. Participe à la déportation des Acadiens. Amoureux d'Anne-Marie Melanson.

Jean Bérard, marchand laurentin. Mari de Catherine Melanson. Installé à Montréal.

Masagonet, chef micmac, abrite Jérôme Hébert pendant la déportation.

Antoine Trahan, 10 ans, rescapé de la déportation. A vu sa famille entière embarquer sur le *Prosperous*. Mis à l'abri des Anglais par Jérôme Hébert.

« Je ne sais pas si, dans les annales de la race humaine, il peut se trouver le récit d'épreuves et d'afflictions aussi cruelles et endurées au cours d'une période aussi prolongée, que celles délibérément infligées aux habitants français de l'Acadie. »

George Bancroft
History of the United States

Prologue

Novembre 1755, dans les collines de la rivière Pisiquid

Le jour vint où les cendres de l'Acadie retombèrent sur la terre et ce jour-là, l'œuvre ayant été achevée par les incendiaires anglais, le silence s'installa, qui durerait des jours, des semaines, des années.

Le pays des digues et des aboiteaux[1], où résonnaient autrefois les échos des fifres et des violons mêlés aux soupirs des hommes à la besogne, s'était endormi dans les brumes de novembre. L'hiver, précoce cette année-là, lui fit un suaire sous lequel toute chose se figea, comme à l'habitude. Mais les musiciens avaient disparu ; les maisons des colons n'étaient plus que bois noircis ; les étables, terre durcie entre des pans de murs effondrés ; les vergers, ombres esseulées sous le ciel de plomb.

De son havre micmac[2] où il avait trouvé l'asile, le feu, le regard énigmatique de compagnons silencieux, Jérôme Hébert prit l'habitude de se traîner jusqu'au bord des collines d'où l'on apercevait au loin ce qui avait été un don de Dieu au bord de l'Atlantique. L'Acadie.

Pour l'homme blessé que les promis à l'exil avaient conjuré de ne pas les suivre, pour le solitaire dont la famille, les amis,

1. Clapets permettant le drainage de l'eau.
2. Micmacs : tribus indiennes alliées des Français.

voguaient, captifs, dans les profondeurs de cales putrides, cette promenade n'était qu'un douloureux retour à ce qui avait été sa vie. D'autres se fussent terrés sous une tente, hébétés, cherchant le sommeil, l'oubli, l'œuvre apaisante du temps. Lui, appuyé sur sa canne, le souffle raccourci par mille pensées contraires, par les colères succédant aux moments de désespoir, par des rages aussi subites que ses chagrins, s'imposait chaque jour cette épreuve : contempler sous le soleil gelé ou deviner, quand soufflait la bourrasque, sa patrie dévastée par un ennemi sans pitié, champ désert livré aux charognards.

Ses amis indiens, ceux-là mêmes avec qui il avait combattu autrefois la puissance et l'orgueil adverses, avaient vieilli, comme lui. « Pourquoi t'imposes-tu cela ? lui demandaient-ils. Ton pays n'existe plus, ses habitants ont fui ou sont dans les bateaux du roi George, et maintenant nous sentons à notre tour la menace de la mort rôder autour de nous. Le temps est venu de l'attente. Il ne sert à rien de s'épuiser dans la neige. »

Il regardait ces hommes simples que l'Europe allait achever. Des visages s'interposaient sans cesse entre ses hôtes et lui, c'étaient des apparitions ardemment désirées pour ne pas oublier les voix, les rires, les rousseurs enfantines, et chacune de ces visites lui déchirait le cœur et l'âme comme le tranchant d'un poignard.

— Pardieu, mes petits, vous retrouver.

Il s'agenouillait sur les roches plates de la rivière Sainte-Croix, stupéfait de sentir autour de lui la nature intacte, éternelle, indifférente. Il avait tenté jusqu'au bout de rallier quelques Micmacs à l'idée d'une défense armée. On aurait pu mener un de ces coups de main à l'ancienne, comme lorsque au temps des mousquetaires, surgissant de la forêt, une troupe composite de miliciens et d'Indiens fondait sur les garnisons anglaises. Temps révolu. Cette fois, les gens de Boston et de Halifax, les Shirley, Lawrence, Monckton et autres Byron, avaient devancé toute tentative de cette sorte.

« Messieurs les Anglais, tirez les premiers », avaient proposé autrefois les futurs vainqueurs de Fontenoy à leurs adversaires. Les étranges conventions des guerres en Europe n'avaient pas cours de ce côté-ci de l'Atlantique. Les Anglais avaient dégainé sans même attendre que la guerre fût déclarée. A la pointe de leur épée, l'Acadie sans défense, écartelée entre son attachement à la patrie française et son appartenance à l'Angleterre. Mortelle position. Un geste avait suffi aux reîtres pour piquer leur proie et, l'ayant embrochée, pour la projeter au loin, dûment saignée.

Piégés dans les églises des Mines et de la Pisiquid, de Beaubassin et d'Annapolis, séparés de leurs femmes, informés que l'on avait commencé à embarquer leurs fils pour ce qui serait un acte inimaginable, la déportation massive de tout un peuple, les malheureux colons français de l'Acadie avaient attendu dans l'angoisse de retrouver leurs proches. Dépossédés, pourchassés, concentrés sur les rivages à la pointe des baïonnettes, brisés, ils avaient vu s'ouvrir devant eux les ventres des bateaux de Sa Majesté le roi George II et s'y étaient engloutis, par milliers.

« Par milliers. »

Jérôme Hébert se répétait l'antienne tandis que la ronde des présences enfuies reprenait autour de lui. De ses quatre enfants, il avait pu sauver l'aîné et le benjamin, Thomas et Baptiste, les soustraire à la rafle. Ceux-là étaient passés par le village micmac, puis avaient pris dès octobre la route du nord, avec le projet de se réfugier à Cap-Breton ou à l'île Saint-Jean, ces terres encore françaises vers lesquelles convergeaient quelques centaines de fuyards. Les deux autres avaient pris la mer, dans le tumulte et la panique, au milieu des familles disloquées.

Où étaient ces petits, désormais, le Jacques et la Charlotte qui s'étaient élevés ensemble, et leur mère, Isabelle, la fille du corsaire bellilois que Jérôme avait épousée trente années plus tôt ? Pleins des Hébert, de leurs cousins Melanson et de trois cents autres familles, plus de trente navires voguaient désormais sur l'océan, vers les rivages où serait jetée la race maudite des fermiers d'Acadie.

— Je n'ai plus rien.

Jérôme Hébert regardait ses mains à la peau flétrie. Ses doigts tremblaient un peu et ce n'était pas de froid, sa jambe le faisait souffrir. Revenant de sa vaine équipée, il avait chuté dans une pente et s'était brisé un membre. Une vilaine fracture, avec son cal bombant sous le tissu de son pantalon, grâce à quoi il avait évité de se trouver enfermé avec les autres dans une église.

Il en resterait boiteux, quelle importance ? Incapable de se mouvoir, supplié par sa femme de ne pas les accompagner et de se sauver lui aussi, il avait laissé partir les siens vers les embarcadères et ce choix lui broyait le cœur. Imaginer les souffrances des déportés ravivait en lui des relents de vieille haine mais, plus forte encore que cela, la sensation de flotter dans le vide, dépossédé, l'annihilait, le plus souvent.

— C'est comme la mort, disait-il au chef Masagonet, qui le regardait se languir dans la paisible fumée des calumets. Je ne peux plus rester ici, à écouter le temps passer. Le portage de la rivière Chiganois me mènera au rivage avant deux semaines et là, je verrai bien où me rendre.

— Ta jambe ne te portera pas, Hébert. Regarde, l'hiver est déjà sur les choses, les rivières vont bientôt murmurer sous la glace. C'est trop tard pour voyager aussi loin. Quand nos hommes se brisent une jambe, il leur faut bien quatre ou cinq lunes pour guérir. Si tu décides de t'en aller maintenant, tu seras mort dans moins de dix jours, pris par le froid.

L'Indien avait raison. Les tentatives de Jérôme pour se mettre en marche avortaient au bout de quelques dizaines de pas.

— Pardieu, un hiver entier à attendre.

— Patience, Hébert. Un jour, l'hiver finira. Tu prendras avec toi l'enfant sans père et tu partiras.

L'enfant. Un petit de dix ans à peine, un Antoine de la grande famille des Trahan dont les ancêtres, fondateurs de la colonie, avaient débarqué à Port-Royal, un jour de 1637. Lui aussi avait échappé aux rafles, s'était caché derrière une digue avant de fuir au hasard, dernier homme libre de sa tribu. Hébert l'avait trouvé au bord d'un chemin boueux, mourant de fatigue et de faim, semblable à ce que devaient être ses propres enfants au fond des cales anglaises, et l'avait mené au village indien.

— L'hiver, pardieu, l'hiver.

Couverts de peaux et de laine, les pieds serrés dans des mitasses, portant sur le dos le pemmican, les biscuits de blé d'Inde, le bois sec pour le feu, ils se mettraient en route par une glaciale et claire journée de mars, descendraient en raquettes vers le confluent de la Sainte-Croix et de la Pisiquid où autrefois passaient les chasseurs dans leurs canots d'écorce.

La rivière serait encore en grande partie gelée, couverte d'une neige durcie. Ils craindraient une rencontre avec les incendiaires, à tort. Sauf les corbeaux en bandes, points noirs sur le décor monotone et sans limites de la steppe, plus rien ne vivait au pays des misettes et des aboiteaux.

Pas même les bourreaux.

PREMIÈRE PARTIE

Le peuple des bateaux

I

Boston, Massachusetts, novembre 1755

Cela faisait deux nuits pleines que le *Neptune*, vaisseau marchand de quatre-vingt-quinze tonneaux, mouillait à l'extrémité nord du port de Boston. C'était au-delà des canons de la South Battery, des quais de l'Orange District et des carénages du Hills Wharf, face à un chantier de pontons et d'entrepôts, au bout d'une lande d'herbe rase. La ville augmentait là sa capacité portuaire, comme si la guerre avec la France, toute proche désormais, allait lui donner un coup de fouet financier, commercial, militaire.

La première étape du voyage avait duré une dizaine de jours. Trente et un navires, portant dans leurs flancs sept mille déportés acadiens, avaient quitté la rade d'Annapolis à la toute fin d'octobre. Très vite, une tempête avait disloqué l'armada, obligeant une demi-douzaine d'entre eux à se réfugier à Boston.

Dans la cale du navire, les deux cent sept captifs, prostrés, encore nauséeux pour la plupart, n'apercevaient rien de ce décor embrumé, triste à se pendre. Ils entendaient les cris des oiseaux de mer, les chocs d'outils contre la coque et la mâture, tous bruits les prévenant à leur façon du nouveau départ, inéluctable. On se savait à Boston et c'était tout. Les marins, dont certains avaient à l'occasion conversé un peu avec leurs prisonniers durant la traversée, étaient devenus muets. On n'apprendrait rien de plus que le nom du havre temporaire où l'on réparait les avaries du *Neptune*. Boston, le lieu même où la haine mortelle de l'Acadie brûlait depuis un siècle, comme un bûcher de sorcières.

Ceux qui avaient un peu voyagé ou lu des cartes avaient annoncé New York ou Philadelphie comme destination définitive. Quelques-uns s'étaient pris à rêver de la Louisiane ; ce nom prononcé comme à la fin d'un calvaire emportait les optimistes dans ses suavités. La Louisiane. Le mot était presque aussi beau à prononcer que celui d'Acadie. Personne n'était jamais allé aussi loin vers le sud mais l'on savait le pays vaste, chaud, doux aux hommes et aux cultures. Quelques Français y vivaient déjà, en liberté à ce qui se disait.

— Balivernes, grommela Jean Melanson, un grand échalas sans âge, au nez camus, au regard de hibou malade, chef dérisoire d'une famille de captifs. Nous n'avons rien à attendre de tel. Ces fourgailleux[1] ne nous ont pas arrachés à une terre de France pour nous mener sur une autre.

Il avait cru à une entente possible au fil des quarante années de la neutralité acadienne. Opposé à ceux qui comme son beau-frère Jérôme Hébert prêchaient l'armement et le combat, il avait pensé jusqu'au bout que la raison l'emporterait. Il restait tant et tant d'espace pour les uns et pour les autres, Anglais et Français, sous le ciel d'Amérique ; des rives à fertiliser, des collines à conquérir, des prairies naturelles où faire paître par milliers les bêtes. Un monde, oui !

On aurait pu laisser le goût de la guerre dans la bouche des seigneurs et des souverains d'Europe, bâtir ensemble un Etat d'hommes libres où la loi eût été la même pour tous sous le regard de Dieu. Il avait rêvé cela, Jean Melanson, jusqu'au discours du major Winslow dans l'église de Grand-Pré, annonçant la proscription et l'exil forcé des dix-huit mille habitants de l'Acadie.

— Boston, murmura-t-il. Nous n'avons rien de bon à y attendre. De la misère, ça, oui. Mais pardieu, il y a peut-être des nôtres, sur ces quais.

1. Maltraitants.

Il se mordit les lèvres. Son fils Sylvain, colon à Beaubassin, avait dû être lui aussi raflé, dès le mois d'août. Il se disait que pas mal de ceux de l'isthme avaient pu fuir vers le nord ou l'île Saint-Jean. Dieu de justice, où étaient tous ces êtres, maintenant ?

Devant lui, presque contre son genou, la chevelure libérée de sa fille Anne-Marie faisait une tache dorée dans la pénombre de la cale. La jeune fille avait supporté le voyage à sa façon, masquant son chagrin derrière une mine perpétuellement renfrognée, hostile, de quoi décourager ceux qui avaient essayé de la dérider ou de l'intéresser à leurs jeux de cartes ou de dés, à leurs bavardages. Quelle étrange donzelle, pensa Jean Melanson. Le seul souci d'Anne-Marie concernait les petits de la tribu et sa mère, dont elle s'occupait sans rechigner en compagnie de sa tante Marguerite.

C'étaient là des besognes de femmes, faire faire à la pauvre femme un semblant de toilette, nettoyer autant que possible ses linges souillés. Dans cette ambiance de saleté, de crasse, de puanteurs mêlées, les nez-fins n'avaient pas tardé à oublier leurs principes d'hygiène et de vie saine. On vivait comme des bêtes sur la paille, dans le vomi, les déjections, et cela durerait tant que l'on n'aurait pas accosté une fois pour toutes.

Madeleine Melanson avait perdu dans ce chaos le peu qui lui restait de raison. Ses délires prenaient des formes variées, rieurs au plus fort de la tempête quand tous tremblaient pour leur vie, morbides maintenant que le danger était passé. Elle exultait, souvent, voyait paraître devant elle la Vierge Marie avec son fils dans les bras. L'instant d'après, un officier anglais donnait l'ordre d'incendier les fermes de la Pisiquid et elle se mettait à hurler, à s'arracher des poignées de cheveux, hantée par les visages, les événements du passé avec une effrayante précision. Puis, soudain calmée, blottie dans des bras secourables, elle semblait revenir au présent et ne reconnaissait même plus ses proches.

C'était la nuit, dehors, la froide nuit de novembre à Boston, Massachusetts. Parmi les Acadiens du *Neptune*, beaucoup dormaient ou rêvassaient. La tempête n'avait pas laissé de traces que dans la voilure et la mâture du transport, les êtres eux aussi avaient été pliés, brisés, déchirés dans leurs entrailles et dans leur âme, si bien que pour la plupart des déportés l'amarrage du schooner à un quai avait représenté une véritable délivrance.

Jean Melanson allait s'assoupir lorsque la trappe de la cale s'ouvrit, livrant passage à une demi-douzaine de civils et de soldats qui dévalèrent l'échelle, précédés par le capitaine du navire, Jonathan Davis.

— Qu'est-ce qu'ils nous veulent, ceux-là ? fit Marguerite Melanson, de sa voix rauque.

Hâve, bouffie de fatigue, malade comme cent autres de l'infâme ordinaire de lard, de farine et de viande séchée proposé aux déportés, la sœur cadette de Jérôme Hébert accusait bien plus que ses quarante-sept ans. Son mari André, un brave laboureur de la Pisiquid toujours prêt à écouter, à négocier, à réconcilier, croupissait depuis juillet dans une geôle de Halifax, en compagnie de son fils Paul et des émissaires acadiens imprudemment rendus à une convocation du gouverneur Lawrence. Marguerite voulait croire que ces absents avaient eu plus de chance qu'elle. Le désordre à Grand-Pré, l'embarquement puis l'horrible séjour dans la cale du schooner avaient anéanti sa vitalité en même temps qu'ils avivaient ses rhumatismes. Et la démence de sa sœur, l'accablement de Jean Melanson au spectacle de cette déchéance générale, tout cela ajoutait encore à son désarroi.

Anne-Marie se leva. Les officiels inspectaient la petite colonie acadienne comme ils l'auraient fait d'une porcherie, les narines pincées, évitant d'avoir à se pencher vers les formes avachies à leurs pieds. Ils comptèrent les présents, vérifièrent des colonnes de chiffres et de noms sur des feuilles de papier, discutant entre eux, se lançant des informations d'un bout à l'autre de la cale.

Un Etienne Boudreau, de la Gasparots, avait été désigné chef de cale par les déportés pour la simple raison qu'ayant autrefois commercé avec la Nouvelle-Angleterre il parlait quelques mots d'anglais. Un visiteur, perruqué de blanc, chaussé de souliers vernis à talons épais, serré dans sa veste de drap noir et sa culotte blanche enrubannée aux mollets, lui montra les colonnes, expliqua, brièvement, le but de sa visite, demanda enfin à l'Acadien de traduire.

— Ecoutez, gens d'Acadie, annonça Boudreau d'une voix forte. Monsieur l'Anglais nous dit que ce bateau est trop chargé. Nous sommes encore plus de deux cents pour seulement quatre-vingt-quinze tonneaux de charge autorisée, en vérité, deux déportés par tonneau, c'est la règle. Il s'agit donc maintenant de débarquer une vingtaine d'entre nous afin que le navire puisse repartir. Il est procédé de même pour les quatre autres transports arrivés en même temps que le nôtre.

Le réveil fut prompt, le peuple des profondeurs atlantiques se leva comme un seul homme. Vingt personnes, pardieu ! c'était là une sacrée nouvelle. Il y eut un murmure qui enfla en un tumulte de questions, d'interpellations, au point que les Anglais durent s'y mettre à plusieurs pour réclamer le silence.

— Des familles, précisa l'homme à la perruque blanche. *And no sick people !*

Il répéta, le doigt levé ·

— Pas de malades !

Les cracheurs de sang, les dysentériques, les femmes grosses d'un enfant à venir, les vieux incapables de se mouvoir seuls, toutes ces bouches inutiles resteraient à bord.

— Familles ! Familles ! crièrent en écho ses acolytes.

Boston allégeait la charge de ses capitaines mais n'accepterait que du bétail valide. Pour en faire quoi ? Les élus auraient bientôt la réponse. Il y eut des mouvements divers parmi les exilés. Des familles, sans femmes enceintes, sans vieillards, voilà qui limitait d'un coup la largesse des armateurs.

— Eh bien, ce ne sera pas pour nous, dit Marguerite. Nous, on a cette pauvre Madeleine qui confondrait ces porcs sans âme avec des apôtres. Mauvaises gens ! Allez au diable et votre roi avec.

— Ils acceptent les orphelins, dit Boudreau.

— Pour en faire des saletés de puritains brûleurs de sorcières ! hurla quelqu'un. Les orphelins sont nos enfants à tous. Gardons-les !

On approuva. Les déportés disposaient de la nuit pour établir la liste. Vingt personnes, cela ferait au moins un peu de place. Les gens pressèrent leur représentant de questions à poser. D'autres navires avaient-ils vidé leurs cales à Boston ? Et ceux du *Neptune*, où les emmènerait-on désormais ?

L'Anglais hésita, puis, voyant l'état d'excitation dans lequel se trouvaient soudain ses hôtes, consentit à répondre.

— Oui, des Acadiens ont débarqué en nombre ici, traduisit Boudreau. Près de mille.

On supplia de donner les noms des navires. L'Anglais cita le *Helena*, le *Race Horse*, le *Seaflower*, le *Swallow*, les trois derniers partis de Grand-Pré et de la Pisiquid. Des cris jaillirent dans la pénombre. Il y avait là des proches, des amis, des voisins.

— Quant à nous, il ne sait pas où nous allons, ou ne veut pas le dire, ajouta Boudreau.

Des hurlements couvrirent sa voix. Pourquoi ne débarquait-on pas comme les autres ?

— *South*, fit l'Anglais, pointant une direction imaginaire.

L'un de ses compagnons avait fait discrètement le tour de la cale, interrogeant les uns et les autres. Il était grand, osseux, les joues creusées sous des pommettes saillantes, le nez long et droit. Anne-Marie le vit se pencher vers elle.

— *Mary ? Mary-Ann Melanson ?*

Elle le considéra, stupéfaite.

— Venez, lui dit-il, en français.

Elle enjamba les corps à l'abandon de ses frères François et Jean-Pierre, de leurs femmes et enfants serrés sur une couche de toile brute, suivit l'homme sur l'échelle. Débouchant sur le pont, elle découvrit tout à coup la ville au loin, ses fenêtres derrière lesquelles les chandelles diffusaient des halos aux couleurs douces ; cela montait jusque sur des collines, se répandait de part et d'autre des navires amarrés. Il y avait là des dizaines de bateaux, à l'abri de môles et de radoubs en bois et en pierre. Malgré l'heure tardive, des hommes travaillaient à quai, éclairés par des torches, ou à l'intérieur d'entrepôts disséminés sur la lande.

Anne-Marie écarquilla les yeux, garda la bouche ouverte comme si elle venait de recevoir un coup de poing à l'estomac. Jamais elle n'avait vu semblable cité, même dans ses rêves, lorsque William Jeffries, le soldat anglais dont elle était tombée amoureuse au grand dam de ses proches, lui décrivait cette ruche puissamment défendue, visitée chaque jour par les marins et les capitaines du monde entier. Boston !

— Mon nom est Henry Jeffries, je suis le frère de William.

Anne-Marie eut l'impression d'entendre la voix de William, avec le même accent.

Il dardait sur l'Acadienne son regard froid où perçait une nuance de mépris. Ses lèvres étaient minces, son visage dégageait de la force sous son chapeau tricorne. Anne-Marie frissonna. Un crachin de pluie et de grésil s'était mis à tomber. L'homme lui couvrit les épaules de sa cape grise. La jeune femme ne comprenait pas.

— William a fait voyager une lettre par le *Sea Flower*, dit-il. Il nous a donné le nom de votre bateau au cas où celui-ci viendrait s'ancrer à Boston et nous a chargés de vous inscrire sur les listes de gens à faire débarquer.

Elle sentit son cœur battre plus fort, vit les officiels qui remontaient de la cale et discutaient à la lueur des torches, leurs documents à la main. William lui avait parlé de l'influence de sa famille au Massachusetts, de son aisance confortée par les services rendus aux rois d'Angleterre.

— Bénie soit la tempête si ma famille peut quitter ce bateau, dit-elle dans un souffle.

Il hocha la tête. Les débarqués avaient été désignés, les Melanson de la Pisiquid n'en faisaient pas partie.

— Sauf vous, dit-il d'une voix sèche. Les ordres du gouverneur Shirley sont stricts, pas un Acadien de plus. Le *Neptune* est désormais réparé, il appareillera à l'aube. Allez prendre vos affaires, je vous attends. Il va neiger, faites vite, je vous prie.

Elle sentit sa tête se vider, regarda l'homme impatient qui lui donnait cet ordre incroyable, murmura :

— Non.

— Je vous demande pardon ?

— Quitter seule ce bateau, sans mes parents, c'est impossible.

Il s'approcha d'elle, saisit son épaule d'une main ferme.

— Vous êtes vingt à pouvoir le faire, c'est une chance qui ne se reproduira pas de sitôt. Ce navire va repartir vers le sud, pour la Virginie ou même plus loin. Vous imaginez cela, des jours et des nuits de ce voyage ? Mon frère nous a inondés de courriers vous concernant. Il tient à vous. Allez. Dépêchez-vous. Nous verrons ce qu'il sera possible de faire ensuite pour vos parents.

Elle lui tendit sa cape, le remercia, tremblante, sentant au plus profond d'elle-même le désir de fouler le pavé luisant de cette ville, d'entrer dans l'une de ces demeures et de s'asseoir devant un âtre. Elle imagina les gens finissant leur dîner, jouant aux cartes ou bavardant. Il y avait là, tout près de l'accastillage, des lits chauds où il faisait bon s'aimer et dormir, des familles réunies pour une prière, des êtres attendant le lendemain sans crainte particulière. Elle soupira, ferma les yeux.

— Une dernière fois, lui dit Jeffries d'une voix un peu adoucie.

Il n'eut pas le temps de terminer sa phrase. La drôlesse avait tourné les talons et dévalait déjà l'échelle.

— Qu'est-ce qu'il voulait, celui-là ?

Jean Melanson avait perdu des cheveux, pas mal de livres, aussi. A cinquante ans passés, son visage se décharnait, sa denture n'était que chicots jaunis par le tabac de sa pipe. Anne-Marie baissa la tête, murmura :

— C'est le frère de William Jeffries, le soldat. Il voulait que je reste ici...

— Je me souviens de ce bougre de veste rouge qui te courait derrière, l'interrompit vivement son père. A l'heure qu'il est, il doit continuer sa sale besogne dans les forêts d'Acadie.

Elle rougit, ne releva pas. Têtes basses, honteux de quitter la nef quand les autres se savaient condamnés à y rester, les vingt Acadiens en surnombre préparaient leur bagage. Anne-Marie parla de la destination du *Neptune*.

— Tu dis la Virginie ? s'étonna son père.

C'était encore au diable. Quelqu'un connaissait-il ? Il y eut un murmure dans la cale, vite éteint. Personne du *Neptune* n'était allé aussi loin. Anne-Marie se rapprocha de son père, appuya sa tempe contre son épaule. C'était là des gestes qu'ils avaient appris depuis l'embarquement. Malgré les cris, les chamailleries pour une toise carrée de sac, un quart d'eau claire, une mie, malgré les colères des uns, le désespoir des autres, la folie de quelques-uns, le peuple des cales anglaises s'était soudé, renouant ses liens d'avant le désastre. Certains même, que la compassion et le partage, le souci du prochain, le simple contact des peaux eussent découragés, découvraient la fraternité des vagabonds dans leurs communes puanteurs et, comme derrière une vitre laissant entrer la lumière du jour, les simples élans du cœur.

— Va, tu aurais peut-être dû rester dans cette ville, dit Jean Melanson, accablé, à sa fille.

Marguerite hocha la tête, sceptique. On n'était pas tous du même avis sur ces questions-là. Dans leur excitation des dernières heures à Grand-Pré, les Anglais avaient agi si vite et si mal que bien des familles avaient été séparées, ainsi des Hébert, que l'on avait vus se chercher sur la rive jusqu'au dernier moment. Les Melanson de la Pisiquid avaient réussi quant à eux à embarquer ensemble, à une vingtaine. Ainsi resterait-on groupés, le plus longtemps possible.

Anne-Marie se blottit contre son père.

— Ton Anglais saura bien te retrouver un peu plus loin, lui dit-il à l'oreille. Tu sais, ce que je t'ai dit tout à l'heure, c'était à cause de la colère et de la haine.

Elle ne voulait plus rien entendre, ni assister aux préparatifs des débarqués. Aux Mines, William avait essayé en vain de la soustraire à la rafle. Il avait rejoint les troupes de Monckton et de Murray pour voyager et voir du pays, pas pour pousser des pauvres gens désarmés dans des cales. Son travail le dégoûtait. Anne-Marie se souvint qu'il lui avait parlé quelquefois de déserter.

— Dors, ma fille, dit Jean Melanson, il y a encore de la route à faire.

Elle s'assoupit, tandis que les quelques chanceux dont le voyage s'achevait quittaient leurs compagnons. Quelqu'un se mit à chanter. Les Acadiens formaient encore un bloc, dans leur cocon fétide. Nus, dépossédés, conduits Dieu savait où, comme du bétail, ils existaient, pourtant.

Le voyage reprit à la mi-novembre. Comme délivrée de ses tourments du début, la mer se montra clémente pour les embarqués du *Neptune*, du *Dolphin*, du *Ranger* et du *Sarah and Molly*, repartis ensemble de Boston. Ceux des Acadiens qui eurent la possibilité de monter sur le pont du *Neptune* notèrent que la petite escadre faisait route groupée, vers le sud. Très vite cependant, le *Ranger* et le *Dolphin* disparurent, puis le

Sarah and Molly s'éloigna, laissant le *Neptune* poursuivre seul sa route.

Entre geôliers et captifs, il s'était établi une relation neutre rythmée par l'attribution des rations et les besognes d'hygiène. A ceux qui leur posaient des questions, les Anglais précisèrent que les bateaux manquants s'étaient détournés vers le Maryland et la Caroline.

— Maryland, le pays de Marie, répétait-on dans la pénombre.

Eteintes depuis le départ de Boston, les rumeurs reprirent leur bourdonnement parmi les déportés. Il n'y avait semblait-il que des catholiques anglais dans cette colonie.

— Ça existe, cette race ? ironisa Jean Melanson.

On irait donc plus loin vers le sud.

— En Louisiane.

Le mot revint hanter la cale, au point qu'on oublia, peut-être un peu vite, celui de Virginie. Louisiane ! C'était loin vers le Mexique, un pays français où des Acadiens s'étaient déjà rendus à la suite de quelques hardis découvreurs. Des vieillards se souvinrent de monsieur d'Iberville, parti là-bas après la chute de Port-Royal. Une espérance naquit, bercée par les mouvements réguliers du *Neptune*.

— Mais oui, Seigneur Dieu, voilà où ils nous emmènent ! s'écria Marguerite lorsque à son tour elle se fut persuadée que le salut était pour de bon au bout de ce voyage.

— Et la guerre que nous font nos bourreaux, qu'en fais-tu ? la tempéra son beau-frère. Moi je te conseille de ne rien croire pour le moment. La Louisiane, certes, mais qui te dit qu'elle est encore au roi de France ?

Il se pencha vers sa femme qui gisait sur le dos, la bouche grande ouverte, le regard rivé au plafond bas de la soute. Madeleine Melanson ne s'alimentait plus depuis le départ de Boston. Son visage aux traits autrefois réguliers, aux lèvres joliment ourlées, se creusait, pareil à celui des agonisants.

— Aide-moi, ma fille, ordonna doucement Jean.

Anne-Marie porta une timbale d'eau à la bouche de sa mère tandis que Jean soulevait sa nuque. Madeleine avala quelques gorgées, grimaça. Elle sembla vouloir parler mais cela faisait maintenant des jours qu'aucun son ne sortait de sa gorge.

— Pardieu, je pense qu'elle va mourir, murmura Jean.

Le navire taillait sa route sans bruit ni roulis, par une mer étale. Anne-Marie s'assit en tailleur, posa son front sur ses bras. Dehors, il devait faire une nuit qu'à défaut de distinguer, les déportés sentaient paisible et froide sous une lune d'hiver. C'était le temps des rêveries, des soliloques doux, des chuchotements derrière les quelques morceaux de toile séparant les familles. Beaucoup s'étaient endormis, d'autres, que rapprochait la promiscuité, échangeaient souvenirs et projets, comme s'il y avait encore de la place pour ces choses-là dans un pareil cul-de-sac. Des idylles, même, étaient nées dans l'espace clos de la cale. Si l'on accostait un jour une quelconque terre, il sortirait des unions de ce marasme. De la vie, pour d'autres générations.

Jean Melanson contempla longuement sa fille. Il était de ceux qui avaient espéré la coexistence avec les vainqueurs. Sagesse, pensait-il. Près de sa femme mourante, il se disait que les hasards de l'exil épargneraient peut-être ce qu'il avait de plus cher, cette beauté rebelle abîmée par la guerre et pleine en même temps de jeunesse, de révolte, d'envie de vivre. Si la maladie n'anéantissait pas ces êtres-là, il y aurait un devenir pour les maudits de l'Acadie.

Amputée de quelques vieillards désespérés et d'enfants en bas âge emportés par la fièvre, la chiourme acadienne parvint à peu près entière sur la côte de Virginie. Le 30 novembre 1755, sous une pluie glacée, le *Neptune* vint mouiller devant le port de Williamsburg, bord à bord avec le *Sarah and Molly*. Le *Mary*, l'*Industry*, le *Prosperous* et le *Ranger* ancrés à quelques dizaines de brasses, arrivés quant à eux depuis quelques heures, composaient le reste de la flottille.

— Mounhoumme[1], ce n'est pas encore la Louisiane, je vous le dis, annonça Jean Melanson, de retour d'une corvée de pots en compagnie de son neveu Jean Cormier. La ville est petite et le port, à son image. On ne nous y attendait pas.

— Allons-nous débarquer ? s'inquiéta Marguerite.

— Il y a d'autres navires amarinés[2] tout près du nôtre, dit Cormier. Les marins nous disent que nous sommes près de

1. Bon Dieu.
2. Mouillés.

mille et cinq cents Acadiens. Pour le moment, les autorités de la colonie s'opposent à notre venue. Il va falloir patienter.

Jean Melanson considéra la cale d'un œil morne, s'assit, inutile, découragé. Patienter. On était partis d'Acadie depuis cinq semaines, ce n'était pas grand-chose dans des existences de laboureurs ou de pêcheurs. Mais ces cinq-là valaient vies entières. Et l'on s'en irait peut-être encore plus loin. Jusqu'où, au nom de Dieu ?

Anne-Marie vit son père au bord des larmes. Elle s'approcha de lui, entoura ses épaules de son bras, sentit qu'il s'abandonnait et pleurait puis se reprenait, bien vite, et la repoussait avec douceur.

Ces chagrins-là ne se montraient pas en public. Pourtant, il y eut bien des sanglots étouffés, cette nuit-là, à bord du *Neptune*.

II

Au mouillage de Philadelphie, Pennsylvanie, février 1756

Jacques Hébert avait du mal à ouvrir l'œil, ce matin-là. C'était comme cela depuis quelque temps, une paresse un peu générale dans les entrailles du *Hannah*. Jacques s'étira, toujours allongé, fit mentalement le compte des nuits passées à bord. Il s'était imposé cet exercice avec ses cousins Gilles, Pierre et Antoine, trois Melanson embarqués comme lui aux premières heures de la déportation. C'était histoire de ne pas perdre le fil du voyage ou la simple notion du temps.

— Vingt-trois jusqu'à ce maudit port, murmura-t-il, et nonante et neuf depuis que nous y sommes havrés[1].

Cent vingt et deux nuits. Jacques soupira. Parti de Grand-Pré en compagnie des navires pleins des Acadiens des Mines, le 27 octobre 1755, le *Hannah* avait fait escale dans la nasse de Port-Royal deux jours plus tard. Là les attendaient les proscrits d'Annapolis-Royal, entassés dans d'autres cales au prix de furieuses bagarres et de quelques morts.

La flotte de ce qu'on appellerait un jour le Grand Dérangement des Acadiens s'était alors rassemblée avant de prendre la route de la Nouvelle-Angleterre. Trente et un bâtiments, portant dans leurs entrailles un peuple arraché à sa terre en

1. Entrés.

quelques jours à peine. Séparé de l'escadre par les caprices des vents, par la tempête et le choix préétabli de sa destination, le *Hannah* était arrivé sans encombre devant la cité de Philadelphie le 19 novembre, précédant de quelques heures ses deux compagnons, le *Swan* et le *Three Friends*. Ainsi en avaient décidé les stratèges bostoniens et halifaxiens de la déportation. La Pennsylvanie aurait à accueillir les quelque cinq cents passagers de ces navires.

On s'était apprêtés à débarquer lorsque l'ordre avait été donné de défaire les paquetages et d'attendre sans se montrer sur le pont. Jacques se souvint. C'était un jour gris et venteux. Par le carré de lumière de la coupée, il avait aperçu le ciel lourd de neiges à venir, deviné la ville, à portée de voix des marins anglais. D'autres voix leur répondaient, joyeuses parfois. Un grand désarroi avait saisi les Acadiens. On s'était serrés les uns contre les autres, avec au cœur une espèce de vague soulagement. Rien ne pourrait désormais être pire que cette traversée dans la promiscuité, les détresses, les cris de souffrance et les plaintes amoureuses car il fallait bien s'aimer aussi, même dans le désastre. Des enfants naîtraient de ce néant, innocents parmi les innocents. Qu'adviendrait-il d'eux ?

Jacques mit de l'ordre dans ses pensées. Il se souleva sur un coude, inspecta comme à chaque aube le décor de jambes entremêlées, d'orteils triomphants, de mufles endormis au milieu duquel il s'était habitué à trouver le repos.

— Cent vingt et deux, répéta-t-il, incrédule.

On était en février et cela faisait maintenant trois mois pleins que les gens de Philadelphie refusaient aux Acadiens le droit de quitter les cales des navires. Trois mois de pénombre et de doute au fil desquels il avait fallu se battre contre l'ennui, la tristesse, la folie, bien des fois. Les plus fragiles avaient été mis sous la protection des autres. On les entourait, guettant leurs défaillances, prévenant autant que possible leurs crises de panique. Ainsi y en avait-il de tous âges qui se mettaient à hurler sans raison ou sanglotaient pendant des heures, inconsolables. Parmi eux, un simple d'esprit que l'on avait dû maintes fois bâillonner pour se soustraire à ses meuglées.

« Philadelphie, c'est un mot très ancien, du grec, je crois bien. Ça veut dire la cité de la fraternité », avait révélé un ancien courtier en grains, qui avait un peu voyagé.

Jacques Hébert s'assit, observa pendant quelques minutes le sommeil de ses cousins. Il manquait du monde autour d'eux, parents, frères et sœurs voguant Dieu savait où, au fond de quel mouroir. Combien faudrait-il de jours, et de nuits, pour que vînt la réparation d'un tel crime ?

Tombant de la coupée, des rais de lumière dessinaient des halos cendrés sur le plancher de la cale. Jacques leva son visage vers l'un de ces minuscules soleils, ferma les yeux, laissa le froid rayon parcourir sa peau. Des moments de colère, des gestes de révolte, de désespoir, avaient jeté plus d'une fois des déportés contre le bois de la trappe. L'indifférence des geôliers puis la menace de pendre quelques meneurs avaient calmé ces velléités ; la morne succession des jours et des nuits, le fatalisme faisaient depuis le reste, à petit feu.

Jacques Hébert allait avoir treize ans. Il était le second fils de Jérôme-à-Jacques-à-Joseph Hébert, fermier de la Pisiquid, ancien héros de l'Acadie libre, et d'Isabelle Le Dantec, dont le père, surnommé le Bellilois, avait coursé l'Anglais jusqu'à Boston entre ses campagnes de pêche à Terre-Neuve. Plutôt frêle et longtemps couvé par sa mère, l'adolescent avait fait partie des tout premiers hommes enfermés par les Anglais dans leurs cales. Par cette ruse et quelques autres visant à séparer les maris de leur femme et les mères de leurs fils, les officiers Winslow et Murray avaient habilement réussi à maintenir des populations entières à merci. Haïssable méthode, mais efficace. Dans ce désordre organisé, Jacques Hébert avait durci son cœur et son âme au spectacle de ses aînés frappés de proscription, entravés, conduits à la rive comme un troupeau et jetés pour finir dans les ventres des navires du roi George II.

Il avait longtemps essayé d'entretenir chez ceux de son âge la révolte des premiers jours. Il fallait résister au milieu de l'abattement général, montrer aux adultes que l'on ne se laisserait pas faire éternellement, croire qu'à tout moment il pouvait se passer quelque chose, un miracle, la prise du *Hannah* par un vaisseau français ou quelque autre défaite des Anglais. Puis, à mesure que passaient les jours, l'exaltation puérile des premiers temps avait fait place chez les jeunes à la morne attente d'on ne savait quoi, à la vidange des esprits, à l'assoupissement.

Il s'assit. Des plaintes montaient d'un endroit de la cale où quelques familles s'étaient groupées entre des tonneaux d'eau et de saumure. On vivait là à une vingtaine, des Landry et des Bourgeois anciennement fermiers sur la rivière des Gasparots. Jacques tendit l'oreille. Ce n'étaient pas là des plaintes ordinaires comme celles des cauchemars ou des douleurs de ventre, mais plutôt un délire doux, comme une chanson sans fin murmurée par un enfant.

Quelqu'un avait ranimé une de ces lampes à huile dont la fumée s'étalait en couche épaisse sur le plafond. Jacques se leva, rejoignit ses compagnons penchés sur un gisant. Une Faculté paysanne en transhumance forcée échangeait des avis sur la fièvre en cours et sur l'étrange état de prostration où se trouvait le malade.

— Un méchant frisson, dit quelqu'un.

L'affaire durait depuis la veille. Pas de diarrhée ni de colique, juste ce sommeil vaguement endolori, des frissons et les gestes que faisait l'homme pour signifier son épuisement.

— On devrait ouvrir sa liquette, dit une femme.

Il y avait là matière à discussion. La fièvre imposait des règles strictes, couvrir le corps et le maintenir dans la chaleur, faire boire. On manquait des herbes indiennes, junipers, bourgeons de sapin et feuilles de chêne autrefois employées. Finalement, des doigts précautionneux dénouèrent la cordelette de la chemise, remontèrent les pans de toile le long du thorax.

— Seigneur Dieu, qu'est-ce que cela ?

Il y avait quelque chose, sur la peau. Entre deux bustes inclinés, Jacques aperçut, disséminées sur les flancs de l'homme, un semis de taches rougeâtres au milieu desquelles apparaissaient des pustules jaunes emplies d'un liquide épais. Les doigts se retirèrent, comme par instinct. En observant bien le malade, on pouvait distinguer, dans la lueur vacillante de la lampe, d'autres boutons semblables, à la base du cou, aux tempes et des tout petits sur les paupières, la racine du nez, la lèvre supérieure.

— La petite vérole[1], souffla la femme. Par Dieu Tout-Puissant, si c'est cela…

1. Variole.

Il y avait eu des épidémies en Nouvelle-France, au début du siècle, épargnant les gens d'Acadie. Ainsi les calamités s'abattaient-elles désormais ensemble sur le malheureux peuple des aboiteaux. Les hommes se relevèrent, certains se palpèrent le visage, ouvrirent leurs chemises pour vérifier qu'ils n'étaient pas atteints eux aussi. On se souvenait des vieux Sauvages grêlés comme si une pluie incandescente s'était autrefois abattue sur eux. La grande picote[1] ! Jacques se sentit oppressé, soudain. L'espace confiné au creux duquel il survivait se réduisait encore, avec cette fois un ennemi à l'intérieur, tout aussi redoutable que l'Anglais.

— Dieu Tout-Puissant, ne l'approchez pas.

L'épouse du malade se tenait agenouillée, n'osant toucher le corps. Désemparés, les Acadiens écoutèrent la rumeur se répandre bien vite dans la cale où un invisible tocsin sonnait le réveil général. La grande picote, pardieu cela devait bien finir par arriver à force de vivre ainsi entassés, et sales, pire que des porcs dans leur bauge. Le *Hannah*, maudit navire, portait en lui la mort. D'aucuns avaient senti cela dès l'interdiction de débarquer, oiseaux de mauvais augure que l'on avait fait taire. Ceux-là pourraient triompher : les Acadiens étaient décidément condamnés à périr.

Jacques revint vers sa couche, trouva sa sœur Charlotte assise en pleurs, tenant son visage entre ses mains. La terreur ambiante la gagnait elle aussi. Jacques la prit par les épaules, la secoua. Quoi ! Personne n'était encore sûr de rien et même, la révélation de la maladie obligerait les Anglais à ouvrir la soute et à libérer leurs prisonniers. Ou à tous nous laisser crever dedans, pensa-t-il dans l'instant.

— Ce n'est rien, dit-il. Tu resteras de ce côté-ci de la cale, voilà tout.

Des adultes s'étaient hissés sur l'échelle, tambourinaient du poing contre la trappe qui finit par s'ouvrir, livrant passage à un second. L'homme s'appelait Jemison. Il parlait quelques mots de français, ce qui avait fait de lui un vague interprète des déportés. A l'annonce de ce qui se passait en bas, il jura,

1. Variole.

pâlit puis décida d'en référer à son maître, et au bout de quelques minutes une délégation anglaise vint se mêler aux déportés.

Jacques ne pouvait détacher son regard du carré de ciel inscrit au-dessus de sa tête. Depuis l'arrivée à Philadelphie, les Acadiens étaient confinés dans le noir, avec interdiction de mettre le pied à l'extérieur. On craignait que ne leur vînt le projet de mettre une chaloupe à l'eau ou de se sauver à la nage. Gare à ceux que tenterait l'aventure. Les hommes du *Hannah* avaient ordre de tirer sur les fuyards.

Le capitaine Richard Adams, un grand escogriffe aux lèvres minces, au regard et au nez aquilins, montrait sa mine des mauvais jours. Lui aussi était tenu de demeurer à bord le plus souvent. Personne n'avait été prévenu de son arrivée, le gouverneur de la Pennsylvanie attendait d'improbables instructions et, pendant ce temps, les primes accordées par Lawrence et Shirley fondaient dans le brouet de farine et de lard offert en pitance aux prisonniers.

— Il faut nous venir en aide, monsieur. Par pitié, nous devons débarquer, pour notre salut et pour le vôtre, dit d'une voix rauque Louis Robichaud, le chef que les Acadiens s'étaient donné.

Il ne pourrait pas tenir bien longtemps ses gens au calme. Les cris montèrent de la foule vers les faces anglaises inquiètes. Il y avait à craindre pour tout le monde désormais ; la maladie choisissait ses proies avec des caprices de divinité en colère. Qui serrait les dents au spectacle de son triomphe pouvait être pris de fièvre dans la nuit, trépasser dans les quatre ou cinq jours.

Adams devait savoir cela. Son regard cherchait sur la peau de ses hôtes les traces de la contagion. Le capitaine hocha la tête. Il irait parler sans délai avec ceux de Pennsylvanie.

Jacques l'observa cherchant à déglutir sa salive. L'homme avait peur, soudain, sa distance habituelle laissait place à une vraie inquiétude ; spectacle réjouissant. Si Dieu éprouvait encore quelque compassion pour le peuple d'Acadie martyrisé, Il couvrirait de pustules son cuir arrogant de capitaine du *Hannah*. Et ses passagers enfin délivrés iraient rejoindre avec lui leur Créateur, tous ensemble, comme des frères, et pour toujours.

— Il n'y a qu'à attendre, dit Robichaud.

Il était chauve, à part une collerette de cheveux épars au-dessus de la nuque. Son vêtement de toile était gris de la poussière accumulée. Jacques le trouva pitoyable, autant que lui-même. Attendre, bien sûr, c'était donner le change, comme si cela pouvait infléchir le cours des événements. Mais, avant tout, il convenait de surveiller l'apparition des pustules sur d'autres peaux et, sans doute, de grouper alors les malades, pour les isoler.

— Personne ne débarquera, tels sont les ordres que j'ai reçus de monsieur Morriss, gouverneur de la Pennsylvanie, déclara le capitaine d'une voix ferme. Jusque-là, vous continuerez à recevoir vos rations habituelles, une demi-livre de farine et autant d'huile par semaine et par personne, et de la viande séchée aussi. Les malades auront de l'eau en complément. Sachez que Boston refusant de donner plus d'argent pour vous, je vous entretiens désormais sur mes fonds propres, ce qui est très lourd à supporter. On étouffe, ici.

Il avait hâte de quitter le mouroir ; convoqua les responsables acadiens à l'extérieur de la cale. Entraînant avec lui son cousin Antoine, Jacques se glissa parmi le petit groupe rassemblé autour du capitaine à la proue du *Hannah*.

Ebahi, le jeune Acadien découvrit la ville étalée le long de la rivière Delaware, piquée de clochers et de toits pointus, bordée de quais et d'embarcadères. Des navires étaient arrimés là, minuscules coquilles de pêcheurs, frégates aux poupes rondes comme des barriques, vaisseaux de haut-bord montrant les gueules de leurs canons. Les rives de la Delaware grouillaient de vie. Des attelages de bœufs et de chevaux formaient des files çà et là, à portée de bras des cales où s'affairaient marins et portefaix. Des promeneurs flânaient au milieu de cette agitation ; Jacques aperçut des femmes tenant des enfants par la main. Elles portaient des robes aux couleurs vives et riaient.

— Pardieu, monsieur, il ne nous est plus possible de rester à fond de cale avec la maladie qui nous ronge. Nous mourrons tous, alors ! s'exclama Louis Robichaud.

Les Acadiens n'avaient pas l'esprit à rêver, le spectacle de la foule les laissait indifférents. Déjà les hommes du *Hannah* les poussaient vers l'arrière, comme s'ils avaient suffisamment pris l'air comme ça. Il y eut quelques gestes, des poings levés. Des épées sortirent de leurs fourreaux, des pistolets montrèrent leur œil noir.

— Descendez ! hurla Adams.

Jacques recula jusqu'à la lice, sur laquelle il s'assit. Le *Hannah* mouillait au milieu du fleuve, à moins de trente brasses des quais. Jacques se souvint que son frère Thomas lui avait appris à nager dans la Pisiquid. Un simple plongeon suffisait pour quitter le navire. Il sentit sa tête bourdonner soudainement. Son cœur s'affolait. Devant lui, les Acadiens formaient écran, ne laissant voir des Anglais que leurs tricornes enrubannés d'or. Il regarda l'eau grise du fleuve, retint sa respiration et, sans l'avoir vraiment voulu, se laissa tomber en arrière.

Il avait crié. A peine eut-il sorti la tête de l'eau qu'il entendit les hurlements de ses geôliers. Des doigts le désignaient, on ameutait déjà la rive. Il brassa vers le quai, aperçut dans un brouillard de gouttelettes glacées des gens courant le long des accastillages. La gorge et le nez pleins d'eau, il ne tarda pas à toucher une barque à laquelle il s'agrippa. D'autres esquifs formaient un pont de bois parallèle au quai. Il se glissa entre eux, chercha un endroit où poser enfin le pied. Ce fut sur le bois d'un ponton où il n'y avait personne. Il se dressa, courut sur la terre ferme, en vérité dans une fange collant à ses pieds nus. Où aller ? Il choisit une bicoque devant quoi séchaient des filets, s'engouffra à l'intérieur.

La poigne qui le saisit au col pouvait l'étrangler, d'une simple pression. Elle se prolongeait par un bras velu, un torse de gladiateur, une trogne hilare sous une tignasse frisée. L'homme devait peser deux cents livres. Il hissa son trophée, sortit pour l'exhiber aux gens alertés par ceux du *Hannah*. Jacques ne touchait plus terre. Ses bras ballaient. A peine posé sur le sol, il se mit à courir derechef, buta contre ses poursuivants, qui le saisirent, joyeux, prenant à témoin Adams et les siens, de loin. Jacques se mit à crier. Il se débattit, reçut gifles et coups de pieds, les gens y allaient de bon cœur. Une bourrade plus forte que les autres le jeta à terre, où il demeura prostré, replié sur lui-même comme un chiot.

— Je regrette d'avoir à faire cela, mais il est interdit de contrevenir aux ordres du gouverneur Morriss, déclara Richard Adams.

Jacques Hébert ne pouvait voir le capitaine levant lentement son fouet devant la rangée d'Acadiens conviés au châtiment. Deux marins le tenaient par les bras, courbé vers l'avant, dénudé jusqu'au bas des fesses. Le premier des trente coups promis lui fit l'effet d'une brûlure. Il serra les dents, le regard fixé sur la veste d'Adams dont les pans découvraient à chaque élan la bedaine ridiculement petite, un œuf sous la ceinture de tissu. Jacques se mordit les lèvres, sentit le goût du sang dans sa bouche, gémit. Personne ne devait voir sa douleur ni deviner son humiliation.

A chaque coup, un visage lui apparut comme en médaillon, vite remplacé par un autre sur le fond de laine rouge. Celui, plein de compassion, du père Hardy, un prêtre de Philadelphie autorisé à visiter les déportés sur le *Hannah*. Il leur avait fait porter des couvertures, des vêtements, un peu de vaisselle propre. Il souriait, bras écartés, du même air navré que le sieur Bénézet, un huguenot qui avait promis d'intercéder auprès des autorités. Ces hommes avaient paru honnêtement scandalisés par la découverte de l'abjection. Mais quel était leur pouvoir réel ?

Jacques sentit les larmes monter à ses yeux. Méthodique, Adams comptait ses flagellées et les visages grimaçaient dans la tête du puni. Chaque coup leur était porté directement, laissait une trace bien rouge sur une joue, un front, une nuque. C'était à Isabelle Hébert, à Thomas et à Baptiste, à Jérôme, que se distribuait cette volée. Et tous fermaient les yeux, gardaient le silence quand Jacques les eût espérés hurlant à ses côtés. L'abbé Chauvreulx, de Grand-Pré, et son frère sulpicien de la Pisiquid, l'abbé LeMaire, frappés eux aussi, et d'autres, compagnons de chasse et de pêche, serviteurs des prêtres à la messe du dimanche ou Sauvages aux mines impassibles. Lorsque apparut la face décharnée du Bellilois, son grand-père, mis au fond d'un trou près de sa maison de Cap-Breton en flammes, Jacques s'entendit gémir.

— Pardieu, monsieur, arrêtez cela, implora Louis Robichaud.

Jacques entrouvrit la bouche, laissa fuir des soupirs rythmant la volée. Puis il se mit à feuler comme un petit animal prisonnier. Il savait compter jusqu'à trente. Au milieu de la punition, ses forces l'abandonnèrent, sa volonté fondit comme la cire d'une chandelle. Les visages se bousculaient, menaient dans son esprit une sarabande infernale. Il cessa de compter, cria, une fois, puis deux, et ainsi, de plus en plus fort, à chaque fois qu'une de ces pointes incandescentes cingla son dos, jusqu'à ce qu'enfin, délivré, il perdît conscience.

Il passa de longues heures sans mot dire, veillé par ses cousins auprès de sa sœur en proie à la fièvre. Charlotte n'était pas seule à ressentir les grandes chaleurs de la maladie. L'épidémie s'installait dans la cale du *Hannah* et, bientôt, ce furent près d'une trentaine d'Acadiens qui virent, épouvantés, leur corps se couvrir des pustules de la petite vérole.

Il n'y avait aucune logique dans l'affaire. Le mal frappait les familles au hasard, trois dans celle-ci, un dans celle-là, épargnant les autres. Ainsi coexistaient ceux que Dieu tenait dans ses mains et ceux qu'Il abandonnait à leur sort. On pria pour le miracle. Puis il fallut compter les morts.

En d'autres temps, la foucade de Jacques Hébert eût suscité commentaires et jugements. Vouloir s'enfuir à portée de bras des Anglais, de cette manière, quelle idée enfantine ! On eût opposé le courage du jeune homme au risque de représailles encouru par la communauté déportée. Mais la certitude que la camarde avait élu domicile au fond du *Hannah* avait vite relégué le plongeon de Jacques au rang des anecdotes. Lui se souviendrait longtemps d'avoir senti son corps tout entier brisé par les coups, comme tranché au couteau puis enduit de braise au creux des reins.

J'en tuerai trente, se dit-il, alors qu'ayant repris ses esprits, il découvrait le visage de Charlotte, une géographie de plaques avec leur cloque jaunâtre au centre et des croûtes déjà, ici et là.

Il écarquilla les yeux, indifférent soudain à sa propre souffrance. C'étaient des fleurs vénéneuses écloses jusque sur les lèvres, les narines, les paupières de la jeune fille. Jacques ne pouvait croire à ce qu'il apercevait dans la pénombre, à cette abomination d'où coulaient des sanies, comme une salive rosie de sang. D'instinct, ses voisins lui avaient fait de la place, retirant leurs jambes, se recroquevillant à distance de la malade. A ce train, il n'y aurait plus bientôt là que des gisants veillés de loin par le reste de la cargaison.

— On va la porter à côté des autres, décida une femme de la tribu Robichaud.

Les malades avaient été rassemblés derrière un mur de ballots, de tonnelets, de sacs, alignés contre les planches de la coque. De l'eau croupie s'était accumulée dans les angles du plancher, rendant le lieu humide et fétide mais, à tout prendre, mieux valait laisser les gens épargnés à distance de ces purulences.

Jacques se mit à quatre pattes, se traîna derrière les porteurs, entre deux haies de femmes abîmées en prière. Ses cousins lui firent escorte jusqu'au lazaret. Ils étaient plutôt fiers de lui. Dès qu'on serait à terre, on n'aurait d'autre projet que de recommencer, tous ensemble.

— Il faut prier, maintenant, dit la dame Robichaud.

Tous joignirent les mains. Charlotte remuait doucement sa tête, sa jolie tête rousse aux yeux d'océan, autrefois semblable à celle de sa mère. Jacques s'allongea à son côté, prit sa main. L'exil, la nuit, avec ses heures qui n'en finissaient pas de s'égrener, avaient encore rapproché les deux adolescents, leurs rêveries empruntaient les mêmes chemins de souvenir et d'exorcisme. Quand l'un doutait ou désespérait, l'autre se mettait à parler, elle pour lui promettre la liberté par la vengeance, lui pour dessiner dans le noir les contours d'une vie apaisée où elle serait heureuse, dans une maison d'Acadie, de Québec ou peut-être même de France, loin des guerres et de leurs injustices.

— On s'en ira. Je te sortirai de là, pardieu, je le ferai.

Que resterait-il de la joliesse de Charlotte Hébert si la maladie la laissait en vie ? Jacques avait perdu la lumière divine depuis le rassemblement des Acadiens à Grand-Pré ; la pitié de ses compagnons ânonnant leurs orémus au chevet de sa sœur ne l'apaisait en rien. Dieu ? L'odeur de mort baignant la cale du *Hannah* avait de quoi Le faire fuir. Disparu, le Maître Suprême, écœuré, nauséeux lui aussi, du haut de son Ciel. Charlotte vivrait, par elle-même, ou se perdrait à jamais dans les ténèbres.

— La colonie de Pennsylvanie a été donnée par le roi d'Angleterre à tous ceux qui fuyaient les persécutions en Europe, dit à voix basse un marchand de Grand-Pré, Doiron. Mais rien de tel pour nous, qui sommes maudits.

Si même la Pennsylvanie, terre d'asile pour les réprouvés des vieux pays[1], laissait maintenant les Acadiens crever de cette manière, c'était qu'il n'y avait plus d'espoir.

Jacques contempla les corps allongés d'un œil morne tandis que l'idiot poussait une de ses bramées de bête forcée. Il le laissa gueuler. L'envie de le faire taire le tenaillait pourtant. Il fallait penser à autre chose, à la guerre qui continuait, ailleurs, loin de Philadelphie et de son peuple indifférent. Ah ! Rejoindre quelque part ceux qui se battaient encore pour le roi de France, tailler en pièces l'ennemi si plein de sa morgue, de sa force. Et puis, un jour, enfoncer une lame sous la ceinture du capitaine Adams ou d'un quelconque de ses frères bourreaux et tenir l'homme debout, mort, couvert de crachats et d'insultes.

Il observa les chefs des familles des Mines et en éprouva de la honte. Ces hommes autrefois respectés, forts caractères confrontés aux saisons, aux calamités, aux hasards de leur libre existence de colons, en étaient réduits à de misérables besognes, se dégradaient au fil des jours, penchés sur des seaux à merde. La peur se lisait sur bien des visages et, pire encore, l'acceptation de ce voyage absurde. C'était dans les regards où luisait la flamme du désespoir, sur les dos arrondis, au creux des rides apparues en quelques semaines sur les joues, les fronts, aux coins des lèvres. Plus encore que les souffrances physiques, ces êtres brusquement arrachés à leur quotidien figuraient aux yeux de Jacques l'humiliation, ce sentiment inconnu des animaux, qui, là, dans la pénombre de la cale, triomphait.

— Celui-là est mort, dit Louis Robichaud.

Jacques se pencha. La tête de l'homme reposait sur le côté, sa bouche grande ouverte de ronfleur ne vibrait plus. C'était un Forest, de la Pisiquid. Jacques l'avait parfois écouté racontant les histoires simples de la chasse, des moissons. Etrangement, les rougeurs s'effaçaient de sa peau, seules les pustules demeuraient, sur un fond livide. Le mal semblait refluer, comme vaincu lui aussi par la mort. Jacques s'agenouilla près de sa sœur. Il ne bougerait plus de là.

1. L'Europe.

Au bout de douze semaines de claustration, de cauchemars, d'angoisse, les réserves de larmes des uns et des autres étaient épuisées. Des pleurs étouffés, des sanglots, s'élevèrent de quelques poitrines. Que signifiaient une telle existence de rats, un tel déni d'espérance, une semblable mise au tombeau ? Les morts avaient peut-être de la chance. Ils se soustrayaient à ce calvaire et dans bien des esprits naissait le désir confus de les suivre.

Les Anglais cessèrent bientôt de visiter la cale et ses habitants. Mais il fallait bien sortir les cadavres, chaque jour, ceux des petits et de leurs mères, ceux des vieux que la fièvre soulageait enfin de trop de tourments. On les transportait sur la rive pour les mettre dans une fosse à l'écart de la ville ; la besogne mortuaire fut abandonnée à la responsabilité des Acadiens, qui purent ainsi profiter un peu du soleil froid, du vent, des bruits et des spectacles d'un monde normal.

A trente brasses de la terre anglaise d'Amérique, le petit peuple des proscrits se vit ainsi réduire de jour en jour. Dans sa justice égalitaire, le Dieu méchant des vaincus jetait son dévolu, sans préférence particulière, sur les trois navires en attente. Les geôliers, inquiets, craignant pour leur santé, prirent l'habitude de passer leurs journées et leurs nuits dans le port, laissant leur cargaison sous la garde de quelques soldats. C'était une ambiance étrange, dans un semblant d'organisation sociale. Les gens avaient le sentiment d'avoir gagné un peu de liberté, dormant sur les ponts, vaquant à de précaires activités de nourriture, de toilette, de lingerie. Il y eut des retrouvailles, de loin, entre ceux du *Hannah* et ceux du *Swan* ou du *Three Friends*, qui s'étaient perdus à la fin de l'été. L'on allait ensemble enterrer les morts. Les joies se mêlaient au deuil, le temps d'une traversée de la rivière. Et tous priaient, le jour durant, pour qu'enfin les maîtres donnent l'autorisation de débarquer.

Charlotte Hébert survécut. La mort l'avait frôlée, doucement délirante ou convulsive, par crises. Emportant les uns, laissant les autres cachectiques, constellés de crevasses, défigurés, la faucheuse se résolut enfin à quitter les lieux après s'être repue d'un bon tiers des déportés de Philadelphie. D'aucuns, en ville, pressés par l'angoisse, oubliant la simple et bonne charité enseignée dans leurs temples, avaient suggéré de couler les navires au large de la Pennsylvanie avec les gens d'Acadie au fond des cales. La guerre mordait aux marches occidentales de la colonie ; il suffisait bien de savoir les Français et leurs alliés, Delawares, Shawnees ou Tuscaroras, tenant rivières et montagnes jusqu'à l'Ohio, l'Allegheny, et au nord jusqu'aux Grands Lacs, pour éviter de faire entrer par la mer le flot hostile de leurs frères acadiens. Fort Duquesne, fort Niagara, fort Carillon. L'ennemi puissamment installé pointait ses canons sur le dos des possessions anglaises, et l'on se demandait s'il fallait accueillir cette chiourme arrivée là sans y avoir été invitée. Au Diable, les Français neutres[1], leur pape et leurs prières à la Vierge Marie !

Jacques Hébert cessa de réfléchir à son avenir en Nouvelle-Angleterre. Plusieurs nuits durant, il attendit le trépas de sa sœur, redoutant à chaque instant de la voir cesser de respirer. Parfois, elle suspendait son souffle, pâlissait, comme cherchant à rattraper une pensée en fuite. Jacques se penchait vers elle, lui parlait à voix basse ; des encouragements, des promesses, des mensonges, on allait sortir à l'air libre, débarquer ; des charrettes remontant vers le nord-est ramèneraient les Acadiens chez eux et tout serait comme avant.

— Mère ?

Tel fut le premier mot de la jeune fille lorsque, au bout d'une semaine de ce sommeil hanté, elle s'éveilla, découvrant le décor inchangé de sa prison, la noire poutraison, les odeurs de macération humaine, avec, au milieu de ces désespérances, le sourire de Jacques. Mieux valait qu'elle ne se vît pas elle-même à cet instant. Sa peau n'était qu'écrouelles et cicatrices, pelade entre les cheveux, cavités d'où sourdaient encore çà et là des boues jaunâtres. Pas un pouce carré de son cotillon de toile ni de sa chemise qui n'en fût souillé.

Elle vivait cependant. Le corps épuisé, endolori, les chairs flasques, la tête bourdonnante. Il y en avait une bonne trentaine comme elle dans la cale du *Hannah* ; Jacques la força à

1. Les Acadiens sous domination anglaise.

boire à toutes petites gorgées, tenta maladroitement de lui faire avaler un peu de mie. Lorsqu'il la dévêtit pour sa première toilette de ressuscitée, il dut arracher par lambeaux le tissu collé à sa peau. Ainsi des soignants terrorisés opéraient-ils en même temps sur les corps décharnés par la fièvre et le jeûne. Les Anglais firent porter à terre les couvertures des survivants. Au passage, ils récupérèrent celles des morts, donnant en échange aux Acadiens des linceuls pour l'ensevelissement.

— Que peut-on faire de ces hardes pourrissantes ? demanda Jacques.

Ses compagnons se posaient la même question. Allait-on lessiver tout cela et le restituer sentant le savon ? Le marchand Doiron, qui décidément savait bien des choses, avait une explication.

— A l'ouest, très loin, il y a de hautes montagnes, qui continuent celles de la Nouvelle-France. C'est un pays de Sauvages, comme celui des Micmacs et des Abenaquis. Là vivent des tribus dont Anglais et Français se disputent les alliances.

Assis contre un sac, les yeux dans le vague, il cita des noms : Cherokees de Caroline, Delawares et Shawnees de Louisiane, et les cinq nations du Nord[1], des Iroquois dont Jacques, petit enfant, avait appris les noms de la bouche de son père.

— Les Français tiennent les rivières, ils ont bâti des forts tout le long de cette frontière, jusqu'à Niagara, où l'on dit que l'eau chute avec assez de force dans la vallée pour emporter une flotte entière en une seconde.

Les enfants ouvraient grand leurs yeux dans la semi-obscurité. Jacques tenait la main de Charlotte dans la sienne et la serrait plus fort à mesure que le marchand racontait. On se battait sans doute encore dans ces confins d'empires et cet espoir faisait vibrer sa poitrine. Mais pourquoi confisquer le linge des mourants ?

— Ils l'offrent à ceux des Sauvages dont ils veulent se débarrasser. Les fièvres ne tardent pas, et les pustules, qui les tuent. C'est un stratagème vieux comme les colonies d'Amérique. La bonne âme qui l'a remis au goût de la guerre se nomme Amherst.

1. Senecas, Cayugas, Onondagas, Oneidas, Mohawks, du sud au nord.

L'homme était demeuré quasi muet depuis le départ de Grand-Pré. Maintenant, il éprouvait le besoin de parler, comme si la fin de l'épidémie et sa propre survie le soulageaient soudain. Jacques se pencha vers sa sœur, parla doucement à son oreille. Il lui décrivit des rivières que longeaient les portages, des forêts profondes comme celles d'Acadie, au bout desquelles on apercevait les tourelles des forts français dont il savait désormais les noms, Duquesne, Niagara, Oswego, d'autres encore.

— Où est notre mère, Jacques ? sanglota-t-elle. Comment avons-nous pu partir sans elle ?

Elle gisait sur le côté, explorait de temps à autre son visage du bout de ses doigts tremblants. Eveillée, elle devait tenter d'imaginer le désastre. Bientôt, elle demanderait un miroir et Jacques se prit à souhaiter qu'ils fussent tous brisés à bord du *Hannah*.

— Notre mère. Il faut la retrouver à l'île Saint-Jean ou à Québec, et les autres aussi, souviens-toi, murmura-t-il.

C'était dans l'affolement du départ, quand les Anglais dépassés par les événements, furieux de ne pas voir arriver les bateaux promis en renfort par Boston et Halifax, poussaient pêle-mêle les déportés vers les navires. Isabelle allait du rivage des Mines à celui de la Pisiquid, de ses enfants à son mari. Elle avait sauvé l'un, perdu les autres. On s'était promis auparavant de se retrouver sur les terres encore françaises, si par malheur on était séparés les uns des autres.

Québec. Le marchand Doiron situait la ville à six semaines de navigation de là, à condition d'éviter pirates et corsaires. Quant à y aller par les chemins de terre, ceux que la petite vérole avait épargnés n'auraient guère de chance d'y parvenir en vie.

— Il faut traverser vingt pays indiens, franchir des monts immenses, canoter sur des lacs vastes comme des océans. Mais ma foi, un homme seul et sans crainte aurait peut-être plus de chance qu'une compagnie entière de fusiliers.

— Où est ma mère ? répétait Charlotte.

Jacques lâcha sa main, contrarié tout à coup. Aucune mère au monde n'eût réussi à cet instant à calmer le tumulte de son esprit. Les traces de la punition publique zébraient encore son dos, bien roses et douloureuses en maints endroits. Et

Charlotte payait à sa façon le simple fait d'être née acadienne. Dieu ! Quelle faute avait-on commise pour mériter pareils châtiments ? Jacques dut faire un effort pour discipliner sa respiration. Il n'irait pas comme d'autres s'épuiser à frapper en vain du poing contre la trappe de la cale. Les hommes du *Hannah* n'avaient plus que ces gestes dérisoires de fureur pour se faire entendre. Au moins son père n'était-il pas noyé dans cette masse inutile en transhumance forcée. Jacques imagina Jérôme Hébert à la tête d'une troupe d'Indiens et de miliciens, donnant l'assaut aux postes anglais de Grand-Pré. S'il devait en rester un seul pour résister, ce serait lui.

— Patience, murmura-t-il.

Il lui fallait d'abord survivre, après quoi la terre de l'Amérique anglaise, ou toute autre, finirait bien par s'ouvrir aux proscrits. Alors, Jacques-à-Jérôme-à-Jacques Hébert, petit paysan des Mines, s'y tiendrait debout et prendrait garde à ne plus jamais y chuter à nouveau.

III

Caroline du Sud, mars 1756

Isabelle Hébert releva son chapeau de paille, épongea son front, cambra ses reins endoloris. Ses jambes nues s'enfonçaient dans la boue jusqu'au milieu des mollets, sa chemise de toile trempée de sueur s'ouvrait jusqu'à la taille. Au début, craignant le regard des esclaves nègres penchés comme elle sur la rizière des Grands Saules, elle avait passé du temps à refermer comme elle pouvait le vêtement lourd et collant. Puis de guerre lasse, voyant que de toute façon les hommes et les femmes qui besognaient la rive fangeuse de la Spencer avaient bien d'autres soucis en tête, elle laissait la nature s'occuper de sa mise, et ses seins se libérer.

C'était aux premiers jours du printemps, à deux lieues de Charleston. Une saison un peu plus clémente que les autres, dans ces pays du Sud sans véritable hiver, où la relative fraîcheur tempérait à peine l'effort des travailleurs. De temps à autre, Isabelle cessait le repiquage des semences pour quelques instants de repos, loin du regard du régisseur français du domaine des Villiers, un métronome sans états d'âme ni sentiments commis à la surveillance des esclaves.

Elle contempla le paysage étalé autour d'elle, un horizon semblable, plat de toutes parts comme celui de l'océan, rectiligne, fascinant jusqu'au vertige. Les esclaves l'avaient quadrillé de diguettes, creusé de fossés et de canaux. Ceux qui y besognaient semblaient y être englués.

Loin à l'est, là où les rivières Spencer et Cooper se rejoignaient pour se fondre en douceur dans la mer, c'était Charleston. La ville entrevue, avec ses belles maisons et ses batteries de canons, ses quais où accostait la richesse d'Amérique, et sa vidange aussi, l'Acadie : cent quatre-vingts fantômes débarqués dans la nuit du 19 novembre 1755 comme on eût vidé les cales d'un trop-plein de porcs ou de volaille.

Que faire de cette chienlit, de cette foule exténuée, brisée, mendiant la fin de ses errances ? Là comme ailleurs, excepté à Boston, personne, du gouverneur au douanier de veille, n'était au courant de cette arrivée.

— *Endeavour.*

Isabelle murmurait souvent ce nom. Le capitaine du schooner s'appelait James Nichols. C'était un homme froid et patient, prêt à écouter les doléances de ses passagers. Par chance, son voyage avait été une sorte de ligne droite tracée sur l'Atlantique, de l'Acadie à la Caroline. On avait fui les tempêtes, grincé, craqué, vibré de toutes les fibres de la mâture et de la poutraison sous les vents mauvais de novembre, sans dommage. Poussé par des dieux favorables, l'*Endeavour* avait rallié sa destination en à peine plus de trois semaines, avec ses prisonniers survivants, quand le *Cornwallis*, accablé depuis Beaubassin par une épidémie de petite vérole, avait perdu la moitié de ses quatre cents déportés.

— Dieu t'a menée jusque-là, comme nous, au lieu de nous noyer au milieu de l'océan. Pour faire de nous des esclaves. Il nous tient dans sa main, comme des jouets.

Lorsque Isabelle lui avait raconté son odyssée, Ma Bama, la grosse Négresse, avait éclaté de rire et sa joie avait résonné entre les murs de torchis de la case. Elle était ronde de partout, marchait avec peine, ce qui la dispensait des travaux dans la rizière. Mais comme il fallait bien que chaque esclave donnât au prorata de ce qu'il avait coûté, elle régnait sur le ménage et l'entretien du village nègre, un alignement de cases, de cabanes et de masures sur le chemin menant à la Spencer.

— Une Blanche au milieu de nous ! Il n'y en avait pas comme toi, en Sierra Leone ! D'où t'ont-ils sortie, Seigneur ? s'étonnait la femme.

Les maîtres du domaine étaient des huguenots, riches marchands de La Rochelle dont les ancêtres s'étaient exilés en Amérique après la révocation de l'édit de Nantes. Venus à Charleston pour des achats, les Villiers avaient découvert, sous des abris de fortune, la cargaison acadienne campant à même un quai sous le regard d'officiels bien embarrassés. Voulait-on de ces gens dans les champs de riz, d'indigo ? Il s'était trouvé des acquéreurs de cette étrange marchandise, cela coûtait moins cher que les Nègres et savait apparemment cultiver.

Isabelle s'était portée volontaire, posant une condition énorme à ses yeux : emmener avec elle son neveu Sylvain Melanson, auprès de qui les hasards de l'embarquement l'avaient jetée. Malade, l'homme avait survécu à son marasme et à ses fièvres. Dix fois, tandis que l'*Endeavour* roulait de bord à bord ou plongeait dans la houle, elle avait cru qu'il trépassait. Les gémissements des déportés lui faisaient une musique funèbre de circonstance. Dans le noir, cette vie se remettant à Dieu n'eût pas fait plus de bruit que la course d'un rat entre des sacs.

Endeavour, en français « effort » ! Il y avait de l'ironie, pas mal de cruauté aussi, dans de tels hasards. Isabelle essuya son front. Le voyage était déjà loin. Sylvain végétait au fond de la case où les maîtres l'avaient confiné. On l'accueillait, parce qu'on était chrétiens ; il partagerait ses miasmes avec le peuple esclave et s'emploierait dans le village dès qu'il en aurait la force.

L'Acadienne plongea de nouveau ses bras dans la rizière. Cela s'étendait sur des lieues carrées, à croire qu'il n'y avait même pas de limites entre les possessions des uns et des autres. Et cette fortune de riz s'entassait sur les quais de Charleston ; Isabelle se souvint des centaines de sacs portés à dos par les marins et les ouvriers jusqu'au fond des navires marchands. Puissante était cette Angleterre-là aussi, qui importait de l'homme pour besogner la terre et répandait sa richesse jusqu'en Europe et même plus loin.

— Pauvre Acadie.

On avait cru pouvoir y survivre, comme s'il n'y avait qu'elle au monde, avec sa capitale délabrée, ses villages serrés autour de leur église, ses chemins et ses digues. Isabelle égrena mentalement les noms des villes longées de loin par l'*Endeavour* et d'autres encore. Boston, New York, Philadelphie et dix autres encore. Lorsque, par beau temps, il laissait les passagers monter par petits groupes sur le pont pour prendre un peu l'air, le capitaine Nichols se plaisait à leur donner cette leçon de géographie. A l'entendre, la puissance et la richesse de ces colonies seraient un jour équivalentes à celle de l'Angleterre même.

Elle se redressa, les reins en feu. La silhouette du régisseur s'inscrivait dans le morne décor. Campé sur la butte d'un chemin de terre séparant des vastitudes, l'homme inspectait la rizière. Il fit signe à l'Acadienne de le rejoindre. Elle abandonna ses compagnons, des hommes pour la plupart, se hissa sur le chemin. Son dos lui faisait mal, ses épaules, aussi, mais ses jambes la portaient assez vaillamment depuis novembre.

— Madame de Villiers désire vous voir.

Elle soutint son regard. Joseph Houdot était grand et voûté, sa culotte de drap noir maculée de boue au-dessus de ses bottes de cuir méritait une lessive, depuis beau temps. Houdot avait été la première personne à s'adresser en français aux arrivants. Voulait-on s'employer à la terre ? Il n'y aurait pas de salaire, mais un logement et la nourriture pour ceux qui se rendraient utiles.

— Décidément, ce n'est pas une besogne pour vous, ici, dit-il de sa voix sans chaleur. J'ai parlé de ça à la maîtresse.

Il toisa Isabelle comme il devait le faire des esclaves en présentation sur la place de Charleston attenante au port, où se faisaient les ventes, les trocs, où se signaient les contrats. Il s'efforça de sourire. Il avait tenté plusieurs fois d'engager la conversation avec cette femme seule à la singulière destinée. Avait-elle une famille ? Un lieu où se retirer quand la guerre en cours serait finie ? Elle avait éludé, interrogé, à son tour. Où était le reste de la flotte, ceux des navires qui n'avaient pas accosté à Charleston ? Le *Leopard* et le *Hannah*, le *Neptune*, le *Dove* et vingt autres ? Elle se souvenait de chaque nom, de la forme des bâtiments, même. Houdot prétendait ne rien savoir. Le souci d'Isabelle semblait même l'amuser.

« Madame, treize colonies étrangères l'une à l'autre, étalées sur huit cents lieues, le long de l'océan, cela forme un pays immense. A part les commis voyageurs, les marins et les armateurs, qui de Géorgie ou de Caroline se soucie des entrées navales à New York, à Richmond ou à Baltimore ? »

Elle le suivit, la tête bruissante de questions. Le chemin coupait droit entre les étendues de rizière où se reflétait un ciel pommelé, jusqu'à la terre ferme. Là, des prairies menaient en pente très douce à la maison des maîtres, que l'on avait interdiction d'approcher sans raison valable.

Isabelle avait parfois entrevu de loin la haute demeure à étages percée de larges fenêtres, prolongée à son entrée par un demi-cercle de colonnes en pierre. Une allée bordée de saules y menait. Les arbres avaient l'âge de la construction, soixante-dix ans, leurs puissantes racines montaient à l'assaut des troncs, comme surgies de la terre pour les enlacer. Au fond de cette percée, la demeure se révélait au fil des pas, massive et symétrique, tenant à distance ses dépendances, granges et ateliers, fours et écuries.

Des chevaux ployaient le col vers l'herbe grasse des prairies, des gens vaquaient entre les bâtiments, servantes et esclaves, palefreniers et commis, chacun avec ses tâches à accomplir. Houdot contourna la maison de son pas lent. Au passage, Isabelle distingua, derrière les portes-fenêtres donnant sur le large perron, les meubles dans la pénombre de pièces immenses, les tableaux aux murs, visages et silhouettes figés, les sombres reflets de porcelaines et d'argenteries dans les vitrines. La demeure des Villiers enfermait des trésors comme ceux que les corsaires de la Grande-Anse[1] ramenaient de leurs traques en haute mer.

A ce spectacle, Isabelle sentit son cœur battre plus fort. Sans atteindre une telle opulence, l'ordinaire des armateurs de Cap-Breton s'élevait lui aussi autrefois au-dessus de la moyenne. Elle ferma les yeux, les narines pleines soudain des âcres senteurs des incendies noircissant le ciel de la Grande-Anse. Puanteurs mêlées des désastres ! Elles valaient bien les épouvantables remugles des cales anglaises.

Des Négresses coiffées de fichus aux couleurs vives, vêtues de longues robes sombres protégées par des tabliers, se tenaient assises de part et d'autre de la porte des cuisines, à même le sol ou sur des chaises au paillage effiloché. Occupées

1. En Acadie, dans l'île du Cap-Breton.

à des travaux de teinture, de tamisage, de fine corderie, de lessive, elles se parlaient à voix basse dans leur *gullah* d'Afrique que le séjour américain mâtinait de quelques mots anglais. Isabelle les reconnut. Elles étaient de la maison, vivaient en famille sous le chaume de quelques cases à proximité de la magistère, et rendaient parfois visite à leurs proches du village nègre. Leur appartenance au train domestique des Villiers les distinguait un peu du reste des esclaves, comme si des classes naissaient à l'intérieur même de la misère commune.

Isabelle ne s'attarda pas près d'elles. Le régisseur la précéda dans la fraîcheur d'un cellier, puis lui fit traverser la cuisine aux odeurs d'épices et de bois humide. Là aussi, dans les vapeurs mêlées des marmites, bouilloires et lourds poêlons, l'on s'activait au service des maîtres, de leurs enfants et des collatéraux hébergés jusque dans les combles de la maison. Les Grands Saules étaient un vaisseau de haute terre, peuplé, un phare au milieu des fanges, des marécages et des prairies de la Spencer.

D'autres femmes se tenaient dans une buanderie ouverte au nord, où fumaient les eaux chaudes de dix bassines. Cela devait être jour de grande lessive, coton, laines et lin étaient brassés là, battus à grands coups de palettes, tordus à l'extérieur de la pièce, dans un concert d'ahans, de rires étouffés, de gémissements aussi, parfois. Un peuple domestique à la peau noire ou blanche, aux gestes semblables, s'activait sous la surveillance d'une duègne toute de gris vêtue.

Houdot passa sans saluer quiconque, franchit un étroit couloir menant aux pièces de vie. Ses talons ferrés martelèrent la pierre du couloir, puis le bois d'un petit salon.

— Essuyez vos semelles, ordonna le régisseur à voix basse. Nous allons voir madame de Villiers.

Isabelle s'arrêta à l'entrée, sidérée, découvrant d'un coup la brune opulence des meubles, les boiseries, les tapisseries murales, les médaillons et les portraits peints dont certains avaient la taille d'un être réel. Un lustre pendait du plafond, au centre d'une table autour de laquelle vingt personnes au moins pouvaient prendre place.

Elle eut soudain le sentiment d'avoir changé de monde. Même à Louisbourg[1], il n'existait rien de tel chez les gouverneurs, les

1. Citadelle française.

bourgeois, les riches marchands de Cap-Breton. Elle sentit ses jambes se dérober sous elle. Cette demeure était une espèce de palais comme il ne pouvait y en avoir qu'à Boston ou à Versailles. Et il se disait que de la Géorgie à la Virginie on en bâtissait par dizaines à mesure que débarquait la manne humaine des esclaves. Pauvre Acadie, pensa-t-elle. Le bonheur y avait pourtant existé, pour un peuple de simples laboureurs.

— Avancez, je vous prie.

La voix était ferme, un peu aiguë. Isabelle fit deux pas. Cousant à la lumière du jour près d'une haute fenêtre, une femme grisonnante se tenait assise au creux d'un fauteuil aux pieds curieusement arqués. Houdot murmura quelques mots à son oreille. La femme leva vers l'arrivante son regard gris où luisait l'expression lasse et inquiète de chagrins anciens ou de souffrances physiques bien actuelles, pivota légèrement, ce qui marqua d'un rictus un coin de sa bouche.

— Vous comprenez le français, je pense, dit-elle.

Isabelle ferma à demi les yeux, fit oui de la tête. Il lui faudrait garder patience, écouter sans broncher.

— On a pensé que le dur travail de la rizière ne vous convenait pas. Et puis, vous êtes blanche.

On n'était pas en Géorgie, où les Acadiens n'avaient d'autre alternative que de trimer dans la rizière et les champs de coton en compagnie des Nègres, jusqu'à en crever. La proposition était celle-ci : entrer dans la domesticité de la maison, loger avec son parent sous un chaume, à la place d'un vieil esclave mort de la malaria.

— Vous êtes libre de refuser, ajouta la femme. Mais alors, vous rejoindrez vos pareils sur les quais de Charleston. La vie n'est pas douce, là-bas, d'autant qu'un transport vient encore de débarquer cent ou plus de gens d'Acadie...

— D'Acadie !

Isabelle avait bondi, son visage s'empourpra, soudain. Un navire, en mars. Savait-on d'où il venait, de quelle colonie de Nouvelle-France ? La femme eut l'air surprise. Tant de véhémence. Isabelle murmura « Grand-Pré », répéta ce nom. La voix de la maîtresse s'adoucit un peu.

— On se renseignera. Vous êtes ici avec un parent, m'a-t-on dit. Votre famille ne vous accompagne pas ?

— Je ne sais pas où ils sont, dit Isabelle, précipitamment. Nous avons été séparés lors de l'embarquement.

Elle tremblait, allait s'effondrer. Houdot prit son bras avec fermeté, la tira vers l'arrière. On n'importunait pas trop longtemps madame de Villiers.

— Vous avez des enfants, supposa la maîtresse.

— Quatre, murmura-t-elle.

Elle s'étrangla, baissa brusquement les yeux.

— Monsieur Houdot, veillez à ce que sa case ne soit pas ouverte aux quatre vents, ordonna la maîtresse.

Un typhon venu des Antilles avait emporté des chaumes en novembre, tué des hommes dans la rizière, endommagé le toit de la grande maison. Les esclaves avaient colmaté leurs habitations comme ils pouvaient, mais il faudrait bien songer à tout reconstruire en dur, un de ces jours.

— Vous travaillerez aux cuisines et à la buanderie, expliqua la maîtresse. Un certain nombre des vôtres sont pareillement employés dans d'autres plantations. Ainsi, vous voyez que nous n'abandonnons pas les Français du Canada à leur sort. Quel âge avez-vous, madame ?

— J'ai quarante-six ans.

— Prenez soin de vous, je vous prie. Le climat de notre colonie est parfois délétère et les soins médicaux coûtent cher.

Madame de Villiers fit un signe de tête, pour signifier que l'entretien était terminé. Isabelle demeura immobile, comme assommée, puis, chancelante, se laissa entraîner par Houdot.

— C'est que, comprenez-vous, cette dame a un fils dans l'armée de la colonie, qui se bat à l'ouest contre les Indiens cherokees. Alors, quand elle apprend que des Acadiens alliés à ces tribus rebelles entrent en Caroline, elle a le droit de s'interroger.

Houdot avait ramené Isabelle vers son futur royaume de vapeurs, de linges humides, de marmites clapotantes, où s'établissaient les hiérarchies entre esclaves et serviteurs, blancs et nègres. Parvenu à l'extérieur de la maison, il eut un geste vers le couchant. Loin, très loin, il y avait donc un pays de collines et de forêts où les Français et leurs alliés sauvages faisaient encore la guerre aux Anglais. Et cela s'étendait aussi vers le nord, jusqu'aux forts du Mississippi, de l'Ohio, et aux Grands Lacs du Canada.

Isabelle se moquait bien des Cherokees, du fils Villiers engagé dans les milices de Caroline, des forts français, même.

— Ce navire, monsieur, dit-elle d'une voix rauque, si je pouvais savoir qui en a débarqué...

Elle campait encore avec les autres sur le quai lorsque le *Hobson*, un sloop, avait accosté en janvier en provenance d'Annapolis. Il y avait eu des mouvements de la foule vers les arrivants. On s'était comptés entre vivants, beaucoup d'autres avaient été jetés morts par-dessus les bastingages, en cours de route. Quelques-uns s'étaient retrouvés, leur joie avait fendu l'âme de ceux qui attendraient encore.

— Je dois aller à Charleston demain, affirma le régisseur avec un vague sourire. D'où les vôtres seraient-ils censés venir ?

Elle cita les lieux, Grand-Pré, la pointe des Boudrots, la rivière Pisiquid, Beaubassin, même. Elle avait aussi des cousins à Annapolis-Royal, mais ses petits à elle avaient embarqué sur les rivages maudits des Mines, à quelques encablures de l'*Endeavour*. Se perdre ainsi dans les tempêtes, pardieu, c'était là grande cruauté.

Elle tomba à genoux, le visage dans ses mains, comme réveillée soudain d'un long sommeil d'ivrogne. La besogne du riz lui occupait d'ordinaire à ce point le corps qu'elle parvenait à ne plus penser à autre chose qu'à cette fatigue du moindre de ses muscles. Les Nègres chantaient près d'elle, vivaient et mouraient sans faire plus de bruit qu'un soupir. Quel était donc ce monde où la puissance, la richesse côtoyaient ainsi le profond silence de la misère esclave ?

Elle se sentit perdue, tout à coup, comme si le souci qu'elle avait eu des passagers de l'*Endeavour* n'avait servi à rien.

— C'est une bonne opportunité pour vous, lui dit Houdot en l'aidant à se relever.

Elle fit oui, de la tête, machinalement. Ainsi lui faudrait-il supporter les bavardages des paysannes de Caroline devant les fourneaux des Grands Saules, battre le linge, torcher des nourrissons avant de s'en retourner aider Sylvain Melanson à faire sa toilette. Un instant elle pensa qu'elle ferait mieux de retourner sur le quai du port où croupissaient les Acadiens.

Une bonne opportunité, vraiment. Elle n'en pouvait plus, désirait dormir.

— Allez donc sans tarder aux communs, lui dit Houdot sur un ton paterne. Vos compagnes vous y feront bon accueil.

Sylvain Melanson s'était endormi sur sa couverture de laine brune. Recroquevillé, le bras masquant son visage émacié, il respirait avec lourdeur, de son souffle évoquant par instants le sifflement du vent dans des voiles bordées. Isabelle se laissa tomber près de lui, chercha longtemps une position capable d'apaiser ses courbatures. Elle allait devenir domestique, la belle affaire. Seule, elle fût demeurée sur le quai, à soigner les Acadiens trop épuisés ou pas encore assez humiliés pour accepter les dégradantes besognes proposées par les gens de la Caroline. Mais il y avait Sylvain, ce neveu qu'un miracle avait craché encore vivant sur la terre anglaise. Isabelle le regarda longuement. Elle pensait l'avoir sauvé en l'emmenant avec elle à l'intérieur des terres. La mort jouait encore avec lui.

— Mange, ma jolie.

Le corps de Ma Bama obstruait presque l'entrée de la case. L'esclave rit, montra sa denture étonnamment blanche. Elle était bien la seule à manifester de la joie au milieu de son peuple et de sa misère. Ayant posé devant l'Acadienne une assiette creuse emplie de riz et de légumes, elle s'assit à son tour, s'éventa de la main, qu'elle avait large et boudinée.

Isabelle plongea ses doigts dans le récipient d'argile. Eût-elle eu faim, la honte, maîtresse de son esprit, eût calmé dans l'instant cet élan de son ventre. Ma Bama la tança. Isabelle commençait à comprendre son langage, bien plus par les intonations que par les mots. Et puis, il y avait ce regard tour à tour furieux ou rieur, cette façon unique de consoler, de raconter ou de donner un ordre ; un soleil dans la pitoyable ordonnance des journées.

L'Acadienne s'efforça de sourire. Plus jeune de vingt ou trente ans, elle eût senti son humeur s'égayer un peu au commerce de sa compagne mais cette faculté aussi s'était brisée dans la cale de l'*Endeavour,* laissant, pour combler le vide, une immense et profonde lassitude.

Elle porta une pincée de riz à sa bouche. C'était fade et gluant, comme le temps, la nuit à venir, le désespoir. Elle ne put réprimer un sanglot. Ces chagrins aussi intenses qu'inopinés devenaient de plus en plus fréquents. Ma Bama lui murmura des choses douces. L'affection qu'elles se portaient était étrange, quand les autres esclaves maintenaient avec elle une distance ressemblant parfois à de l'hostilité. Isabelle dut faire un effort pour se contrôler. La Négresse prit du riz entre ses doigts, l'entoura d'une feuille de salade, força doucement ses lèvres.

— Mange.

Sylvain se mit à ronfler. Il faisait ça de bon cœur, son chant allait croissant. Jusqu'où monterait-il ainsi ? Isabelle cessa de mâchonner sa mixture. L'Acadien ouvrait un four noirâtre, sa gorge résonnait de raclements, de borborygmes, un vrai discours. Ma Bama écarquilla les yeux, qu'elle avait globuleux. Seul son mari endormi pouvait émettre de tels sons. Elle sourit, surprise, puis se mit à rire carrément, soulevant son opulente poitrine, pleine d'une joie qu'elle tenta maladroitement d'étouffer dans sa jupe.

Isabelle cracha un peu de riz, un grain malencontreusement inhalé lui déclencha une quinte de toux, empourpra son visage. Sylvain s'arrêta de ronfler. Elles guettèrent, muettes, secouées de spasmes, la reprise qui vint, en vérité un grognement de cochon en colère, éclatèrent ensemble de rire et l'expression hagarde de l'homme subitement réveillé ajouta encore à leur hilarité.

— Ceux de la Caroline du Nord sont libres d'aller où bon leur semble, dit Houdot. Le gouverneur de cette colonie ne désire pas les garder.

Isabelle leva son visage vers le régisseur. Sa position n'était guère avantageuse. Occupée à laver le sol de la cuisine, elle offrait à Houdot la vue sur sa gorge et ses genoux. L'homme, tout de noir vêtu, bottes empoussiérées, mollets serrés par des nœuds de velours rouge, tenait un chapeau gris à la main. A la perruque blanche des maîtres, il préférait un simple ruban dans ses cheveux, ce qui le rajeunissait un peu à défaut de l'embellir. Isabelle soutint son regard. Houdot se plaisait à lui donner des nouvelles des déportés, puisées dans la lecture du *Charleston Chronicle*. On y décrivait les Acadiens comme des étrangers inutiles ou nuisibles, insectes posés sur les quais et les pavages de la Nouvelle-Angleterre, toujours capables de piquer cependant puisque français, donc ennemis. Au début, Isabelle se tendait à ces annonces : des bateaux arrivés à New York ou à Williamsburg, des groupes de déportés autorisés à migrer, la Louisiane, terre de France lointaine où, à ce que l'on disait, quelques dizaines d'Acadiens avaient déjà trouvé refuge.

— Alors ? fit-elle d'une voix neutre.

— C'est bien près d'ici. Ces gens vont peut-être pouvoir retourner en Acadie.

Il l'observa, un mince sourire sur les lèvres. Houdot devait avoir le même âge qu'elle, ou pas loin de la cinquantaine. Huguenot né en Angleterre, il ne nourrissait pas de ressentiment contre les rois catholiques, tourmenteurs de ses ancêtres. Il était à l'image de ses patrons, sans haine ni chaleur, juste préoccupé par la bonne marche du domaine.

— Si la même proposition vous était faite...

— Je m'en irais, certes oui, l'interrompit Isabelle. Pourquoi me parlez-vous de cela ?

— Parce que les gouvernants d'ici décident souvent comme ceux de l'autre Caroline ou de la Géorgie. Les colonies du Sud sont unies malgré leurs différences.

Il la dominait. Lorsqu'elle levait à demi les yeux, elle entrevoyait ses cuisses moulées dans son pantalon de drap noir, un mur, sombre comme ceux des cases nègres.

— J'ai de l'ouvrage, dit-elle.

— Sachez que si vous désirez quitter un jour la Caroline, je vous y aiderai.

Elle ne répondit pas, baissa la tête vers son chiffon de toile. Il demeura un moment immobile, grommela, finit par s'éloigner, ses talons claquant sur le parquet.

C'était au village des esclaves. Ma Bama s'était attaquée à une pile de chemises trempées qu'elle essorait avec des ahans de bûcheron. Ereintée, suant tant au spectacle de ses bras énormes moulinant l'étoffe qu'à la besogne partagée, Isabelle l'aidait à tordre manches et plastrons, liquettes et chemises de nuit. Des fillettes, aussi malingres que leur aînée était ronde, attendaient que les vêtements aient été suffisamment égouttés par Ma Bama pour les défroisser et courir les étaler sur la prairie. Près de ces lavandières, d'autres esclaves s'occupaient à piler de la brique tandis qu'un peu plus loin un dernier groupe, rassemblé autour d'un énorme chaudron, décortiquait du riz avec ardeur à l'aide de longues pièces de bois renflées en haltères.

Ainsi fonctionnait la société des femmes le long des cases de la plantation des Villiers. De l'instant où l'on commençait à voir à celui où l'on cessait de voir, des premières lueurs de l'aube aux derniers feux du crépuscule, chacune avait son rôle à tenir, son domaine de compétence et, par-dessus tout, son obligation de rendement dûment contrôlée par le régisseur Houdot. Et cela, chaque jour que Dieu faisait.

« Depuis quinze ans pour moi et les miens », avait un jour avoué Ma Bama.

Quinze ans ! Isabelle contempla l'Africaine, cherchant à comprendre comment l'on pouvait ainsi accepter aussi longtemps ce rang d'infamie. Houdot lui avait appris qu'au siècle d'avant ces Nègres venaient librement en Amérique, avec des contrats de travail. On avait alors essayé en vain de mettre les Indiens en esclavage ; ceux-là étaient réfractaires à tout. Alors le commerce s'était déplacé vers les tribus africaines en guerre perpétuelle les unes contre les autres et l'on avait trouvé plus économique d'acheter aux vainqueurs les meilleurs éléments de leurs prises.

« Finalement, ces gens seraient sans doute déjà morts, chez eux », concluait, satisfait, le régisseur.

Isabelle regarda les enfants, les « petits Nègres » achetés à Charleston ou nés à la plantation bien que les mariages n'y fussent pas encouragés. Ceux qui ne travaillaient pas dans la rizière allaient le jour durant, auprès des femmes, vaquant à des tâches subalternes, planter des piquets, disperser des cendres de brasero, rafistoler vêtements et outils, porter tout ce qui pouvait l'être par leurs jeunes bras. Parfois, ils jouaient, avec un bout de bois ou de ficelle, un clou ; leurs gestes redevenaient ceux des petits de leur âge et Isabelle sentait son cœur fondre dans sa poitrine.

— C'est fini, dit Ma Bama.

Elle s'épongea le front, se leva en gémissant, déplissa sa robe. Isabelle demeura assise à même la terre de la ruelle. Une brindille au bout des doigts, elle se mit à dessiner sur le sol. Des ronds, des ovales, un visage, des yeux, un cou ceint d'une cordelette soutenant une médaille. Puis d'autres visages, encadrés par de longues chevelures masculines, raides. L'esclave la regardait faire. Bientôt, il y eut ainsi une dizaine de personnages, maladroitement alignés dans la poussière ocre du chemin. Isabelle leva les yeux vers Ma Bama, comprit qu'il valait sans doute mieux ne pas évoquer ces choses. L'Africaine aussi aurait pu graver là les images de sa famille perdue. Ma Bama haussa les épaules, se détourna. Isabelle effaça ses dessins, des larmes plein les yeux. Puis elle se leva à son tour et regagna sa case.

— Cet homme ne va pas bien, dit Houdot, constatant l'évidence. Depuis quand tremble-t-il de cette façon ?

Isabelle était au chevet de Sylvain Melanson. Le jeune homme avait passé une seconde nuit à frissonner. Par instants, la fièvre forcissait au point qu'il tressautait carrément sur sa natte, comme atteint d'épilepsie.

— Malaria, diagnostiqua le régisseur. Pas grand monde n'y échappe sous nos climats et nombre de nos esclaves y succombent.

Isabelle n'avait pas besoin de cette précision. Depuis leur arrivée à Charleston, beaucoup d'Acadiens souffraient du même mal et en trépassaient tout aussi bien.

— Bois, mon petit, murmura-t-elle.

L'accès palustre creusait encore un peu les joues de Sylvain, exorbitait ses grands yeux bleus terrorisés. L'homme, couvert de sueur, peina à ingurgiter la décoction de quinquina proposée par sa tante. Dans les cases voisines, il n'était pas rare d'entendre les malades gémir des heures durant, secouant leurs paillasses, délirant. Certaines fois, leurs os trépidaient sur le sol, cela faisait même tant de bruit qu'il en devenait impossible de dormir.

— Je n'aurais pas dû, répéta Sylvain.

Et il appela ses enfants, sa femme Françoise. Il n'aurait pas dû, non, se rendre à la convocation des colons au fort Beauséjour, et les autres, tous ceux d'Annapolis et des Mines non plus, n'auraient pas dû obéir aux ordres des Anglais.

Isabelle posa le bol près d'elle, demeura agenouillée, tenant la main du malade, chuchotant des paroles douces à son oreille. En acceptant la proposition des planteurs des Grands Saules, elle avait pensé mettre son neveu à l'abri des miasmes du port, mais tous deux marinaient depuis dans la chaleur étouffante de la case, subissaient l'assaut continuel des moustiques, la compagnie des cafards et des araignées. Dans de pareilles conditions, comment les Nègres pouvaient-ils chanter encore leurs mélopées au travail ou à la courte veillée précédant le sommeil ? Et où les femmes comme Ma Bama puisaient-elles l'énergie qui les faisait encore sourire et parfois, même, rire aux éclats ?

Son fouet serré sous le bras, Houdot se tenait appuyé contre un montant de la porte. Sentant le regard du régisseur lourdement posé sur elle, Isabelle serra le col de sa chemise de toile épaisse. Le silence dans lequel se murait souvent, comme par jeu, l'homme en noir, lorsqu'il se trouvait face à elle, la gênait. Elle se sentait désirée et, quoiqu'elle tentât de s'en défendre, cette impression d'exister en tant que femme, au bout d'un voyage et d'un séjour aussi dégradants, la réconfortait. Dans le même temps, la seule présence de cet homme comme passerelle avec le monde hostile, inhumain, auquel il appartenait lui semblait dangereuse, contre nature.

« Les colonies sont vastes et s'agrandiront encore, lui avait-il dit, un jour qu'il l'observait vidant de la saumure à l'arrière de la maison des maîtres. Quand la sale race indienne aura été refoulée bien au-delà des monts Appalaches, il y aura de la place pour d'autres domaines comme celui-ci. Il faudra peupler ces régions sauvages, voir de nombreux enfants naître sur des possessions lointaines. »

Pensait-il s'en offrir un avec sa paye de régisseur ? Parfois, il s'adressait à Isabelle comme à une égale, se plaignait que les Nègres fussent désormais aussi nombreux que les Blancs dans les colonies du Sud. Isabelle écoutait son discours sur la future société américaine sans réagir. En Acadie, on n'avait pas d'esclaves, les pays micmacs étaient des mondes différents où l'on allait commercer, échanger, en liberté. Quant aux terres conquises par les colons, elles n'appartenaient qu'aux esprits des sables, des roches et des vents. Mais à quoi bon expliquer cela au garde-chiourme de riches planteurs, en Caroline du Sud ?

— Je vais faire en sorte que vous soyez logée dans la demeure des maîtres, dit-il soudain. Ces cases ne sont pas confortables, il y fait bien trop chaud et humide. Nous avons au domaine des chambres pour les domestiques qui vous conviendront mieux.

— Et lui, qui n'est guère valide ? demanda-t-elle, désignant Sylvain du menton.

— Lui aussi, ajouta-t-il au bout d'un long silence. Un médecin nous vient régulièrement de Charleston pour l'inspection des esclaves. Je lui demanderai d'examiner et de soigner cet homme. Et puis nous trouverons un emploi pour votre parent, à la vannerie ou au jardin potager. Le travail n'y est pas trop dur.

Il hocha la tête, satisfait de sa proposition. Isabelle soupira. L'envie lui venait de plus en plus souvent, par bouffées suffocantes, de quitter la plantation et ses ombres enchaînées pour rejoindre ceux de Charleston. Mais il en était mort assez, là-bas, pour l'en dissuader. Sylvain avait une petite chance de survivre, dont elle était comptable.

— Soit, concéda-t-elle.

Elle songea à Jérôme, qui ne la verrait jamais dans cette position de servante. Ce serait un secret absolu, qu'elle garderait jusqu'à la dernière seconde de son existence. L'Acadie était loin, à des semaines de mer de Charleston, et c'était bien ainsi. Elle essuya son front. Et la honte, remontant de son ventre comme une marée, colora subitement ses joues.

IV

Face aux rivages du cap Breton, Nouvelle-Ecosse, avril 1756

Jérôme Hébert sortit de la forêt dans la lumière grise, bientôt rejoint par le petit Antoine Trahan, qui se campa près de lui. Jérôme avait tenté de le faire demeurer à l'abri du village indien, mais l'enfant n'avait rien voulu savoir. Où irait Hébert il irait, et tant pis pour l'hiver. Jérôme grogna. Sa jambe le faisait souffrir par intermittence, le crachin neigeux brûlait ses yeux, mais ces heures diurnes où la bise arasait les immenses étendues de neige et de glace de la baie de Tamagouche étaient les plus favorables à sa fuite. Les Anglais ne se risquaient guère hors de leurs campements, par ces temps-là.

Il assura son bâton sur le sol boueux, s'appuya dessus un long moment, le souffle court. Cela faisait maintenant dix jours qu'il avait quitté les derniers villages micmacs de la Sainte-Croix. Un homme-médecine lui avait donné abondance d'herbes et de mousses, pour calmer les douleurs irradiant du cal de sa fracture, et des poudres à faire infuser, aussi, contre l'insomnie et les saignements.

« Va au rivage de Tamagouche, lui avait dit l'homme. Des frères hivernent là-bas. Ils sauront t'accueillir et te guider vers la ville de ton roi. »

Louisbourg, comme une lueur dans la nuit. L'Acadie était tombée et avait brûlé mais la forteresse plantée à la pointe du cap Breton était toujours française, comme l'île Saint-Jean. Derniers bastions, refuges où les reliquats du peuple des aboiteaux, traqués par les hommes de Lawrence et de Monckton, cherchaient sans doute à prendre pied.

Jérôme toussa, cracha un peu de salive mêlée de sang. Il s'enfiévrait souvent, des quintes le secouaient puis le laissaient sans force, la bouche grande ouverte, la gorge en feu. Il lui fallait pourtant traverser la longue plaine de Cobequid, avant de prendre plein nord, vers l'île Saint-Jean. Il se mit en marche, son petit compagnon dans ses pas. Ses réserves de pemmican avaient fondu et dans le désert humain qu'il traversait, il n'y aurait plus âme qui vécût pour les nourrir, lui et Antoine. Ce n'étaient partout que restes noircis par les incendies, monticules de bois gelé, cadavres d'animaux pris dans la glace. Bien qu'il approchât la soixantaine, qu'il eût vu les guerres, connu la dispersion de sa famille, Jérôme ne parvenait pas à s'endurcir contre cela. La ruine de sa patrie lui broyait le cœur.

Il passa au large de ce qui avait été le bourg de Cobequid. Pressés d'en finir avec les ultimes résistances des Français de l'isthme, les Anglais avaient soulagé la région des Mines de leurs soldats, laissant en place quelques groupes de surveillance. Avant cela, il leur avait tout de même fallu entasser dans les cales de leurs navires les quelques centaines de fuyards raflés aux environs de la Pisiquid et de Grand-Pré ou qui n'avaient trouvé place dans le grand convoi de novembre. Une fin de besogne à l'image de ce qu'avait été l'œuvre, une tache de plus, à jamais, sur les bannières aux lions.

Les deux fuyards cheminèrent jusqu'à la nuit. Ils s'étaient enduit la peau de graisse animale, avaient revêtu plusieurs chemises et des pantes de laine, sous d'épaisses fourrures de loup et de castor. Ainsi protégés, les pieds dans des mitasses[1] fermées jusqu'à à mi-jambes, ils pouvaient endurer la rigueur de cette fin d'hiver.

Un four à pain, autrefois ouvert sur une pièce commune dont il ne restait rien, leur offrit son abri solitaire. Tout autour flottait une vague senteur de suie, comme si les noirs vestiges

1. Souliers faits de laine, de cuir, de fourrure.

des fermes, des étables, des bergeries, exhalaient encore un peu de leur sève calcinée. Jérôme eut du mal à trouver du bois sec sous les décombres et mit bien du temps à l'enflammer. Il mâcha du pemmican, contempla en silence l'enfant occupé à se restaurer, puis il ordonna à Antoine de s'installer dans le four et se recroquevilla près du feu, comme un chien devant sa niche. Ainsi couché, il ressentait moins d'élancements dans sa jambe. Ainsi forcé au repos, il devinait en même temps l'assaut prochain des pensées, des souvenirs, des chagrins, de tout ce que les souffrances endurées dans la journée obéraient.

Le froid devenant par trop menaçant, il convenait de reprendre la route avant l'aube. Le jour vint, dans une soupe de brouillard et de bruine glacée.

Ils prirent la direction du nord, longèrent des parcelles abandonnées, parcoururent des chemins où ne passeraient plus jamais les charrettes acadiennes, avec leurs chargements de grain et de rieuse jeunesse. Chaque pas résonnait comme un glas dans la tête de Jérôme. Seul, il se fût peut-être laissé tomber dans la boue et la neige, mais il y avait cet enfant qui ressemblait aux siens, à qui il donnait parfois leurs visages et murmurait leurs noms. Il avait du sang et de la race, le petit Antoine Trahan, et savait masquer son angoisse. Lui aussi doutait, souvent, lorsqu'il fallait choisir un cap au milieu de la steppe enneigée. Droit devant ! Et le dieu des errants pour éclaireur sous les grises nuées déferlant de l'océan.

— Hardi, l'enfant. C'est vent de norète[1]. La mer est au bout de ce ciel, et l'île Royale avec !

Jérôme avait vécu assez d'hivers pour savoir d'où venait la bise. Celui de 1755 lui en offrait de la bien coupante, une pluie neigeuse laissait vaguement paraître rochers et buttes, digues et sentiers, et la forêt toujours proche. Lorsque le ciel s'éclaircissait, Jérôme distinguait çà et là le fil ténu d'un feu micmac, promesse de halte. On partageait le pemmican et, parfois, un peu de viande bien rouge, chevreuil ou sanglier. Les Indiens savaient jusque dans les moindres détails ce qui était arrivé aux Acadiens. Les navires avaient disparu à l'horizon, voguant vers le sud. Ils s'étaient arrêtés devant les côtes de la Nouvelle-Angleterre et avaient déversé leurs cargaisons n'importe où,

1. Nord-est.

jusqu'au pays des Cherokees nommé Caroline et plus loin encore. Les soldats anglais monteraient maintenant vers le grand fleuve où l'on se battrait un jour pour Québec et Montréal.

— Tout est écrit dans le cours des rivières, dans les nuages qui traversent le ciel, dans les rochers et sur l'écorce des arbres. Le roi de France a perdu son Amérique.

Le chef micmac avait atteint l'âge de la grande sagesse. Son visage tanné, aux plis profondément creusés, n'avait pas été abîmé par la petite vérole, son regard se posait sur les êtres avec une expression de fatigue sereine, de patience et, par instants, de vague et pourtant chrétienne compassion.

Les tribus de Nouvelle-Ecosse s'interrogeaient sur leur avenir. Les gens de Boston et de Halifax n'aimaient guère les Sauvages, mais des émissaires avaient déjà visité les clans avec des paroles de paix. Le roi d'Angleterre reconnaissait la patrie indienne, le droit intangible des Algonquins à posséder la terre de leurs ancêtres. Méfiants, les chefs écoutaient les discours et se gardaient de s'engager, neutres, eux aussi, comme l'avaient été pendant quarante ans les Acadiens.

Jérôme hocha la tête, peu soucieux d'argumenter. Son peuple à lui payait cher sa neutralité, et à se contenter d'aussi vagues promesses les Sauvages risquaient bien de connaître un jour le même sort.

— L'océan est à trois journées de marche d'ici, dit le sagamo[1] d'une voix qui chevrotait un peu. Il te suffit de suivre la rivière qui y porte ses eaux. Tu ne trouveras plus de village ami en chemin. Et les bateaux qui croisent devant les côtes ne sont pas français. Ils viennent de Halifax pour embarquer ceux qui comme toi essaient encore de quitter l'Acadie.

Jérôme sourit. Le dernier campement, dans les collines prolongeant à l'est la plaine de Cobequid, lui avait offert sa chaleur, avec assez de repos pour affronter sans crainte la fin du voyage. On avait fait provision de viande séchée, de tabac, d'herbes médicinales. Jérôme salua le chef, frappa l'épaule d'Antoine Trahan. L'enfant avait appris à fumer le calumet, à manger la carne quasiment crue. Ainsi se poursuivaient les éducations dans la débâcle acadienne.

1. Chef.

Ils sortirent à nouveau de la forêt, de cette matrice amie où de tout temps le peuple des aboiteaux avait appris à se protéger et à survivre. Avril restait pris dans les glaces, avec ses brèves journées et ses nuits interminables. La neige se mit à tomber à gros flocons, obligeant les marcheurs à chercher le précaire abri de rochers, au bord de la rivière. A mesure que le but se rapprochait, la nature se plaisait à s'opposer aux chercheurs de liberté, bleuissant leurs lèvres, mettant du givre à leurs paupières, menaçant de les engloutir dans son silence.

— Par Dieu Tout-Puissant, ma jambe est devenue un pieu. Si nous sortons de cette punition, Antoine Trahan, alors nous aurons bien mérité du Créateur.

Jérôme réchauffait son cal aux courtes flammes d'un feu étique. Le petit Trahan se mit à réciter des litanies. Il se souvenait des chansons, aussi, bretonnes et poitevines, où il était question de ports et de marins, de fileuses et de galants éconduits. Jérôme le laissa dire bien qu'à maints instants il éprouvât l'envie de ne plus entendre. Et ce fut l'enfant qui se tut, à voir le visage de son ami tout empreint de peine et de nostalgie.

— Nous trouverons un navire, monsieur ?

— Bien sûr. Et il sera français.

— Et nous irons à Québec ?

— C'est là que nous irons, oui. Tu dois dormir, maintenant.

Il pensa : Si nous sommes pris à notre tour, peut-être nous jettera-t-on près des nôtres, en Nouvelle-Angleterre. Des envies de reddition lui vinrent, brutales, pour en finir avec les douleurs, les mauvais rêves, le froid. Puis le regard de l'enfant croisa le sien et c'en fut aussitôt fini de ces langueurs.

Le bois humide prenait mal. Antoine Trahan se pelotonna tout près du feu moribond. Jérôme couvrit son petit compagnon d'un épais tissu indien puis il s'assit et se mit à se balancer doucement, à la manière des Micmacs. La rivière murmurait entre glaces et rochers, tout près, dans la noirceur de la nuit. Elle était le fil de vie qui le reliait au salut. Il dormirait deux ou trois heures, juste le temps de ne pas être engourdi par le froid. Une dernière journée de marche et l'on serait enfin au bord de l'océan.

Ce matin-là, la première chose que vit Jérôme Hébert, en s'éveillant, fut un pied nu émergeant de la neige, à moins d'une toise de son visage. L'hiver avait recouvert et conservé le corps. Des pommiers, squelettes noirs sur le décor immaculé, marquaient l'emplacement d'un verger. A part cela, tout avait été réduit en cendres, sauf ce pied aux orteils exsangues dressés vers le ciel comme une balise. L'enfant dormait encore. Jérôme couvrit la chair gelée de neige, puis il chercha alentour d'autres vestiges humains.

— Rien.

Qui gisait là-dessous ? Jérôme avait traversé autrefois ces terres de l'Est acadien lorsque, envoyé en mission par les officiers de Louisbourg, il tentait de tenir les Acadiens en alerte contre les occupants anglais. Au large de Cobequid, dans les années 1740, des colons avaient commencé à domestiquer les plaines coulant doucement vers la mer. Des noms lui revinrent en mémoire, Duon, Gautreaux, Thibodeau.

A qui était donc ce pied ? Il revit des visages de femmes à la veillée, penchés sur des travaux de couture, et les hommes en cercle autour de la cheminée, noyés dans la fumée de leurs pipes. Il eût fallu fouiller la neige, extirper les corps de la gangue durcie par le gel, donner à ces errants de Dieu une sépulture chrétienne. La besogne était par trop difficile et puis, montrer des cadavres au petit Trahan n'était pas un projet bien palpitant. Il se contenta de dire une prière avant de secouer avec douceur l'épaule de son compagnon. Il convenait de ne pas traîner en route.

Des Sauvages s'étaient installés à l'abri d'une crique boisée, au lieu-dit Pictou, d'où l'on apercevait par temps clair les plats reliefs de l'île Saint-Jean. C'était à l'embouchure d'un petit cours d'eau, un rivage de roches plates et de sable noir, séparé des terres de l'intérieur par un lac étroit et contourné. Les abords fangeux du site étaient couverts de roseaux et d'ajoncs ; quatre tentes abritaient la trentaine d'hivernants descendus des collines pour trouver là un climat moins rude.

Pour Jérôme, ce fut soudain la délivrance au bout d'une marche de douze jours, à boiter entre cailloux et blocs de boue, plaques de neige et chemins ravagés. L'endroit était hors du temps et des guerres. Profitant d'un rayon de soleil, les Micmacs s'étaient égaillés le long des plages hostiles, à la recherche de coquillages, de crabes. Sur la mer bleuie par l'embellie, leurs périssoires indiquaient des lieux de pêche. Jérôme vit des hommes penchés, attentifs à la dérive de leurs paniers. D'autres, pareillement couverts de leurs vestes de peau, coiffés de feutre et de fourrure, se tenaient à genoux avec en main des pieux encordés qu'ils lançaient de temps à autre d'un geste vif, ramenant des poissons frétillants.

— Petit, nous mangerons autre chose que du pemmican, ce soir, annonça Jérôme.

Il redoutait de voir surgir des vestes rouges aux marches de ce domaine de vent et d'herbe rase, mais l'océan était vide de toute voile. Des silhouettes de femmes allaient et venaient entre les tentes. C'était un spectacle comme il en avait vu des dizaines lorsque les chasseurs acadiens perdus dans l'hiver bivouaquaient près des marmites indiennes, dans la fumée des calumets et la senteur âcre du sycomore.

Il marcha vers le campement. C'étaient là de simples familles, sans chef pour les commander. Sans doute avait-on comme à l'habitude désigné les plus vaillants pour la pêche et laissé les autres vaquer aux tâches ménagères. Des enfants, indifférents aux rigueurs de la saison, couraient entre le village et un boqueteau où ils avaient dû débusquer quelques lapereaux frigorifiés.

— Tu es un de ceux de Grand-Pré ? demanda un vieux assis à même le sol à l'entrée d'une tente.

— De la Pisiquid-d'en-Haut.

L'homme eut un geste circulaire. Tous étaient partis, désormais, de la Pisiquid et de partout ailleurs.

— Où sont les Anglais ? s'inquiéta Jérôme.

Il avait du mal à tenir debout, comme si le fait d'avoir rejoint la côte est de l'Acadie le privait de ses dernières forces. Le puoin[1] haussa les épaules. Les Anglais ne s'étaient plus montrés depuis trois lunes. Leurs bateaux passaient parfois au large, n'accostaient jamais. Jérôme s'assit, tira sur le calumet que lui tendait le vieillard.

— Et personne d'autre, alors ?

— Un Français est venu voilà quatre nuits. Il a dit que si nous voyions des Acadiens, il fallait leur dire d'aller de l'autre côté de la pointe de Pictou, jusqu'à l'île où il a son bateau.

1. Vieux sage.

— Quatre nuits.

Le vieux hocha la tête. Les pêcheurs revenaient à la rive, portant leurs prises, des bars et des aloses, de quoi nourrir la tribu pendant un ou deux jours. Jérôme les salua. Ils venaient des collines dominant au nord la colonie de Cobequid. Les hommes lui rendirent son salut, s'installèrent à quelques mètres de la tente pour vider les poissons et les faire griller sans tarder. Jérôme se sentait las au point qu'il se fût endormi sur-le-champ, près du feu. Mais il y avait ce navire, à moins de deux heures de marche, avec à bord des chercheurs de fuyards.

— Nous y allons, enfant, dit-il à Antoine Trahan.

Ils se restaurèrent rapidement, prirent un chemin coupant le cap droit vers le nord. Des collines se succédaient, d'où l'on apercevait la mer étale et bleue sous le ciel nettoyé de ses nuées. Le froid s'était fait plus vif, emprisonnait les rus sous une épaisse couche de glace, à croire que l'océan lui-même devait être pris de cette manière, comme à l'embouchure de la Pisiquid ou du Saint-Laurent.

Jérôme luttait contre le vent, poussé par l'idée toute simple que ce navire avait serré la côte pour lui et son compagnon. Mais s'il avait repris la mer ? L'Angleterre n'avait pas encore officiellement déclaré la guerre à la France, pourtant, les tempêtes mauvaises de l'automne avaient balayé la terre d'Acadie, dispersé le peuple des aboiteaux, anéanti toute trace de vie.

— Courage, petit, nous allons retrouver les nôtres.

L'enfant marchait le cou ployé, les mains devant lui comme pour se protéger. Jérôme admira son endurance. Si tous les autres se perdaient en mer, il resterait celui-là, assez représentatif de la race.

A peine visible, effacé par endroits, le chemin tracé par les bêtes plongeait soudain vers le rivage. Des rochers déchiquetés formaient là une barrière à l'océan, une ligne brisée au bas de laquelle un clapot de lac d'altitude venait mourir en silence entre des foulanges[1]. Jérôme scruta l'horizon, les abords de la côte hostile. Rien n'y séjournait, hommes ou navire. Il sentit une chape de plomb s'abattre sur ses épaules. Il faudrait alors s'en retourner vers le campement micmac, avant la nuit.

— De l'autre côté de ce cap, dit-il. Marchons encore.

1. Ecume de mer gelée.

Un sable caillouteux, traître aux lourdes mitasses détrempées des Acadiens, étendait sa glu luisante autour d'un promontoire. Leste et léger, amusé et réchauffé par l'exercice consistant à sauter d'une roche à l'autre, l'enfant eut tôt fait de disparaître à la vue de son mentor. Jérôme l'aperçut enfin, qui revenait vers lui en agitant les bras. Il y avait bel et bien un bateau, juste derrière l'avancée de terre.

Jérôme clopina entre roches et sables, l'effort lui parut soudain moins pénible. Il vit d'abord la proue, pointée vers le large, puis la mâture, les voiles brassées, la bannière fleurdelisée mollement remuée par la brise. Des silhouettes allaient et venaient sur le pont, préparant un départ.

Il sentit son cœur se soulever, comme autrefois pour le baptême d'un aboiteau ou la naissance d'un de ses enfants. Une goélette, et par Dieu Tout-Puissant, il en reconnaissait la forme élancée, la lice incurvée vers l'onde.

— Le *Locmaria*.

Ce navire avait appartenu à son beau-père, le corsaire bellilois, mort à la fin des offensives anglaises de 1745. Sa propre femme, Isabelle, y avait appris les arts complexes de la navigation et de la pêche. A la mort du Bellilois, Pierre Lestang, l'oncle de Jérôme, associé du vieux corsaire, avait mis le bateau à l'abri, puis l'ayant récupéré était allé se battre à Louisbourg contre l'armada anglaise.

— Louange à toi, Seigneur. Le *Locmaria*.

Jérôme sentit des larmes lui venir aux yeux, qui ne devaient rien à l'air glacé. Il restait donc sur ces rivages déshabités un infime morceau de France, un bâtiment encore capable de mouiller en liberté quand tout semblait perdu. Il se mit à hurler, agita les bras. Antoine Trahan était déjà face à la goélette, d'où de grands gestes répondaient aux siens.

On mit une écorce[1] à la mer, pour les cueillir sur le rivage et les amener au bateau. Jérôme trouva son oncle dans sa cambuse, assis, le regard fixe, devant une carte, une bouteille de rhum et un verre. Il eut du mal à le reconnaître. Le capitaine tout en rondeurs, le corsaire jovial, bon mangeur et raide buveur, avait considérablement maigri ; il flottait dans ses vêtements, tremblait un peu. Seule la demi-calvitie tonsurant sa

1. Barque.

nuque demeurait inchangée, encore que les cheveux y eussent blanchi. Malade, pensa Jérôme, mais lui-même, avec sa patte bosselée, sa boiterie, son dos voûté, sa barbe de quêteux, devait avoir aussi de quoi inquiéter.

— Jérôme Hébert, pardieu, tu n'as pas bonne mine.

Pierre Lestang se leva, prit son neveu dans ses bras. Ses membres décharnés, sa peau de vieux parchemin trahissaient un grand délabrement. Jérôme reconnut cependant son regard énergique, perçant, épargné. Ils n'avaient, Pierre et lui, que quinze ans de différence, finissaient ainsi par se ressembler, pareillement abîmés par l'existence.

— Par Dieu Tout-Puissant, vous êtes vivant, lui dit Jérôme. Et les miens, savez-vous quelque chose ?

— Hélas, non. Mais nous regarderons les cartes dès que tu te seras un peu restauré. J'ai engagé un cuisinier de Trois-Rivières qui se morfondait dans une taverne de Louisbourg. Il sait préparer le fricot acadien[1]. Bois en attendant, mon neveu. Je te vois là sans trop de forces et bien pâle.

Jérôme considéra les Acadiens réfugiés à bord du *Locmaria* avec commisération. Il y avait là des familles de la région de Cobequid restées sur leurs terres jusqu'aux dernières heures de la rafle. Réfugiés dans les bois épais entourant la colonie abandonnée, ils avaient erré d'une colline à l'autre, cherché des campements micmacs, mangé leurs réserves de nourriture puis des feuilles, des racines. L'hiver qui allait les tuer les avait poussés vers la mer où, à l'image des nomades indiens, ils s'étaient nourris de coquillages et de quelques poissons. Ils étaient décharnés, livides, certains crachaient du sang. Agrippés à leurs mères, des nourrissons en colère tétaient en vain des seins flaccides.

— Nous avons enterré trois petits, là-haut, dit un homme aux allures de chef de famille. Nous sommes des Gaudet et des Duguay.

Il était vêtu de loques brunâtres, indiquait la direction des terres. Combien étaient-ils à s'être ainsi déplacés au fil des semaines sous le couvert des arbres, loin des chemins et des sentiers de contrebande ?

1. Ragoût de viande et de pâte.

— Quelques dizaines, soupira Pierre Lestang. La plupart des colons de cette région ont rallié l'île Saint-Jean avant octobre. Les rescapés de Beaubassin sont bien plus nombreux en revanche. Ceux-là sont montés vers la Miramichi, où ils ont rejoint Boishébert et ses miliciens. S'ils y sont restés jusqu'à aujourd'hui, leur situation ne doit guère être différente de celle de ces malheureux.

— Boishébert, murmura Jérôme.

Il l'avait rencontré deux années auparavant. Ce gentilhomme originaire de l'isthme de Chignecto n'avait pas attendu la décision de Lawrence et Shirley pour prendre les armes. Les forêts de Beaubassin, du Coude et de Memramcouk étaient son repaire, d'où il ne se privait pas de harceler les Anglais. Lui, l'abbé Le Loutre, le colon Brossard, dit Beausoleil, avaient choisi l'affrontement quand tant d'autres se berçaient d'illusions pacifistes.

Jérôme se mordit les lèvres. L'hiver sur la Miramichi ne lui évoquait rien de bon. En recommandant à Thomas de chercher la route de Québec par les forêts du Nord, il l'avait sans doute jeté dans ce piège.

— Ton aîné saura s'en sortir, le rassura Pierre, mais lui et les autres seront bien seuls contre une armée, des flottes, des milices puritaines, même. On scalpe assez volontiers, là-haut.

Appuyé contre le bastingage, bras croisés, l'air sombre, le vieux corsaire observait ses passagers accroupis autour d'une marmite pleine d'une mixture de pain, de poisson et de semoule, à laquelle ils se restauraient bruyamment. C'était là une position humiliante rappelant des animaux en festin, mais les Acadiens n'en avaient que faire, lapant les plats creux tels des chiens. Le cuisinier du *Locmaria* avait emporté de Louisbourg de quoi nourrir l'équipage et quelques réfugiés. L'afflux d'une trentaine de personnes lui posait un problème crucial. Il ne faudrait pas traîner encore le long de ces côtes déshabitées.

— Mettez à la voile, ordonna Pierre.

Il eût aimé poursuivre le long des rivages, montrer sa mâture fleurdelisée à ceux que l'hiver n'aurait pas engloutis. C'était l'un de ses derniers combats, une navigation dangereuse même pour ceux qui connaissaient la côte acadienne comme leur poche. D'autres tentaient la même mission, au nord, anges gardiens pour peuple en déroute.

On remonta les canots, puis la goélette prit le vent et s'éloigna du rivage. On mettrait le cap sur Louisbourg, terre française où les passagers rejoindraient quelques centaines de réfugiés.

— Cap-Breton ne peut plus nourrir son monde, expliqua Pierre. Les quelques arpents autrefois cultivés sont retournés à la friche, Louisbourg se réorganise tant bien que mal. Tout est précaire sauf pour quelques marchands enrichis par les désastres. Il y en a toujours, de ces rats. Et des officiers sûrs d'eux-mêmes aussi. Foutaises que tout cela ! Viens, mon neveu, la froidure porte à se chauffer l'intérieur du corps.

Le vent glacé balayait le pont. Les Acadiens se tassèrent au bout de la coursive, jusque dans la cale. A ce spectacle, le cœur de Jérôme se serra. Ici, les gens étaient libres, dans leur malheur, remplis soudain de soupe et d'espoir. Quelques dizaines d'êtres en suspens, assez chanceux, finalement, mais les autres, les milliers d'autres, qu'était-il advenu d'eux ?

Les Indiens racontaient tous la même histoire de proscrits dispersés tout le long des côtes de la Nouvelle-Angleterre. Il vit soudain en songe les visages de ses enfants, de ses sœurs, d'Isabelle, blêmes apparitions surgies de l'hiver ; sentit la paume de Pierre, sur son épaule. La certitude qu'il avait perdu à jamais les siens le terrassa. Rompu, il chuta lourdement aux pieds de son oncle.

V

Au mouillage de Williamsburg, Virginie, avril 1756

— Dieu, ces gens sont d'un sale !

Robert Dinwiddie, gouverneur de la Virginie, ne cachait pas son agacement. On rédigeait à son intention, depuis quelques semaines, des rapports réguliers sur l'état des Acadiens. Quatre navires d'abord amarrés à quai puis repoussés à bonne distance, pleins d'une cargaison dont il ne savait que faire. Pressé par ses adjoints chargés de l'affaire, il avait enfin consenti à cette visite au bout du port, une corvée dont il se serait bien passé.

— Il faudrait que monsieur Shirley, gouverneur du Massachusetts, voie cela, bougonna-t-il, contrarié.

Il ne pouvait ignorer qu'à Boston les déportés avaient eu l'autorisation de débarquer. Mais quoi ! On se moquait du monde : personne ne l'avait averti de l'arrivée de l'escadre à Williamsburg. Les Acadiens avaient depuis longtemps épuisé leurs provisions de route et l'épidémie de dysenterie qui avait sévi dans les cales en avait encore laissé suffisamment en vie.

— J'ai un millier de bouches à nourrir et Boston ne me fait même pas l'aumône d'une caque de harengs. Que croit-on, là-haut ? Que je vais lever une taxe particulière pour la farine et la saumure de ces gens ? Les honnêtes colons de Virginie renâclent déjà à en payer sur la mélasse et les épices !

Il leva les yeux au ciel, s'emporta.

— Et puis ces gueux sont français ! Pardieu, cela suffit qu'ils nous mettent l'Ouest à feu et à sang avec leurs maudits alliés indiens ! Neuf cents hommes tués sur l'Ohio l'année dernière, messieurs, et leur chef Braddock avec. Il s'en est fallu de peu que le lieutenant Washington et nos Virginiens subissent le même sort.

Il était de petite taille, légèrement bedonnant, portait souliers vernis et perruque frisée. Rouge de teint, le jabot proéminent, il découvrait à la lunette, une moue de dégoût aux lèvres, les migrants allongés les uns à côté des autres sous des couvertures. On avait autorisé ceux qui le désiraient à séjourner hors des cales.

— Dans ces conditions, il n'est évidemment pas question de laisser un seul de ces êtres poser le pied ici, poursuivit-il. Vous me voyez imposant à nos citoyens la présence de leurs pires ennemis dans cette ville, ou ailleurs dans la colonie ? Alors de deux choses l'une, ou Boston me soutient financièrement dans la quinzaine à venir ou nous donnons l'ordre à ces navires d'appareiller.

Les capitaines présents autour du gouverneur acquiescèrent, soulagés. On avait beaucoup tergiversé jusque-là ; les hommes répugnaient à monter à bord depuis que la maladie frappait, et surtout, les dotations des armateurs Apthorp et Hanckok étaient elles aussi épuisées.

— Nous allons devoir payer de nos poches leur nourriture, fit remarquer Jonathan Davis, capitaine du schooner *Neptune*. Moi, j'en ai encore près de cent soixante à bord.

— Et moi encore plus de quatre-vingts qui survivent, renchérit le capitaine Nathan Monroe, qui commandait le *Ranger*. Cela veut dire quatre cents livres ou presque de farine par semaine, et quarante de porc, sans compter les gallons d'huile.

— Je sais cela, l'interrompit vivement Dinwiddie, vous n'allez pas m'apprendre l'arithmétique.

— Et où irions-nous ? demanda James Purrenton, que la maladie avait débarrassé d'une bonne trentaine de personnes sur son *Sarah and Molly*.

Dinwiddie laissa parler ses adjoints. Boston ne voulait pas un déporté de plus, New York, affligée de près des deux cents arrivants de l'*Experiment*, menaçait de couler les navires au canon si on lui en imposait encore. Quant aux colonies du Sud, il se disait qu'à peine débarqués les Acadiens auraient toutes les chances d'être ramenés à leur port de départ. Estimant qu'il en avait suffisamment entendu, Dinwiddie fit la synthèse :

— Ce sera donc l'Angleterre, messieurs. Il est bien évident que le cas échéant, vous serez à nouveau dotés et équipés, et cette fois, vos armateurs seront directement payés par le ministère des Colonies, à Londres. En plus d'une prime que je vous verserai ici même. Le marché vous convient-il ?

Il observa les capitaines avec un brin d'amusement. Ces hommes durs et autoritaires, volontiers brutaux, savaient s'adoucir lorsqu'on leur parlait argent. Nègres de Sierra Leone ou mélasse des Antilles, Acadiens de Nouvelle-Ecosse ou cochons du Schleswig-Holstein, la cargaison leur importait peu. Seule la menace des épidémies les effrayait. Eux non plus n'avaient pratiquement pas mis le pied sur leurs navires depuis près de quatre mois.

— Soit, fit le capitaine Monroe en hochant la tête. Plus vite nous lèverons l'ancre, mieux cela vaudra.

— Ma pauvre Anne-Marie, dit Marguerite Melanson d'une petite voix, te voilà seule maintenant que ton pauvre père a rejoint ma sœur Madeleine.

Anne-Marie essuya ses yeux. Sa mère avait trépassé quelques jours à peine après l'arrivée à Williamsburg. Quant à Jean Melanson, qu'une sorte de langueur avait pris au fil du temps, il avait été emporté en deux nuits à peine par la diarrhée, avec quelques autres comme lui, de la Pisiquid et de Grand-Pré.

Elle se leva, monta sur le pont encombré de jambes, de bras, de corps à l'abandon. Le navire tout entier semblait devenu lazaret mais au moins la puanteur s'atténuait-elle au grand air.

A la mi-avril, l'hiver tenait encore la côte atlantique dans ses rets. Un vent glacé balayait le pont, le ciel d'un bleu de métal charriait des nuages aux énormes ventres blancs, la mer elle-même, frissonnante, se frangeait d'écume et clapotait, nerveuse, contre la coque. Anne-Marie serra sur elle sa couverture de laine, alla s'appuyer contre le bastingage, à l'arrière du *Neptune*.

Le navire tournait lentement autour de son attache, simulant un nouveau départ. Lorsque son regard se posait sur la terre de Virginie, la jeune fille apercevait, minuscule tache brune au bas d'une colline, le carré de terre fraîchement remué où l'on avait enseveli les cadavres des Acadiens. Il avait été question de lester des linceuls que l'on aurait jetés au large, mais les supplications, la colère, les imprécations des survivants avaient eu pour une fois raison de la froide logique des autorités coloniales. On avait connu assez de barbarie depuis l'automne, assez de deuils, de déchirements, pour que les morts eussent enfin la liberté de se dissoudre dans la terre chrétienne d'Amérique. Anne-Marie revoyait les barques emmenant ses parents vers la rive. Seuls les morts avaient le droit d'accoster. Pour les prières des vivants, on compterait sur les marins préposés aux funérailles, à qui l'on avait donné une pièce, un bijou, une chose quelconque valant ce qu'ils pourraient en tirer.

— Partir, murmura la jeune Acadienne.

N'importe où mais vite. Quitter le bouge où l'on attendait, résignés, la prochaine vague de fièvres, de coliques, de démence, où des nouveau-nés, touchés par Dieu seul savait quelle grâce, vivaient et criaient bien fort, pendus aux seins des mères.

Quatre mois que cela durait, le ciel bas, la pénombre de la cale, l'immobile et désespérante rotation du bateau autour de son ancre. Et d'autres navires longeaient ceux-là pour accoster, décharger leurs cargaisons de fruits, d'épices, d'esclaves, de meubles, de grains. On entendait leurs cloches, leurs sifflets, les cris joyeux de leurs matelots, on voyait à terre des femmes agitant les bras, des enfants courant d'un quai à l'autre à la rencontre d'un frère ou d'un père. La vie, à quelques encablures d'un millier de morts-vivants promis à une nouvelle errance.

Une barque à rames surmontée d'une voile minuscule passait entre le *Neptune* et le *Ranger*, à moins de cinquante brasses. Anne-Marie la suivit des yeux, distraite. Cela arrivait parfois : pour des raisons que l'on ne connaîtrait jamais, des bonnes âmes de la ville faisaient passer par des marins un ballot de draps, un tonnelet de vin ou de sirop, quelques vêtements usagés mais propres avec, parfois, un petit mot épinglé où voisinaient les mots « Seigneur », « espoir », « compassion ». Qu'apportait celle-là, qui obliquait et venait vers le *Neptune* ?

Il y avait trois hommes à bord, deux souquant ferme et le dernier, la main en visière, qui souleva son tricorne, laissant apparaître sa chevelure blonde. Anne-Marie se releva. L'homme la reconnut à son tour, pointa le doigt vers elle. William Jeffries conduisant son esquif à l'abordage du schooner !

Elle sentit ses jambes la trahir, dut prendre appui des coudes sur le bastingage. Le spectacle de la Vierge Marie descendant des sombres nuées amoncelées sur Williamsburg ne l'eût pas davantage sidérée.

— Attrape la corde ! cria William. Eh bien, tu te dépêches ?

Elle s'ébroua. Des Acadiens rêvassant sur le pont l'avaient rejointe ; ils hissèrent des ballots de linge et de vivres, une manne prestement transbordée et descendue aussitôt dans la cale.

— Nous n'avons pas le droit de monter à bord, expliqua William. Il va falloir faire vite. Tu vas m'écouter et faire ce que je te dirai.

La barque ondulait au contact de la coque du *Neptune*. Anne-Marie ne put s'empêcher de sangloter en même temps qu'une onde de joie, de soulagement, de pitié, la submergeait. Ses oreilles bourdonnaient, son cœur cognait fort dans sa poitrine, au point qu'elle peinait à entendre ce que lui disait son ami ; des choses terribles. Elle aurait à quitter les siens, très vite.

Elle enfouit sa tête dans ses mains, tenta de calmer son esprit en tumulte, plein d'un mélange amer de terreur et d'exaltation. William ! Comment avait-il su ? Près d'une demi-année avait passé depuis l'embarquement à Grand-Pré. Avait-il déserté ? Pardieu, il était là, avec son sourire doré comme ses cheveux et sa belle liberté d'aller et venir dans ce port d'infamie. Elle se signa, tomba à genoux, en prière.

Abandonnés depuis des semaines sur le *Neptune*, les Acadiens avaient pris des habitudes, un peu comme s'ils s'étaient rendus maîtres de leur prison. Ainsi quittaient-ils le plus souvent possible la cale et ses remugles pour respirer l'air du port et de la mer. Certains parvenaient même à dormir sous le ciel froid et venteux d'avril.

Le soir tombait. Des traînées grises occupaient l'horizon marin, annonçant des pluies à venir. Marguerite Melanson avait suivi en boitillant sa nièce à l'avant du navire. Assise sur des cordages, elle observait en silence la beauté blonde agenouillée devant elle, attendait les mots si difficiles à prononcer. Au bout d'un long moment, elle posa sa main sur la tête d'Anne-Marie, se pencha vers elle.

— Faut-il qu'il t'aime, ton Anglais, pour être venu jusqu'ici. Eh bien, mon petit, je suppose qu'il n'a pas fait tout ça pour le simple plaisir de t'apercevoir.

Anne-Marie était incapable de parler. Une boule dure, douloureuse, obstruait sa gorge.

— Il t'a dit où nous allons être emmenés maintenant ?

La jeune fille avait tenu son secret tout le jour. La visite des Anglais avait fait un peu jaser dans la cale et elle avait dû subir les interrogations muettes de ses proches.

— En Angleterre, lâcha-t-elle d'une voix mourante.

— Seigneur Dieu. Nous serons tous morts avant d'y arriver. Mais bast ; ça ou l'enfer...

Marguerite continua à caresser la tête de sa nièce. Dans les fermes de la Pisiquid, beaucoup s'étaient émus de l'idylle entre la fille-à-Jean Melanson et ce soldat en veste rouge commis finalement à la déportation. Plusieurs fois, Marguerite avait dû imposer autour d'elle le silence sur cette affaire. Maintenant, elle devinait ce qui risquait de se passer, craignait que cela ne ravivât les vieilles dissensions.

— Alors, il va te retenir ici, c'est cela, linotte ? Et tu le rejoindras au moment où nous partirons.

Anne-Marie appuya plus fort son front contre le ventre de sa tante. Il y avait dans la cale du *Neptune* deux de ses frères et leurs familles, sa cousine Cécile, une fille de quinze ans à peine dont elle s'était occupée, tous épargnés par la maladie. Manquaient les deux benjamins de Madeleine, Gilles et Pierre, ainsi que leur cousin Antoine, entassés dans une autre cale en compagnie de Jacques Hébert. Orphelins sans le savoir, peut-être morts eux aussi.

Anne-Marie avait honte. En même temps, elle désirait de toute son âme entendre la voix de sa tante lui dire qu'elle était libre de choisir entre une vie normale et cette errance sans étoile ni fin.

— Et puis, Vierge Marie Mère de Dieu, c'est peut-être mieux ainsi, murmura Marguerite. Je crois que ton pauvre père ne s'y serait pas opposé. J'en suis même sûre.

— Mais les petits, Seigneur, comme ils me manqueraient.

— Ils ont leurs mères, grâce à Dieu, et les autres familles au cas où ils survivraient seuls. Va, toi. Il n'y a rien à espérer à rester avec nous.

Anne-Marie fondit en larmes. Les paroles de Marguerite la broyaient.

— C'est pour quand ?

— Cette nuit.

Marguerite soupira. Il était mort suffisamment d'innocents à bord du *Neptune* et des autres bateaux pour laisser les moins malheureux tenter leur chance.

— Eh bien je prierai notre Sainte Mère pour qu'elle te protège, murmura-t-elle à l'oreille de sa nièce. Simplement, tu t'en iras sans rien dire aux autres, quand ils se seront endormis.

— Ils se doutent.

— Certes, mais tu sais bien comment on essaie de se persuader. Au fond de leur cœur, ils t'envieront mais ils prieront pour toi eux aussi. Leur âme est sans malice.

Anne-Marie se redressa. Sa tante avait toujours été bonne avec elle, compensant bien souvent par sa nature autrefois généreuse et gaie les sombres rigueurs d'une éducation sans fantaisie ni vraie chaleur. A l'heure de la séparation, la jeune fille se fit serment que cette sollicitude ne resterait pas sans récompense, un jour ou l'autre.

Marguerite vint au-devant de ses pensées. De Boston ou d'ailleurs, Anne-Marie pourrait se renseigner sur les destinations des déportés. Elle avait une sœur à Montréal, Catherine, mariée à un marchand. Ensemble, elles se mettraient un jour à la recherche des absents. Et puis, l'Angleterre, c'était tout près de la France et cette guerre finirait bien un jour. Dans sa clémence, Dieu réunirait tôt ou tard ses enfants d'Acadie.

Marguerite remit un peu d'ordre dans la chevelure de sa nièce, baisa son front.

— Tu es diablement jolie ainsi enchagrinée, lui dit-elle d'une voix douce, mais tâche tout de même de présenter un meilleur visage à ton galant.

Le vent était tombé. Une lune rousse se leva derrière la ville, reflétée par la mer étale. Les autorités de Williamsburg maintenaient la stricte interdiction de débarquer tout étranger, de jour comme de nuit. Il fallait faire vite.

Anne-Marie noua autour d'une amarre la fine corde que lui avait lancée William. Elle enjamba le bastingage, se retrouva dans le vide, luttant pour serrer la corde entre ses jambes. Ses mains glissaient, sa peau chauffait au point de la brûler. Au moment où elle lâchait prise, elle sentit une poigne autour de ses chevilles, se laissa aller avec un bruyant soupir. William la reçut dans ses bras, tomba en arrière, jura. La barque s'éloignait déjà.

L'Acadienne demeura un long moment prostrée, vidée de son énergie. Au moment où les rameurs prenaient leur rythme, elle crut distinguer des murmures, mêlés au chuintement de la barque. Cela rasait l'eau, venait buter contre la coque, comme l'écho d'une plainte. Elle s'assit, scruta la nuit vaguement éclairée par la lune. William prit sa main, la porta à ses lèvres.

— Dieu te garde, chuchota l'écho.

Cela venait du *Neptune*. Un large rai de lumière jaune reliait le navire à la terre. Anne-Marie ouvrit la bouche sur un cri muet. Des silhouettes se tenaient alignées, immobiles derrière le bastingage, chuchotaient.

— Dieu te garde, petite sœur.

— N'oublie pas.

— Pense à nous, Dieu te protège.

Une humanité gémissante accompagnait sa fuite, n'osant parler trop fort de peur d'alerter les geôliers. Anne-Marie enfouit sa tête entre ses mains. Des pieux incandescents perçaient sa poitrine, fouillaient à l'intérieur, arrachaient son cœur, sa gorge. Elle imagina les visages tendus vers elle dans l'obscurité, leur communion, leur détresse infinie. Elle pensa aux enfants endormis dans la cale, ses neveux et cousins qu'elle avait consolés tant de fois et qu'elle ne reverrait sans doute jamais. Ses genoux la trahirent, elle s'effondra, inanimée, dans les bras de William.

VI

Dans les forêts de l'isthme de Chignecto, avril 1756

— Cette fois, nous touchons au but, p'tit sargailloux[1], triompha Thomas Hébert.

Au débouché d'une longue sente forestière, occupant le fond d'un vallon protégé par des collines abruptes, le village des Acadiens apparut enfin. Et quel village ! Un aggloméra de cabanes et de huttes traversé par des venelles fangeuses, des toiles posées sur l'arrondi de branchages, un peu à la manière iroquoise mais sans même l'organisation rigoureuse ni le confort des habitations indiennes ; un camp de nomades d'où montaient les fumées de maigres festins. Mais libre, défendu par des miliciens en armes que Thomas salua, joyeux.

Après s'être réfugiés dans un village micmac de la Pisiquid, le temps que les Anglais en aient terminé avec leur besogne, Thomas et Baptiste Hébert avaient traversé au plus fort de la froidure les reliefs de ce qui avait été un pays. Il avait fallu toute la science paysanne de l'aîné pour que le petit de Jérôme et Isabelle Hébert parvînt vivant au nord de l'isthme. Thomas avait tué du gibier sur les pentes enneigées, guetté le poisson en haut de trous creusés dans les épaisseurs de la glace.

1. Loqueteux.

Passé le grand exode de novembre, les Anglais avaient pourchassé un peu partout ce qui restait d'Acadiens, empli quelques cales de plus et abandonné le terrain aux corbeaux et aux busards. Souvent, comme le ferait leur père sur sa route vers l'est, Thomas et Baptiste avaient dormi dans les restes noircis de fermes incendiées.

« Tu vois, petit, ils ont fui à leur tour, avait expliqué Thomas à son frère. Parce qu'ils avaient honte de ce qu'ils nous ont fait, parce que les bourreaux doivent eux aussi manger et qu'ici, il n'y a plus rien pour les nourrir. »

Plus d'une fois, l'aîné des Hébert avait regretté d'avoir pris la route du nord, à travers la plaine des Mines. Certes, les Anglais s'étaient repliés vers leurs cantonnements de Halifax, d'Annapolis et de Beaubassin, on ne risquait pas trop de les croiser. Mais il y avait l'hiver, compagnon silencieux, présent partout, tenant les bêtes à l'abri des terriers et des houles de neige.

« On n'arrivera pas », soufflait Baptiste, frigorifié.

Thomas faisait du feu pour lui, près d'un abri de branchages hâtivement assemblés ou sous les quelques planches d'un toit d'étable demeurées en place. Parfois, la chance leur avait offert un vrai gîte, des pans de mur épargnés par les flammes, une cheminée, même, avec son conduit resté debout au milieu de la steppe, assez pour attendre que s'achevât une sorcière de vent[1] et revînt le soleil.

« Tiens, voilà qui sera bien à ta taille. »

Une peau de chevreuil trouée en son milieu avait fait à Baptiste une cape par-dessus ses amoncellements de chemises, d'écharpes, de haillons divers. Au fil de la route, les deux frères s'étaient mis à ressembler aux quêteux dépenaillés des temps révolus, diables hirsutes s'invitant dans les familles et dont les enfants avaient peur. Leurs mitasses s'effilochaient, leurs culottes prenaient l'eau. Poussant sur leurs bâtons, enfoncés jusqu'aux genoux dans la neige, à la recherche d'improbables chemins, on eût dit des soldats vaincus regagnant leurs lignes après une bataille.

« Avance, pardieu, petit forban. Nous avons rendez-vous avec ceux qui nous aiment, il ne faut pas les faire attendre. »

1. Bourrasque.

Et l'enfant s'était exécuté, dents serrées, grelottant, son aîné derrière lui pour le pousser à l'assaut des collines ou le tirant par la main quand il fallait l'abriter du vent glacé. On allait retrouver Jacques et Charlotte, leurs frère et sœur restés à l'église de Grand-Pré, et les parents, aussi, quelque part entre l'Acadie et le grand fleuve Saint-Laurent. « A Québec, à Montréal ou sur une terre encore française », s'était-on dit avant d'être éparpillés dans le grand chaos de la déportation.

« On sera bientôt réunis loin de cette guerre, mon Baptiste. »

Les Hébert et les Melanson se retrouveraient au bout de l'hiver, oncles, tantes et cousins, avec les voisins Terriot et Granger, avec cent autres encore. L'enfant n'était pas dupe. Il avait vu de loin, lui aussi, les fumées des incendies monter de tout le pays vers le ciel de novembre. Son jeune esprit comprenait qu'il y avait eu là quelque chose d'irréparable. Mais Thomas était fort et persuasif, alors Baptiste levait les yeux vers lui et le croyait. Ainsi arc-boutés, se racontant ce qu'on ferait une fois parvenus en terre amie, ils avaient dépassé les caps des Mines, rejoint enfin la baie de Fundy, autrefois nommée « Française », et ses rivages déserts, jusqu'aux parages de l'isthme.

« Les Français sont à six nuits de marche, leur avait indiqué un Indien, pointant le nord à la lisière des grandes forêts de Memramcouk. Beaucoup sont morts en s'enfuyant. Les autres font encore la guerre aux Anglais. »

Six nuits. Peu de chose au bout d'un tel voyage.

Charles Deschamps de Boishébert avait à peine plus de trente ans. Un visage arrondi aux grands yeux clairs, au regard volontaire, un léger embonpoint, une démarche décidée, altière, traduisaient une naissance aristocratique. Gentilhomme acadien, élevé dans l'amour de sa France d'Amérique, il avait pris un jour la décision de brûler son fort de Jemseg pour n'en laisser que des ruines aux envahisseurs. A peine la nouvelle des déportations de Beaubassin répandue, il s'était replié avec quelques centaines d'hommes dans les épaisses forêts de l'isthme de Chignecto. Là, au secret des villages micmacs, à l'orée du chemin menant au nord vers la baie des Chaleurs et la rivière Miramichi, il rassemblait ce qu'il pouvait de forces, attendant l'occasion de rendre aux Anglais la monnaie de leur pièce.

L'exode des Acadiens de Beaubassin ayant échappé aux rafles dépassait les possibilités d'accueil tant des Indiens que des Français, d'autant qu'il s'agissait pour la plupart de femmes, d'enfants et de vieux. Faire des quelques hommes valides des miliciens prêts à combattre ne posait pas de problème insurmontable, mais nourrir les autres, trop faibles pour se débrouiller seuls, demeurait le souci majeur du jeune chef. Le bétail avait fui ou se trouvait désormais dans les fermes de la Nouvelle-Angleterre, les récoltes étaient parties en fumée, les terres elles-mêmes avaient subi les assauts de l'hiver derrière les digues percées ou emportées par les tempêtes. Et cette année-là, nul ouvrage humain ne permettrait de réparer ce que la nature, violente, opiniâtre, s'obstinait depuis toujours à infliger aux Acadiens entre novembre et avril.

— Et vous êtes passés sous le nez de la garnison du fort Lawrence, en plein hiver ! Pardieu, mes amis, vous avez de la moelle ou je ne m'y connais pas.

Boishébert se leva de sa chaise au coussin de velours rouge, une étrangeté dans pareil décor, serra la main de Thomas. Epuisé, Baptiste s'était laissé tomber entre deux gros pieux de soutènement et dormait. Thomas alla se chauffer au-dessus d'un brasero creusé à même le sol.

— Voilà où nous en sommes, soupira le jeune chef. Il y a ici deux cents des vôtres, et un millier environ dans de semblables bivouacs aux alentours. Ces gens pourront se nourrir aux saisons douces mais pour ce qui est de l'hiver prochain, j'ai peur qu'il ne nous faille choisir entre la famine et les bateaux anglais. Je me souviens de Jérôme Hébert, votre père, ajouta-t-il dans un sourire. Pardieu, il s'est bien dépensé pour la défense de ce malheureux pays. Est-il sauf ?

— Il s'est brisé une jambe en septembre, en tentant de lever une troupe de Micmacs. J'espère qu'il est retourné s'abriter dans les collines.

— Donnez-moi des nouvelles de l'Acadie. Il n'y a vraiment plus personne au sud ?

— Non, répondit Thomas. Tout est vide et brûlé, de la Pisiquid jusqu'ici. Dans l'isthme, nous avons vu des cavaliers, très loin vers les forts. Seuls restent les Indiens, dans leurs villages.

Boishébert hocha la tête. Il avait auprès de lui quelques lieutenants, tous acadiens, des anciens des milices, presque vieillards aux cheveux blancs, aux doigts noueux, et d'autres, plus jeunes, de Beaubassin pour la plupart. Thomas fut heureux de les découvrir, libres comme lui, leurs fusils posés contre la paroi de toile, tout près d'eux.

— On vous donnera à manger, dit Boishébert. Ne vous attendez pas à faire ripaille, mais je vois bien que vous êtes chasseur et plutôt bon, pour avoir surpassé l'hiver. Tant mieux car ici, il faut se débrouiller seul ou presque, pour survivre. Beaucoup sont déjà morts de froid et de faim chez moi et dans les autres campements ou en tentant de nous rejoindre. Nous traversons des temps difficiles.

— Et ceux des bateaux anglais ? demanda Thomas. Nous avons eu notre mère et le reste de notre famille emportés par ces maudits.

Boishébert échangea des regards furtifs avec ses compagnons.

— Nous nous posons tous la même question. Les bateaux, Seigneur, où sont-ils, avec les nôtres dans leurs entrailles ? On nous dit la Nouvelle-Angleterre, l'Europe, même. Ce qui est arrivé cet automne est incroyable.

Il se campa devant l'entrée de l'abri, contempla longuement les traînées de pluie froide dégoulinant de la toile. Gronda.

— Nous n'aurons de cesse de harceler l'ennemi, dès que le temps nous le permettra. Patrouilles ou marcheurs égarés, compagnies se risquant trop près de nos positions, il n'y aura ni quartier ni merci pour les assassins de notre peuple. Sans doute cela ne suffira-t-il pas à laver le crime mais pardieu, nous mettrons le scalp anglais à la valeur des nôtres ; dix-huit livres !

— Sylvain-à-Jean-à-Joseph Melanson ? Sacordjé[1] ! Je crois bien qu'il est monté avec les hommes de l'isthme sur un navire à Beaubassin, au mois d'août. *Endeavour* qu'il s'appelait, ce foutu bateau, et on ne l'a pas revu depuis, ni ses passagers.

La femme était sans âge, courbée en avant par l'arthrose. Ses doigts déformés, griffus, désignaient des embarcadères, des plages envasées, des hommes que l'on poussait à bord à la

1. Sacredieu !

pointe des baïonnettes, tout ça au pied même du fort Beauséjour. Elle avait assisté de loin à la scène. Les quelques rescapés arrivés des Mines lui avaient raconté la même chose.

Thomas s'accroupit devant elle, l'interrogea derechef.

— Sa femme et ses enfants sont plus avant dans la forêt, dit-elle de sa voix de vieille. Il y avait là des petits assez malades, je crois. Les abbés les ont conduits jusqu'ici, pauvres, il y en a qu'on a jetés sous la terre en chemin, sans même une croix.

Elle dodelina de la tête, incrédule. D'autres femmes l'entouraient, des aïeules comme elle et des plus jeunes, serrant des enfants contre elles. Tout ce petit monde s'était groupé autour d'un feu. A défaut de nourrir les gens, les forêts de l'isthme les chauffaient encore assez bien.

Thomas se releva. Les réfugiés bravaient la faim comme ils le pouvaient, les Indiens leur offraient l'asile, mais à eux qui devaient aussi affronter les rigueurs de l'hiver, on ne pouvait guère demander plus. Les Micmacs cultivaient un peu de maïs et de blé, quelques légumes, de quoi faire du pain pour des clans de quelques dizaines d'êtres, avant l'hiver. On leur avait acheté de quoi nourrir les enfants, les femmes grosses. Boishébert avait fait établir un ordre de priorité, aux plus faibles de quoi ne pas mourir, aux autres ce qui restait de la distribution. Les chasseurs acadiens auraient de l'ouvrage dès que la neige aurait fini de fondre.

Thomas sortit sous la pluie neigeuse, chemina une grande heure entre des collines ruisselantes. Les arbres dépouillés se tenaient droits autour de lui, spectres immobiles sous les averses, portant sur leurs troncs les signes laissés par les Indiens. C'était un pays ami, ni français ni anglais, une sorte de frontière au nord de laquelle commençait un territoire sauvage et mal connu s'étendant jusqu'au Saint-Laurent. Peut-être y avait-il là une terre future pour ceux que la colère anglaise, une fois calmée, laisserait s'installer.

Le village micmac ressemblait aux autres. Les tentes indiennes, coniques, disposées en cercle autour d'une placette, en occupaient l'essentiel. A l'extrémité, le fouillis des cabanes acadiennes formait une sorte de faubourg désordonné, précaire, mal bâti.

Thomas entra sous les abris, interrogea. Lorsqu'une femme émaciée, portant dans ses bras un nourrisson d'à peine quelques mois, vint vers lui, il eut du mal à reconnaître sa cousine. Françoise Melanson avait à peine trente-cinq ans et en paraissait vingt de plus. Thomas sentit sa gorge se serrer. Il revoyait la jolie fiancée de son cousin Sylvain à l'entrée de l'église de Grand-Pré. C'était l'année 1745, quelques semaines après le guet-apens où cent quarante Anglais avaient péri. En pleine cérémonie, les vestes rouges avaient envahi le sanctuaire, sommé le jeune Melanson de se proscrire avec une dizaine d'autres, avant le lendemain. L'affaire avait longtemps agité la communauté des Mines, où les va-t-en-guerre comme Jérôme Hébert n'étaient pas la majorité.

— C'est pitié, dit Françoise avec un pauvre sourire, nous voici jetés sur les chemins. Tu es seul ici. As-tu des nouvelles des tiens ?

Thomas fit non de la tête.

— Et de mon Sylvain ? On raconte que les navires anglais sont très loin désormais. Il ne reste donc âme qui vive sur nos terres ? Tout ce qui se dit est vrai, Thomas ?

Sa voix s'étranglait. Thomas lui raconta sa traversée de l'Acadie jusqu'à Beaubassin. Il ne servait à rien de mentir, le pays tout entier n'était plus qu'un désert de cendre.

— Nous ne pourrons demeurer ici bien longtemps, dit-elle. Il y a trop de gens pour trop peu de nourriture et d'autres nous rejoignent sans cesse. Certains ont déjà fui plus au nord, vers la Miramichi et la baie des Chaleurs. Seigneur Tout-Puissant, la plupart auront péri dans l'hiver et nous ne tarderons pas à en faire autant.

Elle jetait des regards angoissés autour d'elle. Sous les toiles, les branchages, des femmes cuisinaient des infusions d'herbes séchées, de pâles bouillies de maïs que l'on donnait aux enfants en guise de lait. Les quelques bêtes emmenées avec eux par les fuyards ne donnaient plus rien depuis des jours, il était question de les sacrifier pour nourrir les errants. Thomas découvrait la même réalité qu'au camp de Boishébert, un peuple de femmes, d'enfants et de vieillards encadré par une poignée de jeunes hommes. La guerre n'était même pas encore déclarée et les Acadiens subissaient la punition la plus terrible qui se pût imaginer.

Des enfants rejoignirent Françoise, trois garçons et une fille. Ils avaient la morve au nez, leurs vêtements déchirés pendaient en lambeaux, les yeux des aînés exprimaient un mélange d'angoisse et de fatigue, dans les reflets mauvais de la faim. Ceux-là, un Beloni et un Claude, n'avaient pas dix ans, savaient pourtant qu'on leur voulait du mal, et peut-être en comprenaient-ils la raison. Les deux autres découvraient le visiteur avec leurs regards de petits, curieux.

— Mathieu et Blanche.

Ils se blottirent contre leur mère. Thomas remarqua leur teint hâve. Cinq mois de privations, des nuits passées à se serrer les uns contre les autres à même la terre humide, l'ennui, la peur, instinctive, les ravalaient au rang des animaux.

— J'irai chasser au plus tôt, dit-il. La neige fond sur les collines, le gibier ne tardera pas à se montrer.

— Avec tes grands yeux bleus, tu ressembles un peu à mon Sylvain, lui dit soudain Françoise en s'asseyant sur une souche. Je me souviens que ton père a repris notre ferme lorsque nous avons dû quitter Grand-Pré. Tu avais une promise, là-bas ?

— Claire-à-Jean-à-Louis Terriot, de la Pisiquid. Ils étaient nos voisins. Tu te rappelles ça ? Elle était la meilleure amie d'Anne-Marie. Elle a dû embarquer avec ma mère et mes tantes.

Cela faisait longtemps que Françoise Melanson s'était exilée vers le nord. Elle fouilla dans sa mémoire, se rappela les bandes de tout jeunes gens libres sur leur domaine sans limite de bois, de champs, de rivières. Elle hocha la tête, considéra longuement son cousin. Bien qu'amaigri par sa longue marche, Thomas Hébert restait le garçon roux aux yeux de mer, au sourire confiant, presque ingénu, qu'elle avait connu enfant. Ceux de cette espèce-là restaient forts, emplis d'espoir, quand tant d'autres se courbaient à vingt ans vers le sol, vaincus comme les vieux.

— Ici, il y en a qui se réveillent la nuit en hurlant qu'ils vont arracher les yeux des Anglais, dit-elle. Le jour, ils vont les poings serrés, ragnaseux[1]. Tu n'as donc pas de haine, toi ?

Il fut surpris par la question. Sa traversée de l'Acadie ravagée le laissait accablé, lourd des souvenirs de temps heureux mais

1. Murmurants.

libre des venins du ressentiment. Marchant en compagnie de son frère, il avait eu loisir de revoir les visages disparus, d'entendre les voix dissoutes dans l'hiver, de juger et de condamner sans recours la besogne des envahisseurs. Au bout de ces entêtantes songeries, il se disait simplement qu'il y aurait un jour une justice car de telles actions ne pouvaient rester ignorées des hommes, fussent-ils en guerre.

— Les Anglais paieront pour ce qu'ils ont fait. J'espère être encore de ce monde à cette heure-là. Maintenant, je ne pense comme toi qu'à une chose, retrouver les miens et retourner avec eux sur la terre qui nous a vus naître.

Elle se signa, murmura une prière. Il y avait avec les réfugiés un missionnaire, l'abbé Le Guerne, qui les avait conduits là depuis Beaubassin. Il se dépensait jour et nuit auprès d'eux, allant au-devant des égarés pour les mener aux campements, baptisant les petits, accompagnant les mourants, partageant avec Boishébert les quelques décisions d'un Conseil sans pouvoir ni perspectives.

— Et tous ceux des bateaux, sans prêtres pour les soutenir, regretta-t-elle.

De ferme brûlée en bétail putréfié, de champ à l'abandon en digue éventrée par les tempêtes, Thomas avait gardé confiance en la miséricorde divine, même si le Protecteur des Acadiens semblait bien avoir abandonné son peuple au moment le plus terrible de son histoire. Son âme simple et généreuse de paysan, façonnée par la liberté, l'espace, la tranquille ordonnance du temps malgré les menaces de guerre, peinait à admettre un tel déchaînement d'arbitraire et d'injustice. En même temps, ce même esprit s'en remettait à ce même Dieu, le priant chaque jour de tourner enfin son regard vers ses enfants perdus.

Les petits s'étaient mis à courir vers une silhouette menue, toute de noir vêtue, apparue en haut du chemin menant au campement.

— Tiens, on parlait de lui, dit Françoise.

L'abbé marchait tête nue, chaussé de simples sandales boueuses, au milieu d'une nuée criarde, soudain joyeuse, de mioches. On se battait pour prendre sa main, pour le guider vers les cabanes, exactement comme autrefois, lorsqu'il rendait visite à ses ouailles dans leurs fermes. L'homme de Dieu aperçut Thomas, vint vers lui, un large sourire aux lèvres.

— Seigneur Jésus, un chasseur parmi nous, et avec son mousquet ! Il était temps, nous en avons grand besoin. D'où venez-vous ? Je ne vous connais pas.

— Je suis Thomas-à-Jérôme-à-Jacques Hébert, de la Pisiquid, cousin de Sylvain Melanson, votre paroissien de Beaubassin. Ma mère est la fille du corsaire bellilois, de la Grande-Anse.

Le prêtre fronça les sourcils, accaparé par un réel effort de mémoire. Au fil de quarante années de paix, les familles acadiennes avaient grandi et s'étaient dispersées dans tout le pays. Des Melanson et des Hébert, il y en avait un peu partout avant les rafles.

— Bien sûr, acquiesça-t-il. Eh bien, vous avez vu dans quel état nous sommes, à cette heure. Les hommes ont été déportés, nous n'avons plus ici que les vieux et les femmes, avec les petits. Il va vous falloir traquer le castor, le caribou, le lapin, et nous en ramener. Vous formerez une petite bande de coureurs des bois avec les autres garçons.

— Je saurai faire cela, mon père.

— A la bonne heure, je n'en doute pas. Monsieur de Boishébert a commencé à harceler quelques postes anglais. Il voudrait partir en guerre tout de suite mais je pense, moi, que nourrir ces femmes et ces petits est tout aussi important.

Il cachait son souci derrière une joviale bonhomie mais Thomas sentit bien sa tristesse de pasteur sans église, désemparé.

— Il faut que vous alliez visiter le vieux Louis-à-Antoine Belliveau, l'avertit Françoise en se relevant avec peine. Il va passer, je crois bien.

L'abbé Le Guerne se rembrunit. Il s'était creusé autour du village micmac un cimetière où une vingtaine de corps reposaient déjà. On avait dit des messes et beaucoup prié.

— Seigneur, nous en endurons par trop, dit-il. Mais tous sont d'accord ici. Plutôt périr en cherchant la liberté que se laisser capturer par Lawrence et ses sbires. Plutôt la mort dans la pleine lumière que l'agonie au fond des navires du roi George.

VII

A bord du **Locmaria,** *avril 1756*

La goélette avait autrefois mené les pêcheurs de morue jusqu'aux rivages de Terre-Neuve, monté, avec quelques autres, la garde devant les côtes de l'Acadie, coursé l'Anglais loin vers le sud au nom du roi de France. Désarmée, elle servait désormais de havre pour la poignée d'oubliés de novembre 1755.

Il avait fallu s'éloigner sans tarder du rivage de Pictou, gagner la haute mer où le gel ne figeait pas ensemble eaux, sables et roches. La quarantaine d'Acadiens recueillis s'étaient réfugiés dans l'entrepont et dans la cale étroite. Il y avait là une humanité grelottante, désœuvrée. Le voyage vers Louisbourg et le cap Breton ne durerait guère plus de deux jours, pourtant la froidure gagnait les corps et les esprits, engourdissait les membres, des averses de neige, épaisses, couvraient le pont, du givre pendait des drisses, des haubans. Par chance, les vents restaient mesurés, le navire allait bon train, couché comme il le fallait, la proue vers le nord-est.

— Vers quoi regardent les sachems morts, plaisanta Pierre Lestang. Espère, Jérôme, reprit-il avec conviction. Ton Thomas connaît bien son Acadie, il y a en lui du sang de Béarn, des Hébert de Port-Royal et du Bellilois, aussi. Quel mélange, pardieu ! S'il a réussi à éviter les patrouilles anglaises, il est sans doute déjà parvenu au Saint-Laurent.

— Par un tel hiver ?

— Hé ! Tu as bien parcouru vingt-cinq lieues pour me rejoindre.

A soixante-treize ans passés, Pierre Lestang, célibataire familier des tavernes de Louisbourg comme des couches micmacs, avait perdu la rondeur de ses gestes. Mangé de l'intérieur par quelque mal pernicieux, il fixait Jérôme de ses yeux bizarrement agrandis, injectés de sang. Vieillard pris par l'arthrose, veiné de bleu aux tempes, il tentait de se tenir droit mais Jérôme voyait bien que cet effort lui était souffrance. L'Acadien déboucha une bouteille de rhum.

— Je vous servirai, mon oncle.

Ils étaient l'un et l'autre au bout du rouleau, vaincus, poussés par les vents vers des buts aléatoires. Caboter à la recherche de cadavres ambulants ou traverser l'Amérique à pied dans l'espoir de retrouver une famille dispersée, la besogne était bien la même. Jérôme versa l'alcool, un rhum presque blanc dont le parfum se répandit dans la carrée, puis ils se regardèrent longuement sans parler, comme pris dans des rêveries impossibles à partager. Pourtant, ils pensaient bien aux mêmes choses. Ce fut Jérôme qui brisa le silence. Depuis toujours et bien avant que la paix des Neutres enrichisse les colons français sous la bannière anglaise, Pierre Lestang avait été persuadé que la belle unité de la Nouvelle-Angleterre finirait un jour par se briser.

— Les colons de Boston, de Philadelphie et d'ailleurs ne se sont pas rebellés contre leurs maîtres, mon oncle, lui dit Jérôme. Cette fois encore, ils nous feront la guerre sous les foutues bannières aux lions.

Pierre eut un petit rire. Tout indiquait au contraire que, poussé à bout par la taxation de Londres, le million et demi de colons d'Amérique ne tarderait pas à réclamer sa liberté. Seulement, ils auraient avant cela aidé le Board of Trade[1] et les seigneurs anglais à prendre le Canada. Tout le Canada. Il allait falloir se battre pour le Saint-Laurent, Québec et Montréal ; ils étaient quelques-uns à avoir prévu cette chose jugée impensable par le plus grand nombre, quelques-uns traités d'oiseaux de mauvais augure, de boutefeux.

1. Bureau du Commerce, pouvoir civil anglais.

— Nous sommes témoins que cela est devenu possible et même probable, dit Pierre.

Jérôme lui raconta les derniers jours des Acadiens sur leur sol natal. Pierre savait. L'annonce de la déportation avait frappé les esprits à Louisbourg, mais seule la chute de Québec ferait lever quelques sourcils à Versailles. Où se trouvaient désormais les déportés ? Nulle part et n'importe où. Pierre déroula des cartes, on y voyait la côte d'Amérique depuis le Labrador jusqu'au Mexique. Des Espagnols en escale à Louisbourg avaient vu des bateaux pleins de gens dans les ports du Sud, Philadelphie, Baltimore et Savannah, même. Deux transports, l'*Experiment* et l'*Edward*, un brick et un sloop de cent quarante tonneaux chacun, avaient réparé à Antigua. La moitié des déportés n'y étaient jamais arrivés. La malaria, les tempêtes, les fièvres en avaient décimé plus de deux cents.

— Des gens de Port-Royal, lâcha Pierre comme pour conjurer un sort.

Port-Royal ou Grand-Pré, quelle différence ? La flotte des maudits d'Acadie s'était rassemblée avant de s'élancer vers les ports de Nouvelle-Angleterre, comme pour une course ou un raid. Jérôme cacha son visage dans ses mains. Il fallait faire un terrible effort d'imagination pour se représenter l'armada prenant le vent avec dans ses flancs un peuple d'hommes, de femmes et d'enfants.

— Pardieu, j'ai bien de la douleur, gémit-il.

Le *Locmaria* chantait sa complainte pour mers calmes, faite de chuintements, de craquements réguliers. Des cris de marins parvenaient jusqu'à la carrée. A Louisbourg, Pierre avait recruté un équipage français, des rescapés de l'expédition d'Anville[1], des matelots débauchés de navires marchands trop vieux ou trop endommagés pour reprendre la mer. Sa goélette était à l'image de la France d'Amérique, on y employait les restes de ce qui avait été un empire.

Jérôme secoua la tête. Il se sentait impuissant, écartelé, attiré dans vingt directions différentes par des voix, des regards, des signes. Où aller, quand on n'avait pour repères que des noms sur une carte ? Québec, la Nouvelle-France, où l'on s'était donné rendez-vous dans le tumulte et l'affolement de la dépor-

1. Expédition navale française dispersée par la tempête en 1747.

tation ? Ce serait pour plus tard, dès que l'on saurait ce qu'il était advenu des déportés. A Louisbourg.

— Louisbourg, maugréa Pierre. Voilà encore une volaille dodue, laissée bien en vue de l'adversaire. Derrière elle, plus rien. La mer ? Un désert français. Le Saint-Laurent est à merci. Il n'y a plus que les lointains forts de l'Ouest, sur l'Ohio et le Mississippi, pour contenir l'élan anglais. Mon père avait raison, perdre l'Acadie revient à ouvrir en grand la porte du Nord.

Jérôme but, à petites gorgées, questionna Pierre sur ce qu'il comptait faire de son bateau.

— Ma foi, je n'en sais trop rien. Si la guerre est déclarée avec l'Angleterre, je le relancerai à la course depuis Louisbourg. Mais je crains que cela ne soit plus suffisant pour tenir nos ennemis à distance. Des forces colossales vont fondre sur nous, l'Amérique nous sera enlevée.

Il vida son verre, mélancolique. Enfant au fort de Pentagouët, aux frontières de la Nouvelle-Angleterre, il avait connu le temps des conquérants. C'était l'époque où les gentilshommes de Louis XIV allaient assiéger Boston avec deux cents Indiens, prendre Terre-Neuve en janvier, par les glaces du détroit, croiser devant New York et faire des prises à la barbe des vaisseaux de la reine Anne. Ces gens-là n'avaient peur de rien, à un contre vingt, ils avaient infligé pendant près d'un demi-siècle à l'Angleterre des humiliations dont leurs descendants payaient aujourd'hui le prix.

— Parle-moi de toi et des nôtres, dit-il. Mais peut-être cela t'est-il trop cruel.

Jérôme demeura silencieux un long moment. L'alcool lui faisait du bien, tempérait un peu son sentiment de solitude et d'abandon. Il se mit à raconter, doucement d'abord, puis son visage s'anima, les mots se pressèrent à ses lèvres. Sa blessure l'avait empêché de rejoindre Grand-Pré et même la mission de la Pisiquid, où un millier de déportés attendaient l'ordre d'embarquer. Les événements s'étaient précipités au point de devenir totalement incontrôlables. Les femmes allaient et venaient entre les fermes et les églises où l'on tenait les hommes prisonniers. Des navires étaient arrivés de Beaubassin, de Halifax, de Boston peut-être, il y en avait au moins une quinzaine entre la Pisiquid, la Pointe-aux-Boudrots et Grand-Pré.

Impuissant, Jérôme Hébert avait vu sa famille disparaître dans un gouffre sans fond.

— Pauvres petits, l'hiver les aura pris, comme les autres.

Il tremblait, soudain, suffoquait, le visage congestionné.

— Nous sommes tous assommés, murmura Pierre. Nous devons nous réveiller, et vite. Je te dis ceci, Jérôme, si les Acadiens sont comme je le crois attachés à leur terre, nul doute que nous les verrons bientôt se rassembler pour la retrouver.

— Mais où sont-ils, pardieu, où les a-t-on emmenés ? Des milliers, au fond de navires de commerce anglais. Mes enfants et leur mère, et tous les autres.

Jérôme écarquilla soudain les yeux. Et si le but final était de les mener au milieu de l'océan pour les y couler, si le crime devait effacer ainsi ses propres traces. Il se leva brusquement, chercha sa béquille, mit un genou à terre.

— Allons, mon neveu, lui dit Pierre, même en guerre, des marins ne font pas une chose pareille.

Il l'aida à se relever, le prit par les épaules.

— Pas ceux-là, mon oncle, dit Jérôme d'une voix blanche. Ces capitaines n'ont ni honneur, ni conscience. Ils tiennent des comptes, comprenez-vous. Combien vaut le transport d'un fermier des Mines, d'après vous, dix livres, vingt ? Et de son nouveau-né ? Deux livres ? Et les morts, s'en fait-on rembourser le linceul ? Ces hommes sont capables de tels calculs, vous le savez bien, il vous est arrivé de les croiser quand vous ne les capturiez pas. Je me souviens que vous avez même commercé avec eux.

Pierre hocha la tête. Le regard de son neveu avait changé, dur, accusateur, haineux. Pierre sourit, s'efforça de calmer cette bouffée d'angoisse. La guerre était une chose, le commerce, une autre. Le *Locmaria* avait saisi des navires aux abords d'Anticosti, harponné bien des poissons, navigué jusque dans les eaux chaudes des Caraïbes.

— Les Antilles certes, et l'Afrique, où l'on va chercher les esclaves, dit Jérôme d'une voix rauque.

Il lui venait soudain à l'esprit qu'au fond d'une cale il devait être bien difficile de distinguer entre le noir et le blanc des peaux. Sans doute l'escadre anglaise de la déportation œuvrait-elle à l'occasion dans les eaux de la Sierra Leone ou de la

Gambie. Nègres ou Acadiens, quelle différence pour des marchands d'hommes ?

Pierre soutint son regard, serra son épaule.

— Je sais à quoi tu penses. A nos Acadiens, aux braves gens de Cobequid, de Grand-Pré, et aux tiens, de la Pisiquid, enchaînés les uns aux autres et peut-être mis en vente à l'heure qu'il est sur les quais de Géorgie ou de Caroline. La chose n'est pas impensable. Mon pauvre Jérôme, que te dire ? Que la contrebande du tabac et du rhum m'a longtemps permis d'arrondir un peu mes primes ? Certes. Que je n'ai jamais transporté d'esclaves, entre sacs et tonneaux ? Je mentirais en affirmant cela. Quelle importance ? Ces temps sont révolus, Louisbourg me paye aujourd'hui pour recueillir des rescapés de la déportation. Je connais des pêcheurs acadiens qui amassent des petites fortunes avec ce commerce-là. En ce moment, il y a ceux qui possèdent les navires et ceux qui nagent pour les rejoindre. Où sont la morale, la justice, dans ces affaires ?

Il se leva, se couvrit d'une cape.

— Viens, dit-il avec chaleur, je t'emmène humer la grande nuit atlantique. Il va falloir que nous contournions le cap Breton au milieu d'une belle soupe d'hiver. Gare aux récifs. Nos passagers vont se mettre à la prière et ce ne sera pas de trop.

VIII

Boston, Massachusetts, avril 1756

Anne-Marie Melanson n'eut pas à pénétrer plus avant dans le salon pour comprendre qu'elle devrait faire allégeance à Mary Jeffries. Elle reconnut sans peine celle dont William lui avait décrit la haute taille, les doigts entrelacés se frottant sans cesse, le cou étrangement allongé, portant une tête aux traits fins, au regard clair, à l'ossature marquée aux orbites et au menton. Belle, chaleureuse comme un vent de noroît dans les janviers d'Acadie, la sœur aînée de William eut un sourire de juge annonçant à un condamné à mort que sa grâce avait été rejetée. Anne-Marie soutint son regard, perçut son dépit, sa fureur et cette mise en alerte jalouse que seules les femmes sont aptes à capter dans l'instant, avant même d'avoir échangé une parole.

On parlait en principe le français chez les Jeffries, mais, ce jour-là, on oublia de s'amuser avec la langue des cours européennes. Anne-Marie vit les lèvres de Mary s'entrouvrir pour un bref salut. Une femme plus âgée se tenait près d'une fenêtre, lisant un livre. Ses cheveux blanchis par la lumière de midi, son port de tête altier lui donnaient un air aristocratique. Elle posa sur l'arrivante un regard intéressé quoique presque aussi froid que celui de Mary, prononça quelques mots. Anne-Marie se figea, comme tétanisée. Une domestique subissant l'examen de ses nouveaux maîtres ne se fût pas sentie plus nue, inutile, humiliée. Elle ferma à demi les yeux, attendit. La voix de William, dans son dos, lui fit l'effet d'un peu d'eau froide sur une plaie vive.

— C'est Anne-Marie Melanson, dont l'ancêtre a épousé une Ecossaise. Je la ramène de Williamsburg, dit en français le jeune homme d'une voix qui se voulait diserte. Je vous ai parlé d'elle, qui sera ma femme. Ma sœur Mary, ajouta-t-il, déférent, à l'adresse de l'Acadienne, et ma mère.

Il s'entendit répondre dans la seconde un certain nombre de choses qu'Anne-Marie ne pouvait comprendre. C'était une énumération, faite par Mary d'une voix aiguë, précise, appuyée par des gestes sans douceur. William avait prévenu son Acadienne : il leur faudrait mener une vie séparée tant que le mariage n'aurait pas été prononcé. On devait lui en donner confirmation.

— Avez-vous soif, ou faim ? demanda la mère.

Il y avait un peu d'onctuosité dans sa voix, de la prévenance, même. Anne-Marie se mit à trembler, attendit de William un geste qui ne vint pas. Ces femmes immobiles la terrorisaient, elle qui avait pourtant vu de si près la colère des vainqueurs, la misère des siens, la fragilité de toute vie dans les conditions du voyage. Elle s'était crue endurcie, peut-être un peu triomphante aussi. A tort.

Des chevaux hennissaient dans la rue, comme de l'autre côté des murs d'une prison. Elle se raidit, sentit enfin la main de William sur son épaule avec son petit tapotement qui voulait dire « ça ne fait rien ». Elle se détourna, des larmes plein les yeux, prit le ballot ficelé que lui tendait le jeune homme. C'était du linge sale, des hardes abîmées par la crasse, un trésor que l'on avait pourtant réuni pour elle dans la cale du *Neptune*.

Elle serra le précieux colis contre sa poitrine tandis que son hôte la faisait sortir du salon. Un escalier de bois brun conduisait à l'étage, au bout d'un couloir au plancher recouvert d'un long et étroit tapis. Cela sentait la cire et le propre, entre les murs de plâtre blanc ornés de gravures. Elle gravit les marches, se laissa mener à ce qui serait sa chambre, tâchant d'étouffer ses sanglots contre la toile du sac, comprenant que ses souffrances, son exil, les déchirements de son amour ne vaudraient jamais plus cher qu'une barrique de saumure dans cette maison.

— Ça ira bien, ne t'inquiète pas, lui souffla William lorsqu'elle fut entrée dans la mansarde. Il faut qu'elles s'habituent, et puis il y a la guerre, tu comprends ? Mon père a perdu autrefois des navires, des cargaisons, saisis par vos corsaires. Mais ici, personne n'a rien contre toi, tu peux en être certaine. On n'est pas de ces puritains bornés et rigides qui dominent la colonie. Patience. Tu es épuisée, repose-toi, tu verras les choses différemment ensuite.

Navires, cargaisons, les mots, anodins, résonnèrent comme un glas dans la tête d'Anne-Marie. Elle était de ce monde-là, celui des marchandises, depuis le départ de Grand-Pré. Thé, bois précieux, esclaves ou Acadiens, ces marchands bostoniens cachés derrière d'épais rideaux faisaient-ils la différence ? Elle pensa que non.

— Regarde, c'était la chambre de Mary avant son mariage, dit William.

L'endroit était minuscule, mansardé, une chambre d'enfant, mais avec un lit aux pieds ouvragés, couvert d'un édredon, et un meuble comme Anne-Marie n'en avait jamais vu.

— C'est un secrétaire, pour écrire, lui expliqua William.

Il débloqua le rabattant, de l'air d'un enfant montrant ses jouets à une fille de pauvre, dévoila les tiroirs, l'encrier vide et les plumes d'oie, la fiole de poudre pour sécher l'encre. Anne-Marie s'était assise au bord du lit. Dans aucune ferme d'Acadie il n'y avait un tel mobilier. Elle avait découvert les lourds fauteuils du salon, la marqueterie, les tentures tenues par des cordelettes aux glands dorés. Ces gens étaient riches, assurément, au moins autant que devaient l'être ceux de Québec. En avait-elle rêvé, de ces lieux où les bruits mouraient étouffés dans l'épaisseur des tapis, et les lueurs du jour dans le décor ambré des boiseries. L'homme qu'elle aimait lui entrouvrait la porte de ce paradis et elle n'en éprouvait que vide et désarroi.

— Cette ville sera à tes pieds, un jour, lui promit-il.

Au bout d'une courte navigation entre Virginie et Massachusetts, elle avait parcouru les rues de Boston dans les pas de William, ressentant, à mesure qu'elle s'éloignait du port, un sentiment confus de honte et de plaisir. Sa tante

Marguerite lui avait donné sa bénédiction, approuvant le choix qui engageait sa vie, loin de la géhenne des proscrits ; William l'avait conduite sous son toit pour l'imposer comme sa femme. Quelle destinée, tout de même.

Elle secoua la tête, se laissa tomber sur le côté, tandis que William lui caressait les épaules, le dos. L'édredon était doux comme ceux de la Pisiquid, tendre comme l'enfance. Elle respira pour la première fois sa propre odeur, un mélange de sueur et de crasse dont le salon des Jeffries devait encore être imprégné. Le cœur, la peau, l'âme, tout en elle était saleté, souillure. Elle eut envie de se jeter tête la première par la fenêtre, d'aller s'écraser sur le pavé de Salem Street, puisque tel était le nom de la rue où elle vivrait.

— Laisse-moi, dit-elle à William.

Elle enfouit son visage dans la plume, laissa enfin libre cours à sa peine.

IX

Comté de Lancaster, Pennsylvanie, été 1756

Jacques Hébert assura le manche de la serpe sous la double cordelette qui lui servait de ceinture, puis il se chaussa de sabots, décrocha une fourche et sortit de la remise à outils. Là était aussi leur logis, à lui et à sa sœur, au milieu des bottes de paille, des meules et des marteaux, à cinquante pas de la ferme Eisenthaler.

Il enfonça son chapeau bas sur son front. Au milieu de juillet, la chaleur était intense à l'est de la rivière Susquehanna, et plus d'une fois les moissonneurs avaient senti leurs jambes se dérober sous eux. Gare à ceux que le soleil pouvait ainsi enfiévrer plusieurs jours à la suite. Le maître n'aimait guère que l'on prît prétexte de cela pour rester allongé à l'abri de l'étable ou de la grange, pendant que les autres s'échinaient.

Le fils cadet de Jérôme Hébert jeta un rapide coup d'œil à son univers de valet de ferme en Pennsylvanie. Deux châlits de bois où l'on dormait jusqu'au lever du soleil, une chaise où poser ses vêtements, un broc d'eau claire puisée dans un petit affluent de la Susquehanna, tel était le mobilier. Des huit enfants Eisenthaler, les aînés n'étaient guère mieux lotis que leurs hôtes. Ceux-là dormaient à trois sous un appentis collé à l'étable, les cinq autres se partageaient une chambre minuscule ouverte sur la pièce commune où vivaient les parents.

Il se décida à contrecœur à quitter la remise. Avec ses murs de planches grises et son toit de chaume, de branchages et de mousse, la maison Eisenthaler ressemblait aux cabanes de chasseurs disséminées le long de la Pisiquid. Là s'arrêtait la ressemblance avec l'Acadie aux yeux du jeune Hébert. Les mennonites de Lancaster avaient choisi pour s'installer en Pennsylvanie un décor à leur image : coteaux pentus et boisés de sombres hêtraies, champs étalés sur des terrains ondulants, à distance des rivières. Rien de la douceur des misettes de Grand-Pré ou des vergers de la Gasparots. Tout était là austère et âpre, comme gagné sur la nature au prix de longs et obscurs combats.

L'adolescent porta son regard vers l'ouest, où le soleil s'abîmerait sans même rougeoyer, derrière l'horizon des collines. Au-delà de cette ligne, sur l'autre rive de la Susquehanna, s'étendait un pays semblable en cours de colonisation. A Lancaster où il avait accompagné le maître et ses aînés pour l'achat d'un bœuf, Jacques avait aperçu en juin les pionniers en partance pour le comté de York, des mennonites eux aussi venus d'Allemagne. Il se formait là une colonie dans la colonie, où ces observants de la Bible à la lettre pourraient pratiquer leur foi en toute liberté.

— L'Ouest, vers lequel je m'en irai un jour, murmura-t-il.

Il fit quelques pas sous le soleil ardent. Des femmes tendaient du linge sur des cordes, à proximité d'un potager étique où poussaient haricots, pois et pommes de terre. La mère, Judith, forte de bras, de hanches et de fesses, et deux de ses filles paraissant jumelles, les cheveux couleur de la moisson, rondes déjà elles aussi, à la taille et aux mollets.

Elles accompagnaient le maître le jour où l'on était allé visiter le pitoyable reliquat des trois bateaux de déportés. C'était en mars. Il pleuvait sans discontinuer depuis une dizaine de jours, sur la mer, sur Philadelphie, sur les Acadiens parqués à même le sol dans une grange du port. Interpellé par ses concitoyens compatissant aux malheurs des déportés ou au contraire incommodés par leur présence, le gouverneur Morriss avait fini par laisser les cales du *Hannah*, du *Swan* et du *Three Friends* vomir leur bile française.

Voulait-on quitter sa condition de proscrit, maintenant que l'épidémie de petite vérole avait cessé ? Dans sa grande mansuétude, la Pennsylvanie entrouvrait sa porte à ceux qui accepteraient des emplois domestiques dans cinq de ses comtés. Après tout, il se disait assez que l'Acadie nourrissait bien ses laboureurs. On devait donc savoir y besogner la terre.

« Et les autres ? » avait-on demandé.

Quels autres ? Ceux qui seraient volontiers retournés chez eux, ceux qui auraient sans déplaisir manœuvré des voiles, ou tenu boutique dans quelque quartier de la ville ? Point de rêve. Ils croupiraient là, avec interdiction de quitter la ville, attendraient soir et matin la pitance accordée par les autorités. C'était à prendre ou à laisser.

« Mille deux cents de vos pareils ont patienté comme vous devant Williamsburg, en Virginie, avait expliqué le gouverneur Morriss en visite dans la grange. Quatre mois d'attente. Mais la Virginie les a définitivement refusés, alors ils ont repris la mer. »

Pour quelle destination ? Etaient-ce des navires de Grand-Pré, d'Annapolis-Royal ? Seigneur ! Ces bâtiments étaient-ils désormais en route pour Philadelphie ? Cent questions avaient fusé de la cohorte des déportés tandis qu'une vague d'espoir faisait battre soudain plus fort les cœurs.

« Ils sont partis pour l'Angleterre », avait lâché Morriss comme s'il jetait une pièce à un mendiant.

Jacques avait accepté la proposition des fermiers pour la seule raison qu'elle lui ouvrait la porte de la liberté. Quitter le *Hannah*, le port, la ville où les Acadiens n'avaient même pas le statut d'esclaves, c'était un premier pas. Le reste serait affaire de patience.

Il soupira, plissa les paupières sous l'assaut brûlant du soleil. Il devait rejoindre sans tarder les moissonneurs. Chez les mennonites de la Susquehanna, le temps libre n'existait guère. Il y avait toujours quelque chose à faire, même pour les plus petits, car Dieu devait être payé à chaque instant de ce qu'il accordait à ses créatures.

Chez les Eisenthaler, les gens savaient sourire, bavarder, plaisanter même dans leur langue sans nuances, mais, derrière chacun de leurs actes ou de leurs mots, Jacques sentait la permanente nécessité du devoir, de l'observance, de la grâce à Dieu pour cette vie sans la moindre fantaisie, d'où même la danse semblait avoir été bannie. Pas de fugue de petits dénicheurs malins vers la rivière, pas de gigue pour les filles au rythme des sabots, sur le bois de la pièce commune, jamais de sieste pour les hommes. Triste était cette Acadie allemande aux yeux de Jacques Hébert, sombre était-elle, comme le tissu de ses jupes et de ses pantalons.

Cette chape pesait aussi lourd que la chaleur sur ses épaules lorsque Jacques déboucha sur le champ de l'est, où un août de blé mûr ondulait doucement. Comme sur toutes les terres du monde, la famille presque entière était réunie là pour faucher, lier, transporter le divin butin avant les orages. L'année 1756 serait bonne. Le ciel demeurait bleu, libre de menaces, le grain était superbe. Jacob Eisenthaler en soupesait les épis qu'il présentait au Très-Haut dans sa main ouverte. Dieu était bon pour ses enfants de Pennsylvanie.

Jacques aperçut Charlotte au milieu des garçons Eisenthaler, rousse autant qu'ils étaient blonds. La jeune Acadienne se tenait courbée, sa faucille en main. Lorsqu'elle se redressa pour éponger son front en un geste plein de grâce, Jacques vit son profil de femme, délié, son buste tendu sous la toile de la chemise, sa taille si fine que deux mains pouvaient en faire le tour. Puis elle se tourna vers lui et Jacques eut la vision qui le faisait frissonner. Il s'approcha, sourit à sa sœur malgré sa répugnance.

La maladie avait laissé sa grêle concave partout sur le visage de Charlotte, n'épargnant rien. Une pustule plus large que les autres avait creusé sa niche sur une narine, aminci la peau au point de la rendre transparente. Le plus difficile à regarder n'était pas tant cela que la teinte de ces séquelles, brune comme de la boue projetée par le sabot d'un cheval.

Jacques vint se placer à son côté. Les fils Eisenthaler semblaient se disputer le privilège de faucher près d'elle. Leur foi dans les desseins de Dieu, l'extrême tolérance aux malheurs des autres qui guidait leur conscience, la certitude d'appartenir à la famille humaine désignée par le Seigneur pour établir son règne sur terre, tout les poussait à l'accueil et à la compassion. Mais il n'y avait pas que cela.

Jacques vit le regard de Jorg, l'aîné, sur la gorge de Charlotte, le même qu'à table, furtif, lorsque dans le silence général on écoutait la lecture de la Bible par le père, tout en mangeant. Jacques haussa les épaules. Un soir que Charlotte, l'esprit loin de l'interminable récitation imposée, faisait tourner entre ses doigts sa petite médaille de baptême, Hans, le cadet, s'était précipité sur elle. La Vierge Marie sous le toit des Eisenthaler ! Certes, on se devait de recueillir les naufragés des guerres, mais par le Tout-Puissant, sans leurs icônes mensongères ! Jacques s'était levé à son tour, protégeant sa sœur recroquevillée sur son bijou. Le père avait dû intervenir sous l'œil effaré des femmes, jugeant dans l'instant que la médaille pouvait être portée, à condition de ne pas être montrée. Et le grand benêt de Jorg avait été d'accord avec lui.

Etranges chrétiens que ces mennonites. Charlotte avait cousu son dérisoire trésor dans le col de sa chemise. Ainsi gardait-elle la médaille tout contre sa peau, au secret.

Jacques ajusta son chapeau de feutre, se mit au travail, aussitôt inondé de sueur.

— J'irai au bourg demain, dit-il à Charlotte.

— Tu verras le Français ?

— J'espère.

Il avait réussi à se faire emmener vers les entrepôts de Lancaster, où l'on allait de temps en temps pour des réunions religieuses auxquelles il ne participait cependant pas. Libre de ses mouvements tandis que les mennonites s'en allaient bâtir le Royaume de Dieu au cloître d'Ephrata, il avait aperçu un jour un vieil homme ployant sous des sacs et jurant en français, et ce mystère le tenait depuis en éveil.

Accroupie, le front rougi par l'effort, Charlotte le considéra sans sourire. Tandis qu'au fil des jours elle sentait son esprit s'apaiser, quitter peu à peu l'obscur rivage de ses souffrances, elle subissait les mille projets de son frère, un bourdonnement incessant d'idées, de velléités, d'impatiences. Jacques n'avait plus rien à voir avec l'enfant timide enfermé dans l'église de Grand-Pré onze mois auparavant. Déjà, il avait grandi et forci au point que les cadets Eisenthaler, des bougres de seize et dix-sept ans, avaient dû lui donner chacun une de leurs chemises. Son visage aussi avait changé, perdant les traits réguliers du garçonnet, son sourire candide, ses expressions de surprise ravie. Tout avait là durci, les lèvres, serrées le plus souvent, semblaient s'être amincies, les yeux, de ce bleu de ciel atlantique dont Isabelle était si fière, dardaient sur les gens et sur les choses un regard de métal glacé.

— Les Anglais ont déclaré la guerre au roi de France, annonça-t-elle en s'essuyant le front de la manche.

— C'est lui qui t'a dit ça ?

Il désigna Jorg Eisenthaler du menton. Ricana. Il était bien temps de se déclarer la guerre entre rois. Les Acadiens connaissaient déjà ses effets depuis près d'un an, pourtant, personne n'était venu les avertir, sinon pour leur signifier qu'ils en seraient les premières victimes.

— Une réelle bonne hisoitre, vraiment.

Il se mit à faucher, d'un geste large. Comme leurs cousins amish, les mennonites se moquaient de la guerre au point de refuser par avance d'en être. La Bible était leur seule arme, qu'ils brandissaient devant les égorgeurs indiens, les capitaines anglais, les recruteurs de tout poil. Ils rendaient leurs comptes à Dieu et à lui seul, la paresse semblait être leur principal adversaire, et la perfection de leur foi leur suprême désir, leur mission en ce monde. Jacques les haïssait, malgré leur hospitalité, qu'il prenait pour de la commisération.

— Ils ont de la bonté, lui dit Charlotte en liant une gerbe, leur vie est bien aussi dure qu'était celle de nos parents. Tu as tort de penser qu'ils nous dénonceraient si nous partions. Ils s'en moquent et puis, ils nous ont recueillis quand les Acadiens meurent peut-être encore de maladie sur le quai de Philadelphie.

— Les Acadiens du *Hannah* ? Dieu les garde. Ils ont leurs familles autour d'eux, ou ce qui en reste, les pères avec les fils, les petits tétant leurs mères. Où sont les nôtres, tu le sais, toi ? Au fond de l'eau, peut-être bien, avec des Anglais ou de ces huguenots allemands pour leur appuyer sur la tête et les empêcher de remonter. Tous pareils, je te dis, qu'ils crèvent un peu à leur tour, ce sera justice, tu ne crois pas ?

— Non, je ne crois pas cela. Les Acadiens sont à l'abandon mais cela ne les autorise pas à haïr de cette façon des gens aussi pauvres qu'eux.

Jacques grommela, haussa les épaules, cracha en direction des faucheurs. Il préférait penser à autre chose, à l'homme que l'on employait au magasin de Lancaster, à la manutention des sacs. Qui était-il ? Les sujets de Sa Majesté le roi Louis XV ne couraient pas les ruelles terreuses de la bourgade.

Les yeux mi-clos, il chercha en vain dans l'air chaud les senteurs d'autrefois, le musc du blé fraîchement coupé, les lourdes vapeurs de la Pisiquid toute proche, mêlés aux subtiles fragrances des vents marins. On savait le temps qu'il ferait rien qu'à humer ce mélange toujours changeant, rien de tel à Lancaster, où la chaleur de pleine terre écrasait tout, jusqu'aux odeurs.

Et c'était à l'image du reste, de la vie de chaque jour. Ce que Jacques avait longtemps pris pour de la rigueur sous le toit des Hébert d'Acadie lui paraissait tout à coup l'écho insouciant et gai d'un Eden perdu, tout de douceur et de paresse. Les prières et les bénédicités ânonnés plusieurs fois par jour sous l'œil vigilant des femmes, les chapelets égrenés au pied du lit commun des enfants, les louanges au Seigneur pour la moisson rentrée bien sèche et dorée, pour le vêlage, la digue résistant au vent, toutes ces petites corvées de l'âme dans l'esprit d'un enfant alors sans cesse attiré par le jeu n'étaient rien comparées à la chape de pénitence, de contraintes et de culpabilité pesant sur les épaules des mennonites.

Chez eux, il n'était geste, parole, projet, rêverie, besoin naturel, qui ne fût grâce rendue à Dieu pour Sa miséricorde et Sa puissance. Tout était pensé, imaginé, fait et rendu pour Lui, par Lui. Instruments dérisoires de Son pouvoir, pénétrés à chaque instant de Sa lumière, de Sa voix, de Son autorité, les colons de Lancaster allaient à leur besogne en ouvriers de Son temple et chaque coup de faux, chaque montée de gerbe dans une charrette, la moindre piqûre de guêpe, la plus minime goutte de sang perlant d'une estafilade étaient prétexte à Le remercier et à Le craindre. Ces gens refusaient la médecine, quoiqu'elle fût en général bien démunie face à la maladie. Quand les soldats de passage aux marches des territoires indiens les prévenaient des dangers grandissants, ils haussaient les épaules et s'en remettaient à leur Créateur, certains que la souffrance même des femmes éventrées, des petits égorgés, des filles emmenées dans les campements des Sauvages n'était que châtiment de leurs fautes, de leur faiblesse, de leur incapacité à bâtir la Jérusalem promise.

Jacques se souvint des nostalgies acadiennes ; les Vieux Pays, la France lointaine, si désirée, attendue, vilipendée pour son absence et tant aimée malgré tout. Ici, rien de tel. La patrie, c'était pour les mennonites le Ciel d'où tombaient les foudres ou les caresses d'un sublime occupant. L'Angleterre maîtresse des lieux, l'Allemagne d'où l'on venait, l'Amérique, même, avec ses Sauvages, ses territoires sans limites, sa conquête, n'avaient d'autre intérêt que le service de la cause unique. S'y pliait-on en invités, dans l'observance à chaque instant du Verbe ? La récompense serait partagée. Passait-on à côté sans rien comprendre à la Mission ? Cela n'avait aucune importance. En vérité, ces gens n'avaient plus de patrie terrestre. Les empires ne les concernaient pas, ni les gouvernements. Convertir les hésitants, les faibles, les sceptiques, courber le dos sous le poids et mériter sa propre mort comme le dernier cadeau du Maître, voilà qui devait suffire au bonheur de chacun.

Jacques reprit sa besogne. Il ne serait ni converti, ni valet, mais libre bel et bien, et le plus vite possible.

Septembre était venu, d'énormes nuées transitaient avec lenteur dans son ciel plein de puissance. Un vent tiède soufflait, des gouttes de pluie venaient s'écraser de temps à autre sur le chemin. Curieusement, elles ne mouillaient pas, comme si la chaleur encore bien présente de l'été les absorbait aussitôt.

A demi couché au fond de la carriole conduite par Jacob Eisenthaler, un chapeau de paille noir sur le coin de l'œil, Jacques Hébert se laissait bercer par le trot régulier du cheval. Il fallait bien quatre heures de ce train pour voir apparaître les toits de planches de Lancaster entre deux molles ondulations de collines. Jacques supposait que cela pouvait durer bien plus longtemps, assez pour oublier l'implacable défilé des jours à la ferme, les prières subies dans une langue incompréhensible et par-dessus tout cette espèce de surveillance tacite et de muette approbation que les gens attendaient et acceptaient en permanence les uns des autres. Jamais il ne se ferait à cette fatalité-là. D'autres y parvenaient sans doute, pas lui.

Il observa les formes lacustres des grands pans de ciel bleu entre les nuages, écouta, distrait, les bruits familiers ressemblant à ceux de sa vie antérieure, sabots de cheval sur la terre meuble, bavardages de garçons, cris d'oiseaux dérangés à la lisière des bois. Il s'appuya sur un coude, croisa, indifférent, le regard de ses compagnons. Les fils Eisenthaler avaient fait quelques efforts vers lui au début, inventant même pour cela une langue gestuelle dont il avait refusé l'apprentissage. Qu'ils restent entre eux, pensait-il, comme aux repas, lorsqu'ils l'épiaient, intrigués ou narquois, écoutant la Bible en se donnant des coups de coude.

— Lancaster, annonça Joseph Eisenthaler au sortir d'un épais bois de hêtres et de chênes.

Avec son magasin d'outils et de semences, de tissus et d'épices, ses quelques maisons de notables, de commerçants, son temple consacré au Christ maître de la Terre et des hommes, Lancaster ressemblait à ce que le bourg de Grand-Pré aurait pu devenir au fil des années, en Acadie. Une minuscule capitale pour une colonie à peine assurée de durer, aux marches des territoires indiens.

Débarrassé de la guerre, des dangers d'un voisinage désormais pacifié, le chef-lieu du comté affichait son aisance naissante. Des attelages convergeaient vers l'unique boutique où l'on pouvait se procurer les produits de première nécessité, l'huile, le sel et les graines, les lames, le bétail, les pièces de métal pour l'entretien des charrues. Venus des fermes de la Susquehanna, des lacs d'amont, de partout où l'obstination des hommes prenait le dessus sur les mille roueries d'une nature sauvage, les laboureurs de cette Pennsylvanie en devenir avaient coutume de se retrouver là, pour les offices comme pour les échanges et les achats.

Les premières personnes que Jacques reconnut ce matin-là furent ses deux cousins, Gilles et Pierre Melanson, descendant comme lui d'une charrette sur l'espace empoussiéré servant de place centrale. Il courut vers eux, les embrassa, on ne s'était pas vus depuis une demi-année. Ainsi les frères d'Anne-Marie avaient-ils quitté à leur tour les quais de Philadelphie.

— Nous sommes valets chez des colons d'ici, lui dit Pierre. Des couaquères ou quelque chose comme ça. Notre cousin Antoine est resté à Philadelphie avec les autres. Et toi, tu es toujours chez les amish ?

— Mennonites, enfin, c'est la même chose, je pense.

Ils se racontèrent leur séjour, ressemblant. Labeur, prière, grâces à Dieu en toutes circonstances, ordinaire frugal et salaires versés sous forme de sermons. Rien d'exaltant, sauf de s'être soustrait au marasme des déportés.

— Je vais partir d'ici, annonça Jacques. Je ne sais pas encore quand, ni comment, mais pardieu je ne ferai pas de vieux os dans ces collines.

Il était leur cadet de quatre et trois ans, fluet, presque, à côté d'eux, mais sa mine toute de rage et de décision leur en imposa. Partir, certes, l'idée les avait effleurés.

— En plein pays ennemi, pas facile, dit Gilles Melanson.

On les appelait de loin. Les fermiers, deux quakers au maintien à peine moins austère que les mennonites, vêtus de chapeaux noirs, de vestes et de pantalons bruns sur des chemises écrues, avaient besoin de leur main-d'œuvre pour s'en aller charger du matériel.

— Il y a un Canadien ou quelque chose comme ça, à l'échoppe, dit Jacques. Je vais aller le voir.

— On le connaît, il est français. Un simple.

— Il nous dira comment nous retrouver.

Les mennonites agitaient les bras, eux aussi. Jacques se détourna, rejoignit ses hôtes. On irait saluer le pasteur à l'église puis la bande des quatre garçons aiderait le maître à charger sacs et outils dans la charrette. Jacques se plia à la première corvée, subit le regard froid du chef des âmes, comprit qu'on parlait de lui et de sa sœur. Jacob Eisenthaler avait l'air satisfait et Jacques vit qu'il lui souriait presque en vantant sans doute l'un quelconque de ses rares mérites. Le pasteur hochait sa tête oblongue couverte d'un chapeau noir. Jacques ferma les yeux. Des bouffées de mémoire lui revinrent, les jupes rouges et bleues des fiancées de Grand-Pré et l'air benêt des promis, le père Chauvreulx s'asseyant sous les pommiers de la ferme, en plein midi, pour se faire servir un grand bol de cidre ou de bière d'épinette, les églises des Mines libérant la foule bavarde des fidèles dans le bruissement et les couleurs vives des robes.

Il s'ébroua. Il y avait à faire à la boutique, vers laquelle on marcha le long de maisons en bois précédées de perrons à minces colonnades. Jacques ne tarda pas à apercevoir le vieux Français, occupé à hisser un sac sur une carriole. Les fils Eisenthaler étaient entrés dans le magasin avec leur père. Il alla vers l'homme, saisit le fond du sac, soulageant un peu la charge.

— Merci, l'ami, fit le portefaix dont la peau n'était que rides et plis, parchemin éclairé par un regard vif et curieux.

— Je suis d'Acadie, lui lança Jacques, un Hébert, de la Pisiquid.

— Les navires de novembre, alors. Tu étais dedans. On dit qu'il n'y en a guère plus de la moitié qui survivent.

— Oui. J'ai trouvé un emploi chez des mennonites de la Susquehanna.

— Chez les Tristes ! Ils doivent bien te traiter, à défaut de te payer. Ils ne sont pas très portés sur la danse, hé ?

Son rire fluet de vieillard le rajeunit un peu, l'espace d'une seconde. Jacques n'avait que faire des mennonites et de leur masque austère. Les questions se bousculaient dans son esprit mais par quoi commencer ?

— Vous êtes d'Acadie, vous aussi ?

— Certes non mais de Champagne, ça, sûrement ! C'est une bien longue histoire. Viens, j'ai d'autres fardeaux à monter dans ce carrosse.

Jacques le suivit à l'arrière du magasin, jusqu'à un entrepôt comble de ballots, de tonneaux et de sacs. En chemin, le vieux lui raconta son odyssée commencée dans des forts de Louisiane puis sur les rivières Ohio et Monongahela, loin vers l'ouest. On se faisait en permanence la guerre entre Anglais et Français par Sauvages interposés, bien loin des traités de paix signés en Europe.

— Il y a vingt années de cela, on a envoyé des compagnies de marine de Montréal renforcer les garnisons du Mississippi. Des Indiens tuscaroras qui migraient vers le nord nous ont pris, moi et quelques autres qu'ils ont massacrés. J'ai pu m'enfuir mais de ce côté-ci de la guerre. Les Anglais qui tenaient garnison sur l'autre rive de la Susquehanna m'ont pris à leur tour. Il fut question de m'exécuter. Les fièvres et ce mal de poitrine qui te ronge un homme petit à petit m'ont sauvé. A quoi bon pendre un mourant ?

Il rit de nouveau, empoigna un sac que Jacques l'aida à épauler. La force de ce squelette ambulant était un mystère.

— Et voilà, fit le vieux. J'étais bien trop fatigué pour fuir à nouveau. On m'a donné pour palais une niche de planches derrière cette boutique. Je devais y trépasser sauf qu'un bon ange veillait sur moi, plein de pitié. Tu vois ça, un peu !

Il se délesta de son fardeau, étira ses pauvres membres.

— Je suis demeuré vif, bel et bien ! Les gens d'ici ne sont ni meilleurs ni plus mauvais qu'ailleurs. Je les ai aidés à construire leurs maisons, à enterrer leurs morts, à couper leur blé. La guerre s'est éloignée vers les montagnes du couchant et avec elle les Delawares, les Cayugas et leur engeance de Sauvages.

D'autres tribus à peine mieux lunées ont occupé les terres, des Allemands, des Irlandais et même des huguenots de par chez nous en France. Je suis resté ici. Maintenant, je pense souvent aux compagnons d'autrefois qui se battent encore au fort Duquesne ou à Niagara. Dieu les garde.

Jacques n'en revenait pas. Des Français se battaient aux marches de la Nouvelle-Angleterre, en Pennsylvanie peut-être bien. Mille autres questions le tourmentaient. L'homme avait parlé de montagnes, de fleuves gardés par des forts. Il le précéda, grimpa sur la carriole, hala le sac au moment où les mennonites sortaient de la boutique, eux aussi lourdement chargés.

— Ils vont trouver à t'employer, dit l'homme.

Jacob Eisenthaler se débarrassa d'un ballot, héla rudement l'Acadien.

— Va, rejoins tes Tristes, souffla l'homme. Ces gens n'aiment pas trop qu'on musarde. Reviens me voir si tu peux.

— Quel est votre nom ?

— Joseph Crevel, ici, on dit *Jo-dead-man*. Jo-le-Mort !

Cela le fit rire, hoqueter puis tousser. S'étant délivré d'un crachat gros comme un œuf de poule, il retourna vers le cellier.

X

Caroline du Sud, janvier 1757

C'était un appentis collé contre les cuisines, fermé par une porte aux planches disjointes, devant quoi du linge séchait sur des cordes. Les autres domestiques blanches logeaient dans les combles de la maison ; pour les Acadiens, le régisseur Houdot avait choisi ce logis indépendant, arguant du fait que les murs en ciment les protégeraient mieux que le torchis et les palmes des cases nègres.

A peine entré dans son nouveau domaine, Sylvain Melanson se laissa tomber sur sa paillasse posée à même le sol de terre battue. Au bout de ses crises palustres, il avait perdu ce qui lui restait de chair sur les os et il avait fallu le soutenir pour l'amener jusque-là.

— Vous aurez un lit, promit Houdot à Isabelle.

Il se faisait prévenant, lui pour qui la mort d'un esclave n'était qu'un chiffre au bas d'une feuille de papier. Le médecin tardait à faire sa tournée, ce qui semblait le contrarier. A peu de chose près, il eût éprouvé le même tracas pour les soins à donner à l'un de ses maîtres.

Isabelle considéra l'intérieur du réduit d'un œil indifférent. Elle connaissait le lieu, où l'on entreposait de la saumure, des jarres d'huile et de mélasse, des tonnelets de vin et des ballots d'épices. Il y faisait en vérité un peu plus frais qu'ailleurs pour la simple raison qu'à part un fenestron d'un pied carré la pièce était aveugle. Houdot avait fait transporter ailleurs son contenu ; l'air humide y était encore chargé d'un mélange indéfinissable de senteurs.

Des cavaliers s'étaient arrêtés à quelques pas de la maison pour abreuver leurs montures à une citerne d'eau claire. Il y avait là les filles aînées des Villiers, deux donzelles fines de taille et noires de chevelure, montant à la manière des hommes, jambes écartées sous les jupes, pieds bien posés sur les étriers, et leurs fiancés, un Hollandais et un huguenot français, héritiers de propriétés voisines. Cette société-là était plutôt gaie, insouciante et finalement assez oisive quoique consciente des efforts que les parents avaient dû consentir pour créer ou perpétuer leurs domaines. Autour d'elle, à son service, vaquaient assez de serviteurs pour la débarrasser des contingences subies par les anciens.

— Il y a une vente de petits Nègres à Charleston, samedi, lança l'un des garçons. Le lot a voyagé sans pertes excessives et ceux qui l'ont inventorié le trouvent intéressant. Vous serez des nôtres, monsieur Houdot ?

— Peut-être bien. Nous ne sommes pas spécialement en demande pour des enfants mais, après tout, certains de nos adultes prennent de l'âge, leur rendement baisse. J'en parlerai à monsieur de Villiers.

La discussion se poursuivit. On annonçait de Géorgie des plants de coton qui semblaient bien prendre sous ces climats de tropiques. Houdot y croyait comme soutien du commerce du riz. Isabelle entra dans le réduit.

Elle fuyait autant que possible les rencontres avec les maîtres des Grands Saules, rasait les murs ou se réfugiait dans quelque pièce lorsqu'elle avait à les croiser. La vision de ces jeunes gens libres parlant d'acheter des enfants comme ils l'eussent fait de poulains ou de chiots lui était insupportable. L'époque était à l'enrichissement, cela se voyait autant au nombre croissant d'esclaves dans les propriétés qu'au faste dans lequel les maîtres vivaient et se recevaient.

Elle s'assit contre un mur, soulagée de voir le régisseur s'éloigner. Sylvain gémissait près d'elle, pleurnichait comme un tout-petit. Elle désira soudain ne plus rien entendre, mit ses mains sur ses oreilles et appuya fort comme lorsque, enfant, elle écoutait et sentait ainsi vibrer sa peau.

La porte était restée ouverte. A quoi bon la fermer. Chez les Villiers, l'intimité n'était pas inscrite dans le contrat des serviteurs. Nuit ou jour, quelle que fût l'heure, Noirs comme Blancs pouvaient être convoqués pour de l'ouvrage. Isabelle croisa le regard de son neveu, un feu mal éteint où brillait la petite lueur de l'angoisse. Elle s'approcha de lui, plaqua de la paume son crâne contre la paillasse.

— Il faut cesser de gémir comme une pétouze[1], Sylvain, murmura-t-elle d'une voix presque menaçante. Vous m'entendez, n'est-ce pas ? Je vais tâcher de vous faire survivre et pour cela il faut m'aider en cessant de vous plaindre. Par pitié, mon neveu.

Elle se demanda comment cette larve squelettique, pour qui elle consentait à s'humilier depuis trop longtemps, pouvait encore respirer, manger, déféquer, après de telles épreuves. Des pensées méchantes lui traversèrent l'esprit tandis que surgissaient devant ses yeux les flammes ravageant les bâtiments de la Grande-Anse, les spectres livides hantant les cales de l'*Endeavour* avec devant eux, muettes interrogations, les visages impassibles de ses propres enfants.

Sylvain se calma un peu, acquiesça d'une voix mourante. Il voulait vivre, retrouver lui aussi les siens, mais il y avait ces accès de fièvre, cette faiblesse générale qui faisait de lui un infirme improductif. Un jour ou l'autre, les planteurs se lasseraient de cette présence inutile et renverraient les Acadiens au fond des cales. Il leva vers sa tante un regard d'enfant perdu, remercia, pour le souci qu'elle mettait à le nourrir, à le laver, à le torcher, même.

— Espérez, priez et d'abord battez-vous à l'intérieur de votre propre corps, chuchota-t-elle à son oreille tandis que retentissait un éclat de rire collectif, à l'extérieur. Ici, sachez-le, on meurt près de gens qui se moquent éperdument de la manière. Sitôt enterré, sitôt remplacé ; je vais même vous dire, le prix d'un Africain de vingt ans, en bonne santé, a diminué cette année tandis que celui du tonneau de riz augmentait. Je sais des choses, voyez-vous. Luttez, mon petit, des milliers

1. Fille pleurnicharde.

d'Acadiens font comme vous en ce moment, Dieu les garde, ils sortiront de là grandis.

Elle s'en voulut de l'avoir brusqué, posa son front contre le sien, s'immobilisa en prière. La vacuité de son existence, l'étrange faveur que lui faisait le Ciel de lui accorder de vivre ainsi dans la douleur des séparations et des deuils, l'inimaginable, accompli jusqu'au bout par des comptables en uniforme, sans cœur ni conscience, la dépassaient et la laissaient sidérée, incapable de songer même à fuir.

Houdot prétendait que des Acadiens quittaient librement la Caroline du Nord. Comment pouvait-on envisager seulement cela ? Acharnée à garder en vie le cadavre à peine animé de son neveu, la fille du Bellilois en oubliait qui elle était, rampait sans protester aux pieds de seigneurs expatriés, acceptait de vivre comme les ombres noires de Sierra Leone, ses frères en soumission qui chantaient, eux, malgré fouet, chaînes et geôliers.

Les Nègres lui racontaient des histoires terribles de tempêtes au cours desquelles des capitaines assassins jetaient à la mer leur cargaison humaine pour toucher les garanties de Londres ou de Charleston. Et Houdot, en bon régisseur, lui révélait, candide, la comptabilité de ce mortel transport de peuples entiers, cent trente mille Nègres en 1750, deux cent mille prévus pour l'année en cours. Vivants, ceux-là. Combien étaient-ils, les Acadiens ainsi destinés aux colonies du Sud et que l'on avait noyés pour toucher les assurances ?

— Seigneur, sauve-nous, répéta-t-elle tandis que les chevaux des jeunes maîtres, abreuvés, s'éloignaient au galop.

— J'aperçois la carriole du docteur Trenton, annonça Houdot, qui revenait, tout essoufflé d'avoir couru.

Il roulait son chapeau de paille entre ses doigts fins de gratte-papier. En une année passée, Isabelle ne l'avait pas vu une fois se baisser pour ramasser une brindille, écarter une pierre d'un chemin, soulever ne fût-ce qu'une poignée de grains de riz, à défaut d'un sac. Elle se releva, mit de l'ordre dans ses cheveux, d'un geste ferme et gracieux que Houdot sembla apprécier. Puis le régisseur salua le médecin, s'effaça pour le laisser entrer avant de reculer de deux pas, montrant ainsi la différence qu'il faisait entre des domestiques non entravés et le reste de sa chiourme.

Le médecin se pencha vers l'agonisant, inspecta le corps étique de Sylvain Melanson. Bref examen, conclu par un marmonnement, sur un ton fataliste. Debout dans l'embrasure de la porte, Isabelle devina ce qu'elle allait entendre et, sans chercher à s'en défendre, éprouva un sentiment ressemblant à du soulagement.

Elle aperçut, au bas de la pente douce menant aux cases nègres, des hommes en partance pour la rivière, supposa qu'ils chantaient, comme ils avaient coutume de le faire pour se donner du courage. Le médecin lui parlait en anglais. Elle ne comprenait rien, sauf que Sylvain allait bientôt mourir. Il y avait une limite au-delà de laquelle la souffrance des hommes ne rimait plus à rien. Si une déchéance semblable à celle de son neveu devait un jour la coucher comme lui entre les murs d'un cellier, elle se traînerait jusqu'à la Spencer et s'y noierait.

Sylvain Melanson fut enseveli en bordure du village nègre, loin, très loin de l'Acadie, dans un carré de terre meuble et humide, où des esclaves reposaient à l'ombre de quelques palmiers. De l'eau sourdait au fond du trou, le suaire de drap blanc fut comme happé dans l'instant par une boue jaunâtre. A la fin de sa brève existence, le colon acadien de Beaubassin pesait le seul poids de ses os.

Il y avait un prêtre catholique à Charleston, occupé à soigner les âmes en exil sur les quais du port. Isabelle dit une prière à sa place puis des esclaves entreprirent de combler la tombe, sur laquelle ils posèrent une pierre ovale. On avait eu droit à une heure de répit pour cette tâche observée de loin par le régisseur Houdot.

— C'est fini, sœur, dit un Nègre aux cheveux et à la barbe à demi blanchis, dans son jargon d'anglais et d'africain. Et bientôt ce sera mon tour.

Isabelle comprit ses gestes, sourit faiblement. La destinée de Sylvain en Caroline ressemblait à celle de ces êtres devenus des vieillards avant l'âge que surveillaient jour et nuit des chiens. Ses yeux demeuraient secs. Etait-ce par un effet de la fatigue, des sommeils trop courts, de la routine recouvrant peu à peu son corps et son esprit ; elle ne connaissait plus de ces chagrins libérateurs, comme dans la cale de l'*Endeavour*, au bout de quoi naissaient malgré tout des lueurs d'espoir.

— Tu vas t'en aller, maintenant, lui dit l'esclave. Toi et les autres, d'Acadie.

Ils avaient, lui et ses pareils, maintenu la distance avec elle qui ne serait jamais de leur race ni de leur condition. Mais quelque chose les reliait malgré tout, qui ressemblait à une fraternité, à un désir de se confier et de soulager autant que possible les souffrances mutuelles. Souvent, depuis qu'elle logeait au domaine, elle était retournée les voir à la tombée du jour. De tout jeunes gens avaient été achetés aux enchères, à Charleston, des enfants vite mis au diapason des aînés. Des femmes avaient accouché. Les planteurs n'aimaient pas trop cela. Elles partaient vers les rizières, leurs petits ficelés dans le dos, qu'elles mettaient au sein tout en continuant d'arracher d'une main les plants. Et les cavaliers qui par hasard passaient près d'elles ne leur jetaient pas un regard.

Houdot rejoignit le petit groupe. Il s'était longtemps inquiété de l'état de Sylvain, avait même prié le médecin de venir à nouveau le visiter. Dans le même temps, il s'empressait auprès d'Isabelle, montrant l'estime particulière qu'il avait pour elle.

— Il est cruel de mourir ainsi loin de sa terre, dit-il, réajustant son chapeau.

Il paraissait sincère. Après tout, la majorité des colons de Nouvelle-Angleterre avaient fui des patries hostiles. Des souvenirs les hantaient à travers les générations, de temples brûlés, de fermes dévastées, de régions entières soumises à la loi du plus fort. Houdot ne voyait pas très bien la différence qu'il y avait entre les légions de ceux-là et la petite souche acadienne déplacée par la force.

— Est-ce que les déportés d'Acadie sont toujours parqués sur les quais de la ville ? demanda Isabelle.

Sa voix avait changé. Houdot la considéra avec un peu de surprise. Depuis que ses derniers espoirs de voir arriver en Caroline des navires chargés d'Acadiens s'étaient évanouis, il s'était habitué à son écoute passive, à son acceptation sans émotion des arrangements qu'il lui proposait. Il se croyait un peu médecin de son âme, lui qui avait le pouvoir d'améliorer la condition de ceux qu'il en jugeait dignes.

— Que je sache, oui.

— Et ceux de Caroline du Nord ? Ils sont vraiment partis ?

— Je vous l'ai déjà dit, il me semble.

Isabelle lut du désarroi sur son visage. L'homme attendait la question suivante, qui ne vint pas, l'Acadienne se contentant de hocher la tête avec vigueur.

Leur ouvrage terminé, les fossoyeurs s'étaient éloignés vers les champs et les rivages où trimaient leurs semblables. Houdot cherchait une contenance. Le regard de sa protégée n'était plus le même. Isabelle lui sembla soudain libérée de la charge voûtant son dos, courbant sa nuque vers les eaux de la Spencer ou les parquets des Grands Saules.

Il prit son bras, pour la soutenir au bout d'une épreuve qu'il supposait pénible. Elle se laissa faire, pleine d'une allégresse qui ne lui faisait même pas honte. Il y avait dans l'air comme un parfum de liberté, quelque chose d'indéfinissable au milieu de quoi flottaient les éléments d'un décor soudain différent : la masse élégante de la maison des maîtres, les dépendances peuplées de leurs ombres noires, la platitude des parcelles et des rizières, rejoignant celle de l'horizon par-delà les allées feuillues, figuraient une gravure, un simple dessin d'où elle s'extrayait sans bruit.

— Il se dit que vos pays pourront bientôt quitter librement la Caroline du Sud, admit Houdot, une pointe de regret dans la voix. Suivant l'avis de beaucoup de gens à Charleston, le gouverneur Lyttelton n'en veut plus et l'a fait savoir à plusieurs reprises.

Librement. Elle se retint de crier. Il le sentit, serra un peu plus fort son bras.

— Comment s'en iront-ils ? demanda-t-elle.

Il était réticent. Elle l'encouragea du regard. Les débats des puissants de Charleston prenaient d'un coup de l'importance. On se débarrassait de cargaisons sans intérêt commercial. Par les routes ? La France agitait les tribus cherokees à l'ouest et les monts Appalaches tout proches étaient le théâtre de ces luttes d'influence. Isabelle eut un profond soupir.

— Ils pourront gréer des bateaux, avoua le régisseur.

Elle n'osait envisager une telle chance, elle, la fille du Bellilois élevée à la lice des bateaux de son père. Une subite envie de mer la fit frissonner, une lame de fond, purificatrice des miasmes de l'*Endeavour*, des moiteurs de la plantation.

Il n'y avait pas que des transports d'esclaves et de catholiques déportés sur l'Atlantique. Ah, qu'on lui donnât une voile et le plus petit des bateaux de pêche de toute la Caroline. Elle embarquerait avec tous ceux qui le voudraient, cap au nord, vers les visages chéris peu à peu estompés par les brumes de l'exil.

Elle cessa de questionner durant plusieurs jours. L'envie la tenaillait de savoir ce qui se disait et se décidait à Charleston mais elle garda le silence, anxieuse d'elle ne savait quelle nouvelle fatalité. Houdot se garda bien de son côté de lui donner d'autres détails. Il avait compris que la mort de Sylvain Melanson libérait Isabelle. Un soir de février, alors qu'elle avait lessivé des chemises et des culottes tout au long du jour, il vint frapper à sa porte, l'air ennuyé.

— Il se passe des choses en ville, annonça-t-il tandis qu'elle s'asseyait, ensommeillée, sur son lit de planches mal jointes.

Elle imagina une révolte des Acadiens ou même des Nègres que l'on fouettait pour leur faire quitter plus vite les cales des transports.

— Les papistes d'Acadie ont dressé les listes de leurs volontaires pour prendre la mer, dit-il, avant d'ajouter, après un temps d'arrêt : Ils embarqueront après-demain sur un bateau de pêche, libres d'aller où bon leur semblera.

Elle se leva d'un bond. Quel scrupule poussait ainsi le régisseur à lui révéler cela, à cet instant ? Houdot l'observait avec un sourire proprement désarmant, comme les esclaves ne lui en connaîtraient jamais.

— Vous n'êtes pas obligée de les rejoindre, dit-il précipitamment. Le bâtiment en question est une coquille de noix, un vieux rafiot abandonné depuis des mois au fond d'un radoub. Aussi bien ne voguera-t-il qu'une centaine de milles avant de sombrer.

Elle le regarda, transfigurée. Sentant bien que, cette fois, elle pouvait enfin décider de son propre destin, elle imagina la joie que devaient ressentir au même moment tous ceux que l'indifférence des gens de Caroline projetait d'un coup vers l'espérance.

Le visage de Houdot se ferma, sur un rictus.

— Il faudra que madame de Villiers vous donne votre congé.

Elle réalisa que les maîtres des Grands Saules possédaient en vérité le pouvoir de lui refuser cette grâce. Ces gens étaient aussi puissants et influents que des gouverneurs anglais, et bien plus riches. Planteurs ou armateurs, négociants ou courtiers, ils achetaient, exploitaient et se débarrassaient des hommes, des outils et des bestiaux sans faire de différence. Isabelle pâlit subitement. Les maîtres devaient partir bientôt pour un voyage vers Atlanta, où ils avaient de la famille.

— Je ne vous conseille pas de les déranger à cette heure, l'avertit Houdot. Ils reçoivent.

Il regrettait visiblement sa révélation. Lorsqu'il vit sa protégée mettre en hâte de l'ordre dans ses cheveux, puis jeter sa cape sur ses épaules, il s'interposa.

— On ne fait pas ces choses, je vous l'assure.

— Ah ? Vous croyez vraiment cela ?

Elle était déjà dehors ; poussa la porte de la buanderie, s'engagea dans le couloir menant aux cuisines. Il y avait là du monde pour servir la quinzaine de convives.

— Eh, l'Acadienne ! Que faites-vous dans la maison à cette heure ? lui lança une femme.

Pour rejoindre le salon, il fallait traverser un large couloir dallé. Elle se faufila, pénétra dans la grande pièce sur les pas d'invités perruqués de noir, poudrés de blanc, et de femmes au buste généreusement offert, aux joues ponctuées de mouches coquines. Ainsi était la mode, inspirée par Versailles et Buckingham, copiée en Amérique avec un brin de retenue cependant. Isabelle alla droit vers madame de Villiers qui la toisa, surprise. Isabelle ne portait pas le tablier blanc sur la longue robe des servantes de maison et détonnait au milieu des invités.

— Madame, les Acadiens ont reçu le droit de quitter la Caroline dans deux jours et je désire m'en aller avec eux, dit-elle à voix haute.

Il y eut quelques rires. Tous ne comprenaient pas le français dans l'assistance.

— C'est vrai, dit un homme petit et râblé, au visage fripé, au regard perçant. Ces gens encombrent le port de Charleston depuis assez longtemps et le gouverneur Lyttelton a fini par céder. On leur a trouvé un navire mais tous ne partiront pas ; il en restera la moitié à terre, que le voyage jusqu'ici a dégoûtés de l'océan.

— Je ne suis pas de ceux-là ! s'exclama Isabelle. Mon père était corsaire d'Acadie, mes fils sont peut-être sur la mer à cette heure. Laissez-moi partir, madame.

Ce n'était qu'une humiliation parmi d'autres, la plus cruelle, la fille du Bellilois quémandant son congé à une maîtresse huguenote, au milieu d'une société de planteurs. Mais il n'y avait plus de Bellilois, rien que la nécessité de partir et, soudain, l'espoir fragile de retourner un jour sous le ciel changeant de l'île du Cap-Breton.

L'homme qui parlait français fixait Isabelle avec dans les yeux une lueur ressemblant à de la haine. On se faisait encore la guerre aux marches de la Nouvelle-Angleterre. Houdot avait évoqué des batailles sur des rivières, à l'ouest, auxquelles participaient les tribus indiennes des Appalaches soulevées par la France.

— Vous auriez pu attendre pour nous parler de cela, protesta monsieur de Villiers.

— Bast, libérez-la, fit l'homme. Ces Acadiens se réclament encore de la France. Qu'ils y retournent donc et se noient en route si ça leur chante, le plus tôt sera le mieux.

Isabelle soutint le regard ulcéré de la maîtresse. Ce fut monsieur de Villiers qui, s'inquiétant d'un esclandre, trancha. L'Acadienne n'était en rien une esclave. Bostoniens et Virginiens croyaient devoir traiter ces exilés plus durement que des chiens, ce n'était pas une raison pour les imiter.

— En effet, un bateau vous a été donné par monsieur le gouverneur Lyttelton, dit-il. Au moins ses passagers n'iront-ils pas porter le feu sur les arrières de la colonie. Mettez à la mer puisque tel est votre désir, filez vers le sud ou, mieux, vers la Bretagne et que Dieu vous garde.

Dieu, on en ferait son affaire, plus tard. Isabelle balbutia un remerciement. Elle était libre et fière, soudain. Son cœur cognait dans sa poitrine. Les héros morts de l'Acadie, les Saint-Castin et les d'Iberville, les Baptiste et autres de la Tour devaient sourire à ce spectacle, du haut de leur gloire passée.

— Ainsi donc, vous allez embarquer sur ces planches moisies.

Houdot était entré dans le réduit. Les mains derrière le dos, il observait Isabelle ficelant le ballot rond de ses quelques affaires : deux jupes de serge grise, autant de chemises auxquelles il manquait des boutons, un peu de linge de corps.

Charleston se trouvait à deux lieues pleines de la plantation. Isabelle se mettrait en route dès l'aube, la perspective de rejoindre ses pays pour un tel projet lui ferait franchir bien vite cette distance.

— Oui, pardieu, j'embarquerai, répondit-elle en se tournant vers lui. Décideriez-vous autre chose à ma place, monsieur ?

— Je vous ai grandement favorisée ici, lui dit-il. Si vous restez, il me sera possible de vous mettre pour de bon au service de mes maîtres. L'océan est mauvais, plein de navires en chasse, armés pour la guerre qui commence, quant à ceux d'entre vous qui choisiront de marcher vers le nord, je ne donnerai pas cher de leur peau dès qu'ils seront dans les montagnes.

Elle le considéra, étonnée. Entre une fin de vie à tordre le linge de planteurs huguenots et l'aventure d'un retour vers les éléments éparpillés de sa propre chair, y avait-il à hésiter une seule seconde ?

— Je n'ai pas de maîtres, rétorqua-t-elle. Je n'en ai jamais eu. Les maîtres, c'est bon pour des gens comme vous, qui les servez avec rage. Moi, je suis née de la mer et des navires. Mourir dedans, la belle affaire, d'autres l'ont fait avant moi, au fond de l'*Endeavour* et de tous les maudits bateaux du roi d'Angleterre. Je sais, il vous plairait assez que je m'installe ici près de vous, que je devienne l'ombre du régisseur des Grands Saules, admise dans sa maison et considérée, enfin.

Il fit un pas vers elle, écarta les bras, lui lança que, tout de même, il lui avait évité de passer près d'une année dans les champs de riz, de l'eau jusqu'aux genoux. Elle ne put s'empêcher de rire, le vit qui pâlissait. Ainsi planté devant elle, les lèvres serrées, les yeux rapetissés par la tension, il avait son visage de petit maître mécontent de ses Nègres et les menaçant du fouet.

Elle cessa de rire, souleva le ballot qu'elle posa sur son lit, sentant dans son dos la présence massive de l'homme, sa colère froide. Le voyage au fond de l'*Endeavour*, la mise en servitude avaient amoindri les élans de sa chair. Comme bien des esclaves des Villiers, elle s'était peu à peu dépossédée de son propre corps, jusqu'à le mépriser tant il en supportait, jour après jour. Parfois pourtant, en s'endormant, elle n'avait pu s'empêcher de songer aux doigts fins du régisseur parcourant sa peau. C'était, comme au milieu d'un éclair, une vision fugace aussitôt disparue dans l'obscurité. Mais les mains qui la pressaient, cherchant ses seins, son ventre, ses cuisses, étaient en vérité celles de Jérôme Hébert. Elle n'en connaissait pas d'autres, ni n'en désirait.

— Vous êtes bien ingrate, l'Acadienne.

La voix avait changé. Isabelle s'immobilisa, les genoux contre le bois du lit. Une poigne pesante, griffue, serrait son cou, sa nuque.

— Alors, j'aurais passé une année à vous vouloir du bien, à vous éviter la condition des Nègres et vous balaieriez cela comme des grains de riz devant une porte ?

Elle se raidit. Houdot était déjà contre elle, la ployait vers l'avant. L'homme, plutôt long et efflanqué, avait une force insoupçonnée, l'exercice du fouet le maintenait en forme.

— Lâchez-moi, souffla-t-elle.

Elle tenta de se redresser, dut prendre appui des coudes sur la paillasse. Houdot pétrissait ses hanches, pesait sur son dos, ses fesses. Isabelle se jeta brusquement sur le côté, entraînant l'homme, puis elle se mit à le bourrer de coups de poings, de pieds, si bien qu'il redoubla de force, répétant ce qu'elle savait déjà, qu'il la trouvait belle et la désirait depuis trop longtemps, et aussi, menaçant, que les Acadiens de Géorgie étaient traités comme les esclaves, dans les plantations.

— Je ne te laisserai pas partir, je t'empêcherai de t'embarquer. Tu mourrais avec les autres. Reste, ou je te vends à des colons d'Atlanta. Je peux faire ça, pardieu, oui, je le peux.

Isabelle se dit qu'un tel désordre allait attirer du monde mais, à cette heure de la journée, la domesticité était occupée à la maison ou dans ses nombreuses dépendances. Houdot s'était repris et pesait à nouveau sur elle. Un instant, elle pensa se laisser aller, gagner ainsi sa liberté. Au fil des mois, veillant le corps décharné de son neveu entre des tâches sans intérêt, elle s'était assoupie dans les moiteurs de la Caroline. Survivante, sidérée par l'enchaînement des événements, l'impossibilité d'en maîtriser le cours, se sachant un reliquat sans la moindre valeur d'une guerre déjà perdue dix fois, elle avait peut-être à payer pour effacer tout cela.

Elle relâcha sa défense, Houdot libéra ses mains, la caressa de nouveau. Et puis, comme s'ils s'encadraient dans le fenestron, avec l'air de ne pas comprendre, les visages de ses trois fils lui apparurent, et celui de Charlotte, devant eux, stupéfaits. Elle s'étira, chercha contre le mur de plâtre la machette qu'elle posait sur son clou, au retour du potager. Croyant qu'elle se livrait un peu plus, Houdot saisit sa taille, jubilant, chercha des lèvres le contact de sa peau, sous le jupon de lin froissé.

Elle le laissa faire quelques secondes, se redressa à demi, le temps d'ajuster son coup. Fendre le cuir d'un régisseur de Caroline ne devait pas être plus compliqué que harponner une morue ou un loup marin au large de Terre-Neuve. La tête de Houdot glissait le long de ses cuisses, sa langue s'activait, limace répugnante laissant sa trace sur de la nacre. Elle attendit qu'il se montrât de profil et, posément, comme elle eût coupé une palme ou un melon d'eau, elle abaissa la lame grossièrement aiguisée avec assez de force pour trancher l'oreille par le travers et entailler la peau, de la joue à la tempe.

L'homme relâcha brusquement son étreinte, porta la main à sa tête. Du sang gicla de sa blessure, rougissant la paillasse. Isabelle était déjà debout, la machette serrée dans ses deux mains.

— Tu m'as piqué, sale femme, gémit-il.

Il avait l'air de ne pas croire une chose pareille, fit un pas, s'arrêta, la pointe de la lame contre son cou.

— Vous saignez comme porc en décembre, lui dit Isabelle, mais rassurez-vous, ce n'est pas méchant. Allez vous faire panser chez vos maîtres. J'aurais pu vous décolleter comme un vulgaire poulet, sachez-le.

Il soutint le regard qui lui disait « tu en as assez pour vivre, la reconnaissance de tes patrons, le droit de vie et de mort sur ton peuple esclave, les faveurs ancillaires pour peu que tu saches les obtenir, esclave toi-même dans l'ombre de tes maîtres ». Isabelle crispa ses doigts autour du bois de la machette. Houdot grimaça. Passé le choc premier, il ressentait l'intense chaleur des plaies béantes, au centre de douloureuses irradiations.

— Allez-vous-en, lui dit Isabelle d'une voix tendue. Je ne veux plus vous voir, vous le fouette-cul de Nègres et vos régents. La seule vie d'un pauvre laboureur d'Acadie vaut bien dix des vôtres, foutez votre camp, retournez en ville inspecter les dents des enfants de Sierra Leone, la besogne vous va bien.

Elle revenait au monde en face d'un homme blessé, humilié à son tour, contraint de se taire et d'écouter. Pardieu, elle manquait bien de modestie à cet instant et pouvait payer cher sa foucade, mais le frisson de jouissance qu'elle éprouvait balayait cauchemars, frustrations et les mois d'une existence végétative sur cette terre sans hivers.

Houdot hocha la tête. Il avait du sang jusqu'au creux de son coude. Isabelle s'aperçut qu'en cours d'assaut il avait eu le temps de déboutonner sa culotte. Un pan de chemise couvrait en partie son ventre. Elle se retint de lui montrer ses seins par défi, le vit qui se réajustait avec lenteur, serrait les dents pour ne pas défaillir. Elle demeura en garde tandis qu'il gagnait, chancelant, la porte du réduit.

Elle le vit qui marchait vers sa petite maison. Prestement, elle empoigna son ballot de linge, enfila ses souliers de toile grise. Elle ne voulait pas demeurer une seconde de plus dans son palais de pénombre et de moiteur. A trois heures de marche du domaine, il y avait, au-delà des quais de Charleston, un lac bleu sans limites ni frontières dans lequel elle avait soudain envie de plonger.

Le village nègre étalait ses cases le long d'un chemin parallèle de loin à celui de Charleston. Isabelle s'arrêta, chercha la silhouette ronde de Ma Bama. Depuis qu'elle avait rejoint la domesticité des Villiers, elle n'avait guère eu l'occasion de croiser sa compagne des premiers temps. Assis à sa porte, un vieillard aux yeux recouverts d'une vitre de trachome tressait un panier de ses doigts tremblants. Tout le long du chemin, les femmes s'activaient à leurs travaux quotidiens, immuables corvées sur quoi elles se penchaient à tour de rôle, piler le riz et l'argile cuite, tresser paniers et chaussures, rouler barriques et tonneaux.

La grosse Africaine venait d'aider une femme à mettre au monde son enfant.

— Je m'en vais, lui dit Isabelle.

Elle avait hésité à rendre cette ultime visite, décidé en fin de compte qu'elle ne quitterait pas ces gens comme une voleuse.

Ma Bama la considéra avec un mélange de frustration jalouse, de morgue et de tendresse malgré tout. Il y avait désormais entre elles la ligne séparant les asservis de ceux qui pouvaient encore espérer goûter aux charmes de la liberté.

Le nouveau-né se mit à hurler, la matrone avait encore à faire auprès de lui.

— Alors, que Dieu te garde, dit la Négresse en se détournant.

— Vous tous aussi. Je penserai à vous souvent.

Isabelle rejoignit le chemin, courant presque, anxieuse d'entendre derrière elle le cheval du régisseur. Une pluie de tropiques se mit à tomber d'un coup, noya en quelques secondes le paysage derrière un écran de vapeur tiède, les ornières durcies par le soleil fondirent en quelques minutes, étalant leur boue jaunâtre jusqu'au bord des fossés.

Isabelle ramena sa cape au-dessus de sa tête. Son cœur battait à se rompre, de plaisir, de peur en même temps. Au plus fort de l'ondée, elle dut cependant chercher le refuge d'une cabane, en bordure d'un bois. Chaque minute qui passait l'éloignait de son but. Elle pesta, choisit enfin de se remettre en marche. Lorsqu'elle perçut le bruit d'un attelage dans son dos, elle eut envie de courir à travers champs, s'immobilisa, le dos rond.

— Où allez-vous ainsi ? lui demanda une voix d'homme.

— Au port de Charleston, où sont les Acadiens.

Elle reconnut un contremaître des Mattheson, voisins des Villiers. Houdot et lui étaient amis. Isabelle ferma les yeux. Un mot de trop et elle pouvait se retrouver à repiquer du riz jusqu'à ce que mort s'ensuive, en bordure de la Spencer ou pire, en Géorgie.

— Montez, nous y serons dans moins d'une heure ! lui cria-t-il.

Il l'aida à grimper à l'abri, à l'avant de la carriole, s'enquit de la santé du régisseur.

— Je suppose qu'il va bien, lui répondit sa passagère.

Il l'observa avec curiosité : Houdot avait dû lui faire part de ses projets intimes. Elle se retourna. Accroupis à l'arrière de la carriole, quatre esclaves enchaînés l'un à l'autre tentaient maladroitement de conserver leur équilibre. Des hommes entre deux âges, que l'on allait peut-être revendre ou échanger, comme cela se faisait parfois. Isabelle se perdit dans la contemplation d'un arc-en-ciel apparu sur la droite du chemin. La carriole n'avançait pas assez vite à son gré, la pluie n'était plus assez fournie pour la protéger du monde extérieur et de ses menaces.

Enfin, au bout d'un voyage qui lui parut interminable, les premières maisons de Charleston apparurent, des entrepôts en lisière de ville, des fermes, petites, où l'on ne cultivait pas le riz. Le contremaître avait rendez-vous au cœur de la cité, à la maison commune où se déroulaient tour à tour les débats municipaux, les ventes diverses et même des représentations de théâtre, parfois.

— J'irai à pied, maintenant, lui dit Isabelle.

Elle sauta de l'attelage, récupéra son ballot.

— Vous retournez avec les Acadiens ? s'étonna l'homme.

Elle ne prit pas le temps de lui répondre, marcha vers le port dans des senteurs d'algues et de sables humides. C'était, sous de lourdes nuées grises venant de l'est, le parfum de l'océan. Quelquefois, des tempêtes avaient porté cette divine et brève fragrance jusqu'aux plantations. Ce soir-là, Isabelle s'immergeait à nouveau en elle, ivre de la sentir pénétrer sa gorge, ses poumons, son corps tout entier.

— Marie, mère de Dieu, grâce vous soit rendue.

Le bateau de pêche était amarré face au camp des Acadiens et celui-ci était demeuré à la même place depuis le débarquement. Isabelle ne put s'empêcher de crier. Elle mourrait de sa propre main, oui, si ce goût âcre et enivrant de liberté lui était de nouveau confisqué.

XI

Boston, février 1757

La nature avait doté André Jeffries d'un corps de rameur, bras ronds et puissants, cuisses et torse musculeux quoiqu'un peu arrondis par la cochonnaille et les vins du Portugal. Des éphélides, accentuées par les longs séjours au soleil sur les quais de Boston, ponctuaient la peau du crâne assez loin vers son sommet. Il se dégageait de cet être faussement jovial, jamais bonhomme, une impression de force maîtrisée, de certitudes longuement mûries par le commerce des gens et le négoce des grains. Les yeux, surtout, trahissaient sa vraie nature : bleus, ils eussent montré chez un autre de la rêverie marine, des émois saxons, une vraie fusion avec l'océan. Mais ceux-là n'étaient à chaque instant que vigilance, observation des autres, et quand le reste du visage riait, leur expression demeurait celle d'un procureur.

Henry Jeffries, son fils aîné, avait hérité ce trait, à défaut des rondeurs du père, et ce qui n'était chez André que conséquences d'une rude et difficile réussite commerciale prenait dans son maintien les allures distanciées de la morgue et de la supériorité. Parvenu sans effort à l'âge de trente ans, Henry Jeffries se piquait de penser, d'écrire et de juger ses contemporains à peu de frais. Une naissance chanceuse le plaçait, du moins en était-il convaincu, à l'égal des commis du roi George, des capitaines des douanes ou des contrôleurs de taxes dont il enviait le pouvoir.

— Il n'y a dans ce pays qu'une seule industrie digne d'intérêt, la nôtre, mais elle n'est pas suffisamment reconnue. Le roi d'Angleterre ferait bien de nous laisser régler entre nous ce problème d'impôt. Taxer les timbres commerciaux ! Il n'a donc rien de mieux à inventer ? Et ses limaces de fonctionnaires qui font mine de ne pas entendre la réprobation de la rue !

Et il noircissait quelques pages de plus pour la *Gazette de Boston*, avertissant qu'à contraindre ainsi les meilleurs éléments de la colonie on risquait de voir lever le ferment des révoltes.

— La loyauté a un prix, objectait son frère Tom. L'Angleterre nous a tout donné, sachons lui rendre un peu de son obole.

Une hérédité d'ouvrier portuaire à Glasgow ou à Aberdeen avait doté celui-là d'un corps épais, sans grâce, semblable à celui de son géniteur. Ses lèvres minces, façonnées, elles, dans le moule maternel, semblaient faites pour pincer à défaut de mordre, pour laisser filer ordres et remontrances. André Jeffries pouvait se reposer sur lui. A la différence de Henry, son fils Tom avait un vrai souci des affaires familiales, une vision pratique de ce qu'il convenait de mettre en œuvre et une autorité naturelle sur les employés. D'ailleurs, personne dans la maison de Salem Street ne doutait qu'il fût le successeur désigné d'André pour ce qui concernait le domaine portuaire.

Dans la grande maison où les hommes qui menaient leurs affaires entre quais et bureaux avaient depuis toujours abandonné aux femmes le pouvoir ménager, Anne-Marie Melanson ne se sentait ni domestique ni parente, ni même invitée ou hébergée comme l'eussent été un pèlerin ou un prédicateur égarés dans une ville inconnue. Certes présente, servie à table par l'esclave ou par l'une des jeunes servantes, elle s'habituait au fil des semaines à sa situation de passante ignorée des autres, sur qui l'on jetait de temps à autre un regard, à qui nul, à part William qui lui traduisait de temps à autre, à voix basse, ce qui se disait, n'avait quoi que ce fût à raconter.

Passé la déception des premiers jours, elle s'était habituée à cette situation, refoulant les velléités de révolte que la conduite de ses hôtes avait fait naître en elle. William l'encourageait par des petits gestes, des clins d'œil, des haussements d'épaules. Il lui glissait à l'oreille des « ne t'en fais pas », se couvrait de sa cape et partait pour l'entrepôt où, dès son retour d'Acadie, son père l'avait remis au travail.

Car il était plutôt pauvre dans sa riche famille, William Jeffries. D'autres, plus âgés, rompus aux mécanismes et aux arcanes du négoce, avaient pris les bonnes places auprès du maître. Henry, qui collectionnait les montres de gousset, les chaussures et les chapeaux, s'occupait des comptes, de l'organisation, à égalité avec son père pour tout ce qui avait trait à la politique, à la négociation. Toutes ces tâches épargnaient ses doigts, qu'il avait fins et nerveux, faits pour tenir des plumes et aligner des chiffres sur des feuilles de papier.

Tom passait quant à lui le plus clair de son temps dans les entrepôts, régnait sur la maintenance des trésors accumulés sous les toits des Jeffries, recevant en compagnie de son père les acheteurs et les guidant entre ballots, sacs et tonneaux. Au bout de cette chaîne familiale, William occupait en vérité un emploi de simple contremaître, coursier à l'occasion, coltineur quand manquaient des bras pour vider une cale, « marin de quai », comme le raillaient ses aînés.

Lorsqu'elle avait suffisamment ruminé l'herbe amère de son inutilité, proposé son aide à des ménagères qui n'en avaient pas besoin, regretté de ne savoir ni écrire ni lire pour soulager son ennui, Anne-Marie sortait de la maison pour une promenade solitaire qui la menait au hasard des rues. Jamais elle ne s'était sentie aussi libre et en même temps aussi dédaignée. L'étrange état dans lequel on la laissait, le comportement de William qui l'aimait de loin, qui l'effleurait de temps à autre et la désirait sans doute mais ne la touchait pas, la sidéraient. Le silence fait autour d'elle sur ce qu'elle était, pensait, souhaitait, la maintenait dans un état de stupeur et d'inertie. Seule la ville la distrayait, offerte à son regard et à ses pas, semblable à ce qu'elle avait imaginé depuis toujours, avec son ciel agité par les vents atlantiques, ses rues grouillantes de vie, ses fiers bâtiments de brique rouge où l'on débattait, décidait, dominait.

A mesure qu'elle tentait de comprendre les gens qui la tolé-raient sans l'admettre, lui disaient poliment bonjour le matin et lui souriaient sans lui accorder plus d'importance qu'à une inconnue croisée dans Salem Street, elle prit peu à peu conscience du profond fossé qui la séparait d'eux. En vérité, elle eût fait à leurs yeux une servante acceptable parce que pieuse et propre sur elle, comme il en séjournait dans la maison, venues des fermes du Massachusetts, encore qu'il fallût parfois apprendre à ces engourdies juste bonnes à plumer des volailles l'utilité de l'eau pour se débarbouiller le visage.

— Alors, ce mariage ? s'inquiétaient les amies reçues au salon, caqueteuses éprises de littérature et de bons sentiments, avec qui l'on buvait le thé en refaisant le monde étroit du matriarcat bostonien.

— Nous y allons, répondait-on. William doit devenir capable de subvenir aux besoins d'une famille.

— Quelle jolie femme il aura, et française, pourtant.

— Certes.

Au fil des jours, Anne-Marie se rendit compte des trésors d'hypocrisie que ses hôtes devaient déployer pour la supporter en fin de compte. Le peu de réserve que les Jeffries conser-vaient vis-à-vis d'elle tenait à l'image qu'ils donnaient d'eux à l'extérieur, honnêtes marchands respectueux des lois et capa-bles de compassion pour l'humanité souffrante. Car, entre les murs de leur maison, l'inculture d'Anne-Marie, son anglais laborieux dont ils se gaussaient autant que de son patois, sa joliesse de potiche rangée à l'étage et rayonnante pourtant leur donnaient des prurits de la langue et des envies de mordre ce fruit encore vert tombé de l'arbre acadien.

Elle se tournait vers William, le cœur plein d'impatience. Le petit soldat du capitaine Murray, le fureteur curieux d'entrer en relation avec les fermiers de la Pisiquid, l'amoureux capable de désobéir aux ordres pour épargner à sa conquête les affres de la concentration autour de l'église de Grand-Pré redevenait sous ses yeux ce pour quoi il avait été élevé, un bon fils res-pectueux de la hiérarchie familiale.

Le turbulent benjamin de Jane Williams était parvenu à ses fins ; sa pierre précieuse était à l'abri derrière les murs de la maison mère. Retourné à la vie civile, le cadet engagé dans les troupes de Sa Majesté, révolté pourtant par le sort fait aux

Acadiens sur les rivages des Mines, retrouvait son rang dans la fratrie, le dernier, et mettait en réserve le ressentiment, la honte, le sentiment d'injustice qu'il avait éprouvés dans sa complicité avec les assassins de l'Acadie.

— Patience, ma jolie papiste, lui serinait-il à l'oreille. Tu es dans cette ville chez les descendants des puritains du *Mayflower*. On ne bouscule pas comme ça une telle masse. Nous, les Jeffries, on n'en est pas mais n'empêche, nous ne pouvons commercer, entreprendre, vivre, sans eux. Tu as vu comme on respecte le roi chez nous. Moi, je sais ce que cette baderne de George vous a infligé, à vous les Acadiens. Patience. Un jour viendra où je vous aiderai à régler vos comptes avec lui. Le temps de gagner un peu ma vie. Et de t'épouser.

William acceptait l'ordre familial mais, souvent, elle apercevait dans son regard les lueurs fugitives du désaccord. C'était à l'écoute des sentences de Henry à l'endroit de la race française ou face aux haussements d'épaules de son père lorsque par exception l'on évoquait le sort des Acadiens. Au fil des jours, elle perçut les différences d'opinion qui agitaient en secret la famille ; sur les taxes jugées excessives par William, sur la prétention de Londres à régenter l'économie de ses colonies. Les Jeffries trouvaient tout cela normal. Le roi se payait de la protection apportée à ses possessions d'Amérique. Mary n'avait pas de mépris assez fort pour ceux des colons qui aux assemblées des Meeting Houses osaient critiquer cette nécessaire emprise. William se voulait rassurant :

— Ici, les gens se croient le centre du monde, l'Angleterre triomphante et son gentil peuple de colons qui vont conquérir ensemble le reste de l'Amérique. Il y aura pourtant une place pour toi et pardieu, j'aiderai à te la faire.

Elle sentait ses colères s'apaiser peu à peu. William lui souriait et tout s'effaçait, le temps de se fondre dans ses bras. Il y avait le grand silence de la maison quand les pies s'étaient éloignées du nid et cette impression éphémère d'être tout de même un peu chez elle malgré tout. Elle pensait qu'ils feraient des enfants blonds comme ils l'étaient tous deux, la vie bouillonnait en elle, soudain, avec le désir qu'il fallait encore contenir pour plaire au reste de la famille.

— Je veux vivre avec toi, en liberté, répondait-elle.

Elle osait des caresses qui le faisaient rougir. Elle le fixait, les yeux grands ouverts, tandis qu'il tentait mollement d'y échapper, puis leurs fous rires résonnaient entre les sombres boiseries du salon. Elle se moquait.

— Tu était plus hardi sous les cabanes de Grand-Pré.

Elle s'était refusée à lui tandis qu'à une demi-heure de marche de l'endroit où il l'avait cachée de la troupe anglaise, des milliers d'Acadiens convergeaient vers les bateaux de l'exil. Maintenant, c'était lui qui minaudait presque, petit garçon craignant de déplaire aux femmes du logis.

Alors le regard d'Anne-Marie changeait, son rire s'éteignait comme il était né, d'un coup. Tout reprenait sa place autour d'elle, les profonds fauteuils au creux desquels on cousait, lisait, cancanait dans les lueurs fauves de la cheminée, la table massive de bois doré près du grand lit où le chef de famille et sa femme dormaient en hiver, les fenêtres avec leurs vitraux aux couleurs douces, reposantes pour les yeux. Une maison de riches indifférents.

— Il faut que tu saches que je t'aime, par-dessus tout, lui disait le jeune homme transparent qui l'avait conduite là.

Elle acquiesçait, muette, le cœur ailleurs, soudain. Sa vie serait peut-être ainsi pour son restant, une balance continuelle entre le désir ensoleillé du bonheur et les brûlures de l'âme entretenues par le feu de l'exil et de la séparation.

— Descends jusqu'au port, lui demandait William. Rejoins-moi, je te montrerai les trésors de la famille Jeffries.

Elle s'exécutait, marchait, seule ou en compagnie de Norma, l'esclave de la Dominique achetée par André sur le port et offerte à sa femme pour la naissance de son aîné. Patience... La guerre déclarée entre la France et l'Angleterre bornait son horizon aux mâtures alignées le long des quais. Un jour, pensait-elle, ce décor paisible en apparence s'entrouvrirait et le remords qu'elle éprouvait souvent d'avoir abandonné les siens la quitterait.

— Tu es vraiment la plus jolie femme de Boston, lui lança William tandis qu'il finissait d'empiler des ballots de tissu dans un coin de l'entrepôt du quai Griffin.

Elle leva les yeux au ciel. Aux compliments dont l'abreuvait William, elle eût préféré les embrassades et les étreintes que, par un souci des convenances, il remettait à plus tard. C'était là ce qu'elle avait peu à peu compris ; le soldat discipliné qui avait obéi malgré son dégoût aux ordres de ses officiers, à Grand-Pré, redevenait sous ses yeux le fils docile, troisième dans le rang des héritiers d'un domaine où rien n'était acquis par la naissance. A cette compagnie laborieuse, le gynécée de Salem Street imposait sa règle domestique, sa stricte observance religieuse, sa convention sociale. Et dans celle-ci, l'invitée d'un fils, fût-elle promise à en devenir la femme, attendrait les autorisations nécessaires pour connaître enfin les plaisirs de la chair.

William avait encore de l'ouvrage. Elle fit quelques pas le long du quai. Des navires de haut-bord étaient amarrés, voisinant avec des embarcations plus modestes, grosses barques de pêche ou navettes portuaires. Des marins s'activaient un peu partout, jurant et s'interpellant entre les cales et les charrettes où s'alignaient muids de vins et caques, paquets ficelés et caisses enclouées. La guerre abreuvait cette ville qui avait longtemps craint pour son commerce, sa richesse, sa survie, même.

Anne-Marie ne pouvait détacher son regard des ventres de bois dont on débarquait les cargaisons. Insensiblement, une angoisse diffuse s'installa en elle, accéléra son souffle. Des échos s'échappaient de l'un d'entre eux. Elle pensa qu'il s'agissait de voix humaines, pressa le pas, aperçut, au bout du wharf, un bâtiment dont on ouvrait les soutes.

Elle reconnut le *Neptune*, la prison où ses parents étaient morts, à bord de quoi les survivants avaient poursuivi leur périple jusqu'en Angleterre. Elle poussa un cri, courut vers les marins dont elle reconnaissait les silhouettes, les trognes, avec leur capitaine Jonathan Davis qui donnait ses ordres depuis le château avant.

— Marie, Mère de Dieu.

Elle s'immobilisa, pétrifiée. Des cochons sortaient de la cale en couinant, s'engageaient sur la passerelle, guidés par des marins hilares qui leur claquaient la croupe ou la bottaient au passage. A terre, des vachers, enfants des quartiers pauvres à qui l'on donnerait une pièce, s'occupaient de la réception et guidaient les bêtes jusqu'à des charrettes où le fouet aidait le bétail à grimper.

Manquant défaillir, elle chercha un appui, agrippa une amarre. L'odeur des cochons lui emplissait les narines, lui donnait la nausée. Et il en sortait de cette cale, des dizaines, ahuris et pressés, furieux, trébuchant et se marchant dessus, fonçant tête baissée dans le mur grommelant de leurs congénères. Humains, tout à coup.

Elle voulut crier, mais seul un feulement rauque sortit de sa poitrine oppressée. A observer chaque jour ses hôtes comme elle l'eût fait d'une peuplade sauvage, à finir par souhaiter pour de bon en faire partie ne fût-ce que pour la dominer un jour à son tour, elle avait oublié ce que le hasard d'une promenade lui jetait à la figure, ce cauchemar qu'elle était parvenue avec tant de peine à chasser de son sommeil.

Reprenant peu à peu ses esprits, elle vit des visages penchés sur elle, interrogateurs, vaguement inquiets. Elle tenait si fort le cordage qu'elle semblait vouloir tirer toute seule le bateau immobile.

— Les Acadiens ? Où sont-ils ? balbutia-t-elle dans son anglais rudimentaire.

Les hommes se regardèrent. Tous n'étaient pas du voyage de 1755. Ceux qui savaient se concertèrent, l'un d'eux ôta son bonnet de laine rouge.

— A Londres et à Liverpool, madame. Nous ne sommes pas retournés là-bas depuis.

Il lui révéla que deux tiers environ des déportés y étaient parvenus vivants, qu'on les avait parqués dans des endroits où ils vivaient entre eux de la charité du roi George, qu'enfin la guerre en cours risquait de les y tenir encore longtemps.

— La charité du roi George, Seigneur.

Rarement souverain avait laissé haïr à ce point un peuple innocent par les siens. Elle sentit une bouffée de ressentiment envahir son cœur, et le soulever. Remercia les marins. William en avait terminé avec sa manutention. Elle passa devant lui sans s'arrêter.

— Je rentre, lui dit-elle. Je te prie de me rejoindre dès que tu pourras.

Le salon était vide, ainsi que le bureau d'André Jeffries y attenant. L'esclave s'activait sur le dallage de briques de la cuisine, traquant les taches de graisse, les plumes et duvets de volaille. Au passage, Anne-Marie entendit ses ahans ; cela ressemblait un peu à de l'asthme, à l'essoufflement d'une vieille au sommet d'un coteau. Norma avait été ainsi prénommée lorsqu'elle était arrivée, déjà âgée de trente ans, à Boston. Une génération de Jeffries était passée par ses mains de nourrice, une autre s'annonçait dans le ventre arrondi de Mary. La Négresse embarquée en Sierra Leone s'était fait sa place dans la maison, entre les domestiques et les animaux. Bientôt sans doute serait-elle dispensée des tâches fatigantes auxquelles elle rechignait de plus en plus bruyamment. Affranchie en quelque sorte, tout en demeurant sous le toit de ses maîtres.

Anne-Marie ne prit pas cette fois-là le temps de lui faire un peu la conversation, ou ce qui en tenait lieu, des gestes et quelques onomatopées. Elle évita comme à son habitude le salon où se tenaient les femmes en compagnie d'amies et de parentes toujours curieuses de l'apercevoir, monta directement à sa chambre. Son malaise s'était dissipé, laissant place à une colérique impatience. S'étant déchaussée, elle se mit à tourner en rond, tapant du pied sur le plancher, guettant par la fenêtre le retour de son galant.

Enfin, il apparut au bout de Salem Street. Il marchait vite, salua au passage les échoppiers, ses amis depuis toujours dans ce quartier de gens aisés. Anne-Marie s'apprêta tandis qu'il gravissait l'étroit escalier encagé menant à l'étage. Elle entrouvrit la porte puis dénuda à demi ses épaules. Il entra comme dans un sanctuaire en un lieu qui aurait pourtant dû lui être familier depuis longtemps, vit l'Acadienne venir aussitôt vers lui.

— Tout à l'heure, sur le port, lui lança-t-elle sans préambule, j'ai vu des cochons descendre vers des charrettes et j'ai cru que c'était mes parents qui revenaient pour essayer à nouveau de débarquer dans ta ville.

Il eut un sourire niais, secoua la tête. Elle était contre lui, le défiant du regard.

— Je voudrais bien savoir pourquoi tu en as tant fait pour que je vienne ici.

— Mais, parce que je t'aime, depuis que je t'ai aperçue au bord de la Pisiquid.

— Ah ? Et c'est ainsi qu'on aime à Boston, dans ton pays de puritains sans joie et de huguenots hypocrites ? Sais-tu ce que j'ai abandonné pour te suivre ? Mes pauvres pays emmenés Dieu sait où comme du bétail, le souvenir de mon père et de ma mère au fond d'un navire, avec tant de petits sans familles qui auraient eu besoin que je m'occupe d'eux. Qu'as-tu fait de ta promesse de savoir où ces gens sont partis et combien sont arrivés vivants ? Ta famille n'est donc pas capable de savoir où sont allés les bateaux de la déportation ? Puisque c'est comme ça qu'il faut appeler cette gloire anglaise.

Elle avait empoigné le jabot de sa chemise et le secouait. Les domestiques étaient plus considérés qu'elle dans cette maison d'austères et de muets. Les mois passant, elle avait accepté petit à petit son effacement, sa propre inexistence, pensant qu'un jour le mur tomberait et qu'elle serait enfin acceptée. Le visage de William se fit grave. Lui-même n'avait sans doute pas mesuré la portée de son geste. Dans d'autres familles de Boston, l'intrusion d'une paysanne en exil n'eût fait dresser aucun sourcil. Chez les Jeffries, l'effroi se mesurait à l'aune du refus intime, viscéral, de l'autre.

— Il faut encore attendre un peu, dit-il, gêné, les joues empourprées, soudain. Ces choses-là sont difficiles et il y a la guerre, tu sais cela. Mes parents se font à l'idée que tu vas vivre parmi nous. Et puis le prêtre de Christ Church prendra bientôt sa décision. Tu es catholique dans un sanctuaire hostile, ne l'oublie pas.

— Moi, le temps me dure[1], maintenant, murmura-t-elle.

A cet instant, elle se moquait du prêtre de Christ Church, de la guerre, des sanctuaires bostoniens. Elle lui sourit, prit ses mains qu'elle guida lentement jusqu'à ses épaules. Puis, le tenant toujours ainsi, elle lui fit caresser son buste, sa taille, tandis que sa robe tombait à ses pieds. Le prêtre de Christ Church pouvait toujours s'interroger sur la présence d'une papiste devant son autel et la famille de William sur le penchant du petit dernier pour une ennemie de la Couronne d'Angleterre. Anne-Marie se souvint du petit soldat fougueux dont elle avait repoussé les élans jusqu'à le trahir pour rejoindre les déportés dans la cale du *Neptune*, au dernier moment. C'était en d'autres temps, dans un autre monde. Elle tendit ses lèvres vers celles de William, se laissa aller contre

1. J'ai hâte.

lui, ardente et lucide en même temps, guetta le moment où le désir s'allumerait dans ses yeux, ses doigts, son ventre.

Il la serra dans ses bras. Ses mains, d'abord passives, s'animèrent. Elle frissonna, retrouvant tout à coup ses émois de Grand-Pré, lorsqu'il la rejoignait dans la cabane de berger où il la tenait au secret. Elle s'était alors refusée à lui et allait maintenant se donner, au moment qu'elle avait choisi.

Elle vit son visage changer, son regard chavirer peu à peu tandis qu'elle l'aidait à se dévêtir. Ensemble, ils allèrent jusqu'au lit où elle le poussa en riant. William Jeffries n'avait pas envisagé ses fiançailles de cette façon. Il contempla, éberlué, ravi, la statue de chair blanche aux cuisses longues et rondes comme des colonnes de temple qui le dominait et lui tendait les bras. Amener sa promise, immaculée, à l'autel de la Christ Church serait pour une autre vie. Un ange se penchait sur lui, qui lui ferait quitter enfin le morne agencement des journées à la maison Jeffries.

Anne-Marie garda longtemps ses lèvres entrouvertes sur le cou de William. Elle avait crié, s'était débattue, abandonnée, elle avait baisé sa peau, emmêlé ses cheveux, griffé son dos, perdant la notion du temps, de l'espace. Lorsqu'elle se détendit enfin, suavement endolorie, elle vit la trace rouge et ovale d'une morsure que le col d'une chemise aurait bien du mal à cacher. Au moment où William se relevait à demi et se laissait à nouveau aller sur elle, épuisé, elle aperçut une ombre, un visage de femme à la peau blanche, pâle apparition dans l'entrebâillement de la porte, qui disparut, furtive.

Elle ferma les yeux. Son ventre lui faisait mal, l'homme pesait soudain sur elle, qui bascula doucement sur le côté et se recroquevilla un peu. Ils avaient fait l'amour. Qu'adviendrait-il désormais ? Elle écouta le chuchotement de son amant, les mots qu'elle attendait de lui. Elle avait envie de quitter cette chambre étroite, d'entrer dans une maison qui serait à elle, où ne pénétrerait aucun des êtres qui la méprisaient. A Boston, Québec, Londres ou Paris, qu'importait.

Elle s'était juré de ne jamais porter en elle la malédiction de Grand-Pré. D'autres seraient détruits par elle, occupés jusqu'à la fin de leurs jours par cette mémoire du pire. La cale du

Neptune était une tombe d'où étaient sortis des spectres hideux qui se bousculaient sur une passerelle, comme les cochons aperçus au quai Griffin. Anne-Marie saisit William par les cheveux, releva sa tête, baisa ses lèvres avec fougue. Elle avait envie de se cacher avec lui, de disparaître au cœur de la ville comme autrefois dans les bois de Grand-Pré, loin de la misère du monde.

XII

Louisbourg, île du Cap-Breton, avril 1757

C'était un étrange recommencement, insupportable. Dans les rues tirées au carré de la citadelle, le long des quais caillouteux au large desquels mouillaient les navires comme au-dessus des batteries de canons dominant l'océan agité par les tempêtes de fin d'hiver, partout où ses pas le menaient, Jérôme Hébert croyait reconnaître le jeune homme plein de tumulte et de contradictions qu'il avait été en ces lieux mêmes. Les marins en transit d'une taverne à l'autre, les esclaves et les portefaix courbés sous les charges, les bourgeois, les officiers et soldats affairés, les Indiens venus vendre pipes et tissus, tous ces gens lui semblaient être demeurés à la même place. Trente années, une vie !

Le cap Breton restait français quand à deux cents brasses de ses côtes méridionales s'étalait sous la neige un pays dévasté, brûlé, stérilisé pour des décennies. Et vide, peuplé des seuls gémissements des vents. Jérôme avait maintes fois adjuré son oncle de mettre à la voile et de se lancer à la recherche des autres. Sud, nord, qu'importait. Les mois qui s'écoulaient, désespérants, retardaient l'échéance des retrouvailles.

— Embarquons. Il ne se passe rien ici. Naviguons jusqu'à l'île Saint-Jean et plus loin s'il le faut.

Pierre tergiversait. Son pécule s'amenuisait malgré l'hospitalité que des armateurs amis lui offraient ainsi qu'à Jérôme.

Le *Locmaria* moisissait lentement dans un carénage, la majeure partie de son équipage avait rejoint d'autres navires, certains en partance pour les Antilles, d'autres pour l'estuaire du Saint-Laurent. La guerre obligeait à redoubler de prudence, quant aux nouvelles de France, elles n'étaient pas vraiment rassurantes.

— Si La Rochelle, Brest, Quiberon sont assiégées, cela veut dire que nous sommes une fois encore livrés à nous-mêmes, avait argué le vieux corsaire. Tu penses bien que nos-amis-nos-ennemis[1] vont se faire un devoir de nous guetter à la sortie de nos dernières places. Regarde autour de toi. Si tu repères un seul vaisseau de ligne français en état de combattre, préviens-moi. Je te paierai un tonnelet de rhum de la Dominique !

Quelques bonnes nouvelles parvenaient tout de même à Louisbourg, de l'ouest où se préparaient des opérations d'envergure contre les positions anglaises ; de quoi garder le moral malgré tout. Jérôme jetait de rapides coups d'œil sur les cartes que son oncle déroulait devant lui. Montagnes, fleuves, forts sur les grandes rivières, tout cela était trop loin, presque improbable. Les Anglais avaient attaqué le fort Duquesne alors que la guerre n'était pas déclarée, et subi là-bas un cuisant revers. Puis on leur avait pris des places, Oswego, le fort William Henry. Les Français avaient acquis à leur cause des tribus réputées hostiles, Delawares, Shawnees.

— Le vent peut tourner en notre faveur, Jérôme.

— L'Ouest, rêvait l'Acadien. Trop loin pour nous, vraiment.

Il voyait le cal déformant son pantalon, ressentait un peu plus chaque jour son infirmité. La blessure était déjà ancienne, elle avait l'âge de la grande déportation, une année et demie. Il finissait par s'y habituer, comme à une compagne à qui il lui arrivait même de parler.

A quoi bon demeurer ainsi dans cette nasse ? se demandait-il. Les quelques informations sur les déportés n'étaient guère encourageantes. Les côtes de la Nouvelle-Angleterre semblaient avoir happé, digéré, réduit au silence la majeure partie d'entre eux. Les autres voguaient peut-être encore vers les

1. Surnom des Anglais pendant les quarante-cinq années de neutralité acadienne.

ports ennemis d'Europe. Quelques centaines de fuyards se cachaient dans les forêts de l'isthme, où des miliciens conduits par Boishébert faisaient parfois le coup de feu contre les positions anglaises.

Jérôme s'asseyait face à la mer, sur les roches surplombant la batterie royale de Louisbourg. De là, la vue embrassait un horizon marin pacifié par sa propre splendeur. Une telle vastitude désertique et bleue, veinée de courants, frangée d'écume ou au contraire plane, à peine irisée, invitait à la rêverie, aux assauts consentis de la mémoire. Ce qui en d'autres temps eût été un simple et profond plaisir de promeneur devenait alors pour l'Acadien une épreuve. Chercher. Les yeux fermés, humer les senteurs océanes portées par le vent. Chercher. Quoi ? Un contact impossible avec les absents. Peut-être une rafale plus forte que les autres, ou venant de plus loin, tiendrait-elle dans ses ondes l'écho d'une voix disparue. L'hiver n'en finissait pas de mourir. Des nuits glacées suivaient des jours tordus sous des vents têtus. Par ses murs de pierre brune, le gris de ses ardoises, l'âcre volute de ses cheminées, la citadelle suintait de toutes parts sa tristesse militaire.

— Tu as raison, Jérôme, nous allons mettre à la voile avec ce qui nous reste de bateau et d'équipage et gagner l'île Saint-Jean, finit par décider Pierre Lestang.

L'île n'était qu'à deux journées de mer du cap Breton et Pierre Lestang connaissait son Acadie atlantique par cœur. On irait, partout où il le faudrait, pour interroger les survivants, suivre des pistes. S'il le fallait, on remonterait ensemble les rivières enfoncées comme des pieux dans les épaisses forêts du pays indien. Jérôme fut soulagé par cette décision. Le vieux corsaire perclus de douleurs, rouillé à l'image de sa goélette, se réveillait.

Le soleil chauffait timidement l'île Saint-Jean, en ce mois d'avril 1757. En fondant, les dernières plaques de neige avaient laissé derrière elles, nue, la terre rouge du dernier lopin de France où les Acadiens des Mines, de l'isthme et de plus loin, même, avaient trouvé refuge. Trois mille cinq cents âmes peuplaient désormais les landes d'une île où d'ordinaire le quart de cette population parvenait tout juste à se nourrir.

Tout était là précaire, organisé avec les moyens du bord. Les vents atlantiques balayaient les hameaux surpeuplés où l'on s'entassait à vingt ou trente entre maisons, étables, remises à outils. Hébétés, bouches inutiles à qui des âmes charitables, souvent parentes, offraient une médiocre becquée, les fermiers de Grand-Pré, de Beaubassin, d'Annapolis, qui avaient eu la chance d'échapper aux rafles anglaises, végétaient, dans la promiscuité, le bruit, l'angoisse et, bien souvent, la colère.

On en voulait à Lawrence et au roi de France tout à la fois, à Monckton et à Byron pour le zèle qu'ils mettaient à brûler ce qui pouvait encore l'être sur le continent, et on en voulait à Dieu, témoin muet, passif, d'un malheur comme nul n'en connaissait de semblable dans l'histoire des hommes.

« Il faut espérer, toujours », répétait le père Dosque, curé de Malpèque, que l'afflux de ces gens dépouillés, souvent à jamais brisés, navrait et encourageait, pourtant. Et il racontait les naissances, les mariages, car il y en avait, les semailles sur les quelques terrains que l'on avait gagnés ici et là, leur promesse de moisson pour l'été qui viendrait bientôt.

Il régnait dans l'île une étrange ambiance, mélange de fatalisme, de fatigue et de peur. On s'occupait comme on pouvait pour alléger la charge des cousins, des frères et sœurs ainsi retrouvés dans l'urgence, mais le cœur n'y était pas. Il y avait trop d'incertitude, la guerre était dans tous les esprits, même les nouvelles des victoires françaises à l'ouest ne suffisaient pas à apaiser craintes et mauvais rêves. Confusément, on se préparait au pire.

— Les Canadiens de Montcalm tiennent bien le fort Carillon, annonça Joseph Brossard. Les Français des Compagnies franches de la marine marchent maintenant vers les monts Appalaches. C'est l'embellie.

Jérôme Hébert sourit. Le fermier de l'isthme, celui que l'on appelait Beausoleil, avait laissé derrière lui sa ferme de Beaubassin, mis sa famille à l'abri en forêt, du côté de Memramcouk, nolisé un bateau pour le recueil et le transport des Acadiens en fuite. Petit, râblé, le verbe haut, il avait fait à maintes reprises, avec son frère Pierre, le coup de feu contre les incendiaires de Monckton. Ces paysans rebelles eussent haussé la noble figure de la France triomphante. La brutale déconfiture des Acadiens les fondait dans la masse des migrants d'où émergeaient toutefois leur allant, leur générosité, leur sens de l'initiative et leur mépris du danger. Des chefs, révélés par l'épreuve.

— Mon frère est avec Boishébert, à portée de fusil des forts anglais de l'isthme, ajouta-t-il. Si nous parvenons à tenir cette ligne de front, alors nous aurons une chance de retourner la situation.

— Dieu t'entende, Beausoleil, dit Pierre Lestang.

Il souffrait le martyre, ses os de la hanche et du dos lui donnaient l'impression de devoir se briser au moindre choc. Des brûlures à l'estomac et au ventre accentuaient son malaise. Jérôme versa un peu de rhum dans le bouchon de sa flasque, le lui tendit.

— Pardieu, mon neveu, tu veux m'occire un peu plus vite, grimaça le vieux corsaire.

Il but néanmoins, d'un trait, soupira bruyamment. Les trois hommes s'étaient abrités de la pluie sous le porche d'une bergerie, devant des prairies où l'herbe vert tendre commençait à peine à pousser. Ils s'étaient retrouvés à la pointe nord de l'île, ceux du *Locmaria*, de retour de Cap-Breton, et Brossard, qui ne tarderait pas à remonter vers les camps acadiens.

— Vingt livres le scalp de chez nous, révéla Beausoleil. Il n'y a pas intérêt à traîner ses guêtres du côté du fort Lawrence.

Ils avaient décidé de naviguer ensemble jusqu'à la baie de la Miramichi, où étaient les bases de Boishébert. Sauver des vies, se battre, attendre du Canada d'improbables renforts ; dans la grande misère du peuple d'Acadie, ils cherchaient le moyen de servir encore une cause perdue, ruinée, à l'image de l'œuvre maritime de Colbert, par trop de désastres.

Ils firent silence, écoutèrent le chuintement de la pluie. L'ampleur de la tâche les dépassait, comme celle de la défaite. La France était assiégée, Louisbourg tomberait un jour comme un fruit mûr, on ne pouvait compter que sur soi, ce qui ne suffirait sans doute pas à inverser le cours des choses.

Des marins les rejoignirent. Ils avaient débarqué dans l'île un maigre ravitaillement offert par les autorités de Louisbourg, lesquelles craignaient d'avoir à subir un jour ou l'autre un siège analogue à celui de 1745. Brossard avait réussi à en soustraire une partie, destinée aux réfugiés de la Miramichi, deux milliers de pauvres gens traqués sans relâche, sortis de la forêt pour se rassembler autour de Boishébert et de ses miliciens.

— Ça s'appelle le camp de l'Espoir, dit le fermier. Dieu sait qu'il n'existe pas beaucoup d'endroits semblables de par le vaste univers.

Ils se levèrent, prirent le chemin du rivage en compagnie de leurs hommes. La mer était grise comme le ciel, ponctuée d'écume, c'était un temps à ne pas mettre une frégate anglaise dehors. Un jour, un coup de vent plus fort que les autres les coucherait, Brossard, Lestang, Hébert et quelques autres, voiles déchirées, mâts brisés, et c'en serait bien fini des corsaires d'Acadie. Mais c'était par de tels climats que ces fantômes fleurdelisés pouvaient aller et venir en sûreté. Il n'y avait au bout de cela ni gloire ni fortune, mais tous étaient d'accord : le jeu pour la liberté valait bien la chandelle des naufrages.

A l'aube du second jour de mer, ils s'engagèrent dans la baie de la Miramichi, mouillèrent face à d'immenses étendues marécageuses où les Anglais ne risquaient pas trop de venir croiser. Le ciel restait de leur côté, lourd et pluvieux, portant avec majesté ses nuées vers l'intérieur des terres. A l'ouest, au-delà des platitudes hérissées de roseaux, d'ajoncs, l'estuaire allait se rétrécissant. Une navette de canots amena la troupe forte d'une dizaine d'hommes à terre. Les marins épaulèrent ballots et sacs emplis de farine, de viande séchée, de biscuits.

— Il n'y a pas grand-chose pour survivre, ici, dit Jérôme.

— Il faut avancer aussi loin qu'il sera possible, lui conseilla son oncle. Je connais cette rivière. Elle s'enfonce dans la forêt à un jour de marche d'ici. Personne n'a encore eu le projet de la coloniser pour de bon. Pardieu, Beausoleil, tes pays de Beaubassin sont venus se réfugier dans un étrange endroit.

L'homme haussa les épaules. Les fuyards étaient remontés le plus haut possible. Pour cela, ils avaient traversé les profondes et chaotiques forêts s'étendant à l'ouest de l'isthme. Beaucoup étaient morts en route, les survivants s'étaient arrêtés près de la rivière, dans l'attente de l'hiver.

Les premiers êtres qu'ils rencontrèrent sur le chemin du camp de l'Espoir avaient quitté le lieu une quinzaine de jours auparavant. C'étaient des Cormier, une famille presque au complet, épargnée par les rafles anglaises dans l'isthme, manquant de tout ; une dizaine de migrants affamés qui se jetèrent sur les biscuits et la viande séchée.

Marchant de l'aube à la tombée du jour, dormant à même la terre humide des chemins de collines, ils avaient suivi comme ils le pouvaient le fil contourné, parfois chaotique, de la rivière. Seuls, les hommes se fussent laissé porter par le courant, agrippés à des morceaux de bois. La présence des femmes et des petits les en avait dissuadés.

— Où comptez-vous aller ainsi ? leur demanda Jérôme.

Ils n'en savaient rien. Ce serait où il y avait de quoi se nourrir, au bout de cette rivière au cours tumultueux, en vérité n'importe où.

— Des traliquées[1] de gens sont morts cet hiver, raconta leur chef, Jean Cormier, squelette dégingandé, blanchi, chevelu jusqu'aux épaules, au regard habité par une sorte de folie inquiète. L'abbé Le Guerne et le sieur de Boishébert ont bien tout essayé pour ravitailler ce peuple, on a un peu chassé avec l'aide des jeunes, mais, Seigneur Dieu, il y avait trop de ventres à nourrir dans ces forêts. J'ai pu nourrir les miens, regardez comme. La route est jonchée de cadavres, il en flotte au fil de l'eau, vous les verrez passer, quant au camp de monsieur de Boishébert, c'est l'enfer que tous essaient désormais de fuir. Ah, pauvres, priez pour ceux qui sont en train de trépasser.

Jérôme contempla, effaré, les corps décharnés des femmes, les yeux des enfants, immenses, avec leur reflet de tragédie. Ceux-là avaient eu la force de marcher. Ils avaient mangé des racines, des cafards, fouillé la neige pour en extraire des vers. Avec ses grands bras battant l'air, sa gueule décavée, ses vêtements en loques, leur chef de famille ressemblait aux épouvantails des misettes acadiennes. Cormier prit soudain Jérôme par les épaules. Il avait des choses à dire, qui ne voulaient pas sortir de sa gorge.

— D'autres, pardieu, pour ne pas mourir...

Il se mit à sangloter, montrant haut ses gencives rougies par le scorbut. Il avait le rire des morts, ce triomphe de la denture,

1. Un grand nombre.

répéta « d'autres » en secouant la tête comme pour s'éveiller d'un cauchemar.

Pierre Lestang s'approcha de lui, l'étreignit, fraternel.

— Ils ont mangé les cadavres, c'est cela ?

L'homme fit oui de la tête, tomba à genoux, tremblant. Les femmes le regardaient, hébétées, trop épuisées pour partager son dégoût, son désespoir d'avoir vu ainsi les damnés de l'Acadie ravalés au rang des fauves, dans les forêts de la Miramichi. Pierre l'aida à se relever. Il sentait lui aussi la mort dans son propre corps. Sa vie aventureuse le menait à une fin de monde inimaginable, dans le décor plein de splendeur de la rivière.

— Nous allons mettre ce lapin à la broche, dit Jérôme. Pour treize estomacs, ce sera peu, mais enfin.

Il avait foudroyé le petit animal au sortir d'un terrier, d'un lancer de couteau. Il le donna aux femmes, qui se mirent immédiatement à le peler. Les enfants lorgnaient les ballots de farine et de biscuits posés contre des arbres. Il distribua un peu de la manne sur quoi dix mains avides se jetèrent. On pouvait s'entretuer, oui, pour quelques miettes et s'entredévorer pour finir. Il se laissa tomber contre un arbre. Sa jambe malmenée par la marche en forêt lui faisait mal, soudain, le flot tumultueux de la rivière emplissait sa tête de bruit.

— Où êtes-vous, mes petits ? gémit-il.

Il imagina ses enfants ainsi réduits à l'état de bêtes, mendiant ou tuant pour une bouchée de nourriture. Jamais il n'avait imaginé que le destin pût conduire un peuple entier dans de tels couloirs d'obscure sauvagerie. Tout était allé si vite, une année et demie, à peine, assez pour disperser, broyer, exterminer, rendre fous ceux qui en réchappaient.

Alors, il n'y a plus d'espoir, pensa-t-il.

— Il faut continuer notre chemin, dit Beausoleil en lui tendant la main.

Il sortit de sa rêverie, grimaça. D'autres survivants devaient suivre, disséminés vers l'amont de la Miramichi. De la farine, de la viande séchée, des biscuits ; cela ne suffirait sans doute pas pour sauver tout le monde. Mais si une seule femme pouvait grâce à cela nourrir un seul enfant d'Acadie, cela valait la peine d'aller plus loin.

A voir son oncle transfiguré par sa mission, paraissant avoir oublié ses douleurs, ses fièvres, sa lente agonie de grand malade, il se sentit mieux. Les marins du *Locmaria* formaient un cercle silencieux autour des réfugiés. Un feu crépitait, lançait ses escarbilles à travers le chemin. Le lapin avait été vidé, embroché, on sentirait bientôt son odeur de viande grillée.

Cormier contemplait ce miracle, l'œil humide, les mains trémulantes, avec, gravé sur son visage étique, son rictus de revenant de chez les trépassés.

— Nous allons poursuivre vers l'intérieur, lui dit Pierre. Il vous faudra descendre jusqu'à l'estuaire. Il y a un navire ancré, sur la rive sud, avec quelques-uns de nos marins à bord. Vous resterez dans ses parages jusqu'à notre retour. Ensuite, nous vous mènerons à l'île Saint-Jean, que les Français tiennent toujours.

Ainsi virent-ils venir vers eux d'autres groupes de ces fuyards. Tous avaient vécu le même terrible hiver, dans la neige et la boue, tous avaient à la bouche les mêmes mots pour décrire ce que l'on avait enduré là-haut. Beaucoup avaient eu moins de chance que les Cormier, leurs familles s'étaient allégées de quelques éléments, triés, choisis, éliminés par un juge suprême sans états d'âme.

A mesure que leurs réserves s'épuisaient, les marins du *Locmaria* pénétrèrent une terre oubliée de Dieu d'où sortaient des créatures fantomatiques, des reliquats d'humanité à peine capables d'avancer. Maintes fois, ils eurent à creuser le flanc des collines pour y jeter des corps.

Brossard avait quitté la colonne dès l'entrée dans la forêt, pour rejoindre les siens réfugiés dans les villages micmacs du nord de l'isthme. La situation des réfugiés l'avait alarmé. Qu'était-il advenu de sa famille tandis qu'il courait recueillir les autres ?

— On se reverra, avait-il lancé à ses compagnons avant de disparaître sous les épaisses frondaisons bordant la Miramichi.

Ils passèrent une barre de collines pentues au fond desquelles la rivière roulait son flot chantant d'eau vive. L'air était partout délicieusement frais mais les hommes en marche n'avaient guère de ces émotions de chasseurs.

Les rencontres avec les réfugiés s'espacèrent. Des familles croisées au creux de vallons leur signalèrent l'évacuation quasi complète du camp de Boishébert. Avec le printemps, les proscrits de la Miramichi s'étaient dispersés comme volées d'étourneaux. Certains montaient vers la Gaspésie et le Saint-Laurent, d'autres chercheraient la rivière Saint-Jean, les derniers, enfin, suivaient le cours de la Miramichi, espérant déboucher sur le rivage avant de s'éteindre de fatigue et de privations.

Les réserves des marins avaient fondu, le printemps ferait bientôt sortir les patrouilles anglaises de leurs fortins. Il allait falloir rebrousser chemin. Boishébert s'était replié vers les villages indiens de la Petitcodiac, le camp de l'Espoir avait disparu. Jérôme et son oncle Pierre n'en pouvaient plus et il restait à accomplir une partie de la mission, mettre les survivants à l'abri sur l'île Saint-Jean.

— Soit, admit Jérôme. Poursuivre ne servirait à rien.

Ils installèrent leur bivouac derrière des rochers, dans un large coude de la rivière longé par une prairie d'un vert pastel. Des plaques de neige scintillaient sous le soleil déclinant. Fermant les yeux, les Acadiens pouvaient imaginer les clarines annonçant le retour d'un troupeau avec, au fond de ce décor, l'eau de l'hiver rejoignant la rivière par l'aboiteau levé. Il fit froid, soudain. Les hommes du *Locmaria* allumèrent un grand feu.

Pierre les observa, marins devenus terriens, gens de guerre et de course portant de la nourriture à de pacifiques laboureurs traqués et malheureux. On avait sauvé ensemble quelques âmes. Lorsque les rondins repérés dans les remous de la rivière s'étaient révélés être des cadavres gonflés dont ils avaient suivi, muets, la rapide descente vers l'est, tous s'étaient agenouillés. Pas un qui n'ait de la parenté en errance depuis le maudit mois de novembre 1755. Qui voyait-on passer ainsi, baudruches aux bras ballants, quelle sœur, ou mère, tombée à l'eau et que personne n'avait eu la force de ramener à la rive ?

— Si nous retournons sur l'île Saint-Jean, il ne faudra pas s'éterniser, dit Pierre. Il n'y a là-bas aucune défense, ni troupe aguerrie.

— Pardieu, où aller, mon oncle ?

Un jour prochain, le vieux corsaire libérerait son équipage. Ces hommes s'égailleraient à leur tour, qui vers la France ou le Saint-Laurent, qui vers la Louisiane, ce pays dont il se disait qu'il était doux à vivre avec son fleuve immense, ses terres humides, ses eaux dormantes. Ce jour-là, si Dieu le voulait, quelques familles seraient réunies, au bout de leur souffrance et de leur désespoir.

— Voilà des horizons bien lointains, dit Jérôme.

Le soir venait dans l'occident en flammes, les nuages rougeoyaient sous la dernière caresse d'un soleil invisible. La tranquille beauté de ce paysage de Genèse était trompeuse, le monde qui s'enfonçait avec lui dans la nuit ne connaissait ni pitié ni merci. Dans le murmure régulier de la rivière, d'entêtants souvenirs abrégèrent les conversations, figèrent les hommes en prière. Le désenchantement était à l'image de l'adversité, immense, les cœurs se serraient à l'idée que des êtres chers avaient sans doute subi le sort des dizaines de pauvres hères secourus en chemin. Et des morts, aussi bien.

— Tout ne cesse de nous fuir, dit Jérôme. Quelle jouissance cela doit être pour ceux qui nous exterminent ainsi. Ils auront attendu cette récompense plus de cent années. Qu'ils en crèvent, maudits, avec leur crime dans la tête et dans le cœur pour les tourmenter jusqu'en enfer.

— Amen, conclut Pierre.

Telle fut la dernière prière des gens du *Locmaria*, ce soir-là.

Jérôme dormait profondément lorsqu'un marin le réveilla, sans bruit, chuchota.

— On nous vironne[1] autour à c't' heure.

Les dernières braises achevaient de se consumer, dans une vague lueur jaunâtre. Jérôme s'appuya sur un coude, chercha machinalement son pistolet, posé contre lui sous la couverture indienne. Il n'entendait rien d'autre que le souffle immuable de la Miramichi.

— Ça vient ici, dit l'homme.

Il était jeune et souple, rampa vers les rochers, dans l'obscurité. Jérôme se mit debout avec peine, assura l'arme dans sa

1. Tourne autour.

main, guetta. Des bruits étouffés lui parvenaient, semblables aux échos d'une dispute à voix basse. Le marin cria, soudain. Sa proie lui échappait, courait, affolée, vers le campement. Jérôme entrevit une silhouette courbée venant à lui, tendit d'instinct la main, saisit au vol un pan de tissu qu'il retint avec force. Ce n'était pas un animal.

— Pardieu, tu vas t'arrêter, bougre !

Il était prêt à faire feu en même temps que le retenait l'impression de n'avoir pas davantage affaire à un homme. Sa prise se débattait. Excédé, Jérôme finit par lâcher son poing sur un crâne. Il y eut un gémissement, puis le silence, et l'intrus se fit d'un coup chiffe molle.

Les marins s'étaient réveillés à leur tour. On alluma une torche puis l'on se rassembla autour de la forme allongée sur le sol.

— C'est un petit, dit un marin. Il n'a pas dix ans. Il a faim, aussi, maigre comme il est.

L'enfant secoua sa tête bouclée de roux, soupira avec force. Jérôme l'avait à demi assommé. Il se pencha vers lui, le saisit par le col, présenta son visage à la lumière de la torche.

— Au nom de Dieu Tout-Puissant, ce n'est pas possible, murmura-t-il.

Il serra doucement la tête du petit rôdeur entre ses mains, tapota ses joues, guetta l'instant où s'ouvriraient ses yeux. Bleus. Comme l'océan, comme le ciel de la Grande-Anse, comme ceux d'Isabelle.

— Père ? interrogea le petit d'une voix faible.

Baptiste Hébert avait du mal à croire à cette rencontre. Rêvait-il ? Jérôme rapprocha son visage de celui de son benjamin. Il tremblait, pleurait, tenant ce miracle entre ses doigts, n'osant le lâcher de peur de l'assommer pour de bon sur le sol encore durci par le gel. Il répéta son nom, le serra contre lui. L'enfant avait froid.

— Du feu, ordonna Jérôme. Un grand feu qui monte jusqu'au ciel. Pardieu, tu es seul ?

— Thomas est avec les autres, dans la forêt. Nous avons vu la lumière de votre brasier. Mon frère garde les petits Melanson. Il m'a dit d'aller voir qui venait là. Cela fait des jours que nous sommes en route.

— Les petits de Sylvain ?

— Oui, et de Françoise, notre cousine. Elle est morte au mois de janvier avec son bâdou[1] qui n'avait plus de lait, ni rien d'autre à manger ; alors Thomas a pris les enfants avec lui, mais quand on a eu fini de manger l'ours que les gens de monsieur Boishébert avaient tué, il a fallu s'en aller ou périr de faim là-haut.

Il parlait de plus en plus vite, voulait tout raconter en même temps, les corps inanimés, partout, que l'on enterrait dans la glace, la moitié des gens de Beaubassin en vérité, les jours entiers sans la moindre nourriture. Boishébert, ses miliciens avec leurs fusils et Thomas, qui ramenaient au camp des écureuils, des rats, et cet ours, une bête finalement pas si grosse que cela, pour plus de six cents bouches. L'aîné s'était privé pour Baptiste et pour ses cousins.

Prodige de l'enfance : à peine remis sur ses pieds, il guida, courant presque, le petit groupe jusqu'à l'abri aménagé par Thomas pour sa nichée, des branchages hâtivement recouverts de feuilles entre des racines, rien qui pût protéger longtemps les fuyards d'un orage ou d'une grosse pluie.

Il cria, de loin, réveillant ses compagnons. Dans la lueur des torches, Jérôme, Pierre et leurs compagnons virent une demi-douzaine de paires d'yeux qui les fixaient. Thomas Hébert se leva avec peine. Il avait maigri, perdu ses beaux muscles de coureur des bois. Une barbe épaisse et noire couvrait ses joues, son cou, laissait paraître sa pomme d'Adam, comme un promontoire.

— Père est avec nous ! hurla Baptiste.

Thomas tendit la main, sourit. Il brûlait de fièvre, ses dents avaient jauni. Jérôme l'aida à se lever, le prit dans ses bras.

— Ça s'adoune juste[2], dit le garçon d'une voix faible. Il était grand temps que vous arriviez. J'ai bien cru que nous ne parviendrions jamais à l'estuaire, cette rivière n'en finit pas de glisser entre les collines.

Jérôme vit les restes d'un repas sur le sol, des plumes, des petits os rongés, une tête d'oiseau.

— Un pienque[3], dit Thomas, que nous avons mangé cru. Il était un peu moins vaillant que nous et s'est laissé gentiment tuer. Pardieu, je suis bien heureux de vous revoir.

1. Tout-petit.
2. « Vous tombez bien. »
3. Geai bleu.

— Tu as la fièvre. Nous allons creuser un bac au fond duquel tu pourras suer, à la manière indienne.

Les marins avaient déficelé un ballot de biscuits sur lesquels les enfants se jetèrent, bâfrant avec des gloussements, des soupirs, des rots. Jérôme contempla ce spectacle bestial, dans le décor invisible et oppressant de la forêt. Ainsi était l'hiver dans ces montagnes de la Miramichi, un linceul couvrant une terre ingrate où les animaux, terrés eux aussi, se refusaient aux hommes.

— Mange aussi, mon grand fils.

Thomas s'assit, grimaçant. Il n'avait pas faim, bien que s'étant privé pour sa nichée d'orphelins. Des frissons le secouaient ; ainsi habité par quelque mal sournois, il ne pourrait suivre les pas de ses sauveurs.

— Dormir, pardieu, implora-t-il.

— Nous le porterons, décida Pierre.

On le coucherait dans un linge, entre des branches. Les bras solides des marins feraient le reste, jusqu'au *Locmaria.*

— Préparons-nous, dit Jérôme. A l'aube, nous redescendrons vers l'estuaire.

Le destin lui redonnait deux de ses fils au moment où il allait abandonner sa quête des survivants. Dans la noire nuit d'Acadie, près des cimetières sans croix où pourrissaient les faibles, les délaissés, les anonymes dont on ne retrouverait jamais les ossements, une lumière brillait, infime.

— Les autres ? Tu en as vu, ou entendu parler ? demanda-t-il à son fils tandis que les marins prenaient Thomas sous les épaules.

— Personne de chez nous, à part Françoise et ses petits. Ici, les gens étaient de l'isthme, quelques-uns seulement des Mines. Pendant qu'on rassemblait les nôtres, ces familles ont erré en tous sens, suivi le cours des rivières, cherché en vain les rivages. Ainsi pour les enfants de Sylvain avec leur mère. Votre Baptiste a été bien courageux, savez-vous. Il est bien de votre sang. Mais pardieu, nous avons tous assisté à des choses bien attristantes.

Il eut un long soupir, qui se mua en sanglot. Ainsi l'aîné des Hébert n'avait-il pas changé au fond de lui-même. Il était le chasseur fataliste et sans haine, dur au mal et dévoué aux autres, que son père avait vu grandir dans la paix des Français neutres.

Jerôme serra les poings. Il avait douté de lui-même et de la justice, de Dieu même. Maintenant, il apercevait devant lui, marchant aux côtés d'hommes sûrs dans la lumière des torches, son benjamin, au milieu de quelques autres de sa trempe. Prodiges de l'enfance, oui, pour de bon ! Les fatigues de Baptiste avaient disparu. Le ventre plein de la farine des biscuits, le pas rapide sur l'herbe glissante, le drôle jetait vers son père retrouvé des coups d'œil furtifs, comme pour bien vérifier qu'il était là.

Il y avait de la fierté dans ce regard. Les yeux de Baptiste Hébert avaient vu l'indicible et sa compagne toute vêtue de noir, avec sa faux devant elle, en continuel mouvement. Le petit Hébert avait senti la mort passer et l'avait domestiquée. Lui et les autres de son âge avaient mûri au milieu des agonies. Quelles colères flamberaient en eux désormais, quel mépris naîtrait dans leur cœur pour les affaires des adultes ?

XIII

Au large des côtes sud de la Nouvelle-Angleterre, mai 1757

La pitance consentie chaque jour par des hôtes vaguement hostiles, le terrifiant ennui, la relégation en bout de port, comme à Philadelphie, comme à Boston, comme partout où ces bandes erratiques d'étrangers en désarroi avaient été jetées, avaient fait naître puis attisé des envies de fuite chez les déportés.

Laissés libres d'aller se faire pendre où bon leur semblait, ils avaient embarqué aussi tôt que possible, par un fort vent d'ouest. Une centaine de migrants quittaient la Caroline par la mer, sur deux barcasses chichement gréées que la première nuit au large sépara.

Manquaient à bord la vingtaine de trépassés, les trop vieux ou trop malades, les résignés satisfaits de végéter à quai ou trop épuisés pour se lever et d'autres enfin qui, à l'exemple d'Isabelle, avaient accepté de travailler dans les plantations et y étaient encore. A propos de ceux-ci, il se disait qu'un certain nombre d'entre eux avaient choisi de fuir la colonie par les terres et montagnes de l'Ouest.

— Pauvres, regretta Antoine Gisson, traverser à pied la Virginie, la Pennsylvanie, les territoires indiens du Nord et le Massachusetts pour finir, ils ne sont pas encore en Acadie.

Peut-être trouveront-ils refuge dans les forts français de l'Ouest. Que Dieu les y mène !

L'autoproclamé équipage du *Sea Star* aussitôt rebaptisé *Beaubassin* avait élu comme chef la seule déportée capable de différencier un trinquet d'une misaine, voiles que ne possédait de toute façon pas le rafiot.

Isabelle avait désigné comme second Antoine Gisson, un Normand raflé à Beaubassin alors qu'il visitait de la famille. L'homme, un géant blond dont la barbe touffue effrayait les plus petits, avait servi comme ouvrier à Louisbourg. Hors le voyage qui l'avait mené en Amérique, il n'avait jamais vogué ailleurs que sur les barques de liaison de la citadelle, mais sa connaissance théorique de la navigation avait convaincu les passagers de ses compétences. Autour de lui et d'Isabelle, une escouade de pêcheurs de gasparots et de ramasseurs de berlicocos tentait de maîtriser la voilure pourtant élémentaire du *Beaubassin*, sous les rafales d'un vent capricieux.

De la cale minuscule à la proue, le bateau était plein. Des familles de l'isthme formaient la majorité, avec pour complément des gens d'Annapolis ou des Mines capturés par les Anglais au hasard de leurs étapes. Dix-huit mois de séjour à Charleston avaient soudé ce peuple sans terre devant qui s'entrouvrait enfin une porte. Vers quoi ? Certains désiraient la Louisiane. Un cri avait jailli, dominant.

— L'Acadie !

Pardieu, oui. S'il y avait un cap, un but, une cible vers quoi orienter la proue vermoulue du *Beaubassin*, c'était bien cette terre dont les contours avaient peu à peu pris la forme des rêves, dans la tête des exilés. Pour cela, il avait fallu acheter au double du prix la saumure et le poisson, la farine et la volaille, le sucre et jusqu'à l'eau, mise en tonneau comme le reste à la poupe du navire. La Caroline planteuse de riz et grande importatrice d'esclaves libérait ses hôtes sans états d'âme et s'engraissait au passage sur leurs dernières ressources.

— Dieu et notre Patrie.

On avait trouvé pour devise ces mots tout simples. Beaucoup, qui ne possédaient plus rien sauf leur vie et celles de leurs petits, entendaient « Dieu *est* notre patrie ». Le sillage du bateau, en les éloignant de leur morne, désespérante condition d'inutiles, les confortait dans l'idée qu'en fin de compte le Seigneur les apercevait à nouveau et daignait s'intéresser à eux.

— Nous suivrons de loin la côte, avait décidé Isabelle.

On avait trouvé l'avis plutôt sage. Passé les eaux relativement calmes du port et des embouchures, le *Beaubassin*, tout de suite ballotté malgré un bordage correct de son unique toile, avait montré son incapacité à fendre efficacement le flot informe, turbulent, de la mer côtière. Qu'en serait-il si l'on allait rejoindre la houle dont on apercevait au loin les ondulations régulières ?

— Il faut des yeux, sans cesse, répétait le capitaine.

Les gens de Charleston lui avaient vendu une carte inexacte établie près d'un siècle auparavant par les premiers colons de Caroline. Elle craignait les récifs et par-dessus tout les nuits, avec leurs risques de dérive. Les rivages de la Caroline étaient réputés plats mais il y avait, au fil du littoral, quelques caps à doubler, des bancs de sable à éviter. Loin au nord de Charleston, face à la ville de Wilmington, des chapelets d'îles séparés par des goulets formaient une sorte de digue longue de plusieurs lieues, au large. C'étaient là des repères, des havres possibles aussi en cas de tempête. Isabelle fut soulagée de les apercevoir au troisième soir de mer, balisés par la lueur d'un phare.

— Elles nous mèneront jusque devant la Virginie, confia-t-elle à Gisson.

— Si Dieu le veut, madame.

Ils étaient devenus amis. Isabelle naviguait et il s'occupait de la maintenance. Très vite, des planches disloquées de la coque avaient commencé à laisser sourdre de l'eau dans le réduit de la cale. Il fallait écoper régulièrement. Le *Beaubassin* eût mérité un sérieux calfatage, mais personne n'avait risqué un œil sous la ligne de flottaison. « Dieu est notre Patrie ! » criaient les enfants, encore joyeux aux premières heures du voyage. Gisson s'inquiétait.

— Cela tient mais pour combien de temps ?

Isabelle était souvent à la barre, un pieu rétif et carré qu'il fallait tenir à plusieurs au-dessus du capot de poupe. Des jeunes gens avaient pris l'affaire à bras-le-corps, c'était une besogne de première importance. « Au nord-est ! » leur répétait leur capitaine, le doigt pointé vers la ligne imaginaire au-delà de laquelle on serait tous sauvés.

Il lui fallait trouver sans cesse des raisons d'occuper son esprit. Pour ses compagnons, elle n'était pas seulement le pilote de leur navire mais encore l'exemple le plus cruel de la tragédie commune. On venait la réconforter, l'inviter à la prière, lui promettre la clémence de Dieu, pour elle et les siens. Tant de sollicitude finissait par lui peser. Elle ne demandait rien, s'efforçait de regarder sans envie ni chagrin les mères et leurs petits, mais cela n'était pas facile et l'épuisait.

— Vous vous donnez aux autres avec tant de cœur, lui disait Gisson. On penserait presque que ces enfants sont les vôtres.

Il savait peu de choses d'elle, sauf qu'elle avait choisi de quitter Charleston pour se mettre à la recherche des siens. Lui n'avait d'autre famille en Amérique que ses cousins de Beaubassin embarqués sur le second esquif et que l'on ne tarderait sans doute pas à retrouver, en mer ou sur quelque côte du Nord.

Il observait Isabelle depuis le départ de Caroline, découvrait sa force, son endurance, devinait les moments de défaillance qu'elle tentait de masquer en s'activant davantage. Respectant le silence où elle se murait le plus souvent, il guettait ses regards pour lui sourire, lui adresser un petit signe de connivence, l'encourager. C'était un homme paisible et fort, un de ces travailleurs portuaires ne rechignant pas à la besogne, pauvre et pourtant capable d'offrir le peu qui lui restait à plus déshérité que lui. Souvent, il se passait de sa ration, l'offrait à un vieux ou à l'un des timoniers, prétextant qu'il n'avait pas faim. Arrivé à l'île du Cap-Breton dix années plus tôt, il s'était contenté de vivre au jour le jour et cela continuait dans l'exil.

— La liberté, cela sent assez bon malgré tout, vous ne trouvez pas ?

Le *Beaubassin* avait passé la barrière des îles Hatteras, mis cap au nord, serrant au plus près ce qui pouvait être la zone frontière entre la Caroline du Nord et la Virginie.

— Peut-être, monsieur Gisson, répondit Isabelle, à part deux détails.

Ils vérifiaient avec quelques autres les attaches de la voile sur la bôme. Les cordes n'étaient pas de grande qualité. Effilochées par endroits, moisies ailleurs, elles se défaisaient peu à peu. Isabelle désigna l'horizon assombri.

— Des cordes pourries et ça nous vient dessus, dit-elle. Et puis nous sommes sans doute désormais face à la Virginie. Vous le savez peut-être, cette colonie a refoulé les déportés qui l'avaient accostée. On dit que ceux-là sont aujourd'hui en Angleterre. Je n'ai guère envie de suivre ce chemin-là.

Aux Grands Saules, le régisseur Houdot, voulant démontrer à Isabelle à quel point les gens de Caroline remplissaient leurs devoirs de chrétiens, avait été bavard là-dessus. Assistés, privés de droits et de liberté, les Acadiens refoulés vers l'Europe mendiaient pour survivre. La petite vérole en avait tué des dizaines. Avec le recul, Isabelle comprenait le calcul de son protecteur. La Caroline offrait des havres et du travail quand d'autres colonies rejetaient les proscrits à la mer. A quoi bon chercher l'aventure quand l'asile et la sécurité étaient ainsi garantis par de vrais amis ?

— La liberté, plus que toute autre chose, murmura-t-elle.

A mesure que le *Beaubassin* montait vers le nord à sa vitesse d'escargot, elle éprouvait une angoisse grandissante, dormait peu et mal. Des noms de navires se bousculaient dans sa tête, *Neptune, Three Friends, Ranger,* d'autres encore. Un cauchemar.

— Pensons à tous ceux que nous allons retrouver, lui dit Gisson dans un sourire.

Elle s'ébroua. Il lui fallait penser à autre chose. La mer avait été clémente jusque-là. Certaines nuits, on avait même aperçu la lumière de phares, une invitation à poursuivre la route sur le flot pacifique. Tout changeait maintenant. A l'horizon pointaient les coups de vent capables de hausser le prix à payer pour cette liberté-là. Déjà, le ciel tournait au mauvais, les gentils moutons des premiers jours s'étaient éclipsés vers les terres, un large cercle gris avançait vers l'ouest avec lenteur. On allait devoir chercher refuge sur des rivages inconnus.

Elle fit mettre le cap vers la terre. C'était une entreprise hasardeuse, sur des fonds dont on ne savait rien. Le vent soudainement levé faisait craquer la coque, tendait la voile rapiécée, donnant au *Beaubassin* de la vitesse au point qu'il fallut la diminuer sous peine de la voir se déchirer en entier.

On se groupa sur le pont car il apparut bien vite que les planches vermoulues du bateau ne résisteraient guère mieux que la toile.

— Dieu nous garde, dit Isabelle à son second.

Elle scruta un paysage tourmenté d'estuaires et de criques surplombés par d'abruptes collines boisées. Poussé par le front venteux, le *Beaubassin* se donnait par moments des allures de goélette, gîtait sous les rafales, embarquant de l'eau par bâbord. Muets, livides de peur, les Acadiens se serrèrent les uns contre les autres.

— Là, décida-t-elle soudain.

C'était encore loin, à l'abri d'une baie, où les eaux d'une rivière et de l'océan se mêlaient de part et d'autre d'une barre. Des prairies d'un vert tendre bordaient le littoral, tranchaient avec le front rocheux, hostile, des collines. Il devait y avoir des fermes dans les environs.

L'approche se révéla périlleuse. Isabelle se souvint de retours vers la Grande-Anse, lorsque le *Locmaria* revenait de ses campagnes à Terre-Neuve. Le Bellilois, son père, avait l'art et la manière de fuir l'orage ou de se glisser dessous juste avant son déchaînement. On prenait le pari qu'une fois encore on passerait. C'était une course haletante, toutes voiles dehors que l'on affaissait d'un coup dès que le dernier cap avait été franchi.

— Il y a encore du fond, constata Gisson en remontant pour la centième fois la sonde. On pourrait jeter l'ancre et attendre.

— Certes pas, nous serions éventrés dans l'heure. Il faut passer la barre.

A mesure que la côte se rapprochait, elle distinguait la turbulence, au point de rencontre de la mer et de la rivière. Il allait être bientôt impossible de virer de bord. Poussé par le vent, l'océan serait le plus fort et porterait le *Beaubassin* vers la grève.

— La prière est bien recommandée à partir de maintenant, monsieur Gisson.

On s'agenouilla, comme savaient le faire les Acadiens chaque fois que la mort rôdait autour d'eux. Isabelle vérifia la tenue de la voilure. A l'arrière, quatre garçons de Beaubassin s'arc-boutaient sur le timon, tâchant de maintenir le cap.

— C'est haut, apprécia-t-elle tandis qu'approchait la zone tumultueuse de la barre.

D'énormes gouttes de pluie s'écrasèrent sur le pont, giflèrent les visages. Dégoulinants, effrayés, les Acadiens sentirent que le *Beaubassin* échappait soudain à tout contrôle et se mettait peu à peu en travers. Isabelle et Gisson hurlèrent des ordres que personne n'entendit. Le vent redoublait de violence, le ciel brusquement obscurci en entier semblait devoir écraser l'esquif livré à lui-même.

Isabelle se précipita à l'arrière, pesa à son tour sur le timon. Il y eut un instant étrange où tout sembla se figer, la proue du bateau pointée vers les nuages, la voile soudain détendue, ballottante. Les cris fusèrent. Puis le *Beaubassin* piqua du nez pour une longue glissade au bout de laquelle il se retrouva face au large, balançant d'un bord à l'autre, craquant de toutes ses planches.

— Passé ! cria Isabelle. Virez, maintenant, et hardiment !

Il fallait reprendre le vent, sous un déluge de pluie tiède. Serrés les uns contre les autres, agrippés aux cordages, à la lice, les passagers n'osaient encore bouger. Isabelle enjamba des corps, guida la bôme qui s'immobilisa de trois quarts, portant sa voile à nouveau gonflée.

— C'est un estuaire, monsieur Gisson, nous allons être un peu au calme.

Le bateau prenait l'eau par la cale. Ainsi lesté, il ne tiendrait guère plus d'une heure ou deux. Gisson scruta le rivage, à la recherche d'un havre où s'amarrer. Avec ses prairies en pente douce vers le fleuve, ses chemins séparant les parcelles et, comme fond de décor, la forêt, sombre, noyée sous l'averse, le rivage ressemblait un peu à celui de l'Acadie. Mais sans les digues.

— Il faut s'échouer, finit par décider Isabelle.

Des rochers affleuraient par endroits, les vagues encore puissantes les couvraient d'écume. Lorsqu'elle aperçut les maisons d'un village, les barques durement secouées au bout de leurs ancres, la terre brune et caillouteuse formant une longue plage, elle fit mettre le cap dessus, affaisser la voile et attendit, soulagée, le moment béni où le *Beaubassin* commencerait à racler le fond.

— Hampton ! cria un mioche à peine plus haut qu'une barrique de saumure.

Les premiers à accourir avaient été des enfants, tous roux comme l'automne d'Amérique, puis les aînés avaient afflué à leur tour, formant autour de la cinquantaine d'Acadiens un cercle attentif, grave, murmurant.

— *Here, it's Virginia*, dit un homme.

Il portait une culotte de toile épaisse, à bretelles, une chemise écrue, fripée, sous une veste de serge rouge déboutonnée. Ses yeux divergeaient, donnant l'impression de pouvoir surveiller tout le monde en même temps. Il ne souriait pas.

Les arrivants, trempés, grelottants, implorèrent qu'on les laissât s'abriter. La pluie avait cessé mais de l'est allait bientôt déferler une nouvelle bourrasque. Les femmes s'étaient assises sur la grève semée de cailloux, d'algues, de coquillages échoués. Les hommes, groupés en délégation, tentaient de se faire comprendre, par gestes ou par les quelques mots essentiels, Acadie, Caroline, abri, pain.

« Acadians, french people », répétaient les villageois, et ceux qui avaient l'air de savoir quelque chose expliquaient aux autres.

Ils étaient quant à eux d'Irlande.

— Alors, ce sont des catholiques ! s'écria Gisson, joyeux.

Un frisson parcourut la troupe exténuée. Les hommes s'assirent à leur tour. Pour quitter le *Beaubassin*, il leur avait fallu marcher enfoncés dans la vase jusqu'à la ceinture, portant ballots, tonneaux, enfants. Les muscles tétanisés demandaient grâce. Mais on était chez des catholiques. Au bout de deux années de bannissement, d'attente, d'ennui, il y en eut pour estimer que cela n'avait plus guère d'importance.

— Frères, s'écria Gisson, *brothers* !

Il était bien le seul à se réjouir, face à des visages que les conciliabules, les chuchotements, fermaient au fil des minutes. Isabelle avait choisi de se reposer, près des femmes du *Beaubassin*. Elle regarda les enfants que la curiosité excitait, s'amusa de leur manège pour se mettre au premier rang. Elle aussi avait eu des petits, roux comme ceux-là, des espiègles aux longs cheveux emmêlés, des innocents longtemps épargnés par les guerres, qui jouaient au bord des rivières en se prenant pour des Indiens. Les gamins irlandais se poussaient du coude, la tempête leur offrait du souvenir pour le restant de leur vie, un naufrage et quelques dizaines de spectres ruisselants que l'on n'appelait pas pour autant amis.

— Voilà les édiles, annonça Gisson.

Le mur irlandais s'écarta, laissa passer des hommes costumés en bourgeois sous des capes et un autre, un officier anglais coiffé d'un tricorne noir frangé d'or. On parlait un peu le français, assez pour déclarer que c'était l'état de guerre, que les Virginiens se battaient à l'ouest contre les Canadiens et les foutus soldats du roi de France, qu'enfin, en ces temps incertains, la côte de la Nouvelle-Angleterre était infestée de pirates et de contrebandiers, du Massachusetts à la Géorgie.

— Vous, pirates, déclara l'officier, sentencieux.

Gisson ne put s'empêcher d'éclater de rire. Il désigna les femmes, écarta les bras. Etranges pirates que ces gens jetés au rivage et nourrissant au sein des poupons. Mais ces villageois se montraient loyaux envers leur souverain anglais ; la religion des arrivants était certes commune mais ne valait en aucune façon traité de paix. Les Acadiens furent rapidement informés ; ils avaient interdiction de quitter ces parages, recevraient des toiles pour s'abriter, le temps que l'on ait statué sur leur sort.

— Eh bien, dit Isabelle, nous voici un peu rapprochés de l'Acadie et aussi démunis qu'à l'arrivée à Charleston.

On allait organiser le campement, à même le gravier envasé de la plage. Les gisants se relevèrent. Une nouvelle ondée commençait à s'abattre sur leur havre de Hampton, Virginie.

Lorsqu'ils s'éveillèrent, ce matin-là de mai 1757, les voyageurs découvrirent, effarés, ce qui restait de leur navire : des planches éparses le long du rivage, des pans de voile ondulant à la surface de l'eau entre des débris de toutes sortes, des tonnelets léchés par le faible ressac. Dans le lourd sommeil commun, personne n'avait entendu le travail de la marée achevant de disloquer le *Beaubassin*.

Une brume grisâtre estompait les reliefs des collines, les bardeaux et les toitures des maisons, l'horizon de l'estuaire. Le vent s'était apaisé après avoir soufflé une grande partie de la nuit, des cloches de troupeaux tintaient, toutes proches.

— Le jour point et pardieu, cela ressemble à nos aubes d'Acadie, murmura Isabelle. Mais j'ai peur que nous ne soyons pour un long temps les hôtes de ce pays de Virginie comme nous l'avons été de Caroline.

Des enfants vagissaient, qu'il faudrait nourrir sans tarder. Les hommes se dépêchèrent de sauver ce qui restait de la saumure. On fit rapidement le compte de la farine, de la viande séchée, des quelques poissons pêchés à la ligne dans les dernières heures du voyage. Avant de se retirer, les Irlandais avaient donné du bois. On fit un grand feu dans lequel on jeta des débris humides, des branches que la mer avait arrondies, creusées, sculptées avant de les échouer.

Isabelle marcha vers les échos des sonnailles, ne tarda pas à apercevoir les silhouettes fantomatiques de quelques bêtes occupées à brouter l'herbe d'un pré. Tout était là pacifique, loin des guerres, des exodes, des tragédies.

La ferme était à une centaine de pas, dominant les parcelles : une simple maison de plain-pied, rectangulaire, aux murs de planches couvertes de bardeaux, aux étroites fenêtres. Une fumée s'en échappait, vite absorbée par l'étoupe du brouillard. Isabelle parcourut un chemin fangeux, frappa à l'une des vitres embuées, attendit. Comme dans tous les villages du monde, les paysans de Hampton devaient attendre au chaud que perçât le soleil. Des minutes passèrent puis une femme sortit enfin. Elle portait un tablier blanc sur sa jupe de lin rouge, ses bras étaient nus, ronds, piqués d'éphélides comme son visage aux traits poupins, aux yeux de faïence.

Isabelle lui demanda du lait. La femme ne comprenait pas ou faisait semblant. Elle appela, resta immobile, toisant sa visiteuse sans prononcer une parole. A l'homme qui la rejoignit, un brun sec comme du bois mort, soucieux de mine et plutôt avare de paroles, elle expliqua. « Du lait », répéta Isabelle, le doigt pointé vers le pré où paissait le bétail.

— *Money*, fit simplement le fermier.

— Combien ?

Il ne savait pas trop, haussa les épaules, lâcha un chiffre, deux guinées. Isabelle courut vers les siens, organisa la quête, quelques pièces, remonta vers la ferme en compagnie de femmes. L'Irlandaise détailla les pièces, sceptique, puis elle hocha la tête, empocha la somme et ordonna d'attendre.

— Pardieu, nous n'aurions pas demandé d'argent quant à nous, cracha une Acadienne. Ces chrétiens-là n'ont guère de pitié.

Isabelle la tança. Ce n'était ni le lieu ni l'heure pour faire les fines bouches. Lorsque la femme revint, portant une jatte emplie à demi de lait, elle remercia, prévint qu'il en faudrait sans doute encore tant que l'on resterait là. Les petits du *Beaubassin* allaient enfin téter autre chose que les seins fatigués de leurs mères.

Il apparut vite que la situation ne pourrait s'éterniser. La présence d'une cinquantaine d'émigrants aux marches de leur village contrariait les Irlandais de Hampton. Certains, parmi la population, continuaient de penser que ces gens devaient être de toute façon des ennemis, dans leur cœur sinon par leurs actes. Un prêtre catholique fut envoyé vers les Acadiens car l'on se disait que les déportés de Caroline méritaient tout de même le secours de la religion commune. Lorsqu'il eut dit une messe, baptisé les deux tout-petits nés à bord, écouté sans les comprendre les confessions de ceux que hantaient des fautes anciennes et plutôt dérisoires, il s'éclipsa et ne revint pas.

Auparavant, il avait expliqué que les Virginiens étaient en colère parce que beaucoup d'entre eux avaient été tués par les Français sur les rivières de l'Ouest, à la fin de l'hiver. Les soldats de Louis XV avaient laissé les Sauvages massacrer la garnison du fort William Henry, emmener les femmes et les enfants. C'était une guerre cruelle. Tous redoutaient de voir partir leurs fils vers ces lointains territoires où l'on ignorait la pitié.

— Il nous faut quitter Hampton avant que l'on nous renvoie vers le sud, décida un soir Gisson, au petit conseil des exilés réuni sous une bâche de toile.

— Ces Virginiens ne nous feront pas l'aumône d'un bâtiment, dit Isabelle. Il faut déjà leur payer les œufs, les poules, la farine.

D'aucuns trouvaient ça normal, d'autres non.

— Combien possédons-nous ? s'inquiéta Gisson.

Isabelle baissa la tête. Elle faisait partie de ceux que l'errance avait depuis longtemps dépouillés du moindre de leurs deniers. A l'inverse, quelques familles avaient réussi à sauver un peu de leur maigre patrimoine, en tout cela devait se monter à cinq ou six cents pièces de huit. Gisson brûlait de repartir.

L'hostilité des Irlandais de Hampton ne présageait rien de bon. Il plaida pour qu'on ne traînât pas sur ce rivage.

— Mieux vaut risquer nos vies en liberté sur l'océan que de les voir s'éteindre à petit feu sur cette grève ou pire, être à nouveau raflés et déportés.

Il y avait là des Poirier, des Thibodeau, des Richard, un Mignault, et d'autres, tous de Beaubassin. La rétention sur les quais de Charleston en avait brisé plus d'un, l'échouage à Hampton restait encore dans les mémoires. S'embarquer de nouveau ? On taquinait la mort. La fatigue poussait les plus fragiles à demeurer là malgré le rêve fou de retrouver bientôt la terre natale.

— Hardi, mes amis, dit Michel Thibodeau, un homme de cinquante et quelques années, massif et réfléchi, dont on écoutait les avis. Nos marins ont raison, nous sommes ici sur un sol ennemi où les gens sont avant tout des Virginiens. Sacordjé ! Nous n'avons tout de même pas cheminé aussi loin pour nous endormir sur des algues et qui sait, nous retrouver à nouveau un jour prochain au fond de quelque cale anglaise. Ah, pardieu, non, plutôt périr !

Isabelle guetta l'assentiment de ses compagnons. Elle aussi désirait quitter au plus vite la Virginie où, à ce que lui avait expliqué le régisseur Houdot, on avait fort peu de chance de trouver des Français, fussent-ils huguenots.

— Avec le Massachusetts, cette colonie-là est sans doute la plus acharnée contre la France, dit-elle. Comme en Caroline, les garçons sont engagés dans les milices et se battent en ce moment autour des Grands Lacs. Il ne faut pas rester, nous sommes trop haïs et méprisés pour espérer quoi que ce soit.

— Alors, nous irons leur demander un bateau, décida Thibodeau.

— Quatre cents pièces, lâcha l'édile.

On s'était réunis sous un porche d'étable, une demi-douzaine d'Irlandais et autant d'Acadiens. Un soleil printanier éclairait la campagne, bleuissait l'estuaire aux eaux redevenues étales.

La somme fit monter un murmure désapprobateur parmi les acheteurs. Thibodeau consulta ses compagnons du regard.

Tous étaient atterrés, la dépense revenait purement et simplement à ruiner les familles du *Beaubassin*. L'Acadien se tourna vers l'homme en noir qui paraissait commander aux autres. Il s'appelait Mulcahy, le regard froid et pénétrant de ses petits yeux rapprochés, son ton rogue, son agacement, tout indiquait que la négociation était déjà terminée.

Les Acadiens tardaient à répondre.

— *So, what ?*

Michel Thibodeau hocha la tête. Il semblait avoir vieilli d'un coup, son dos s'était arrondi.

— Je pense qu'il faut accepter, souffla-t-il.

— Je suis d'accord, dit Gisson.

Les autres acquiescèrent, à contrecœur pour la plupart. Dieu, cela coûtait cher.

Le bateau se balançait mollement à vingt brasses du rivage, timon relevé, au milieu d'un minuscule bras de mer. C'était en vérité une grosse barque de pêche, ventrue, dotée d'un mât unique et d'une courte voile en bon état. Une échelle menait à la cale, où l'impression vaguement rassurante qu'Isabelle avait eue de loin se mua aussitôt en inquiétude.

— Il est moisi de toutes parts, regardez, monsieur Gisson.

Elle désigna le faîtage disjoint par où l'on apercevait des morceaux de ciel, les traversines mangées par l'humidité, le plancher orphelin lui aussi de quelques éléments. Le menu clapot s'entendait comme s'il léchait l'intérieur même de l'esquif.

— Vrai, madame Hébert, à voir ça, je me dis que nous sommes arrivés ici sur un vaisseau royal.

Isabelle eut un rire bref, terminé par une espèce de sanglot ravalé.

— Il faudra consolider, un peu partout. La voile est saine, le reste nous portera sur mer calme, si le Seigneur se met de notre côté.

Des visages apparurent dans le rectangle de la coupée. On s'inquiétait, là aussi. Le navire avait eu un nom, effacé par la mer, oublié par les Irlandais. Gisson proposa qu'on l'appelât *Grâce-de-Dieu* comme celui qui, deux siècles plus tôt, avait porté les premiers laboureurs en Acadie au nom du roi Louis XIII.

Les Virginiens avaient quelque chose à montrer à leurs hôtes. La petite délégation suivit l'édile et deux de ses compagnons jusque sous un auvent où l'on avait entreposé du bois, de la paille, quelques outils et des vêtements que les Acadiens pensèrent d'abord appartenir aux colons.

— Il y a des coiffes, dit quelqu'un.

— Elles sont de chez nous.

Un cercle silencieux se forma autour du tas d'étoffes, de linges, de chapeaux et de chausses. Il y avait là le contenu de plusieurs ballots portés au rivage par la tempête, des jupes et des corsages, des dentelles brodées, des chemises d'enfants, un trésor acadien que les Irlandais avaient mis à sécher.

— Pour vous, dit Mulcahy, soudain joyeux comme s'il offrait un cadeau.

D'où venaient ces vêtements ? L'Irlandais indiqua une direction, vers le sud. Les bourrasques n'avaient pas ramené à terre que les passagers du *Beaubassin*. D'autres avaient apparemment eu moins de chance. Les fragments de leur embarcation parsemaient la côte jusqu'au débouché de l'estuaire.

— Seigneur, prends pitié, murmura Michel Thibodeau.

Ses compagnons ne pouvaient détacher leur regard de ces restes de naufrage. Hommes et femmes tombèrent à genoux, en pleurs. Il y avait dans ces hardes trempées l'odeur, la chair, la mémoire des leurs.

La mer avait aussi rendu des corps gonflés, mutilés, que les gens de Hampton avaient enterrés à la hâte. Les Irlandais se signèrent, certains se découvrirent. Les morts ne faisaient plus partie des guerres. En vérité, ils en étaient les seuls véritables perdants. Ceux-là, dont on ne saurait jamais les noms, réconcilièrent les vivants, le temps d'une prière, ce matin-là à Hampton, Virginie.

Les Acadiens avaient travaillé toute la journée, scié et encloué, ravaudé la voilure de secours, fini de tresser des haubans. Depuis l'annonce du prochain départ, toute la colonie des déportés s'était attelée à l'ouvrage dans l'enthousiasme, au point que la coquille de noix promise au transport finissait par lui paraître brick, ou frégate.

— Nous pourrons loger tout le monde à peu près correctement, déclara Gisson, tandis qu'Isabelle vérifiait la solidité des drisses à l'avant du *Grâce-de-Dieu.*

Les réfugiés s'en étaient retournés sur la plage, laissant leur capitanat veiller à ces quelques détails. Isabelle s'épongea le front de la main. Comme les autres, elle s'était laissé peu à peu griser par la perspective de reprendre la mer. Maintenant, à quelques heures de l'embarquement, elle redécouvrait ce qu'était en vérité son navire, même réparé : un assemblage précaire de planches et de tasseaux, un jouet sans défense que la première sorcière de vent enverrait par le fond.

— Vous avez connu des bâtiments en meilleur état, lui dit Gisson. Mais voyez, la nuit qui vient sera douce et les suivantes aussi. L'été arrive. Nous réussirons.

Elle tourna son regard vers l'est, où la nuit prenait possession de l'horizon. Comme chaque soir, des brumes montaient de la terre tiède et se répandaient le long des collines, entre les maisons des Irlandais, sur l'estuaire. Tout devenait calme, la brise se diluait dans les tintements des sonnailles.

Elle frotta ses mains sur sa jupe. Les années passées au bord de la Pisiquid en avaient un peu adouci la peau. Deux semaines de mer à tirer sur des cordes les avaient écorchées, durcies, rendues à leur état premier, quand le *Locmaria* l'emmenait, jeune fille, à Terre-Neuve.

— Je crois que nous avons fait tout ce que nous pouvions, dit-elle.

Elle s'immobilisa, porta lentement ses mains à son visage, pleine d'une angoisse qui la surprit. Il y avait tout près d'elle d'un côté la colonie des Irlandais et sa terrienne assurance, de l'autre l'océan, invisible arbitre de quelques destinées sans importance. Entre les deux, un homme fait de chaleur et d'énergie, vivant quand tant d'autres avaient disparu, un inconnu de passage dans une histoire trop lourde pour de simples humains. Elle ferma les yeux, inspira longuement l'air éthéré du rivage. Lorsqu'elle sentit les paumes de Gisson se poser doucement sur ses hanches, elle se tendit.

— J'ai craint que vous ne repartiez avec les autres, murmura-t-il à son oreille.

Elle ne savait pas grand-chose de lui, sauf que ses paumes larges et puissantes enserraient presque complètement sa taille et que son propre corps répondait à celui de l'homme, l'épousait avec force, se fondait déjà en lui. Elle laissa les doigts de Gisson frôler son buste, ses seins, la peau de son cou. C'était doux, fort. Elle frissonna.

Ainsi existait-elle, pleine d'un soudain désir. Cela faisait des mois, des années, qu'elle s'était dépouillée d'elle-même dans le désespoir routinier des Grands Saules. Les assauts prévisibles du régisseur Houdot n'étaient qu'un leurre masquant sa condition d'esclave, dans la famille de sous-hommes dont elle s'était sentie la sœur. A Hampton, ville ennemie, il y avait ce bateau et sa mauvaise mine de piège à rats, mais il y avait aussi la perspective de s'en aller, de regagner un peu des libertés confisquées, au risque bien réel de périr.

La vie, pensa-t-elle tandis que Gisson la tournait vers lui, l'enfermait dans ses bras.

Elle éprouva un vide délicieux, une sensation d'absence. L'homme avait un torse large et frémissant, un ventre dur, tendu, sa force allait l'emporter. Elle se mit à trembler, écarta les pans de la chemise de Gisson, embrassa sa peau bouclée de blond. Elle avait envie de mordre, de s'ouvrir, d'exulter. Ce fut elle qui se laissa tomber la première contre des cordages.

Il respira plus fort, soudain, c'était bien ainsi, ce souffle un peu rauque dans les vapeurs du crépuscule. Isabelle ouvrit les yeux sur le manteau grisâtre, brumeux, que le ciel posait sur eux comme un drap de solitude et de secret. Vivre et rien de plus, en cet instant de grâce.

Leur étreinte avait été brève et violente, comme s'il fallait voler au destin ces minutes déjà mortes d'oubli et d'abandon, avant de se séparer. Gisson se releva le premier, demeura un long moment à genoux, le souffle court, les mains posées sur le ventre d'Isabelle. Puis il se mit debout et se détourna.

Elle s'agenouilla à son tour, le dos tourné à son amant, remit de l'ordre dans ses vêtements. Une douleur aiguë lui broyait la poitrine, comme un poignard enfoncé entre ses côtes. La nuit s'était installée sur toutes choses, sourde menace tapie dans sa propre opacité, nul bruit ne venait troubler son noir et entêtant mystère.

Elle attendit que s'apaisât le tumulte dans sa poitrine. Gisson l'avait empoignée, pétrie, bouleversée avec un mélange de tendresse et de brutalité. Son corps était brisé, c'était à la fois délicieux et terrifiant. Elle pensa qu'il n'y aurait à l'avenir pas d'autre étreinte, aucun prétexte pour fuir les autres ou se soustraire ainsi à leur regard. Assise sur ses talons, elle passa les mains sur son corps, doucement. La vie l'avait investie à nouveau, triomphante, le temps de laisser place à une plénitude mâtinée de honte. Elle se releva à son tour, s'affermit sur ses jambes. La chaleur de l'homme était encore en elle, vibrante comme une musique. Un instant, elle craignit que Gisson ne revînt vers elle pour parler, expliquer ou même la toucher à nouveau. Mais l'amant restait invisible, son regard posé de loin sur elle, qu'elle sentait.

— Il faut retourner au campement, dit-il d'une voix douce.

— Je saurai trouver le chemin.

— C'est comme vous voudrez, madame Hébert.

Il espérait, cela s'entendait dans sa voix un peu altérée, s'excusant presque. Elle recula contre la lice du bateau, attendit. Des frissons la parcoururent à nouveau. Elle se détourna brusquement, entendit le pas de Gisson sur les planches de l'échelle. L'homme quittait le navire, faisait le petit bout de chemin qui en vérité l'éloignait d'elle à jamais.

Comme si le destin se plaisait à leur faire payer leur liberté jusqu'au bout, les voyageurs du *Grâce-de-Dieu* durent s'échouer à nouveau au bout d'une quinzaine de jours de mer, sur les côtes du Maryland cette fois. Des Acadiens les avaient précédés, un groupe de déportés de la Pisiquid libérés sans contrepartie par les catholiques du Maryland, qu'une longue marche avait menés sur les rivages marécageux de la baie de Chesapeake. Là, d'anciens passagers du *Dolphin*, de l'*Elizabeth* et du *Leopard* avaient survécu comme ils avaient pu, pêchant et chassant entre mer et marais, demi-sauvages perdus dans un monde inhabité.

Un matin, ils avaient assisté à l'échouage d'une coquille de noix surchargée d'hommes et de femmes qui leur ressemblaient assez. Des gens de Beaubassin avec, à la proue du navire en perdition, la belle rousse-à-Jérôme Hébert, leur voisine, leur amie et, pour Claire Terriot, l'amie d'enfance d'Anne-Marie Melanson et la promise-à-Thomas Hébert, une future belle-mère perdue lors de l'embarquement à Grand-Pré !

Se retrouver ainsi sur un sol meuble aux lourdes senteurs de vase, au milieu de vastitudes désolées, avait été un de ces bonheurs comme on en avait oublié depuis longtemps le goût. Ainsi Dieu renouait-il quelques fils de l'étoffe acadienne, ce chiffon déchiré de toutes parts, jeté à la mer, et qui s'obstinait à flotter, malgré tout.

Claire Terriot n'avait plus avec elle que son père Jean, ami de toujours de Jérôme Hébert, et ses cadettes, Suzanne et Mathurine. La dysenterie avait durement frappé les déportés, éclaircissant leurs rangs, tuant au passage la mère et les deux frères de Claire.

Pourtant, les Acadiens avaient été plutôt bien traités au Maryland. Les émigrés y étaient depuis toujours majoritairement papistes. Là, pas d'enfants enlevés à leurs familles, ni d'assignation à résidence, pas de travail d'esclave dans les champs ni de bastonnade en place publique. Les déportés, employés comme ouvriers, domestiques ou valets de ferme, avaient eu le droit d'habiter de vraies maisons, dans un quartier de Baltimore que l'on n'avait pas tardé à nommer Frenchtown, comme une liberté consentie malgré les vicissitudes de la guerre.

Mais voilà. Beaucoup d'entre eux croyaient que la liberté, c'était autre chose que cette dignité-là, accordée par des âmes vertueuses. Orphelins du pays confisqué, tristes de ne pas retrouver à chacun de leurs réveils les douces ondulations de leurs rivières, le murmure des rus entre les prairies endiguées, les mille détails d'un paysage semblable à nul autre, ils avaient pris la route à la minute même où l'autorisation leur en avait été donnée.

On leur disait que ce pays-là n'existait plus, que jamais ils n'auraient loisir d'en récupérer la moindre parcelle. Qu'importait. On leur avait arraché le cœur, les entrailles. Leurs enfants étaient morts par dizaines au fond des cales anglaises. D'autres eussent posé leur sac pour toujours et vécu là, reliques transparentes d'une société arasée. Ceux-là s'étaient mis en marche.

Quelque chose de plus fort que le deuil, le chagrin, la misère, les avait portés jusqu'à cette impasse envasée où ils s'étaient arrêtés.

On décida de se sauver ensemble. Pour cela, il fallait réparer sans délai le *Grâce-de-Dieu,* reprendre la mer le plus vite possible. A défaut d'une nourriture suffisante, la nature sauvage de la baie de Chesapeake leur offrait son bois dur, ses tendres radicelles. Tandis que les hommes tressaient des cordes, enclouaient des planches sur les béances de la coque, consolidaient bôme et mât, les femmes ravaudèrent les toiles, retapèrent les grabats sur quoi l'on se blottissait pour dormir.

— Et si l'on se faisait une nouvelle Acadie ici, répétait, amer, Jean Terriot. Ces terres n'appartiennent à personne, même les Indiens semblent les avoir fuies.

Des miasmes fétides montaient de la vase et l'on craignait à chaque instant pour la santé des plus fragiles. Fièvres, coliques, cachexies, un fléau quelconque pouvait lever soudain son voile noir devant le peuple sans défense réuni là. Mais le sursis accordé par le Seigneur se prolongea à mesure que passaient les jours. La malaria secoua quelques corps, la diarrhée creusa quelques ventres. Personne n'en mourut. Par-dessus tout, la grande picote tant redoutée ne vint pas grêler les visages et fournir les fosses communes, dans la touffeur difficilement supportable de l'été.

— Nos prières ont été entendues, disait Claire Terriot.

La ferveur des Acadiens augmenta à mesure que se rapprochait le moment tant attendu de la remise à l'eau. Ce jour-là, la question de savoir où l'on irait, par qui l'on serait encore refoulés, et où, enfin, aurait lieu le naufrage définitif, cessa de tourmenter les esprits. Le temps n'était pas à ces inquiétudes-là.

Il faisait grand soleil, tous avaient hâte de retrouver la caresse du vent, loin des marais. Oh, hisse ! Aux hautes eaux, cent bras redressèrent l'esquif que le flot venait lécher au gré des marées. Le *Grâce-de-Dieu* glissa doucement, accompagné par le long soupir de ses occupants, ondula à la surface pourtant bien calme de la baie, comme s'il tâtait avec prudence le terrain. Enfin, redressant sa proue, il s'immobilisa face au large, salué par des cris, des rires, des gigues et des louanges à Dieu.

On embarqua, ceux de Baltimore et ceux de Charleston reconstituant un infime morceau de la famille acadienne. Le bateau longea la baie immense de Chesapeake, doubla le cap May, prit hardiment plein nord. On passa au large de Philadelphie, puis de New York et de Boston, à portée de canon des bricks et des frégates anglais. Mais quoi ! Le fier navire des fermiers de Grand-Pré et de Beaubassin, cette ruine flottante surchargée au point d'émerger à peine dès que le vent forcissait, était-il seulement visible depuis un quai, une île, un pont ?

A la surface de l'océan, il y avait ce bouchon aux poussifs coups de rein dont la cargaison ne valait ni abordage ni même gaspillage d'un seul boulet. Et pour une fois, la guerre ignora les Acadiens.

— Madame Hébert, c'est bien le rivage de l'Acadie que nous avons devant nous, dit Gisson.

Isabelle écarquilla les yeux. Des rivages, elle en avait longé tant et tant depuis une demi-année. Celui-là ressemblait en vérité à tous les autres de cette Amérique en fuite devant la proue du petit bateau. Un front de sombres forêts échancré par des criques et des embouchures de rivières, des ondulations de collines tombant parfois à pic dans l'océan.

— Un désert, murmura-t-elle.

Un déporté pointa le doigt vers une île dont les contours se détachaient sur les reliefs de la côte.

— Sainte-Croix, dit-il. C'est là que les tout premiers de nos anciens ont abordé, à l'époque du roi Henri.

Il cita des noms qu'Isabelle connaissait, Duga de Mons, Champlain, d'autres encore. La moitié de ces hommes n'avaient pas survécu à leur premier hiver sur la terre du Nouveau Monde. De retour dans l'île, un an plus tard, Champlain avait retrouvé une quarantaine de survivants, faméliques, hagards, qu'il avait conduits vers un havre plus sûr où naîtrait la colonie. Port-Royal.

Isabelle sourit à son second. Près de six mois avaient passé depuis que le *Beaubassin* s'était échoué devant le village irlandais de Hampton, et, comme une heureuse conjuration du danger, ils avaient enfoui l'un comme l'autre le souvenir de leur étreinte dans un tiroir secret de leur mémoire. Par une sorte de jeu avec le désir de survivre et de s'aimer, le hasard du voyage leur avait pourtant offert maintes occasions de se retrouver seuls, mais leur élan premier s'était dilué dans les routines.

— Nous avons bien mérité de nous retrouver devant cette île, dit Isabelle.

Le bateau gîtait par bâbord. Assises sous la bôme, dans le triangle étroit du pont avant, des familles se tenaient serrées autour d'un maigre repas de poisson séché. Isabelle les rejoignit, se pencha vers eux. Il y avait eu des miracles dans la grande débâcle des Acadiens.

— Tu vas bien, petite Claire Terriot, maintenant que nous allons retrouver notre terre ?

La jeune fille leva les yeux vers le visage fatigué, vieilli, qui l'interrogeait. Isabelle lui caressa la joue. Les recommandations de Jérôme lui revenaient en mémoire. Québec, si tout s'écroulait ailleurs, Québec, comme un phare dans la nuit des exils. On avait fait du chemin, depuis Charleston. Comment ce jeu avec la mort allait-il se poursuivre et s'achever ? Elle soupira, oppressée par une bouffée d'angoisse.

— Il faut pousser dans l'estuaire de la Saint-Jean, dit Gisson. A Sainte-Croix, il n'y a rien sauf peut-être une garnison anglaise.

La rivière Saint-Jean, ce serait des rives caillouteuses et des forêts profondes où il faudrait s'enfoncer et survivre, encore. La rage des Anglais à vider l'Acadie de son peuple se poursuivait-elle, maintenant que le plus gros du travail avait été effectué ? Trouverait-on un peu de répit sur une terre conquise par l'ennemi ? Cela faisait près de deux ans que l'on avait été déportés ; personne ne savait très bien ce qui se passait en Nouvelle-France. Au bout de la route, on ne demanderait pas grand-chose : se remettre debout, tout simplement, à l'abri de huttes, de cabanes ou de n'importe quelle grotte, pourvu que l'on y fût libres de la tutelle adverse. Etait-ce seulement possible ?

Ils passèrent nuitamment devant le hameau de Saint-Jean, où des chandelles jetaient de vagues lueurs jaunâtres derrière des fenêtres, abordèrent à deux lieues en amont de l'embouchure, où ils attendirent le jour à bord du bateau. Ce qui aurait dû être joie de la libération se mua rapidement en une attente anxieuse.

On était à la fin du mois d'août. Il faisait chaud, les maringouins[1] attirés par l'odeur des migrants s'étaient mis aussitôt à l'ouvrage, tourmenteurs obstinés contre lesquels on ne pouvait rien.

Tout baignait dans le lait sans reliefs de la pleine lune. Comme dans la plupart des estuaires d'Acadie, les eaux douces et salées se mêlaient entre les rives. Là commençait la terre qui avait vu naître les revenants du *Grâce-de-Dieu* et ceux-là mêmes qui eussent dû s'y prosterner, la baiser, s'en tenaient à distance, tels des enfants figés par un cri d'oiseau, une peur subite.

— Pardieu, c'est l'Acadie, murmura quelqu'un.

Un murmure de femmes en prières lui répondit. On guetta l'aube, les nourrissons en pleurs furent descendus dans la cale, leur peau rougie par les piqûres d'insectes. L'idée de se trouver par hasard devant un campement anglais hantait les esprits ; ce fut un soulagement de voir surgir de la nuit une côte boisée, entrecoupée de longues plages désertes. Des hommes, autrefois voyageurs dans ces parages, reconnurent le lieu. Il y avait des villages malécites[2] à l'est, sur un chemin conduisant vers l'isthme de Beaubassin, à une semaine au moins de marche. Ce pays ne devait pas trop intéresser les Anglais, occupés sans doute le long de la rivière et dans l'isthme lui-même.

On partit en reconnaissance comme avaient dû le faire les envoyés du roi Henri, cent cinquante années plus tôt. Des chemins à peine reconnaissables sous l'herbe folle indiquaient des passages. La rivière Saint-Jean avait été le cadre de bien des combats. On s'y était embusqué sur la route des forts d'amont, des portages acheminant armes et vivres avaient emprunté les itinéraires forestiers, installé des bivouacs, allumé des feux dont les restes noircis balisaient par endroits les sentiers.

Bientôt, on ne tarda pas à croiser des Acadiens réfugiés eux aussi dans cette région sans colons. On s'étreignit, entre gens de Beaubassin. Les familles avaient fui le nettoyage final de l'isthme par les troupes de Monckton, au début du printemps. Parvenues dans ce cul-de-sac sur la rive droite de la Saint-Jean,

1. Moustiques.
2. Tribus indiennes de la rivière Saint-Jean.

elles s'étaient aménagé des abris de branchages, de feuilles mortes et de boue séchée que les Sauvages eux-mêmes eussent refusé d'habiter. Vivotant de chasse et de pêche, entre fleuve et forêt, elles demeuraient cachées le jour durant, sortant au crépuscule pour un maigre ravitaillement.

— Des Anglais, il en passe quelques-uns, mais ceux-là n'ont pas pour mission de nous traquer, expliqua un Doucet. Ils montent vers Jemseg et Naxouat, où les Français ne sont plus, hélas. Sans doute préparent-ils des assauts sur Québec et Montréal.

— Vous n'avez pas tenté de rejoindre la Gaspésie ? lui demanda Isabelle.

L'homme ricana. C'était un sac d'os immense, hâve, dardant son regard inquiet sur les arrivants. Sa longue cape de laine empoussiérée lui donnait des allures de moine inquisiteur. Isabelle pensa que ses propres compagnons devaient ressembler à cela mais, à vivre serrée contre eux depuis des semaines, elle ne s'en était pas rendu compte.

— La Gaspésie ? Certes, on doit pouvoir y manger mieux qu'ici, mais pour cela, ma pauvre, il faut traverser les forêts de la Miramichi. D'aucuns s'y sont garrochés[1]. Dieu sait où ils en sont de leur voyage, à c't'heure.

— Et ces chemins vers Beaubassin ? Les Anglais ne resteront pas éternellement sur ces terres sans grains.

Il la considéra longuement. Dans leur histoire commune, les Acadiens portaient des croix de poids différents. Ceux de Beaubassin qui avaient échappé aux rafles s'étaient livrés à la puissante nature de contrées sans frontières bien définies. On ne savait pas grand-chose de ces immensités, sauf que la survie y était courte et les occasions de trépasser nombreuses.

— On est mieux ici, dit Doucet. Quand nous sommes partis de Beaubassin, la chevelure micmac valait près de vingt livres anglaises. Et si l'on manquait d'Indiens pour ce commerce, les Acadiens assez malchanceux pour se faire prendre faisaient l'affaire.

Il posa sa main aux doigts décharnés sur la tête d'Isabelle, sourit. Un joli scalp roux comme le sien valait peut-être bien le double.

1. Lancés.

Une humanité de fin du monde le rejoignit, des femmes aux jupes en lambeaux, aux corsages déchirés, des enfants aux tignasses encombrées de brindilles, aux jambes rougies par les piqûres d'insectes. Peu d'hommes ; les ruses de l'occupant en avaient rempli comme il le fallait les cales des navires.

Surpris par les raids anglais, ces gens qui pensaient avoir échappé au pire avaient fui en pleine nuit, laissant derrière eux le peu qui leur restait. Face à eux, dans leurs vêtements épargnés, leurs chausses rouges, sous leurs chapeaux, les passagers du *Grâce-de-Dieu* avaient l'air de bourgeois revenant d'une partie de pêche.

— Qu'iriez-vous faire à Beaubassin ? s'inquiéta Doucet.

— Passer, pour aller plus loin, à l'île Saint-Jean, à Québec. Lorsque les Anglais nous ont séparés, il y a deux ans, nous nous sommes juré de nous chercher au nord, quoi qu'il arrive, et sur des terres encore libres.

— L'île Saint-Jean ? Il y a déjà trop de monde, là-haut. On y est arrivé de partout, je crois bien. Quant à Québec !

Il leva les yeux au ciel. Québec. Mais après tout, pourquoi pas ? Il fallait simplement compter avec les humeurs imprévisibles des Sauvages, la chasse aux scalps de Monckton et Byron, et les loups, dont il se disait qu'ils avaient assez à manger, eux, depuis trop d'années.

— Il y a d'autres familles, ici et là dans la forêt, ajouta-t-il. On essaie de s'entraider mais ce n'est pas facile. Si vous demeurez dans cet endroit, il vous faudra tenter de ne pas mourir. Vous avez des hommes, avec vous ?

— Vingt et quatre, dit Gisson. Ils sont près de notre navire avec les femmes et les petits, à la rivière.

Le regard de Doucet s'éclaira soudain. Les gens revenus de Caroline et du Maryland étaient peut-être bien des privilégiés. Trente paires de bras et plus, même, sacordjé ! Ça pouvait construire en dur, avant l'hiver. A deux lieues de la première terre française d'Amérique, on pourrait recréer quelque chose qui ressemblerait à la colonie de Sainte-Croix et prier Dieu de ne pas mourir de froid, cette fois encore.

— Beaucoup s'installeront ici, dit Isabelle. Moi, je dois poursuivre mon chemin vers les miens.

Bien qu'en meilleur état que les fugitifs de Beaubassin, elle était à l'image de ses compagnons, épuisée, désireuse de se coucher sur la terre ferme et de s'y reposer sans la crainte du naufrage. En même temps, elle se disait que l'atterrissage en Acadie était brutal, inhumain, comme le reste de cette aventure.

— Il y a des Micmacs à un jour de marche vers l'est, lui indiqua Doucet. Aux dernières nouvelles, ils étaient encore fidèles au roi de France. Si tel est le cas, ils vous conduiront jusqu'aux abords de l'isthme de Chignecto et le traverseront peut-être avec vous. Mais souvenez-vous, madame, c'est bien vingt livres le scalp acadien.

— Ainsi vous irez vers l'île Saint-Jean, lui dit Gisson tandis qu'ils retournaient au bateau par le chemin de terre. Il se dit que quelques milliers des nôtres s'y sont réfugiés.

— Quelques milliers, oui. C'est suffisant pour y retrouver les miens.

— C'est un voyage périlleux, au moins autant que celui qui nous a menés jusqu'ici.

Il y avait de l'inquiétude dans sa voix, du regret aussi. Dans le chaos de l'exode, il avait espéré un répit, une période de calme au bout de laquelle il eût proposé à cette femme de l'accompagner. Chercher ensemble un endroit où poser leurs existences bouleversées, attendre, quoi ? Il ne savait trop, préférait croire qu'il se cacherait avec elle dans un havre quelconque, loin de la guerre, de l'exil.

— Je vous aime assez pour cela. Vous le savez.

Isabelle garda la tête basse. Elle allait avoir quarante-huit ans et ne s'était pas regardée dans un miroir depuis son arrivée en Caroline. Elle se souvint de veuves acadiennes autrefois remariées à ces âges avancés. L'amour ? Ou la dot ? Le regard du Normand lui disait qu'elle était encore désirable. Malgré les rides creusées sur ses joues et son front, malgré ses jambes et ses chevilles gonflées par les travaux à la plantation, puis par la mer.

— Je partirai dès que possible, lui dit-elle lorsqu'ils furent revenus sur l'étroite bande de sable noir devant quoi, immobile, mouillait le *Grâce-de-Dieu*.

Il la regarda sans parler. Leurs compagnons commençaient à s'organiser. Comme ceux de la forêt, ils étaient déjà allés couper du bois, ramasser les larges feuilles d'érable qui leur serviraient de toits, préparaient des feux. La plupart de ceux-là ne bougeraient plus ; trop fatigués, dépassés par ce retour sans repères. Ils avaient fui la Nouvelle-Angleterre pour se retrouver nulle part. Plus de patrie ni de terre, plus de prêtres pour les rassurer, des familles amputées et cette mémoire de la terreur pour accompagner leur sommeil, tel était le contenu de leurs baluchons. Vieillis par l'épreuve, affrontés soudain à la vacuité de leur présent, ils attendraient au bord de la Saint-Jean que l'on décidât pour eux.

— Dieu vous guidera, Isabelle Hébert, murmura Gisson.

Il s'était agenouillé près d'un bûcher que l'on allait enflammer. Isabelle dut faire un effort pour ne pas se rapprocher de lui. Endormi par la promiscuité sur le *Grâce-de-Dieu*, son désir donnait l'assaut à ses mains, à ses lèvres, à son ventre. Vivre encore un peu, aimer, de toute sa chair. Avant de s'enfoncer avec quelques autres dans les profondeurs de la forêt, avant de croiser les soldats qui, d'un coup de couteau, trancheraient peut-être son existence pour vingt livres de récompense, avant de courir à la recherche de visages en fuite perpétuelle.

Gisson ne prendrait pas la route de Beaubassin. En même temps qu'elle en éprouvait du soulagement, Isabelle sentit son corps se raidir tout entier, comme pour se donner de nouveau. Elle se détourna, vivement.

— Me suivras-tu ? demanda-t-elle à Claire Terriot. Ton promis t'attend quelque part au nord d'ici.

Elle avait la certitude que Thomas était vivant, et libre. Elle connaissait son aîné, le coureur des bois capable de se fondre dans la forêt comme un Indien, l'infatigable pisteur de daim ou de sanglier. Les Anglais s'y entendaient pour tromper les pauvres gens et les déporter comme du bétail mais, dans les bois, un Acadien valait bien dix de leurs éclaireurs. Elle répéta sa question, anxieuse de se retrouver seule à projeter pareille folie.

— Mon père et mes sœurs n'ont pas envie de demeurer trop longtemps ici, répondit la jeune fille. Je crois qu'eux aussi désirent remonter vers les terres françaises.

— Alors, c'est bien ainsi, soupira Isabelle. Nous serons une douzaine au total, les autres ne veulent plus avancer. Ils attendront l'hiver dans ces parages. Dieu les garde.

Septembre s'annonçait, la forêt au cœur de laquelle il allait falloir se fondre s'embraserait pour le bref été des Indiens. De l'autre côté de l'immense domaine des cerfs, des ours, des loups, un autre rivage, d'autres îles attendaient les migrants. Isabelle ferma les yeux. Elle avait hâte de se mettre en marche, ainsi en serait-il tant qu'elle n'aurait pas rejoint ses absents.

XIV

Lancaster, Pennsylvanie, septembre 1757

Joseph Crevel s'assit sur une pile de sacs vides, remonta le bas de ses pantes de toile sur ses chevilles squelettiques. Dans la pénombre, Jacques eut soudain la sensation de se retrouver près d'un cadavre, comme à ces petits matins de mort, dans la cale du *Hannah*. Mais celui-là remuait encore, puisant des forces dans le tréfonds de sa pauvre carcasse.

— Dis-moi, petit, fit le vieil homme, tu te plais chez les Tristes ?

Jacques fit non de la tête. Tristes. Le mot convenait en vérité assez bien.

— Je veux partir, dit-il, les dents serrées, emmener ma sœur loin d'ici, vers les montagnes d'où vous êtes venu.

— Et les forts du roi de France ?

— Oui, je veux cela, de tout mon cœur.

— Les mennonites et les amish ne sont pas portés à plaisanter, c'est vrai. Tes cousins ont eu un peu plus de chance, les quakers de cette colonie ne sont pas davantage des sacs-à-rire mais ils savent se mêler aux autres, malgré tout. Vous devriez bien réfléchir, tous les trois. Cette guerre finira un jour et vous serez renvoyés chez vous, peut-être bien.

Il hocha la tête. La frontière des colons avait certes avancé vers l'ouest mais le voyage demeurait une sacrée aventure.

Jacques fixa le vieillard de son regard soudain enfiévré, supplia qu'il lui dise comment parvenir jusqu'à ces rivières encore françaises.

— Mes cousins veulent retourner en Acadie, moi, ça m'est égal. Je ne veux plus voir tous ces visages de Nouvelle-Angleterre, c'est tout.

— Si les Anglais vous prennent près de la Susquehanna, ils vous renverront à Philadelphie ou plus loin encore, toi, ta sœur et les autres.

— Je vous jure que cela ne fait rien. Nous avons déjà tant subi depuis qu'ils nous ont déportés.

Il lui raconta. Les mots se pressaient dans sa bouche. Crevel avait entendu parler de cette affaire dont un journal de Philadelphie s'était fait l'écho. A mesure qu'il parlait, Jacques se libérait, comme d'un secret trop lourd. Crevel était le premier étranger à qui il se confiait. Les mennonites ne s'intéressaient qu'à eux-mêmes et à la Bible.

— C'est pour tout ça que je veux m'en aller, rejoindre ceux qui se battent.

Crevel l'observait de ses petits yeux malins. Le temps pressait, Jacques s'impatientait. On ne se rendait à Lancaster que deux ou trois fois l'an.

— Je crains l'hiver avec ces gens, dit-il, le souffle court d'avoir parlé si vite et de tant de choses. S'il vous plaît, monsieur.

— Ils vous ont pourtant accueillis, ta sœur et toi, et nourris.

Jacques eut une moue de mépris. Les quêteux d'Acadie, borgnes ou bossus, chassieux ou ensommeillés, que désespérait le travail, trouvaient aussi l'accueil dans les cuisines des colons de la Pisiquid, autrefois.

— Ils penseront que tu les as trahis, renchérit le vieillard, un brin d'ironie dans la voix.

— Ils penseront comme ils voudront ! On ne trahit pas ses ennemis.

Le Français eut un grognement vaguement sceptique. Il se serait volontiers donné le temps d'expliquer à son jeune ami que l'Amérique coloniale anglaise était un monde complexe, une mosaïque de gens aux intérêts, aux croyances, aux origines et aux rêves fort différents. On ne suivait pas les mêmes pasteurs de Boston à Baltimore, de Richmond à Philadelphie.

Quant aux mennonites et aux amish du comté de Lancaster, ils se moquaient bien des mœurs et des façons de vivre des planteurs de Géorgie ou des pêcheurs de Terre-Neuve.

Mais à quoi bon. Le diable hirsute qui lui faisait face, l'adolescent au regard dur et impatient, mûri trop vite par un voyage inhumain et qui le pressait de questions, était en guerre.

— Boh, tiens, je vais t'expliquer, alors. Je l'ai déjà fait pour tes cousins, vous n'aurez plus qu'à vous retrouver au bord de la Susquehanna.

Il se leva, alla chercher une brindille. Puis il s'accroupit, piqua le sol poussiéreux de sa cahute.

— Ecoute, petit. Le plus facile pour toi sera de franchir la rivière. Méfie-toi pourtant des pluies qui la gonflent en quelques heures. J'ai connu des hommes supposés robustes qui sont encore au fond, quelque part entre ici et Philadelphie.

Il traça une série de lignes courbes concentriques, à l'ouest du fleuve, dessina la Susquehanna puis d'autres cours d'eau plus lointains encore.

— Quel âge as-tu, ladre ?

— Seize ans révolus, mentit Jacques.

— Hum. Alors, regarde bien parce qu'il faudra te souvenir de tout. Les forts français sont là-bas, à quelque chose comme vingt journées de marche de chez tes Tristes. Au nord, l'Allegheny, à l'est, vers nous, la Monongahela, ton guide pour tes derniers jours de marche. Ces deux fleuves se rejoignent pour former l'Ohio, qui s'en va ensuite vers les Grands Lacs et le Mississippi. Au confluent, le fort Duquesne. Mais avant tout ça, gare.

Il pointa les lignes courbes.

— Tu sais compter, garçon ?

— Il y en a quatre, cinq même.

— Juste. Ce sont des montagnes couvertes d'une forêt tellement épaisse qu'on y perd de vue le soleil des jours durant. Tu vois, l'Acadien, on dirait que le bon Dieu y a griffé la terre pour se faire passer je ne sais quelle colère. Et comme ça ne suffisait pas, il a semé sur ces crêtes et dans ces vallées suffisamment de Sauvages pour te scalper un jour ou l'autre, toi, ta sœur et tous ceux que tu voudras emmener.

Jacques ne pouvait détacher son regard des arcs de cercle. Il y avait là une épreuve, oui, pour des êtres sans peur. Crevel lui cita des noms de tribus, Delawares, Shawnees, loin à l'ouest, et les cinq peuples du Nord, formant la redoutable nation iroquoise.

— Et aussi les Tuscaroras, ajouta-t-il. Ceux-là ne sont pas bien loin d'ici. Les Anglais les ont chassés de Caroline il y a trente ans, et depuis, ils migrent vers le nord pour rejoindre leurs frères iroquois. Tu tomberas sur leurs villages et là, tu remettras ton âme à Dieu car ces gens-là ne nous portent pas dans leur cœur, qu'on soit français ou anglais. Pour te mettre au poteau de torture, ils ne te demandent pas forcément ton nom. Et puis tu vas te perdre, cent fois, poursuivit Crevel, qui semblait vouloir vraiment décourager son visiteur. Rappelle-toi qu'il te faudra toujours aller vers les sommets de ces monts, car c'est de là seulement que tu pourras apercevoir leur versant ouest et la vallée suivante, avec au fond de l'horizon...

— La montagne suivante.

— Voilà. Pop, pop, pop, pop encore et pop enfin. C'est simple, en vérité.

La pointe de la brindille fit des petits sauts d'insecte par-dessus les crêtes, les courbes des fleuves, jusqu'aux points figurant les positions françaises. Très loin.

Jacques se releva. Ses jambes avaient molli, sa détermination lui parut soudain moins forte. Le vieillard chantonnait, ironique. Il était content de pouvoir parler sa langue maternelle et se désolait de voir partir si tôt les seuls Français qu'il eût croisés là, en un quart de siècle. Il se releva à son tour, effaça du pied sa géographie de la Pennsylvanie.

— Vous, les Acadiens, ferez comme ces Allemands, Ecossais ou huguenots, dit-il, fataliste. On vous donnera de la terre ici, au Massachusetts ou en Virginie, et vous deviendrez de bons colons soumis au roi d'Angleterre. Voilà comment vous finirez. L'Ouest, c'est autre chose.

Il eut un profond soupir. Il y avait, très loin, des pays inconnus qui n'appartenaient qu'aux vents et aux Sauvages. Là était le futur, pour les hommes libres. Jacques se tendit. Crevel avait cessé de se battre depuis trop longtemps. La soumission était devenue son ordinaire, sa liberté de larve lui suffisait, sous le regard indifférent des maîtres. A quoi bon parler de liberté avec lui ?

— Les Tristes ont dû en terminer avec leurs parlotes, regretta Crevel. Rejoins-les. Ces gens n'aiment guère qu'on les fasse patienter, c'est du temps perdu pour la prière.

Il rit derechef, ajusta son chapeau de feutre informe sur son crâne. La belle moisson de 1757 avait été moulue, mise en sacs qu'il convenait d'aller chercher au moulin. Porter, porter encore. Jacques eut soudain pitié de cet homme sans défense dont le sort n'intéressait personne. Je ne serai jamais comme toi, pensa-t-il, et cette certitude eut le don de raffermir ses jambes.

Les mennonites avaient encore de la besogne. Un rassemblement de fermiers les attendait aux portes de la ville, pour écouter un sermon de Jacob. Les fils Eisenthaler avaient expliqué à Jacques que leur père était prêcheur, aussi. Et ils en étaient fiers. Tandis que le groupe des fidèles se rassemblait autour de l'hôte afin d'écouter sa bonne parole, Jacques s'allongea au fond de la carriole, rêvassant. Son projet se réalisait, enfin. Il avait fallu pour cela une longue patience. L'hiver, qui dominait tout en Amérique, imposant sa loi aux hommes, allait venir. Il n'y avait plus de temps à perdre.

Lorsque l'attelage eut pris le chemin de la Susquehanna, Jacques sentit son cœur cogner fort dans sa poitrine ; il avait hâte d'être de retour à la ferme, pour une fois. Jacob Eisenthaler avait pris les rênes. Il faudrait quatre bonnes heures pour rentrer. Jacques s'était installé d'autorité près de lui sur la planche de chêne servant de banquette, ce qui avait amusé le fermier. Il désirait scruter l'horizon jusqu'à finir par distinguer, sous le soleil rouge, une ligne qui ressemblerait à de lointaines montagnes.

On fut bientôt en octobre. Partout, autour des terres brunes du comté de Lancaster, flamboyait l'incendie des feuillages, immenses coulées de sang séché à travers la forêt. Les corbeaux prenaient possession des champs au repos, les socs de bois ou de ferraille tirés par les bœufs et les chevaux creuseraient bientôt les sillons où s'enfouirait le grain. C'était un temps de répit sous le ciel vide, les vents tenaient encore en eux de la douceur, la saison même semblait s'être arrêtée comme pour permettre à chacun de contempler à loisir la magnificence de la nature.

Le soir tombait. Jacob Eisenthaler ralentit son cheval, engagea la carriole sur le chemin menant au couvent d'Ephrata. C'était à une demi-lieue au nord de la ville de Lancaster.

Des maisons en bois disséminées sur une vaste parcelle d'herbe rase marquaient l'entrée du monastère. Là séjournaient les hôtes de passage, les missionnaires partant vers les fermes amish et mennonites ou en revenant. Jacques distingua des silhouettes en prière derrière les petites fenêtres. Ailleurs, des prêtres en aubes blanches aidés de jeunes fermiers vaquaient à des activités potagères. Tout dans cet endroit respirait la paix, le lent accomplissement de tâches immémoriales, la communion de chaque instant avec le Maître de toute chose.

A quelques dizaines de pas de ces habitations s'élevait le bâtiment central, le cœur du lieu sacré, tout en bois lui aussi, pourvu d'un étage et de combles. Austère et massive, la construction abritait les salles de prière, le réfectoire, les chambres des officiants et des retraités. Jacques y pénétra sur les pas de son guide. Eisenthaler ôta son chapeau, entra dans la pièce principale où une assemblée silencieuse écoutait un sermon. Il s'assit au fond de la salle, sur un banc.

Il y avait là des gens de tous âges, des hommes en vestes et pantalons noirs, les cheveux longs en liberté sur les épaules, le front incliné vers le sol dans une attitude de profonde méditation. Sur les bancs qui leur étaient réservés, de l'autre côté de l'allée principale, des aïeules vêtues de longues robes noires et de châles voisinaient avec des jeunes femmes et des adolescentes arborant jupes bleues et corsages blancs sous des capes brunes. Leurs coiffes, petites, arrondies en macarons sur les tempes, mettaient une touche de gaieté étonnante dans une ambiance que Jacques trouva plutôt lugubre.

L'Acadien prit place derrière le fermier, chercha du regard la silhouette de Charlotte. Lorsqu'elle lui avait dit qu'elle désirait faire une retraite à Ephrata en compagnie des filles Eisenthaler, il avait d'abord pensé le lui interdire. Mais de quel droit eût-il décidé cela ? Malgré ce qu'elle avait vécu, Charlotte n'éprouvait de haine ni pour ses bourreaux anglais ni pour les paysans bornés et silencieux qui lui offraient l'asile. Une âme chrétienne, pour de bon.

— La prière, Jacques, voilà le seul bien que le Seigneur m'ait laissé. Le reste m'est égal. Qu'importe la langue dans laquelle on la fait, les gens à côté de qui l'on s'agenouille. Il y a dans ce comté un endroit où règne la paix des cœurs. Les mariés y vont ensemble, le temps de la retraite, les vieux et les jeunes s'y retrouvent, égaux. Nul ne cherche à posséder l'autre, ou quoi que ce soit qui ne lui appartient pas.

Les filles de Judith Eisenthaler avaient bien travaillé. A la vue de sa sœur entourée par les deux jeunes Allemandes, comme elles abîmée en prière, Jacques sentit son cœur se serrer. On lui arrachait quelque chose de précieux. Longtemps, il avait pensé que ces domaines secrets où erraient les fantômes des siens seraient à jamais interdits aux étrangers, gardés par assez de méfiance, de refus, de rejet, même, et voilà que Charlotte accédait à la patiente demande de ses hôtes, à leur insupportable souci d'égalité, d'effacement, d'humilité. Ce n'était là que l'écoute d'un prêche qu'elle ne comprenait pas, mais Jacques voyait bien que sa raideur du début, son silence hostile des premiers mois cédaient. C'est bien le moment de s'en aller, pensa-t-il.

Elle vint vers lui pour un bref salut, lorsque les fidèles se furent levés. La retraite imposait que l'on vécût séparément. Jacob Eisenthaler fit signe à Jacques. On dînerait entre hommes, puis il y aurait d'autres prières, avant le coucher.

Lorsqu'il eut enfin rejoint la minuscule cellule où logeaient les fils du mennonite, Jacques demeura longtemps les yeux ouverts, sur sa couche, brûlant d'impatience autant que d'angoisse. Les dessins de Crevel dansaient sur les murs de la cellule faiblement éclairés par la lune. Des arcs de cercle, autant de marches vers un ailleurs trop longtemps désiré, un monde inconnu dans lequel il se fondrait bientôt.

Bien qu'il y eût toujours quelque chose à faire à l'étable, dans les remises ou dans la maison, pour les filles comme pour les garçons, la rigide ordonnance des journées d'été s'était un peu assouplie chez les Eisenthaler, laissant aux uns et aux autres quelques moments exempts de besogne ou de prière. Au secret de son appentis, toujours aussi peu désireux d'écouter les prêches et les lectures de Jacob Eisenthaler,

Jacques Hébert avait passé bien des soirées ainsi qu'une bonne partie de ses nuits à préparer son départ.

Immobile près de lui, pâle statue figée dans sa souffrance et ses regrets, Charlotte l'écouta lui répéter ce qu'elle savait pourtant par cœur.

— On suivra les rivières à contre-courant. Amish et mennonites ne nous chercheront guère, rassure-toi. Ils seront bientôt assez occupés à semer pour s'inquiéter de nous. Et puis, de toute façon, ils se moquent bien de ce qu'il pourra advenir de nous.

On ne tarderait plus, désormais. L'automne était sec, les eaux, basses, propices au franchissement des gués. La forêt de Pennsylvanie regorgeait de gibier.

— Regarde.

Les leçons de Thomas, apprises pourtant du bout des oreilles et presque à contrecœur près de la Pisiquid, avaient porté. Récupérant tout ce qu'il avait pu entre la maison et ses dépendances, Jacques s'était fabriqué au fil des jours un attirail de chasseur acadien, deux couteaux aux lames pointues comme des aiguilles, des collets de raphia ou de fil tressé, une peau de mouton taillée et cousue aux dimensions d'une gourde. Manquait la hachette, dont il devrait se passer à moins de la voler en s'enfuyant.

— Gilles et Pierre seront gréés pareil. Moi, j'ai fabriqué ça la nuit dernière.

Charlotte sourit lorsqu'il lui montra ce qu'il cachait sous sa paillasse, une branche de frêne entaillée à ses deux bouts, courbée par de la ficelle, près d'un lot disparate de flèches.

— Les mennonites ont des fusils, pourquoi n'aurais-je pas droit à ces bouts de bois ?

Jacob Eisenthaler imposait la règle. Tuer pour le plaisir insultait Dieu, et la ferme donnait à tous de quoi constituer des réserves. On ne chassait donc que l'hiver, quand la menace du manque obligeait à chercher en forêt de quoi se nourrir.

— Vingt jours, peut-être moins, répéta Jacques, et nous serons de retour chez les nôtres, chez les Français de l'Ohio, tu te rends compte, sœur ?

Il ferma le poing, menaçant. Charlotte acquiesça, muette. La maladie avait abaissé à demi l'une de ses paupières, l'obligeant à porter un peu sa tête en arrière pour bien voir.

— Et alors, penchée comme ça, tu ressembles à la quêteuse de la Pisiquid, la railla-t-il. Tu te souviens de cette vieille qui colportait les ragots dans la cuisine ? On ne l'aimait guère mais pardieu, on faisait bien silence pour l'entendre médire, les femmes surtout !

Il piquait volontiers sa sœur, avec la même constance qu'à bord du *Hannah* il l'avait soutenue, encouragée, morigénée, l'empêchant de sombrer dans la mélancolie. Maintenant, il allait lui imposer une terrible aventure à travers des pays inconnus, hostiles. Ce moment approchait, balayant devant lui craintes et velléités. Jamais Jacques ne s'était senti aussi fort ; le goût sucré de la liberté lui emplissait la bouche, et la tête, aussi.

Jacob Eisenthaler saisit sa bible pour le rituel de la lecture. Autour de lui, encore recueillie au sortir d'un long bénédicité, sa famille faisait silence. En bout de table, les Hébert, devenus au fil des mois une compagnie d'autant plus facilement acceptée qu'elle ne revendiquait rien, gardaient les mains jointes devant eux, les yeux fermés, la nuque fléchie. Ce soir-là, on avait prié pour l'âme de William Penn, l'homme à qui tant de réprouvés du Vieux Monde devaient d'avoir trouvé en Amérique la terre d'asile et de liberté qui portait son nom.

Jacques n'entendait guère les psalmodies dans cette langue germanique, abrupte et grasseyante, qu'il mettait un point d'honneur à tenir à distance, comme un serpent au bout d'un bâton fourchu. Le vieux Crevel n'avait pourtant pas tort. Ces mennonites tolérants aux autres n'avaient en vérité pas d'ennemis. Ils n'étaient plus tout à fait allemands et ne seraient jamais anglais. Leur obsession à bâtir cette maison de Dieu dont ils étaient à la fois les maçons, les briques, les poutres, leur fusion totale avec la terre du Nouveau Monde, leur enfermement dans l'espace réduit de leurs fermes, sans barques pour descendre les rivières ni violons pour égayer leurs nuits, en faisaient des êtres à part, confits dans la certitude de leur droit supérieur. Des chandeliers à sept branches éclairaient leurs demeures. La Bible était leur Etat, leur loi, leur ciel et leur soleil. Ainsi réunis sous leur uniforme de drap sombre, loin des barbaries de leur passé, ils se retranchaient des guerres, des Sauvages, des capitaines, de l'Amérique, même. Avaient-ils tort ?

Verront-ils seulement que nous manquons ? pensa Jacques. Du coin de l'œil, il observa l'assemblée des prieurs, après tout, cela ressemblait aux veillées d'Acadie, aux bénédictions des repas, aux Evangiles contés à table par ceux qui savaient lire. Seules étaient différentes les couleurs des vêtements, brunes ici, bigarrées là-bas.

Les petits s'impatientaient de la même façon. Les filles étaient aussi jolies et pieuses, les garçons pareillement benêts, gauches de gestes et d'attitudes, pressés d'attaquer leur dîner. Quant aux parents, leur façon d'être ne différait guère. Qu'ils fussent de Grand-Pré ou de Lancaster, cherchant Dieu, l'espérance, de toute leur âme, tous ployaient la nuque sous le poids de la foi, des responsabilités, de la dure existence des colons.

Ceux-là non plus ne mériteraient sans doute pas de se retrouver dans des cales de navires. Au moment où il allait les quitter, Jacques découvrait qu'il n'avait aucun grief contre ses hôtes. Les fils Eisenthaler ne l'avaient humilié à aucun moment, les filles se fussent laissé conter fleurette s'il avait eu tant soit peu l'esprit à cela, Judith et Jacob, les maîtres, avaient même semblé quelquefois compatir au malheur des Acadiens. Et leur pain était le même pour tous.

Jacques chassa les doutes qui l'assaillaient soudain. Ce n'était pas le moment de fléchir. Il chercha en vain le regard de Charlotte ; près de ses sœurs allemandes, les yeux clos, les lèvres faiblement animées, la jeune fille était comme elles abîmée dans ses prières. Marie… Marie, mère de Dieu. Jacques devina le cheminement des mots dans l'esprit de son aînée, la liberté que prenait Charlotte dans le secret de son silence. Prier la Vierge sous un toit mennonite. Il y avait là de quoi éprouver malgré tout la joie saumâtre d'inavouables triomphes.

Les filles se dispersèrent pour le service ; Jacob Eisenthaler interrompit sa lecture, qu'il ne tarda pas à reprendre dès que son assiette eut été emplie de soupe aux haricots. On arrivait au bout des cochonnailles de l'hiver précédent. Encore deux ou trois mois d'attente et les poutres de la pièce commune s'orneraient à nouveau de leurs odorantes pendeloques, saucisses et jambons.

Jacques prit le temps de détailler chaque recoin de la pièce, chaque ustensile, chaque visage. A la ferme Hébert, le décor n'était guère différent, les meubles étaient les mêmes, la vaisselle d'argile, aussi, l'âtre luisait de flammes tout aussi folâtres et sur les lits, les édredons avaient une semblable épaisseur. Lorsque l'ordre était tombé de se réunir dans les églises des Mines, Jacques n'avait pas pensé à fixer ainsi dans sa mémoire tant de ces choses si ordinaires. Il en souffrait encore.

La lune pleine éclairait de haut un ciel de lait. L'absence de vent, la douceur de la nuit, la faculté de voir loin pendant assez d'heures, tout indiquait à l'Acadien que le moment de partir avait été bien choisi. Il y aurait encore des jours sans menaces avant les prochains orages, attendre davantage serait se rapprocher par trop des premières rigueurs de l'hiver.

Après une ultime prière, les Acadiens saluèrent brièvement leurs hôtes, comme ils le faisaient chaque soir. Au fil des jours et des travaux en commun, il s'était instauré entre eux et les mennonites une sorte de pacte tacite. On se respectait en évitant de s'interroger ensemble sur autre chose que des détails matériels, l'entretien des outils, les tâches à se répartir, le soin des animaux. Cela suffisait amplement.

Pourvu que le Jorg ne nous suive pas, pensa Jacques. Cela arrivait, parfois. Les jeunes gens cheminaient ensemble en compagnie des deux chiens, sur le chemin menant à l'étable. On s'apprenait mutuellement des mots, des expressions. Passé les quelques tensions du début, la méfiance avait fait place à une sorte d'entente, à défaut d'amitié. Et même Jacques, qui pourtant s'en défendait le plus souvent, avait fini par accepter du bout des lèvres ces échanges sans malice.

— C'est bien, dit-il lorsqu'il eut refermé la porte de l'appentis derrière lui, ils sont allés se coucher avec leurs bêtes. Sœur, il faut t'appareiller[1], maintenant.

Il souleva sa paillasse, commença à rassembler son attirail disparate de coureur des bois. Il avait dissimulé derrière un tas de bois ses mitasses et celles de Charlotte, qu'il aligna. Il fallait ensuite plier les épaisses couvertures de laine, seul vrai luxe dont ils disposaient, et les tasser dans les baluchons. Charlotte

1. « T'apprêter. »

ne bougeait pas. Les mains croisées sur le ventre, elle observait son frère avec son expression de fausse endormie.

— Eh bien, lui dit-il sèchement, tu te prépares ou non ? Nos cousins Melanson doivent déjà être à la rivière.

Elle devrait enfiler des chausses pour protéger ses jambes des ronces, orties et fougères, sortir avec sa cape et son sac sur les épaules. Jacques la vit qui baissait lentement la tête.

— Eh bien ? souffla-t-il, soudain en alerte. La lune s'en va, qu'est-ce que tu attends ?

— Je ne partirai pas, dit-elle d'une toute petite voix.

— Que dis-tu ?

— Je resterai ici, Jacques.

Il se retint de crier, marcha vers elle. Que se passait-il ? Elle avait accepté dès le début le projet. Il la saisit par les épaules, la força à le regarder. Dans la lueur de la chandelle, son visage creusé de cratères, encore boursouflé par endroits, luisait, effrayant. L'hiver, ils se serraient depuis toujours l'un contre l'autre pour s'endormir. Jacques se souvint tout à coup que le corps de Charlotte avait changé depuis leur arrivée en Pennsylvanie. Son aînée était devenue femme, défigurée, peut-être, mais certes libre de décider. Il la secoua doucement, lui dit que ce n'était pas le moment de renoncer, qu'il attendrait encore quelques jours s'il le fallait. Elle vint contre lui comme dans la cale du *Hannah*, lorsque les vagues de son chagrin épousaient celles de la mer.

— Nous allons rejoindre notre mère et les autres, lui dit-il, tu sais cela ?

— Je ne veux pas qu'on me voie comme je suis maintenant. Ici, ils se sont habitués. Et puis, ils n'ont pas de méchanceté contre nous. Ils sont bons. Qui serai-je dans ces forts où tu veux aller ? Une sorcière ou pire. Je me souviens de la peur des gens quand ils regardaient une fille grêlée comme moi. Certains disaient que le djable[1] était en elles, tu te souviens ? Personne ne voulait d'elles, les enfants leur lançaient des cailloux, même le prêtre les craignait.

Elle sanglotait, secouait la tête avec force. Il la repoussa brusquement.

1. Diable.

— Quelqu'un t'a demandé de rester ! Le grand dadais de Jorg, sans doute, l'autre nous déteste au fond de lui-même.

Elle rougit, tenta de nier. Il dut faire un effort pour ne pas céder à la colère et se mettre à hurler. Ainsi Charlotte avait-elle réfléchi sans rien laisser paraître, quand il échafaudait son plan et préparait ses outils. Elle s'approcha de lui, prit son visage entre ses mains.

— Tu es si jeune, murmura-t-elle, et déjà si fort. Toi, le malingre, le pauvre petit merlet d'Isabelle Hébert, mon frère-tout-en-os devenu un vrai homme. Nos pauvres parents, sont-ils seulement en vie et dans laquelle de ces colonies anglaises ?

Il se dégagea, furieux, alla s'appuyer contre le mur de minces planches. Il avait souvent rêvé qu'ils sortaient tous deux de la forêt, marchaient vers des murailles amies sous les hourras de soldats en vestes bleues. Charlotte ne changerait pas d'avis.

— Je t'aime tant, lui dit-elle. J'ai songé à te suivre mais ici, vois-tu, ma souffrance s'apaise au fil du temps. Je ne veux pas traverser la forêt comme nous avons traversé l'océan. Je ne veux plus de tout cela.

— Alors, si je meurs en chemin, personne ne saura que tu es ici et toi, tu resteras dans cette ferme, avec ces gens qui ne sont pas comme nous et haïssent la Vierge Marie.

Il était désemparé. Charlotte l'accompagnait depuis qu'il était né, il s'était élevé avec elle, entre un aîné trop fort pour lui et un petit de cinq ans son cadet, trop jeune pour l'intéresser. Il croyait tout connaître de sa sœur, ses langueurs, ses accès de mélancolie, son peu de propension à rire, sa naïveté cible de ses espiègleries. Ainsi ressemblerait-elle assez vite à ses hôtes et continuerait-elle à recouvrir en silence les psaumes bibliques par le souvenir des Evangiles.

C'était une étrange situation. Par-dessus tout, Jacques éprouva soudain une douloureuse sensation de vide, comme si une griffe arrachait de sa poitrine de la chair bien rouge et vivante.

Ils firent silence, longtemps. Puis Charlotte alla plier sa propre couverture qu'elle tassa dans le baluchon de Jacques.

— Ils m'en donneront une autre, dit-elle en prenant sa main. Tu as raison de partir, tu serais trop malheureux dans ce pays que tu n'aimes pas.

— Alors, si c'est ainsi...

Il ne se souvenait pas d'avoir davantage aimé l'Acadie, désiré Québec ou même la France. Les vieux, les pionniers comme Thomas, savaient éprouver ces sentiments d'attachement. Il n'avait pas eu assez de temps pour cela. La bestialité anglaise lui avait interdit leur lent apprentissage.

Il réunit le reste de son trésor de route, une miche dérobée sur une étagère, des saucisses, des pommes fripées, des morceaux de bois sec pour faire le feu à la manière des Indiens. Ainsi lesté, il avait l'allure d'un Micmac loué au portage le long d'un torrent d'Acadie.

— Va, maintenant, mon petit frère, mon escrable[1], dit-elle, en larmes. Je me souviens de tous ceux qui sont morts près de nous, il y en a eu tant. Le Seigneur nous a gardés en vie tous les deux, jusqu'ici. Il nous réunira quand ces guerres auront pris fin.

— Prie pour moi et pour les Acadiens car nous sommes tous maudits, au contraire.

Il ouvrit la porte, demeura comme pétrifié face à la nuit. Un chien grognait, tout près, qu'il calma d'un ordre chuchoté. Un instant, il crut renoncer, ferma les yeux, inspira une grande bolée d'air frais. Cette nuit claire portait le joli nom de délivrance.

Il sentit derrière lui la détresse de Charlotte, son immense désarroi. Peut-être ne partait-il en vérité que pour une promenade longeant les fermes amish et mennonites, jusqu'aux premières lueurs du jour.

— A l'aube, la Susquehanna, dit-il.

— Tu n'es pas obligé de te sauver, Jacques. Ici, les gens se moquent bien des ordres des gouvernants, de leurs milices et de leurs soldats. Attends demain, dis-leur que tu les quittes.

— Ce serait les remercier. Je ne leur dois rien, ma sœur, pas même ma liberté.

Il se mentait à lui-même, mais comment trouver autrement assez de courage pour faire un premier pas sur le chemin ? Il affermit d'un geste le baluchon sur son épaule et s'enfonça dans la nuit.

1. Garnement.

XV

Boston, octobre 1757

A l'est de la place commune aménagée depuis peu en parc, au pied de Beacon Hill, s'élevait la petite église de la Trinité. Une simple ruelle la séparait de son cimetière, marquant aussi la limite entre les quartiers de Summer et de Cornhill. De là, les Bostoniens qui s'étaient promenés dans le vaste espace où l'on pendait autrefois pouvaient apercevoir, par-dessus les toits sagement alignés, le port centré par la ligne droite du Long Wharf, un quai contre lequel venaient s'amarrer jusqu'à dix ou douze bâtiments.

Anne-Marie Jeffries avait longuement marché à travers le Common, gravi Beacon Hill, d'où elle avait contemplé la ville dans son ensemble et les îles en chapelet, saupoudrage de bois, de roches et de terres arides, défense naturelle au milieu de quoi les bateaux se frayaient un chemin vers le havre. La jeune femme avait reçu de la bouche du docteur Ellworth, un ami de la famille, commandement formel de prendre l'air le plus souvent possible, de marcher beaucoup. Sa grossesse parvenue à son cinquième mois se présentait bien, mis à part quelques saignements sans conséquences dans les premières semaines.

Voilà un ordre agréable à exécuter, pensait-elle chaque fois qu'elle quittait la maison de Salem Street.

— Tâchez de ne pas prendre la pluie, lui lançait Mary Jeffries entre autres banalités.

Elles s'étaient mises à se parler, un peu. L'époux de Mary, Samuel Goddart, un rougeaud rond de taille et de tonsure, ancien second que les Jeffries occupaient à un emploi de commis maritime, avait à sa manière arrondi quelques angles. L'homme était observateur, peu bavard mais conciliant. Aidé par William, que sa passion charnelle pour sa femme rendait enfin sourd et aveugle aux pesanteurs familiales, il avait peu à peu intéressé sa belle-sœur aux mystères du commerce tout en lui apprenant l'anglais, évitant soigneusement d'évoquer les épineuses contraintes de la guerre en cours. Et quand Henry Jeffries, longue et austère figure du bon droit anglais dans l'affaire, jetait ses anathèmes glacés sur les Français des Grands Lacs et des forts de l'Ouest, il racontait les îles Caraïbes et leurs senteurs mêlées, les ciels émollients que des cyclones venaient soudain bouleverser et toutes sortes d'histoires distrayantes.

— C'est l'église de votre mariage, dit Norma.

L'esclave avait reçu pour mission d'accompagner Anne-Marie à la promenade et de faire quelques courses avec elle au marché de Faneuil. Anne-Marie sortit de sa rêverie. L'église de la Trinité était ouverte. Elle y entra, suivie de la Négresse. Souvent, elle venait prier là, dans l'un des espaces, cloisonnés à hauteur de la taille, où les familles de Boston avaient leurs bancs et leurs chaises, leurs coussins-chaufferettes et leurs bibles. Ainsi les Jeffries voisinaient avec les Adams et autres bourgeois de la ville.

Le lieu était simple et harmonieux, le blanc des murs y contrastait avec le rouge capiteux des velours. Anne-Marie s'agenouilla, entra en prière. Quelques mois à peine auparavant, ayant refusé d'abjurer sa foi dans les idoles papistes, elle s'était avancée vers le pasteur au bras de William, pour une cérémonie aussi brève que glaciale, s'entendant dire que le fils benjamin d'André Jeffries la désirait pour femme et qu'elle était libre d'accepter de l'épouser. Le roi d'Angleterre tolérait de loin l'union, l'antipape comme on disait en Acadie. Alors, elle avait pensé très fort au pape, écouté sans le comprendre tout à fait le bref sermon de l'homme en noir. Puis elle avait cherché le regard de William, effacé le reste en attendant le plus important, mettre une croix au bas d'un document civil, à la Town House.

— Seigneur, protège les pauvres Acadiens, murmura-t-elle.

Le Créateur de toutes choses appartenait à tout le monde et les protestants écossais, s'ils se moquaient ouvertement de l'Immaculée Conception, reconnaissaient, invoquaient et priaient le fils de Marie. Alors on pouvait bien s'écharper au nom de quelques principes et se rejoindre pour implorer le secours divin. Anne-Marie Melanson, la sauvageonne de la Pisiquid devenue bostonienne et pas trop mécontente de cela en fin de compte, ne s'en privait pas. Elle pria, longtemps, puis elle sortit de l'église, s'engagea dans Cornhill Street, descendit la pente douce menant au Meeting Hall et au marché Faneuil. Il faisait froid, des brumes humides montaient de la baie, masquant par instants les maisons. Les pluies quasi quotidiennes avaient détrempé la terre où calèches et charrettes avaient creusé de profondes ornières. Il fallait relever haut sa robe, chercher l'appui des pavés disjoints, ne pas craindre de sentir la boue dégouliner à l'intérieur des bottines.

Norma pesta, à la joie d'Anne-Marie qui aimait la ville ainsi malmenée par le ciel. C'était vraiment comme dans ses rêves d'enfant, les vitres embuées des échoppes, les façades en bois percées de fenêtres à l'étage et plus haut encore, jusqu'aux combles où l'on hissait les sacs, le grain, les meubles. Boston bourdonnait de ses forges, de ses cordonneries, de ses écuries et entrepôts. Ses rues et ses ruelles aux contours torturés ou au contraire rectilignes, bordées d'enseignes, attiraient l'œil et les pas de l'Acadienne comme autant de pièges délicieux.

— Courage, Norma.

Derrière les vitraux ocre, bleus ou rouges des tavernes, fumaient poêles et pipes. Là se poursuivaient les débats jamais clos agitant les grandes salles où se prenaient les décisions, se décidaient la guerre ou la paix, s'affrontaient les tenants des taxes et ceux qui les contestaient.

Anne-Marie longea la South Meeting House silencieuse où travaillaient au calme quelques officiers ou greffiers de la ville, aperçut la façade du Faneuil Hall, temple des tribuns, ennoblie par ses hautes fenêtres ogivales. Un peu plus loin s'élevait, face à une placette triangulaire, le cœur de Boston, la Town House, siège des conseils et du pouvoir anglais.

Sous les lions sculptés qui semblaient serrer le haut du bâtiment entre leurs griffes, la place était plus animée que de coutume. Des groupes de gens en grande discussion en revenaient, peut-être après avoir écouté quelque harangue du gouverneur ou de ses séides. Des soldats montaient une garde disparate à l'entrée de l'espace où parfois l'on installait le pilori.

Anne-Marie s'approcha, vit un demi-cercle de badauds immobiles autour d'une forme noire recroquevillée sous le porche d'une maison.

Une mendiante, pensa-t-elle.

Boston n'aimait guère cela. La pauvreté de passage entre ses murs était autant que possible cantonnée au-delà du Common ou dans les arrières du port. Là végétait, dans des masures et des bouges, un peuple de manœuvres, de serviteurs, d'Indiens et de marins en escale que l'on préférait savoir à distance des palais et des demeures patriciennes.

— C'est une enfant, constata Norma.

La fillette devait avoir une dizaine d'années. Lovée contre la pierre du porche, vêtue d'un haillon autrefois bleu sous une cape déchirée en maints endroits, chaussée de morceaux de tissu ficelés aux chevilles, elle semblait effrayée, secouait la tête, balbutiait des mots incompréhensibles. Face aux curieux qui la pressaient de questions, elle levait son regard de petit animal traqué, cherchait en vain à se rassurer.

Lorsqu'elle l'eut entendue répéter le mot « pitié », en français, Anne-Marie se glissa entre les gens et, s'étant penchée vers elle, lui demanda qui elle était.

L'enfant tremblait. Anne-Marie lui sourit, posa la main sur son front brûlant de fièvre. L'enfant murmura quelque chose, qu'elle ne comprit pas.

— D'où es-tu, petite ? lui demanda-t-elle.

— D'Acadie. Je suis Adeline Comeau, d'Annapolis, et mes parents sont là, tout près. On les punit.

Anne-Marie se sentit pâlir, étonnée de n'avoir pas deviné. C'était pourtant assez simple. Elle se releva avec peine. Les échos et les murmures de la place lui parvenaient mais différents, inquiétants, soudain. Elle marcha vers cette source de voix, de rires, de cris mêlés, reconnut la haute silhouette de son beau-frère Henry.

Mains sur les hanches, la veste déboutonnée, bien campé sur ses longues jambes au milieu d'une foule excitée, l'aîné des

Jeffries regardait des soldats anglais fouettant deux dos nus, devant des femmes agenouillées, en pleurs, qui tendaient leurs mains pour demander grâce.

Anne-Marie cria. Henry Jeffries tourna vers elle son visage étrangement calme.

— Que font-ils là ? lui demanda la jeune femme. Pourquoi ces gens reçoivent-ils le fouet ?

— Ils ont violé la loi, désobéi.

Il vit sa pâleur, sa mimique d'incompréhension et de dégoût.

— Quelle loi ? Quelle désobéissance ?

— Ces gueux ont cherché pour la seconde fois à fuir la ville alors qu'ils y sont consignés par ordre du gouverneur. On les a déjà emprisonnés pour cela. Ils savaient ce qu'ils encouraient, dix coups de fouet et dix shillings d'amende.

Elle se précipitait déjà vers les vestes rouges. Henry la saisit par le bras.

— Je vous conseille de ne rien faire, dit-il, grinçant. Ces lois sont aussi celles de la guerre.

Elle tenta de lui échapper, en vain. La punition prenait fin. Elle avait été aussi humiliante que douloureuse, servirait d'exemple pour les autres, que tentait la fuite.

— Ces porcs nous combattent à leur façon, poursuivit Henry Jeffries.

— Vous mentez. Ce sont des malheureux, sans armes. Mes pays.

Elle ne pouvait croire ce qu'elle voyait, la misère des cales anglaises, la crasse, la géhenne, déposées au cœur de la ville sous le regard sans compassion des vainqueurs. Les femmes s'étaient ruées vers les punis, qu'elles aidèrent à enfiler leurs chemises. Les Acadiens avaient retenu leurs cris tandis qu'on les battait. Dos ronds, grimaçants, ils subirent sans gémir la brûlure de leurs vêtements sur leur peau rougie.

— Lâchez-moi, ordonna Anne-Marie à son beau-frère.

Elle enfonça ses ongles dans la chair de son poignet, le fixa droit dans les yeux.

— Hé, la garce ! protesta Henry.

Il retira vivement sa main. Elle se sauva, courut, s'arrêta net devant le petit groupe de déportés. Les hommes semblaient abattus, consentants, les femmes consolaient, caressaient, embrassaient. L'une d'elles avait aperçu Anne-Marie. Elle s'approcha ; le visage de la Bostonienne lui disait quelque chose. Anne-Marie lui dit son nom, reçut en réponse un regard glacé qui la toisa, détaillant ses atours. D'où sortait donc cette dame apprêtée comme pour aller à la messe, chapeautée par une Négresse inquiète ?

— Alors, vous êtes Anne-Marie-à-Jean-à-Joseph Melanson, de la Pisiquid, dit la femme. Ben oui, on s'est vues au mariage de votre sœur Catherine avec le marchand Bérard, de Québec. Je me souviens. Vous voilà donc anglaise à c't'heure, et bientôt mère. Vous avez vu ce qu'ils nous font, à nous ?

Elle rejoignit les siens. Mortifiée, Anne-Marie n'osait faire le moindre geste. Elle les vit qui parlaient entre eux à voix basse tandis que la foule se dispersait peu à peu. A quelques pas de là, abrité sous un porche, Henry Jeffries observait cela tout en époussetant son tricorne.

Des Acadiens qui avaient échappé au châtiment marchèrent en délégation vers Anne-Marie. Ils étaient dépenaillés, portaient des chemises, des culottes, des vestes qui voyageaient sans réparation depuis deux ans. Des souliers bâillant de la semelle, ouverts sur les côtés, laissaient paraître leurs orteils.

— Je suis Claude Landry, de Grand-Pré, dit l'un d'eux. Les Melanson de la Pisiquid, on les a bien connus et vous aussi, toute petite. On se souvient de votre oncle, qui était parti plein d'espoir, pour nous représenter à Halifax.

Il souriait, humble. Anne-Marie sentit les larmes monter à ses yeux. Les hommes qui se tenaient devant elle, leur chapeau à la main, avec dans les yeux les restes d'une matoiserie paysanne et sur les épaules voûtées le poids d'un indicible chagrin, étaient de sa race. Elle s'efforça de soutenir leur regard, pensa qu'elle devait être blanche comme une morte.

Les femmes rejoignirent le groupe, suivies des deux punis, des garçons d'à peine vingt ans qui payaient cher leur envie de liberté.

— Nous, on a été déportés en décembre de 1755, poursuivit Landry. Il n'y avait plus de place sur les navires d'octobre. Le *Swallow* et le *Seaflower* nous ont amenés directement ici et depuis, nous essayons de survivre. Ce n'est pas facile.

Il sortit de sous sa chemise une feuille de papier roulée qu'il mit d'autorité entre les mains de la jeune femme.

— C'est une pétition, expliqua-t-il. Nous en avons déjà adressé plusieurs aux autorités du Massachusetts, sans succès, hélas.

— Je ne sais pas lire, murmura Anne-Marie.

— Nous voulions la présenter à la maison des gouverneurs. Vous trouverez bien quelqu'un pour la faire porter avec une recommandation, peut-être. Pardieu, nous ne savons plus très bien ce qu'il faut faire.

Il se tut, accablé. Les femmes s'approchèrent d'Anne-Marie. Elles parlaient toutes en même temps, donnèrent leurs noms, Comeau, LeBlanc, Daigne, Mius, Amirault et d'autres, qui résonnaient comme le tocsin dans la tête de leur sœur. Ces gens étaient à Boston, une centaine, oisifs, parfois employés à désembouer les rues ou à coltiner les ordures pour quelques pence. Leurs parents et ceux des bateaux avaient été disséminés à travers la colonie, il y en avait à Plymouth, à Lancaster, à Hanover, à Pembroke, dans vingt lieux encore, tous soumis aux mêmes règles de fer.

— Ils nous ont pris nos enfants, dit une Brault de la Rivière-aux-Canards. Pour les mettre domestiques dans des fermes d'Oxford, de Concord ou de Waltham. Moi, ce sont les deux petits, ils n'ont pas encore treize ans. Sont-ils même encore vivants, on ne sait rien, pardieu, c'est trop cruel.

— Vous voyez, dit sombrement Landry, ici, nous sommes au rang des esclaves, sans droit pour nous défendre. Ennemis, traités comme tels. Nous prions, mais seuls. Les prêtres catholiques qui franchiraient les frontières du Massachusetts sont passibles de la peine de mort. Vous ne saviez pas cela ?

Elle aurait dû le savoir, depuis le début, mais, préférant s'agenouiller, seule, dans le confortable silence de l'église, elle fuyait en vérité leur rencontre, leur trace, leur souvenir même, sans vouloir se l'avouer. Et elle priait pour eux, la bonne âme, achetant ainsi sa bonne conscience, pour pas bien cher.

Elle hocha la tête, honteuse. Son ventre, ses jambes, sa tête, tout son corps lui faisait mal. Elle trouva ses vêtements insupportables, lourds comme le ciel, dénoua les lacets de sa cape. Tendit le vêtement à une femme, qui le refusa.

— De grâce, prenez-la. Je vous en prie.

Elle peinait à respirer. Les gens qui lui faisaient face avaient perdu leur grâce et leur rude beauté premières, la flétrissure déformait leurs traits. Des colères bouillonnaient encore en eux, soupe amère sous des couvercles de fonte. Bientôt, elles s'éteindraient à leur tour et tous seraient alors des vieillards en fin de vie, inutiles.

La femme Brault finit par accepter la cape, sous l'œil infiniment réprobateur de Norma.

— Où habitez-vous ? leur demanda Anne-Marie.

— A l'est, au bout d'Orange Street, juste sous les fortifications. Nous sommes parqués là, sous des planches. Dieu vous bénisse, madame Melanson.

— Je vous verrai, murmura-t-elle, la voix brisée.

Les hommes la saluèrent, les femmes passèrent devant elle, tête basse, le pas pressé. La fillette du porche les avait rejointes, toujours frissonnante, empourprée par la fièvre. Anne-Marie suivit du regard la petit troupe battant en retraite vers ses taudis des faubourgs. Une conspiration du silence l'avait tenue à distance de cette misère, mais il n'y avait pas que cela. Elle se sentit méprisable de s'être ainsi laissé endormir par l'accueil pourtant bien médiocre des Jeffries. Etait-ce alors pour la protéger que William ne l'avait pas davantage affranchie ?

Norma la tança. Rester ainsi dénudée, les pieds dans la boue, quand la pluie se mettait à tomber, voilà qui n'était guère sérieux.

— Laisse-moi, veux-tu, la rabroua-t-elle.

— Une pétition, s'inquiéta Henry Jeffries.

Il s'était rapproché. Prit le papier que lui tendait sa belle-sœur.

— Lisez, voulez-vous ? lui demanda-t-elle, livide.

— Si vous voulez.

Il éloigna la feuille de son visage, plissa les paupières. Le texte était court, signé de quelques noms et de nombreuses croix.

— « Nous avons pris la liberté de vous présenter cette requête, vu que nous sommes en chagrin par rapport à nos enfants. La perte que nous avons soufferte de nos habitations et amenés ici... »

Il s'interrompit, marmonna « Quelle tournure », poursuivit :

— « ... nos séparations les uns des autres, ne sont rien à comparer au malheur de voir prendre nos enfants par la force devant nos yeux. La nature ne peut souffrir cela. S'il était en notre pouvoir d'avoir notre choix, nous choisirions plutôt de rendre nos corps et nos âmes, que d'être séparés d'eux. C'est pourquoi nous vous prions en grâce, que vous ayez la bonté d'apaiser cette cruauté. Nous ne refusons aucunement de travailler pour l'entretien de nos enfants. »

Il haussa les épaules, sceptique. Les tiroirs du gouverneur et du Conseil étaient pleins de poulets de ce genre. Voyant le désarroi d'Anne-Marie, il se ravisa, promit. Le gouverneur Shirley n'était pas facilement approchable, mais les Jeffries ne manquaient pas d'amis à l'Assemblée législative du Massachusetts. Mary Jeffries ne rappelait-elle pas, avec une sorte d'affectation gourmée, que sa famille, loyale et industrieuse, pouvait en appeler directement à la cour de Buckingham, en mémoire des services rendus ?

— J'ai à faire auprès du Conseil, justement, dit Henry. Norma a raison, vous avez suffisamment pris l'air pour aujourd'hui. Rentrez et buvez un thé. Il nous en est arrivé d'Inde, de l'excellent dont les Français ne seront bientôt plus en mesure de nous priver. Définitivement.

Il eut un petit rire satisfait, tourna les talons. Furieuse, Anne-Marie fit de même, en sens inverse.

Une fois terminé le souper des enfants de Mary, Tom Jeffries avait récité le bénédicité ce soir-là, puis la tablée s'était installée dans son ordre habituel, André Jeffries seul à un bout, face à son fils aîné, les autres appariés par couples sauf Tom, le célibataire, qui se tenait à la droite de sa mère.

Jane Jeffries fit remarquer une fois de plus aux mariés que le temps était tout de même venu où ils devaient faire un peu de place, afin que les vieux puissent enfin profiter de l'espace somme toute réduit du salon.

— Vous avez raison, père, renchérit Margaret, la femme de Henry, une brune aux formes arrondies, au nez pointu comme son rire. Quand on possède un quai à son nom, il est normal que l'on se répande un peu en ville. Mais à trente-deux ans, votre fils répugne à mettre ses guinées dans l'achat d'une maison. Je le regrette.

Elle avait la belle franchise des sottes, ce qui amusait le plus souvent, agaçait, parfois, lorsqu'elle mettait ainsi les pieds dans le plat. André couva son aîné d'un œil plein d'humide compréhension. Tom quant à lui ne releva pas. Il ne participait que fort peu à ce genre de discussion et puis, son statut de beau parti bostonien non encore lié l'autorisait à occuper seul une chambre à l'étage quand les autres se serraient avec leur progéniture dans des carrées à peine plus spacieuses.

— Ici, nous devons gagner notre liberté à la sueur de nos fronts, dit William à sa femme. Mais la ville s'étend désormais à Cornhill. J'ai vu que le Conseil met à la vente des terrains, au nord, jusqu'en limite de la vieille salle des Réunions. Le thé de Chine et la mélasse d'Antigua nous permettront bientôt de coloniser par là-haut.

— Oh, le Conseil, lâcha Henry avec une moue de scepticisme, les adversaires des taxes y ont leurs entrées et s'y font entendre de plus en plus bruyamment.

— Leur avez-vous porté la pétition ? s'inquiéta Anne-Marie.

André Jeffries fronça les sourcils. Quelle pétition ? Henry eut un geste comme pour chasser une mouche. Il y avait des réfugiés devant la State House, qui réclamaient on ne savait quel passe-droit.

— On les a fouettés, protesta Anne-Marie.

— Pauvres gens, soupira sa belle-mère, qui plongea la louche dans la soupière après en avoir humé le parfum avec circonspection.

— On leur a surtout enlevé leurs enfants, s'emporta Anne-Marie. Vous saviez cela ? Les petits de onze ou douze ans ont été mis comme valets dans des fermes sans le consentement des familles, d'autres mendient sur les places où l'on bastonne leurs parents...

— Eh bien, coupa Henry, ces gens n'ont ni statut ni patrie. Boston les héberge, c'est déjà bien. Vers quelle faction hostile iraient-ils aussitôt qu'on les aurait affranchis ? Mohawks et autres traîtres senecas se chargeraient bien de les faire passer du côté des garnisons françaises des Grands Lacs, voire au Canada.

Il parut étonné, soudain. Cette fille plutôt avare de commentaires, apparemment satisfaite d'être aimée par le benjamin de la famille, docile à l'apprentissage de la langue et des coutumes, élevait pour la première fois la voix en présence des maîtres de la maison. André Jeffries s'interposa. Le sort des Acadiens le tourmentait bien moins que celui de ses cargaisons soumises à la menace toujours présente de Louisbourg.

— Il est des questions plus importantes que celle-là. La forteresse française de Cap-Breton est une lame pointée sur nos reins.

L'Acadienne ne l'écoutait pas. Un coup de menton vers Henry.

— Affranchis, mes pays ? s'étonna-t-elle. Quel mot. Sont-ils vos esclaves ?

— En résidence surveillée. Ces malheureux...

— Que vous avez pris plaisir à voir battus, rabaissés, pas plus tard que ce matin. Je vous ai vu, Henry, vous souriiez.

L'aîné des Jeffries pâlit. Anne-Marie pointa son couteau vers lui, un geste peu usité sous son toit.

— Où sont les miens, à cette heure, Henry, vous qui savez et pouvez tout dans cette ville ? Où sont-ils ? Qu'en avez-vous fait après que je les ai quittés ? Des ouvriers pour vos entrepôts de Londres ? Des valets pour vos fournisseurs de cannelle et de riz aux Antilles ? Répondez-moi.

Il s'efforçait de garder son sang-froid. L'homme au permanent petit sourire satisfait, le sentencieux jaloux de ses silences, de son recul sur les choses et sur les gens, ouvrit enfin ses lèvres minces pour en laisser couler la bile accumulée depuis trop longtemps. Ces ombres encombrantes aperçues au fond des navires à quai ? Dispersées, le plus loin possible, quant à ceux du *Neptune*, les rejetés, les inutiles, le sort leur avait réservé un séjour particulier.

— On les a envoyés en Angleterre en effet, siffla-t-il, vous le savez bien. Rassurez-vous, ils vivent, d'après ce que je sais, mais inoffensifs. Allait-on rendre cette vermine au roi de France alors qu'elle nous assaille et nous ronge ? Ils croupissent, ma chère, au bon air de nos quais et resteront là jusqu'à la fin de cette guerre, dût-elle durer vingt ans ou l'éternité.

Il donnait des coups de menton, sous le regard inquiet de sa femme et de sa sœur. Ses doigts agités d'un menu tremblement trahissaient la tension de tout son être, la colère, haineuse, libérée d'un long emprisonnement, le plaisir, enfin, perceptible derrière la froideur du ton. Anne-Marie en fut stupéfaite.

— Vous éprouvez de la jouissance à me dire tout ça, voilà qui n'est pas très chrétien.

Il voulut se lever, chercha le regard de son père, mais, comme son fils Tom, André Jeffries subissait l'assaut sans broncher.

— Reste assis ! lui lança William avec brusquerie. Ma femme découvre ce que cent années de guerre entre le Massachusetts et l'Acadie ont laissé dans les cœurs.

Il y eut un silence. Cramoisie, soupirante, Jane Jeffries en oublia d'avaler sa bouchée de soupe aux légumes. Anne-Marie sentit la main de William se poser sur sa cuisse. Elle ne savait pas si c'était pour la conforter ou pour la calmer. Henry était livide. Elle le fixa avec intensité. Certes, il avait apprécié le spectacle de ces ennemis ramenés à l'ordre. Ainsi campé à l'abri des fouetteurs, il ressemblait alors aux exécuteurs de la déportation, veillant à la bonne marche des opérations dans leurs uniformes propres et leurs bottes cirées.

— Dieu de justice, tout cela est bien regrettable et nous devons prier chaque jour davantage pour que cessent ces souffrances, déclara Jane, pensant que l'incident était clos.

Anne-Marie la considéra avec mépris. Les femmes de Boston pouvaient bien prier à l'église comme elles jacassaient devant leurs tasses de thé, pendant que les hommes poursuivaient et achevaient un peu partout les Acadiens. Le temps passé dans le fief de l'adversaire l'avait décillée, à ce sujet. On courbait la tête en écoutant les prêches vantant l'honnêteté, l'ordre moral, l'honneur et la dignité pendant que se pérennisait un commerce immonde réprouvé par Dieu.

Détendue, soudain, sentant l'acquiescement muet de William, elle sourit à son beau-frère.

— Je pense que vous auriez aimé tenir le fouet, ce matin, Henry, dit-elle d'une voix douce. Mais prenez garde tout de même. Si le roi George impose une taxe sur l'Acadien comme il le fait sur le timbre ou la mélasse, vous allez perdre de l'argent.

Jane Jeffries manqua s'étrangler, cette fois ; elle se mit à tousser, à pleurer. Le visage de la couleur des briques de la cheminée, Henry Jeffries s'était levé d'un bond, en même temps que William. Il se pencha, faillit s'étaler sur la table.

— Assez, maintenant ! cria son père, qui tentait de le retenir tout en tapotant le dos de sa femme en asphyxie.

— Ces gens nous haïssent, hurla Henry, et depuis toujours ! Alors, leur pétition, ha ! Ce chiffon que le gouverneur Shirley a dû jeter au feu ! Qu'ils brûlent donc avec !

William contourna la table, saisit son frère au col, leva le poing. Tom et André intervinrent à leur tour, séparant sans douceur les deux frères, imposant le silence tandis que Mary s'empressait auprès de sa mère.

— Voyez ce que vous faites, lança-t-elle à Anne-Marie, qui quittait la pièce.

— Bien, dit William, un peu calmé. Mère a raison. Il est temps que certains d'entre nous quittent cette maison. Ma foi, je serai le premier à le faire. Je suppose que tous en seront d'accord ici.

Jane Jeffries sanglotait. Elle n'avait guère été favorable au départ de William pour les garnisons d'Acadie deux ans plus tôt et voilà que cette histoire de déportés, dont elle s'était à vrai dire souciée comme d'une guigne, envahissait sa maison, menaçait de disloquer sa famille.

— La fille est grosse et l'hiver arrive, remarqua André en se rasseyant. Déménager par ces temps n'est guère prudent.

— Des officiers sont partis cette semaine pour les territoires de l'Ouest, trancha William. Ils ont libéré des logis sur Malbrough et Summer. La fille, comme vous dites, père, s'y fera.

Il rejoignit sa femme dans leur chambre qu'un berceau acheté à des Indiens égayait de ses couleurs vives. Tête basse, le visage fermé, Anne-Marie pliait du linge avec des gestes machinaux. Il la contempla longuement en silence, la trouva belle et infiniment désirable, avec son ventre déjà arrondi, son buste épanoui par la grossesse. Il s'approcha d'elle par-derrière, se plaqua contre son dos, la caressa.

— Sacredieu, tu ne ressembles guère aux femmes de par ici, murmura-t-il à son oreille. Voilà qui fait du bien, sais-tu.

Elle s'immobilisa, ferma les yeux, sentit dans son cou les petits baisers chuchotants qui lui faisaient rendre assez vite les armes, d'ordinaire.

— Tu mettras ces affaires dans des sacs, lui dit William en se détachant d'elle. Nous allons partir d'ici. Es-tu contente ?

Il vit qu'elle frissonnait, pensa que c'était de plaisir. Il rit, alla s'allonger sur le lit, déboutonna sa chemise et son pantalon, les yeux rivés sur ses rondeurs. Puis il pointa le doigt vers elle, joyeux.

— La taxe sur les Acadiens, quelle trouvaille ! Garde ça pour toi, ma jolie, ce grand fat de roi George serait bien capable de l'instaurer. Et maintenant viens, nous allons fêter comme il se doit ta dernière nuit à Salem Street.

XVI

Comté de Lancaster, Pennsylvanie, octobre 1757

Gilles et Pierre Melanson avaient eu un peu plus de chemin à faire que leur cousin. Ils avaient quitté la ferme des quakers la veille et se terraient depuis l'aube à la lisière d'un bois, à la rencontre de la rivière et de la route reliant Lancaster à York, rien d'autre en vérité qu'un chemin boueux emprunté par les chariots des pionniers en partance vers l'est et par les chevaux des patrouilles anglaises.

Les trois garçons ne s'attardèrent pas. A l'extrémité ouest du comté de Lancaster, la rivière Susquehanna était bien plus que cela ; un fleuve rompant l'ordonnancement régulier des collines, descendant, majestueux, vers le sud. Les Acadiens suivirent sa rive orientale, cherchant en permanence l'abri des bois. Des mennonites avaient bâti leurs fermes le long de cette ligne de partage. De temps à autre, Jacques apercevait, au milieu de clairières de plus en plus éloignées, la trace brune d'un champ, le faîte d'une maison ou d'une grange. Par endroits, des coteaux pentus, couverts de hautes herbes, tombaient presque droit dans le fleuve, au milieu de chaos de roches grises. De leur sommet, Jacques contemplait le cours de son guide, l'aplatissement progressif du paysage de part et d'autre de son lit.

« Les Tristes ont un bourg au nord, à huit heures de marche de tes Allemands, avait prévenu Crevel. Il y a des îles de sable au milieu de l'eau, des gués qu'il te faudra chercher. Si l'automne reste aussi sec que l'été, ce sera ta chance car la rivière aura soif et sera basse. »

Inquiets de rencontrer quelque gros animal de mauvaise humeur, sanglier ou cerf, les garçons passèrent leurs premières heures de fugitifs dans le murmure tout proche de la Susquehanna. La nuit d'octobre était noire, douce pourtant des dernières chaleurs accumulées le jour durant. Des grenouilles menaient grand tapage sur la rive, des insectes s'échangeaient leurs messages dans l'obscurité. Ces confins de la colonie respiraient la paix.

Jacques y vit un présage heureux. Il chercha longtemps le sommeil ; sa liberté toute neuve le maintenait en éveil, les yeux grands ouverts sur les constellations.

« Si tu dois marcher dans la clarté de la lune, les premiers temps, l'avait averti le vieux soldat, garde le bruit de la rivière dans ton oreille, le ciel ne te sera pas très utile, il se déplace quand les honnêtes gens dorment, c'est sa façon à lui de les éviter. »

Les Melanson s'étaient endormis, après que l'on eut partagé un morceau de pain et de la viande boucanée. Le rire de Crevel résonnait dans la tête de Jacques, mêlé à celui de Jérôme Hébert, le héros de Port-Royal qui avait passé tant et tant de nuits dans les forêts d'Acadie, à chasser avec les Micmacs ou à épier les Anglais. Jérôme répugnait à évoquer ces faits d'armes, son silence avait peu à peu imprimé dans l'esprit de son fils la trace brûlante des mystères.

Jacques tourna et se retourna sur sa couverture. Il lui manquait l'éducation qu'avait reçue Thomas dans les territoires sauvages. Lui savait lire dans le ciel, dans les vents et leurs caprices, dans les rumeurs des rivières. Jacques et Charlotte s'étaient élevés ensemble, près de leur mère, comme si leurs parents s'étaient partagé la fratrie, deux pour l'un au contact de la nature et les deux autres pour accompagner Isabelle dans ses tâches quotidiennes.

Il finit par s'endormir, épuisé par cette lutte et par la suave ivresse de la liberté. Le visage de Charlotte le veillait, apaisé, joufflu comme au temps de l'enfance ; sa pâleur sans écrouelles éclairait la pénombre comme une lune tiède.

Trois journées de marche leur suffirent pour rejoindre le confluent de la Susquehanna et de la Juniata, au dévers de la première des cinq courbes dessinées par Joseph Crevel. Ils contournèrent de très loin les fumées de la minuscule colonie implantée là, revinrent chercher, sous un mince croissant de lune, les gués décrits par le Français. A l'aube du quatrième jour, ayant repéré un passage où l'eau semblait frôler des roches, ils s'engagèrent, leur baluchon ficelé à la taille, et ne tardèrent pas à perdre pied. Serrant de gros morceaux de bois mort, ils se laissèrent porter vers l'aval, dans le calme décours de la rivière, prirent pied sur un îlot de vase et de sable noir, rejoignirent enfin l'autre rive au prix d'une bonne centaine de brasses.

Ce que dans son inconscience adolescente il avait imaginé balade solitaire le long d'une rivière semblable à celles de son Acadie se révéla bientôt aux yeux de Jacques affrontement avec une nature changeante bordée de paysages inconnus. La Juniata coulait, paisible, chantait sur les cailloux et les roches affleurant son cours bleuté, prenait soudain des teintes verdâtres et de la vitesse dans ses courbes accentuées, avant de se calmer à nouveau. Ce n'était pas tant ce fil somme toute rassurant qui fascinait Jacques Hébert que les masses de bois et de forêts dont elle se parait à mesure qu'elle se dégageait d'entre les collines du pays anglais.

Là, omniprésent, courbé sous les rafales d'un vent tiède, le front de hêtres, de charmes, de saules et de dix autres essences ondulait et bruissait, comme mû par un souffle intérieur, une vie secrète et inquiétante. Cela partait en longues risées, ployait les cimes, écartait ou rapprochait les branches au gré de caprices, de brusques humeurs. Le feuillage aux couleurs des étoffes indiennes scintillait par vagues sanglantes, de son murmure naissaient un langage, un mystère, une menace diffuse et mouvante.

« Ne perds jamais le fil de ta compagne, petit, car si un jour la brume t'en écarte, alors tu erreras jusqu'à ce que la soif et la faim t'aient couché au milieu de nulle part. »

Le vieux Crevel n'avait plus de dents. Jacques gardait encore dans les narines la senteur putréfiée de son souffle, dans les yeux, son rire de cadavre pareil à celui des vérolés du *Hannah*. Souvent, il dut faire halte et laver son visage, à ces simples évocations. Agenouillé sur la rive, il contemplait alors l'alignement sans fin des arbres et son cœur se mettait à battre plus fort.

— Marcher, sans trêve.

Les Melanson avaient dix-huit et dix-sept ans, et l'expérience des longues balades en forêt. Jacques devait faire des efforts particuliers pour les suivre à certains moments. Parfois, des à-pics de collines empêchaient que l'on suivît la rive. Il fallait grimper, pénétrer à l'intérieur des bois. Là, broussailles, fougères en pleine sève, orties et ronces attendaient le marcheur dans des fouillis d'arbustes et de jeunes pousses. Suant, piqué aux chevilles et aux mains, éraflé, Jacques se frayait avec peine un chemin, anxieux de ne plus retrouver à sa droite l'eau fraîche et apaisante de la rivière. Maintes fois, il s'y plongea en entier, épuisé, fuyant l'assaut des maringouins attirés vers lui par centaines.

— Avons-nous seulement avancé ? demandait-il, inquiet.

Les aînés n'en savaient guère plus que lui. Ils allaient, suivaient le cours changeant de la Juniata. Dans ces paysages de sylve sans cesse recommencés, il en vint parfois à penser qu'on avait rebroussé chemin sans s'en rendre compte. C'était partout les mêmes rivages de sable gris et de vase, les mêmes pierres écumantes sous des flots identiques.

Si je me laissais porter au fil de l'eau, combien de temps me faudrait-il pour retourner au comté de Lancaster ? s'interrogeait-il. Deux jours, sans doute moins. Malgré la compagnie rassurante de ses cousins, l'envie le prenait alors d'assembler quelques branches en radeau et de descendre vers l'aval, où étaient les fermes, les hommes, Charlotte et sa pauvre face mutilée. Il observait la lente agonie du soleil, cherchait les drageons entre lesquels il pourrait se lover et dormir. Un matin, il déciderait peut-être de ne plus avancer, laisserait partir les autres et c'en serait fait de son aventure.

Puis le jour venait dans des brumes légères qui lui rappelaient les aubes d'Acadie. Il s'éveillait, répétait le nom magique, « fort Duquesne », cette clé qui ouvrirait sa route pour les heures à venir. Octobre et sa clémence le prenaient dans leur cocon tiède, il était seul en vérité, petit Dieu libre sous le regard falot des dernières étoiles.

Renoncer, quand la rivière traçait vers l'amont le chemin du salut ? Il s'agenouillait, cherchait dans sa tête une prière que ses lèvres refusaient de réciter. Charlotte avait ânonné ses litanies dans l'obscurité puante du *Hannah*, sur le quai de Philadelphie, dans l'étable des mennonites. Etrange langage, devenu peu à peu étranger au cœur et aux oreilles de son frère. Comment croire à une quelconque bonté du Ciel quand les errants se cherchaient à travers l'océan, quand les morts s'entassaient sous la terre ennemie, et les vivants qui lui faisaient confiance dans des entrepôts portuaires ?

Il disait liberté, pensait vengeance. Pour cela, il n'avait pas besoin de Dieu. Survivre par ses propres moyens lui suffirait. Dieu ? Il avait plutôt montré jusque-là de la colère envers son gentil peuple des aboiteaux. A mesure qu'il s'approchait de la seconde courbe de Crevel, un vague trait ondulant à l'horizon entre collines et faîte des arbres, Jacques s'éloignait de ce Créateur sans compassion ni mémoire. Comment pouvait-on aimer des familles que l'on laissait ainsi disperser ? Quelle faute avaient commise les Acadiens pour se voir frappés par autant de fléaux, la maladie ajoutée à l'exil, le deuil avec ses cadavres jetés par-dessus bord, dont on oublierait jusqu'aux noms ?

« Tu verras bien d'autres rivières et des torrents qui viendront mêler leurs eaux à celles-là, lui avait dit Crevel. Ne tente pas de les suivre sous prétexte qu'ils te paraissent aller tout droit vers ton but. Ta Juniata fait des caprices, elle joue avec les collines et les montagnes, elle les longe et les caresse sur des lieues et des lieues avant de s'engorger en leur centre. Peut-être la perdras-tu. Si Dieu a pitié des Acadiens, il te guidera vers les plaines et les forêts du pays indien. »

Pierre et Gilles priaient à genoux, le soir, fermaient les yeux pour ânonner leurs louanges, sous leurs raides tignasses de jais. Pas Jacques Hébert, qui n'apercevait aucune lueur dans le ciel nocturne, rien de rassurant ni de protecteur, sauf la garde immuable des étoiles.

Il y eut deux jours de plein été pour les fugitifs et il sembla à Jacques que le ciel avait décidé de les conduire sans risque jusqu'à la rivière Ohio. La nuit s'éclaira d'un quartier suffisamment lumineux pour prolonger un peu la marche. La Juniata traçait le chemin. Ah bien sûr, elle ne coulait pas dans le bon sens et on ne pouvait s'y laisser flotter mais cela n'avait guère d'importance. Au milieu des saules, des drageons entrelacés, les rives portaient des arbustes couverts de baies rouges dont les Acadiens s'empiffrèrent jusqu'à la nausée. C'étaient les mêmes que dans les collines de la Sainte-Croix, douceâtres, un peu gluantes, un régal. Foulant de leurs pieds nus le sable vaseux de la rivière, ils firent provision de poissons minuscules qu'ils mangèrent à peine cuits. Ils étaient seuls dans la puissante nature. Finirent par penser que son abri les couvrirait jusqu'au terme du voyage.

Puis la chaleur se fit lourde, le soleil fut voilé par des nuées maculant l'azur en larges traînées, haut dans le ciel. Les enfants d'Acadie connaissaient ce signal datant les heures à passer avant que l'horizon ne s'obscurcisse. La nuit était là lorsque Jacques aperçut les premiers éclairs, très loin encore. De lune, point. On abordait le troisième arc dessiné par Crevel, au milieu des monts Alleghanys, en un point où la Juniata se coudait pour suivre de près leur base. Le trajet de la rivière au bord d'une longue plaine se faisait à découvert, obligeant les marcheurs à la prudence, l'éloignement des bois rendait l'abritement aléatoire.

— Mounhoumme de mounhoumme ! c'est bouillant comme une fièvre dans une cale anglaise, plaisanta Gilles Melanson.

Les premières gouttes tombèrent d'un coup puis, très vite, ce fut un déluge qui noya tout, plaine, rivière, dans un vacarme de torrent. Jacques ne distinguait plus rien à dix pas. La terre chaude exhalait une brume blanchâtre. Il pressa le pas, la couverture des mennonites sur sa tête, bien vite trempée.

Le tonnerre roulait le long des montagnes, des éclairs révélaient l'envers d'un décor apprivoisé au fil des jours, la rivière blanche, l'herbe giflée par le vent subitement levé, la profonde noirceur des montagnes. Jacques tenait serré le col de sa veste. Aux Mines, il y avait bien tout ce qu'il fallait de chemises, caleçons, peaux et cuirs pour ne pas craindre pareille dégelée. Ici, le matériel manquait aux conquérants.

Un éclair plus livide que les autres figea l'Acadien sur place. Dans un craquement sinistre, il vit une boule de feu transpercer la brume et fracasser un arbre à moitié mort, à un jet de pierre. Il cria, s'agenouilla, la nuque fléchie, redoutant que la punition suivante ne fût pour lui. Il compta mentalement, imagina la masse noire juste au-dessus de sa tête, lâchant sa lumière comme une vache sa bouse. Le ciel craqua à nouveau, l'aval de la rivière fut à son tour éclairé puis, très vite, replongea dans l'obscurité.

Il se releva, encore plein d'une terreur d'enfant. Très vite, il se mit à frissonner, anxieux d'entendre à nouveau le tonnerre au-dessus de lui. Thomas Hébert ne craignait pas cela, comment faisait-il ? Même Baptiste, le dernier de la tribu, se moquait des étincelles divines. Petit crâneur.

Il commença à courir dans le noir. Au sixième jour de son voyage, une rouerie du ciel lui montrait à quel point il était faible et démuni. Un jour entier avant de pouvoir enfin traverser le troisième cercle des Alleghanys, avait averti Crevel. Jacques trébucha une première fois, poursuivit son effort avant de rouler dans l'herbe, à bout de souffle, au flanc d'une colline. Il ne servait à rien de poursuivre. Il se recroquevilla sous la couverture, les bras serrés contre la poitrine, évitant tout mouvement.

Lorsqu'il s'éveilla, il ne pleuvait plus. La brume s'était épaissie dans une étrange tiédeur, la rivière était toujours là, avec son bruit rassurant. La première chose qu'il vit en ouvrant les yeux fut, émergeant de la grisaille, un renard aussitôt alerté et filant entre les herbes. Il s'assit, aperçut les silhouettes de ses cousins penchées sur l'eau de la rivière. Il toussa, éprouva une sensation de faim comme il n'en avait jamais connu. C'était un poing enfoncé en haut de son ventre, avec des mouvements de torsion et des velléités de lui passer à travers le corps. Il ouvrit sa besace, découvrit les petits poissons qu'il se mit aussitôt à dévorer, avalant la chair crue et rose sans même la mâcher. Un festin. Il fouilla le sac, trouva le pain trempé, émietté, une soupe froide qui en valait bien d'autres ce matin-là.

Les cinq hommes avançaient en file indienne, sous la pluie fine. Vêtus de longues pelisses de laine, coiffés de chapeaux à large bord, chaussés de mitasses dépenaillées, ils avaient l'air de pénitents gravissant un calvaire. Les Acadiens se dissimulèrent derrière des rochers, tendirent l'oreille lorsque les arrivants passèrent près d'eux. Ces marcheurs n'étaient pas indiens. Certains portaient des pantes rayées, comme en

Acadie. Tous étaient barbus comme l'étaient les quelques vagabonds des Mines, leurs cheveux tombaient sur leurs épaules. Lorsqu'il les eut entendus jurer en français, Jacques bondit et se montra, criant son nom et d'où il venait.

— Un des Mines, pardieu, petit, et deux autres, à c't'heure, vous voilà loin de chez vous.

Les hommes étaient entre deux âges, des Granger et une fratrie de LeBlanc. Ils voyageaient depuis quatre semaines. La Caroline du Nord s'était promptement débarrassée de ses déportés, par le moyen le plus simple : on leur avait laissé la liberté de quitter la colonie et d'aller au diable. Pour les planteurs et les bourgeois de Wilmington et de Jacksonville, ces gens n'existaient même pas. Français ou Acadiens, la belle affaire ! Cette mauvaise graine encore enracinée le long des rivières de l'Ouest pouvait migrer, et crever où elle voulait.

— Nous, on est de Canso, dit un Granger, qui semblait mener la troupe. Les Anglais nous ont rassemblés à Halifax. De là, le *Providence* et son capitaine Barron, qu'ils brûlent tous deux en enfer, nous ont portés à la Caroline.

On les questionna, ils en firent autant. Avait-on rencontré des Acadiens de la Pisiquid et de Grand-Pré, d'autres, partis de Halifax ? Des noms volèrent, de navires, *Endeavour*, *Dove*, *Hobson*, et de chefs de familles, Hébert, Melanson, Terriot, LeBlanc. Chacun voulait savoir. Des navires, il en était parti plus de trente, avec pas loin de huit mille âmes dans leurs cales.

Une Isabelle, rousse, la fille du corsaire bellilois ?

— Pas de souvenir. Peut-être est-elle en Géorgie, en Caroline du Sud. Ou à Boston, va savoir.

— Il y a un navire, le *Pembroke*, qui avait fait sa cueillette de pauvres gens à Annapolis et voguait vers la Caroline, dit un homme. Il a été pris par les nôtres à ce qu'on dit, conquis en haute mer, oui, son équipage et son capitaine ont été garrochés à l'eau. Dieu seul sait où les Acadiens qui s'en sont emparés seront allés se cacher après ça.

Les déportés étaient épuisés, cherchaient un abri pour passer la fin du jour et la nuit suivante. Sous les nuages bas et lourds, la forêt prenait des allures d'étau. Des brumes paresseuses montaient de la terre détrempée, léchaient les collines, allaient se fondre dans le gris uniforme du ciel. C'était au sommet du quatrième arc dessiné par Crevel.

— On est sur les routes indiennes, dit Granger, mieux vaut se trouver un gîte en plein bois.

Venant du sud, ils avaient aperçu des fumées, loin vers les vallées, failli plusieurs fois se trouver nez à nez avec des chasseurs delawares ou tuscaroras. Mais les Acadiens connaissaient aussi la forêt et ses pièges. Le voisinage des Micmacs au long d'un siècle et demi, ça vous formait un peuple à la marche en forêt.

— Les forts français de l'Ohio ! s'exclama Granger lorsque Pierre lui eut révélé sa destination. Tu ne veux pas nous suivre en Acadie ? Nous, on rentre au pays.

— Pardieu non, s'écria Jacques, le salut n'est pas de ce côté ! L'Acadie ? Ça n'existe plus, monsieur.

Le petit groupe trouva refuge sous une pierre plate en bordure d'un torrent rugissant, se mit en cercle autour d'un festin de pemmican. Jacques observa ses compagnons, aussi misérables qu'il l'était lui-même. Il y en avait sans doute des centaines comme eux, chassés une seconde fois, livrés au hasard sur des chemins terriblement dangereux. Etait-ce en vérité le peuple acadien tout entier qui migrait ainsi en haillons, sous le regard hostile des colons de Nouvelle-Angleterre et de leurs protecteurs en vestes rouges ? Granger ricana.

— En Géorgie, là-bas, il y en a qui sont esclaves, comme les Nègres très exactement. Ceux-là n'ont pas encore eu le droit d'aller se faire pendre ailleurs.

Jacques savait cela et d'autres choses aussi. Crevel, qui lisait la *Gazette de Philadelphie* lorsqu'il la trouvait au milieu des détritus, lui en avait parlé. Il ferma les yeux, imagina ses parents ainsi humiliés, ses frères obligés de trimer sur des terres étrangères. Où étaient désormais ces êtres dont l'absence lui broyait le cœur ?

Les migrants de Caroline rêvaient d'Acadie. Leur nostalgie était plus forte que l'évidence du désastre. Ils allaient vers le nord comme attirés par quelque aimant invisible. Tout avait brûlé, plus rien ne poussait sur la terre natale ; qu'importait. On irait ailleurs, sur les côtes, dans les criques innombrables de l'Ouest, où l'on se ferait pêcheurs, ouvriers, racines ou ossements, mais dans la terre retrouvée.

Les Melanson hésitaient. Je n'irai pas me livrer de nouveau aux Anglais, pensa Jacques. La patrie perdue était à des semaines de marche de là alors que quelques jours à peine lui suffiraient pour rejoindre les forts de l'Ohio, de la Monongahela, de l'Allegheny. Il se drapa dans sa couverture humide. Les noms indiens des grands fleuves chantaient dans sa tête et, ce soir-là, leur litanie avait des accents de gigue. Non, il ne suivrait pas ceux de Caroline vers le nord.

Il s'éveilla dans les premières lueurs du jour, le ventre plein des signaux annonçant une prochaine débâcle. Cela durait depuis les orages, à la Juniata. Des spasmes soudains le prenaient, l'obligeant à se soulager sans tarder. Il se leva promptement, quitta l'abri sous lequel les Acadiens dormaient, serrés les uns contre les autres. Puis il contourna la roche, grimpa le long d'un raidillon boueux, baissa le pantalon que lui avait donné Jorg Eisenthaler et s'accroupit. Comme à chaque fois, une douleur intense zébra ses entrailles, précédant un mieux-être progressif, comme s'il se débarrassait d'une bestiole venimeuse.

Ayant fait un peu de toilette avec des feuilles humides, il fit les quelques pas le séparant du sommet de la butte.

— Le cinquième arc.

C'était encore dans la nuit, très loin, mais déjà visible, une plaine blanchie par des bancs de brume, que rejoignaient les fils contournés de rus et de rivières. Au fond, la ligne des dernières montagnes s'étalait du sud au nord, à peine ondulante.

— Le salut, pardieu.

Il se perdit dans la contemplation de ce lever de terre inouï. Le dernier arc de Crevel formait l'horizon de ces prairies avec, derrière lui, la perspective des rivières amies et de leurs forts. Les hommes de Canso étaient étranges, qui cherchaient l'inaccessible Acadie quand la France était si proche.

Il huma longuement l'éther humide d'octobre. Ses poumons aussi le tourmentaient, des quintes de toux le secouaient fréquemment, le laissant sans souffle. Il pensa qu'il fallait tout de même montrer cela aux Acadiens pour les faire changer d'avis, peut-être ; il entreprit de redescendre vers le torrent.

Des cris le firent s'arrêter net. Il pensa à des animaux, charognards sur une proie ou sangliers furieux, avança courbé, à couvert de la hêtraie.

On se battait près de la roche plate, les pelisses des migrants confondues avec les jupes rouges de Sauvages, leurs tignasses noires comme emmêlées avec celles des assaillants. Dans la pénombre, Jacques distingua des visages déformés par des rictus, des mains dressées serrant des tomahawks. Il vit des corps à l'abandon, sur le dos ou en chien de fusil, reconnut ses cousins que l'on empoignait par les cheveux pour mieux les frapper, demeura pétrifié.

Les Indiens prenaient le dessus. C'était une bande d'une bonne douzaine d'hommes, torses nus, armés de haches et de poignards, bénéficiant de l'effet de surprise. En quelques minutes, ce fut fini. Trois des Acadiens avaient été tués et scalpés. Jacques vit les autres disparaître en criant dans les bois d'aval, emmenés par les Indiens.

Il demeura plusieurs heures sans bouger, plein d'une terreur qui le collait à la terre. Dans la lumière du jour, il apercevait, chaque fois qu'il s'y encourageait, les trois corps inertes avec la même tache rouge au sommet du crâne. Il se sentait observé, épié, craignait d'être repérable à une lieue malgré l'épaisseur de la forêt. La diarrhée le reprit, plusieurs fois. Il se souilla, finit par se décider à ramper vers la roche.

Gilles Melanson gisait dans une flaque de sang bruni. Mort, près du Granger qui croyait si fort pouvoir mener sa troupe en Acadie. Pierre avait disparu. Jacques sentit une nausée monter de son ventre, s'agenouilla pour s'en soulager, à grands hoquets.

La journée serait lourde, pleine d'une mauvaise chaleur. Il puait, à ses propres narines, se dévêtit, courut jusqu'au torrent où il s'immergea, fouetté par le flot glacé, pleurant et grelottant en même temps. Les Sauvages avaient négligé d'emporter le pemmican. Il en fit une provision qu'il ficela dans un baluchon, à la place d'une chemise froissée qu'il se hâta d'enfiler. Puis, sans y avoir vraiment réfléchi, il se retrouva à inventorier les vêtements des morts, empocha du tabac, des mouchoirs sales, quelques pièces de monnaie.

Au milieu de ce travail, il vomit une seconde fois, de la bile âcre qui lui brûla la gorge. De grands oiseaux tournoyaient au-dessus du charnier. Il s'éloigna, se mit à couvert à quelque distance de là. Il lui fallait rejoindre la plaine. S'il ne pleuvait pas, il se lancerait nuitamment dans l'aventure, le long d'un fil d'eau coulant vers l'ouest.

Les cris lui indiquèrent bien vite l'emplacement du campement indien. C'était à mi-pente, sur sa route, à l'aplomb d'une demi-lune noyée. Une vague lueur signalait la présence d'un clan. Il s'en approcha tout en la contournant. Il lui fallait absolument laisser l'endroit derrière lui, avant l'aube.

Il n'y avait plus là de chemin, rien que le flanc de la montagne, des chaos de roches si faciles à franchir, de jour, des pentes boueuses parfois couvertes d'une herbe détrempée. Et les échos d'une infinie souffrance, dans la quasi-obscurité.

Il garderait en tête, pour le restant de ses nuits, les hurlements de ses compagnons. Ceux-là vivaient encore mais pour combien de temps. Leur agonie épousait par instants les transes de leurs assassins, cela produisait une espèce de chant mélancolique, haché, rythmé par le sourd martèlement des tambours. Puis soudain, l'un d'entre eux, sans doute mutilé ou percé par un poignard, poussait un cri de bête, une longue bramée peu à peu étouffée par la psalmodie indienne.

Vers le milieu de la nuit, Jacques aperçut de très loin la clairière où se déroulait la mise à mort. Des récits de son enfance lui revinrent en mémoire. A la pêcherie du Bellilois, les vieux marins s'amusaient à faire peur aux petits, leur promettant de les attacher au poteau de torture s'ils s'obstinaient à faire des bêtises. Il pressa le pas, prit des risques entre vallons et ravineaux.

— Le cinquième arc, pardieu, je dois rejoindre cette plaine pour m'en approcher.

Il tenta de se soustraire au sabbat des Sauvages mais des bouffées de vent, des trouées dans la forêt, par où s'engouffraient les terribles échos, le liaient au massacre. Il ne pouvait s'empêcher d'imaginer les Indiens sautant et se contorsionnant autour des suppliciés, fondant soudain sur eux pour arracher un œil, couper une langue, plonger une lame dans un ventre. Au moins ces Sauvages dont il ne savait pas le nom seraient-ils occupés jusqu'à l'aube.

Il chuta cent fois, glissa dans le cours du torrent, manquant se laisser emporter par le flot rageur. Puis vint le moment où le bruit de l'eau couvrit celui des orgies indiennes. La lune avait traversé le ciel. Il s'arrêta, les genoux en sang, meurtri aux hanches, aux fesses, une vilaine plaie contuse à l'épaule droite, mangea dans l'obscurité. Une fatigue le prit, subite, irrépressible. Il dormit contre un rocher.

Lorsqu'il s'éveilla, le jour pointait, portant avec lui sa charge de peur. Suivre le cours de l'eau ; il reprit sa route entre les pierres de la rive, courbé, le souffle court, l'épaule en feu, pressé comme si les assaillants venaient de débouler derrière lui.

Le torrent se fit peu à peu gave puis rivière. De profondes hêtraies empourprées par l'automne le bordaient sur des pentes adoucies, la plaine apparaissait de temps à autre, mer opalescente tachée de bois noirs. Il se rua, oubliant ses courbatures, ses plaies vives, sa colique. Le soleil surgi des monts et forêts qu'il avait traversés lui fit l'effet d'un baume.

« Quand tu seras parvenu aux gentilles collines qui font suite aux monts Alleghanys, tu auras parcouru la moitié de ton chemin. Mais ne crois pas que tu seras quitte pour autant. Le reste du voyage vaudra bien son début, même si trois petites journées te suffiront en principe pour rejoindre les rivières françaises. »

Le vieux Crevel connaissait bien sa seconde patrie. « Suis la course du soleil, elle te mènera droit au fort Duquesne, et là... » Il y avait eu comme un sanglot dans la voix de l'exilé, ses yeux s'étaient mouillés. En voilà un autre dont la vie n'avait pas suivi le cours prévu, mais quoi ! on était ainsi entre gens de même destinée.

Jacques reprit sa route, marcha le jour durant, tenaillé par la peur, l'esprit plein des horribles visions du massacre. L'étendue qu'il avait prise pour une plaine du haut du quatrième arc n'était en fait, lorsqu'on y était descendu, qu'une succession de collines douces couvertes de forêts. Il chercha en vain une crête suffisamment élevée pour lui offrir une vue dégagée vers l'ouest sous le ciel bas et gris masquant le soleil. Où était-il, d'ailleurs, ce point cardinal tant espéré ? Les hêtraies se suivaient entre des prairies d'herbe sèche, tapissées de fougères, de ronciers dont il devait se dépêtrer au prix d'efforts exténuants. Des vallons abritant en leur fond de minuscules ruisseaux serpentaient, obliquant dans toutes les directions comme autant d'invitations à se perdre. Crevel ne lui ayant pas donné la solution de ce genre de problème, il résolut d'avancer, quoi qu'il arrivât. Par endroits, la végétation devint si dense qu'il dut s'y faufiler, griffé au passage par des branches basses. Son ventre brûlait, sa peau zébrée de mille écorchures saignait, au visage, aux mains, aux chevilles.

— Ne pas s'arrêter avant la nuit.

Il dut soulager ses boyaux plusieurs fois, sentit au fil des heures faiblir ses jambes, son souffle, son envie de poursuivre cette marche sans boussole ni étoiles. Au moins l'épaisseur de la forêt, son fouillis le protégeaient-ils. Parvenu enfin sur une crête d'où la vue portait à une demi-lieue environ, il s'assit contre un arbre, le cœur en chamade, trop fatigué pour réfléchir plus avant.

Il chercha le sommeil, qui vint sans tarder malgré les douleurs, les brûlures. Il en avait oublié de dîner, perdant la notion du temps. Des crampes au ventre le lui rappelèrent bien vite. Il ouvrit un œil et vit tout d'abord des cornes immobiles au-dessus de lui. Terrorisé, il se dit qu'une bête était en train de le dévorer. Le reste n'était guère plus rassurant.

Trois visages le dominaient, cuivrés, énigmatiques, trois regards le scrutaient. Il voulut crier, ne put sortir de sa gorge qu'un soupir rauque.

— *Englès ? You, englès ?* demanda, véhément, l'un des hommes.

Il fit non de la tête, se souvint que les Sauvages en guerre se peignaient les joues. Ceux-là ne portaient aucun de ces signes. Ils avaient les cheveux ras, le front ceint de tissu, la nuque emplumée. Leurs casaques ouvertes jusqu'à la taille laissaient voir leurs torses huilés. Tous trois portaient des arcs et des carquois emplis de flèches aux bouts effilés comme des pointes de charpentier. Jacques s'appuya sur un coude.

— Acadien, dit-il d'une voix étranglée, France.

Ils se regardèrent, répétèrent ce mot, France, qui sonna comme un juron dans leur bouche. Jacques pensa que sa dernière heure était venue. Il ferma les yeux, revit la mêlée fatale à ses compagnons de route, les haches de guerre levées, les crânes rouges de sang. Des larmes coulèrent sur ses joues.

Déjà, on l'empoignait, le forçant à se lever. Il se laissa faire, les jambes coupées.

— Nous, Tuscaroras ! lança l'un des hommes. Caroline !

Jacques ne comprenait pas. Les Indiens l'entouraient, jambes nues sous leurs jupes bariolées, leurs tomahawks sagement rangés à leurs ceintures.

— Viens !

Ils l'emmenèrent. Jacques se dit qu'il n'avait pas assez prié depuis l'embarquement à Grand-Pré, par défi autant que par lassitude. Les lectures bibliques, en allemand, des mennonites ne lui seraient d'aucun secours. L'occasion était bonne pour lui de se rappeler quelques textes de la vieille religion catholique.

— Nous, rester ici hiver, toi aussi.

Le vieux chef tuscarora n'avait pas la tête à plaisanter. Plat de front et de pommettes, les yeux enfoncés profondément dans les orbites, il fixait Jacques sans émotion particulière, pointait le doigt sur lui pour appuyer ses arguments. D'où sortait-il ces rudiments de français, prononcés de manière si brutale que l'Acadien en demeura un long moment pétrifié ?

Jacques jeta un regard mélancolique vers les collines d'occident. Celle que les Indiens avaient choisie pour installer leur campement ne s'en différenciait guère. Il se mordit les lèvres. La Nouvelle-France commençait à quelques heures de marche de là et la rivière toute proche murmurant son invitation à la fuite menait peut-être bien au fort Duquesne.

Le massacre de la veille lui revint en mémoire. Il s'ébroua. Il était vivant, quand les autres se faisaient déchiqueter par des becs voraces. Que feraient de lui ses nouveaux compagnons ?

On lui donna à manger, de la viande séchée, une bouillie de grains. Le campement installé au bord d'une minuscule trouée de prairie comptait une dizaine de tentes seulement. Il y avait là quelques vieux tremblotants et des enfants aussi, des tout-petits tétant les mères, des filles aidant celles-ci à coudre, à teindre, à cuisiner. Rien de guerrier dans tout cela.

Des hommes s'en revenaient de la chasse, portant à quatre un chevreuil mort. Ces gens n'étaient pas là chez eux. Jacques se souvint des villages micmacs de la Sainte-Croix. On y moissonnait un peu de céréales, des bêtes pacageaient autour de ce qui ressemblait à des villages. Rien de tel ici.

Il n'était pas entravé, ressentait son propre corps comme une plaie unique suintant de toutes parts. Assis sur ses talons, il ne bougeait pas, le moindre geste lui donnait l'impression de se déchirer comme une pièce de drap.

Un Sauvage vint s'asseoir près de lui, dialogua longuement avec le chef. C'était le cornu dont Jacques avait découvert la parure, à son réveil. Il paraissait malade, toussait, crachait des spumes rosées. Le sagamo lui tendit son calumet. Il fuma, ce qui fit redoubler ses quintes. Puis, un peu calmé, les yeux larmoyants, il se tourna vers l'Acadien, se lança dans une diatribe véhémente.

Jacques frissonna. En Acadie, on parlait parfois de ces enfants confiés tout jeunes aux tribus de Sauvages pour qu'ils en apprennent les coutumes et la langue. Il y en avait eu un célèbre, Etienne Brulé, au tout début de la colonie. Un jour, pour des raisons mystérieuses, les Indiens l'avaient tué puis dévoré. Héros malheureux, il était devenu compagnon familier des cauchemars enfantins, en Acadie comme au Canada et jusqu'à la Louisiane, sans doute.

Le sorcier agitait les bras, menaçait le prisonnier du doigt. A l'entendre, les Anglais n'étaient pas bons et les Français ne valaient guère mieux.

— Tuscaroras, fuir la Caroline ! Sixième nation.

Et il citait les cinq autres, une litanie. Migrants, voilà ce qu'étaient ces clans. Cela faisait des lunes et des lunes qu'ils cherchaient à rejoindre leurs frères iroquois du Nord, aux marches d'un monde blanc qui les poussait hors des colonies et les dispersait. L'homme donnait à son hôte une sorte de leçon d'histoire où il était question de Shawnees et de Delawares, de Conoys et de Nanticokes. A ses gestes, Jacques comprit qu'ils étaient tous chassés de leurs terres, obligés de prendre des pistes inconnues. Eux étaient parmi les derniers Tuscaroras à avoir quitté la Caroline. Jacques hasarda quelques gestes en forme de question. Qui habitait les montagnes de l'Est, d'où il était venu ?

— Senecas ! Frères Tuscaroras !

Les tueurs étaient donc de cette famille-là. Le chef opina, satisfait. Les guerres entre Blancs n'étaient pas les siennes. Aux jeux pervers des Européens, il préférait sa liberté et son long voyage vers les peuples alliés.

— Wampun[1] six nations, dit-il, fier.

Il montra à Jacques son trophée aux dizaines de rangées de perles, centré par un cœur blanc bordé de coquillages.

A mesure qu'il envisageait la situation, Jacques se disait que son destin ressemblait assez à celui de ces gens. L'Acadie aussi était accablée, son peuple jeté aux vents mauvais. Il parla des Micmacs, un nom que les Tuscaroras connaissaient.

— Micmacs, répéta le sorcier, doctement.

Le chef acquiesçait sans mot dire, impénétrable. Grimaçant, Jacques dessina des bateaux sur le sol, avec un caillou, expliqua qu'il était un fuyard lui aussi, un proscrit. Les Anglais faisaient les frais de son récit et à mesure qu'il parlait, les attitudes de son père parlementant avec ses amis algonquins[2] lui revenaient à l'esprit, ses mimiques, ses enthousiasmes, cette façon qu'il avait de s'adresser à eux avec respect et chaleur. Mais attention, l'avertissait Jérôme, ces hommes ne raisonnent pas comme nous. Pour des raisons que nous ne comprenons pas toujours, ils peuvent changer tout à coup, devenir hostiles. Un mot, un regard suffisent alors parfois pour t'en faire des ennemis mortels.

— Fils chef Henry mort dernière lune, dit le sorcier. Chef Henry triste.

Jacques eut en un éclair la révélation que ce deuil lui sauvait la vie. Le regard du vieux sachem restait une énigme, mais l'Acadien sut d'instinct que derrière cette muraille se dissimulaient le cœur et l'esprit d'un homme capable de joie, de colère, de chagrin, aussi. A la façon dont l'Indien le dévisageait, il comprit que son fils devait avoir le même âge que lui, ou la même apparence physique.

— Adopté, à sa place, murmura-t-il.

Cela signifiait suivre le clan avec, pour préalable au voyage vers le nord, un séjour de durée indéterminée à cet endroit. Le chef parla ; quelques phrases courtes. Le sorcier se pencha sur Jacques, ordonna qu'il ôtât le chiffon qui lui servait de chemise, ce qui fit gémir le jeune Acadien. Tel un médecin

1. Collier de chef.
2. Ensemble des tribus de l'Est canadien.

inspectant un malade, le vieux cornu fit en grognant le tour de son patient. Les chairs de l'épaule étaient mâchées, des lambeaux de peau pendaient de part et d'autre d'une plaie rougeâtre. Aux flancs, aux hanches, au thorax et aux membres, des contusions coloraient la peau en ocre, bistre, bleu sombre.

Le cornu lui abaissa le pantalon d'un geste brusque qui le sidéra. Intrigué, le chef se pencha vers son pubis, pointa le doigt vers son sexe et, ayant constaté son impuberté, se redressa, apparemment satisfait.

Jacques ferma les yeux, soupira. Il ne pourrait se mouvoir normalement avant plusieurs jours, quant à quitter ses hôtes sans leur consentement, ce serait autrement plus difficile que fuir la ferme mennonite. Le sorcier s'éloigna vers une tente, revint porteur d'onguents et d'herbes. Jacques sentait sa tête tourner. Il se laissa doucement tomber sur le côté. Brisé.

Les Tuscaroras vivaient là depuis près d'une année. Arrêtés en chemin par l'écho du nouveau conflit, ils attendaient de savoir qui des Anglais ou des Français ferait en fin de compte alliance avec les tribus iroquoises des Adirondacks[1]. Le chef Henry n'avait aucune envie de participer encore à cette guerre. Vaincu par les colons et leurs soldats, il avait dû quitter la Caroline, marcher à travers la Virginie, apercevoir les monts Alleghanys avant de faire halte au carrefour des grandes routes indiennes de l'Est. Aller plus loin signifiait tomber un jour ou l'autre sur une colonne étrangère supérieure en armes et en hommes. Le chef Henry savait : les officiers de Boston, Albany, New York, signaient des traités avec les tribus, permettaient l'installation de villages, la mise en culture de quelques champs. Puis ils se parjuraient et il fallait se battre ou fuir.

— Français et Anglais, tous pareils, répétait-il à Jacques. Ils veulent la terre et les rivières, les passages entre les monts, la forêt. Mon peuple n'a plus de terre, plus de rivières ni de forêt. Les oiseaux reviennent chez eux quand l'hiver finit. Pas mon peuple.

Jacques l'écoutait, faisait signe qu'il comprenait. Au fil des semaines, il se rendit compte qu'il n'était en rien prisonnier et

1. Montagnes au nord de l'Etat de New York.

pouvait décider de quitter à tout moment le campement. Il avait eu du mal à admettre que ces Sauvages désiraient rejoindre la grande famille d'où étaient sortis les assassins de ses compagnons. Mais tel était le désordre aux marches de la Nouvelle-Angleterre. D'aucuns migraient pacifiquement, anxieux de se voir obligés de déguerpir, quand d'autres, en guerre ou en maraude permanentes, se servaient sur le voyageur, tuant tout ce qui ne leur ressemblait pas.

— Tous les Blancs partis de la Caroline sont morts. Tu as de la chance d'être vivant, lui révéla un jour son hôte.

Maintenant qu'il avait franchi le plus gros des monts Alleghanys, Jacques découvrait les pistes qu'empruntaient en tous sens les marcheurs indiens. Henry et ses guerriers lui montrèrent les passages entre les collines, les rus balisant ces itinéraires millénaires. Les vents, les étoiles, le bruit de l'eau étaient leurs guides sur la piste de Kittaning ou sur la Catwaba[1]. Par ces chemins, on allait jusqu'aux Grands Lacs et loin vers l'ouest aussi, où vivaient en paix d'autres peuples, les Sioux, les Cheyennes, les Comanches.

— Quand l'hiver sera fini, nous reprendrons notre route vers le nord. Nous rejoindrons enfin nos frères et nous serons la sixième nation iroquoise. Mais jamais plus nous ne reviendrons sur nos terres du Sud.

— Mon peuple non plus ne reviendra pas sur sa terre, disait Jacques en écho.

Le chef Henry observait son hôte. D'où qu'ils fussent, les Blancs portaient avec eux maladies et malédictions. La tragédie acadienne le laissait de marbre, mais Jacques sentait son indifférence du début se transformer peu à peu en une sorte de curiosité autoritaire, volontiers abrupte. La rousseur de ses cheveux, peu habituelle chez un Français, intriguait le vieil homme. Au début des guerres indiennes, en Caroline, on avait scalpé quelques Anglais de cette couleur.

Jacques se disait chaque soir, s'endormant près des garçons de son âge, qu'il serait peut-être bien égorgé avant l'aube. Et quand il s'éveillait, secoué par ses voisins, il se disait qu'un Dieu clément devait trouver qu'il en avait assez enduré pour le moment.

1. Routes vers les grands fleuves.

— Tu dois chasser. La neige va venir et tu n'auras rien à manger.

On ne discutait pas un ordre du sagamo. Jacques regardait le ciel changer sous les froides rafales de novembre. Autour de lui, on s'apprêtait pour l'hiver. La viande était boucanée, les flèches des chasseurs affûtées pour les traques du gibier dans la neige. La rivière donnerait un peu de poisson.

Jacques vit passer le temps, apprit la patience, entra en léthargie au milieu de ces gens qui, décidément, épargnaient sa vie. Un jour, Henry lui rendit son couteau et lui offrit un arc. Il pensa dans l'instant qu'il était sauvé mais, pardieu, ne serait jamais membre d'une quelconque famille indienne. En lui gîtait toujours le désir de rendre la monnaie de leur pièce aux bourreaux de l'Acadie. Ces Tuscaroras étaient neutres, par la force des choses, comme l'avaient été les gens d'Annapolis et de Grand-Pré. Pour leur semblable malheur.

Il guérit, lentement. Longtemps couvert de croûtes, il vit sa peau s'orner de larges plaques roses que le sorcier oignait de temps à autre d'une de ses décoctions. Il apprit des rudiments de la langue tuscarora et, comme si son éducation acadienne interrompue par la déportation se poursuivait, l'art de la chasse quand le gibier se faisait rare.

Les sommets blanchirent puis les collines se couvrirent à leur tour de neige, le petit clan d'Henry se recroquevilla dans la clairière. Il y avait sous les tentes des garçons adolescents, bientôt en âge de devenir guerriers, soumis à des épreuves par leurs aînés sous le regard inquiet des mères et des sœurs. Jacques observa ces rites auxquels il n'avait pas droit, guetta le retour des initiés. Il y eut une fête où l'on dansa toute la nuit lorsque les garçons, épuisés, triomphants, ramenèrent un soir la dépouille d'un ours.

Les femmes ne sortaient guère des tentes. C'était la saison des palabres, de la couture, des longs bavardages, que l'on passerait à tailler et à coudre les peaux, à fabriquer tuniques, culottes et mocassins imprégnés ensuite de graisse de chevreuil ou de castor. Lorsque le temps le permettait, les hommes du clan s'armaient de longues crosses de bois terminées par de curieux filets avec lesquelles ils se disputaient une sorte de pelote qu'il fallait pousser entre des barres verticales. Cela pouvait durer le jour entier, on finissait par se battre dans la neige et Jacques, qui s'y vit bientôt invité, en ressortit maintes fois contus, trempé, satisfait aussi de rendre à l'occasion quelques coups.

La nostalgie tombait parfois sur ses épaules avec la soudaineté d'un orage. C'étaient les paroles de très anciennes chansons du Poitou, de la Saintonge, de Bretagne, les contes de l'enfance où les gentils Sauvages, amis des colons, luttaient à leurs côtés contre le cruel envahisseur. C'était le cours de l'eau entre les banquettes de terre enneigée sous lesquelles hivernaient les prairies d'Acadie. C'étaient les visions tenaces, ravageuses, de silhouettes familières passant la porte de la maison, Thomas et son père revenant de la chasse, précédant Jean et André Melanson accompagnés de leurs fils. Les hommes s'ébrouaient, couverts de poudrin[1]. Les femmes retrouvaient leur sourire, s'amusaient de les voir, éreintés, se chauffer les fesses devant l'âtre. C'était, dans le lointain écho de guerres improbables, s'endormir contre la hanche d'Isabelle en écoutant sa voix calme raconter les petites choses de la journée.

Les yeux embués, Jacques tentait de disperser cette ronde de fantômes. Les Tuscaroras ne pleuraient jamais, sauf les petits. Où mettaient-ils leur tristesse d'exilés, dans quel endroit secret de leur âme ? Lorsqu'il sentait le chagrin l'envahir, Jacques se couchait dans quelque recoin de la tente, comme pour dormir et, se mordant le poing, sanglotait en silence.

Il n'était plus à ces moments-là le petit rebelle de l'église de Grand-Pré, le gibier de cale devenu adulte en quelques semaines, crânant pour dominer sa peur, ni même le visage-pâle fier de rivaliser au jeu de la crosse avec des hommes plus forts que lui, mais un enfant d'à peine quatorze ans arraché à la quiétude de son existence, déchiré par l'absence des siens, perdu en terre, loin de tout.

Ils eurent faim, souvent. Les chasseurs revenaient bredouilles ou vainqueurs de gibiers dérisoires, une loutre, un marcassin déjà mort, un chevreuil dont le village entier fit ripaille pendant une semaine. Les réserves de pemmican fondirent bien avant les neiges et, maintes fois, Jacques envisagea contre toute prudence de prendre la route vers l'ouest.

1. Poussière de neige.

Les Tuscaroras semblaient avoir épuisé leur réserve d'histoires, de contes, de palabres. Rassemblés autour des fumées dégagées par leurs infusions de feuilles séchées, fumant le jour durant, ils guettaient, impassibles, les premiers signes du dégel, attendaient en vain les marcheurs portant les nouvelles des guerres, des forts, des peuples et de leurs chefs.

Qu'advenait-il de Kittaning, la ville indienne de l'Allegheny ravagée à l'automne par un colonel anglais nommé Armstrong ? La place commandait, loin à l'ouest, les routes vers les lacs, les rivières Potomac et Delaware et, au-delà, les grands fleuves Ohio et Mississippi. Où les Anglais frapperaient-ils à la belle saison, eux qui, au nord, avaient mis les Mohawks et les Cayugas, alliés des Français, sous leur tutelle ? Jacques ouvrait les yeux vers ces horizons si souvent rêvés, blanchis par la poudraille[1] et la glace. Cet hiver ne finirait jamais.

Il finit, pourtant. Les animaux sortirent de longs sommeils et vinrent nourrir un peu plus généreusement la cinquantaine d'habitants de la clairière. Le dégel libéra la rivière, où l'on put à nouveau pêcher. Jacques avait perdu pour de bon la notion du temps. Lorsque les premières fleurs percèrent la neige, il supposa qu'on était en 1758, au mois de mars, le troisième depuis la déportation des Acadiens.

— Terre delaware, dit le guerrier. Là-bas, fort Duquesne et rivière Allegheny. Tu as appris avec nous, tu dois aller seul maintenant par la piste de Kittaning.

Il montra un moutonnement de collines boisées s'étendant à perte de vue. Pour un bon marcheur, cela signifiait trois journées de cheminement sous le couvert des arbres. Jacques leva le nez vers le soleil, serra dans sa main le collier de perles que lui avait confié son père adoptif avant de mourir.

« Tu veux toujours aller chez les Français », avait simplement constaté le chef.

Il était tombé malade, ne pouvait plus marcher, ni même s'asseoir. Ses lèvres bleuissaient, son souffle, rapide, superficiel, sifflait. Il crachait du sang. Lorsque le sorcier lui rendait visite, c'était à qui des deux s'époumonerait le plus.

1. Neige en tourbillons.

Jacques n'avait pas répondu. Il savait bien ce que pensait le vieux Tuscarora. Les fils des Blancs seraient tous appelés à la guerre un jour ou l'autre. Guerre contre les Français ou contre les Anglais, quelle importance ? Pour les peuples indiens, qui se combattaient depuis la nuit des temps avec des rites, des codes moraux, l'heure était venue des massacres, des exodes sans retour, des exterminations. Le malheur fondait sur eux comme les tempêtes océanes sur le Sud, balayant tout sauf les cimetières où gémissaient les esprits en errance.

L'Acadien avait gardé la tête basse. Lorsqu'il l'avait relevée, il avait vu son hôte qui lui souriait pour la première fois. « Tiens ça avec toi, avait dit Henry en lui tendant le collier. Delawares, Shawnees, frères. Ils ne te tueront pas si tu leur montres. »

Comme s'il pressentait que la fin de l'hiver signifiait aussi la sienne, il s'était laissé aller doucement, passant ses derniers jours veillé par les femmes tandis que le Conseil de la tribu se réunissait sous une tente voisine. Il arrivait que des chefs fussent déposés par décision de la communauté. Celui-là, qui s'était bien battu et avait choisi de s'accrocher jusqu'au dernier moment à sa terre de Caroline, avait mérité le respect ainsi que le droit de gouverner son peuple minuscule jusqu'au bout.

On avait creusé une tombe à flanc de colline, au fond de laquelle les hommes avaient déposé la peau d'orignal contenant la dépouille de leur chef, genoux serrés sous le menton, la tête tournée vers l'est, d'où naissaient toutes choses et le monde, par la volonté de Gloscap, le Créateur. Ses vêtements et calumets, ses armes, bijoux et attributs de pouvoir avaient été disposés près de lui qui ferait un long voyage et aurait grand besoin de leurs esprits pour compagnie.

Puis la sépulture avait été comblée et Jacques, qui avait assisté à la cérémonie au milieu des jeunes gens, s'était senti soulagé de ne pas accompagner son protecteur comme cela arrivait parfois aux captifs. Mais que ferait-on de lui désormais ? Les Tuscaroras en discutaient. Une chose était certaine. Le clan migrerait dès les premiers beaux jours.

Le guerrier gardait les bras croisés. Compagnon ne voulait pas dire ami, même si l'on avait chassé ensemble, joué à la crosse et fumé des calumets. Celui-là avait reçu un ordre,

Jacques Hébert était libre de quitter la bande. Comme ses pareils, l'homme n'approuvait sans doute pas la lubie du vieux chef, mais il ferait jusqu'au bout ce qu'Henry avait exigé.

Jacques soutint son regard sans expression. Quand femmes et enfants laissaient voir leurs sentiments, les hommes parvenus à l'âge de porter les armes se muaient en statues impassibles. Seules la traque du gibier et la danse, avec ses exorcismes, ses transes, ses chants lugubres ou braillards, les animaient.

— Dieu te garde, lui dit Jacques.

L'Indien ne répondit pas. Jacques hocha la tête. Le chagrin d'un vieil homme lui avait sauvé la vie, c'était tout. Il n'était ni fils ni frère des autres, qui lui montraient ainsi leur défiance en même temps que leur fidélité au mort. Gens de parole.

Il se détourna, s'engagea sur le chemin. Il ne lui servait à rien de demeurer là plus longtemps ou de perdre encore son temps à remercier, et le soleil ne l'attendrait pas.

Le ciel se mit au bleu. C'était l'entrée dans un autre monde, où flottaient enfin, quelque part, des bannières amies. A mesure qu'il descendait les dernières pentes des Alleghanys, Jacques sentit son esprit se purifier, le souvenir même de la tuerie, familier de ses nuits indiennes, l'abandonna, comme resté accroché aux sombres contours des montagnes.

Le pays à venir était doucement vallonné, semé de larges clairières qu'il se garderait de traverser à découvert. La marche y serait facile, même dans les bois. Il se laissa guider par le soleil. Les paysages lui rappelèrent son Acadie des Mines, aux abords de la Pisiquid et de la Sainte-Croix. Un jour peut-être y aurait-il, dans ces vastes étendues encore sauvages, des champs et des laboureurs pour les ensemencer, des cabanes de chasse auprès des rivières, des bandes de danseurs fêtant la Saint-Jean au son des violons et des fifres.

Le soleil se coucha ce jour-là dans un lac de ciel ensanglanté, limpide. Des saules immenses aux ramures chuchotantes entrelaçaient leurs racines au bord d'un ru. Jacques se lova entre elles, le dos dans l'herbe, se laissa aller, surpris de jouir d'une telle liberté.

Il était prêt à s'endormir lorsqu'il sentit une odeur de bois brûlé. S'étant relevé, il aperçut une fumée noire, verticale, montant derrière l'arrondi d'une colline boisée. La perspective de se trouver nez à nez avec des Shawnees ou des Delawares en maraude le pétrifia, un long moment. Il ne devait guère y avoir de chasseurs blancs à cette époque, dans ces parages, pourtant il résolut de s'approcher, escalada, courbé, le mamelon auquel faisait suite une vallée assez large où coulait un fil d'eau sombre, entre des prairies.

Il vit, à cinq cents pas, une ferme en feu que fuyaient des silhouettes poursuivies par des Indiens aux torses nus. Des hurlements, des claquements de fusils lui parvinrent, amoindris par la distance. On tuait, là-dessous. Il décida de ne pas s'éterniser, rebroussa chemin, atteignit à la nuit tombante une de ces grottes appalachiennes où, de tous temps, les Indiens avaient trouvé refuge contre l'hiver, les ours ou la guerre.

C'était un dédale de tunnels suintant de toutes parts, au sol parsemé de restes de braseros et d'ossements animaux. Il roula en torche des lambeaux de chemises auxquels il mit le feu, éclaira les voûtes aux reliefs torturés, finit par se coucher en chien de fusil, derrière un éperon de roche noire. Crevel avait évoqué ces abris dont les orifices s'ouvraient vers le couchant, un bon repaire lorsque l'on avait franchi le dernier arc. S'étant assuré qu'il y était bien seul, Jacques mangea du pemmican et se coucha.

D'autres avaient eu la même idée, trouver un abri naturel pour la nuit dans les épaisseurs de la forêt. Lorsqu'il s'éveilla, il vit les lueurs de torches jouer avec la voûte de la grotte, entendit les visiteurs se parler dans un dialecte différent de celui des Tuscaroras. On s'installait.

Risquant un coup d'œil par-dessus l'éperon, il distingua les torses luisants d'une dizaine d'Indiens et la veste de peau, le feutre, les bottes et la culotte en cuir d'un Européen corpulent. Un feu fut allumé, la petite troupe s'assit autour, puis les Sauvages se répartirent ce qui ressemblait fort à un butin, des vêtements et des couvertures, des couteaux, des hachettes et même un miroir encadré de bois blanc. Lorsqu'il fut question d'un pistolet et de deux fusils, le ton monta et le Blanc dut élever la voix. Ces trophées ne couraient pas les chemins de montagne.

— J'irais bien pisser un coup, annonça l'homme au feutre.

Un Français. Qui se leva, une torche à la main, et se dirigea vers l'éperon. Jacques se jeta en arrière tandis que l'homme déboutonnait sa braguette en grommelant et se soulageait, à moins d'un pas de lui. Ce fut au moment où il en terminait que le gros homme aperçut l'hôte de la caverne.

— Je suis d'Acadie ! cria Jacques.

Il répéta le mot, effrayé. L'autre se pencha vers lui, inclina sa torche, le saisit par le col, le forçant à se remettre sur pied.

— Qu'est-ce que tu fous là, drôle ?

Les Indiens avaient cessé leur bavardage. Jacques raconta, les bateaux, Philadelphie, les mennonites et les Tuscaroras, la longue marche jusqu'à la ferme incendiée, les mots se bousculaient dans sa bouche à mesure que le visage du Français se détendait.

— J'aurais pu te pisser dessus, cadet. Et où comptes-tu aller, comme ça ?

Il s'exprimait avec un fort accent, chantant, comme Jacques n'en avait jamais entendu.

— Au fort Duquesne, sur les rivières de l'Ouest.

— Ha ! Tu sais quoi ?

— Non, fit Jacques, encore sous le coup de l'émotion.

— C'est de là qu'on vient, nous autres, pour taquiner l'Anglais, et je vais te dire, mon gars, on a bien l'intention d'y retourner, dès demain. Avec toi, pardieu. Moi, je m'appelle La Violette et je suis sergent aux Compagnies franches de la marine. Tu diras « monsieur », et ça ira bien.

Il rit, lui claqua le dos, le poussa devant lui, vers le feu. Jacques se laissa tomber sur les fesses. Il était temps, ses jambes ne le portaient plus.

Au centre d'une grande clairière, adossé au confluent des rivières Allegheny et Monongahela formant la puissante Ohio, le fort Duquesne[1] enfonçait ses six pointes de pierre dans le

1. Aujourd'hui Pittsburgh, Pennsylvanie.

sol, comme autant de socs. Le décor de falaises, de hautes collines, d'immensités fluviales, était là prodigieux.

Lorsqu'il eut franchi la porte de la forteresse, Jacques Hébert éprouva un sentiment exaltant d'invulnérabilité. Des hommes vaquaient le long des fortifications, entre les bâtiments. Il y avait là des soldats en chemise bleue et veste gris-blanc boutonnée d'or. Des miliciens canadiens et des Sauvages, pareillement vêtus de peau, discutaient par petits groupes, couteau à la botte, sac au dos. Des cavaliers s'apprêtaient à enfourcher leurs montures. Une ruche guerrière, au bout des forêts de Pennsylvanie.

— Et les moustachus à l'exercice sont des grenadiers, dit La Violette avec emphase. Ces gaillards et quelques autres, dont j'étais, ont pris Oswego aux Anglais, juste avant l'hiver. Tu sais que tu n'es pas tombé n'importe où, Sac-d'Os.

Ses mollets saillant avantageusement sous les chausses de laine, un tambour en livrée royale, tout d'azur vêtu sauf ses manchettes, rouges, rythmait des manœuvres dans la cour intérieure. Les belles couleurs, sous la bannière de France ! Il y avait des fleurs de lys jusque sur le tambour.

Jacques serra les poings, cria sa joie, découvrant, rassemblé devant ses yeux écarquillés, un rêve en chair et en os, vieux comme l'enfance, la force enfin révélée, qui avait tant fait défaut aux pauvres laboureurs d'Acadie.

Une bourrade de La Violette le ramena aux réalités.

— Je vais te faire entrer dans la Compagnie des cadets. Té, regarde-les, ces drôles, sont-ils pas jolis. Tu changeras tes hardes pour leur uniforme.

Jacques fit non de la tête. Il trouvait magnifiques les jeunes enseignes à l'inspection, vestes et pantalons gris-blanc, larges ceintures, tricornes noirs frangés d'or et pommeaux d'épées. Il n'était jusqu'à leurs souliers à boucles de fer, impeccablement vernis, qui ne fussent de royale tenue. Mais tout cela n'était pas pour lui.

— Je veux demeurer avec vous, monsieur, dit-il, inquiet. Eclaireur. Sans quoi, pardieu, je repartirai d'ici aussitôt.

Il serra le manche de son couteau tuscarora, fronça les sourcils, buté. Son vêtement serait à l'image de celui du sergent, de peau et de feutre, jusqu'aux mocassins indiens.

— Filer vers le nord pour t'échapper encore, tu en serais bien capable, gouyat[1], s'étonna La Violette.

Il vit la mine de son compagnon, s'esclaffa. Le sac d'os réchappé de quelques tueries devait savoir ce qu'il voulait. Eclaireur, pourquoi pas.

— Si monsieur de Lignery, notre chef à tous ici, est d'accord. On tâchera de le convaincre. En attendant, salue ton heureux propriétaire.

Un capitaine venait aux nouvelles. La Violette lui conta son harcèlement des fermes, aux Alleghanys.

— Une recrue acadienne, monsieur Mercier, annonça-t-il en conclusion.

Jacques se demanda de quoi, à part son cheval, le fringant officier tout de blanc vêtu pouvait être propriétaire.

— Il faut habiller ce garçon, ordonna Mercier. Je ne veux pas d'éclaireurs qui fleurent à ce point la bauge.

— Nous allons même le laver, monsieur.

— A la bonne heure.

Sur le chemin des casernements, Jacques exigea une explication que le sergent lui donna volontiers.

— Les compagnies appartiennent aux capitaines, comme la ferme au paysan. Hommes, chevaux, poudre, nostalgies de la France, aussi bien. Tout est payé en vérité par le roi et distribué par l'officier, ce qui est redoutable car lorsque l'argent de Versailles n'arrive pas, nos propriétaires y vont de leur poche pour nous entretenir et ça les rend de très mauvaise humeur.

— Les éclaireurs...

— Aussi, comme les fourriers, les maréchaux-ferrants, les enseignes, le foin pour les bêtes. Te voilà dans le trousseau d'officier de monsieur Mercier.

A voir la mine ahurie de son cadet, La Violette éclata d'un rire tonitruant. La paye d'un Acadien de quinze ans ne ruinerait pas son capitaine.

1. « Garçon », en gascon.

XVII

Ile Saint-Jean, mars 1758

On avait dit à Isabelle que les hommes du *Locmaria* vivaient à la pointe nord de l'île Saint-Jean, où mouillaient parfois les navires venant du Canada. Maintenant que Louisbourg était tombée au bout d'un siège de près de quatre mois, tous ceux que l'océan pouvait abriter tournaient leurs proues vers le Saint-Laurent et les derniers phares de la France d'Amérique.

Restait au royaume, à portée de lunette de la côte acadienne, cette île sans la moindre défense où près de quatre mille personnes avaient trouvé refuge. Depuis la dispersion du camp de Boishébert, il en était arrivé par familles entières, en barques, en canoës ou sur des périssoires que la première vague un peu forte retournait.

La rage anglaise se perpétuait sur le continent. Monckton et Byron avaient reçu l'ordre de tout nettoyer avant la fin de l'année 1758. La mise à prix des scalps excitait toutes sortes de chasseurs de primes et même les soldats, qui faisaient là un commerce lucratif.

Isabelle avait abordé l'île Saint-Jean en mars de cette année maudite, en compagnie des Terriot et d'une poignée de déportés désireux de ne pas s'éterniser sur le continent. Son voyage jusqu'au rivage où l'on était forcés d'embarquer avait été long et périlleux. Quittant les villages où ils s'étaient blottis au plus fort de l'hiver, les Acadiens avaient vu monter au loin des fumées d'incendies ; il y avait donc encore des fermes à brûler dans l'isthme de Chignecto. Des Micmacs croisés en route, fuyant les chasseurs de scalps, avaient indiqué des chemins sûrs et des endroits de la côte où l'on pourrait peut-être encore trouver des embarcations.

C'était un temps d'extrême incertitude, les cadavres abandonnés aux vautours pouvaient encore enrichir les assassins. Cela sentait la fin pour ceux qui espéraient encore un de ces miracles autrefois familiers des Acadiens. Louisbourg prise par les Anglais qui en avaient immédiatement entrepris la destruction, pierre par pierre, cela signifiait la perte définitive du peu qui survivait de l'Acadie militaire. Dans l'esprit d'Isabelle était née la certitude qu'il faudrait s'en aller plus loin, monter vers le nord, par n'importe quel chemin. Fuir, encore et toujours.

Les bœufs allaient de leur pas tranquille sur la terre rouge de Saint-Jean. Debout, Isabelle contemplait l'horizon plat de l'île, ponctué de toitures de fermes et de granges au milieu de leurs vergers dépouillés.

— Dieu de miséricorde, dit Jean Terriot, ces maisons regorgent de monde. On s'entasse, là-dedans.

Pour ceux qui avaient connu les cales anglaises, la vision de ces êtres rassemblés par dizaines devant les habitations, de ces familles sans terre ni outils que l'on s'efforçait de nourrir, figurait une prison à ciel ouvert, une antichambre de la déportation devant quoi l'on frémissait, inquiets, soudain.

Des hommes travaillaient tout de même dans les champs, des charrettes s'en revenaient de prairies encore partiellement enneigées. Il y avait eu une moisson sur l'île, en août. A l'ouest, sur un monticule haut de quelques pieds, tournaient les toiles déchiquetées d'un moulin.

— Ici, on ne cultive pas derrière des digues et des aboiteaux, comme chez nous, remarqua Jean Terriot.

Les parcelles étaient parfois drainées, épousant les courbes d'un ru, le plus souvent alignées avec régularité le long des chemins. Quelques-unes s'étendaient à flanc de collines. Des gens portant pics et pelles croisèrent les arrivants ; l'île ne manquait pas de main-d'œuvre à la fin de cet hiver-là.

— C'est encore à trois heures d'ici, annonça le conducteur de l'attelage.

Une mauvaise piste s'enfonçait droit entre les champs. Passé le territoire cultivé, l'île se révéla peu à peu sauvage, herbeuse. De vagues ondulations se succédaient jusqu'à l'horizon plombé par de lourdes nuées annonciatrices de pluie. Ces platitudes désolées accentuaient l'impression de s'en aller vers un pays différent, confondu au loin avec le sable des rivages.

— C'est comme si on nous poussait de nouveau vers quelque ventre de navire anglais, dit Jean Terriot d'une voix sombre.

Il était anxieux, comme les autres, bien qu'il n'y eût pas de raison immédiate pour cela. Carré de râble et de menton, le sourcil broussailleux, les joues barrées par des rides que l'exil avait approfondies, il en imposait par sa masse, ses humeurs volontiers graves, son habitude des longs silences.

Près de lui, sa fille Claire se laissait aller au gré des cahots. Isabelle observait de temps à autre la promise de son fils Thomas. Les épreuves endurées au long des trois années passées l'avaient moins marquée que bien de ses sœurs d'Acadie, devenues tristes et amères, colériques ou résignées. Claire gardait au coin des lèvres son sourire humble et sans malice, sa grâce paysanne survivait aux années d'épreuve et c'était bien ainsi.

Isabelle se mit à guetter la pointe d'un mât. Des élans de fillette impatiente la haussaient sur la pointe des pieds ; plusieurs fois, elle se surprit à trépigner. On n'avançait pas assez vite. Soudain, une bouffée de vent salé, tiède, lui caressa le visage. Elle se tendit, respira longuement, yeux fermés, bouche grande ouverte.

— Le bateau, là-bas, à c't'heure, dit Jean Terriot. Isabelle Hébert, vous avez eu bien raison de nous mener jusqu'ici.

Il était là, au pied d'une falaise de roche grise surplombant le rivage vers le sud. Le *Locmaria*, mouillé, les voiles brassées, face à une longue plage de gravier et de sable brun, à moins de deux cents pas. Isabelle poussa un cri, sauta de l'attelage, se mit à courir. C'était comme à la Grande-Anse, quand le Bellilois revenait d'une campagne à laquelle sa fille n'avait pas participé. Elle dévalait la colline en riant, l'appelant de toutes ses forces, remerciant la Mère de Dieu d'avoir une fois de plus veillé sur les hommes et sur le navire.

Ses jambes avaient perdu de leur vélocité, son souffle s'était bien raccourci depuis ces temps anciens ; la joie demeurait la même, capable d'emporter le monde entier. Elle vit des gens venir à sa rencontre, marcher tout d'abord puis se mettre à courir eux aussi. Des hommes, précédés d'enfants.

— Charlotte ?

Elle chercha la forme d'une jupe, ne vit que des culottes serrées aux chevilles et des tignasses rousses, deux au moins. Claire la rejoignit, à la course elle aussi. Elle prit sa main, se laissa entraîner par la jeune fille. Baptiste. Elle l'avait reconnu, grandi d'au moins une toise ; entendit sa voix. Thomas suivait, les bras levés, un Thomas débarrassé de ses rondeurs acadiennes, les joues creuses piquées de barbe, les yeux comme agrandis. Un instant, Isabelle dut s'arrêter. Son cœur allait se rompre, sa tête bourdonnait.

— Courez, Isabelle, ils sont là, ce sont bien eux ! cria Claire.

Dieu ! Les derniers pas furent les plus difficiles. Deux diables roux, hilares, s'agenouillèrent devant elle, baisèrent ses mains. Isabelle s'agenouilla à son tour, prit contre elle ses deux fils. Au moment où elle les étreignait, ses yeux cherchèrent cependant les deux autres, juste le temps de réaliser qu'ils n'étaient pas là, d'éprouver comme de la honte à avoir espéré Charlotte. C'était la moitié de son trésor qu'elle tenait enfermé dans ses bras.

— Père est au bateau, venez !

Baptiste s'était déjà relevé, entraînant sa mère. Thomas badait Claire, les yeux écarquillés.

— Nigaud, lui dit-elle, vas-tu enfin t'apercevoir que c'est bien moi, Claire Terriot, de la Pisiquid ?

Louant le Seigneur, Isabelle suivit avec peine son benjamin. L'enfant avait survécu, maigre, les côtes visibles dans l'entrebâillement de la chemise, la culotte flottant au large sur ses cuisses. Elle dut s'arrêter plusieurs fois pour reprendre son souffle. Bientôt viendrait le temps des récits. Pour le moment, le bonheur était sur ce rivage de pierre et de sable au bout duquel les mâts du *Locmaria* pointaient fièrement vers le ciel.

Des hommes marchaient sur la plage, à quelques centaines de pas de la goélette, formes minuscules dans un fin brouillard d'embruns. Baptiste tendit le doigt vers eux. Des marins, et leur capitaine Pierre Lestang.

— Notre père est avec eux.

Isabelle balançait entre joie et chagrin. Elle reprit longuement son souffle. A voir grandir les silhouettes des marcheurs, elle éprouva cependant un plaisir de petite fille se cachant jusqu'au dernier moment. Enfin, il lui sembla que l'on apercevait de loin quelque chose, l'attelage immobile au bout du chemin, les femmes, les grands gestes de Baptiste. Elle saisit le bas de sa robe, alla à la rencontre des marins.

Au milieu du groupe se tenait Jérôme, le dos rond, le pas mesuré. Il avait pris de l'assurance pour marcher, mais comme un vieillard au bout d'une longue maladie. Ses cheveux avaient blanchi, son visage ressemblait aux rochers de la Grande-Anse et de Cap-Breton, arêtes vives, rides dessinant de profondes rigoles, cavités où les yeux semblaient s'être retirés comme les corps de coquillages morts.

Isabelle le vit qui s'arrêtait, lui tendait la main. Baptiste trépignait, lançait des cris vers l'ange bienveillant des retrouvailles.

— Jérôme, murmura-t-elle.

Il fit un effort pour se redresser. Ses lèvres souriaient, le reste de son visage n'était que plis durcis par l'ennui, les nostalgies, l'absence. Isabelle prit sa main, la baisa, tandis que les marins se signaient. Droit comme un tronc d'arbre dénudé par l'hiver, Pierre Lestang battit des mains. Pardieu, oui, l'heure était aux bonnes œuvres de Dieu. Jérôme contempla sa femme. Ses doigts tremblaient entre ceux d'Isabelle.

— Tu es bien maigre toi aussi, pauvre. Nous allons te donner à manger, dit-il sur un ton presque détaché.

Ils demeurèrent longtemps sans parler, comme s'ils cherchaient dans le regard de l'autre l'explication d'une aussi longue séparation. Les mots ne venaient pas. Sans doute y avait-il bien trop de choses à se dire. Jérôme baissa la tête. Il n'avait retrouvé ni Jacques ni Charlotte quand il aurait fallu courir l'océan à leur poursuite. Trente navires ! L'infâme escadre s'était égaillée sur plus de huit cents lieues de côtes et plus loin, jusqu'en Angleterre.

Isabelle savait. Elle vint doucement contre lui tandis que les marins s'éloignaient.

— C'est bien, mon tout beau, dit-elle à son oreille.

— Ces maudits nous ont arraché le cœur. Qu'ils brûlent à jamais en enfer, avec notre haine éternelle pour attiser le feu.

Elle prit le visage de son mari entre ses mains, sourit. Le Jérôme Hébert de la ferme acadienne, le rebelle qui avait prêché de tout temps la résistance armée, affronté les Anglais à Grand-Pré une nuit de février 1747, tenté en dernier recours de rallier les Indiens, avait disparu. A sa place survivait un vieil homme ricanant, tourmenté par les remords, les rancœurs, le morne désespoir des vaincus.

— Nous sommes encore libres, lui dit Isabelle. Vois. C'est le bateau du Bellilois, les Anglais ne l'ont pas pris.

— Nous n'avons plus rien, ni terre ni patrie. Cette guerre commence à peine et déjà nous n'existons plus. Quand on nous demandera d'où nous sommes venus, nous pourrons décrire ce rivage de cailloux et d'herbe folle, et l'océan où trop d'entre nous se sont perdus.

Elle ressentit son inertie. Il avait pourtant exploré des rivières sur les trace des fugitifs, porté secours à des centaines de gens, mis sa vie en jeu pour sauver celle des autres. Quelque chose s'était rompu en lui. A la pointe nord de l'île Saint-Jean, il était comme le peuple acadien tout entier, dos à la mer, sans cap ni projet. Sidéré.

Isabelle caressa son front, ses joues blanchies par une épaisse barbe. Une brise se levait, légère, tiède, la goélette se balançait doucement, l'espace n'avait pas de limites tout autour d'eux.

— On va se retrouver, dit-elle, voilà bien la vérité de l'heure. Ton oncle a raison, Dieu nous regarde et nous prend dans sa main. Et vois qui nous rejoint. Ton ami Jean Terriot. Sais-tu que sa fille aussi est avec moi. Notre Thomas a récupéré sa promise !

Il la considéra longuement. Changée elle aussi, avec dans les yeux la fatigue d'un long voyage et bien plus que cela.

— Ma mie, je suis bien fier de toi, lui dit-il. Et je ne sais même pas d'où tu reviens.

— De Caroline, du Maryland, enfin de loin.

Du Bellilois la fille, pardieu, oui, Isabelle l'était toujours !

XVIII

Fort Duquesne, sur l'Ohio, mai 1758

Le sergent La Violette fixa Jacques Hébert de ses yeux exorbités. Fasciné, l'Acadien ne bougeait plus. Son verre de cidre à la main, qu'il n'osait boire, il peina à déglutir sa salive. C'était dans la pénombre de combles aménagés en tripot où les soldats du fort Duquesne avaient coutume de se retrouver et de boire leur ration de cidre, une fois leur service terminé.

— Trente et quatre qu'on était, hein, Lalanne, ça ne s'oublie pas, des choses pareilles ? La plupart à peine plus vieux que toi, l'Acadien, et quelques-uns dans mon genre pour les amener là-bas. Hein, Lalanne, tu te souviens ?

Le sergent Lalanne opina. C'était un Gascon, de la grande lande de Captieux ; maigre et plutôt petit, les doigts noueux, frisé, il portait une minuscule queue de cheveux ficelée haut sur la nuque et s'exprimait avec un accent du sud français à côté duquel celui de La Violette paraissait d'oïl. Face à lui, son ami figurait en quelque sorte son contraire, massif et noir de poil, la tignasse en liberté malgré les recommandations des officiers du fort.

Jacques attendit la suite. Du sergent La Violette, il se disait que l'affaire de juin 1755 avait fortement ébranlé son esprit. Les faits dont il avait été le témoin impuissant puis le rescapé restaient près de quatre années plus tard une incongruité militaire complète, un scandale.

— On est sortis du fort tous ensemble, tiens, petit, par la porte que tu aperçois d'ici, au sud. Des Canadiens et quelques réguliers. A notre tête marchait monsieur de Jumonville, tu te souviens, Lalanne, de ce gentilhomme. Moi, je lui avais dit : « Monsieur, prenez garde, j'ai pisté ces gens depuis qu'ils ont commencé à longer la Monongahela. Il y a de tout dans cette troupe, de l'Anglais d'Angleterre et du Virginien aussi, ou allez savoir quelle autre espèce d'Anglais d'Amérique. » Ah, par le sang du Christ ! Il ne m'a pas écouté. « Mais non, La Violette, nous sommes entre gentilshommes, et puis nous ne sommes pas en guerre déclarée, qu'il me répétait.

Ses yeux s'embuèrent. A la table, des hommes en manches de chemise buvaient du vin dans des gobelets d'étain, jouaient aux cartes. L'histoire que racontait La Violette, ils la connaissaient par cœur, certains s'en étaient tirés de justesse ou, chanceux, étaient restés au fort ce maudit jour-là. Mais le nouveau venu méritait de la savoir à son tour.

Jacques profita de l'émoi du conteur pour boire une gorgée de cidre. Dieu, que c'était bon, ça pétillait dans la gorge. Une fois, une seule, Jérôme Hébert avait permis à son cadet d'en boire, à la ferme, et en vérité, ce n'était ni dans la cale du *Hannah* ou chez les Tuscaroras et encore moins à la table des mennonites de Lancaster qu'un tel breuvage eût empli le moindre bol.

Le sergent soupira. Jacques trouva étrange cette sensiblerie chez un homme aussi gras et robuste dont les colères s'entendaient, disait-on, jusqu'à Niagara et même plus loin. La Violette avait incendié sans sourciller les fermes du comté de York, livré leurs colons aux Indiens et occis toutes sortes d'ennemis. Mais quand il parlait de son ami Jumonville, il sanglotait comme un enfant. La Violette, il était comme ça parce qu'il avait du cœur et que ce cœur saignait depuis la mort d'un frère.

Plein d'un rot énorme, Jacques écarquilla les yeux, ce que le sergent prit pour un encouragement.

— Les Anglais, qu'ils brûlent en enfer, ces gueux, nous avaient rendu visite deux jours auparavant. Ils étaient à une journée de marche d'ici, dans leur fort Necessity, sur le chemin par où tu es arrivé, petit. Exactement à un endroit où la prairie fait place aux grands arbres. L'officier qui les commandait, un grand, pardieu, il était grand, oui, et maigre comme pauvre en Carême. Washington, c'était son nom, hein, Lalanne, c'est ça, dis ?

— George Washington, c'est ça, Diou biban[1]. De Virginie.

— Le Diable les prenne, lui et ses hommes. Les Anglais nous l'envoyaient de Philadelphie ou de Boston, va savoir, blanc-bec. Et tu sais pourquoi il nous avait rendu visite, ce lord ? Pour nous dire de lui donner le fort et de plier bagages. Ha !

Il s'esclaffa soudain, comme s'il venait de proférer une énormité. Ses compagnons haussèrent les épaules, ricanèrent. Vrai, il y avait là une situation prêtant à rire, trois cents vestes rouges devant l'un des forts les plus puissamment armés de toute la Nouvelle-France, exigeant qu'on l'évacuât sur l'heure.

— Ici, poursuivit le sergent après s'être rincé le gosier, on décida de répondre à ce drôle comme il convenait. Retournez à votre fort et restez-y, pardieu, nous vous donnerons le nôtre quand le roi George se fera catholique romain. Et au revoir, sir Washington. C'est là que tout s'est noué, hil de pute. Monsieur de Jumonville nous a donc pris avec lui et il est allé à son tour demander à ce lieutenant de retourner d'où il venait, à sa Virginie chérie. A mesure qu'on s'avançait vers leur place, on voyait ses hommes qui se dispersaient dans les bois. On a fini par s'arrêter, il y avait peut-être bien danger, par là. Nous avions l'arme au pied, comme pour la parade, pas vrai, La Luzerne ?

— Sûr, fit un homme assis en bout de table. L'arme au pied, comme pour la parade.

— Et tu sais quoi, l'enfant, tu sais quoi ? gronda La Violette.

Jacques hasarda qu'on s'était déclaré la guerre, puis qu'on avait engagé un combat.

— C'est un peu juste, petit. Notre capitaine avait à peine donné l'ordre de se remettre en marche, et voilà que la forêt s'est mise à fleurir et à fumer, du blanc partout, l'Acadien, et de la mitraille à n'en plus pouvoir tenir debout et tu sais quoi, au bout de ce sabbat ?

Il se leva, son verre à la main, les bras écartés comme pour recevoir à son tour la traîtrise anglaise en pleine poitrine,

1. « Dieu vivant » : interjection gasconne.

demeura un moment silencieux avant de se rasseoir, d'un bloc, comme foudroyé.

— Douze amis de France et du Canada couchés sur la prairie et le meilleur d'entre eux, oui, mon gars, monsieur de Jumonville, parti parlementer et abattu comme un chien, l'épée au côté. C'est la guerre comme on la fait ici, tu sais cela, maintenant, et n'oublie pas ce nom, Washington. Parce que, après cette affaire, on y est retournés à leur fort Necessity, et on a mis le siège, tant et si bien que le Virginien a fait déposer ses fusils et s'est rendu. Oui, Tout-en-Os, rendu sans combattre et constitué prisonnier. Il a fallu le protéger, ici, parce qu'on était tout de même quelques-uns à vouloir lui trouer sa veste rouge, à ce gentilhomme. Il a avoué son crime par écrit et puis il est reparti chez lui un mois plus tard, avec ses hommes et son épée. En Virginie ! Ha ! La belle flambée qu'on fit de leur fort Necessity ! Hé, mes gars ? Je dis la vérité ou je me consume sur-le-champ ?

— Vérité, vérité vraie, lui répondit l'écho des buveurs.

Des femmes entrèrent dans la casemate, un groupe bavard venu là distribuer du linge propre, vestes, chemises et pantalons. La Violette se pencha vers son jeune compagnon, se boucha les narines.

— Dis-moi, l'Acadien, depuis que tu loges avec la troupe, on ne t'a guère vu porter tes hardes à réparer. Tu te plais à ce point dans ton jus ?

Une fille s'approcha de Jacques et le garçon éprouva un sentiment mêlé de surprise et d'infinie tristesse. Elle devait avoir l'âge de Charlotte, souriait de la même manière un peu rêveuse et secrète.

— Donne ta chemise à cette donzelle Lalanne, ordonna La Violette.

Jacques n'avait aucune envie de montrer son torse glabre, la maigreur de ses côtes, ses bras encore insuffisamment musclés. Le sergent le saisit par le col, le fit pivoter et lui arracha sa guenille dans un grand éclat de rire.

— Voilà pour Joséphine ! s'exclama-t-il.

Et il lança le vêtement à la fille, laquelle esquiva en riant. Elle avait un visage fin au teint mat, un nez aussi droit et pointu que celui de son père était camus, des yeux à l'expression volontaire, noirs comme ses cheveux tenus en macarons par une coiffe serrée aux tempes. Sous le haut-de-corps de serge brune, son buste était encore celui d'une enfant, longiligne et menu, sa jupe rouge rayée de blanc laissait deviner des fesses bien rondes.

Elle se mouvait, légère et gaie, virevoltante, comme d'autres auraient dansé. Jacques aperçut ses chevilles ; cette vision fugitive le troubla.

— Ces dames te vêtiront comme un prince, promit La Violette.

— Eh, qu'est-ce que tu as là, sur l'épaule ? s'étonna Lalanne.

— Je suis tombé sur de la roche, simplement.

Jacques posa la main sur la cicatrice irrégulière, grumeleuse, encore rosée par endroits. Joséphine s'approcha de lui.

— Mettez cette chemise, qui devrait vous aller, dit-elle.

Son sourire, soleil soudain, vint éclairer le fond ambré de sa peau.

— Pardieu, tu pourrais l'habiller tout entier avec un foulard de grenadier ! s'écria son père. Regarde, la mère, ajouta-t-il à l'adresse d'une des femmes, l'Acadie nous envoie ses meilleurs fusiliers. Dis-moi, l'enfant, ta plaie ?

— J'ai chuté en fuyant des Sauvages senecas, il y a une année, c'était au milieu des monts Alleghanys.

Il y eut un murmure approbateur. Jacques enfila la chemise de lin écru, soutint le regard de Joséphine. Il n'avait certes pas la carrure d'un soldat, mais sa randonnée solitaire en imposait tout de même un peu.

L'Acadie, on savait à peu près ce qui s'y était passé, c'était loin des Grands Lacs et des rivières de la Nouvelle-Franc, mais l'écho de la déportation avait franchi monts et forêts. Les gens en avaient vécu de dures, là-bas. Des fugitifs avaient rallié les rives du Saint-Laurent, certains s'étaient mis aux champs avec les gens de Gaspésie, d'autres avaient rejoint les milices de Montréal et de Québec. Ce qui était arrivé aux familles de la Dauphin, de la Gasparots et de la Pisiquid pouvait bien faire exemple et se reproduire ailleurs.

— C'est bien, petit, dit La Violette de sa voix éraillée. On t'apprendra deux ou trois choses utiles ici et tu nous seras un bon compagnon.

D'une bourrade, il le fit s'asseoir. Puis il emplit une pinte de cidre et la lui fourra d'autorité dans la main.

— A ta santé ! Et à la mémoire de mon ami monsieur de Jumonville.

Septembre 1758. Des Indiens delawares avaient porté la nouvelle : une troupe anglaise forte de cinq mille hommes s'était mise en marche depuis Cumberland, sous les ordres du colonel Forbes. Des Highlanders écossais accompagnaient des régiments réguliers ainsi que des miliciens, ce qui réjouissait La Violette.

— On a toujours plaisir à accueillir les vieux amis. Si le bon Dieu nous envoie de nouveau monsieur Washington, la fête sera belle. Cinq mille hommes, bé donc, l'Acadien, tu voulais du cuissot d'Anglais pour souper un de ces soirs, m'est avis que tu vas être servi !

Jacques Hébert sentit son cœur battre plus vite. Il avait fêté ses quinze ans la veille, devant une tarte aux pommes préparée par les femmes Lalanne. Et comme il se vieillissait d'une année depuis son arrivée au fort Duquesne, il se disait qu'il parvenait à l'âge où les adultes traitaient enfin d'égal à égal avec leurs puînés.

— Ils viennent vers nous, ceux-là, pour de bon ?

— Oui. Et nombreux, tu peux me croire. Ils sont partis de la Virginie, ont ouvert une route au sud, par les Alleghanys et leur fort de Ligonier. C'est ton chemin ou presque, l'Acadien, tu aurais pu les croiser, à quelques mois près ! Va falloir préparer la défense, mon gars !

— La défense, lâcha Jacques avec du mépris dans la voix.

— Hé ! Que faire d'autre, tu peux me le dire ? Nous sommes onze ou douze mille Français disséminés sur les rivières, entre Grands Lacs et Louisiane, face à un million et cinq cent mille colons à l'étroit, de Boston à Atlanta. Aux armes, soldats du roi Louis, nous partons à la conquête de Philadelphie et de New York ! Allons, mon petit, nous aurons de la chance si nous résistons plus d'une journée à l'armée qui vient vers nous.

La disproportion des forces en présence avait quelque chose d'irréel. Le gros homme s'esclaffa. Les airs butés, les ruminations, les colères froides de Jacques le mettaient en joie. Décidément, le gouye avait du caractère et pas du meilleur.

— Les Acadiens ont cru qu'il suffisait de se faire neutres pour garder leurs terres, expliqua Jacques. Mon père prêchait le contraire, comme l'abbé Le Loutre et quelques autres pas assez nombreux. Voilà où on en est aujourd'hui.

La Violette le prit par les épaules. Ils étaient devant la porte principale du fort, près des lignes de tranchées protégeant l'accès rapproché. La nouvelle de l'avancée anglaise animait la place. Les hommes marchaient un peu plus vite, s'affairaient, se lançaient ordres et instructions.

— Je vais tout t'expliquer, Sac-d'Os.

Le sergent était d'humeur à faire de la géographie. Il cita les grands fleuves, Mississippi, Ohio, Allegheny, et les places militaires françaises étirées le long de cette colonie sans colons. Venango, Erié, Niagara, et le fort Carillon que l'on avait perdu au printemps. A la différence de sa devancière, 1758 n'était pas une bonne année pour les fleurs de lys.

— On appelle ça la Nouvelle-France, c'est vaste comme la moitié de l'Europe. J'ai visité ces endroits, petit, j'en ai vu des fortifiés comme La Rochelle ou comme ici. L'ennui, c'est qu'autour de ces quelques pierres, y a personne, l'Acadien, tu m'entends, personne sauf les Indiens. Si tu veux des colons, des milices, des cadets par brassées, des régiments et des flottes de guerre, il faut te tourner vers l'est, mais par là ce sont les bouches à feu de nos vieux amis de Virginie et du Massachusetts qui vont nous cracher dessus bien avant l'hiver.

Il eut un vague sourire. Hébert pensait-il vraiment que ce dispositif tiendrait le coup face aux poussées anglaises ? La partie était pourtant encore indécise. Jacques songea à son père, le héros de guerres anciennes. Jérôme Hébert n'en parlait guère, alors c'était Catherine, la grand-mère, qui le faisait à sa place, le soir, à la ferme de la Pisiquid. Port-Royal. Un autre fort, pareillement hérissé de canons, des hommes, pareillement tenus de le conserver face à des forces supérieures, finissant par le rendre au bout d'un siège épuisant, une belle gabegie que tout cela.

— Regarde qui vient te voir, dit La Violette.

Joséphine Lalanne sortait du fort, un panier de linge sur l'épaule. Jacques lui avait parlé, souvent. Ensemble, ils avaient, avec les lavandières, longé moult fois le confluent protégé à l'ouest par une véritable muraille de roches, de bois et de mousse, d'où naissait l'Ohio. C'était un pays de forêts profondes, de noires collines dont le soleil traversait avec peine les frondaisons. Les fleuves, puissants, gonflés par les pluies de mars ou de novembre, mugissaient. A leur écoute, Jacques imaginait Niagara et sa chute d'eau proprement surhumaine dont La Violette imitait le bruit, crachant et gémissant à la grande joie de ses compagnons.

— Eh, la jolie ! Ton galant d'Acadie se mourait sans toi, sais-tu cela ?

Jacques haussa les épaules. Avec ses reins bien cambrés, ses yeux de nuit où luisaient des éclats de malice, Joséphine lui plaisait. Certains cadets des Compagnies de marine, soldats et officiers, même, n'étaient pas indifférents à ses charmes de toute jeune femme. Mais la donzelle, qui n'avait aucune envie d'être mariée à quinze ans, tournait les talons ou parlait d'autre chose dès que l'allusion devenait un peu lourde.

La Violette avait une mauvaise nouvelle.

— Enfin, dit-il, mauvaise pour ceux qui vont se battre ici. Toi, fille, tu vas partir pour le fort Venango, avec ta mère et quelques autres. Cette fois, mes petits, je crains que nous ne devions nager à contre-courant, vers le nord. Et moi, pardieu, je ne sais pas le faire, même dans le fil de la rivière !

Il prit un air faussement navré. C'étaient des hommes de sa trempe qui avaient repoussé Washington et ses Virginiens, massacré les défenseurs du fort William Henry, un an à peine auparavant, infligé aux Anglais revers sur revers sur les fleuves, depuis le début de cette guerre. Jacques le considéra comme il le faisait de son propre père. Ces héros étaient indestructibles. Dépeuplait-on les colonies, assiégeait-on les places ? Les Hébert et les La Violette survivaient à ces désastres, toujours.

— Tu as l'air vraiment triste de savoir que Joséphine va passer de l'autre côté de l'Allegheny, s'esclaffa le sergent. Et toi, la fille, on dirait un pot à lait planté sur une pelouse !

Il s'éloigna, hilare. Jacques proposa à Joséphine de la soulager de son panier, essuya un refus. Au fond de lui bouillait bien autre chose que l'envie de conter fleurette à son amie. De la tranchée d'enceinte, son regard couvrait au loin les acres de forêt d'où surgiraient bientôt les assaillants.

Son souffle s'accéléra. Des cris lui revenaient en mémoire, le rouge de vestes fermées sur des culottes blanches, des regards surtout, mille et mille regards de bêtes affolées, piquées au flanc, poussées dans des barques puis dans des cales. Il sentit une boule dure dans sa gorge. Trois ans, bientôt !

— Tu pourrais nous accompagner à Venango, dit Joséphine d'une voix douce. On aura aussi besoin d'éclaireurs, là-haut.

Il parut sortir d'un songe, vit de l'inquiétude dans les yeux de la jeune fille. Venango ? Qu'irait-il faire si loin de la place à défendre ?

— Tu as l'air si méchant tout d'un coup, murmura-t-elle.

Il ne répondit pas, serra les dents. Les vicissitudes de l'exil avaient changé son corps, arrondi ses muscles, haussé sa taille, donnant de l'harmonie à sa silhouette. « Joli garçon », plaisantaient les femmes. Il avait même appris à rire, à accepter la gouaille des soldats et des sergents. Pourtant, les rêves qui le ramenaient nuit après nuit aux heures terribles de la déportation hantaient aussi ses jours, durcissant ses traits, assombrissant son humeur.

Etait-ce de la méchanceté, ce désir de mort au plus profond de ses entrailles, cette haine affrontée au vide de son existence dans les mornes routines de la garnison ? « La guerre à toi tout seul, tu auras du mal », lui disait La Violette et même lui, le vieux soldat tout couturé de cicatrices, qui parlait d'égal à égal avec les chefs delawares et shawnees, semblait impressionné par le masque de Jacques dans ces moments de colère.

— Les Anglais vont venir, dit l'Acadien d'une voix rauque.

Elle l'observa, un petit sourire au coin des lèvres. La vie de garnison lui pesait parfois à elle aussi, qui était née dans un fort du Mississippi et ne connaissait ni Montréal ni Québec. Souvent, elle imaginait ce que devait être la vie d'une colonie autour d'une place forte, comme à Port-Royal ou à Louisbourg. « Dis-moi comment c'est, la danse, les bateaux sur la mer, une ville », lui demandait-elle. Dans ses yeux passaient les goélettes et les carrioles, le pavé des rues luisant sous la pluie, les flèches des églises piquant le ciel, comme sur les gravures enclouées aux murs de la grande salle du fort. Et lui, qui n'avait vu de villes que Philadelphie et Lancaster, lui décrivait cela ; l'exercice était cruel, chaque mot se plantait dans son cœur comme un dard, et d'autres aussi, surgis de sa mémoire d'Acadie :

digues, aboiteaux, misettes hantées par les troupeaux, nuits de Saint-Jean dont les chants joyeux, devenus plaintes et gémissements, rôdaient, fantomatiques, autour de lui.

— Tu te moques bien de ce qui peut arriver, Joséphine, dit-il.

Elle avait le même âge que lui, était encore enfant par bien des côtés, toute fragile dans un décor trop vaste pour elle. Jacques la soulagea de son panier, marcha vers la Monongahela. Les affaires des adultes ne la concernaient que de loin, leurs guerres, leurs craintes, leurs espoirs ! Elle se découvrait des envies de voyage, Venango en serait une première étape.

— Il y a quelques années, dit-elle, on nous a enfermés avec les tout-petits dans une casemate, cinq nuits durant. Les Anglais approchaient, une forte armée.

— Je sais, leur officier s'appelait Braddock.

— Oui. Nous n'avons rien entendu. La Violette et les autres sont sortis avec leurs fusils pour aller les rencontrer. Mille ennemis sont morts dans l'affaire, et leur général avec.

Elle croyait que l'histoire ne demandait qu'à se répéter. C'était comme une prière, pour conjurer le danger. Jacques épaula le lourd panier, prit le chemin du fleuve. A quelque distance de la rive, au bord de clairières où l'on allait chercher des champignons à l'automne, des tumuli peu à peu nivelés par les pluies témoignaient de présences immobiles. Des fosses avaient été creusées, des croix effondrées par les vents marquaient les sépultures anonymes de soldats tombés là. Jacques fit quelques pas sur le champ de mort. En Acadie aussi, les cimetières étaient à l'abandon, peuplés d'oiseaux becquetant l'herbe entre les tombes délaissées.

— Tu es toujours bien trop triste, lui dit Joséphine. Tu penses aux tiens, pardi, pauvres.

Il sourit de son accent gascon, si différent de celui des Acadiens. Elle parlait bien le français, jargonnait le plus souvent, avec ses parents ou avec les soldats des Compagnies.

Surgi d'entre des pierres moussues, un petit affluent de la Monongahela offrait aux lavandières une anse aux eaux limpides et calmes. La maynade[1] s'agenouilla, commença sa besogne tout en jetant vers son ami des regards pleins de

1. Jeune fille, en gascon.

reproche. Elle était pieuse, mêlait chaque jour la prière pour les Acadiens à ses litanies. Un grain de son chapelet leur était même dévoué, l'avant-dernier, juste avant celui du roi de France. Jacques la considéra, troublé. Elle et le sergent La Violette étaient ses seuls véritables amis au fort Duquesne.

Il s'assit sur une pierre, le menton entre ses genoux. Son rêve était en train de se réaliser, les Anglais approchaient enfin, et pour les accueillir il n'y aurait pas cette fois des paysans désarmés, des prêtres et des pêcheurs d'aloses persuadés que la Vierge Marie viendrait les secourir, mais une troupe aguerrie, épaulée par des Indiens. A un contre dix, qu'importait ! La France d'Amérique gagnait depuis toujours des batailles malgré cette infériorité.

Il ferma les yeux. Il allait rejoindre par-delà les monts, les plaines, les fleuves, son frère Thomas, cet aîné au regard trop souvent moqueur, si différent de lui par sa force, son goût de l'indépendance, ses dons de chasseur. Thomas et Jérôme formaient une jolie paire d'hommes libres dans l'espace acadien, quelque chose comme le symbole filial de ce monde à conquérir encore et toujours auquel lui, le petit Jacques, n'avait jamais vraiment appartenu.

— Où êtes-vous, mère ? murmura-t-il. Et ma Charlotte, pardieu, tu me manques.

Joséphine battait le linge. Sa silhouette se déforma petit à petit, comme prise dans une bourrasque. Jacques vit la rivière onduler, s'élargir puis se rétrécir, à travers un brouillard de larmes. Seul son bruit demeura égal, assez puissant pour couvrir celui des chevaux de Forbes et de ses cinq mille hommes.

— Ah, l'Acadien, notre jeune ami ! Ainsi La Violette vous apprend-il le métier d'éclaireur.

Monsieur de Lignery, gouverneur du fort Duquesne, s'était levé de son fauteuil. Face à lui, une dizaine d'hommes se tenaient debout, attendant ses ordres. Il y avait là des officiers, des éclaireurs shawnees en chemises et pantalons de peau, les cheveux raides et noirs ceints de tissu rouge. A leurs côtés, le sergent La Violette et son protégé, tout de cuir vêtus, à leur image.

Le sergent jeta sur Jacques un regard satisfait. Son élève apprenait vite, et bien.

— C'est une très forte armée qui se dirige vers nous par la Monongahela, annonça le gouverneur, et nous n'avons hélas pas les moyens de la diviser. Forbes nous arrive du sud. Il a choisi une route plus longue que celle de Braddock mais il bâtit des forts tout le long. Comme les Anglais font rarement les choses au hasard, je suppose que des colons allemands, écossais ou autres suivent déjà sa trace avec leurs carrioles et leurs marmailles huguenotes. D'autre part, Henry Bouquet, mercenaire helvète aux ordres de Boston et de Philadelphie, couvre en ce moment les tribus de cadeaux. Nos alliés d'aujourd'hui dans les Alleghanys peuvent se retrouver face à nous demain, dûment armés par leurs bienfaiteurs. Les éclaireurs vont avoir de la besogne dans les jours qui viennent.

Il était grand et élancé. Sous sa perruque poudrée, son visage ne souriait pas. La Violette poussa Jacques du coude. Ce travail était pour eux et pour les Shawnees. Le sergent n'aimait rien plus que ces longues marches en forêt, où l'on était tout à la fois pisteur, chasseur et guerrier.

— Nous pourrons peut-être attaquer quelques groupes isolés avant l'assaut, poursuivit Lignery. Il faudra sortir vite et leur fondre dessus. Ensuite, à un contre dix, le jeu ne serait plus le même.

Il se tut, écouta les rapports de ses officiers. Soixante canons défendaient la place, un profond fossé empêchait de toutes parts l'accès direct. Lignery hocha la tête, pensif. Forbes était mourant, disait-on, au point qu'il fallait le transporter sur une litière, entre deux chevaux. Mais l'homme avait toute sa tête, quelques dizaines de canons lui aussi et une véritable armée pour balayer les défenses françaises.

— Que Dieu nous accorde la chance que nous avons eue il y a quatre ans contre Braddock, conclut le gouverneur.

Les hommes saluèrent. La Violette était déjà dans l'escalier, ses Shawnees autour de lui. On sortirait dans l'heure, cap au sud le long de la Monongahela. Les Indiens porteraient les canoës, pour le retour.

Jacques se sentit subitement transporté de joie. Au fil des semaines, La Violette avait eu le temps de lui apprendre le pays, autour des trois grands fleuves. Son séjour chez les

Tuscaroras avait enseigné le reste à Jacques ; la patience, l'observation du ciel et des vents, la manière de se fondre dans le paysage.

Les adieux furent brefs. Dans les logis, les femmes préparaient leurs bagages pour le voyage vers Venango. Jacques vit Joséphine qui s'activait à vider des tiroirs. Ainsi occupée, l'air soucieuse, attentive à aider ses aînées tout en refaisant sans cesse son chignon mal arrimé, elle paraissait plus que son âge. Une petite femme.

Jacques s'approcha d'elle. Les gestes de son amie en évoquaient d'autres, semblables, au bord d'une rivière lointaine qui s'appelait Pisiquid ; des ballots ficelés à la hâte, lancés dans des charrettes, des objets jetés au feu, le rituel ordinaire de la fuite, nommée retraite chez les militaires.

— Eh bien, à te revoir, Joséphine Lalanne.

Il se sentit gauche. Dehors, La Violette donnait ses ordres. La patrouille serait forte d'une douzaine d'hommes.

— Voilà donc ta guerre qui vient, Jacques Hébert, lui dit-elle d'une voix grave, tendue, qu'il ne lui connaissait pas.

Elle se campa devant lui, dut lever la tête pour affronter son regard, parvint à sourire.

— Ne la fais pas attendre, lâcha-t-elle dans un souffle.

Elle l'embrassa sur la joue, se détourna aussitôt pour plonger les mains dans un tiroir plein de dentelles, de coiffes, de chausses. Située au rez-de-chaussée, sous les logis des officiers, la maison Lalanne était une pièce unique aux murs noircis, étroitement fenêtrée, à quoi seules des mains de femmes avaient pu donner l'apparence d'une habitation humaine. Jacques y avait souvent dîné, dans les bons fumets de la marmite.

— Eh bien, à te revoir, répéta-t-il.

Las de triturer le bord de son chapeau de feutre, il grogna et, d'un coup, quitta la pièce.

— Regarde ça, poulet maigre, chuchota La Violette, l'avant-garde de messieurs Forbes, Washington et consorts. Il y a au moins huit cents hommes, en bas.

C'était le soir, à une demi-journée de marche du fort, entre prairie et forêt. Dans un décor plutôt plat, au confluent avec la petite rivière de la Tortue, la Monongahela prenait là son temps, décrivant des courbes alanguies. Au creux de l'une d'elles, la troupe anglaise installait un bivouac sous le regard des Français dissimulés derrière un promontoire, à moins de cinq cents pas.

La Violette piaffait. Ses Shawnees tardaient à revenir de l'amont et il y avait là, tout près, bon à cueillir, un gibier de miliciens américains et de Highlanders, dans leurs jupes quadrillées de rouge et de vert. Le sergent cherchait à comprendre.

— De deux choses l'une, ou ces gars vont être rejoints dans la nuit par le gros de la troupe, ou ils avanceront tels quels à l'aube, pour prendre position en avant-garde, au plus près. Auquel cas ils auront fait une erreur.

Il dut ronger son frein jusqu'à ce que l'obscurité fût venue. Des hommes étaient déjà repartis vers le fort pour annoncer ce premier mouvement visible de l'ennemi. Enfin, à la mi-nuit, les pisteurs shawnees s'en revinrent, porteurs d'une bonne nouvelle : le gros de l'armée anglaise stationnait toujours à plus de deux journées de là et ne bougeait pas. La Violette décida de faire retraite.

La nuit tomba, froide et claire. Les feux ennemis semblaient flotter au loin entre la terre et l'eau. « Gentil guide », apprécia le sergent, qui craignait toutefois la rencontre avec des éclaireurs adverses. Mais de ceux-ci, point.

— Ils sont assez sûrs d'eux-mêmes pour marcher sur le fort au matin, sans attendre, s'étonna La Violette. Bon Dieu, ce sera alors comme contre Braddock. Ces gens n'ont donc rien compris ?

Jacques suivait son compagnon de près. La rapidité, l'agilité, même, avec lesquelles le corpulent sous-officier se déplaçait le surprenaient. Sans doute était-ce un effet de l'excitation, de ce goût affiché par La Violette pour l'odeur de la poudre, de son envie d'en découdre. Quitte à mourir, que ce fût au moins au combat plutôt que de pneumonie ou de grande colique, au fort, comme quelques autres.

On mit les canoës à l'eau puis on se terra contre le talus de la rivière. Jacques s'endormit, rêva d'étranges lucioles autour de l'église de Grand-Pré. Des ombres le frôlaient, des voix étouffées lui demandaient ce qu'il faisait là, si loin de chez lui. Comme souvent, les mouvements du *Hannah* dans la houle atlantique le prirent, d'abord lents et réguliers tel un bercement puis peu à peu heurtés en tous sens en une violente secouée.

— Hé, là !

Ce cri était sien.

— Tais-toi et debout ! grommela le sergent.

Un vague liseré gris se formait sur l'autre rive, à l'horizon lointain de l'Ohio. Des éclaireurs indiens avaient donné l'alerte : on allait faire mouvement chez les Anglais. Les Ecossais jouaient de leurs vèzes[1], signe qu'ils accompagneraient une attaque. Il n'y avait pas de temps à perdre.

La patrouille embarqua dans les canoës, se laissa filer dans le cours puissant de la rivière. L'aube venait, grisâtre sous une chape de lourds nuages immobiles. Jacques sentit son cœur battre très fort. Devant lui, les plumes des Delawares rythmaient les coups de pagaies. C'était comme à Grand-Pré, le jour maudit de l'embarquement Des rameurs arc-boutés menaient leurs propres familles vers l'abîme. Jacques soupira. La liberté valait bien que l'on se préparât à mourir, mais Dieu que l'imminence de la guerre était dure à supporter !

La Violette se fit débarquer avec une demi-douzaine d'hommes en lisière d'une hêtraie. De là il avait vue en même temps sur le fort et sur le chemin donnant accès à la place. La colonne anglaise déboucherait là.

— Il me faut une trentaine de fusiliers dans l'heure, ici même, lança-t-il aux rameurs. Faites vite.

Il ramena ses hommes à l'abri de roches chaotiques surplombant le cours de la Monongahela. Jacques s'assit près de lui, reçut un des deux fusils que le sergent portait en travers du dos.

— Tu sauras t'en servir pour de bon, drôle ? Cette fois, ce n'est pas un lapin, une poule ou même un caillou que tu auras au bout.

Jacques trouva soudain l'arme bien plus lourde que d'habitude, dut la serrer fort entre ses doigts. Sa gorge nouée l'empêchait de proférer la moindre parole. Les hommes étaient tendus eux aussi. Le pari de leur sergent était risqué : attendre le reflux des assaillants pour les prendre de côté. Reflueraient-

1. Cornemuses.

ils seulement ? La Violette était formel ; puisqu'un Anglais assez téméraire ou inconscient venait offrir sa troupe aux appétits français, on referait le coup de Braddock, même punition, même motif. Monsieur de Lignery agirait comme il l'avait dit, huit ou neuf cents hommes à découvert sur la longue prairie menant au fort constituaient la cible idéale d'un tir d'artillerie suivi aussitôt d'une sortie massive.

— Y a plus qu'à attendre, conclut le sergent, les yeux clos.

Jacques tendit l'oreille, chercha, à travers l'épaisse forêt cernant à distance le fort Duquesne, un bruit différent de celui de la rivière. Comment procédait La Violette pour s'endormir ainsi tout à coup ? Jacques observa les gestes des éclaireurs bourrant le canon de leurs mousquets, tassant ensuite la poudre avant de vérifier le bon fonctionnement du chien. Le temps lui parut se suspendre, la rivière cesser de couler.

Dans sa tête se succédèrent, comme pages de livre sous le vent, les images mêlées de temps révolus, en un choix étrange de la mémoire ou peut-être de la peur. Thomas Hébert à l'affût d'une bécassine sous le même ciel bas de novembre, Jérôme, leur père, rentrant en pleine nuit d'un long voyage à travers l'Acadie, trempé des pieds à la tête, statue de boue contre quoi Isabelle se jetait en criant de joie, Charlotte dans son délire, au fond du *Hannah*.

Il serra la crosse du fusil. Par une sorte de prodige, il entendit soudain les feuilles des arbres tomber au sol, le crissement d'un pas de biche sur des rochers, dans l'épaisseur de la forêt. Ainsi la haine patiemment accumulée pendant plus de trois années pouvait-elle fondre en quelques minutes dans cette terreur muette exaltant ses sens.

Il sentit sur son épaule la bourrade amicale d'un éclaireur. Il devait être pâle comme les morts du *Hannah* avant qu'on les jetât à l'eau ; il tenta de sourire et dut soudainement se pencher en avant pour vomir, à l'instant même où les premiers échos des cornemuses écossaises parvenaient jusqu'à lui.

— Demi-heure, fit sobrement La Violette, qui ne dormait donc que d'une oreille.

Le souffle court, les joues rougies par la course, les fusiliers des Compagnies de marine rejoignirent les éclaireurs. Trente hommes dont Jacques connaissait bien les visages pour avoir manœuvré près d'eux sous les ordres des sergents et des lieutenants, trente ombres gris-blanc qui eurent tôt fait de se poster dans le bois, fusils pointés vers le chemin d'accès au fort.

— Tu ne me quittes pas, pingaïot[1], ordonna le sergent.

Jacques tenait à peine sur ses jambes, pétrifié par cette musique écossaise, entêtante, joyeuse et pourtant effrayante, sortie des noires profondeurs des bois. Comme une invitation à la gigue. Où étaient les filles en jupes rayées aux couleurs de l'été ?

Les cornemuses se rapprochaient. On ne tirerait pas, même à vue, la maudite colonne traverserait le bois en ordre. Ce qu'elle fit dans le délai prévu par le sergent. Les yeux fermés, couvert de sueur, Jacques eut l'impression que les Ecossais allaient passer à travers le groupe des Français. En réalité, une centaine de pas les séparaient. La musique décrut lentement, le bruit des bottes aussi. De longues minutes s'écoulèrent. Puis des hommes se mirent à crier au loin tandis que tombaient sur les assaillants les premiers projectiles de mortiers. La Violette ricana, babines retroussées, il devait y avoir un beau carnage devant le fort. Les hurlements ne furent bientôt qu'une clameur unique, sans trêve.

— Les nôtres sont sur le pré ! cria-t-il. Pardieu, sûr qu'on ne tardera pas à revoir les jupes à carreaux !

Les Français s'étaient rapprochés du chemin, qu'ils tenaient dans leurs viseurs. Bientôt, les premiers groupes ennemis apparurent à l'entrée du bois, certains hommes encore en armes, d'autres non, courant à toutes jambes entre les grands arbres.

— Feu, dit calmement La Violette.

Jacques n'avait pas eu le temps d'épauler qu'il était déjà entouré de fumées blanches. Postés derrière hêtres, talus et rochers, les fusiliers prenaient le temps d'ajuster leurs cibles.

— Hé bé, couillon ! Tire à ton tour ! hurla le sergent.

Il rechargeait déjà son mousquet. Jacques mit un genou à terre. Devant lui, à moins de trente pas, le reflux anglais s'accélérait, mitraillé aussi par l'arrière. Des hommes tombaient, certains demeuraient immobiles, d'autres se tordaient comme des vers ou rampaient. Jacques entrevit à moins de cinq pas une silhouette coiffée d'une queue de castor, un visage grimaçant, creusé par l'effort. Il tira, entendit un cri parmi cent

1. Poulet maigre et haut sur pattes, en gascon.

autres, mais différent car si proche qu'il l'emplit à nouveau de terreur.

— Pique-le, à la pointe ! cria La Violette.

Jacques se releva avec la sensation que son crâne allait éclater. Il mit sa baïonnette au canon, se lança vers la forme courbée qui filait vers la rivière. En chemin, il s'arrêta pour recharger son fusil, reprit sa course jusqu'à la rive de la Monongahela.

C'était incroyable. La pétarade continuait dans le bois, et la prairie parsemée de rochers longeant la rivière était totalement vide. Jacques marcha vers le fil de l'eau, sa lame de fer devant lui, jusqu'à une concavité où le flot creusait latéralement la terre, formant un abri naturel bordé de roches luisantes. Il chercha un point d'accès en aval, piétina dans une vase épaisse et noire, contre le courant, finit par apercevoir le milicien agenouillé sur une roche, la main au côté.

Il s'approcha doucement, vit l'homme se lever avec peine. Son flanc droit n'était qu'une tache rouge sur sa chemise couleur de terre sèche. Il avait conservé son bonnet de fourrure, portait une culotte de peau souillée de boue.

— Hé ! cria Jacques.

Implorant, l'homme leva la main, du même geste dérisoire et inutile que les déportés sur le rivage de Grand-Pré, quand les baïonnettes anglaises les forçaient à monter dans les chaloupes. L'Acadien fit quelques pas de plus vers lui en le visant. Garroche[1], pensa-t-il, pardieu, garroche-le ! L'homme leva son autre main en signe de reddition. Il était très jeune. Jacques se dit qu'ils devaient avoir tous deux le même âge ou presque, décida qu'en fin de compte il l'amènerait au fort, prisonnier.

A la vue du fusil abaissé, le Virginien parut se détendre. Jacques lui cria de le rejoindre. L'homme esquissa un pas, glissa et tomba, emporté aussitôt par le courant. Jacques entrevit son dos et sa nuque filant à fleur de rivière, courut, furieux de voir sa proie lui échapper. Le milicien ne nageait pas, ni ne luttait. Il se laissait porter, s'enfonçait peu à peu, finit par disparaître, happé par un tourbillon d'eau boueuse.

Jacques s'assit, appuya son fusil contre un rocher. En lui se mêlaient la fierté de ce premier combat, le soulagement

1. « Tire ! »

d'entendre la fusillade s'espacer en s'éloignant et le souvenir d'avoir tué un homme.

— Pardieu, je l'ai tué.

Et puis le reste, soudain, un grand vide dans sa poitrine et dans sa tête, et le flot des larmes jaillissant de ses yeux.

— Non, Tout-en-Os, nous n'irons pas de nouveau à la rencontre du rigodon écossais, déclara La Violette en s'asseyant. C'est un ordre. Tu peux finir tranquillement ton cidre.

La nouvelle ne l'émouvait pas particulièrement. Jacques sursauta sur son banc.

— Mais pourquoi ? Nous en avons laissé près de trois cents, morts, à la rivière de la Tortue.

— Nos chefs, Dieu les inspire, pensent que si nous attaquons maintenant, ce sera notre tour de payer cher l'imprudence. Et puis tiens, je vais te dire le fond des choses.

Il hésita un instant. Depuis l'engagement contre les hommes de Forbes, son jeune protégé brûlait d'en découdre à nouveau. L'odeur de la poudre, la moisson de corps inertes ramenée derrière leurs lignes par les Anglais, la présence si proche de l'ennemi, tout éveillait en Jacques des instincts de chasseur, ou de fauve. La Violette s'assit en face de lui, emplit un bol de cidre qu'il but à sa manière, goulue et bruyante.

— Nos chefs, Dieu les protège, pensent que nous devons abandonner la place et nous allons même le faire avant longtemps. Que dis-tu de cela, Sac-à-Clous ?

Il s'essuya les lèvres d'un revers de manche, lissa sa moustache, considéra son cadet, de l'ironie plein ses petits yeux.

Abandonner la place ? Le fort Duquesne commandait à lui seul trois des plus importantes rivières de l'immensité française d'Amérique.

— Et pour aller où ? demanda Jacques, stupéfait.

— Au nord.

Jacques baissa les yeux. Des récits de sa prime enfance lui revinrent en mémoire, portés par la voix de sa grand-mère Catherine. Près d'un demi-siècle auparavant, Jérôme Hébert s'était ainsi trouvé au fort Royal rendu pour toujours aux Anglais. Le destin de l'Acadie avait été en vérité scellé ce jour maudit de septembre 1710.

Jacques frappa la table du poing. Les officiers et les soldats du fort Duquesne exécuteraient les ordres sans états d'âme. Comme les cadets venus eux aussi de France et de Québec ou de Montréal, ils seraient peut-être même soulagés d'esquiver un combat jugé inégal. Mais quoi ! On bâtissait des forteresses pour les livrer ainsi à l'ennemi ? Quelle pitié !

— Le fort ne sera plus tout à fait le même demain matin, dit La Violette.

Jacques se mura dans le silence. Pendant qu'il séjournait chez les Tuscaroras, les Français de Montcalm avaient infligé à leurs adversaires quelques corrections mémorables à Oswego, à Carillon, à Niagara. Des coups d'épée dans l'eau des grands fleuves d'Amérique ; voilà que tout cela ne servait strictement à rien. Jacques fulminait. Il redouta soudain de connaître à son tour ce que son père avait combattu toute sa vie, l'humiliation, la bannière exécrée flottant au ciel des forteresses et l'exil, encore et toujours, comme point final à ces abandons.

— Il y a d'autres rivières de la Tortue, lui dit le sergent avec un regard en coin. Nous irons nous battre plus loin, le pays est vaste.

Il vit son protégé au bord des larmes, grommela. Il admirait la rage gîtant au fond des tripes de Jacques et ses faiblesses d'enfant, en même temps. Lui, l'éclaireur, le tueur d'Indiens, de Gallois et d'Ecossais, n'avait jamais connu le sentiment de haine qui animait l'Acadien. Mais il comprenait. Lourde était la charge pesant sur les épaules d'un aussi jeune garçon.

— Il va falloir te préparer, dit-il, et nous autres aussi. Allez, petit, fais ton paquetage et cesse de trop penser. La route est longue jusqu'à Venango.

— Ou jusqu'à Québec, sans doute, lui lança Jacques.

Une partie de la garnison s'était lancée sur l'Ohio, avec mission de rejoindre le Mississippi et la Louisiane. Tandis que les Shawnees en terminaient avec le portage des canoës, le reste de la troupe du fort Duquesne, embarqué par groupes de douze ou quinze, traversa le confluent pour atterrir à deux lieues en amont du fort abandonné, sur l'Allegheny. En queue de colonne, loin sur les arrières de la troupe, La Violette et ses éclaireurs s'étaient laissé décrocher, attendant que la perte de la place fût consommée.

La nuit était venue sous une lune ronde. Immobiles dans le silence à peine troublé par le murmure de la puissante rivière, les hommes attendaient, les uns accroupis, fumant de courts calumets, les autres appuyés sur leurs fusils, semblant dormir debout. Jacques Hébert s'était hissé au sommet de la colline où la petite compagnie avait pris position. Son regard accoutumé à la pénombre laiteuse baignant la forêt chercha un point invisible, au sud, le fort Duquesne que les derniers artificiers avaient maintenant dû abandonner à leur tour.

C'étaient des instants de pleine communion avec la nature. Tout semblait lié par une couleur unique, grise et douce, les collines et les vallons, les clairières. Tout était propice à l'une de ces étapes nocturnes sur la traque d'un gibier où l'on veillerait entre de courts sommes, auprès d'un feu. Jacques se mit à respirer plus fort. Le temps passait et rien ne venait troubler le silence, pas même un cri d'oiseau. A quelques pas de lui, la minuscule compagnie d'éclaireurs semblait pétrifiée dans le décor. Il fallait imaginer, à une heure de marche de là, des hommes allumant des mèches et se mettant aussitôt à courir.

Il y eut une lueur blanche à l'horizon, née des profondeurs de la forêt, puis un éclair jaunâtre suivi d'un grondement allant s'amplifiant. Bourré de poudre jusqu'à la porte de ses casemates, le fort Duquesne explosa, offrant aux spectateurs la magnificence de son embrasement. Jacques garda les yeux grands ouverts tant que dura cette brève incandescence, après quoi l'astre des incendies éclaira l'horizon de sa lumière ondoyante.

— C'est fini, constata La Violette. Il n'y a plus qu'à attendre les boute-feux et à déguerpir.

— Déguerpir, murmura Jacques.

Le projet français lui apparaissait, bien qu'il ne fût en rien un futur stratège, comme les cadets des Compagnies de la marine. Puisqu'on ne pouvait raisonnablement les tenir, on détruisait les places souvent conservées au prix de durs combats. En Acadie, Boishébert avait procédé de la sorte au fort Jemseg. Un geste radical, qui signifiait aussi que l'on quittait la table de jeu, sans doute pour toujours.

Les yeux encore pleins de la vision du sacrifice, Jacques sentit sa gorge se nouer. Si vraiment la disproportion des forces était ce que décrivait le sergent, alors il en irait de même tout au long de la ligne fortifiée, de Venango à Niagara. On allait donc remonter vers le lac Champlain et le Saint-Laurent.

Tandis qu'il rejoignait à pas lents ses compagnons, Jacques eut soudain la certitude que l'on se battrait bientôt devant Québec et Montréal. Un invisible étau se fermait autour de lui. La nuit qui avait absorbé dans sa masse la formidable explosion du fort redevenait trompeuse.

Les artificiers rejoignirent les éclaireurs au milieu de la nuit, avec, encore présent dans les oreilles, le vacarme accompagnant la destruction du fort. Forbes gagnait la partie au prix des trois cents vies imprudemment engagées par son adjoint Grant. Pour une place de cette importance, ce n'était pas cher payé.

— A notre tour de passer de l'autre côté, annonça La Violette.

On embarqua. A cette époque de l'année, l'Allegheny, comme ses sœurs de l'Ouest, charriait les eaux boueuses des premières pluies d'automne. Au moment où il mettait le pied dans le canoë, Jacques se dit qu'il aurait sans doute été possible de défendre le fort jusqu'aux premières neiges. La Violette pensait différemment, ou ne pensait pas, ce qui ne valait guère mieux.

— On va rejoindre la jolie gueuse à Lalanne, glissa le sergent dans l'oreille de son jeune compagnon. Tu devrais être content, c'est la vie, ça, mon petit Sac-de-Clous.

Jacques hocha la tête, sceptique. Il ne voulait rien perdre de son adieu aux rives des fleuves français. Les Shawnees s'étaient mis à la rame, luttaient contre le courant sous la lune à présent à l'orient. Peu à peu, la lumière s'en alla, comme happée par un tunnel. Un homme alluma une lampe, les Indiens se mirent à chanter pour rythmer leur effort.

Cela ressemblait à l'une de ces chasses d'avant la déportation, au fil de la Pisiquid. Thomas Hébert tenait les pagaies. Il sifflait et chantait jusqu'à l'autre rive où l'on attendrait l'aube sous une cabane amie. Blotti au fond de la barque, plein des inquiétudes et des recommandations de sa mère, Jacques observait, fasciné, la puissante musculature en action de son aîné dans la même opalescence du ciel. En ces instants de grâce, rien de fâcheux ne pouvait lui arriver. C'était dans une autre vie.

Des éléments du fort Erié avaient rejoint à Venango le reste des Français et des Canadiens délogés du confluent. C'était une retraite certes en bon ordre, mais dans l'esprit de Jacques Hébert elle avait l'allure d'une vraie défaite. On remontait vers les montagnes Adirondacks lorsque l'ordre était venu d'aller plein nord jusqu'au fort Niagara. La chute de Carillon en septembre mettait le lac Ontario sous la menace des canons anglais et ne laissait plus subsister qu'un étroit couloir pour rejoindre la rive sud du Saint-Laurent.

— Ça m'a l'air d'être le voyage de retour, pour de bon, annonça La Violette.

La rivière Allegheny allait s'amenuisant sous le ciel plombé. A l'abri des épaisses forêts appalaches, les anciens tenants de l'Ohio suivaient les chemins millénaires des Indiens.

— Et nous ferons bien d'arriver au port avant le plein hiver, ajouta le sergent.

Ils cheminaient en queue de colonne avec une quinzaine de cadets. Mille hommes et leur train de canons, de chevaux et de bœufs, cela ne passait pas inaperçu. Des Indiens étaient venus se mêler à la troupe, des Cayugas pour la plupart, qu'une alliance de dernière minute poussait à leur tour vers Montréal, loin à l'ouest du lac Champlain.

— Les Anglais ont levé plusieurs armées, révéla le sergent. Tout cela converge vers le nord. On parle aussi de flottes en préparation dans les ports de Nouvelle-Angleterre. L'année qui vient ne s'annonce guère tranquille pour nos vieux os.

A Niagara, la position française subirait bientôt l'assaut des Anglais. On allait renforcer la garnison avant qu'elle ne soit assiégée, ce qui devait satisfaire le jeune Acadien pressé d'en découdre à nouveau. Son fusil en travers des épaules, sa bedaine devant lui en forme de gros coussin, La Violette avait l'air de s'amuser de la situation. Comme la majorité des soldats français, il se voyait déjà à Montréal ou à Québec, tenant des positions infiniment plus solides et mieux défendues que les places des rivières.

— Tu verras ça, petit, des villes, des vraies, avec des batteries surplombant le grand fleuve et les meilleurs chefs du royaume pour nous commander. Et tu sais quoi, encore ? Des tavernes, oui mon gars, peuplées de guédounes[1] qui grugent les curés en se faisant passer pour des vendeuses de pommes et se donnent discrètement à l'étage, pour quelques sols ! Qu'ils viennent donc, les enjupés d'Ecosse, on saura les recevoir.

Jacques avait eu le temps de comprendre le sentiment des Berrichons, des Gascons et autres champenois volontaires pour l'Amérique. Du plus jeune des cadets au plus aguerri des officiers, ils rêvaient secrètement de retourner un jour en France. Quelques-uns avaient pourtant épouses et familles sur le Saint-Laurent. Ceux-là se sentaient canadiens et resteraient peut-être, quoi qu'il dût arriver. Les autres faisaient la guerre, exécutaient les ordres sans discuter, supputant leurs chances d'embarquer prochainement pour Brest ou La Rochelle.

Tandis qu'il longeait la frontière invisible abandonnée au fil des jours par la France, Jacques songeait à ses compagnons tuscaroras de l'hiver précédent. Etaient-ils parvenus à se fondre dans la nation iroquoise ? Sur les arrières de la Nouvelle-Angleterre régnait le grand désordre des exils et des migrations. Les perdants semblaient avoir été désignés par le sort des armes. Français et Indiens. Au milieu de ce chaos, les milliers d'Acadiens déracinés cherchaient à apercevoir la minuscule lueur de l'espérance.

— Elle te plaît bien, la petite Joséphine, hé ? susurra La Violette, l'air de rien. Je connais quelques cadets qui vironnent[2] eux aussi. Tu feras bien de te vêtir un peu plus élegamment si tu dois la revoir.

— J'ai autre chose à penser, maugréa l'Acadien.

— Monsieur pense ! Eh bien voilà une nouvelle qui va rassurer nos chefs de Niagara et autres lieux.

Les monts Alleghanys dessinaient leurs courbes douces à l'horizon. Jacques pressa le pas. Il aimait bien son compagnon mais par moments les plaisanteries du sergent La Violette lui pesaient pour de bon. Et puis il avait envie de s'imaginer seul sur les pas de son père, quelque part entre les rivières du pays

1. Filles légères.
2. Tournent autour.

natal dont les noms chantaient dans sa tête, Sainte-Croix, Gasparots, Pisiquid. Le pays de l'Ouest n'était que sombres forêts de feuillus, vallons enfoncés entre des collines semblables les unes aux autres, un prolongement sans limites de la morne et sèche Pennsylvanie. Rien n'y ressemblait à l'Acadie.

Joséphine se tenait face au vent, au bout de la courte langue de terre séparant le fort Niagara du rivage. Les mains sur les hanches, elle contemplait les eaux grises du lac Ontario agitées par les rafales, couvertes d'écume, une mer en vérité, hostile, déferlant sur la grève de roches et de sable noir.

— Eh, fille, s'exclama Jacques, te voilà tout près de Montréal, à cette heure ! Encore une bataille ou deux et tu pourras t'installer en ville.

Elle écarta les bras, laissa le vent caresser durement son visage. Jacques ne l'avait pas revue depuis l'évacuation du fort Duquesne ; les proches des soldats et officiers étaient remontés directement vers le lac après une nuit de repos à Venango. Cela ne faisait guère plus de quelques semaines, et pourtant Jacques trouvait son amie changée, elle aussi. Sa silhouette s'était arrondie, son visage perdait les derniers traits poupins de l'enfance. Protégée de la fine pluie par une grosse cape noire de laine brune, elle était ravissante.

— Eh bien, pourquoi me dévisages-tu de cette façon ? protesta-t-elle lorsque, lassée de voir Jacques lui boucher le paysage, elle se fut déplacée de quelques pas. Tu ne te souvenais plus bien de moi ?

Elle minaudait un peu, c'était nouveau. A Niagara, elle avait dû se montrer à des regards inconnus. Le fort contenait un bon demi-millier d'hommes. Jacques sentit monter en lui un sentiment étrange ressemblant à de la jalousie. Il se souvint d'avoir éprouvé cela autrefois, lorsque les filles de la Pisiquid s'échangeaient des confidences et des secrets auxquels il n'avait pas accès. Il n'y avait rien de plus contrariant que d'être ainsi laissé de côté.

Il tenta de chasser de son esprit l'image entêtante de Charlotte. Comme un fantôme surgi des profondeurs, le visage meurtri de sa sœur venait rôder chaque jour autour de lui. Même entre les rivières de l'Ouest, quand la fatigue obligeait les marcheurs à serrer les dents et à affermir leur pas, Jacques recevait à l'improviste de ces visites inopportunes. Les yeux grands ouverts, il regardait les taches jaunâtres de la petite vérole éclore et se répandre sur le décor uniforme de la forêt. La nuit, la visiteuse, blafarde apparition dansant aux pointes d'un feu, s'approchait de lui à le toucher et tentait de lui parler, bientôt rejointe par d'autres, et la sarabande des visages détruits l'entraînait, hurlante.

— Hé, l'Acadien. A quoi penses-tu ? s'inquiéta Joséphine.

Il la regarda, un vague sourire au coin des lèvres.

— Je me dis que tu es bien gréée[1] à c't' heure, que tu as un joli minois et qu'un de ces jours, un officier de Montréal ou de Québec te le dira, lui aussi.

— Eh bien, soit ! Qu'on me le dise !

Elle rit, rejeta sa tête en arrière, d'un geste qui dévoila la naissance de son cou. Jacques s'ébroua. Le temps avait donc passé si vite depuis qu'il était entré dans le fort Duquesne. Il revoyait une adolescente un peu malingre devenue au fil des années la mascotte de la garnison, régnant sur les casemates et les chemins de ronde, pagayant comme une Indienne sur le ruisseau de la Tortue, cousant et ravaudant à l'image des femmes du fort. Sûr qu'en ville sa taille, son buste, son regard sombre et profond en feraient se retourner plus d'un ; de quoi aiguiser encore l'ironie de La Violette.

— Tu as l'air contente de me retrouver, ça fait vraiment plaisir, dit-il, contrit.

— J'ai vu les eaux du Niagara tomber, c'est une chose qu'on ne peut imaginer, éluda-t-elle. C'est à deux lieues d'ici. Si tu veux, je t'y conduirai.

— J'aurai sans doute à m'occuper autour du fort.

— En plein hiver ? Les Anglais se chauffent eux aussi devant les cheminées. C'est le temps des coureurs des bois.

Il s'avança vers le lac, ferma les yeux, cherchant dans ses narines l'âcre senteur de la colère océane. Mais rien de tel ici. Le vent charriait des bouffées d'un air fade, vaseux.

— Morte mer[2], murmura-t-il.

1. Vêtue.
2. Eau douce.

Le père de Joséphine les rejoignit, heureux que Jacques fût arrivé à bon port au bout d'une longue marche. Dans son nouveau décor, Jacques le trouva déplumé, creusé de rides au front et autour du nez. Lui aussi changeait à mesure que la troupe française abandonnait ses positions. Il était temps que cessât cette guerre, sans quoi, ayant perdu le peu de gras de sa carcasse, le ferreur de chevaux, l'homme des brasiers où se tordait la ferraille des armes, se verrait réduit à son seul squelette et se coucherait.

— J'aurai besoin d'aide pour chausser quelques canassons, ce soir, dit-il. Si le cœur t'en dit...

— Votre fille veut me jeter du saut de Niagara.

— Elle a raison, mais pas avant qu'on ait ferré ces bêtes.

Il rit, découvrit ses gencives violacées, garnies de chicots jaunis par le tabac. Puis son visage se fit à nouveau grave. Les retraites militaires ne lui réussissaient guère, gâtaient son humeur.

— Le Saut ? Ma foi, tu feras bien de voir ce lieu avant le printemps prochain. Allegheny, Monongahela, Niagara, boh, té ! Les Anglais nous prennent les plus belles rivières du monde, l'une après l'autre. Et nous, té, couillon, on recule de lac en lac. A ce train, un jour prochain, on se retrouvera embarqués pour Terre-Neuve.

— Ils n'auront pas le Saint-Laurent, au moins, dit Jacques, les yeux dans ceux de Joséphine.

— Que tu dis, petit. Au train où ça va, avec les armées qui se lèveront dès la fin de l'hiver dans les colonies du roi George, il se pourrait bien qu'on aille se battre là-haut avant longtemps.

La Violette pensait de même, et les officiers aussi, même s'ils ne l'avouaient jamais. Jacques eut soudain l'impression de participer à un jeu dont les règles lui échappaient. Les vainqueurs en étaient désignés d'avance, les batailles, une simple occasion pour quelques chefs braves et aventureux de gagner de la gloire avant de rentrer en France.

Pourtant, rivières et lacs, forêts et rivages, tout était ici à la démesure de nations supérieures. A ces évocations, Jacques sentit grouiller en lui des désirs, des pensées, des colères impossibles à ordonner, à comprendre, même.

— Tu es tout drôle, d'un coup, lui dit Lalanne. Tu te sens bien, là étant ?

Jacques le considéra d'un air neutre. Il désirait boire, soudain, quelque chose de fort, un grand verre de ce rhum dont La Violette se réservait l'usage et qu'il avait goûté plusieurs fois, à l'insu du sergent.

— Ça ira, dit-il. Je vous aiderai à ferrer votre joual[1], quand vous le voudrez.

Il se sentit observé par Joséphine, se rappela le baiser sur sa joue, la tristesse d'un adieu. Le regard que la jeune fille portait sur lui n'était plus le même ; grave, insistant, privé soudain de l'insouciance et de la gaieté d'autrefois. Il eut envie de prendre son amie dans ses bras, reçut une claque sur l'épaule. On n'attendrait pas la nuit pour ferrer le cheval.

1. Cheval.

XIX

Ile Saint-Jean, octobre 1758

— Naufragés sur notre propre terre, voilà ce que nous sommes. Et regarde, ma jolie, les petits-noirs descendent déjà du nord. L'hiver du Labrador sera bientôt ici.

Jérôme Hébert désigna des couples de macreuses à la recherche d'un endroit pour nicher. Il arpentait pour la millième fois la demi-lieue de plage où se morfondait sa troupe en escale. L'automne lançait sous le relief torturé du nord de l'île Saint-Jean un début de colère océane. Dans ces parages déshabités, au bout de la forêt tombant abruptement sur les criques, les vents semblaient plus puissants, les salanges[1] plus denses, la nature tout entière plus libre qu'ailleurs de gémir, de siffler, de se répandre.

— Tu ne dors plus guère, lui dit Isabelle. Je t'écoute, la nuit, tu geins sans cesse.

— Eh bien, cela veut dire que tu ne te reposes pas davantage. Pardieu, c'est vrai, il ne me sera plus très facile de trouver le sommeil, désormais.

Ils interrompirent leur marche, écoutèrent le souffle régulier du vent, les soupirs râpeux des hautes vagues s'écrasant sur le rivage. Jérôme demeura appuyé sur son bâton de berger. Par

1. Brouillards d'embruns.

l'échancrure de sa chemise paraissait la peau de son cou, flétrie, desséchée, un cuir de vieillard. Isabelle sourit à son mari. Ils avaient quinze ans de différence et cela se voyait, maintenant.

— Tu te demandes si par hasard je n'aurais pas passé les septante, hé, petite, c'est ça que tu te dis quand tu me regardes ?

Il avait la voix douce, hochait la tête. La première nuit, ils étaient demeurés l'un contre l'autre, les yeux mi-clos, mêlant leurs souffles dans la carrée du *Locmaria*. Seuls à bord. Deux ans et demi de séparation, peut-être n'était-ce pas grand-chose quand tant d'autres s'étaient perdus pour toujours. Mais ces temps-là avaient compté pour bien plus. Tout était allé trop vite, trop loin, les blessures demeuraient béantes, laissaient à nu âmes et chairs. Irréparables. « Tu penses à tes petits, chuchotait-il dans la nuit noire. Dieu les garde, j'en suis certain, ils sont dans un pays anglais d'où ils reviendront bientôt, avec les autres. »

Pour aller où ? Isabelle avait saisi les épaules de Jérôme, les pétrissant, s'accrochant à elles comme à une bouée. Autrefois, une étreinte amoureuse eût chassé ses peurs, ses angoisses. Cette nuit-là, aux retrouvailles, elle avait ressenti l'inertie de Jérôme, son absence, sa difficulté à éprouver à nouveau du désir.

— Je t'aime, lui dit-elle.

Il la considéra longuement, un léger sourire au coin des lèvres. Les débuts de leur union avaient été choatiques, puis les bontés de l'Acadie les avaient comme apaisés, au centre de leur famille. La fille d'un corsaire et le bâtard d'un mousquetaire du Roi, labourant la terre généreuse de la Pisiquid, avec leurs enfants près d'eux pour assurer la suite, agrandir le domaine, vivre le quotidien des colons, cela ne manquait pourtant pas d'allure. Oui, vraiment, on aurait pu faire un jour une nation avec de tels ferments, sur les terres les plus riches d'Amérique.

Jérôme secoua doucement la tête. Il attendait des nouvelles de Malpèque et de Port-Lajoie, où Pierre Lestang était allé, accompagné de quelques marins. Des pêcheurs s'abritant d'un coup de vent les avaient avertis : une flotte anglaise s'armait au Cap-Breton. Les prêtres Cassiet et Biscarret étaient en délégation chez Lord Rollo, débarqué dans l'île à la fin du mois de septembre avec cinq cents hommes. On allait demander aux

Anglais la permission de continuer à vivre sur ce bout de terre où rien ne représentait plus le moindre danger pour les vainqueurs.

Jérôme n'y croyait guère.

— Cette île n'a plus la moindre protection. Une signature au bas d'un papier, à Halifax ou à Boston, et nous verrons les maudites vestes rouges se mettre à nouveau en ligne.

— Jamais je n'accepterai cela ! s'écria Isabelle. Je ne veux plus de ces voyages-là.

Elle vit son mari fatigué, soupirant, prêt à attendre un nouvel ordre d'expulsion et, cette fois, à l'exécuter. Elle avait empêché Jérôme de rejoindre les siens à l'église de Grand-Pré. C'était elle qui avait dirigé ces pauvres manœuvres, protégeant les uns, cherchant les autres dans la foule des déportés, payant en fin de compte ces efforts par le plus douloureux des salaires : sa famille dispersée, la solitude, l'angoisse, le chagrin, pour chacun de ses membres.

Jérôme la prit par les épaules. Lorsqu'il l'avait mariée, à la Grande-Anse, elle avait à peine seize ans et, dans les yeux, la tranquille assurance des êtres libres. Fille de la mer et d'un corsaire de Belle-Isle, devenue terrienne par amour et fidélité, elle avait subi en Caroline des humiliations que l'Atlantique avait lavées. Jérôme s'était gardé de l'interroger là-dessus, à quoi bon ? Ces années-là ne lui appartenaient en rien. Parfois, ils se regardaient, silencieux, comme coupables de quelque crime tenu secret. Ainsi les défaites chargeaient-elles les âmes des vaincus de ces étranges culpabilités.

— Tu es une brave fille et tu as raison, lui dit-il. Nous ne nous laisserons pas prendre une fois de plus.

Elle se laissa aller contre lui. Ils étaient tous deux pleins de l'océan tout proche, les embruns avaient salé leur peau, humecté la laine de leurs habits, collé leurs cheveux en mèches ondulantes. Ainsi imprégnés, ils ressemblaient à leurs propres fantômes de jeunesse, pieds nus sur les rochers du Cap-Breton, qui regardaient le large avec des envies de conquête.

— Les petits nous donnent l'exemple, dit-elle.

Thomas et Claire s'activaient le jour durant sur le rivage ou à bord du *Locmaria*. Dans ces temps d'attente et d'inaction, ils trouvaient toujours quelque chose à faire, couper du bois, ravauder du linge, recoudre une voile ou réparer un filet.

Quand les marins jouaient aux dés ou aux cartes, somnolaient ou fumaient leurs pipes, ces deux-là et les autres de la tribu Terriot, qui avaient déjà connu le sort des naufragés, trouvaient en permanence quelque chose à faire.

— Et l'amour, aussi, s'amusa Isabelle.

Il arrivait que son fils demeurât introuvable, le temps d'une escapade avec Claire. La côte de l'île Saint-Jean ne manquait pas de havres, tant pour les navires que pour les amants, et Thomas n'avait pas attendu le passage du curé pour consommer son union. Les temps étaient difficiles, les lendemains imprévisibles. A ceux qui voulaient s'aimer au grand air avant les tempêtes de l'hiver, l'île offrait le silence de ses bois, le refuge de ses roches ensablées, l'horizon rouge de sa terre. A ceux qui ne possédaient plus rien d'autre qu'un bateau vieilli, quelques pièces d'argent et l'angoisse de l'avenir, elle proposait la quiétude de son rivage alangui dans l'automne, trompeuse mais si douce à vivre.

— Les Micmacs les ont vus, sept navires, d'Apthorp et Hanckok, annonça Pierre Lestang. Partis de Louisbourg il y a trois jours, ils ont fait escale à Miscou et sont en route pour ici. Tout laisse à penser que ces bâtiments sont vides. Conclusion, l'entremise de nos pauvres curés ne servira pas à grand-chose. De Port-Lajoie à Pointe-de-l'Est en passant par ici, ces vautours vont s'acharner sur le cadavre de l'Acadie, dont il ne restera même pas les os.

Avec son corps décharné, ses joues creuses, son regard comme halluciné par instants, il figurait assez bien la grande faucheuse au travail sur l'île Saint-Jean.

— Seigneur Dieu, murmura Isabelle, alors, il faut s'en aller pour de bon.

Apthorp et Hanckok. Ces noms résonneraient pour l'éternité à la manière d'un glas, dans la mémoire des Acadiens. Isabelle entendait soudain les cris des marins poussant la chiourme dans les cales. Les noms des capitaines pour la Caroline lui revinrent à l'esprit, celui de l'*Endeavour* s'appelait James Nichols. Andrew Sinclair commandait le *Cornwallis*, Zebad Forman le *Dolphin*, E. Whitewood y avait mené son *Hobson*.

Etaient-ce ceux-là mêmes qui s'apprêtaient à débarquer dans l'île-dépotoir ? Ces hommes sans états d'âme n'avaient donc pas amassé suffisamment d'argent à déporter de pauvres gens, qu'il leur faille ainsi remettre l'ouvrage sur leurs restes ? Isabelle s'était mise à trembler. Thomas s'approcha d'elle, prit son bras, imité par Baptiste. Cette fois, on demeurerait ensemble, quoi qu'il dût arriver.

— Des gens nous rejoignent, dit Pierre. Nous les avons persuadés de nous suivre. Ils font leur bagage, à Malpèque, et seront là avant la nuit.

Jérôme regarda le ciel blanchi par des nuages de haute altitude. A l'horizon, la mer ondulait, sans toutefois être formée. Entre deux, pensa-t-il. Pour caboter vers le nord, cela irait. De toute façon, on n'avait plus le choix. Pierre décida :

— Il faudra lever l'ancre avant l'aube. Nous embarquerons tous ceux qui se présenteront. Hélas, nous ne pourrons emmener tout le monde.

Il enrageait. Près de quatre mille personnes se pressaient sous les toits de l'île. Sept navires anglais, pour autant de monde : il y aurait entassement dans les cales de Sa Majesté le roi George II.

Les jeunes Acadiens se mirent à l'ouvrage avec les marins. Le campement improvisé sur la plage fut démonté, les coffres, filets et voiles en réparation hissés à bord des yoles. Une subite effervescence accélérait les pas, modérait les bavardages.

Isabelle sentit monter en elle une impatience inquiète. A voir son Baptiste et ses dix ans fièrement exhibés, soulevant, portant, parcourant la grève en tous sens et s'en amusant, son cœur se serra. On allait fuir une fois de plus et il y avait là de quoi briser les âmes les plus affermies. Le pire était cependant la hantise de voir les plus petits conduits à nouveau dans des cales, baïonnettes aux reins.

Pardieu, je tuerai, maintenant, pensa-t-elle.

En exil, elle avait oublié la colère, enfoui au plus profond d'elle-même les haines. Son esprit avait longtemps erré dans des contrées où, pareilles au climat de la Caroline, les humeurs lénifiées devenaient égales, neutres. Subir et attendre que l'on décidât à sa place, jamais plus.

— Oui, je tuerai.

Thomas, qui ramassait des sacs, la regarda, étonné. Elle avait presque crié, gardait les poings serrés, respirant fort. On lui avait enlevé deux de ses petits, des morceaux de sa chair jetés dans le gouffre. C'était bien assez pour accepter encore ces mutilations-là. Plutôt mourir, emporter tout le monde au fond de l'eau, en finir, une bonne fois, avec ces souffrances sans cesse recommencées.

— Vous avez froid, mère.

Les mains de Thomas étaient bouillantes, leur étreinte lui fit du bien. C'étaient là des gestes peu usuels chez les fermiers de la Pisiquid. Isabelle se détendit un peu. Son aîné avait récupéré ses forces de jeune homme. Celui-là continuerait la route quand d'autres se laisseraient glisser dans les fossés, et si l'Acadie devait un jour émerger de son cauchemar, il serait debout sur la rive, pour montrer aux autres le chemin du retour.

— Dieu nous a laissé notre *Locmaria*, dit-il d'une voix douce. Rendez-vous compte, ce bateau n'a jamais été pris.

— Comme toi, mon grand fils.

— Il va nous servir, une fois de plus.

— Il ressemble tout de même à ses capitaines, à cette heure. L'eau s'infiltre au fond, les voiles devraient être renouvelées, la coque craque comme des doigts de vieux.

Thomas ne put s'empêcher de rire.

— Il tiendra. Comme ses capitaines !

A vingt pas de là, tournés côte à côte vers le large, Pierre Lestang et Jérôme Hébert semblaient assister à une parade navale. L'un, penché du côté de sa jambe raccourcie, appuyé sur sa canne, l'autre, épuisé par la maladie, s'efforçant malgré tout de tenir droit, oscillant doucement, tel un balancier d'horloge. Deux soldats fourbus, au soir d'un désastre.

— Ce sera le Saint-Laurent, annonça Jérôme. Ceux qui pensent pouvoir survivre en Gaspésie seront déposés sur la rive sud. Les autres iront au bout de la route, à Montréal, je pense.

Six hommes s'étaient réunis dans la carrée du *Locmaria*. Pierre et Jérôme, Jean Terriot et Thomas Hébert, et deux chefs de famille de Malpèque, des Gallant et des Arsenault, parvenus au mouillage en pleine nuit. D'autres colons de l'île Saint-Jean s'étaient joints à eux en cours de route, par petits groupes de trois ou quatre personnes. En comptant les cinq marins demeurés au service de Pierre Lestang, le *Locmaria* emmènerait ainsi une bonne cinquantaine de fuyards dans ses flancs.

Thomas fut soulagé d'entendre son père exclure un débarquement à la Miramichi. On ne se jetterait pas à nouveau dans la gueule du loup, en plein automne, de surcroît. Des gens de l'île pensaient pouvoir retrouver des proches au nord, dans la baie des Chaleurs. Si les Anglais ne l'avaient pas dévastée, il y aurait là un havre provisoire, avec de quoi se nourrir et passer l'hiver à la minuscule colonie de Restigouche. Pierre tenta de les en dissuader.

— Nous n'avons plus désormais d'autre protection que les forts français du grand fleuve. L'Acadie est perdue, rien n'empêchera demain les Anglais de prendre la baie, la Gaspésie et toute la rive sud, avant de mettre le siège devant Québec. Nous pouvons aussi nous rendre en France, avec l'aide de Dieu car notre navire est en bien mauvais état et la première tempête l'enverra par le fond. La raison commande donc de rejoindre Québec ou Montréal pour se préparer à y combattre.

Le Saint-Laurent n'était qu'à deux jours de navigation, à condition de ne pas croiser l'escadre anglaise. Jérôme grommela.

— Ces charognards payés par le roi George auront assez à faire ici.

Il s'inquiéta soudain pour le petit Antoine Trahan, son compagnon de route des premières semaines. L'enfant avait trouvé des cousins dans l'île, des Aucoin alliés par les femmes. Une bouche de plus à nourrir, quand il n'y avait plus assez pour les leurs, la belle affaire. Comme cent autres dans la même situation d'orphelin, l'enfant avait été adopté, mis à la table de ses pareils, couché dans leurs lits. Il y avait en Acadie une famille au cœur immense.

— Montréal, soit, acquiesça Jérôme, nous y avons de la famille.

Une de ses nièces vivait là-haut, Catherine, fille de Madeleine et sœur d'Anne-Marie et de Sylvain Melanson. On l'avait mariée à un marchand de Montréal, un Jean Bérard, à l'automne de 1745, deux ans avant l'affaire de Grand-Pré et la proscription des patriotes. Il s'était dit qu'elle menait une bonne vie auprès d'un négociant enrichi par le commerce du bois, des peaux et du grain. Pierre Lestang avait même ramené un jour de la grande ville une lettre de l'exilée écrite par son époux, où il était question de souliers à talons, de calèches sur le pavé, d'auberges et d'un dîner chez des bourgeois, aux côtés d'un évêque !

Montréal. Enfant, Isabelle y avait fait escale au retour d'une campagne de pêche entre Terre-Neuve et Anticosti. De ce bref séjour, elle gardait le souvenir d'une cité boueuse et bruyante où les gens s'activaient à toutes sortes de métiers, dans les fumées des échoppes et des ateliers. A cette ruche ouverte, étalée le long du fleuve, elle avait préféré l'altière et secrète Québec, hérissée de canons derrière ses épaisses murailles.

— Au-delà de Montréal, il y a les Grands Lacs, dit Pierre.

Il avait l'air de croire encore à la bonne fortune des guerres, aux fronts déplacés en amont des rivières, comme les forts. Jérôme balaya l'argument d'un geste. On arrivait au bout de la course.

— Montréal, et pas plus loin pour moi, grogna-t-il. Il arrive un moment où fuir devient une seconde nature, comme pour ces bêtes des déserts qui mangent des charognes la nuit et se cachent le jour durant. On défendra ces villes françaises et puis, je vous le dis, on se fera enterrer dedans et tout sera consommé.

— Prions, dit un Gallant, au moment où Pierre allait se servir un verre de rhum.

Les hommes joignirent les mains, ployèrent le cou. Au-dessus de leurs têtes, les marins en terminaient avec le chargement de la goélette : toiles ravaudées, filets, barriques de poisson mis à la saumure pendant le séjour sur le rivage de Saint-Jean. Cela ressemblait au départ pour la pêche, sauf que cette fois on irait jeter l'ancre haut sur le Saint-Laurent, au lieu de s'en aller côtoyer les falaises de Terre-Neuve.

— Amen, fit Pierre, lassé de la prière et plutôt désireux de noyer les douleurs de son squelette dans l'alcool.

Thomas s'approcha de lui. Pierre avait été son héros d'enfance, l'égal de son propre père. Avec le Bellilois pour grand-père, Thomas s'était inventé une armée invincible faite seulement de ces trois hommes.

— Nous resterons à la France, mon oncle, dit-il d'une voix douce, presque enjouée. Québec et Montréal sont des forteresses. L'Anglais s'y rompra le cou.

Pierre leva son verre. Ses yeux brillaient, accentuant l'impression de consomption que donnaient son visage de cadavre vivant, son cou aux cartilages saillant tels des becs, son souffle oppressé. Comment tenait-il encore debout ? Thomas serra son bras. Ses héros étaient en piètre état, généraux sans armées, coupés de leurs bases, fiers oiseaux de mer au plumage englué dans les algues, vieillards que l'on avait envie d'embrasser et de réchauffer un peu avant l'hiver qui les tuerait.

— Tu as la force de ta mère, mon petit Thomas, murmura Pierre tandis que les Acadiens quittaient la carrée. Il va te falloir du courage et bien de la chance, à toi et à ceux de ton âge. Nous vous laissons une charpie de pays, rien où poser son sac, ni terre ni havre, pardieu, nous avons bien failli, tous autant que nous sommes.

Il remplit son verre, tendit la bouteille à Thomas, qui la posa doucement sur la table. Une génération arrivait à l'âge adulte, déjà sacrifiée. Son tour venait pourtant de demeurer debout dans la tourmente, face au vent. On était encore sur la terre chérie d'Acadie, pour quelques quarts d'heure. Ensuite ? L'incertitude, une nouvelle fois, le pari sur l'avenir, le ciel plein des murmures des absents, de leurs plaintes, de leur indicible chagrin.

— On s'attendrit, là. Je vais t'apprendre à commander un navire, dit Pierre, goguenard.

Et d'une claque il propulsa son petit-neveu devant lui.

Ils longèrent la côte est du continent, les yeux rivés sur le paysage sans cesse recommencé, de bois, de collines succédant à de longs et plats rivages. Parfois, des bancs de sable sur quoi la mer se frangeait d'écume les obligeaient à des détours vers le large. Puis le temps se mit à l'aigre et une pluie épaisse noya tout.

Dans cette soupe grise d'océan et de ciel mêlés, Pierre Lestang indiqua des lieux, comme s'il les distinguait pour de bon ; les barachois[1] précédant le large estuaire de la Miramichi,

1. Langues de terre formant des abris naturels.

la lèvre sud de la baie des Chaleurs, puis sa largeur béante, jusqu'à la côte sud de la Gaspésie.

Docile, épousant avec grâce la houle régulière, le *Locmaria* pointait son nez vers le nord, portant sa troupe de marins et de laboureurs. Comme de coutume, les enfants avaient pris possession du navire, qu'ils parcouraient en tous sens, se courant après, suspendus aux cordages ou s'envoyant des flèches imaginaires de derrière les tonneaux alignés sur le pont. Leurs rêves d'adultes seraient peuplés des bruits et des couleurs de l'océan.

— Cette pluie me va bien, se réjouit Pierre. Elle est aussi dense qu'un écran de fumée. A moins que les Anglais ne soient déjà sur le Saint-Laurent, nous terminerons ce voyage sans encombre.

Lorsqu'elle descendit dans la cale pour la première fois, Isabelle eut un mouvement de recul. Le minuscule entrepont de la goélette était plein de fugitifs frigorifiés, serrés les uns contre les autres. Cela ressemblait aux entrailles de l'*Endeavour* et de bien d'autres transports, sauf que là, mince et pourtant essentielle différence, on voyageait encore en liberté.

Elle dut faire un effort pour franchir les derniers barreaux de l'échelle. Des miasmes anciens lui revinrent aux narines, c'était plus fort qu'elle, angoissant. Inutiles et résignés, les fuyards de l'île Saint-Jean ressemblaient à leurs devanciers de Grand-Pré, Beaubassin, Annapolis. Les mêmes regards d'oiseaux de nuit, inquiets, comme hantés par des courroux, les mêmes poses, accroupis ou allongés, jambes repliées, la même nausée donnant aux visages la lividité des cadavres. Quelques-uns naviguaient au large pour la première fois, certains peinaient à cacher la terreur que leur inspirait cette course dans l'obscurité. Terriens, penchés sur leurs sillons, leurs semis, leurs socs, ils avaient vécu sur leur île, le dos tourné à la mer. Lorsque, les ayant nourris et réconfortés, elle fut remontée sur le pont, Isabelle fut soulagée de sentir à nouveau le vent sur son visage.

Thomas et Claire s'étaient installés avec quelques autres de leur âge, à même le pont. Cette jeunesse-là en avait déjà vu, les frimas d'octobre ne la gênaient guère. Il émanait de leur groupe enfoui sous les capes et les couvertures une gaieté dont les échos contrastaient avec les mornes plaintes montant du fond du *Locmaria*.

— Vous nous emportez avec vous, leur lança Isabelle.

Aucun n'avait vu Montréal, ou Québec. La terre du Saguenay ou de l'île d'Orléans était-elle aussi rouge que celle de l'île Saint-Jean ? Les femmes de bourgeois se collaient-elles pour de bon sur le visage de ces mouches dont on disait qu'elles piquaient autant les joues que la curiosité des hommes ? Et ceux-là, sortaient-ils vraiment des tavernes en titubant, parfois ? Isabelle envia leur insouciance, leurs éclats de rire, leur jugement en catimini des pénards et des roquentins[1] du bord ; dont elle était, désormais.

Parfois, des ondes de tristesse brouillaient la grâce juvénile de leurs traits, les vieillissant à leur tour. A faire le compte des absents, un gouffre s'ouvrait devant eux, vertigineux, mais presque aussitôt fusait une canaillerie, un défi moqueur aux incertitudes de l'avenir. On n'avait pas un sol en poche, la belle affaire ! Les bras des garçons étaient assez solides pour couper le bois, porter les madriers, ferrer les chevaux, les doigts des filles, assez agiles pour broder, tisser, ajuster les tissus des robes. On serait portefaix sur les quais, cousette ou cuisinière, et si Dieu le voulait, on pourrait à nouveau labourer un jour ou l'autre quelques acres de la mystérieuse et si proche province.

— Dieu et la guerre.

La gueuse embusquée derrière les rideaux serrés de la pluie ? On la laisserait à ceux qui savaient la faire. Thomas n'en voulait plus, pour lui comme pour les siens. Il en avait suffisamment vu le long de la Miramichi. Comme portés par le léger vent de sud, les échos de la seconde déportation des Acadiens lui parvenaient. Il n'était pas nécessaire de fermer les yeux pour imaginer ce qui se passait sur les rivages de l'île Saint-Jean, les aboiements des uns, les supplications des autres, les bateaux immobiles attendant d'être chargés, ventres affamés au bout des files humaines.

Thomas croisa le regard de sa mère, il y lut la même histoire, la même hantise de voir les Anglais achever l'œuvre commencée trois années plus tôt. Il y avait là, au fond, quelque

1. Vieux.

chose d'assez admirable chez eux, cette obstination à parfaire le mal, à remplir les vides au bas des feuilles de recensement. Des gens aussi impeccablement précis, comptabilisant les besoins des déportés à la demi-livre de lard près, méritaient leur victoire et la domination qu'elle leur ouvrait sur le vaste monde. Pour un peu, on eût été fiers d'en être.

— Mais nous sommes toujours habitants de la Nouvelle-Ecosse, sujets de Sa Majesté le roi George ! ironisa Pierre Lestang. Depuis 1710, ma foi. La bleusaille fera bien de ne pas oublier ce petit détail.

La bleusaille se moquait bien du roi d'Angleterre et de celui de France par la même occasion. Si Louis XV, qui venait de subir une cuisante défaite terrestre à Minden, en Allemagne, défendait le Saint-Laurent aussi brillamment que l'Acadie, tout serait consommé avant trois ou quatre années. Alors, les rois, de Londres ou de Versailles !

— La bleusaille a raison, acquiesça Jérôme.

Il s'était opéré une cassure entre les générations. Pour ceux qui vivaient ensemble, depuis le début, les affres de la déportation, cela ne devait pas être sensible. Mais pour les autres, qu'un malicieux fatum s'ingéniait à séparer puis à réunir, jouant avec eux comme un gros chat avec des souris, les épreuves subies avaient creusé une faille, durci les âmes, changé les regards. Passé les joies ineffables des retrouvailles, chacun s'interrogeait sur son propre avenir, et les jeunes, rêvant de plénitude, s'en allaient en pensées vers des ailleurs où les anciens n'auraient peut-être plus leur place.

S'ils survivent, pensa Isabelle.

Son fils aîné la rassurait, le temps d'un geste, d'un rire, d'une certitude. Thomas était carré d'épaules et rond de cuisses, lucide, le corps irrigué par le sang des pionniers ; ces belles forces-là pouvaient résister à la tempête, nager dans les courants contraires de la vie, émerger des chaos. D'autres, non, sans doute.

A mesure que la nuit tombait sur l'océan, estompant les dernières traces de lumière grise, plongeant êtres et choses dans son drap d'inquiétude, Isabelle sentait la douleur broyer son thorax, battre à ses tempes. Souvent, elle avait tenté de réprimer ce monstre éveillé en elle, qui lui souriait avec le visage de ses enfants perdus. Ces blessures-là n'étaient pas guérissables. Marcher, naviguer. Aller plus loin, l'espoir noué aux entrailles. Prier, encore et toujours, même si la miséricorde divine paraissait fondue elle aussi dans le noir du ciel. Le jour apporterait un peu de répit. Peut-être.

— Rive sud, avait décidé Pierre Lestang.

La quarantaine de passagers du *Locmaria* se tassa sur le pont. En prenant cap à l'ouest, la goélette, soudain inclinée au portant, pénétra le fleuve comme elle l'eût fait d'une matrice. On était à la colonie de Québec, en vue des monts Notre-Dame. A bâbord défilait un paysage de collines tombant plus ou moins abruptement sur des rivages rocheux où s'ébattaient des colonies de loups marins. Minuscules taches blanches sur le vert uniforme des bois, des maisons de pêcheurs, enchaumées, ponctuaient le décor semblable à d'autres, d'Acadie et d'ailleurs.

Montréal était encore à six grandes journées de navigation, les eaux du golfe, giflées par le vent, se frangeaient de blanc, du ciel bas tombait un crachin glacé. Mais on était en France, par Dieu Tout-Puissant. Lorsque apparut, se détachant d'un cap, la proue d'un vaisseau de ligne, il y eut un murmure parmi les passagers. On craignait encore l'Anglais. Pierre rassura son monde.

— C'est le *Dauphin-Royal*, annonça-t-il. En route vers La Rochelle ou Brest, peut-être. Ses compagnons, le *Lys* et l'*Alcyde*, ont été capturés par l'ennemi il y a plus de trois ans, dans les parages de Louisbourg. C'était au tout début de cette guerre. Lui a pu s'échapper, tudieu, il est en meilleur état que le mien !

— Les couleurs de la France, s'extasia Thomas.

Le navire défila, avec ses trois rangées de bouches à feu, ses matelots agrippés aux cordages pour les dernières manœuvres précédant le grand large. Puissant, majestueux, il allait incliné lui aussi, sa voilure gonflée telle une grappe de fruits blancs, cacatois et huniers, focs et artimons et jusqu'à la brigantine derrière quoi claquaient les armes de Québec et du roi.

— Ils nous reconnaissent ! cria Pierre.

Les Acadiens contemplèrent le spectacle, médusés. Lancé à pleine vitesse, se jouant des vagues qui donnaient l'assaut à ses flancs, le *Dauphin-Royal* hissa ses signaux saluant l'arrivant, lequel parut tout à coup bien chétif à son côté. Les armes de France claquèrent au vent, sur l'un comme sur l'autre des deux navires. Pierre leva haut son tricorne, cria, son hourrah fut bien vite repris par vingt poitrines. Il existait donc toujours, ce pays où l'on pouvait parler sa langue, prier son dieu, posséder sa terre et sa maison sous la garde de pareils centaures. Thomas saisit la main d'Isabelle, la baisa.

— Vous voyez, mère, comme la liberté est belle. Dieu sait que celle-là nous revient de droit. Nous avons tous côtoyé le pire et voilà cette terre, sœur de notre Acadie. En avons-nous rêvé, tous autant que nous sommes.

Baptiste s'était glissé entre le bastingage et le ventre de sa mère. C'était un geste de petit enfant. Un jour prochain, il en perdrait l'habitude et jusqu'au souvenir. Isabelle l'emprisonna dans ses bras. Ainsi avait-elle vécu autrefois par dizaines les retours du *Locmaria* vers les anses du Cap-Breton, serrée contre son père, avec au cœur le même mélange de bonheur et de nostalgie. Terre amie, horizon français et le jour, même gris, même incertain, pour les dévoiler.

Les Acadiens pouvaient laisser éclater leur joie. Ils ne possédaient plus que leur peau et une goélette pour la mettre à l'abri, leurs lendemains avaient la couleur du ciel, mais pardieu, au bout de trois années d'errance et de doute, un moment comme celui-là valait réparation pour tout le reste.

XX

En vue des côtes espagnoles, décembre 1758

L'enfant avait été désigné, avec quelques autres de son âge, pour la corvée des seaux. Une récréation, pour ceux qui, comme lui, avaient la chance de s'extraire des cales fétides, le temps de cette vidange. Antoine Trahan se tenait sur le pont du *Duke William* lorsque le grain avait commencé à déverser ses torrents de pluie sur les deux navires anglais pleins des déportés de l'île Saint-Jean. La ligne côtière, grise et plate, lointaine encore, disparut en quelques instants derrière une brume couleur de murs sales.

Regroupés entre la lice et des amoncellements de cordes contre lesquelles ils s'étendaient parfois pour le simple plaisir de contempler le ciel et les nuages, les mioches tendirent leurs mains souillées vers la douche glacée, frottèrent leurs doigts. La mer avait gonflé subitement, des rafales tourbillonnaient, faisaient claquer les voiles. Le *Violet*, que l'on avait perdu de vue depuis la veille, réapparut à bâbord, penché sur l'onde en furie. Longtemps, les deux bâtiments avaient cheminé ensemble au fil d'une traversée plutôt calme.

— On va vers lui, dit un garçon courtaud, déjà barbu malgré son jeune âge, un Lanoue de Beaubassin dont la famille avait trouvé refuge sur la côte nord de l'île avant d'être raflée.

Antoine scruta l'horizon. Des creux tiraient le *Duke William* vers le fond puis le projetaient en l'air, proue dressée ; des marins, mâchoires serrées, tous muscles bandés, réduisaient à la hâte ses voiles flottantes.

Les officiers étaient tous sortis de leur carrée pour surveiller les manœuvres, crier des ordres. Inquiets, ils parcouraient le pont, oubliant pour une fois de renvoyer à la cale les petits vidangeurs.

Le *Violet* se rapprochait, toiles déchiquetées, prenant de la gîte d'une manière anormale. Ballottés, craquant de tous leurs bois, giflés par des lames qui les poussaient de côté, menaçant de les mettre en travers, les deux transports semblaient jouer à cache-cache sur la mer déchaînée.

— Il prend l'eau, affirma Lanoue, incrédule.

L'ordinaire routinier du voyage changeait au fil des minutes, la puissance du vent, la colère de l'océan, le vacarme de la tempête s'imposaient à tous. Les jeunes Acadiens s'agrippèrent à la lice. Leur soulagement de ne pas être redescendus dans les profondeurs du navire où depuis quinze jours la moindre houle soulevait les estomacs, blanchissait joues et fronts, transformait la cale en gémissant lazaret, faisait place à de la peur.

Fendant le flot écumant malgré ses ruades, le *Duke William* fut bientôt à moins de vingt brasses du *Violet*, sur le pont duquel s'agitait un équipage affolé.

— « Dronne », ça veut dire quoi ? hurla Antoine Trahan.

Des marins répétaient ce mot, index tendu vers la silhouette du compagnon désemparé.

— Ça veut dire qu'il coule ! cria Lanoue. On va lui porter secours. J'ai de la cousinerie, moi, dans sa cale aussi.

Antoine Trahan écarquilla les yeux. Tout allait très vite. Prenant l'eau par tribord, le schooner de deux cents tonneaux s'enfonçait en même temps que s'aggravait sa gîte. Des quatre cents Acadiens enfermés dans sa cale, aucun ne paraissait sur le pont où seuls les marins couraient en tous sens. Antoine Trahan vit distinctement les chaloupes détachées, posées sur le pont, des hommes s'y jeter avant même qu'elles eussent été mises à l'eau, tandis que, poussé par le vent, le navire venait petit à petit au contact du *Violet*.

Il leva la tête. Les voiles du *Duke William* qui n'avaient pas été abattues se déchiraient l'une après l'autre, les cacatois et les carrées, l'immense foc devenu chiffon, et cela crépitait comme du grésil dans une poêle. Antoine porta ses mains à ses joues, ouvrit la bouche. Toute résistance abolie, le vaisseau ballotté par l'océan, porté par une lame, vint s'écraser sur son compagnon au moment où celui-ci, éventré, sombrait.

Les enfants hurlèrent. Le choc les avait jetés au sol. Ils glissèrent, tous dans le même sens, s'emmêlèrent bras et jambes contre le château arrière, d'où capitaine, officiers, marin se ruaient à leur tour vers les barques. Antoine fut le premier à se relever.

— Quitter ce bateau.

Il s'agrippa à des haubans, chercha en vain la silhouette familière de l'autre navire. Le *Violet* avait disparu. Il vit des corps qui flottaient entre les vagues, des bras s'agitant entre d'énormes flaques d'écume blanche. A son tour, le *Duke William* penchait, à bâbord. Toujours agrippé aux haubans, Antoine se retourna. Ses compagnons tentaient d'accéder à l'échelle intérieure, au bas de laquelle leurs familles, subitement conscientes du danger, appelaient à l'aide.

Antoine entendit leurs cris mêlés. En deux semaines à peine, il avait appris à reconnaître les gémissements des dormeurs vivant un cauchemar, les beuglées des femmes accouchant dans l'obscurité, les vagissements des idiots et des nourrissons, souvent semblables. La plainte, terrifiante, qui montait de la cale ne leur ressemblait en rien, cela faisait une musique ininterrompue, un soupir monstrueux étrangement marié aux sifflements du vent.

Il vit la mer monter lentement vers lui. Le schooner sombrait à son tour, son équipage l'abandonnait. Une chaloupe tomba à l'eau, des hommes plongèrent et nagèrent vers elle, d'autres, aussitôt engloutis par les vagues, émergèrent, assommés, leurs faces livides ballottées comme des bouchons.

Antoine éprouvait de plus en plus de mal à garder son équilibre. La barque ondulait contre la coque du navire, à son bord, des marins tentaient de l'en éloigner. Soudain, la rumeur acadienne enfla, comme si une trappe enfin ouverte lui donnait sa liberté. On se bousculait le long de l'échelle. D'un saut, Antoine fut sur le bastingage. La chaloupe venait vers lui, puis s'éloignait. Il se laissa glisser le long d'un cordage, tomba à l'eau, manqua prendre la proue de la barque sur la tête. Des gens chutaient autour de lui, des hommes pour la plupart, acadiens, quelques marins aussi, qui pataugeaient, à demi noyés, tendant la main vers la minuscule embarcation dont Antoine parvint à saisir un longeron. Une vague le souleva, posa brutalement sa jambe sur le rebord de la chaloupe. Il respira de l'eau, toussa, cracha. Déjà, on le faisait basculer à l'intérieur.

Des quintes le secouèrent. Dans un brouillard de larmes et d'eau de mer, il vit la mâture du *Duke William* inclinée, des rescapés asphyxiques le rejoindre dans le cloaque que l'on écopait, à la main. De toutes parts fusaient des appels, des cris. A bord de la barque, des hommes s'étaient mis à la rame, grimaçaient sous l'effort, tâchant d'écarter la chaloupe du navire à travers un semis de planches, de tonneaux, de toiles, de corps.

Antoine s'agenouilla face au vaisseau agonisant. Aux quatre cents noyés du *Violet* allaient s'ajouter les trois cents du *Duke William*, une simple question de secondes, le temps que la mer recouvre le pont où s'agitaient encore les chemises claires des hommes, les robes jaunes, bleues, rouges, des femmes, les silhouettes menues des enfants.

La barque s'était écartée d'une vingtaine de brasses lorsque Antoine entendit une explosion. Des fragments de coque et de cadavres montèrent à tribord vers le ciel gris, le vaisseau se cassa en deux, la poupe rejoignant la proue, et sombra.

— Seigneur, prends-les avec toi et emmène-les ! Seigneur, ne les abandonne pas ! Seigneur, prends pitié !

Un homme s'était dressé dans la barque, les mains jointes vers le désastre. Antoine pensa que c'était l'abbé Biscarat, un missionnaire de l'île Saint-Jean qui voyageait près de lui et se dévouait le jour comme la nuit pour les déportés. Il se signa, réalisa soudain que ses cousins s'enfonçaient dans la mer. Le peu de famille que Jérôme Hébert lui avait permis de retrouver disparaissait dans les profondeurs de l'océan. Il se mit à pleurer, devant le flot refermé en un instant sur sa proie.

— Trente, nous sommes trente à survivre, dit un Acadien.

Dont un officier et deux marins anglais, assis l'un près de l'autre à l'arrière de la barque, anxieux de se savoir embarqués avec le reliquat de leur cargaison.

Les rameurs coupèrent leur effort. Passé le chaos du sauve-qui-peut, les esprits revenaient à la réalité et celle-ci n'était que haine, désespoir, folie. Des familles entières avaient péri, en quelques minutes à peine. Les déportés se levèrent, poings serrés. Il y avait face à eux trois de leurs geôliers, trois bourreaux acharnés à effacer la trace acadienne de la terre d'Amérique. Des seigneurs de la guerre qui se bouchaient le nez lorsqu'il leur fallait descendre dans la cale.

— Une livre de gras, cinq de farine et une demie d'huile par Acadien et par semaine, dit un rescapé secoué de sanglots. Eh bien, pour vous, ce sera de l'eau salée.

Recroquevillé au fond de la chaloupe, Antoine Trahan vit le cercle des Acadiens se refermer autour des trois hommes. Les Anglais subissaient le sort de leur gibier de l'île Saint-Jean, misérable volaille échappée du continent, pourchassée encore et toujours, plumée et jetée à l'eau en fin de compte, comme le reste de son espèce.

Des mains se levèrent, les unes pour implorer, les autres pour frapper, cogner, anéantir, après quoi les trois bergers du roi George, dûment balancés par-dessus bord, rejoignirent le gros de leur troupeau, au fond de l'océan.

C'était le 10 décembre de l'an 1758, en vue des côtes de l'Espagne.

DEUXIÈME PARTIE

Les ombres de Montréal

XXI

Montréal, décembre 1758

— Jean Bérard ?

— Pardieu, oui, c'est moi.

L'homme avait une quarantaine d'années. Chemise ouverte sur son torse glabre, manches relevées, il suait sous une perruque aux longues mèches bouclées. Des guêtres de cuir serraient ses mollets, jusqu'aux plis d'une fine culotte de lin brun. Jérôme reconnut sans peine le jeune courtier marié à sa nièce Catherine un jour de juin 1745, en Acadie. Une fille de la Pisiquid épousait un héritier montréalais dont la famille avait même du bien en France, l'événement avait réuni quelques dizaines de personnes dans l'église de Grand-Pré !

Bérard posa le tonnelet d'huile qu'il se proposait d'aligner avec quelques autres sous l'auvent de son entrepôt, considéra son visiteur, un large sourire aux lèvres.

— Puis-je vous être utile en quoi que ce soit, monsieur ?

Il avait le front haut et bombé, un long nez droit. Des yeux immenses, sombres, donnaient de la chaleur à son visage de bon vivant.

— Nous nous connaissons, attendez...

Il cherchait ; aperçut soudain le groupe d'une bonne quinzaine de personnes attendant sous la pluie, capuches relevées.

— Je suis Jérôme-à-Jacques Hébert, l'oncle de votre femme Catherine.

— Mais pardieu, bien sûr ! Jérôme Hébert !

Il peinait à croire une chose pareille. Et les autres ? Jérôme lui présenta le mélange de Terriot passés par le Maryland et de Melanson orphelins, saupoudré de quelques Hébert déportés ou non, le tout constituant l'humaine cargaison d'une goélette amarrée à deux cents pas de là. Bérard s'empressa, fit entrer les arrivants. L'entrepôt était plongé dans la pénombre, des rais de lumière grise tombaient de fenestrons sur des ballots, des sacs, des tonneaux, du bois en tas.

Bérard reconnut Isabelle, la rousse fille du Bellilois, serra avec effusion ses mains. D'Acadiens parvenus jusque-là au bout de trois ans d'errance, il y avait quelques familles seulement à Montréal. La plupart des fugitifs s'étaient éparpillés en Gaspésie ou dans la campagne de Québec. A quarante lieues de la capitale, le Pays-d'en-Haut était trop loin pour des gens harassés, pressés de poser quelque part leurs hardes.

— Quelqu'un de chez Madeleine ? demanda-t-il aussitôt.

— Hélas non, lui dit Jérôme. Ceux-là ont embarqué pour la Nouvelle-Angleterre, avec mon autre sœur, Marguerite. Certains sont, dit-on, à Londres. Beaucoup ont péri, certainement.

— Nous vivons des temps de géhenne. Dieu de miséricorde, je suis bien heureux de vous voir.

L'automne se mourait dans les premiers assauts de la bise. Bérard leva les bras au ciel. Les Acadiens ne possédaient rien, sauf quelques sacs et ballots, et leurs vêtements, des fripes fleurant fort l'océan. Mais ils étaient bien vivants, cela seul comptait. On s'en irait sans tarder à la maison de la place d'Armes où un couchage serait organisé.

Pierre était demeuré sur la goélette. Pressés de retrouver la terre et ses délices, ses hommes d'équipage s'étaient égaillés dans les rues basses de la ville. Ceux-là avaient bien gagné leur droit à la débauche et si les bateaux français se faisaient rares devant les quais de terre herbeuse, les filles, grâce à Dieu, étaient toujours aussi nombreuses dans la cité.

Bérard donna quelques ordres à ses ouvriers. Il avait hâte de conduire sa troupe de réfugiés sous son toit. Quelle surprise cela serait pour Catherine, sa femme. En chemin, il expliqua, volubile, la perte des forts de l'Ohio, de Duquesne, peut-être bien, à cette heure. Il y avait eu la victoire inutile de Montcalm au fort Carillon abandonné peu après faute de troupes suffisantes. Montréal était davantage menacée par l'asphyxie progressive de son commerce que par les armées d'Amherst, d'Abercromby ou de Murray. Encore que pour lui, Bérard, les choses n'aillent pas trop mal.

— En qualité de marchand-équipeur, je fournis les troupes stationnées dans la région en bois, nourriture, bêtes de trait et fourrures, même, expliqua-t-il. On ne voit pas beaucoup d'argent véritable pour nous payer, mais enfin, nous avons la promesse de nos gouvernants d'honorer nos créances. Ici, vous savez, la pénurie guette, bien des gens dansent devant les buffets. Certains leur disent qu'être anglais leur ôterait bien des tourments. Voyez-vous cela, être anglais ! Monsieur de Bougainville s'est embarqué pour obtenir l'aide décisive de la France. Ah ! Mes bons amis, que va-t-il sortir de tout cela ?

Les Acadiens l'écoutaient d'une oreille distraite. Marcher dans les ruelles boueuses de Montréal était un exercice familier pour les autochtones. Pour les autres, avancer sans trébucher, tomber ou carrément s'embourber tenait de l'acrobatie. De la volaille en liberté leur filait entre les jambes, des chiens en piteux état, trempés, couverts de plaques, d'écorchures, de cicatrices, se couraient après, manquant les renverser. Et Bérard guidait ses hôtes dans le bourbier, bavardant comme à l'auberge.

Les enfants levaient le nez vers les pignons et les toits des maisons. Des clochers d'églises, de chapelles, des murs de couvents se succédaient le long de rues rectilignes coupées à angle droit par des ruelles où couraient, puantes et grises, les eaux ménagères. Des édifices en pierre jouxtaient des alignements de demeures en bois à une, voire deux cheminées, les unes de la taille d'une ferme acadienne, les autres, à étages, percées de hautes fenêtres et de lucarnes.

Le lieu n'était pas ordinaire. Des escaliers menaient à des perrons posés en hauteur, ainsi protégés de la neige, des celliers et des caves à demi enterrés se succédaient au bas des façades. Aurait-on pu imaginer pareil spectacle lorsque l'on avait grandi dans une ferme de Beaubassin ou des Mines, fui à travers les profondes forêts de l'isthme de Chignecto, connu la famine et vu la mort passer si près ? Serrés les uns contre les autres sous la pluie, orphelins et laboureurs découvraient la capitale du Pays-d'en-Haut, où, disait-on, vivaient plus de douze mille personnes.

— Montréal, s'extasia Claire Terriot.

Des porteurs s'échinaient dans le cloaque. Derrière les vitres de leurs chaises paraissaient les minois de femmes pomponnées et fardées comme pour aller au bal.

— Ainsi va cette ville, s'indigna Bérard. Nombreux sont ceux qui y redoutent le Carême.

Où était-on ? C'était une étrange ambiance, la richesse de quelques-uns s'affichant quand la majorité des Montréalais réduisait son train de vie. La ville manquait de tout, les armées anglaises, avançant de toutes parts, s'apprêtaient pour la curée, et ces charmantes gravures d'une société en sursis exhibaient, impudentes, les bijoux qu'il leur faudrait peut-être vendre bientôt pour solder la facture de la guerre.

Isabelle découvrait, effarée, cette insouciance dont l'écho joyeux lui fit mal. L'envie lui vint, soudaine, féroce, de voir sourires et affèteries s'éteindre au fond d'une cale ou sur quelque quai brumeux d'un port ennemi. Ainsi les filles d'Acadie, qui n'avaient rien à envier à celles-là, en joliesse comme sans doute en esprit, seraient-elles vengées de tant de frivole inconscience.

Les jeunes gens ne portaient pas le même regard sur ces apparitions presque irréelles. Longtemps, ils avaient rêvé de cette cité dont les murailles intactes tenaient en elles des trésors jusque-là inaccessibles, boutiques et échoppes, meubles et tapisseries, équipages et carrosses.

— L'intendant Bigot a perdu quatre-vingt mille livres au jeu la semaine dernière, s'emporta Bérard. Vous vous rendez compte, quatre-vingt mille livres ! Quelques années de mes revenus portuaires.

Il se mit à pester contre la corruption, les temps délétères, la morgue des officiers français envers les milices canadiennes, dont il faisait partie. Il y avait aussi la boue, les volatiles, les odeurs, tout ce qu'une administration sereine ou simplement digne de ce nom eût fait disparaître par décrets. Malgré cela, malgré la pluie qui dégoulinait des capuches et des chapeaux, il paraissait sincèrement heureux d'accueillir ses parents.

— Catherine s'est efforcée d'aider les quelques Acadiens réfugiés ici, dit-il à Isabelle, qui peinait à tenir debout. Nous sommes une grande famille, n'est-ce pas ? Les Sœurs Grises ainsi que les Récollets en ont hébergé avant qu'on leur trouve des maisons ou des fermes. Vous savez, il y a de la place pour les passants, en temps normal, mais voilà, depuis quelque temps, nous sommes tous tenus d'héberger un ou plusieurs soldats. C'est la règle. Les deux nôtres ne sont pas trop mal élevés. Ils sont d'Anjou.

Il chuta, les mains en avant, se releva crotté, ce qui fit rire les petits. Qu'importait ! On arrivait. Il traversa une place carrée, longea le flanc d'une église, poussa une porte, en haut d'un perron, annonça, triomphant, l'arrivée d'un miracle sous son toit. Un miracle ruisselant, éternuant, toussant, devant lequel Catherine Bérard, née Melanson dans une ferme de la Pisiquid, tomba à genoux, les mains jointes, lorsqu'elle l'eut reconnu.

Ils n'avaient plus de patrie, plus de terre. Certains avaient connu l'enfer de la déportation, d'autres, celui de l'exode à travers les sombres forêts du Nord. Hébétés, devenus soudain inutiles dès qu'ils avaient cessé de chercher le dernier cap, ils avaient encore dans les jambes les mouvements du bateau. Débarrassés des incertitudes du très long voyage qui les avait menés jusque-là, ils tanguaient, assis, écrasés par des années de fatigue, de doute, de privations.

Ils firent avec leurs hôtes le compte des manquants, à vrai dire bien plus nombreux que leur minuscule troupe, celui des espoirs déçus, aussi. Petit à petit, l'ampleur de la dispersion apparut. Des lieux de concentration de 1755 aux rivages de l'île Saint-Jean désormais vide elle aussi, les Anglais avaient embarqué plus de douze mille des leurs.

Les six mille autres, qui formaient avec ceux-là le peuple de l'Acadie ? Disséminés entre bois, campements indiens, villages de Gaspésie, fosses communes. Rien n'était certain, de toute façon. Et comme à chaque marche du calvaire acadien, le silence ramena avec lui les ombres des absents.

Ils prièrent, maintes fois, rassemblés dans la grande pièce attenante à la cuisine. Les Bérard possédaient une modeste domesticité dont un esclave antillais, un Nègre tout en longueur qui avait en permanence l'air de sommeiller, même debout. Le personnage fascina les enfants, leur fit peur en même temps, avec sa chevelure de mouton noir rayée de mèches blanches, ses dents immenses, et les petits le lorgnaient, méfiants malgré tout, par-dessus leurs bols de soupe.

— Nous ne pourrons vous encombrer trop longtemps, dit Isabelle.

Bérard leva la main.

— J'ai réfléchi et trouvé la solution. Je dispose d'une bâtisse à la Pointe-à-Caillères, c'est aux limites ouest de la ville, sur les terres de l'Hôpital général. Cet entrepôt ainsi que son terrain me sont baillés par les religieux et ne me servent plus, pour les raisons de pénurie que vous imaginez. Nous allons rendre le lieu habitable, il suffira pour cela de quelques jours, nous verrons à construire ensuite quelques maisonnettes autour. Vous y serez placés sous la protection des Sulpiciens, quoi qu'il doive arriver.

L'air satisfait, il tira de sa pipe une bouffée de fumée blanche, ferma à demi les yeux. Isabelle observait sa cousine Catherine. Au milieu de son mobilier bourgeois, la petite paysanne de la Pisiquid était devenue montréalaise. Elle demeurait simple, compatissait avec sincérité ; le sort de ses parents, dont elle était sans nouvelles depuis des années, la tourmentait. Cependant, son maintien de jeune brodeuse acadienne, autrefois tout de réserve et de soumission, avait changé, comme sa manière de s'exprimer, débarrassée en partie des tournures originelles et de l'accent d'Acadie, même.

Elle n'avait pas trente ans, régnait sur une maisonnée de marchand aisé, possédait un esclave et offrait à ses hôtes de la viande de bœuf et du vin d'Espagne, malgré la pénurie grandissante. Apprêtés comme des petits héritiers de Versailles ou de La Rochelle, se demandant avec un mélange de curiosité et de dégoût d'où sortait cette engeance, ses trois garçons observaient la marmaille dépenaillée, pouilleuse peut-être bien, occupée à se remplir l'estomac à la table familiale.

Isabelle laissa errer son regard sur les fauteuils en cuir devant la cheminée de pierre blanche, sur le vaisselier aux étagères garnies de haut en bas, sur les chandeliers spiralés placés aux deux bouts de la grande table de chêne verni. Elle fit un compliment.

— Quelle belle maison vous avez, cousine.

C'était plat, un peu forcé. Catherine avait quitté une Acadie certes anglaise mais encore en paix. Pouvait-elle imaginer ce que ses hôtes avaient vécu ? Il y avait plus qu'un décalage entre les uns, dans leur maison de pierre, leurs habitudes, pénétrés de leur généreuse et chrétienne entremise, et les autres, enfermés dans la mémoire du chaos, entrés dans la ville comme s'ils tombaient de la Lune. Par moments, ce contraste qui pesait sur eux les forçait au silence.

— Thomas, je me souviens bien de toi, fit Catherine en manière de diversion. Et toi aussi, Claire Terriot. Vous étiez les marmousets déjà promis l'un à l'autre, dénicheurs et autres poseurs de collets qui faisaient bien enrager vos mères. Thomas, le petit coureur des bois ! Et ce Baptiste, que je ne connaissais pas. Seigneur, comme le temps a passé vite.

Elle réalisa qu'elle avait parlé avec légèreté. Ce fut Isabelle qui rompit le bavardage. Elle était lasse, se sentait sale de la tête aux pieds, couverte de sel et de sueur.

Dans cette maison qui n'était pas la sienne, des gens attentifs et charitables vivaient paisiblement. Où était Charlotte, où était Jacques ? La brûlure de ces deux absences éclipsait la joie des retrouvailles. Et comment vivrait-on l'exil, maintenant que l'immobilité allait succéder à l'errance ? En fin de compte, fuir, cela occupait bien l'esprit et le corps.

— Les petits doivent se reposer, et nous aussi, dit-elle.

La maison était vaste, sa cheminée, accueillante. On s'allongerait devant et aussi dans la cuisine, sous les combles, partout où l'on pourrait étaler des couvertures, partager des édredons. Jérôme refusa la cabane aux portes vernies, sise entre cuisine et grande pièce. Il ne prendrait pas la place d'une domestique.

Bérard sentit la gêne s'installer. Il n'appartenait pas à des hôtes sans ressources de ratiociner ainsi, mais ceux-là n'étaient pas de ces pauvres que l'on recueillait parfois en plein hiver pour les sauver de la glaciation.

— La cheminée ira bien, trancha Jérôme. Avec assez de linges et de couvertures pour mon pauvre dos !

Une petite rivière, la Saint-Pierre, séparait la Pointe-à-Caillères de la ville emmurée. Au-delà de cette frontière s'étendait une large langue de terre occupée en majeure partie par l'Hôpital général et ses dépendances. Des vergers prolongeaient le hameau vers la cité. Au sud, le long de la côte de l'île de Montréal, une platitude de champs labourés, propriété des religieux, précédait des collines herbeuses piquées de bois noirs.

Un cheval débonnaire tirait la carriole où s'entassait le mobilier des voyageurs. Licol en main, Bérard précédait sa troupe de marcheurs dans le petit matin, au milieu de ce paysage surgi de nulle part. A cinq cents pas de l'Hôpital, passé une chapelle en mauvais état et un moulin désaffecté, l'entrepôt apparut enfin, éclairé par un soleil capricieux, derrière une butte couverte d'herbes folles rabattues par le vent. L'habitation était isolée. Les premières maisons dignes de ce nom se trouvaient à une bonne dizaine de minutes de marche, par temps sec.

— Voilà, annonça le marchand, l'entrepôt de la Congrégation. Ici, les religieux sont bien plus grands propriétaires que les seigneurs eux-mêmes, en vérité, ils sont la vraie puissance de ce pays. L'endroit était intéressant pour la navigation, et bien défendu ! Mais comme il n'y a plus guère de commerce sur le Saint-Laurent...

Sur la rive d'en face, au-delà de l'île Sainte-Hélène, s'égrenaient les bourgs de La Madeleine, Saint-Lambert et Longueil, serrés autour de leurs fortins. Quant au logement proposé, une baraque faite d'un mélange de pierre, de bois et de terre séchée, déjà affaissée par les vents, les pluies, la boue, il ressemblait davantage à une redoute abandonnée qu'à un logis d'honnêtes gens. Seul son toit de palplanches assemblées à l'horizontale semblait en bon état.

Une fenêtre donnait à l'ouest, à hauteur d'homme, sur de vagues collines couvertes d'une végétation inégale de sycomores et de mélèzes. Une autre ouverture, symétrique, regardait le fleuve avec, pour fond de décor, les clochers et les toits de Montréal. La porte à deux battants, où manquaient des madriers tombés à terre, bâillait.

La maison avait autrefois servi de dépôt d'armes, de poste de surveillance, de havre pour les miliciens de passage. C'était le temps où il fallait pouvoir se défendre contre l'Iroquois, loin des remparts de la ville. La menace indienne s'était estompée, la bicoque demeurait depuis isolée au bout de sa lande, refuge hivernal pour quelque voyageur surpris par la tempête, la neige, le froid.

— Il y a une dépendance, constata Thomas. On y logera les chaculots[1].

Bérard toussota. On tenait à peine debout sous le toit en partie effondré de ladite annexe. Jérôme supposa qu'à part des chèvres ou des moutons pas grand monde n'avait dû séjourner là-dessous.

L'intérieur du bâtiment principal était à l'unisson. La poutraison, réduite à quelques entrecroisements de longerons et de mortaises, surplombait un vaste espace rectangulaire, sombre et glacé, au sol de terre bosselé. Les Acadiens y entrèrent comme ils l'eussent fait à Notre-Dame-de-Paris, levant le nez, avançant à petits pas, tandis que, dehors, l'on déchargeait l'attelage.

— Seigneur Dieu, murmura Isabelle.

Ils avaient refusé d'une seule voix la dispersion dans des familles montréalaises. Avoir fait un tel voyage pour se perdre dans la ville, loger tels des coucous chez des étrangers à leur histoire, à leur besoin d'être ensemble, à leur angoisse de se perdre à nouveau ? Plutôt continuer le voyage vers les Grands Lacs, le Mississippi, la Louisiane, même !

— Voilà qui nous ira bien, dit Thomas sur un ton décidé. Au travail.

Il fallait des bras pour décharger briques et poutres de consolidation, les premiers meubles, aussi, et puis les marmites et bassines. Bérard avait mobilisé une petite troupe d'ouvriers pour cette besogne. Avant tout, le feu. La cheminée à demi effondrée serait remontée sans tarder. Puis on boucherait les trous, dans la terre comme dans les murs, avant de commencer à assembler de quoi dormir. Il faudrait des chandelles, nombreuses, de jour comme de nuit. La lumière grise entrait avec peine par les fenêtres trop étroites.

Jean Terriot pénétra dans sa résidence montréalaise avec la mine d'un déporté débarquant d'une cale anglaise sur un lointain quai d'exil. Les yeux plissés dans la pénombre, immobile, ne sachant que faire, il contempla longuement les éléments du

1. Derniers-nés.

décor, finit par poser son ballot sur le sol, tandis que les autres investissaient le lieu sous la houlette d'Isabelle.

— La terre, ici, c'est du caillou et de la vase, constata-t-il.

A la différence de Jérôme, qui avait voyagé à travers l'Acadie, de Port-Royal à Cap-Breton puis aux Mines, il était resté rivé depuis sa naissance aux misettes[1] de la Pisiquid. Fils d'un des premiers colons installés dans le bassin, il n'avait eu pour horizon, sa vie durant, que les courbes langoureuses de la rivière, les collines du pays indien, la rive d'en face, piquée de chaumes identiques à ceux de la ferme familiale.

Isabelle le vit accuser le coup. Qu'allait-on faire de ses journées dans un pareil décor ? Elle pensa immédiatement au potager que l'on aménagerait au sud, face aux envasements de la Pointe-à-Caillères. Ce n'était pas là souci ou même simple ouvrage d'homme. De la volaille et des légumes ! Mais puisqu'il n'était pas possible de défricher plus loin pour semer et récolter le grain, on binerait, on construirait des cabanes à lapins, un poulailler, avec une clôture. Cela donnerait l'impression de posséder quelque chose.

— Nous irons labourer, semer et embarger[2] avec les religieux, dit Jérôme, qui ressentait soudain la même détresse que son vieil ami. Si les jeunes sont à la guerre, nous trouverons bien à nous employer par ici.

Terriot secouait doucement la tête, indifférent au bavardage des jeunes. Ceux-là ne se posaient pas les mêmes questions que lui. Où installerait-on les couches des plus petits ? Suzanne et Mathurine dormiraient avec les orphelines, Baptiste et les garçons à côté, séparés d'elles par un simple drap. Les anciens se partageraient l'autre côté de la pièce, qui allait devenir un dortoir prolongé par le minuscule espace de vie. Thomas et Claire éliraient quant à eux domicile, jusqu'à l'hiver, dans le réduit minuscule et sans fenêtre attenant à la bâtisse.

— Les bancs, annonça Thomas, et la table.

Elle était en chêne, lourde et massive, un vrai meuble doté de tiroirs, sur quoi Catherine Bérard faisait mûrir les fruits. Jérôme caressa le bois. Des écuelles avaient été creusées autrefois à même le plateau, lorsque l'usage des assiettes n'était pas

1. Prairies.
2. Mettre le foin en meules.

encore répandu. Dans le désordre des sacs, des tonnelets, des ballots, elle trônait, souveraine.

— Les brodeuses de la Pisiquid se tiendront là, décida Isabelle.

Un espace subsistait entre table et fenêtre, juste suffisant pour y placer trois ou quatre chaises. Là s'assiéraient le plus souvent les femmes, pour travailler à la lumière du jour. Les enfants amenèrent deux fauteuils, dont l'un à bascule, qu'ils posèrent devant la cheminée. Ainsi meublée, la pièce ne ménageait que d'étroits passages pour ses habitants. Jérôme sourit.

— Jean Terriot, la chaise à roulettes[1] est pour toi. Ma jambe supporte mal le tangage.

Terriot parut sortir d'un rêve. Les maisons d'Acadie étaient certes petites mais on y circulait sans avoir à se contorsionner, comme dans ce réduit déjà surpeuplé avant même d'avoir été aménagé.

— Et puis bast, lança Jérôme sur un ton rogue, si nous étouffons là-dedans, Pierre Lestang nous donnera l'asile sur le *Locmaria*. Qui n'est guère en meilleur état que ce palais, ajouta-t-il, pour lui-même.

Il se planta devant la porte, les épaules basses, la main tremblante, serrant sa canne. Vieux, terriblement. Et inutile. Thomas le considéra, dubitatif. Il cherchait un nom, de quoi baptiser ce bout de lande où sa tribu faisait une halte de plus. Il leva le doigt vers Jérôme, qui inspectait tout cela d'un œil las.

— La Petite Acadie ! Du vent, du vide, la volonté un peu branlante de ne pas s'écrouler en poussière, voilà qui ressemble assez à ce que nous sommes aujourd'hui, n'est-ce pas, Père ?

Jérôme grimaça un sourire. On vivrait là. Voilà qui rappellerait les premiers temps de la colonie, la misère des pionniers, la survie dans les mains de Dieu, à chaque instant.

— Du vent, du vide, de la poussière, Thomas. Pour l'espoir, il faudra sans doute attendre, dit-il, fataliste.

Le grand silence canadien couvrit bientôt champs, collines et habitations de son épais drap blanc, et la tribu des exilés s'enferma dans l'hiver. Les réfugiés redoutaient ce premier

1. Chaise à bascule.

enfermement, malgré la ville toute proche dont on apercevait les clochers. La marche devint hasardeuse, même pour se rendre à l'Hôpital général où Suzanne et Mathurine Terriot avaient trouvé des places à la cuisine.

Les jours de grand vent, lorsque les poudrilles fusaient, horizontales, giflant les visages, coupant les souffles, mettant du gel aux sourcils et aux lèvres, on ne se hasardait guère au-delà du chemin. La ville se vida de ses passants, à la campagne se succédèrent les longs temps de l'isolement. Et coururent alors les histoires de malheureux égarés, retrouvés tels quels au printemps, figés par le froid dans leur linceul de neige.

C'était un climat terrible, bien différent de celui du Sud. L'océan était loin, avec ses pluies, ses brumes, ses fréquents et surprenants accès de douceur. Les terres bordant le Saint-Laurent disparurent sous un sépulcre, toute vie s'enfouit pour près d'une demi-année.

— Il est vrai que nos marchands ne se risquaient guère par ici passé novembre, rappelait Jérôme.

On comprenait pourquoi. Chassés de leur palais par le froid, Thomas et Claire furent vite obligés d'intégrer la pièce commune, où on leur fit de la place près d'une fenêtre.

Peu à peu, le murmure du fleuve s'apaisa, chaque petit matin vit s'agrandir le territoire pris par le gel. En janvier, le fleuve le plus puissant d'Amérique ne délivra plus qu'un pauvre filet d'eau entre deux banquises. Et puis, enfin, quelqu'un cria : « Tout est pris jusque sur l'autre bord ! » Les enfants n'en croyaient pas leurs oreilles, leurs yeux. Il n'y eut plus le moindre bruit le long du rivage, plus de chuintements, de clapot, de sibilances nocturnes. Un lac immobile et gris remplaçait le flot impétueux du géant.

— Comme à la Pisiquid mais en plus grand, dit Isabelle.

Longs soirs de février. En Acadie aussi, il arrivait que l'on dût s'enfermer ainsi pour plusieurs jours, voire deux ou trois semaines. Mais l'on savait les autres pareillement au refuge, tout près. La certitude de se revoir bientôt tenait les cœurs au chaud. Rien de tel à la Pointe-à-Caillères.

— Pas grand-monde sur qui médire, ici, n'est-ce pas, les filles Terriot ? plaisantait Pierre Lestang.

Nées à une année d'intervalle, Suzanne et Mathurine Terriot, les sœurs cadettes de Claire, s'étaient élevées ensemble à la ferme de la Pisiquid au point qu'on les appelait alors les bessonnes[1]. Le séjour au Maryland auprès de leur mère et de leurs frères agonisants avait renforcé si besoin était leur relation. Inséparables, occupées la plupart du temps à des tâches identiques, elles s'étaient construit comme beaucoup d'autres leur monde au milieu du chaos et il était à supposer que, le jour venu, elles s'arrangeraient pour convoler et enfanter en même temps, sous le même toit, peut-être bien.

Suzanne avait dix-neuf ans et ressemblait à Claire, un peu de laideur en sus ; de grands yeux volontiers rêveurs, un visage arrondi aux traits épais, un corps robuste et sans grâce particulière semblaient la prédisposer aux besognes de ménage qu'elle ne prisait guère cependant. Mathurine était à l'opposé, toute fine, presque gracile, mobile et bavarde autant que sa sœur était discrète voire effacée.

— Comment ces deux-là peuvent-elles ainsi s'entendre ? s'étonnait Claire.

Elles dormaient côte à côte et c'était à qui s'assoupirait la dernière après avoir épuisé l'autre de ses chuchotements et fous rires étouffés à grand-peine. Il y avait donc tant de confidences à se faire dans une société aussi réduite !

— Assez, les pies ! leur lançait Claire lorsqu'il s'agissait pour elle et les autres de pouvoir dormir un peu.

Jean Terriot excusait par avance leur turbulente complicité. Il avait laissé du monde en route, dans les fosses communes de l'exil. Ses deux fils, sa femme. Lui ne survivrait pas longtemps à l'accumulation des deuils, mais les plus jeunes avaient le devoir de s'en affranchir et gaiement, pourquoi pas.

— Alors, ces religieuses de l'Hôpital vous traitent en bonnes chrétiennes ? leur demandait Pierre.

La pie-Mathurine excellait à ces récits.

— La sœur Marie-Etienne est ronde comme une barrique de saumure. Je l'ai vue qui s'empiffrait de sirop d'érable au cellier, quand les autres s'en allaient à complies. La mie dans une main, la bouteille dans l'autre, elle se tenait toute cambrée, lapant le sucre, pis qu'un ivrogne sous son flacon de rhum...

— Mathurine !

Claire la tançait, en vain.

1. Jumelles.

— Et les autres ? quémandait Thomas. Celle qui se promène le long des bâtiments avec sa musique, tu sais ? Est-elle bien soignée, ou guérie, peut-être. Ce serait dommage.

Mathurine pouffait, sa cadette prenait la couleur des pommes de la Dauphin. La sœur Josèphe souffrait de flatulences dont elle se débarrassait, livres saints à la main, dans la cour. Chacun imaginait alors la pauvre femme scandant ses prières de ces salves libératoires.

Pierre Lestang riait comme jamais on ne l'avait entendu faire. Et la sœur Jeanne de l'Apparition, née au Canada bien avant le siècle, qui s'endormait aux laudes et qu'on laissait ainsi, la bouche ouverte, les mains sur le ventre, couvrant de ses ronflements la prière de la mère supérieure ?

« Faites-la donc taire ! ordonne celle-ci.

— Ma mère, c'est impossible », voilà ce qu'on lui répond.

On ne réveillait pas facilement une quasi-centenaire, sourde de surcroît. Presser son nez ne suffisait pas. Il fallait lui clouer le bec avec une pelote de fil. Comme elle avait les narines bouchées en permanence, cela faisait grand bruit dans la chapelle lorsqu'elle s'éveillait, à demi asphyxiée.

Pierre pleurait de rire. D'autres histoires, par pitié ! Le reste était de la même eau, des idylles clandestines entre pensionnaires de l'Hôpital, des vieillards jureurs et cracheurs que les religieuses morigénaient pis que des mioches, des mariages « à la gaumine », pendant la messe. On s'échangeait le serment quand le prêtre officiant bénissait l'assemblée.

— Et c'est tout ? On est ainsi époux ? s'étonnait Isabelle.

C'était tout, en effet, l'affaire de quelques secondes, sans cérémonie. On venait de loin pour économiser ainsi les dépenses d'un banquet, d'une garde-robe.

— Voilà qui ne se pratiquait pas chez nous.

« Chez nous. » La joie retombait. On s'apercevait soudain qu'il manquait bien du monde pour nourrir ces bavardages de coin du feu. Les femmes se taisaient, accaparées par leur ouvrage, leurs souvenirs, leurs minuscules projets ménagers, les hommes grommelaient en tirant sur leurs pipes. Isabelle se levait de sa chaise ; le nez collé à la fenêtre, elle se perdait dans la contemplation du ciel gris, de la neige tombant à gros flocons. Le silence prenait possession de la Petite Acadie et les fantômes commençaient immanquablement leur sabbat dans la pièce enfumée.

XXII

Mars 1759

Jacques Hébert marchait à pas pressés, tête basse, attentif à éviter les flaques de boue, les ornières, les ordures, tout ce qui servait de malodorante voirie à la place du marché de Montréal. C'était à l'angle des rues Saint-Paul et Capitale, un espace laissé en l'état par le peuple bruyant des vendeurs et acheteurs de la ville. Des cochons en liberté en avaient pris possession, affairés à fouiller les rigoles sanieuses où des détritus de toutes sortes commençaient déjà à pourrir.

Le garçon arrivait de Québec, où les hasards de la retraite et de quelques abandons supplémentaires de forts avaient fini par l'amener au tout début de l'année. Encaserné avec une troupe mêlée de Berry, de Guyenne et de La Reine, il découvrait sans grand plaisir la cité d'en-Haut étalée sous son Mont-Royal. Sans grand plaisir parce que, au plat alignement des chapelles, couvents et hospices le long des rues Saint-Paul et Notre-Dame, il préférait la masse puissante de la forteresse québécoise, son altérité de citadelle imprenable.

Cité de marchands, pensa-t-il.

Et de dévots. De Notre-Dame de Bonsecours, ruinée par un incendie, au couvent des Récollets, il aurait à longer le couvent des Jésuites, la maison de la Congrégation, l'église paroissiale et l'Hôtel-Dieu, tous endroits où l'on priait, soignait, enseignait et surtout confessait, une corvée que Jacques s'était à l'avenir interdite.

La glaciale rigueur du mois de mars avait vidé rues et ruelles bien avant la cloche annonçant à la fois la fin de la journée de travail et la fermeture des tavernes. De rares passants se hâtaient vers les alignements de maisons en bois de la basse ville ou du faubourg Saint-Louis. Pataugeant entre roulis de neige et saignées de boue, ils allaient trébuchant, jurant, crottés jusqu'aux genoux.

Un peu de faim au ventre aussi, sans doute. A l'image de Québec, Montréal souffrait autant des rigueurs de l'hiver que de celles de la guerre en cours. Coupées de l'immense Louisiane depuis que l'on avait abandonné les rivières de l'Ouest, bruissantes de l'écho des préparatifs anglais, une invasion par des dizaines de milliers de soldats, à ce qui se disait, les villes françaises se recroquevillaient autour de leurs garde-manger. A peine mieux nourris que les civils, les soldats se préparaient aux futurs assauts d'un ennemi encore invisible mais bien présent dans les conversations. Combien de temps tiendrait-on la cité, dont les défenses paraissaient soudain bien fragiles ? Le roi enverrait-il à Québec les renforts que l'Acadie avait espérés en vain pendant un demi-siècle ? Et plus angoissant encore, subirait-on le sort des Acadiens en cas de défaite ?

Parvenu aux extrémités ouest de la ville, là où, devant la Pointe-à-Caillères, les faibles remparts s'appuyaient sur les premiers contreforts du Mont-Royal, Jacques fit une pause. Il avait eu beau les garnir de paille et de laine à l'intérieur, ses bottes toutes neuves lui blessaient les talons ainsi que le dessus des pieds. Il désemboua ses semelles contre les pierres d'une fontaine à demi recouverte de neige, resserra sa cape brune contre sa poitrine, examina longuement le ciel, espérant y apercevoir un coin de ciel bleu. En vain. Une chape de plomb pesait sur la ville, traversée de vents coulis glacés, annonçant de la neige, encore et peut-être bien une de ces tempêtes à vous faire geler un homme debout en moins d'une heure.

Il prit vers le fleuve, devant le cloître des récollets, franchit le pont de bois enjambant la petite rivière Saint-Pierre gelée, découvrit le quartier de maisons cernant la chapelle de l'Hôpital général. De là, la vue embrassait la perspective linéaire de Montréal, piquée de clochers et de flèches. Le garçon ne s'attarda pas à ce spectacle. Les yeux rivés sur des houppées[1] formant un vague chemin, il avança dans la steppe blanche bordant le grand fleuve pétrifié, marcha une grande heure, s'enfonçant par endroits jusqu'aux genoux.

Deux enfants le croisèrent, sortis Dieu sait d'où, mitasses et raquettes aux pieds, les mains dans les poches de haillons ; des petits mendiants ou des poseurs de collets, endurcis par l'hiver.

— L'entrepôt-à-Jean Bérard ? leur demanda-t-il, soudain frigorifié.

— Contre une piastre, monsieur le soldat, rétorqua l'un d'eux, un tout-petit au regard de renardeau.

— Une piastre !

— C'est le prix. L'entrepôt-à-Jean Bérard, c'est encore loin et plutôt neigeux, pis qu'ici.

Il souriait, jetait des coups d'œil vers son acolyte, un plus grand que lui, à l'air faux, le genre à faire un croc-en-jambe à un bourgeois pour lui voler sa montre.

— C'est deux sols ou rien du tout, lui lança Jacques, qui n'aimait pas qu'on lui en imposât.

— Soit.

Le petit serra les pièces dans sa main, donna un coup de menton vers une sorte de grange en bordure de la rivière, à moins de cent pas de là. Des étais soutenaient la masure sur un côté. Une fumée blanche s'échappait d'un mur, à sa moitié.

— Quoi ! C'est donc là !

Les enfants avaient déjà disparu, dans un éclat de rire. Jacques s'approcha des carreaux embués, finit par trouver un coin de vitre par où il put distinguer l'intérieur de la bâtisse.

Cela ressemblait vaguement à l'une de ces pauvres fermes de la Pisiquid où il allait autrefois avec sa mère, visiter une veuve, offrir vêtements et nourriture à des orphelins dans le besoin. Les reflets jaunâtres d'une chandelle éclairaient des silhouettes assises ou s'affairant. Des outils étaient posés le long des murs, des draps séparant des espaces de couchage donnaient à l'unique pièce de vie des allures de dortoir.

Des femmes s'activaient autour de la cheminée. La joue plaquée contre le vitrage, il aperçut un vieillard qui dormait au coin de l'âtre, des enfants assis à même la terre, au bas d'une

1. Ornières creusées par les traîneaux.

table entourée de bancs, taillant des morceaux de bois à l'aide de canifs. Leurs visages lui étaient inconnus. S'était-il trompé de maison ?

Les femmes allaient de la cheminée à la table, portant de lourdes marmites de fonte. Elles lui présentèrent tour à tour leur visage.

— Mère, pardieu, vous êtes bien là, murmura-t-il.

Plein d'une brusque impatience, il quitta son poste d'observation, contourna le coin de la maison, tira doucement la porte, précédé dans la pièce par un coulis d'air froid. Isabelle grogna, se retourna, sourcils froncés.

— Qui est là, dans la bise ?

Elle fit un pas, au moment où Jacques s'avançait lui aussi. Etonnée de voir entrer un jeune milicien, peut-être même un soldat, tout de peau et de laine vêtu, le visage en partie caché par de la fourrure et le large bord d'un feutre, elle toisa le visiteur, pointa un doigt vers lui, qui demeurait silencieux.

— Seigneur Tout-Puissant, voyez qui nous revient.

Sa voix se brisa net. Elle porta les mains à sa bouche, pâlit.

— Mère.

Elle alla vers lui d'un pas d'automate, n'osant croire à cette apparition ; ses doigts tremblants se posèrent sur son cou. Il lui fallait désormais les lever haut, pour caresser le visage de son échalas de fils.

— C'est Jacques ! Mon petitou !

Elle cria, répéta le nom béni du Ciel. Claire Terriot s'était précipitée. Isabelle demeura figée, en larmes, la main sur la joue de son fils. Son ergriché[1], toujours assez malingre en fin de compte mais avec quelque chose de dur dans le regard, au coin des lèvres, qu'elle ne lui connaissait pas.

— Marie Mère de Dieu, vous avez tant de bonté pour nous à cette heure.

— Jacques-à-Jérôme-à-Jacques Hébert, Seigneur, c'est un homme, maintenant, et beau à mort[2] ! s'écria Claire. Tes frères vont être si heureux de te voir. Et d'où viens-tu ainsi ?

— Pennsylvanie, dit-il dans un souffle. Et de quelques autres endroits aussi.

1. Cheveux en l'air.
2. Très beau.

Elle aussi voulait toucher l'apparition. Jacques ôta son chapeau cabossé d'éclaireur. Il savait la question de sa mère, c'était, dans les yeux d'Isabelle, un mélange de joie et d'inquiétude, une flamme d'espoir. Il se dandina quelques secondes, pensa qu'il aurait dû se jeter le premier dans les bras de cette femme vieillie dont il avait souvent oublié les traits.

Maintenant, il la découvrait telle qu'elle était, le front ridé, les mains brunies par les tavelures, avec cette maigreur qui tirait ses paupières vers les tempes. Elle respirait fort, palpitait. Il ferma les yeux.

— Charlotte est restée là-bas, dans une ferme de Lancaster.

— Vivante ?

Isabelle avait crié. Il fit oui de la tête, vit le soulagement sur le visage de sa mère, et quelque chose d'autre en même temps, un désespoir, subit, profond comme une lame d'océan.

Elle fit deux pas en arrière, chuta plus qu'elle ne s'assit sur un banc, s'immobilisa, le coude sur la table, foudroyée. Claire s'empressa. Le Seigneur permettait à la famille de se reconstituer, petit à petit. On avait survécu, Charlotte reviendrait elle aussi un jour prochain.

Isabelle secouait la tête. Elle n'avait qu'une fille, son petit sosie abandonné dans le chaos de l'embarquement. Jamais elle ne se pardonnerait cette faute. Claire implora Jacques. Charlotte était-elle en bonne santé ? Qui étaient ces fermiers ? En Caroline comme au Maryland, des Acadiens s'étaient gagés comme domestiques chez des colons. Tous avaient connu ces situations, humiliantes le plus souvent, salvatrices parfois. Jacques la rassura. En même temps qu'il parlait, le visage de sa sœur vint le hanter, comme dans une fin de rêve. Mieux valait dire ce qui était au fond la vérité. Isabelle buvait ses paroles ; les mennonites ? Des fermiers vivant un peu comme les Acadiens, refusant de se battre et de tuer, respectueux de Dieu. Libres.

— Alors, c'est ainsi que l'on s'arrange à Montréal, murmura-t-il.

Il inspecta les lieux, sous le regard admiratif des jeunes Melanson. Levant la tête, il aperçut les trous dans les planches de l'entrepôt, bouchés par de la boue gelée. Quand tout cela fondrait, cela ferait un joli bruit de pluie sur le sol de l'abri. Claire lui expliqua la situation.

— Nous sommes ici pour quelques semaines seulement, hébergés par le mari de ta cousine Catherine-à-Jean Melanson. Tu te souviens ? C'est la sœur d'Anne-Marie, la blonde, mon amie d'enfance. Toi qui as bien marché pour venir jusqu'ici, tu ne sais donc rien de tous ceux-là ? Et d'autres encore ?

Il fit non de la tête. Il n'avait guère envie de raconter son aventure dans les Alleghanys ; les cousins massacrés, les brasiers des fermes et des forts incendiés, le sentiment exaspérant d'être un brin de paille ballotté par une tempête. Après tout, chaque déporté en avait peut-être autant dans la mémoire. Il se campa devant l'âtre, égoutta sa cape, tandis que sa mère se levait, essuyant ses larmes, refoulant un chagrin devenu déplacé.

— Ensuite, où irez-vous ? demanda-t-il.

Claire le considéra, un peu étonnée. Le jeune homme qui lui faisait face n'avait plus grand-chose à voir avec le gringalet des bords de la Pisiquid. Entre l'enfant pâle et chétif abrité le jour durant dans les jupes de sa mère et le petit coq de seize ans jouant au général plein de secrets devant des réfugiés, il y avait bien plus de trois années.

— Ma foi, comment le savoir ? s'écria Claire. Tu as une idée là-dessus, toi ?

Des hommes entrèrent, Jérôme Hébert accompagné de son fils Baptiste et de Beloni Melanson, l'aîné de Sylvain, un adolescent boutonneux que les privations à la Miramichi avaient creusé au thorax. Bérard les employait dans son commerce de bois, de peaux et de grains. Les jeunes travaillaient à la manutention, quant à Jérôme, Bérard lui avait trouvé un emploi de comptable dont il n'avait en vérité pas vraiment besoin. C'étaient là des activités de subsistance, modestement payées par un petit industriel inquiet, appauvri par la guerre.

— Tudieu ! La nuit sera noire et la bise qui se lève va tuer quelques pauvres gens, dit Jérôme d'une voix enrhumée.

Il se fit un grand silence dans la pièce. Baptiste avait repéré le premier la longue et fine silhouette de Jacques, devant la cheminée. Isabelle s'approcha de son mari. Ses yeux brillaient, soudain, la vision de la petite foule réunie dans l'entrepôt lui chauffait le cœur, amendait sa peine.

— Regarde qui est avec nous, murmura-t-elle.

Jérôme plissa les paupières, tendit le cou vers le grand escogriffe qui l'observait, un petit sourire au coin des lèvres.

— Père, c'est moi, Jacques.

— Mais c'est bien vrai.

Il avait peine à croire à la métamorphose de son fils. Il y eut des rires, des cris, des sanglots. Chacun voulait exprimer sa joie. Jérôme serra Jacques contre lui, puis il se tourna vers Isabelle, l'interrogea du regard. Non, Charlotte n'était pas de ce miracle-là.

On s'empressa : la Pennsylvanie, les forts des rivières, les Compagnies franches. Baptiste en voulait davantage. Jacques gardait la tête basse, se dandinait un peu.

— Laissez-le donc, ordonna Jérôme. Les nuits sont longues en hiver, ce voyageur aura bien le temps de parler.

Thomas avait dételé le cheval de Bérard de la traîne, mis l'animal à l'abri de la dépendance. On l'y laisserait, d'ailleurs. La pauvre bête s'enfonçait jusqu'aux genoux dans la neige et avançait moins vite que les hommes.

Il entra à son tour dans la pièce, découvrit les visages transfigurés des femmes, reconnut immédiatement son cadet vers qui il vint, la main tendue.

— Eh ! Le Jacques-à-Jérôme Hébert. Tu te souviens de moi ?

Sous sa veste de laine épaisse et sa chemise en peau d'orignal, l'éclaireur avait de l'allure, bien qu'encore un peu maigre de côtes et de cuisses. Thomas le lui dit, rit de bon cœur. Ses rares leçons de vie sauvage avaient porté leurs fruits, les militaires avaient bien poursuivi le travail commencé à la ferme d'Acadie.

Jacques serra la main de son aîné, se laissa embrasser. Il ne parvenait pas à participer à cette joie dont il était la cause. Il y avait là des civils, à ses yeux, des gens étrangers à la chose militaire. Lui, Jacques Hébert, vivait depuis des mois dans le quotidien des armées en campagne. A Grand-Pré, lorsque le major Winslow l'avait inclus dans la colonne des otages devant embarquer les premiers, il avait fait le serment de ne trouver le repos qu'après avoir fait payer aux Anglais leur crime. Tenant parole, il se préparait maintenant à se battre pour Québec. Les autres, père, mère, frères et leurs pareils de l'entrepôt-à-Bérard, œuvraient à des besognes d'ouvriers, pour le compte d'un marchand, sous la protection rapprochée des religieux. Jacques trouvait cela surprenant, même si l'infirmité de Jérôme pouvait leur servir à tous d'excuse.

Thomas se détacha de lui, surpris par son apparente froideur.

— C'est un beau wampun que tu as là, apprécia-t-il en caressant le collier de perles et de coquillages.

— Tuscarora. Je l'ai eu aux monts Alleghanys, dit Jacques, de la fierté dans la voix.

Thomas hocha la tête, avec un pâle sourire. Jérôme avait déjà ouvert une bouteille de cidre, tandis que Suzanne Terriot, la courtaude au visage rubicond, disposait les bols des hommes sur la table. On lirait la parabole du fils prodigue, au dîner, les prières seraient plus ardentes ce soir-là.

A la fin de la bénédiction récitée par Claire, Isabelle demeura debout tandis que les Acadiens de la Pointe-à-Caillères s'asseyaient autour de la table. Les petits Melanson, ceux-là même que Thomas avait conduits le long de la rivière Miramichi, dînaient ensemble à un bout de la longue table. Leurs aînés séparaient leur petite troupe murmurante des adultes, où, coudes largement appuyés, mains sous le menton, pensif, présidait Jérôme.

Isabelle contempla longuement son fils Jacques, assis près d'elle. Puis elle joignit les mains, se signa.

— Nous n'avons pas beaucoup de restes à manger par ces temps de misère, dit-elle, et si les plus petits reçoivent ce qu'il leur faut pour vivre, il nous arrive bien souvent, à nous, qui avons de l'âge, de ressentir la faim, la nuit, dans cet endroit qui n'est pas, qui ne sera jamais notre maison.

Les convives gardaient la tête basse. Parce que cette journée ne ressemblait pas aux autres, on avait, à défaut d'un impossible veau gras, sacrifié une poule dont la chair bonifiait l'habituelle soupe de pois.

— Mais ce soir, nous avons une famille un peu plus nombreuse qu'hier, poursuivit la maîtresse des lieux. Tu as raison, Claire, c'est un don du Seigneur, comme de nous faire savoir par la bouche de Jacques que notre petite Charlotte est vivante. Tous, nous gardons au fond de nous-mêmes le souvenir encore brûlant de notre solitude et de nos souffrances. Nous mourrons un jour avec cette compagnie, car nul être humain ne peut libérer son âme de pareilles cruautés.

Elle avait parlé d'un trait ; reprit son souffle. Jacques la regarda. Il retrouvait la femme douce et forte d'autrefois, qui remettait son sort à Dieu quoi qu'il arrivât. Isabelle ressemblait à ses sœurs d'Acadie, comme elles vieillie sans doute trop vite, un pli amer au coin de ses jolies lèvres, le dos arrondi, la main tremblant un peu, moins ferme qu'avant. Seuls ses cheveux en liberté, blanchis à la racine, avaient conservé l'épaisseur, la force de l'éternelle jeunesse.

Jacques eut soudain envie de la prendre dans ses bras, en vérité pour s'y réfugier, comme dans leur autre vie. Ces choses-là ne se faisaient pas ainsi, et pendant une prière ! En cela, les Acadiens des Mines ressemblaient aux mennonites de Lancaster.

Isabelle lui sourit.

— Ce soir, je pense à Sylvain Melanson, qui dort dans la terre de Caroline, à sa femme Françoise, ensevelie avec son petit au fond des forêts de la Miramichi. Je pense à ceux que nous avons vus s'éteindre aux quatre coins de notre pauvre pays, au fond des bateaux anglais, ou dans des contrées étrangères. Nous avons de la chance, nous tous qui sommes là. Nous vivons. Mais les autres, dispersés, qu'est-il advenu d'eux ? Seigneur, nous aurions encore de la force pour eux, si on nous disait seulement où les retrouver, dans quel port ou pays d'esclaves ?

Elle énuméra les noms des déportés, se signa pour chacun d'eux. Pour André Melanson, son oncle, prisonnier à Halifax, coupable du seul crime d'avoir voulu convaincre le gouverneur Lawrence de l'innocence des siens, pour Marguerite, Jean, Madeleine et leurs familles. Et pour d'autres, Terriot, Hébert, que l'oubli risquait de rejeter à jamais dans les ténèbres.

— Nous devrons les retrouver, où qu'ils soient, et nous rassembler avec ce qui restera du peuple de l'Acadie, loin des guerres, sur des terres où on nous laissera enfin vivre et mourir en paix. Je ne veux plus de ces affreux voyages, pour moi comme pour vous et pour eux. Nous en avons suffisamment souffert jusqu'ici.

Elle pria en silence, se rassit. Le vent s'était levé, porteur de glace et de solitude pour des jours, des semaines. On ne retournerait pas à la ville de sitôt. Thomas observait Jacques. Le drôle faisait mine d'acquiescer mais n'en pensait pas moins. Il était éclaireur, tout habillé de peau au milieu d'une assemblée de paysans. Thomas le sentit plein de ce qu'il avait dû vivre au long de son exil. Un homme était né de ce désordre, taciturne, secret. Malheureux sans doute, tout au fond de lui-même.

Jacques rejoindrait un jour les soldats des Compagnies franches, et les incantations de sa mère ne le dissuaderaient pas de courir se battre. Ainsi le bonheur d'Isabelle durerait ce que durerait encore l'hiver, cette longue mort canadienne que Thomas se prit à souhaiter sans fin, ce soir-là.

Pierre Lestang avait mis sa goélette à la disposition des autorités militaires de Montréal et cabotait entre les deux villes, transportant des soldats, des denrées, des ordres de mission, aussi. Il revint de Québec quelques jours plus tard. Le gel du Saint-Laurent l'avait forcé à y abriter son *Locmaria*.

— Cela sent vraiment les sièges à venir, annonça-t-il, l'air sombre. C'est l'hiver, et pourtant il y a des mouvements de troupes un peu partout, jusque chez les Indiens. Québec subira le premier assaut. On y paye tout avec ça, désormais.

Il sortit de sa poche une liasse de feuilles rectangulaires. Des créances, ou reconnaissances officielles de dettes. Il écarta les bras, ricana.

— Qui garantit ce vent ? Allez savoir. Le roi ? L'intendant Bigot, qui a distrait quarante ouvriers pour faire construire une casemate dans son jardin ? Le pape ? Le jour où nous présenterons ce trésor au remboursement, nous risquons bien de nous faire rire au nez.

— Il n'y a plus guère de monnaie au Canada, en effet, regretta Jérôme. Pour nous qui avons toujours vécu ainsi, cela ne change pas grand-chose, mais pour les marchands de par ici, les Bérard et autres Maillot ou Goubert, il y a de quoi éprouver le vertige. Si les Anglais prennent ce pays, ils n'auront qu'à se baisser pour ramasser les ruines de son commerce.

Les femmes se signèrent. Mieux valait parler d'autre chose, des églises où l'on ne pouvait aller prier sans s'épuiser à marcher dans la neige, des pâtes qui levaient mal à cause d'une farine de piètre qualité.

Pierre inspecta la maison, apprécia les quelques réparations du toit, des fenêtres, de la poutraison.

— Qui est là ? demanda-t-il, apercevant Jacques. On a du milicien à la Petite Acadie, à cette heure ?

— Eclaireur aux Compagnies franches de la marine, corrigea Thomas, admiratif. C'est votre neveu Jacques, qui a passé un peu de temps avec nous.

Jacques était assis sur un banc. Une longue pipe sculptée entre les lèvres, il observait les cuisinières démembrant un lapin pris au collet par Thomas.

Il se leva négligemment, serra la main de Pierre. Dans ses rêveries enfantines, il avait longtemps imaginé le corsaire ferraillant à l'assaut des navires anglais, aux côtés de son grand-père, le Bellilois. Maintenant, il avait face à lui un squelette ambulant, flottant dans des vêtements trop grands, qu'une simple saute de vent du Nord culbuterait.

Cette génération de corsaires, de miliciens, d'aventuriers acadiens, avait fait son temps sans amener la victoire décisive. Le sort des armes françaises était désormais au bout des fusils des réguliers. Guyenne, La Reine, Roussillon et cinq autres régiments. La guerre d'Amérique finirait comme celles d'Europe, entre gens d'uniforme. En se croyant longtemps à l'abri du malheur parce que simples fermiers, en désarmant face à la menace anglaise, les Acadiens s'étaient condamnés à subir.

— Il y a bien de la jeunesse ici, fit Pierre. Je ne lui vois pas grand avenir au bord de ce fleuve.

— Montréal n'est qu'une étape sur le chemin de l'Acadie, renchérit Thomas. Dans un an, dans dix ans, nous y serons de retour.

Il entretenait la flamme. On retournerait à Grand-Pré, on reconstruirait des fermes. Si les Anglais n'avaient pas encore pris les terres, c'était parce qu'ils ne savaient pas les cultiver. Vainqueurs ou vaincus, ils devraient aux Acadiens le droit sacré au retour, là même où les générations s'étaient succédé.

Les anciens opinèrent sans mot dire. Thomas allait et venait entre la cheminée et la table, serviteur parmi les filles de la maisonnée. Jacques trouva subitement tout ce monde parfaitement inutile. Lui qui avait remonté les fleuves français à l'abandon, pisté les fifres écossais au fond des forêts de l'Ohio, tué un homme, ne parvenait pas à croire que l'on pût ainsi hiverner en rêvant d'aboiteaux en Acadie, quand les Anglais préparaient des flottes d'assaut. Et voir son frère aîné, autrefois libre dans son royaume de bois, de collines, de terriers, servir la soupe à ses anciens voisins de la Pisiquid sous un toit de fortune le stupéfiait.

Il découvrait en Thomas son exact contraire. Lequel des deux avait à ce point changé ? Thomas conservait intacte sa vision du monde : il y avait d'un côté la nature à affronter, avec ce que les hommes y ajoutaient d'imprévu, d'étrange, de cruel. De l'autre, ceux que, comme lui, n'animaient plus le sentiment de l'injustice, la haine des assassins ou tout autre élan semblable de l'instinct, mais plus simplement le besoin élémentaire d'accomplir son devoir. Une ligne invisible était tracée devant eux sur le sol, dans le ciel. Ils la suivaient sans se poser de questions, certains que l'équité ou, pire, la raison triompheraient du mal.

Il contempla, fasciné, le roc au menton carré, au cou et aux bras de bûcheron, sorti indemne d'une jeunesse saccagée, ce frère trop fort et plein de vie pour avoir même été jalousé. Il éprouvait, lui, des pulsions de mort, des envies contraires de fuir et de faire souffrir en même temps, des impatiences dont la force se brisait avec rage sur l'épaisse muraille de la réalité. Servi par la chance, il avait expérimenté sans dommage quelques-uns de ces fantasmes, mais à la différence de Thomas, qui avait tué lui aussi et semblait s'être débarrassé de ce poids comme d'une cape crottée, chacun de ces actes sanglants lui donnait l'envie de s'enfoncer un peu plus dans leur obscure logique.

Il pensa que la différence entre Thomas et lui tenait à ce que l'un dominait sa situation sans effort apparent ni dégâts de l'esprit, quand l'autre se laissait mener par les ressorts les plus chaotiques de son âme. Il n'y avait rien là qui dût entraîner chez lui du ressentiment ou de la frustration. Chacun traçait sa route sans subir l'influence de l'autre. Pourtant, il ne pouvait se débarrasser d'un tenace sentiment d'infériorité, comme si le paysan d'Acadie affronté aux duretés de l'époque devait s'imposer quoi qu'il advînt au héros des campagnes guerrières.

Nous voilà pourtant bien parvenus au même endroit, se dit-il. L'ennui, c'est qu'ils n'avaient pas eu tout à fait le même itinéraire pour s'y retrouver. En principe, l'éclaireur avait pris de l'avance. A l'arrivée, sa gloire militaire, bâtie à vrai dire sur des reculades notoires, des abandons de poste, des combats d'arrière-garde, fondait pourtant comme les glaces en avril, tandis que le laboureur rescapé des mouroirs d'Acadie avançait, le nez au vent, de son pas égal de chasseur.

— Mars venteux, vergers pommeux, dit Jean Terriot, dont l'esprit fatigué se plaisait à retrouver les dictons de sa vie passée.

Les femmes sourirent. Pommiers, moissons, troupeaux, tout cela était bon pour ceux qui avaient encore du bien. Mais l'exercice tenait le vieil homme en éveil, moins agaçant que ses bruits de bouche et de chicots, ses clappements de langue, ses vents dont les petits tenaient parfois une joyeuse comptabilité.

— Eh bien, je crois que tout le monde est là, maintenant, dit Isabelle, triomphante, les mains brunies par le sang du lapin.

Elle se signa. Jacques vit qu'elle éprouvait enfin une joie véritable, débarrassée de ses ombres, et cela l'apaisa.

Il y eut une autre visite ce jour-là, du sergent La Violette, précisément, accompagné de deux Indiens mohawks, sur une traîne fine[1]. Faisant le compte de ses hommes, le sergent avait constaté qu'il lui en manquait un et pas le moindre.

— Désolé, garçon, s'excusa-t-il, pour vous aussi, madame sa mère. On aimerait bien laisser le bon temps rouler, comme on dit par ici. Mais voilà, il faut nous en retourner à Québec.

— Au plus rude de l'hiver ? s'inquiéta Isabelle.

— Dame, oui.

Isabelle eut du mal à retenir ses larmes. A peine avait-elle eu le temps de contempler un peu son fils, de le nourrir, d'écouter ses silences, qu'il lui fallait déjà s'en séparer. Devant

1. Traîneau à chiens.

une assiette emplie à ras bord de râpure[1], La Violette confirma ce que Jean Bérard avait déjà annoncé.

— Ce ne sont pas moins de cinq armées appuyées par une flotte considérable qui s'apprêtent à déferler sur nous au printemps. Toute l'Amérique anglaise, miliciens et réguliers, avec des renforts attendus d'Europe, va se déplacer vers le nord.

Il cita des chiffres à peine croyables, cent navires, trente mille hommes. A ce train il y aurait bientôt autant de soldats ennemis que de civils français sur le sol canadien.

Isabelle regarda Jacques faire son léger paquetage tandis que les visiteurs se restauraient. Les histoires d'armées et d'escadres, d'Indiens et de places fortes, les chicaneries politiques entre Montcalm et Vaudreuil[2], qui navraient tant Bérard, comptaient bien moins que le départ de son cadet.

— Je vous le ramènerai colonel, promit La Violette.

Les troupes se réuniraient sur la place du marché. De là, on s'en irait parcourir en raquettes et sur la glace du Saint-Laurent les quelque quarante lieues séparant Montréal de Québec. Fleuve gelé, chemins bordés de hauts bancs de neige, ciel plombé par une menace diffuse, angoissante, tout semblait endormi dans l'hiver boréal, tout sauf le cœur des êtres, en chamade, et les esprits, tourmentés, en éveil.

— Vous prendrez soin de lui, monsieur, exigea Isabelle.

Jacques haussa les épaules. Le sergent s'esclaffa.

— Ben donc ! C'est comme ça depuis le fort Duquesne, madame. Mais vous avez là un fils de bon sang, je vous dis ! Le bougre a du talent et de l'envie, même nos officiers de France, qui pourtant ne prisent guère les miliciens, sont forcés de le reconnaître.

Il sourit, à peine gêné par ce que ses hôtes eussent pu prendre pour une insulte, conta les quelques exploits de sa recrue. Pierre et Jérôme échangeaient des regards entendus. Les capitaines du roi affichaient leur méfiance et bien souvent leur mépris pour les milices canadiennes, jugées indisciplinées, encombrées de bourgeois ventripotents, de paysans ignares, de déserteurs en puissance.

— A te revoir, mon petit, murmura Jérôme.

1. Pâte de pommes de terre et de poulet.
2. Gouverneur de Québec.

Il s'était levé du banc, demeurait appuyé sur sa canne. Ses longues marches l'avaient vidé de ses forces. Maintenant qu'il n'avait plus personne à chercher entre terre et océan, il se laissait aller au rythme étale de son quotidien de réfugié, lâchait prise en se desséchant, jour après jour, comme un lierre coupé à sa racine.

Il posa la main sur l'épaule de son fils, de ce geste des vieux dont on ne sait jamais s'ils vous étreignent ou s'ils s'accrochent pour ne pas tomber.

— A Dieu plaise, Père.

Thomas s'approcha, son éternel sourire de paysan heureux aux lèvres. Un coup de menton vers son frère. Il y aurait de la neige pour le restant de la journée, de la semaine et même du mois, de quoi décourager les armées en campagne.

— Tu ne viens pas te battre à nos côtés ? lui lança Jacques en manière de réponse.

Thomas se rembrunit. Il avait gardé pour lui, depuis le début, les détails de son odyssée le long de la Miramichi. Jérôme savait, cela suffisait bien, et puis, il n'était pas utile de choquer les femmes en racontant ces choses. Pour un peu, il eût laissé à penser que son retour vers les siens n'avait été qu'une sorte de promenade forestière, un jeu de piste comme il s'en inventait, enfant, avec les petits Micmacs des campements de la Pisiquid.

— Il y a des bouches à nourrir, ici, répondit-il sèchement. Tu as pu voir.

Jacques hocha la tête. Les deux garçons faisaient désormais la même taille, l'un tout en muscles, l'autre en longueur adolescente. L'un trimait, portefaix sur les quais de Montréal, l'autre s'en irait tirer les fantassins du roi George comme des canards. Destinées inattendues, presque inversées. Le chasseur aventureux devenait ouvrier, le casanier chétif promis aux obscurs travaux de la ferme, soldat.

— Dommage, nous serons encore une fois un contre quatre ou cinq. Mais c'est la coutume en Nouvelle-France, n'est-ce pas, Père ?

— Tu t'apimpes[1], marmonna Jérôme.

1. « Tu fais le faraud. »

La Violette toussa bruyamment. Les deux garçons se faisaient face. Ils s'étaient assez peu parlé jusque-là, comme si le fil ténu qui les reliait avant la déportation s'était rompu. Jérôme se leva. Thomas ne réagissait pas. Il avait patiemment écouté le sergent glorifiant son frère, décrivant ses faits d'armes avec force détails. Après tout, il y avait là de quoi éclairer un peu le morne quotidien d'une petite tribu d'exilés. La guerre allait son train, elle aurait besoin d'hommes pour la nourrir ; de ceux-là, Thomas n'était pas. Certes, il n'aimait guère les Anglais et les rêvait vaincus, obligés de s'en retourner dans leurs colonies du Sud, jugés un jour pour leurs crimes. Mais sa guerre à lui se livrait contre la faim, la misère, la fatigue des siens. Aux victoires incertaines, il préférerait les joues pleines des petits à peu près nourris, le lent déclin de leurs anciens, la survie de tous ceux dont il était devenu le chef, par la loi naturelle.

— Dieu te garde, mon frère, dit-il d'une voix adoucie. Reviens-nous vite. Ta maison est ici, même de guingois, même percée.

— Thomas a raison, renchérit Jérôme. Il nous faudra des bras, ici et dans les champs des religieux que nous moissonnerons avec eux. Je connais un Jean Terriot qui ne restera pas sans rien faire, aux beaux jours.

Jacques cilla, impressionné par la calme assurance de Thomas, choisit de sourire à son tour. Les gens d'armes allaient parler pour les autres dans les mois à venir. Mais ceux d'entre eux qui seraient vaincus dans les dernières batailles d'une guerre longue de cent vingt années se couvriraient pour longtemps d'opprobre.

— Bonnes gens d'Acadie, il me fera bien plaisir de revenir souper chez vous, une fois cette affaire terminée ; le fricot y est bon, lança La Violette, manière de détendre un peu l'ambiance.

Il ajusta son tricorne par-dessus le tapabord à longues oreilles qui le faisait ressembler à un chien courant. Jacques regarda longuement sa mère, les mains jointes devant son tablier. Il regretta, un peu tard, d'avoir choisi le silence quand elle attendait de savoir, la distance quand il eût fallu l'étreindre, la bercer, la rassurer. Un flot de mémoire lui revint, cela sortait de la prime enfance, de guerres passées ; une femme pleine de force et de jeunesse les tenait par la main,

Charlotte et lui, les guidait à travers les forêts d'Acadie pour les mettre à l'abri des envahisseurs.

Elle avait autrefois navigué avec les corsaires et les pêcheurs de Cap-Breton, affronté les glaces de Terre-Neuve, tenu la pêcherie familiale en l'absence des hommes, et incendié ce seul bien commun quand tout était perdu. Il n'était pas difficile de sentir à quel point ses années de Caroline pesaient désormais sur elle qui luttait, lutterait jusqu'au bout de sa vie pour demeurer debout dans ces tourmentes. Et lui, enfermé dans ses secrets comme dans une armure, pour lui montrer, et aux autres aussi, qu'il était devenu un homme ! Il eut honte, d'un coup.

Les deux Indiens étaient déjà sortis dans la bourrasque. La Violette aida son jeune compagnon à revêtir sa grosse cape militaire. Jacques enfila lentement ses manigots[1], sous le regard intéressé des vieux. Puis il alla vers Isabelle, baisa ses mains, sa joue. Il lui dirait une autre fois à quel point il l'aimait. Elle caressa ses yeux, son front, du bout de ses doigts. C'était délicieux et insupportable, pour elle comme pour lui. Il se détourna brusquement, quitta la pièce sans un mot.

1. Manchons de laine.

XXIII

Ile d'Orléans, Québec, le 27 juin 1759

— Hé, Sac-à-Clous, regarde ça, dit La Violette, ils ont débarqué derrière Saint-François. Peut-être bien que ce sont les mêmes qu'au fort Duquesne.

Jacques écarquilla les yeux. A l'est de l'île, entre les bourgs d'Argentenal et de Saint-François, les bois où les éclaireurs français avaient pris position laissaient place à des landes entrecoupées de quelques champs cultivés. Au loin, les clochers des deux églises se dressaient, lignes minuscules et rectilignes sur l'horizon du Saint-Laurent.

— Alors, tu ne vois rien ?

Paupières plissées, Jacques finit par distinguer, dans la perspective de la petite île aux Rets, les taches claires des voiles anglaises. Le sergent était déjà au bas de sa butte d'observation, au contact avec ses Mohawks. Jacques le rejoignit. Les Indiens, une dizaine de guerriers, torses nus, fusils au poing, haches à la ceinture de leurs courts pagnes d'été, s'étaient groupés autour de lui.

Jacques écouta son ami leur donner ses instructions. On irait aux limites du village, estimer les premières forces débarquées par l'ennemi sur la terre canadienne. Les consignes étaient claires : au-delà d'une certaine limite, le combat deviendrait inutile et l'on devrait se replier vers le hameau de Saint-Jean, à moins d'une lieue de là.

Les hommes se mirent en route sans tarder. Le soir tombait, doux, sous un ciel d'azur sombre où brillaient déjà des étoiles. Tout en marchant, Jacques caressait la feuille de parchemin que Joséphine lui avait donnée avant son départ. Joséphine ! Rencontrée par hasard à l'entrée sud du fort Saint-Louis où elle venait d'arriver de Niagara, avec les siens. Jolies retrouvailles. Les Gascons avaient voyagé en compagnie des habituelles queues de défaites françaises, des civils, des Indiens et des miliciens rencontrés en route, laissant derrière eux les artificiers, comme par une affligeante routine. Décidément, il semblait bien que la Nouvelle-France tout entière se résumait désormais aux rives du grand fleuve, à ses deux cités en danger.

A défaut de savoir écrire, Joséphine Lalanne était à même de dessiner. Un cœur plein d'initiales maladroitement tracées occupait l'essentiel du document. La jeune fille lui avait remis cela comme elle eût échangé un secret de novices. L'encre était du matin, comme le sourire de Joséphine, un soleil.

« Je me doutais que tu étais à Québec ! s'était-elle écriée, joyeuse. J'aurais bien trouvé quelqu'un pour te porter ce message, te faire savoir ainsi que j'étais en ville. »

Il n'avait su trop quoi lui dire. Les filles étaient décidément bien rouées. Celle-là n'avait donc pas marié quelque officier, en chemin ?

« Benêt ! Moiyac[1] ! C'est tout ce que tu trouves à me demander ? »

Elle l'aurait giflé. Il se dandinait devant elle, cherchant l'abri de son galure cabossé. Elle était devenue femme, montrait la naissance de son buste au décolleté généreux de sa robe bleue. Sa taille s'était déliée, entre ses mains aux doigts longs et fins. Joséphine le défiait, faussement candide. Il avait alors pensé à leur itinéraire de guerre entre les rives de l'Ohio et celles du Saint-Laurent. D'aucuns se seraient accompagnés, paisibles, entre fermes et prairies, au rythme des saisons paysannes. Eux avaient parcouru l'itinéraire cahoteux des armées de Louis XV, entendu la musique sans grâce des fusils, redouté celle des canons. Ainsi bercés par les dissonances de la guerre, ils s'étaient fabriqué une histoire de jeunesse qui ne ressemblait pas aux autres.

1. Imbécile.

« Nous sommes logés dans la ville basse, à la Côte de la Montagne ! » lui avait-elle lancé tandis qu'il s'éloignait.

Et si je meurs ? avait-il pensé.

Elle lui avait manqué, dans l'instant. C'était peut-être ça, être épris.

Les Mohawks avançaient rapidement le long d'un chemin creusé entre des prairies d'herbe rase. De loin en loin, des sonnailles de troupeaux au pacage se répondaient dans la calme nuit d'été. « Monckton... Monckton... » Le nom d'un des bourreaux de l'Acadie cadençait la marche de Jacques. En ville bruissaient les rumeurs, celle-là parmi d'autres : les Anglais déléguaient vers Québec la fine fleur de leurs reîtres, incendiaires et dévastateurs. « Monckton... » Il s'était occupé, à sa sanglante manière, de Beaubassin, puis des contrées sauvages de la Miramichi. Murray, Byron, Winslow, tous devaient être maintenant de l'expédition finale avec lui.

A mesure qu'il approchait du village de Saint-François, dans les pas des Indiens, Jacques sentait son cœur s'emplir d'une haine oubliée depuis longtemps, celle-là même qu'il avait éprouvée le jour où les soldats du major Winslow l'avaient poussé dans la cale du *Hannah*. Il avait alors ressenti, pour la première fois, une réelle envie de tuer, lui, l'enfant de douze ans. Et ce désir lui revenait, brûlant comme une pointe de dague entre ses tempes, soulageant sa peur, accélérant sa course.

Un geste dans la pénombre, un murmure bref ; l'éclaireur mohawk se tapit contre un talus, imité par ses compagnons. Jacques avait couru courbé, les yeux rivés aux pans de la tunique delaware de La Violette. Levant enfin la tête, il aperçut la flèche de l'église, les murs blancs des maisons groupées dans ses alentours avec, à moins de cinquante pas, un feu autour duquel s'activaient une dizaine de vestes rouges. Il se mordit les lèvres. Ainsi l'ennemi avait-il posé le pied sur la terre française, à trois lieues à peine de Québec.

Il se recroquevilla, tenta d'assagir son souffle. Il n'y avait là qu'une troupe minuscule d'une dizaine d'hommes, mais cette simple patrouille prit dans son esprit les proportions d'une armée. Le Canada envahi à son tour, quel choc !

La Violette risqua son tricorne par-dessus le talus. Les Anglais avaient placé des sentinelles, une face au bourg, l'autre à trente toises des Mohawks. La Violette fit signe qu'il valait mieux se retirer, contourner le village et trouver un autre angle d'attaque. Mais les Indiens ne semblaient pas d'accord. Sur ces coups-là, ils se sentaient depuis toujours à égalité avec leurs alliés. Aux réguliers français les canonnades et les batailles rangées, à eux et aux miliciens les embuscades, les guet-apens dans l'obscurité, les pièges semés sur leurs traces.

Jacques rampa vers les guerriers au moment où le premier d'entre eux s'élançait, donnant le signal de l'assaut.

— Foutus Sauvages, ils n'en font qu'à leur maudite caboche, grogna le sergent, qui s'abstint de les suivre.

Jacques avait bondi. Ce fut lui qui tira le premier coup de feu, abattant la sentinelle, tandis que les Mohawks se ruaient vers le brasier. Il mit un genou à terre, entreprit, fébrile, de recharger son mousquet. Les échos d'un corps-à-corps lui parvinrent, des cris sourds, des détonations. Sur le qui-vive depuis leur débarquement, les Anglais ne s'étaient pas complètement laissé surprendre. Il vit un Indien passer devant lui à reculons, les mains serrant son ventre, tomber ensuite à la renverse et s'immobiliser, en chien de fusil. L'Acadien se releva, buta aussitôt contre le corps de la sentinelle. Devant lui, le campement s'était vidé, les quelques lueurs signalant les feux de vie dans le bourg avaient disparu. Des Mohawks revenaient déjà, enjambaient le brasier en hurlant. C'était donc fini. Il entendit la voix du sergent, derrière lui :

— Petit ! Il faut regagner les bois. Dégarpiller[1].

Jacques ne pouvait détacher son regard du cadavre étalé devant le feu. Un Mohawk s'agenouilla près de lui. L'Indien, un géant aux yeux rapprochés, dominant ses compagnons d'une bonne tête, avait en main son couteau, qu'il lui tendit d'un geste brusque, autoritaire.

— Toi, wampun tuscarora. Chevelure !

Le scalp revenait de droit au chasseur adoubé par un chef ami. Jacques saisit le couteau dont la lame s'était ébréchée en maints endroits. L'Indien s'impatientait. A quelques pas de lui, des guerriers soulevaient le corps de leur frère, l'emportaient.

1. Ne pas traîner.

Jacques empoigna les cheveux de l'Anglais. Le poil de la sentinelle était noir comme la nuit, bouclé, soyeux.

— Coupe ! éructa le Mohawk.

Le mort se laissait faire, souple comme un faisan foudroyé. Il n'avait en vérité plus guère de dignité, le mutiler ne servait pas à grand-chose sauf à l'humilier un peu plus. L'espace d'une seconde, Jacques retint son geste, puis un défilé de visages se mit à tourner devant lui, enfants apeurés découvrant la cale du *Hannah* au bas d'une échelle, femmes mortes en couches entre des tonneaux de saumure, vérolés couverts de leurs pustules, yeux grands ouverts, cernés de brun, lèvres livides. Et les regards réclamant la justice des chefs de famille devenus inutiles, des vieux se soulageant sous eux, mourant sans prêtre, de Charlotte Hébert, qui avait elle aussi des cheveux bouclés et soyeux, une merveille de tignasse en liberté comme celle de sa mère, autour d'une face grêlée de boue jaunâtre, à jamais souillée, détruite.

Il se rendit à peine compte qu'il avait tranché la peau, raclé l'os, fait le tour du crâne jusqu'à l'entaille, mais en spirale. L'Indien lui arracha le couteau des doigts, rectifia le travail. Jacques tira les cheveux vers lui, bien trop mollement pour arracher le scalp. Le Mohawk grogna, prit la main de l'Acadien et les cheveux en même temps, contre-pesa sur le visage de la sentinelle, termina le geste comme il convenait. Cela produisit un petit bruit de sel dans une poêle, de cuir déchiré, et tout s'allégea entre les doigts de l'Acadien.

— Là, éructa le Mohawk.

Il désigna la ceinture, où attacher le trophée. Jacques ne pouvait détacher son regard de la perruque noire d'où, étrange phénomène, le sang ne coulait pas. Montcalm, Levis et les autres seigneurs de la guerre toléraient pour les Sauvages ce qu'ils interdisaient formellement à leurs hommes. Jacques secoua la tête. Il n'était ni mohawk, ni delaware ou micmac. Une beuglée de La Violette le tira d'affaire. Il fallait déguerpir. L'Indien s'empara du trophée, qu'il enfouit sous sa chemise.

— Courir, maintenant, ordonna-t-il.

Jacques n'était pas mauvais à l'exercice. Il ne se fit pas prier.

XXIV

Québec, le 12 juillet 1759

Ils avaient participé en juin à la défense de Beauport, une lieue à l'est de Québec, mené les fusiliers au contact de l'envahisseur. L'Anglais cherchait le bon endroit pour débarquer mais ce ne serait pas celui-là. Un feu nourri de mousquets, de mortiers et de couleuvrines avait accueilli les quelques centaines d'assaillants, rapidement obligés de rembarquer pour l'île d'Orléans.

— Celle-là, il ne sera pas facile de la reprendre, dit La Violette tandis qu'il précédait Jacques Hébert à l'entrée sud de Québec. Regarde-moi ce galimatias.

Il tenait en main la proclamation affichée par Wolfe dans les bourgs de l'île conquise. Il y était question de vilains maîtres français et d'un juste combat pour les en débarrasser.

— Ecoute, Os-d'Acadie ! « Le roi mon maître, justement irrité contre la France, a résolu d'en rabattre la fierté et de venger les insultes faites aux colonies anglaises. » C'est-y pas de la belle littérature, ça ? Ecoute encore : « Il est aisé de se représenter à quel excès se porte la fureur d'un soldat effréné. » Ça, petit scalpeur de Gallois, on le sait mais il y a plus : « L'Anglais réprouve une barbare méthode. Sa religion ne prêche que l'humanité et son cœur en suit avec plaisir le précepte. » En somme, ils viennent nous libérer, nous offrir la religion enfin révélée, s'esclaffa le sergent. Tu te rends compte, petit, on est dans ce pays depuis un siècle et demi, des villes ont été bâties, des champs défrichés, des ports ouverts sur le fleuve. Des milliers de petits Français sont nés là mais nous n'étions pas chez nous, nous étions locataires des rois d'Angleterre et nous ne le savions pas ! Ah, ces goddams[1] sont vraiment amusants.

Jacques considéra, inquiet, les mouvements de troupes à l'entrée de la ville. En vérité, les unités jusque-là déployées à l'extérieur réintégraient la citadelle. Il vit passer des miliciens canadiens, entre des bataillons de Lorraine et de Roussillon.

— On se prépare au siège, constata-t-il, amer.

Les sarcasmes de son père évoquant la chute de Port-Royal, quarante-cinq années plus tôt, lui revinrent en mémoire. Foutus Français, qui se plaisaient à s'enfermer dans des forts indéfendables. Québec était pourtant une ville, autre chose que l'ancienne capitale de l'Acadie. Sur son piton de roche, protégée par ses épaisses murailles, elle pouvait tenir un siège mais quoi ! On allait encore attendre une flotte expédiée de France, un renfort miraculeux surgi des glaces du Labrador ou des eaux chaudes des Caraïbes. C'était chaque fois la même chose. L'Anglais revenait à l'assaut avec ses capitaines obstinés, ses escadres toujours plus nombreuses, mieux armées, ses stratèges brillants et audacieux, souvent issus du peuple. Face à lui, des aristocrates poudrés engageaient la partie comme aux cartes, bâillant un peu, espérant la bonne donne, et si elle ne venait pas, tant pis, prêts à changer de table, ou de jeu.

— Je rejoins nos quartiers, aux Ursulines, dit La Violette. Tu m'accompagnes ? Les officiers seront intéressés de savoir ce qui s'est passé à Beaufort.

Il ferait un détour certain par les tavernes de la rue Saint-Paul, quant aux officiers en question, ils prendraient connaissance de son rapport par la suite. De toute façon, quelle importance ? Des dizaines de navires ennemis convergeaient vers Québec. Par quel prodige Montcalm, Bougainville et les autres allaient-ils renverser la situation ?

Jacques tenait le dessin de Joséphine dans sa main. Ce contact apaisa un peu son malaise. A Beaufort, il avait tenu en

1. Sobriquet donné aux Anglais.

joue des vestes rouges montant à l'assaut des positions françaises. Et tiré, faisant mouche par deux fois au moins. La débandade de l'ennemi l'avait réjoui, chassant ses peurs, exaltant son désir de tuer, encore.

Ah, ce geste d'arrachage d'un scalp ! En l'achevant, à Saint-François, en transgressant d'une manière aussi éclatante les interdits des gouvernants et des généraux, il s'était affranchi de leur autorité. Sa fonction d'éclaireur l'avait longtemps mis en marge des troupes régulières. Son initiation sauvage parfaisait son apprentissage de la liberté.

— Il faut que j'aille à la Côte de la Montagne, dit-il.

— Ah oui ! Ta promise, la jolie blonde au père Lalanne. Si j'étais lui, je me méfierais d'un fiancé dans ton genre.

Jacques haussa les épaules. Il se sentait un peu désemparé. Le bruit de la peau arrachée au crâne de la sentinelle occupait son esprit. Il avait faim, vaguement. Les soldats se restauraient avant les combats, comme si de rien n'était, peut-être n'était-ce qu'une façon de contenir les flots d'angoisse. Lui, qui n'avait jamais eu grand appétit, au désespoir d'Isabelle, n'avait rien pu avaler pendant les deux jours des combats dans l'île et pas davantage à Beauport.

Il marcha vers la ville basse, sous le radieux soleil de juillet. L'ambiance était devenue étrange, le temps était pourtant propice aux promenades le long du fleuve, sous des ombrelles. Tout changeait. Adieu les parades des belles montrant leurs atours sur les places, les chevauchées brutales des fanfarons au milieu des marchés, les polissonneries de la jeunesse enclouant, la nuit, les portes des maisons bourgeoises ou creusant des trous dans la chaussée pour faire chuter les passants.

Au lieu de cela, des soldats allaient et venaient entre des citadins aux mines graves, aux dos courbés. Les uns se lançaient en criant des ordres, les autres chuchotaient entre eux ou demeuraient bouche bée devant la subite agitation militaire. Jacques croisa des chevaux, un groupe d'une dizaine de bêtes tenues en corde par des palefreniers. On vidait les écuries de la basse ville et des quais. Des gens remontaient la rue, eux aussi, des citadins, tirant des charrettes emplies de ballots, de sacs, de meubles, d'autres, ahanant sous des charges ficelées, des malles, des jarres.

Il s'arrêta un instant, ferma les yeux. Quatre années auparavant, il avait entendu les mêmes bruits, les mêmes cris, c'était à l'église de Grand-Pré, vers quoi convergeait alors l'Acadie des proscrits. Son cœur se mit à battre plus fort, ses narines cherchèrent les forts effluves de l'océan, mais rien de tel ici, l'eau du fleuve était douce, ses remugles plutôt vaseux. Cependant, la charge de désarroi était la même, dans les comportements de ce peuple lui aussi en fuite à l'intérieur de ses propres murailles.

— Les lingères des Compagnies de la marine ? demanda-t-il.

Un soldat lui indiqua une petite halle réquisitionnée, où l'on avait installé des commensaux.

— On évacue la ville basse, lui dit l'homme. Les Anglais sont à portée de canon.

Jacques savait. Il se hâta. Il n'avait aperçu jusque-là de la flotte anglaise que des éléments éparpillés, quelques vaisseaux de haut bord devant l'île d'Orléans, en juin, des ravitailleurs cabotant sur les côtes conquises lorsqu'il parcourait le rivage de Beaumont. Ce qu'il découvrit derrière Notre-Dame-de-la-Victoire, dans la perspective de la Batterie royale, le pétrifia. Jérôme lui avait décrit semblable événement, survenu presque un demi-siècle auparavant, en Acadie. Comment les choses pouvaient-elles ainsi se reproduire ?

— Soyez maudits, murmura Jacques.

Alignée sur quatre rangs entre le rivage de Beauport et la pointe de Levis, en partie cachée par elle, une armada de vaisseaux de guerre occupait toute la largeur du fleuve. Immobile, la meute formidable se donnait en spectacle, avec sa forêt de mâts dressés, ses rouleaux de voiles soigneusement brassées, ses rangées de canons aux petites gueules rondes et noires.

— Trente-quatre, exactement, fit une voix derrière Jacques. Ne reste pas là, petit.

Le sergent Lalanne s'était un peu plus desséché, depuis son séjour au fort Niagara. Son visage fatigué se parcheminait, ses yeux s'enfonçaient dans les orbites, ses doigts tremblants n'étaient qu'osselets recouverts d'une peau diaphane, bleuie de veines en relief. Du bonhomme entier émanait cependant l'impression que, tel le lierre, il s'accrocherait à la vie, même coupé, déraciné, arraché.

— Viens, Jacques. On est dans un cellier. Ma femme n'est pas au mieux, tu verras.

Il le fit entrer dans une maison bourgeoise de pierre brune, vidée de ses meubles et de ses habitants, le précéda le long d'un couloir au plâtre jauni où des carrés et des rectangles blancs attestaient la présence encore récente de tableaux, de gravures.

— C'est la demeure d'un armateur, précisa Lalanne. Il est parti se réfugier chez les sœurs de la Congrégation. Dieu le garde.

Il descendit quelques marches, entra dans une pièce basse attenante à la cuisine. L'endroit était humide, à demi enterré, ce qui en faisait un abri relativement sûr. Une lumière grise, empoussiérée, tombait d'un fenestron grillagé, à hauteur de rue. Cela sentait la moisissure et la pénombre, le vieux muid. Jacques aperçut tout de suite Joséphine, penchée sur un grabat où gisait sa mère. Deux autres femmes se tenaient debout, mains jointes, leurs coiffes et leurs corsages blancs mettaient un peu de couleur dans ce sépulcre.

Il reconnut des lavandières du fort Duquesne, mariées à des caporaux. Ainsi les petites sociétés de la guerre se survivaient-elles, d'un fort ou d'un siège à l'autre.

— Elle veut mourir ici, expliqua aussitôt Joséphine. Nous avons essayé de l'emmener à la ville haute mais elle se débattait au point que nous avons dû renoncer.

— Qu'a-t-elle ?

— Une fièvre, qui la terrasse et l'enfolit.

Elle prit la main de Jacques, la garda dans la sienne, souriante, heureuse de revoir son grand ami. Jacques se débarrassa de son fusil et de son feutre. Il n'était pas d'une grande utilité au chevet de la mourante. Anthomine Lalanne, autrefois ronde de partout, avait maigri au point de ressembler au futur cadavre de son époux.

Il se rapprocha de Joséphine, huma l'âcre senteur des cheveux de la jeune fille. Les cordelettes fermant sa chemise s'étaient dénouées, le buste de la maynade s'offrait à lui, à ses mains qu'il eut grand peine à retenir. Il jeta un bref regard sur la malade. La mort, si proche, ne l'impressionnait plus guère. Il en aurait à raconter là-dessus, un jour.

— Il faut pourtant nous en aller, dit une femme.

Son mari avait rejoint le fort Saint-Louis, où siégeait le gouvernement de la ville. Il ne restait plus grand monde au bord du fleuve. Partout, des soldats faisaient l'inventaire des maisons encore occupées, sommant les habitants encore présents de les évacuer.

— Nous ne sommes pas des civils, trancha Lalanne. Ceux qui veulent monter à la citadelle peuvent le faire.

Il attendait de Jacques qu'il demeurât auprès de lui. L'Acadien ôta sa veste de peau, s'assit au chevet de la malade, tandis que les deux femmes s'éclipsaient après avoir baisé le front d'Anthomine et s'être signées.

Un silence pesant remplaça peu à peu les échos assourdis de l'évacuation, puis le ciel limpide de juillet s'obscurcit et le soir commença de tomber sur la basse ville de Québec.

Lalanne s'était assoupi au pied du lit où sa compagne endormie râlait doucement. Il avait à peine trempé ses lèvres dans la soupe de haricots préparée par les femmes sur la lourde cuisinière de l'armateur. A voir les rutilants alignements de bassines sur les étagères, les piles de draps laissées telles quelles dans les armoires, on savait vivre dans cette maison où la domesticité devait être nombreuse. Débarrassée de ses objets de valeur, vidée de ses habitants, la demeure semblait avoir été la proie d'une bande de dévaliseurs.

Muni d'une lourde lampe à bec de corbeau où brûlait une lame de coton enduite de saindoux, Jacques entra dans la chambre des maîtres, à l'angle ouest de la maison. Le petit mobilier, guéridons, chaises et fauteuils, avait disparu. Trop lourd sans doute pour être emporté, le lit trônait au fond de la pièce à l'abri d'un baldaquin de toile écrue, avec, devant lui, refermée, la table pliante que l'on dressait pour les repas. Un épais matelas de laine couvrait le sommier de planches.

— Pardieu, on doit dormir mollement là-dessus.

Il ouvrit la table, sur laquelle il posa la lampe, puis il s'assit au bord du lit. Par la haute fenêtre à petits carreaux, il apercevait un grand pan de ciel. Au fort Duquesne, il avait vu la chambre du gouverneur, qui ressemblait à cela, en plus vaste encore.

Joséphine vint s'installer près de lui, les mains à plat sur la rude étoffe du matelas. Tout était silence, irréalité, la nuit mentait, semblable à celles du temps de paix. Joséphine semblait rêver, la tête inclinée sur l'épaule. Dans la pénombre, Jacques distingua la peau de son cou, ambrée, le haut de sa poitrine joliment bombé, emperlé de sueur.

— Il doit y avoir du bon à vivre dans un tel endroit, dit-il.

Enfant, il avait imaginé les appartements royaux à l'image de ceux de Cap-Breton et ses parents les égaux en biens des nobles régnant sur les grandes cités canadiennes. Mais les planches des maisons des Mines ou de Cap-Breton, leur rustique et sommaire mobilier n'avaient pas grand-chose à voir avec la pierre, les bois précieux, les tapisseries et les cuivres des belles demeures de Québec et Montréal. Ces mondes ne se ressemblaient pas ; détruire celui-là serait pour l'Anglais une besogne autrement plus difficile que mettre à feu la pauvre Acadie.

— A quoi penses-tu, Joséphine ?

Elle haussa les épaules. Née dans un fort du Mississippi, élevée entre Ohio et Grands Lacs, elle n'avait jamais rien possédé d'autre que quelques malles charroyées d'une garnison à l'autre, au gré d'une compagne aussi sévère que capricieuse, la guerre.

Il se pencha vers elle, se dit qu'il allait la toucher autrement que pour la pousser dans l'eau de la Monongahela, ou lui faire rendre le feutre qu'elle lançait en riant aux femmes du fort Duquesne. La Violette lui avait souvent promis de le faire déniaiser par quelque fille de taverne, aux heures autorisées par l'épiscopat. Les exigences de la garde, les missions quotidiennes autour de Québec puis de Montréal, la vague crainte de paraître ridicule aux yeux de son vieux compère avaient retardé ce moment.

Le regard que lui lança Joséphine démentait son attitude de rêverie. Il hasarda ses doigts sur la joue de la jeune fille, dont la tête pesa aussitôt dans sa paume. Dénuder une épaule lui fut facile, l'autre se montra, ronde, au bout d'un léger mouvement du buste, et celui-ci, enfin, à son tour, vite pressé contre lui.

Il vit les lèvres de son amie, entrouvertes, sentit son souffle sur son visage. Les doigts de Joséphine se posèrent sur son cou, son torse. Elle avait de petits ongles pointus qui le frôlaient, le griffaient, couraient, légers, sur sa peau. Où avait-elle appris cela ? Il songea à un quelconque anspessade[1], ou même à un de ces cadet de Niagara qui le considéraient avec mépris.

1. Soldat parmi les plus anciens.

Il chassa ce fantasme hors de propos, redécouvrant le désir déjà ressenti maintes fois au début de ses exercices solitaires sous le drap ou l'édredon, lorsque, songeant aux corps dénudés des squaws entrevus sous les tentes tuscaroras, il se caressait. En même temps, il éprouva un détachement, une absence, qu'il tenta de vaincre en fermant les yeux et en se laissant aller sur le dos.

Le ventre de Joséphine ondulait sur le sien. Elle se glissa sous lui, prit ses mains qu'elle plaqua fermement sur sa poitrine. Les yeux soudain grands ouverts, elle l'appela d'une voix rauque qu'il ne lui connaissait pas. Il se mit à la pétrir, chercha ses genoux, sous la robe qu'il remonta jusqu'à la taille, entendit son murmure de contentement. Elle le guidait, provoquait ses gestes, ses ruades d'abord heurtées puis lentement ordonnées. Ils se mirent à deux pour le débarrasser de sa culotte de peau.

Elle le fit entrer en elle, très vite, cria, puis ils roulèrent et tanguèrent sous le rectangle de ciel blanchi d'étoiles. Il l'entendit qui répétait le mot « vivre », sentit ses ongles s'incruster dans sa peau et la chaleur humide de son ventre se répandre dans tout son être. C'était donc cela, aimer, brûler de la tête aux pieds, vouloir, du fond de ses reins, se détacher du lit, de la menace enfouie dans la nuit pour se fondre en l'autre ? Lorsqu'il sentit qu'il revenait à la réalité, il se rendit compte qu'il n'avait guère éprouvé ce qu'il attendait. Tout s'était mêlé, la jouissance et ce qui l'avait amenée, dans la vague brouillonne qui avait tout emporté.

Elle haletait, ruisselante de sueur ; ses doigts s'animèrent de petits mouvements répétitifs sur le torse de Jacques, son front allant et venant dans le creux de son cou. Il ouvrit les yeux. Un coulis d'air tiède faisait trembloter la flamme, dans le grésillement de la graisse.

Il plongea son regard dans le sien, qui chavirait encore, réalisa qu'il la voyait nue pour la première fois. Il avait fait l'inventaire de la maison avec une amie d'enfance, s'éveillait d'un rêve agité auprès d'une femme inconnue, d'un an sa cadette, aux fesses rondes comme des pommes, aux cuisses musculeuses, au regard différent, grave et noyé, un peu apaisé, une amante qui caressait et embrassait son visage et se pressait contre lui pour le retenir encore en elle.

Il songea que le père Lalanne pouvait avoir eu lui aussi l'envie de visiter la maison, voire de faire un somme sur un lit plus confortable que les grabats du cellier. Il se dégagea doucement, s'assit.

— J'ai le gorgoton[1] tout desséché, dit-il. Pas toi ?

Elle ne répondit pas, se contenta de sourire, s'assit à son tour. Jacques s'agenouilla, embrassa sa nuque, vit qu'elle en éprouvait du plaisir.

— Il y a un broc, là, derrière la porte, dit-elle.

Prude, il remit sa culotte avant d'aller chercher le récipient, ce qui la fit rire. Debout devant la fenêtre, il leva le récipient de porcelaine au-dessus de sa tête, laissa couler un filet d'eau sur son front, ses lèvres, but, enfin, longuement. Que dirait-il à La Violette ? Le sergent avait d'autres chats à fouetter, reprendre en main ses Mohawks que l'idée même de devoir subir un siège rendait nerveux, organiser avec ses pairs les patrouilles vers Sainte-Foy, Sillery et jusqu'à Beauport, partout où l'ennemi pouvait un jour ou l'autre débarquer. Jacques réalisa que, dès l'aube, il devrait le rejoindre aux Ursulines.

Joséphine vint s'appuyer contre lui. Lorsqu'il la découvrit, debout dans le plus simple appareil, il ne put s'empêcher de penser à Charlotte. Elles étaient bâties toutes deux de la même manière, avec des seins petits et bien dressés, la taille menue, et des cuisses un peu fortes, faites pour marcher en forêt, travailler la terre.

— Sœurs, murmura-t-il.

Elle n'avait pas entendu. Il la prit par les épaules, la serra contre lui. Il devinait, entre les maisons de la ville basse, au loin, la Batterie du Dauphin, canons pointés vers l'estuaire, avec, en face, les mâts anglais alignés comme pour défiler. Un frisson le submergea, dans la moiteur de la nuit. L'histoire se répétait, vivre en paix dans cette Amérique-là serait décidément impossible. Cela ne gênait pas beaucoup le sergent La Violette, qui s'en retournerait un jour à Libourne, mais pour les Acadiens revenus de nulle part, soumis à nouveau à l'humiliante condition d'hôtes sans statut ni utilité, quel cauchemar !

— Il faut que je retourne auprès de ma mère, dit Joséphine à voix basse.

1. Gosier.

Elle se détacha de lui au moment où il se mettait à la désirer, bien consciemment cette fois. Il huma l'air de la nuit, pensa aux gestes précis qu'il ne manquerait pas de faire lorsqu'elle reviendrait dans la chambre. Il la regarda enfiler sa robe d'un mouvement gracieux, la lacer sommairement au creux de ses reins. Jolie, et même plus que ça. Etait-il le premier ? Un amant exercé l'eût bien vite deviné. Il résolut de ne jamais lui poser la question, réalisa qu'il avait faim.

Les armateurs avaient abandonné des saucisses dans la cuisine. Jacques en dépendit une belle, bien rouge avec des pelotons de graisse blanche assez appétissants. Par la porte du cellier entrebâillée, il aperçut Joséphine penchée sur sa mère, bordant le drap. Le vieux Lalanne dormait à même le sol, allongé entre le lit et le mur.

Il retraversa la cuisine, saisit au passage une portion de miche sur une étagère, observa, rêveur, la pendule dont personne n'avait songé à arrêter le balancier. Il allait être neuf heures, ce 12 juillet 1759.

Cela devait être plutôt agréable pour un soldat vainqueur d'entrer ainsi dans l'intimité des vaincus, de prendre leur place jusque sur leur lit puis, leur ayant signifié leur congé, de fermer la porte derrière eux et de se savoir maître de leur bien. Au lieu de régler ainsi le sort des Acadiens, les Anglais avaient choisi de tout brûler et de s'en aller.

— Zirables[1], murmura-t-il.

Allongé sur le matelas de l'armateur, il songea à cette stratégie du vide puis une douce torpeur le prit, dans un désordre de pensées d'où émergeait le buste de Joséphine, avec ses petits seins bien arrondis, qu'il eut envie de caresser à nouveau.

Il faisait chaud. Comme chaque soir de l'été canadien, des maringouins attirés par l'odeur des corps nus tournoyaient, guettant le moment propice pour s'en aller les piquer. A Québec, on faisait ordinairement brûler des essences de citrons antillais pour s'en protéger mais cette nuit-là, plus personne ne se préoccuperait de cela dans la ville basse.

1. Répugnants.

Jacques s'étira longuement. Il était amant. L'Eglise n'encourageait guère ces polissonneries. Il était scalpeur aussi et là, c'était le gouvernement tout entier qui s'opposait à ces pratiques. « Laissez faire les Indiens », répétaient les officiers. Jacques frissonna. Il naviguait à vue dans les guerres depuis près de quatre années. Les règlements, les interdits, les licences, tout ce fatras était bon pour le temps de paix. En vérité, il y avait du plaisir à vivre dans le désordre, et le danger lui-même y avait sa part.

Il ouvrit un œil las sur la portion de ciel encadrée par la fenêtre, vit les lueurs vagues, éclairs d'un orage lointain, auxquelles des bruits sourds firent suite dans la seconde. Il se dressa sur un coude. Les navires de l'amiral Durell avaient déjà tiré quelques coups isolés sur les îles d'aval, Sainte-Marguerite, l'île Grosse ou l'île aux Grues, quand des troupes françaises y séjournaient encore. « Ils règlent le tir », prétendait La Violette.

Il demeura sans respirer, longtemps, dans le silence revenu. Le départ d'une salve le fit bondir, courir à la fenêtre, d'où il vit d'autres lueurs, plus nettes, au-dessus des toits de la ville basse.

— Tudieu, c'est la guerre, cette fois.

Le bruit épars s'était très vite transformé en un vacarme dominé par les départs d'obus de calibres plus importants. Jacques pensa aussitôt à la citadelle dominant la colline de Québec, au fort Saint-Louis qu'une sente raide reliait aux bas quartiers du port. Instinctivement, il rentra la tête dans les épaules à l'instant où, trouant la nuit, une bordée de projectiles s'abattait en sifflant sur la maison mitoyenne, un atelier de ferronnerie dont la façade éventrée s'effondra aussitôt, dans un nuage de poussière.

Il reçut en plein visage la gifle tiède de l'explosion. Au loin, les coups partaient par dizaines, de brefs répits séparaient les colères en chapelets des canons anglais. Il enfila sa chemise à la hâte, trébucha sur ses mocassins. Pour le baptême du feu des Québecois, les artilleurs de Durell avaient choisi la cible la plus rapprochée. La rue de la Montagne, les ruelles hier encore grouillantes de leur peuple d'ouvriers, d'artisans, de marins, résonnaient des coups portés à vue par les assaillants. Jacques se précipita. Les premières bordées du siège de Québec n'avaient pas détruit que la maison voisine de celle de l'armateur. Un boulet avait frappé de plein fouet le mur de la cuisine, ouvrant une brèche à deux mètres de hauteur, avant de tomber à l'entrée du cellier.

Un épais nuage blanchâtre, aux senteurs de plâtre et de terre remuée, achevait de s'étaler au sol lorsque Jacques, ayant enjambé débris de bois et de pierre, parvint dans la petite pièce.

Tout y était dévasté, les lits pulvérisés. Lalanne et sa femme avaient succombé sur le coup. Leurs corps ensanglantés gisaient, l'un en travers de l'autre, dans un angle de la pièce. Jacques appela Joséphine. Les sifflements des boulets couvraient ses cris. Une chandelle à la main, il se rua à l'intérieur du cellier, dont une moitié avait été épargnée, aperçut une forme blanche recroquevillée sous le fenestron.

La jeune fille remuait faiblement la tête, les bras. Ses jambes ruisselaient de sang. Jacques trébucha sur les gravats, se pencha sur elle, qui le regardait sans paraître comprendre. Le souffle de l'impact l'avait à demi déshabillée, une poussière grisâtre couvrait son visage, son buste adorable.

— Il faut sortir d'ici, je vais t'aider, dit-il en la faisant s'asseoir, pantelante.

Un déluge d'obus s'abattait sur la ville basse, sur le piton du fort, aussi. Des détonations sourdes, comme les échos d'énormes tambourinades, parvenaient jusqu'au bord du fleuve. Jacques saisit Joséphine sous les aisselles, sentit un corps abandonné dont la charge lui parut fort lourde.

— Fille ! Il faut te mettre en route.

Elle geignait. Ses jambes n'étaient que plaies couvertes d'une boue étrange, gluante, comme si les boulets avaient mélangé en tombant de la terre et de l'eau. Les tonneaux ! Le cellier en renfermait, de toutes tailles, emplis d'huile, de mélasse, de suc d'érable ; cela offrait au nez une odeur composite, écœurante. Jacques s'arc-bouta, souleva son amante, la fit s'appuyer contre sa hanche et, ainsi chargé, rejoignit la ruelle.

L'obscurité se trouait d'éclairs, à l'horizon du Saint-Laurent. Des boulets tombaient alentour des rues basses, fracassant le bois des maisons les plus simples, trouant la pierre des autres. Des coups, par dizaines, effrayante vomissure des canonniers du roi George. Joséphine gémissait, des phrases incompréhensibles sortaient de ses lèvres.

— Au fort Saint-Louis ! hurla quelqu'un.

Des gens parcouraient la Côte de la Montagne au pas de course, des soldats, quelques civils, aussi, certains, blessés, traînant la jambe, d'autres, indemnes, affolés. Dans la lueur des torches, Jacques aperçut des visages rougis de sang, des culottes déchirées, un garçon, jeune, tenant ses entrailles dans ses mains et s'effondrant, face contre terre.

— Pardieu, ils nous tuent, dit-il.

Ce n'était plus là une de ces embuscades en pleine forêt, près d'une place forte que l'on allait faire sauter en s'en allant. C'était autre chose que les prémices de la bataille, sur les îles d'aval. Québec se révélait soudain ce qu'elle serait jusqu'à la fin, une ville assiégée dont les orgueilleuses murailles laissaient des quartiers entiers à merci de l'adversaire. Malheur à qui ne trouverait pas bien vite l'abri des fortifications. Au jeu de quilles, les Anglais montraient d'emblée leur force, la précision de leurs coups, leur mortelle efficacité.

Jacques sentit la peur l'envahir. Le fort répondait-il à ces bordées inaugurales ? Tout était noir autour de lui, les torches éclairaient des pans de colline, loin vers la haute ville, des oiseaux invisibles sifflant au-dessus des toits s'en allaient s'écraser au hasard. Il se courba, endossa Joséphine, se mit à courir, genoux pliés, bouche ouverte.

Il traversa la place Royale, lieu de vie déserté, aperçut, dans la lumière crue d'une bombe incendiaire, l'église Notre-Dame de la Victoire amputée d'une partie de son toit. Entre les deux niveaux de la ville s'élevait, à flanc de falaise, une sente raide couverte par endroits d'un escalier de bois, communément appelée rue Casse-Cou. Les fuyards y convergeaient. Jacques y parvint épuisé, ne sentant plus ses jambes, ses forces, sa terreur, même. Mû par un instinct de survie plus fort que tout le reste, il en entama l'ascension, dut pourtant bien vite s'arrêter.

— Mounhoumme, elle pèse.

Il déposa Joséphine près de lui, s'assit, bavant, les yeux exorbités, le cœur prêt à se rompre. Face à lui, le fleuve reflétait, jusqu'à la rive opposée, les lueurs de la canonnade. C'était un spectacle prodigieux, celui-là même que Jérôme Hébert décrivait parfois, lorsque ses enfants le pressaient de questions sur le siège de Port-Royal. Un chaos de bruit et de lumière avec pourtant un ordre intérieur, d'un navire à l'autre et même à bord de chaque bâtiment. Après s'être montrée au grand jour comme pour la parade, l'escadre anglaise s'était repliée derrière la pointe de Lévis, d'où elle canardait à vau-l'eau. Ah ! Comme il devait être plaisant de commander ces frappes !

Des projectiles heurtèrent la falaise, au pied du fort. D'autres, chargés de feu, commençaient déjà à répandre l'incendie sur le quartier portuaire. Haut dans le ciel, des traînées incandescentes plongeaient derrière les murailles, sur la ville haute.

— Que font-ils ? murmura Joséphine.

Sa tête dodelinait, son regard restait neutre, presque indifférent. Jacques la releva, vit qu'elle tenait à peu près sur ses jambes. Des femmes les frôlèrent, des enfants contre elles. Elles iraient au collège des Jésuites ou au couvent des Ursulines, où des soins seraient donnés aux blessés. Jacques les suivit, la main de Joséphine dans la sienne. La jeune fille gémissait de plus en plus fort, la douleur s'éveillant en elle la fouettait.

Soudain, la canonnade cessa, comme elle avait commencé.

La ville haute résonnait de cris, d'appels, des gens parcouraient en tous sens la large rue menant de la place d'Armes à la porte ouest de la citadelle, torches et lanternes éclairaient le désordre. Disparues, les jolies couleurs des robes et des uniformes, l'estivale gaieté vestimentaire des soldats et des passantes ; tout était sombre, empoussiéré. Comme une sentence brutale, le feu anglais transformait en quelques minutes l'inquiétude des jours précédents en une panique gueularde.

Jacques suivit des groupes en transhumance vers les couvents et l'Hôpital général. La cathédrale avait été touchée, ainsi que les établissements des Jésuites et de la congrégation. On portait des blessés, des attelages hennissants se croisaient. Terrés dans les celliers, les caves, la majorité des habitants se recroquevillaient, sidéré par la soudaineté de l'orage.

« Courage, ma belle », répétait Jacques et à mesure qu'il avançait, le silence de la flotte anglaise le rassurait un peu.

Des escouades se hâtaient vers les murailles séparant la ville des Plaines d'Abraham, morne et déserte étendue à l'horizon ouest de Québec ; miliciens canadiens et soldats français mêlés, sans préséance cette fois, ni mépris, mus par l'urgence commune de parer un débarquement de ce côté-là de la citadelle.

Jacques longea la fortification, puis le mur du potager des sœurs. Des religieuses aidées par des civils s'activaient entre les bâtiments du couvent, portant des bassines, des piles de linge, des sommiers. L'une d'elles vit les jambes de Joséphine.

— A la lingerie, ordonna-t-elle. La chapelle est déjà pleine de monde.

La pièce, aveugle, mitoyenne du chemin de ronde, était presque vide, étrangement silencieuse. Des blessés gisaient sur des draps rougis dépliés à même le sol de terre. Jacques s'agenouilla sur un linge propre, fit s'allonger la jeune fille. Elle souffrait, appelait sa mère, poussait par intermittence des cris de terreur.

La canonnade reprit brusquement, ses échos parvinrent, assourdis, derrière les épais murs des communs. Jacques s'assit contre un mur, ne sachant que faire. Au fort Duquesne, des Ecossais blessés avaient reçu des soins avant d'être renvoyés dans leurs lignes. Tout s'était fait dans l'ordre, les chirurgiens avaient posé quelques bandages, lavé à grande eau des plaies, muni les plus valides de bâtons et de béquilles. Rien de tel ici ; le désastre s'annonçait, d'emblée.

Jacques sortit de la lingerie, appela, en vain. Les chirurgiens étaient ailleurs, des estropiés continuaient à investir le couvent. Il ne servait à rien de s'égosiller avant que le chaos se fût tant soit peu organisé. Il rejoignit Joséphine, prit sa main, décida d'attendre.

XXV

Québec, nuit du 12 au 13 septembre 1759

— Eh bien, Os-en-Clous, où étais-tu passé ?

Le sergent La Violette n'avait pas l'air de plaisanter. Ses éclaireurs avaient reçu pour mission d'aller se poster à l'aube dans des bois alentour de la ville, où des Indiens mohawks les attendaient depuis plusieurs heures. Jacques regarda son vieux compagnon droit dans les yeux. Les nécessités de la guerre en cours le concernaient de moins en moins, quant aux bruits ambiants sur les bisbilles allant croissant entre le gouverneur Vaudreuil et le général Montcalm, s'ils n'étaient pas faits pour apaiser les inquiétudes des Canadiens, ils le confortaient dans l'idée qu'il devenait de moins en moins pertinent de se faire trouer la peau pour le roi de France, dans de pareilles conditions.

— Vous le savez bien. J'étais au couvent des Ursulines. Pensez-vous que j'aie autre part où aller désormais dans cette ville ?

La Violette grogna. On lui avait dressé un plan d'action pour le cas où les Anglais débarqueraient. Chose faite, depuis la veille au soir. Une phrase semblait avoir suffi pour ouvrir nuitamment à l'ennemi la porte des retranchements entourant Québec. La Violette n'en revenait pas.

— C'était à l'anse au Foulon. Qui vive ? demande la sentinelle. France, qu'on lui répond, et ça suffit pour laisser passer quatre ou cinq mille de ces cochons rouges derrière nos lignes. Tu te rends compte, petit sauvage, c'est ainsi qu'on perd l'Amérique, et nous voilà bien encerclés ; si tu t'en moques, moi pas, sache-le.

Jacques avait laissé Joséphine à la garde des religieuses. Dûment soignée et guérie de ses grafignures[1], la jeune orpheline s'etait mise au service de ses saintes hôtesses, trouvant dans la besogne quotidienne d'assistance aux malheureux l'oubli momentané de ses propres souffrances. Au fil des jours, Jacques l'avait vue émerger un peu de sa mélancolie, quoique aucun sourire ne fût venu éclairer son visage. Laver le sol souillé de sang, de vomissures et d'excréments, torcher et nourrir les petits, veiller les mourants de sa morne et silencieuse présence, ces gestes exécutés machinalement l'occupaient des heures durant, à mesure que la ville se vidait de sa population encore valide.

— Nous allons défendre un hospice de veuves et de marmots, ricana La Violette. Les bourgeois de Québec ont emmené leur train à la campagne et Dieu sait où tout cela se terre en ce moment.

Il était tout heureux de retrouver son jeune compagnon.

— C'est au nord-ouest, dit-il, le doigt tendu. Aux Plaines d'Abraham.

Les hommes se rassemblaient autour de lui. C'était à l'abri d'une ligne de retranchements, à deux cents pas des murailles, entre des buttes de terre couvertes d'une herbe rase, cuite par le soleil. De l'autre côté de la ville, sur le fleuve, la flotte anglaise égrenait ses demi-heures réglementaires de canonnade, annonçant la survenue de l'aube avec sa précision d'horloge, comme si l'assiégeant avait décidé, en couvrant le son des cloches, d'avertir à sa façon qu'il convenait d'aller au travail et d'ouvrir les tripots. A ceci près que Québec était déjà morte et ses tavernes fermées depuis longtemps.

Des soldats de La Reine et de Guyenne avaient pris position derrière les levées de terre. La Violette les salua au passage. Loin vers le couchant se tenait l'armée des envahisseurs, immobile, invisible. Au moment où il quittait l'enceinte des fortifications, Jacques se remémora les rumeurs courant en ville : trente mille hommes, peut-être plus, contre les cinq mille de la garnison.

1. Estafilades.

La Violette lui expliqua la stratégie des chefs. Les Canadiens, placés en première ligne, devaient courir sus aux fusiliers du roi George, le gros de la troupe finirait de repousser l'envahisseur. Les Indiens, enfin, harcelant les flancs ennemis depuis les broussailles de la plaine, empêcheraient les velléités anglaises de fuir par les côtés.

Jacques se tourna vers la citadelle. Au bout de trois mois de siège, il n'était quasiment pas une maison, une église, un bâtiment de la colonie qui n'eût été frappé par l'un des quarante mille boulets ou par l'une des dix mille bombes incendiaires jaillis de l'escadre du commodore Durell. La ville basse n'était qu'amoncellement de ruines, les édifices et maisons de la ville haute, des passoires aux toitures effondrées, aux murailles criblées. Vidée de la majeure partie de son peuple, saignant par tous les pores de ses murs, noire des incendies, ruinée avant même d'avoir été conquise, la capitale affamée se préparait à l'ultime assaut dans la musique sans la moindre fantaisie de la flotte ennemie.

— Tu la retrouveras, ta Joséphine. Et puis, si ça tourne mal, on saura bien où revenir la chercher.

Une bourrade dans le dos, un bon sourire. Le sergent poussa Jacques devant lui.

— Cours, l'Acadien, cours !

Les hommes s'élancèrent en file indienne, dans l'aube naissante. Longeant les Plaines d'Abraham, de profonds taillis étendaient leur végétation jusqu'aux abords de la ferme Borgia, supposée prise par les Anglais. En chemin, la petite troupe croisa des bandes de Mohawks, ombres accroupies entre les arbustes, qui les guidèrent jusqu'aux premières lignes de francs-tireurs. Là, essoufflés, les jambes rompues par la course, La Violette et ses éclaireurs s'avancèrent jusqu'à l'extrême limite des buissons.

— Tudieu, c'est vrai qu'ils ont débarqué, les cochons rouges !

Le sergent n'en croyait pas ses yeux. A portée de fusil, près de cinq mille Anglais étaient positionnés sur plusieurs rangs, face aux troupes désordonnées des milices canadiennes. De soldats français, point, ou si peu, de Béarn et de Guyenne pour la plupart. Le gros de la troupe n'avait pas encore quitté l'enceinte de la ville ou bien stationnait encore à Beauport avec son chef. A trois ou quatre heures de marche de là !

Le sergent grogna.

— Petit, les choses se présentent mal. Monsieur de Montcalm est loin d'ici, quant à monsieur de Bougainville, j'ai bien peur qu'il ne soit pas là non plus. J'espère grandement qu'on s'en est allé les quérir, sans quoi, nous devrons gagner cette bataille avec un petit millier de Canadiens et deux ou trois cents Sauvages.

Jacques écarquilla les yeux, serra son fusil entre ses doigts. La tactique des commandants le dépassait, pas au point, cependant, de lui masquer le grand danger couru par les siens.

— Hé ! Ça tire, maintenant ! cria La Violette. A genoux, mes amis, et visez bien.

Les Anglais restaient allongés sur la terre des Plaines tandis que, face à eux, le flot sombre des miliciens commençait à avancer. La fusillade se fit plus nourrie du côté français, les autres semblant attendre que le gibier se fût suffisamment approché. Les buissons se mirent à se fleurir de blanc, signe que les Indiens engageaient le combat de leur côté.

Jacques fit feu en direction des lignes anglaises. Au jugé. Les soldats de Wolfe offraient aux tireurs embusqués les alignements clairs de leurs culottes ou la mer rouge de leurs vestes, au choix. Jacques observa la réaction de l'ennemi, bien décevante. Les plombs français lui parvenaient en fin de course, juste assez véloces pour déchirer quelques étoffes, crever ici ou là un œil, peut-être percer un cuir, sans grand dommage en vérité. Le sergent fit bien vite cesser le feu.

— Il faut marcher sur eux ! lui lança Jacques.

— Pardieu, l'ami, sais-tu que tu as de rudement bonnes idées. Attaquer à deux ou trois cents l'armée du général Wolfe, mais bien sûr ! Si Monsieur l'Acadien veut bien nous ouvrir la route....

Les hommes s'esclaffèrent et Jacques en fut mortifié. Devant lui se déroulait le premier assaut de la bataille. Les Canadiens marchaient vers un but dont ils n'apercevaient rien ou presque, leurs tirs se perdaient au-dessus des têtes anglaises. Au bout de quelques minutes de ce manège, la sanction vint, brutale. Un panache de fumée blanche s'éleva des rangs anglais, arrêtant net la marche québécoise, initiant un mouvement de repli des attaquants vers les murailles de la ville.

La Violette alluma posément sa pipe tandis que les Mohawks poursuivaient leur tir de loin.

Il jaugea la situation. A sept heures du matin, ce 13 septembre, il apparaissait clairement que seule une jonction des corps français permettrait de déloger l'adversaire de sa position. Quant aux éclaireurs toujours postés en bout de ligne, attendre davantage risquait de les isoler au milieu d'une avancée anglaise. On laisserait donc les Indiens tirailler de côté, libre à eux de fuir l'encerclement.

— Repli, ordonna le sergent. Nous serons plus utiles au milieu de la mêlée.

Jacques se mordit les lèvres. Ses résolutions guerrières fondaient à mesure que la puissante lumière du jour éclairait les Plaines d'Abraham. L'affaire ne ressemblait plus aux courses d'autrefois, entre les forts que l'on faisait sauter, ni même aux patrouilles sur les îles du grand fleuve, à l'abri de la nuit. Tout comme ses frères des milices canadiennes, le jeune Hébert ne se sentait pas fait du même métal que les réguliers de Montcalm et Bougainville. La discipline des batailles rangées n'était pas plus dans sa nature que celle des forts, où l'on s'ennuyait ferme, entre les guerres.

— Tu as peur, petit ?

Le sergent le considéra d'un œil goguenard. Jacques avala sa salive avec peine. Il se serait bien vu demeurant là, à l'abri des buissons, lâchant sa mitraille vers quelque pantalon blanc, prenant le temps de recharger le fusil qui pesait soudain bien lourd dans sa main. La peur, oui. Cela devait être cette impression d'être planté en terre comme une bannière, dans la ligne de tir des canonniers adverses. Et de ne plus pouvoir bouger, à quelques centaines de pas de la route menant vers Montréal où était sans doute le salut.

Le coup de pied qu'il reçut au bas du dos le remit dans la réalité du jour. On faisait mouvement et cela ne se discutait pas.

Ils rejoignirent des groupes de Canadiens entassés derrière des buttes à peine plus hautes que leurs chapeaux, où l'on s'interrogeait sur l'absence d'ordres clairs. Des réguliers allaient rejoindre ces avant-postes, et Montcalm, en personne, quand, comment ? Il régnait entre les lignes françaises une confusion et, plus encore, une réelle inquiétude.

Où étaient les canons censés clouer l'Anglais sur place ? Tandis que La Violette allait aux nouvelles vers l'arrière, Jacques se jeta au sol, le nez sur les talons de Québécois en grande discussion. Il savait, lui, ce qu'il y avait de l'autre côté du champ. Etrange combat, où l'on allait jeter sur une armée en ordre de bataille des bandes de civils accoutumés, tels des Indiens, aux escarmouches, aux embuscades, aux replis plus vifs encore que les attaques.

Jacques observa ses compagnons. Avaient-ils même des chefs ? Personne parmi eux n'en avait l'attitude, encore moins le costume. Livrés à eux-mêmes par des officiers qui les considéraient comme de la simple piétaille supplétive, ils se jetaient des regards trahissant leur malaise. Jacques se rappela ce que disait Bérard. Si les Français gagnaient cette guerre, ils risquaient bien de se faire jeter à la mer par ces auxiliaires trop longtemps et trop ouvertement méprisés.

Il ferma les yeux. Il lui venait une soudaine envie de se dresser et de détaler vers le fleuve tout proche. C'était autre chose que d'entendre, le cœur battant, les pots à feu siffler entre les maisons de la ville basse. Une griffe brûlante serrait son ventre, fouaillait dedans, montait vers son thorax pour en arracher les viscères. Une chaleur se répandait sur ses cuisses. Il l'explora de la main, sentit qu'il s'était pissé dessus.

— Laissez le passage aux soldats de France ! La milice, avancez à leurs côtés !

L'ordre avait traversé les lignes. Des officiers en vestes bleues sautèrent de leurs chevaux. Montcalm déclenchait le mouvement de ses réguliers sans attendre le renfort des trois mille hommes de Bougainville. La Violette rejoignit ses éclaireurs, le souffle court, le visage empourpré par la course.

— C'est pour nous, dit-il. On va à la ferme Borgia.

A une demi-heure de marche des murailles de Québec, la propriété occupait une butte près du chemin de Sainte-Foy, ses prairies et ses champs en pente douce vers les grandes étendues herbeuses menant à la rive du Saint-Laurent. Le décor était là d'ordinaire pacifique, un peu triste, sans doute à cause de la solitude de cette maison au milieu des plaines immenses.

Lorsqu'il découvrit la cible, Jacques eut un haut-le-cœur. Alignés à genoux, comme à la parade, immobiles sous leurs casques dorés, leurs tricornes, leurs bannières blanches et rouges, quelques centaines de fusiliers anglais s'étaient disposés pour recevoir l'assaut.

Jacques regarda autour de lui. Le pas des miliciens allait s'accélérant, les baïonnettes pointaient vers le mur encore lointain des adversaires. Des tambours battaient le début de la charge, les hommes y accordaient leur marche, bouches fermées ou au contraire grandes ouvertes comme pour y faire pénétrer un air devenu rare, regards fixés sur les minuscules yeux noirs des fusils.

Il rentra la tête dans ses épaules. Jailli du plus profond de lui, un élan de son corps le poussait vers l'avant tandis que son esprit lui commandait de songer dès maintenant à s'aplatir, à ramper, à gagner le plus vite possible la berge du fleuve, quitte à s'abriter pour cela derrière le rempart formé par les dizaines de dos rassemblés devant lui.

— Hey ! Hey ! répétait La Violette.

Lui aussi se laissait prendre par le rythme étrange de la balade, par le chant sourd, entêtant, des tambours, par le souffle mêlé d'un millier d'hommes marchant bravement vers le mur silencieux d'où surgirait, nue, la mort.

Jacques avait soif, sa gorge desséchée lui faisait mal. A Montréal, il y avait, à côté de la masure où la tribu de Jérôme Hébert avait trouvé refuge, une source, un infime filet d'eau sortant d'entre des pierres et coulant vers le Saint-Laurent sur à peine quelques toises. L'eau en était limpide, malgré le fond souvent remué par les semelles des passants. A mesure qu'il approchait de la ferme Borgia, Jacques eut l'impression que ce ru devenu torrent fondait sur lui pour l'engloutir.

— Hey ! Hey ! Petit, c'est nous qui jouons aux Ecossais, aujourd'hui !

Les cris du sergent se mêlèrent à ceux de ses voisins ; bientôt, la même bramée guerrière s'échappa de cent poitrines tandis que, pareille au bruit des branches rompues par une bourrasque, crépitait sèchement la première salve anglaise. Des coups isolés lui répondirent en même temps que s'éteignait la clameur des assaillants et montaient les plaintes des blessés.

— A terre ! A terre ! hurlèrent les officiers.

Jacques s'y était déjà jeté, au bas de la pente menant à la ferme. On avait métivé[1] là en juillet, loin des bombardements, formé des meules de paille derrière lesquelles les hommes se précipitèrent. Tournant la tête, Jacques entrevit, dans la plaine, le reste de la milice précédant des lignes de vestes bleues et blanches encadrées par des officiers à cheval.

Tout cela lui sembla compact, désordonné, comme une foule sur une place de marché. Il chercha son ami, vit des corps étendus à même la terre, certains remuant, d'autres non. En amont, une vague canadienne de quelques dizaines d'hommes s'était relevée et poursuivait l'assaut, jusqu'aux pointes des baïonnettes anglaises devant quoi elle sembla hésiter puis reflua dans un nuage de fumée blanche et de poussière.

Les cris de douleur redoublèrent. Cela montait de toutes parts. Des hommes désarmés redescendaient la pente, claudiquant ou se tenant le ventre, d'autres allaient, hagards, cherchant leur chemin. Jacques ne pouvait plus bouger. Il n'était pas le seul à se tenir ainsi recroquevillé, le dos inondé de sueur, les doigts crispés sur la crosse de son fusil. Les Canadiens s'interrogeaient d'une meule à l'autre. Où étaient les officiers ? Les milices n'en comptaient pas des dizaines ; de toute façon, ceux-là ne valaient pas grand-chose aux yeux des Français.

— Tudieu, l'Acadien, à l'aide !

Levant la tête, Jacques aperçut ses compagnons entre les bras desquels pendait, boitant bas, le sergent La Violette. Le trio revenait de la butte où l'on s'était battus au corps à corps avant que la seconde salve anglaise ne décimât les assaillants. Jacques parvint à se mettre debout, ses jambes le portaient à peu près. Il suivit ses compagnons jusqu'au bas de la pente. En vérité, les trois hommes avaient reçu du plomb, au visage, au thorax et, pour La Violette, à l'aine.

— Dieu des Morts, souffla le sergent, ils m'ont saigné.

Passé l'intense moment de peur masquant la douleur due à leurs blessures, les deux éclaireurs se laissèrent tomber à terre,

1. Moissonné.

pour un inventaire des dégâts. Jacques se précipita vers son ami étendu de tout son long, tandis qu'en un ballet criard les troupes régulières parvenues jusque-là cherchaient à se dégager du reflux canadien.

Tout était désordre, chaos. Un chef lucide eût ordonné de s'arrêter pour se remettre en place et prendre position, au lieu de quoi les hommes formaient une mêlée indécise dans les hennissements des chevaux, les ordres et contrordres auxquels personne ne comprenait rien.

— Je crois que je suis fini, petit.

Jacques avait posé son fusil près de lui. Penché sur la cuisse rougie du sergent, il ne percevait plus rien de la panique ambiante ; contempla, tétanisé, la flaque qui allait s'élargissant autour d'un petit jet de sang régulier, à la pliure de l'aine. Instinctivement, il posa sa main sur la blessure, appuya, sentit la chaleur de l'hémorragie, sa pulsation de plus en plus rapide.

— Laisse, petit, laisse, rien n'y fera.

La face ordinairement rubiconde de La Violette avait pris la teinte des suaires, ses lèvres bleuies réclamaient à boire. Une sueur épaisse dégoulinait de son front. Jacques approcha son outre de sa bouche, lui fit avaler avec peine une gorgée d'eau tiède. Tout allait très vite. L'Acadien sentit la griffe tremblante du sergent faiblir autour de son bras.

— Je vais vous retirer de là, monsieur, dit-il.

— Laisse, te dis-je.

Un souffle. Jacques se leva, saisit son compagnon sous les aisselles, entreprit de le faire glisser sur les chaumes et la terre nue des Borgia. Il appela à l'aide tout en parcourant ainsi quelques toises mais c'était peine perdue. Un mouvement était né de la masse humaine en désarroi, refluait vers Québec. Cela faisait moins d'une heure que le combat avait été engagé et déjà, la défaite française s'annonçait. On cria « Montcalm est touché ! » puis, très vite, « Wolfe est mort ! » Jacques s'arcbouta. Il y avait, à un quart de lieue de là, un hôpital où l'on savait soigner semblables blessures.

— Un attelage ! Par pitié, un attelage !

Haut vers la ferme, les panaches blancs des salves anglaises accompagnaient la débâcle française. Des bataillons réguliers tentaient bien de se frayer un passage vers la butte mais c'était trop tard ; en quelques minutes, le repli devint général, emportant les velléités des quelques commandants encore capables de réfléchir. « A Québec ! » Tel fut le cri que Jacques Hébert entendit à l'instant où, sans forces, il se laissait tomber au côté de son ami.

— Ne reste pas là, Hébert ! Tudieu, c'est notre sergent qui se meurt là-dessus ?

L'homme s'appelait Charpentier, éclaireur aux Compagnies de marine lui aussi. Il s'agenouilla, jetant des regards inquiets vers la ferme d'où pouvait déferler à tout instant la vague anglaise.

— Aide-moi, je t'en prie, l'implora Jacques.

— Laisse, il est bien mort, constata l'autre en se relevant.

Jacques tira son couteau de sa ceinture, saisit Charpentier par le col.

— Aidez-moi à l'emporter ou je vous tue, lui dit-il, sur un ton contenu qui le stupéfia lui-même.

L'homme le considéra, tout aussi étonné, la pointe du couteau sur sa jugulaire, accepta de tirer le corps. Ainsi parcoururent-ils une centaine de toises, jusqu'à une charrette attelée de mules, au fond de quoi des corps de soldats et de Canadiens avaient été entassés.

Lorsque le cadavre de La Violette y eut été à son tour hissé, Jacques se rua sur les mules, qu'il fustigea à coups de pied, de crosse, les martyrisant au point que les muletiers durent s'y mettre à trois pour le faire cesser.

« C'est folie », répétait le jeune homme.

Plus rien n'avait de sens pour lui, sauf le sang qui continuait de couler de l'aine du sergent et s'égouttait sur les planches de la charrette. Des cavaliers, têtes nues, perruques blanches en bataille, tentaient de s'extraire du magma des combattants. Par un extraordinaire effet de précipitation, balayant d'un revers de sabre les recommandations de prudence du gouverneur Vaudreuil, les chefs avaient, sur ordre de Montcalm, fait avancer les turbulents et inorganisés Canadiens alors que leurs régiments rompus aux méthodes de la guerre classique étaient encore dans la ville. La sombre prédiction du sergent se révélait juste, les fiers stratèges français avaient perdu en moins d'une heure une bataille menée à l'envers.

Jacques était loin des échos du désastre, loin des centaines de fuyards s'abritant derrière les murailles de Québec. La charrette s'était arrêtée près du canon placé à la porte Saint-Louis. Dérisoire et solitaire, le lointain défenseur de la ville avait pour le coup perdu ses servants.

Il fit glisser le corps de La Violette au sol. Des flots humains investissaient la ville, tels des insectes affolés rampant entre des mottes de terre, leur masse formait goulot à la porte de la citadelle. Il tira le cadavre contre la muraille, à l'écart du tumulte. A quelques pas de lui, on laissait le passage à Montcalm et à ses porteurs. Il vit un bras qui pendait, un visage couleur de neige fraîche, un jabot maculé de sang. D'autres blessés s'engouffraient entre les piliers de la porte et s'affalaient, à peine entrés dans la ville. La rue devenait un lazaret, où gémissait la misère des armes françaises.

Il se laissa aller contre le mur, contempla, hébété, la face cireuse du sergent, sa trogne étrangement reposée, débarrassée de ses rougeurs, de ses bosselages, de ses disgrâces. La Violette ne reverrait pas sa Guyenne, ses collines de Garonne dont les sombres forêts d'Amérique lui donnaient parfois la nostalgie.

Jacques était plein d'une détresse d'enfant, l'affaire en cours le dépassait. Son ami avait bien vu qu'il n'était pas de taille à s'en mêler, même à coups de pied au cul. Ils avaient pourtant marché côte à côte vers la maudite butte Borgia, le vieux briscard ventru et le jeune guerrier faisant sous lui tant il avait peur, quel attelage !

Il ferma les yeux. Il avait envie de s'endormir, là, au milieu des hurlements, du désordre, de la terreur. La ville l'horrifiait, avec ses plaies ouvertes jusque dans les caves des maisons, ses granges éventrées, ses murailles écrêtées. C'était un décor de cauchemar sur quoi la flotte anglaise continuait à déverser sa bile.

— Sortir de là, et au plus vite.

L'idée germait dans son esprit. A cinq minutes de là, Joséphine était emmurée avec quelques autres, au couvent des Ursulines. Il voulut se lever, retomba lourdement sur ses fesses. Ses forces l'avaient abandonné.

Il vit des soldats et des miliciens, appuyés comme lui contre la muraille, saignant et geignant, tendant vers lui leurs mains. Il se boucha les oreilles, cria qu'ils devaient se taire et le laisser tranquille. Puis il se mit à sangloter et, doucement, se coucha sur le côté, le visage contre la pierre.

XXVI

Québec, octobre 1759

Jacques sortit du couvent, rejoignit la rue Royale. Un mois après la capitulation de Ramezay, la ville détruite se révélait telle que l'effervescence militaire avait empêché qu'on la vît : un gynécée de quelque deux mille femmes demeurées sur place, vaquant à de précaires occupations tandis que, peu à peu, les hommes ayant prêté le serment de fidélité au roi George II obtenaient l'autorisation de rentrer en ville.

Pour un peu, le fils cadet de Jérôme Hébert se fût accoutumé à la présence des tuniques rouges dans les rues et sur les places de Québec. On avait enterré les morts, nettoyé les abords des portes souillées par la cohue du 13 septembre, commencé, même, à reconstruire ici et là des maisons. Jacques le voyait bien ; il s'installait entre occupants et occupés une sorte de coexistence où la méfiance des uns envers les autres laissait place aux nécessités immédiates de la survie. L'hiver allait venir et la guerre n'était pas terminée pour autant.

Il tendit l'oreille aux rumeurs concernant l'isolement de l'armée anglaise dans la ville conquise. Les occupants demeuraient sous la menace du reste du Canada, toujours français. Certes, la rive sud du fleuve avait été ravagée, les villages pillés et incendiés, les paysans chassés de maints endroits. Mais les bannières de Louis XV flottaient toujours sur Montréal, sur la rivière Jacques Cartier où l'armée défaite aux Plaines d'Abraham s'était retirée et avait bâti un fort. Des milliers d'hommes pouvaient encore être réunis, armés, mis en ordre de bataille pour la reconquête, et cette perspective mettait un peu de baume au cœur meurtri du jeune Acadien.

— Cochons d'Anglais, cochons d'Anglais.

Jacques rythma son pas de ces syllabes libératrices. Il s'en chuchotait d'autres, inventées et murmurées par lui au hasard de ses rencontres, pourriture-de-roi-George, merde-rouge, culs-à-fifres, et cela faisait dans sa tête comme une chanson, une poésie revancharde.

Puis à voir les boutiquiers de la ville haute, dos courbé, le chapeau dans la main, ramandant[1] à des officiers condescendants l'autorisation de rouvrir leurs commerces, il sentit des bouffées de sa vieille haine remonter des embarcadères de Grand-Pré, de la cale putride du *Hannah*, de tous les lieux où la mémoire française avait été piétinée, écrasée, anéantie.

Quelques groupes de civils s'étaient rassemblés sur la place d'Armes, où l'on affichait une proclamation du colonel Murray, celui-là même qu'avait anobli, cinq années plus tôt, la sale mission de déporter les habitants de la Pisiquid. Il s'approcha, se mêla aux badauds. Murray prévenait les Québécois abandonnés par la France qu'il n'y avait d'alternative pour eux qu'une bonne collaboration avec leurs nouveaux maîtres.

Un homme fit la lecture : « Nous vous exhortons avec empressement d'avoir recours à un peuple libre, sage, généreux, prêt à vous tendre les bras pour vous affranchir d'un despotisme vigoureux et à vous faire goûter avec eux les douceurs d'un gouvernement juste, modéré et équitable ; que, si vous ne profitez pas de cet avis, vous avez à attendre le traitement le plus sévère qui puisse être permis par le droit de la guerre. »

Il y eut des ricanements, des soupirs de femmes, des crachats. Jacques observa les visages qu'une sourde acceptation assombrissait. Résignés, pour la plupart. Que faire d'autre ? Il cracha à son tour en direction de l'affiche, se hâta, sous les rafales d'un vent aigre, vers une petite chapelle attenante à la cathédrale, où officiait un vieux prêtre, l'abbé Beaudouin.

1. Quémandant.

Une demi-douzaine d'hommes se tenaient dans la minuscule sacristie, priant ou murmurant. Il s'assit sur un banc, écouta. Les gens rassemblés là appartenaient à la minorité de Québécois que révulsait la présence ennemie. Ils ne formaient pas encore un parti, juste un groupe disparate de petits-bourgeois, d'ouvriers et de miliciens désarmés en quête d'un projet de résistance à l'inacceptable.

— Il est parmi les Anglais des catholiques estimables tout prêts à déserter leur armée de huguenots, déclara l'un d'eux.

Il s'appelait Grandjean, travaillait autrefois au port d'où les bombardements l'avaient chassé. Massif et chenu, il en imposait aux autres et pourrait bien devenir leur chef. Jacques l'avait rencontré tandis que l'on enterrait les cadavres retirés des Plaines d'Abraham. Ensemble, ils avaient jeté le corps de La Violette dans une fosse commune creusée au fond du potager des Ursulines, le genre de besogne qui pouvait souder une amitié en quelques minutes.

— L'idée n'est pas mauvaise, dit l'abbé Beaudouin, un vieillard chauve et voûté dont le regard aigu, volontaire, démentait la pauvre condition du corps. Nous devons cependant rester prudents. Mes frères et sœurs de Québec ont reçu de l'évêque instruction de servir les Anglais comme ils l'eussent fait des Français.

— Les blessés sont un bon prétexte pour cela, grogna Grandjean. On voit bien où les Anglais veulent en venir. Remettre en route le petit commerce avec la bénédiction des prêtres, et j'en connais qui rampent déjà pour obtenir d'eux licence et crédit. Vous verrez. Dans quelque temps, les grands armateurs et autres négociants réfugiés à Montréal reviendront, avec leurs navires sous pavillon de l'ennemi.

— Ceux-là, murmura l'abbé. A peine arrivés au Pays-d'en-Haut, ils sont allés récupérer leurs créances auprès de monsieur Bigot. Mes pauvres amis, si notre roi les rembourse avant de nous avoir envoyé flottes et armées pour nous libérer, alors nous pourrons vraiment commencer à désespérer.

Il y eut un silence. Depuis qu'il s'était trouvé cette sorte de famille, Jacques avait souvent interrogé le prêtre, cherchant à comprendre comment les peuples se soumettaient ainsi.

« La fatigue, petit, la nécessité de vivre, de préserver son bien menacé. Rassembler sa famille, reconstruire le plus vite possible avant la survenue de l'hiver, et puis courber l'échine et attendre des jours meilleurs.

— Comme en Acadie, alors ?

— Dieu nous épargne votre calvaire. »

Il y avait de la malédiction dans tout cela, une impossibilité de trouver où que ce fût la paix du cœur et de l'âme. L'abbé soignait ces irréparables blessures par la prière, la méditation, la certitude farouche que l'on pouvait dire non, et résister.

Jacques songeait à la lutte armée, de préférence à cette fatalité de la prière dont il avait vu les effets sur les Acadiens. Ses peurs endormies par le silence succédant au vacarme de la guerre, ses poings serrant les poignards imaginaires avec quoi il scalperait le reste de l'armée anglaise, il ravaudait jour après jour le tissu déchiré de ses haines et se cherchait des raisons d'agir.

— J'amènerai ici ces soldats catholiques lorsqu'ils auront déserté, promit Grandjean. C'est une question de jours.

Jacques revit les trognes hilares de ses geôliers de Grand-Pré, entendit leurs sarcasmes, leurs insultes. Il y aurait toujours assez de ceux-là pour décourager les quelques autres et les éliminer. Grandjean semblait cependant sûr de lui, le prêtre approuvait sa démarche. A demi rassuré, l'Acadien se laissa bénir, puis il quitta discrètement la chapelle.

Le cloître des Ursulines était plein de son petit monde de claudicants, de borgnes, de trépanés et d'incontinents, pensionnaires assez jeunes pour la plupart, foudroyés aux Plaines d'Abraham et qui rejoindraient bientôt l'Hôpital général. Jacques en croisa quelques-uns, devenus familiers, dont Joséphine s'occupait avec la même compassion et la même patience que les religieuses. Au fil des jours, blessés et soignants avaient pris là leurs habitudes, tenus à distance de la dure réalité des temps par les hauts murs du couvent. Ainsi le silence propice au sombre égrènement des souvenirs, des regrets, des mélancolies, allié aux menus travaux consentis comme une sorte de loyer, retranchait-il de la ville renaissante ces déchets de la guerre oubliés des valides.

Jacques trouva Joséphine à l'apothicairerie, où elle préparait des mélanges d'herbes à tisanes en compagnie de novices que l'exercice excitait fort. C'était à qui forcerait le mieux sur le mûrier, la baie de houx, l'ortie. Voir la mère supérieure, quittant brusquement l'office du matin, courir ventre à terre vers les pots, ou l'abbé Charron la main devant la bouche, réprimant des salves de rots aux vêpres, c'était un peu de joie en ces temps de tumulte et de désordre.

Il s'assit sur un tabouret. Il lui arrivait d'exécuter quelques tâches pour les sœurs, tels d'autres miliciens comme lui désœuvrés. Les Anglais n'avaient pas ce droit. Ils se cantonnaient dans les bâtiments réquisitionnés et n'intervenaient pas dans la vie des civils, quoique leur présence dans les lieux publics commençât à se remarquer.

Il sortit son couteau de sa ceinture, se mit à sculpter la tige de merisier dont il ferait une canne. A cet art grossier, il se révélait plutôt habile, se souvenant des heures ainsi passées chez les Tuscaroras puis au fort Duquesne.

— Ton galant n'est guère bavard, Joséphine, dit en riant Jeanne Cormier, l'une des novices.

Elle était de Beaubassin, avait fui l'Acadie avec sa famille trois ans avant la déportation, quand les troupes de Monckton et Byron commençaient à saccager l'isthme. Ses parents avaient construit une ferme sur la rivière Richelieu, près de Sorel, où la guerre risquait bien désormais de prendre racine.

Joséphine se contenta de sourire. Elle était guérie des plaies dont les cicatrices roses zébraient encore ses jambes et ne souffrait plus quoique son esprit ne fût point épargné par les tourments. La fin brutale de ses parents hantait ses nuits, les échos des bombardements rythmaient encore ses réveils hurlants. On lui avait donné un matelas au dortoir des novices tandis que Jacques était logé avec des orphelins dans une soupente, au-dessus des cuisines.

— Il faut que nous soyons tous polis avec les Anglais, dit à voix basse la novice, mère Josèphe nous l'a répété aujourd'hui encore. C'est difficile mais il doit bien y avoir une raison pour cela. Le Seigneur nous guidera sur cette voie étroite.

Elle eut l'air navrée, secoua la tête avec des mines d'enfant contrarié. Comme Joséphine, elle n'avait pas connu les longues souffrances de la déportation, la duplicité de vainqueurs arrogants, leur mépris pour ceux qui, comme ils se plaisaient à le répéter, n'étaient pas de leur race. La guerre venait à elle par blessés interposés, à l'abri de murs respectés par l'ennemi. Les religieux de Québec s'en tiraient plutôt bien. En fin de compte, si sa confiance dans le roi de France sortait bien ébranlée de l'épreuve, celle qu'elle mettait en Dieu suffisait à la rassurer.

Jacques la considéra, songeur. Les femmes savaient bien mieux que les hommes prendre leur parti des défaites. Pour autant, il ne partageait pas la béatitude de la novice, sa confiance dans les desseins secrets du Seigneur. L'issue tellement brusque de la bataille pour Québec, l'absence bougonne et paternelle de La Violette le laissaient désemparé, promeneur désœuvré entre la chapelle de l'abbé Beaudouin et celle des Ursulines. Que faire ? Aborder les soldats anglais pour leur recommander de déserter, quand on avait seize ans et qu'on ne parlait pas un traître mot de leur langue ?

Quitter cette ville, pensa-t-il. Joséphine était près de lui et son cœur battait plus fort chaque fois qu'il l'apercevait. Maintenant qu'elle était guérie, elle retrouvait en partie ses attitudes de jeune femme, réapprenait à sourire, à ne plus trembler au moindre bruit. Les sœurs, qui savaient alterner l'autorité douce et les vertus de la prière pour soigner les âmes en désarroi, devaient commencer à penser que cette orpheline pieuse et dévouée se fondrait avec facilité dans leur murmurante famille. Ainsi Jacques sentait-il la distance qu'elles mettaient chaque jour un peu plus entre son amante et lui.

— Il faut aller à complies, dit Joséphine.

Le soir venait. On se rendit à la cuisine, où se préparait le souper. Longtemps, Jacques s'était assoupi dans l'immuabilité de ces rites, allant même jusqu'à donner le change sur une foi pourtant bien écaillée. Réfugié là comme en ville, au milieu de la petite foule québécoise, il n'avait pas encore prêté le serment de fidélité, sans doute parce que ses semblables et lui-même ne représentaient pas grand-chose aux yeux des vainqueurs. Faire jurer quelques miliciens ou paysans, quand on pouvait s'attacher la neutralité, pour le moins, des bourgeois et des riches marchands revenus dans la cité, le choix des priorités ne se discutait pas.

Il accompagna Joséphine sous les auvents du bâtiment principal, où des pensionnaires à peu près ingambes réparaient poutres et piliers abîmés par les bombes anglaises.

— Le foutu roi d'Angleterre a distribué justement sa fonte, apprécia-t-il.

Elle marchait à petits pas, pensive. Jacques redoutait ces derniers instants précédant leur séparation. Elle le regardait avec son drôle de petit sourire, lui disait au revoir d'une voix douce, en vérité ce n'était plus la même personne qu'avant la nuit du 12 juillet. Elle était pareille à l'eau d'un lac, étale puis frissonnante soudain de l'onde d'un caillou ou d'une risée ; son visage se fermait, pâlissait, elle avait froid et se recroquevillait, debout, contre un mur, une porte, dans l'angle d'une pièce. Et Jacques, découvrant ce mystère et se souvenant de leur unique étreinte, se sentait d'autant plus attiré vers elle.

— Je ne vais pas rester encore longtemps ici, dit-il. Il y a vraiment trop d'Anglais partout.

Elle hocha la tête. Que pensait-elle ? Il avait maintes fois essayé de le savoir, s'agaçant à l'occasion de son inertie. « Laissez-la donc tranquille », lui lançaient les novices et les sœurs, aussi, qui le trouvaient quelque peu impatient, et exigeant.

Il ferma les poings, grogna.

— Comment font les habitants de cette ville pour passer le jour durant sous les bannières ennemies sans avoir envie de les décrocher pour les fouler aux pieds ?

— L'as-tu fait, toi ?

Il s'arrêta, sous le regard interrogateur de Joséphine. Elle haussa les épaules, tout cela avait donc de l'importance, maintenant qu'ils avaient tous deux perdu les êtres les plus chers à leur cœur ? Elle eut un geste vers lui qui le bouleversa, une caresse, légère, tremblante, sur sa joue. Il la prit dans ses bras, sentit qu'elle s'abandonnait, l'espace d'une seconde, puis se raidissait.

— Non, non, chuchota-t-elle.

Elle le repoussa. Ils étaient parvenus à un angle de la chapelle, dans les sautes d'humeur d'un vent capricieux. Des feuilles rousses de sycomores volaient un peu partout, rasant le sol, remontaient, gracieuses, vers le ciel pommelé. Il la désira, comme sur sa paillasse, le soir, quand, allongé sur le ventre, il recréait jusqu'à l'extase leur étreinte de l'été. Et quoi ! On était au couvent, la belle affaire !

Joséphine avait peur d'être jetée à la rue, où personne ne l'attendait. Il vit son regard changer, plein de terreur, soudain, entendit son souffle s'enrouer, s'empressa.

— Ce n'est rien, je te jure. Calme-toi. Je t'aime fort, c'est tout. Voilà, je voulais te le dire. Je pourrais demander à un abbé de nous marier.

Une église et une chapelle, des prieuses, des novices pour chanter un cantique, tout était réuni pour cela. Il la scruta au point qu'elle dut fermer les yeux. Elle l'aimait aussi, en vérité depuis qu'il était arrivé au fort Duquesne, avait choisi de se donner à lui dans le lit de l'armateur mais il y avait désormais bien trop de désordre dans sa tête. Sous son calme apparent bouillaient des peurs, des hantises, rampait toute une compagnie de fantômes gémissants. Personne ne pouvait traiter ces maladies-là de l'âme, pas même Dieu, qu'elle interrogeait jusqu'à en oublier parfois de manger et de dormir.

— Va, lui dit-elle, je vais être en retard.

Il la suivit des yeux tandis qu'elle s'engouffrait dans la chapelle. Décida de se rendre en ville.

La première chose qu'il aperçut devant l'entrée du fort Saint-Louis fut le gibet, dressé au bout de la place d'Armes. Une centaine de personnes se tenaient autour du sinistre assemblage de bois et de corde, tenues à distance par un cordon de soldats. Comme cela faisait plusieurs jours qu'il n'avait pas quitté l'enceinte du couvent, Jacques pensa qu'on allait pendre un scalpeur mohawk ou un adultérin convaincu de meurtre, encore que ceux-là fussent en général attachés à la roue, à la manière française.

Peut-être s'agissait-il d'un déserteur anglais, auquel ses maîtres, désireux de montrer leur souci de l'équité, donneraient un châtiment public. Intrigué, vaguement désireux de voir exécuter ainsi un ennemi, l'Acadien s'approcha, questionna autour de lui.

— C'est un Français, lui indiqua-t-on, sans plus de précision.

La porte principale du fort était ouverte. Les soldats et officiers du roi Louis ayant embarqué pour la mère patrie depuis presque deux mois, il ne vit à l'intérieur que le rouge des vestes et le blanc des pantalons, les mêmes vomitoires couleurs hissées jusqu'en haut des mâts de la citadelle. Il chercha du bleu, pour apaiser la bouffée de colère qu'il sentait monter en lui mais, ce soir-là, le ciel lui-même, habillé de gris et de noir, se préparait au deuil.

Une charrette attelée d'une mule attendait son chargement devant une galerie latérale. De loin, il vit que l'on y faisait monter un homme en chemise blanche, les mains liées derrière le dos. Sans qu'il sût encore de qui il s'agissait, le jeune homme éprouva un trouble soudain. A sa colère se mêla une infinie pitié, parce que le mot « Français » résonnait dans sa tête et qu'il y avait là, soudain, devant lui, les prémices d'un crime.

La charrette ondula sur le pavé inégal de la cour ; l'homme, debout, seul, y cherchait son équilibre. Lorsque l'attelage déboucha sur la place, il y eut un murmure dans la foule et Jacques eut l'impression que son cœur cessait de battre.

— Louis Grandjean, tudieu, ils vont l'assassiner.

Des fidèles de l'abbé Beaudouin, habitués des conciliabules secrets dans sa sacristie, se tenaient parmi les badauds. Jacques les rejoignit, croisa leurs regards où se mêlaient la tristesse et la crainte. On ne se parlerait pas. Certains priaient, les mains jointes sous le menton, d'autres gardaient les mâchoires serrées, les poings enfoncés dans les poches de leurs manteaux de laine.

La charrette s'arrêta contre le gibet. Le Canadien demeura un long moment immobile, les yeux mi-clos, le nez au vent comme s'il cherchait à capter les fades senteurs du fleuve. Jacques chercha son regard, en vain. L'homme semblait ailleurs, méditant, priant, peut-être, lui aussi.

Il y eut un roulement de tambour, puis un officier se détacha de la troupe, vint se camper face au public, une feuille à la main, qu'il déroula avec lenteur. Dans un français haché, aux lourdes intonations anglaises, il annonça qu'au nom du roi George II, désormais souverain du Canada, le colonel Murray, gouverneur de la ville anglaise de Québec, avait décidé que le sieur Grandjean, laboureur à Charlebourg, serait puni de pendaison pour avoir poussé des soldats de Sa Majesté à la désertion.

Jacques chancela. Les yeux fermés, il entendit la voix du major Winslow annonçant aux Acadiens rassemblés dans l'église de Grand-Pré qu'ils allaient être déportés. Les mêmes uniformes, les mêmes faces rougeaudes sous les visières dorées, les mêmes petits trous noirs des fusils prêts à cracher leur feu, et face à cela, au lieu de la cohorte des Acadiens, la foule sans réaction des Québécois, et la même hébétude, en fin de compte, à cinq années de distance.

Il reçut contre lui le poids d'un compagnon cherchant un appui. L'homme allait défaillir, peut-être était-ce un frère du condamné. Il le soutint comme il put. Tout près, des femmes se mirent à prier à haute voix — « Notre Père qui êtes aux Cieux » —, bientôt rejointes par leurs voisins, tandis que Grandjean descendait de la carriole et marchait vers le gibet.

Jacques se mit à prier lui aussi, machinalement. Il ne connaissait pas grand-chose de l'homme qui allait mourir sauf qu'il était déterminé à agir. Il y avait la désertion des Anglais mais aussi, pour plus tard, des actions plus directes, sanglantes, en vue desquelles on tenait, dissimulés dans des caches, poudre, fusils, armes blanches. Observant les mines des témoins de la pendaison, leur résignation vaguement courroucée, Jacques se demanda ce qu'il resterait de cette résolution quand les vainqueurs auraient fait assez d'exemples comme celui-là. La fin pitoyable de Grandjean montrait bien les limites des actions en cours.

— Procédez ! cria l'officier anglais.

Le condamné fut empoigné, poussé jusqu'en haut de la courte échelle. Parvenu sur la plate-forme du gibet, il sembla revenir à lui, réclama un prêtre pour l'assister. En vain. A ses pieds, les Québécois se signèrent, certains à genoux sur le sol boueux de la place. La corde au cou, il jeta un bref regard sur l'assistance, sans paraître voir quiconque. Puis l'escabeau fut poussé du pied et le corps chuta lourdement.

— Tudieu, murmura Jacques.

Quelques secondes passèrent. Les soldats commis à la surveillance du public tournèrent furtivement la tête, histoire de capter quelques bribes du spectacle ; les cérémonies de ce genre n'étaient pas quotidiennes à Québec. De l'endroit où il se trouvait, Jacques vit la corde cesser de tressauter et se balancer d'un mouvement régulier. L'officier donna des ordres. La carriole fut éloignée, les témoins priés de laisser le corps en place jusqu'au lendemain matin.

— Il faut aller voir notre abbé, dit un homme.

Tandis que la foule se dispersait avec lenteur, un petit groupe se forma puis se mit en marche, silencieux, vers la chapelle.

— Une armée se rassemble à Montréal avec les huit régiments royaux, dit un homme à voix basse. Des navires viendront de France, peut-être avant l'hiver.

Il parla du chevalier de Lévis, de l'évêque de Québec et du gouverneur Vaudreuil, tous libres, tenant le Pays-d'en-Haut et déjà occupés à préparer des offensives pour le printemps. Jacques écouta d'une oreille distraite. La brièveté de l'exécution le sidérait. Etrangement, le souvenir de la correction reçue à bord du *Hannah*, face aux maisons de Philadelphie, lui revint à la mémoire. Fustiger un dos ou rompre un cou, la différence était mince.

L'abbé Beaudouin se tenait à l'entrée de la chapelle, encadré par des soldats. D'autres Anglais achevaient d'entasser au sol son trousseau de misère, des chasubles, une soutane et des chemises de drap, un chapeau de paille noir, quelques chausses de laine. Les Canadiens s'approchèrent, sous la menace des fusils.

— Où allez-vous ainsi, mon père ?

— On me chasse, Seigneur Jésus, j'ai du mal à le croire.

Il avait l'air effaré, écartait les bras, impuissant. Des Canadiens s'avancèrent vers lui. Il les arrêta d'un geste, les adjura de ne rien faire.

— Retournez chez vous, mes fils, et attendez la bonne fortune de la Providence.

On l'emmenait déjà. Banni par décision de Murray, il irait où bon lui semblerait et serait tué s'il remettait les pieds à Québec ; pendant que la mère supérieure du couvent des Ursulines prêchait la politesse envers les occupants, la soumission à leur règle du jour, demain à leur loi étrangère.

A ce spectacle, Jacques ressentit plus encore comme un joug la situation créée par la perte de la ville. Espérant un sursaut de révolte des habitants, un refus, armes à la main, il végétait dans une cité endolorie, anxieuse, attendant des jours meilleurs le dos rond, derrière ses murs en ruines.

Les hommes étaient désemparés. Les Anglais avaient travaillé vite, efficacement.

— Séparons-nous et faisons-nous oublier pour quelque temps, ordonna l'un d'eux. Il ne sert à rien de demeurer ensemble pour le moment. Dieu fasse revenir bientôt ici le gros des armées françaises. Nous ne tenterons rien jusque-là.

Jacques se retrouva seul, désœuvré, plein d'élans contraires où dominait cependant celui d'aller retrouver Joséphine. La présence du gibet, à deux cents pas de là, l'obsédait.

Il décida d'attendre la nuit, marcha jusqu'au palais épiscopal, d'où il pouvait apercevoir la ville basse laissée en l'état dans ses gravats et le Saint-Laurent, vide de la flotte repartie pour l'Angleterre. Songeur, il contempla longuement le fleuve où glissaient de temps à autre au fil du courant, dans les risées d'un vent aigre, des petites voiles, des barques à rames cabotant d'une rive à l'autre. Les vainqueurs s'en étaient allés, emportant leurs canons, leurs marins et leurs fusiliers, et personne en France ne s'avisait que le moment était peut-être favorable à une contre-attaque par la mer !

— Père, comme vous aviez raison.

Lorsque Jérôme Hébert et Pierre Lestang évoquaient les manquements des rois de France envers leurs colons d'Amérique, la cruelle absence des flottes de guerre, promises et demeurées invisibles, ou dispersées par les tempêtes, les navrait plus que tout le reste. Et maintenant cette ville isolée au milieu d'un pays encore tout entier français allait rester anglaise. Jacques n'en finissait pas de cracher par terre, maudissant d'un même cœur la morgue de l'ennemi et l'incurie des gens de Versailles.

Il attendit que fût tombée la nuit, ce qui survenait assez vite au début de novembre, rejoignit la place d'Armes, qu'il trouva déserte, comme si le peuple s'en écartait d'instinct ce soir-là. Des lanternes éclairaient petitement le parvis du fort Saint-Louis. Il longea des chantiers de maisons en cours de reconstruction, rejoignit une petite butte de terre surplombant la place de quelques toises, au nord. De là, il observa la sentinelle allant et venant d'un éperon à l'autre du fort. Quelques bonds lui suffirent pour se retrouver au pied du gibet. Il lui fallait faire vite, attendre que le soldat commençât à s'éloigner pour escalader la potence. Ce qu'il fit prestement, se retrouvant à cheval, au-dessus du pendu.

C'était un rendez-vous effrayant. Incapable de modérer l'affolement de son cœur, il tira son couteau de sa ceinture, serra les dents, entama l'épaisse corde de chanvre au bout de quoi le vent faisait osciller doucement le supplicié. Puis il attendit que le garde s'éloignât à nouveau pour donner les derniers coups.

Le corps de Grandjean chuta avec un bruit mou, sa tête heurta violemment le plancher. L'espace d'une seconde, Jacques pensa qu'il resterait là, puis il entendit le cri de la sentinelle, se suspendit à la potence, se laissa tomber sur la plateforme. L'Anglais s'en était allé décrocher une lanterne. L'Acadien sauta à terre et se mit à courir, courbé, vers la butte qu'il escalada avant de se fondre dans la nuit, plein d'une amère fierté et de désarroi, aussi.

Les sœurs étaient rassemblées dans la chapelle en compagnie des quelques malades, pour les complies. Jacques chercha la silhouette de Joséphine mais la jeune fille n'était pas là. Jeanne Cormier s'approcha de lui, chuchotante.

— Mère Josèphe te prie de la rejoindre au parloir. On t'a cherché toute la soirée. Où étais-tu ?

Il haussa les épaules, sortit dans la nuit noire. Le parloir était situé au bout du bâtiment principal. C'était une pièce minuscule meublée d'une table et de trois chaises en bois, éclairée par une chandelle. Face à la mère supérieure, Joséphine priait, assise, les mains jointes sur son devanteau[1] de toile grise.

— Ah, vous voilà donc, Jacques Hébert.

Cela faisait près de huit semaines qu'il avait trouvé refuge au couvent, où l'on avait accepté des hommes parce qu'ils fuyaient, blessés ou recherchés par les Anglais. Beaucoup étaient repartis et Jacques devait à la seule présence de son amie d'avoir été ainsi hébergé si longtemps.

— Vous saviez ? lui demanda la religieuse.

Elle était grande et maigre, son visage anguleux, rarement souriant, reflétait la lourde pesée de sa charge, dans des circonstances exceptionnelles. Elle était obéie sans discussion par tous, et avait été autrefois crainte par les autorités françaises de la ville.

Jacques eut une mimique d'incompréhension. Que convenait-il de savoir ?

1. Tablier.

— Que cette pauvre fille est en famille[1], comme on dit chez vous. D'au moins trois si ce n'est quatre mois ?

Jacques se rendit compte, un peu tard, qu'il s'était laissé tomber sur une chaise sans grand ménagement.

— Eh bien ? Qu'en dites-vous ?

Il balbutia. Joséphine s'était un peu plus ratatinée. Dans la seconde où il réalisait ce qui venait de lui être dit, il éprouva un mélange de honte et d'orgueil qui empourpra ses joues.

— Pardieu, non, ma mère.

— Ne gadellez[2] pas, drôle. Avez-vous idée de qui est le fauteur ?

Il faillit avouer, sentit que par réflexe sa bouche disait non, malgré lui. Ah, si La Violette n'était pas six pieds sous terre, au fond du potager, il aurait le bon conseil à lui donner, la bonne réponse à la question.

— Non, ma mère, répéta-t-il.

— Alors, personne ne sait.

Elle attendit, pleine d'une glaciale colère. Elle avait déjà pris une décision, cela se sentait aux petits mouvements impatients de ses doigts entrecroisés sur la table. Cette ville n'était donc peuplée que de juges siégeant de toutes parts pour condamner. Jacques se retint de lui rappeler que le Saint-Esprit avait ainsi visité la sainte patronne du royaume de France. Le blasphème, bien réel celui-là, lui brûla les lèvres.

— Votre famille est réfugiée à Montréal, n'est-ce pas ?

Il acquiesça, ferma à demi les yeux, sentant venir la suite.

— Nous verrons à vous obtenir l'autorisation de quitter la ville afin que vous puissiez la rejoindre dès que possible. Joséphine demeurera parmi nous jusqu'à la naissance de cet enfant, après quoi nous leur trouverons à tous deux subsistance et foyer. En ces temps où plus grand monde ne mange à sa faim à Québec, nous ne pouvons laisser ces êtres à l'abandon. Vous comprenez, monsieur Hébert ?

Les valides pouvaient aller chercher en liberté pitance et logis. L'Eglise ouvrait ses portes aux malheureux, aux éclopés, aux filles-mères. Les autres poursuivraient seuls leur quête d'un avenir meilleur. Jacques baissa la tête, déjà plein du

1. Enceinte.
2. Blasphémez.

projet de quitter le couvent, la ville, le pays, s'il le fallait. Et d'emmener avec lui l'orpheline.

Il laissa la porte du dortoir entrouverte, avança, pieds nus, entre les paillasses des novices. Quelques-unes disposaient de lits faits de planches grossières, la plupart couchaient à même le sol, sous de simples couvertures de laine. Au couvent, il convenait de mériter son paradis en oubliant les douces bontés de la ville, les édredons de plume demeuraient un luxe de bourgeois. Ainsi se forgeaient les âmes pieuses des sœurs, leur foi, la puissance de leur abnégation.

Jacques pénétrait pour la première fois dans ce lieu. Portant une chandelle de suif, dont il craignait à chaque instant que le grésillement ne réveillât la chambrée, il chercha de loin le visage de Joséphine, finit par apercevoir ses tresses noires, sous une couverture indienne pliée en deux. Il s'approcha, caressa son épaule, de plus en plus fermement.

Elle ouvrit les yeux, le vit qui lui faisait signe de se taire.

— Viens, souffla-t-il à son oreille, sinon, tu resteras ici ta vie entière ou tu seras domestique chez des bourgeois anglais.

Elle se dressa à demi, comprit, demeura hésitante. Il lui dit qu'il allait l'emmener à Montréal, chez ses parents, que pour cela il fallait faire vite et profiter de la nuit noire. Elle écouta le vent dont les sifflements rampaient par-dessous les fenêtres disjointes. Jacques s'était agenouillé près d'elle et lui souriait. Le découvrirait-on, l'affaire n'irait pas bien loin, les administrateurs français avaient embarqué depuis le mi-septembre et les Anglais n'avaient que faire de ce genre d'histoire.

— Pour l'amour de Dieu, lève-toi. Tu as entendu ce qu'a dit la mère, tu seras enfermée ici avec ton petit ou mariée avec un bigot.

Il caressa son front, pressa ses joues, supplia. Une fille se tourna en grognant, tout près. Il fut soulagé de voir Joséphine s'agenouiller à son tour et, s'étant signée à plusieurs reprises, revêtir sa cape de laine noire. Il ramassa à la hâte ses quelques vêtements, une robe au large col plissé, un haut-de-corps de serge rouge, son tablier de servante, les souliers de cuir qu'elle laçait haut sur ses jambes. Puis il la prit par la main et la guida jusqu'à la porte, qu'il referma doucement.

Les sœurs logeaient dans des cellules, à l'étage. La froidure venant, la surveillante des novices s'enfermait dans sa cabane, à l'entrée du dortoir, où elle ronflait fort. Jacques fut vite dehors, dans les rafales d'un vent colérique. Une pluie froide tombait du ciel opaque, elle serait l'alliée des fugitifs pour leur cheminement hasardeux.

— Habille-toi, dit-il.

Il l'aida à enfiler sa robe, qu'il doubla d'une de ses chemises d'éclaireur, la fit se chausser, puis il l'entraîna vers le potager et la hissa au-dessus du muret donnant sur le chemin de ronde intérieur. Dans l'obscurité, il chercha ensuite l'endroit de la muraille qu'une bombe avait percé, heureusement, pour la circonstance. Des gravats en tas y formaient une rampe d'accès que les Anglais n'avaient pas encore pris le temps de dégager. Il poussa Joséphine devant lui, la rejoignit.

— Prends garde, nous allons longer des retranchements français bien boueux. Je les connais pour y avoir veillé.

L'éperon de pierre n'était pas gardé ; les vainqueurs n'étaient guère mieux lotis que les vaincus. Ils attendaient eux aussi des renforts, des vivres, des ouvriers ; à l'approche de l'hiver, leurs sentinelles se transformaient en bêtes velues, portant castor et peaux de loup, mitasses et bien souvent triples bonnets de poil. S'il y avait un arbitre dans cette guerre, c'était bien le froid, dont les premiers assauts se faisaient déjà sentir, et rudement, cette année-là.

Ils parcoururent les anciennes tranchées françaises, longèrent des redoutes abandonnées par les uns comme par les autres, puis des vergers faiblement éclairés par la lanterne. Jacques chercha le fleuve, assez loin de Québec, à travers les Plaines d'Abraham rendues à leur sifflante solitude. Il lui fallait avancer avant l'aube, suffisamment pour être certain d'avoir pénétré en territoire français.

Il trouva le chemin longeant le rivage, anxieux de tomber sur une patrouille anglaise. La terre ravinée par la pluie semblait confluer dans le puissant murmure du fleuve, tout était noyé dans l'opacité de la nuit. Enfin, au bout de trois grandes heures de marche, il distingua une vague lueur, en bordure d'un champ. Une ferme, à la porte de laquelle il frappa.

Le paysan était canadien, bel et bien. Il s'en allait traire, à l'étable toute proche, et se chauffait une poutine[1] à la mélasse. Les jeunes gens se précipitèrent vers la cheminée. L'homme se nommait Colson, et vivait seul en limite de Sainte-Foy, ayant expédié sa famille en amont bien avant la chute de Québec.

— Y a-t-il des Anglais icitte[2] ? lui demanda Jacques.

— Pas encore, sauf quelques patrouilles, mais il se dit qu'ils seront chez nous dans quelques jours, pour contrôler les avenues vers Québec.

Joséphine fondit en larmes. Elle tremblait de froid. Rassuré, Jacques la frictionna vigoureusement, puis il la contempla tandis qu'elle s'offrait à la chaleur de l'âtre. Il ne ressentait plus de honte, seulement une fierté de conquérant, immense, et la certitude d'avoir agi comme il le fallait.

1. Pâte farineuse bouillie.
2. Ici.

XXVII

Montréal, novembre 1759

Jean Bérard ouvrit le tiroir de son secrétaire, en tira une liasse de papiers liés en rouleau par du raphia, qu'il tendit à Jérôme Hébert.

— Billets à ordre, monnaie de carte, créances honorées de la signature même de l'intendant Bigot, mon pauvre Hébert, ma fortune est là, entre vos mains. Pour le reste, comme vous avez pu le constater vous-même, nos liquidités ressemblent à celles du fleuve. Elles coulent et disparaissent à peine apparues.

Jérôme soupesa la liasse. Il y avait là trois ou quatre livres de papier avec, dans la concavité du rouleau, ces petites cartes à jouer que les maîtres de Montréal déchiraient en deux et sur lesquelles ils inscrivaient un chiffre, le montant de la dette royale, provinciale, coloniale ou personnelle les liant au créancier.

— Etrange monnaie, murmura Jérôme. Et signée de la main de l'Autorité.

Il ne parvenait pas à s'habituer à la comptabilité virtuelle que lui demandait Bérard. L'Acadie des Français pratiquait autrefois le troc, tant avec les Indiens qu'avec les marchands de Boston. Seuls les voyageurs revenant au pays disposaient du fruit de leur commerce en espèces sonnantes. Mais des cartes à jouer ! Il se leva, marcha jusqu'à la fenêtre d'où la vue embrassait la place d'Armes avec en son centre, face à la maison Bérard, la tour et les chapelles de l'église Notre-Dame.

La vaste place carrée était quasiment déserte. Il y tombait depuis le matin une neige folâtre, légère comme un duvet, bue, à peine posée, par la terre. Jérôme se perdit un long moment dans la contemplation de l'édifice. La tour, austère empilement de briques, était égayée par un clocher percé d'ogives sur deux étages. De hautes fenêtres dépourvues de vitraux offraient leur enfilade lumineuse au flanc de l'église.

Des femmes frissonnantes pressées d'y pénétrer, quelques cavaliers traversant la place, dissimulés sous d'épaisses capes noires, un attelage de tonneaux tiré par des mules aux naseaux fumants, telle était, au milieu d'une matinée d'automne, la pauvre activité d'un lieu bruissant il y avait peu encore d'une foule en transit entre les deux pôles de la ville. La place d'Armes était à l'image de Montréal, triste, redoutant, au-delà de l'hiver, un avenir plein d'incertitude.

Bérard s'approcha de Jérôme. La guerre, alliée au froid, avait quasiment annihilé son commerce. Jusqu'au siège de Québec, les choses allaient encore à peu près. Désormais sous la menace de quatre ou cinq armées anglaises en préparation, la colonie ne pouvait compter que sur elle-même pour échapper au naufrage.

— Nous sommes nombreux à avoir donné ce qui nous restait pour que monsieur de Lévis puisse constituer sa troupe, dit le marchand. Jérôme, vous savez ce qui s'est passé à Versailles lorsque Québec est tombée ?

— Ma foi non.

— La nouvelle de la défaite a jeté la consternation, mais pour une raison que vous ne pouvez imaginer.

Jérôme grimaça. Il vivait depuis quarante années les royaux atterrements, les chagrins princiers, quelques larmes de dépit dans des mouchoirs brodés, du fard de théâtre, très loin des vraies désespérances des gens de Nouvelle-France.

Insupportables fats délégués auprès des colons par des ministres inquiets de voir se tarir la source de quelques profits supplémentaires, les administrateurs de Montréal se préparaient mentalement à faire leur bagage et à s'embarquer. Ils rejoindraient leurs pareils de Québec dans les cachots de La Rochelle ou de la Bastille, où des comptes leur seraient demandés sur la gabegie canadienne. Consternés, tous ces gens de robe rompus aux trafics du castor, de la poudre, de la farine ? Allons donc ! Il fallait pour cela disposer au moins d'une conscience.

Jérôme hasarda une réponse :

— Ils se sont soudain aperçus qu'ils étaient en train de perdre un continent, une fortune pour mille ans, un peuple loyal de pauvres gens ballottés par leurs caprices...

— Ah ! Voilà qui les eût sauvés ! s'exclama Bérard. Mais non. Le roi et sa cour ont trouvé scandaleux que les honneurs militaires n'aient pas été rendus aux vaincus. Vous vous rendez compte ! Ils laissent dériver un empire, abandonnent le meilleur de leur patrie et s'offusquent d'une seule chose, qu'on n'ait pas présenté les armes à leurs perruqués de frais ! Pardieu, mourir en sachant cela doit vous soulager un homme !

Il était cramoisi, suffoquait de colère. Jérôme haussa les épaules. Dans l'état où se trouvait la colonie, il y avait sans doute de quoi perdre son calme sous de pareilles insultes. Mais l'Acadien en avait déjà suffisamment vu, entendu, subi. Les femmes de la Pointe-à-Caillères avaient raison. Elles priaient. En toutes circonstances. Et lorsque par étourderie le Seigneur leur accordait un vague rayon de soleil au milieu des tempêtes, elles en faisaient un arc-en-ciel.

Bérard garda les bras ballants. Avec ses liasses de papier, ses demi-cartes à jouer, ses promesses formelles d'être payé dans l'année, il tenait assez bien la position des marchands canadiens, sur le marécage instable où tous s'enfonçaient à mesure qu'ils reculaient.

— Cette église est belle, dit Jérôme, pensif. Sera-t-elle ravagée comme ses pareilles de Québec ?

Bérard eut un geste d'agacement. Le sort de Notre-Dame lui importait moins que celui de ses cargaisons impayées, de ses entrepôts vides. Dans son cabinet aux murs tapissés de gravures maritimes avec en leur centre les portraits en vis-à-vis du roi et de la reine de France, il entrevoyait, à la place de ses habituelles difficultés, la ruine. C'était comme un haut talus vers quoi se ruait un attelage avec, à bord, des cochers affolés incapables de le ralentir.

Il jeta ses liasses dans un tiroir.

— J'envie votre calme, Jérôme Hébert.

— Jean, du fond du cœur, je vous souhaite de sortir sans dommage de ce chaos, de ne jamais vivre les quatre années que nous venons de traverser ni celles qui nous attendent, nous autres d'Acadie. Mais sachez aussi que du dénuement, de la ruine, de la dispersion, peut naître une forme de bonheur. Je reconstitue ma tribu, pardieu, je ne pensais pas que cela arriverait un jour. Il me manque encore du monde, mais quand je pense aux milliers qui se sont noyés ou qui errent encore, affamés, je me dis que les femmes ont raison de prier.

Bérard se détendit un peu. Des Acadiens, il en était parvenu quelques dizaines de familles sur les rives du Saint-Laurent. Ces gens avaient l'espérance chevillée à l'âme. Spoliés, épuisés, oubliés, le regard qu'ils tendaient vers leur patrie perdue, la volonté enfouie en eux d'y revenir un jour les grandissaient.

— Vous pensez que tout est perdu, n'est-ce pas ? dit-il avec tristesse.

Jérôme le considéra en souriant. Déporter les quatre-vingt mille habitants du Canada ne serait pas une petite affaire pour les Anglais. Quant aux flottes du roi George, elles n'étaient jamais bâties que du bois dont on faisait les épaves. Une tempête, peut-être, des épidémies comme celle qui avait anéanti l'escadre d'Anville, quinze années plus tôt[1], en auraient raison.

Bérard s'emporta.

— Autant entrer dans cette église et y rester agenouillé jusqu'au dégel !

Jérôme éclata d'un rire juvénile qui sidéra le marchand.

— Novembre est la saison des mariages, dit-il, la nature s'assoupit, les travaux se font rares et laissent du temps pour la bagatelle. Pour nous qui avons perdu les repères de la terre et des saisons, cela n'a plus guère d'importance. Il n'empêche. Notre Thomas a quelque peu piétiné les règles de nos religieux et se trouve en situation de grand péché, sous le toit familial. Nous allons mettre bon ordre à cela, à la chapelle de l'Hôpital général. Vous en serez, peut-être bien comme témoin du marié.

— Bah, les règles, marmonna Bérard. Nos magistrats du Conseil souverain continuent bien de juger quelques affaires

1. Désastre naval français, en 1745.

d'adultère, de bornes déplacées ou de rixe entre ivrognes et cabaretiers, mais on sent bien que le cœur n'y est plus.

— Les Anglais pendent ou fusillent. S'ils s'installent ici aussi, le bon peuple de Montréal devra perdre l'habitude de frissonner à la vue du bourreau brisant les membres d'un condamné à la roue et versant du plomb fondu dans les plaies. Autres temps, autres mœurs.

Bérard balaya le fantasme d'un geste. On se battrait, pour Montréal comme pour Québec. Des milliers de soldats s'y étaient repliés, la campagne fournirait des miliciens. Le duc de Lévis, dont on vantait l'énergie et le talent, mènerait tout ça à la reconquête dès la fonte des glaces et même avant, peut-être bien.

Jérôme était las de ces conjuratoires illusions. Les soldats, les milices ! Mieux valait penser à autre chose.

— Je ne vous suis plus d'une grande utilité, désormais, dit-il. Ne me dites pas le contraire, vous avez été généreux avec moi en me confiant vos comptes, mais je vois bien où vous en êtes de vos affaires...

— Taisez-vous, l'interrompit Bérard. Certes les navires n'arrivent plus mais il reste en dépôt du castor, du bois, du sirop d'érable, et ces créances pour plus de cinquante mille livres tournois. Et puis je ne laisserai pas vos petits sans rien, quoi qu'il arrive.

Il prit Jérôme par les épaules. Le sort de sa famille, si longtemps lointaine au point de lui être devenue presque étrangère, lui importait. Question de simple morale, comme pour le reste, on pouvait être marchand et posséder de l'honneur. Il n'était pas, lui, de ces négociants empressés aux bottes de leurs maîtres français ou anglais, voire déjà repartis pour l'Europe. Natif d'une ville de France dont il pourrait être un jour l'édile, il tenait pour sa patrie d'adoption, pour son roi, rêvait encore d'une harmonie entre eux.

— Votre Thomas nous rend de grands services, aux entrepôts. Quel garçon ! Vous verrez, Jérôme, celui-là et quelques autres de sa trempe vous referont un jour une Acadie !

Jérôme ne l'entendit pas. Son attention était attirée par deux silhouettes traversant la place, l'une, longue, du genre famélique, l'autre, trottinante, toute menue sous une cape trop grande pour elle. Il traversa le couloir séparant le bureau du marchand de la chambre à coucher où l'on dressait la table en hiver, sortit sous les rafales d'un vent fantasque.

A coups nerveux de sa canne, il rejoignit les deux passants, aperçut des mèches rousses échappées d'un feutre en mauvais état, les joues creuses d'un visage adolescent, un nez, busqué, îlot acéré au milieu d'un visage sans grâce.

— Jacques.

Il se campa devant son fils, barrant sa route, l'obligea à venir à son contact. Le drôle était épuisé, sa compagne ne valait guère mieux, bouche ouverte, de la mèche[1] jusque sur les lèvres.

— Charlotte ?

Il sentit son vieux cœur cogner entre ses côtes. Quatre ans auparavant, il avait laissé au bord de la Pisiquid une adolescente gracile, qui avait bien pu devenir cette toute jeune femme arc-boutée sur sa fatigue, demandant grâce à Dieu pour les jours et les jours de marche dans la boue, et qui ouvrait sur lui ses grands yeux noirs où perçait tout à coup un intense soulagement. Mais non, se murmura-t-il.

— C'est Joséphine, Père, la fille du sergent Lalanne. Je la ramène de Québec, orpheline.

— Enfants...

Jérôme s'empressa. Joséphine titubait, quant à Jacques, il s'efforçait de tenir droit, oscillait dans la bourrasque. Il les entraîna vers la maison Bérard.

— C'est mon fils, hurla-t-il, transfiguré, en y pénétrant.

Catherine apparut, sortant de la cuisine, puis ses deux servantes et l'esclave Thibaut, accourus à sa suite. « Tu es vivant », répétait Jérôme. Ah ! Comme Isabelle serait délivrée de son angoisse !

En même temps qu'il se faisait à l'idée que sa fille était encore loin de lui, il découvrait le changement sur les traits de son fils. Un homme, désormais, tout en angles, le menton élargi, piqué d'une barbe irrégulière, la pomme d'Adam saillant au milieu d'un cou de poulet malade. Un homme avec pourtant les ultimes restes d'une grâce enfantine, dans les gestes, les attitudes, le regard.

— A manger et à boire, ordonna Catherine.

1. Morve.

Les servantes s'éclipsèrent tandis que l'on installait les marcheurs. Ils avaient jeûné le plus souvent, craignant les sergents-recruteurs et les chefs de milices en quête de volontaires. La guerre, on la referait plus tard, l'hiver passé. Le chemin de Québec à Montréal n'était qu'une large ornière boueuse où s'engluaient de rares attelages surchargés de gens, de sacs, de tonneaux.

Ils avaient dormi contre des bois coupés que personne n'était encore allé ramasser, avaient traversé un pays rétréci, recroquevillé sur ses peurs. Des chiens errants, aussi affamés qu'eux, avaient cherché leurs mollets, des soldats indifférents les avaient croisés, en route pour les postes avancés des Français. Ce Canada en sursis, appauvri, noyé sous la pluie de novembre, prenait jusqu'au plus profond de son âme la teinte lugubre de l'automne.

Jérôme s'assit face à son fils, près de l'âtre. Jeune, il avait pérégriné dans l'Acadie des guerres, et voilà qu'un demi-siècle après la chute de Port-Royal, son rejeton fuyait à son tour une capitale perdue. La défaite les poursuivait, lui et les siens, mais pardieu, le drôle était en bon état et cela seul comptait. Les soupes de la Pointe-à-Caillères, les volailles que l'on allait mettre au pot remplumeraient bien vite l'éclaireur en rupture de régiment.

Il contempla, attendri, la frêle compagne de Jacques, trouva qu'elle avait la taille bien ronde sous la cape qu'elle refusait de quitter. Il rit. Claire Terriot était grosse elle aussi, de Thomas Hébert. Ces jeunes gens n'avaient guère mis les formes pour s'apparier et se multiplier, mais, en temps de guerre, on ne leur demandait pas de consulter les prêtres avant de se déclarer à Dieu.

Il vit dans le regard de Jacques la réminiscence d'événements graves, la trace de peurs récentes. Le garçon semblait ailleurs, souvent, trempait, rêveur, ses lèvres dans le bol de soupe.

— Vous nous direz comment cela se passe dans Québec, lui demanda Bérard.

— Mal. La ville est en ruines. Les Anglais sont partout et pendent ceux qui résistent. C'est pitié de voir les gens sous leur botte, il en est bien peu qui se révoltent et pourtant, les navires du siège ne sont plus là, les vestes rouges sont bonnes à saigner en ce moment, je vous le jure. Pardieu, il suffirait de quelques milliers d'hommes pour les déloger. Père, vous avez connu le temps où quatre-vingts gentilshommes de France s'en allaient prendre Terre-Neuve au plus fort de l'hiver, accompagnés de quelques Indiens. Moi, j'ai vu l'armée de monsieur de Montcalm se débander et faire retraite en moins d'une heure de bataille, aux Plaines d'Abraham. Des régiments fameux, Languedoc, La Reine, les trois Béarn, ah ! Ils couraient comme des lapins, à qui s'éloignerait le plus vite. Les plus ébarouis[1] ont été les Anglais, qui restaient sur le terrain sans trop savoir quoi faire de leur victoire.

Il s'animait. Près de lui, Joséphine buvait sa soupe les yeux fermés, avec des petits soupirs d'aise. A la voir ainsi en sécurité, entourée de femmes attentives qui lui préparaient des vêtements secs, du savon pour la toilette, des chaussons où réchauffer ses pieds encore bleuis par la froide boue, Jérôme sentit monter à ses yeux un de ces vieux chagrins comme seuls ses enfants pouvaient désormais lui en donner. C'était bon comme le pain sortant du four, brûlant, plus qu'un feu dans une plaine désolée par la neige et le vent.

— Encore, petite, mange, tu n'en auras jamais assez.

Il lui tendit un autre bol de cette soupe de haricots et de chou à la cuisine de laquelle excellaient les femmes de la colonie. Il y aurait aussi de la saucisse et de la tourte, rien ne serait assez bon pour ces enfants surgis de la débâcle. Il se pencha vers Joséphine. Il ne savait rien d'elle, avait déjà tout deviné. On ne traversait pas ainsi l'automne canadien sans une impérieuse nécessité de vivre.

On maria les deux frères Hébert le même jour de décembre 1759. Comme pour saluer l'événement, le ciel plombé depuis des semaines daigna s'ouvrir sur un soleil de glace, blafarde embellie dans un hiver de misère et de gel comme la colonie n'en avait connu depuis des lustres.

Il avait été question de célébrer les unions « à la gaumine », comme les clandestins sanctifiant ainsi quelques coupables amours.

« Les saints hommes de la Pointe-à-Caillères nous donnent pain et protection, avait tranché Isabelle. Nous ne leur ferons pas cet affront. »

1. Etonnés.

Dans la chapelle de l'Hôpital général emplie d'humaine vapeur, un abbé frigorifié reçut les consentements, fit ensuite apposer les signatures des époux et de leurs témoins, croix et calligraphes laborieux au bas de documents vite enroulés et scellés. Dieu mettait un peu d'ordre dans les affaires des Hébert, Terriot et compagnie, encore que les filiations des uns et des autres tinssent à la parole donnée par les chefs de famille. Ces fugitifs n'avaient donc emporté avec eux aucun papier, ou registre ? Certes, l'Acadie était loin du Canada et il s'était passé là-bas des choses bien regrettables. Mais enfin, supposa le prêtre, il devait bien exister quelque part un grand livre des Acadiens.

— J'atteste que tout cela est vrai, dit Pierre Lestang, solennel. J'ai vu naître tous ces gens, en Acadie, ils sont ma famille. Les Anglais ont brûlé nos églises et avec elles toutes sortes de documents. Tout est désormais dans le souvenir des vivants. On tue les gens, pas leur mémoire.

— Dépêchons-nous de faire authentifier tout ça par nos gouvernants, ajouta-t-il, malicieux, lorsque la colonne endimanchée se fut mise en marche vers la Petite Acadie, car si Montréal subit le sort de Québec, il faudra dix ou quinze générations pour en retrouver la trace.

Encapé jusqu'aux chevilles, le cou ceint d'écharpes, les pieds engloutis sous d'épaisses mitasses, semblable à une procession de pénitents cherchant leur monastère, le cortège nuptial fit à pied, sur la neige rendue à l'état de glace, le quart de lieue séparant la chapelle de l'Hôpital général de la Petite Acadie ; Hébert, Melanson, Terriot et les témoins Bérard, personne ne sentit l'extrême rigueur de la saison peser sur ses épaules, ce matin-là.

Signe de vie, par-dessus tout, il allait naître des petits sous le toit de fortune qu'un génie féminin avait humanisé, oh, ce n'était pas grand-chose, des rideaux à l'unique fenêtre, une cretonne courant à mi-cloisons et ces espaces de drap où chacun trouvait un peu d'intimité. Thomas avait même assemblé quelques planches au fond de la pièce commune, derrière lesquelles Jérôme et Isabelle avaient été sommés d'abriter leurs nuits.

Ce fut Isabelle qui précéda les mariés pour leur ouvrir la porte et il se fit aussitôt un joyeux désordre, dans les cris des plus petits et les rires des filles dressant la table pour ce déjeuner pas comme les autres. On avait préparé des poutines, des tourteaux[1] au sirop d'érable. Dans la cheminée ronronnait une marmite de civet, du caribou débusqué par Thomas et tué par Baptiste à quelques pas des fortifications de la ville. De quoi éviter l'exécrable viande de cheval bouilli imposée aux Montréalais par la disette. Plutôt faire carême en décembre que manger ça !

— Mes deux brus, mes chéries, répétait Isabelle.

Tandis que les frères Hébert levaient leurs gobelets de vin à la santé des anciens, les enfants firent cercle autour des mariées, tellement différentes, l'une, charpentée du cou aux chevilles par la grossesse, large de hanches comme de pommettes, l'autre, menue, fragile d'apparence, toutes deux irradiant tels des soleils le bonheur d'être épouses et bientôt mères. Heureux hiver, vraiment, encapé d'épaisse laine, qui avait caché au prêtre les ventres des deux femmes. Doux péché qu'un Seigneur compatissant avait sans nul doute déjà absous.

— A la Saint-Thomas, cuis ton pain, lave tes draps, tue un porc gras si tu l'as. Tu ne l'auras pas sitôt tué que Noël sera arrivé, dit Jean Terriot, le doigt levé.

— Va pour le pain et les draps, lui lança Pierre Lestang, hilare. Pour le porc, on attendra, et bonsoir !

Jean Terriot était demeuré près du feu. Trop de neige et de froid pour ses vieux os. On lui décrivit la cérémonie, le prêche annonçant la naissance du Christ par l'opération du Saint-Esprit. « Dieu est en chacun de vous, par lui vous enfanterez et jamais il ne vous quittera. » Bien. Mais il y avait aussi, dans l'affaire, l'opération de deux gaillards qui n'avaient pas attendu la visite des anges pour agir. Quant à la virginale pureté des promises, elle s'était frottée aux dures réalités de la guerre, cédant à leur pression ; un appel à la vie.

— On voit bien que ces curés de Montréal n'ont pas encore entendu tonner les canons du roi George, ricana Jacques.

Thomas et lui se graillaient la couenne[2] devant l'âtre, entourant leur grand-oncle. Dans la grande pièce commune, le ballet des coiffes s'organisait autour de la table. Thomas souleva le couvercle de la marmite, huma. Une sacrée bonne journée,

1. Gâteaux ronds.
2. Se réchauffaient.

pour de vrai. Jacques parla des soldats qu'il avait croisés en novembre. Ils reprenaient des positions le long du fleuve, recrutaient des supplétifs canadiens et indiens. Bérard évoqua le convoi de bateaux marchands qui avait réussi à franchir les défenses anglaises de Québec, avec des marchandises pour la France. Il y avait des points faibles, là-dedans. L'hiver serait propice au renforcement des Français, la puissance ennemie ne devait pas être surestimée.

— Et la flotte du roi Louis partie de La Rochelle, de Brest, avec cent navires, deux mille canons, cinquante mille soldats, mettra à son tour le siège devant Québec, ironisa Pierre Lestang. La reconquête !

Si le renfort de quatre mille hommes instamment réclamé à Versailles parvenait au Canada avant mars, tout serait possible, en effet. Bérard avait ses entrées chez le gouverneur Vaudreuil et savait des choses. Il choisit de ne pas révéler à ses hôtes la principale, un désastre de plus pour la marine française, devant Quiberon, cette fois, à la fin du mois de novembre.

Isabelle se campa devant la cheminée, les poings sur les hanches. Elle en avait assez d'écouter les conversations guerrières des hommes, en temps normal, déjà, et ce jour-là, alors ! On ferait mieux d'aider à dresser le couvert.

Bérard avait offert un tonnelet de vin de Cahors vendangé en 1758. Jérôme en brisa le scellé de cire rouge, dégagea la bonde. Souvent, le voyage vers l'Amérique piquait le breuvage ; celui-là, transporté avant l'été, avait évité les corsaires anglais, résisté à la chaleur tant du soleil que des pots à feu de Durell. Son goût de baies rouges ne souffrait d'aucune aigreur. Un miracle !

— Si foin pourrit, vin mûrit, dit Jean Terriot, qui en savait là-dessus autant que sur le blé, les limaces ou les ours.

— Eh bien voilà qui est dit, conclut Pierre Lestang.

C'était décidément une jolie journée. On boirait aux mariés, aux marins en mer par ces temps de froidure. Et puis on boirait à la France, parce que ce seul nom faisait encore vibrer les cœurs, malgré tout.

XXVIII

Mars 1760

Cela faisait trois grandes heures que Joséphine Hébert avait commencé à souffrir. Son ventre se contractait par intermittence, une sueur profuse baignait son visage, ruisselait sur son torse. En demi-cercle près du lit, un gynécée la veillait, attentif, les femmes de la Petite Acadie et d'autres, venues en traîneaux à chiens de l'Hôpital général en compagnie d'une matrone.

Claire avait accouché quinze jours plus tôt, d'un fœtus mort dont elle ne sentait plus les mouvements depuis près d'une semaine. L'enfant s'était doucement ralenti en elle, à la fin du mois de février, comme s'il peinait à sortir d'un sommeil trop profond. Le chirurgien de l'hôpital, appelé à son chevet, avait pris des mesures, palpé longuement. Sa perplexité n'avait guère rassuré la maisonnée. L'enfant était de travers, inerte. Une saignée de la mère doublée d'un lavement n'avait rien changé. Il fallait laisser faire la nature, de toute façon.

Claire se tenait en retrait de ses sœurs. Chaque fois qu'elle passait près d'elle, Isabelle lui adressait un sourire, la gratifiait d'une caresse. La jeune femme était sortie de la maison, plusieurs fois, pour évacuer son trop-plein de chagrin sous le ciel chargé de neige. Sans doute désirait-elle ne pas assister à cette naissance-là, mais un sentiment de compassion plus puissant que son dépit l'avait ramenée chaque fois à l'intérieur, où Joséphine gémissait de plus en plus fort.

— Vous êtes bien sûr de votre médecine, matrone ? s'inquiéta Jérôme.

La femme, entre deux âges, forte de hanches et de poitrine, portait au menton une espèce de verrue où s'accrochaient quelques poils blancs. Ses mains plongeaient de temps à autre sous le drap, de ses doigts enduits de graisse, elle fouillait le ventre de la parturiente, pressant de l'autre main le globe où l'enfant, cette fois, remuait bel et bien.

— Pardieu, celui-là est vivant, dit-elle.

Ses manœuvres ne disaient rien qui vaille à Jérôme. Accoucher à la colonie ou en France, la différence était mince. Mères et petits étaient dans les mains de leur Créateur et le souci des femmes, leurs pratiques parfois étranges, leur façon consciente ou non d'entretenir l'angoisse ne changeaient pas grand-chose à sa décision.

Jérôme se souvint des pratiques indiennes. Les squaws s'isolaient du reste de la tribu, sous une tente ou dans les bois, et mettaient bas, solitaires, fortes des incantations de l'homme-médecine et de ses décoctions herbeuses.

— Jacques n'est toujours pas là ?

Jérôme regrettait l'absence de son fils. Lorsque Claire avait accouché, Thomas avait demandé à Bérard un jour chômé. Il était demeuré auprès d'elle la nuit durant et longtemps encore après la délivrance, l'embrassant, la consolant, chuchotant à son oreille. A vingt-quatre ans, il se révélait responsable autant qu'amoureux.

Jacques est trop jeune, pensa Jérôme. Les filles de Nouvelle-France savaient être épouses et mères à seize ans ou même avant, pas les garçons rêvant de chasse et de pêche, de guerre et d'aventure.

Jérôme s'écarta du lit, vit Thomas pénétrer dans la maison. Le jeune homme s'était englué dans des fondrières, ses souliers étaient maculés de boue.

— Tu n'as pas rencontré ton frère ?

— Non. Il n'était pas à la tonnellerie. Il y a de la troupe en ville, plus nombreuse que de coutume. On dirait bien qu'une armée se rassemble à Montréal.

L'hiver ayant figé soldats, sergents et colonels dans leurs cantonnements et leurs forts édifiés à la hâte, Jacques avait dû se résoudre à gagner sa vie autrement qu'en éclairant les régiments français. Il s'employait désormais chez un tonnelier de la rue Saint-Pierre, sur recommandation de Bérard.

Trouver du travail n'était pas chose simple en ces temps de pénurie. Le commerce végétait, les provisions se raréfiaient, quant aux champs, ils risquaient bien d'être laissés en friche en maints endroits, cette année-là.

Jérôme était contrarié. Son cadet manifestait de la rêverie bien plus souvent que de la gaieté. Lorsqu'il avait fini sa journée, il allait à travers les ruelles de Montréal, cherchant les quelques miliciens qu'il y avait croisés à l'automne. Avec ces soldats comme lui en rupture de contrat, il traînait alors dans les tavernes de la rue Saint-Paul, des endroits pas toujours bien famés.

Passant devant les vitraux de ces maisons aux portes desquelles ivrognes et archers en venaient souvent aux mains, Thomas l'avait aperçu plusieurs fois attablé, discutant avec ses amis autour d'un pot de vin, dans la fumée des pipes. Jacques trouvait davantage de plaisir à cette compagnie qu'au cercle familial de la Pointe-à-Caillères. Cela pouvait après tout se comprendre de la part d'un enfant que la guerre avait pris dans ses rets, mais ne pas assister sa femme ce jour-là était pour le moins inconséquent.

— Père, voulez-vous que je retourne en ville, à sa recherche ? demanda Thomas.

— Tâche de le ramener. Je veux qu'il entende son rejeton crier à la vie.

C'était vraiment un dur hiver. Il y en avait eu quelques-uns d'étrangement complices depuis l'établissement des Français au Canada. Le besoin de se chauffer y avait même été réduit deux ou trois fois à l'ordinaire de l'automne. Rien à voir avec le début de cette année-là. Le fleuve coulait en silence sous la glace, la neige tenait partout, si épaisse par endroits qu'à la mi-mars elle couvrait encore des fermes jusqu'au milieu des fenêtres.

Thomas Hébert traversa d'un pas emboué le pont de terre sur la Saint-Pierre, puis il longea le grand fleuve engourdi jusqu'à la porte de l'Ouest qu'il franchit entre deux hauts bancs de neige. Malgré les rigueurs du temps, la cité semblait s'éveiller ; les militaires y circulaient, à pied ou en charrois, au milieu de civils frigorifiés, les ateliers bruissaient de leurs forges, marteaux, roues et meules, des ouvriers pelletaient la neige et la boue, ouvrant les rues, dégageant les places. Il y avait là, en plus des activités routinières des uns et des autres, une sorte d'effervescence guerrière que Thomas ressentit, à mesure qu'il approchait du port.

Il croisa des miliciens en armes montant vers le château Ramezay et le séminaire des sulpiciens, près de quoi stationnaient les troupes de Lévis. Un peu partout se préparaient les combats qui ne manqueraient pas de s'engager dès les premiers signaux du printemps.

Des oiseaux de mer tournaient, criaillant, au-dessus des quais. Entre les alignements de maisons de la rue Saint-Paul, Thomas aperçut les mâts de quelques bateaux marchands de faible tonnage, à sec depuis des mois. Echaudés par la fuite d'un convoi pour la France, en novembre, les Anglais avaient renforcé leurs barrages d'aval. Ainsi ces bricks et ces goélettes, parmi lesquelles le *Locmaria* de Pierre Lestang, étaient-ils comme au fond d'une nasse, piégés par l'Anglais et le gel, attendant qu'on vînt les prendre.

Le spectacle de ces navires devenus inutiles s'accordait à celui des marchés de Montréal, vidés par le marasme général. Triste. Thomas ne s'attarda pas, s'engagea dans les venelles désertes menant à la rue Saint-Laurent.

Il aperçut de loin son frère marchant vers le Griffon, une taverne, en compagnie de soldats et de miliciens. Les hommes discutaient, riaient, s'apostrophaient, tout en sautant par-dessus les roulis de neige, comme des enfants. Sous leurs capots noirs, les militaires portaient la tenue claire de Guyenne. Leurs cous étaient ceints de foulards.

La troupe était joyeuse, peut-être était-ce jour de paye dans l'armée du chevalier de Lévis. Thomas les vit entrer dans le cabaret. A cette heure du jour, l'endroit regorgeait de monde, artisans et boutiquiers en congé de clientèle, portefaix débauchés dépensant leurs derniers sols, et d'autres, buveurs furtifs échappés de chez eux le temps de vider une pinte de bière d'épinette ou un pot de vin. A l'extérieur, des chevaux attendaient leurs maîtres, encordés à des anneaux.

Thomas entra à son tour dans la salle bouillante de vapeur humaine, de fumées diverses. On s'esclaffait, on parlait fort. Des servantes allaient de table en table, portant plateaux et panières. Le soir creusait les ventres mais, là comme partout, il fallait se serrer un peu la ceinture. Tout manquait, à Montréal, la farine et l'huile, la saumure et la viande. La guerre et l'hiver s'étaient alliés pour donner à tous la nostalgie des agapes et des gueuletons d'autrefois. Restait le vin, et de cela, il y avait assez de réserves dans la ville pour tenir le siège annoncé.

Thomas n'était pas un habitué de ces lieux. Parfois, les ouvriers de Bérard avaient réussi à l'y entraîner, pour quelques minutes de causerie. On se racontait des histoires sur les uns et les autres, en suivant les parties de cartes. Thomas s'éclipsait bien vite. La journée de travail terminée, il y avait toujours quelque chose à faire pour ceux de la Petite Acadie, assembler les planches d'un lit, monter un meuble vaisselier, sculpter dans du bois mort des figurines pour les orphelins de Françoise et Sylvain Melanson. La société des tavernes, gueularde et sentant fort le musc, n'intéressait que fort peu l'aîné des Hébert.

Thomas demeura un long moment debout devant la porte, guettant le moment où son cadet l'apercevrait. Jacques paraissait à l'aise au milieu d'hommes plus âgés que lui. Du fort Duquesne à Montréal, il avait eu des modèles de leveurs de coude, francs buveurs habitués aux alignements de pintes sur les tables. Thomas l'observa, fasciné par son visage creusé, qui lui donnait cinq ou six printemps de plus, par sa mine rêveuse, assombrie de temps à autre. Il se demanda quelles pensées pouvaient bien traverser son esprit, se souvint qu'enfant Jacques ne se mêlait guère aux jeux de ses pairs. A la pêcherie de Cap-Breton puis à la ferme de la Pisiquid, leur grand-mère Catherine se plaignait souvent que celui-là avait hérité le tempérament secret et plutôt ruminant de son père.

Enfin, leurs regards se croisèrent. Jacques se leva, rejoignit Thomas.

— Qu'est-ce que tu me veux ? lui lança-t-il, sèchement.

— On te réclame à la Petite Acadie.

Jacques leva le menton. Il se passait des choses importantes en ville, où Lévis rassemblait son armée. Des Indiens allaient se joindre aux soldats et aux miliciens et, pardieu, on irait bientôt assiéger Québec, tous ensemble.

— En avril, peut-être même avant.

— Avril, nous n'y sommes pas encore. Il se passe aussi des choses importantes à la maison.

— La maison...

Jacques ne s'y était jamais senti très à l'aise depuis son retour de Québec. La promiscuité engendrait des chamailleries entre les filles, les petits menaient tapage le jour durant. Jean Terriot faisait toujours les mêmes bruits avec ses chicots et ses boyaux, le vieux Pierre Lestang radotait ses histoires de corsaire, quant à Jérôme Hébert, il régnait, silencieux le plus souvent, sur la tribu en hivernage, contemplait sa femme vaquant à ses occupations et, le reste du temps, exigeait le silence pour enseigner l'écriture et le calcul à la marmaille turbulente, jusqu'à l'heure du coucher.

— C'était pareil en Acadie, rappela Thomas.

— Nous n'y sommes plus.

— Sans doute, mais les femmes enfantent partout de la même manière et la tienne est dans les douleurs depuis ce matin. Sais-tu ce que cela signifie ?

Il y avait de la colère dans la voix de Thomas. Les larmes de Claire devant son petit-né cireux, avec sa peau gonflée de noyé, sa bouche ouverte, aussi ronde que celle d'un poisson asphyxié, lui restaient en mémoire comme autant de plaies vives. Jacques n'avait pas vu cela non plus, pourtant, il était bien tard ce jour-là ; les ouvriers étaient tous rentrés chez eux depuis longtemps.

Thomas lut du désarroi dans les yeux de son frère. Etre père à seize ans, il y avait de quoi ne pas très bien tout comprendre.

— Viens. Joséphine a besoin de toi. Le petit va naître vif, vous êtes chanceux.

Thomas peinait à avaler sa salive. Jacques le considéra sans grande aménité. La compagnie des guerriers le maintenait en éveil, dans l'attente des prochains combats. Les précédents ne l'avaient pas vu se distinguer particulièrement, mais il y en aurait d'autres et si la fortune des armes changeait enfin de bord, il en serait, en vrai héros cette fois.

— Eh bien, tu te décides ?

Jacques hésita, tourna les talons, parlementa quelques instants avec ses compagnons. Puis il saisit le tricorne de La Violette, qu'il avait rembourré de laine pour l'ajuster à son crâne, salua les hommes et sortit, le visage fermé, précédant son frère.

La fenêtre de la Petite Acadie était couverte d'une buée à demi givrée. Au fond de la pièce, loin de la cheminée où du bois de sycomore crépitait en escarbillant, les femmes immobiles s'étaient couvertes de capots de serge brune. Malgré le feu et les gens, il faisait grand froid dans la pièce.

Emmitouflés eux aussi, les enfants avaient été priés de s'éloigner du carré de linges, de draps et d'édredons au milieu duquel Joséphine Hébert mettait au monde son enfant. Silencieux, ils s'étaient groupés sur un lit, alignés comme pour la prière.

Les anciens, Pierre Lestang, figé le buste droit sur une chaise, mains sur les genoux, telle une statue, Jean Terriot et Jérôme Hébert, qui tiraient sur leurs pipes, pareillement captivés par la danse des flammes, se tenaient à distance de la jeune femme et de son assistance.

A l'approche de la délivrance, les cris aigus de Joséphine s'étaient mués en longues bramées. Plusieurs fois, il avait fallu ôter de sa bouche sa main, mordue jusqu'au sang. La matrone y avait finalement placé un linge humide dans lequel elle plantait la jolie denture blanche dont on était volontiers jalouses, à la Pointe-à-Caillères. A ce spectacle, Jacques, qui était passé devant son père et son grand-oncle sans paraître les voir, pâlit. Thomas lui prit le bras, le poussa doucement vers le lit.

Joséphine était méconnaissable. Des cernes foncés lui mangeaient une bonne moitié des joues, sa bouche aux lèvres charnues s'ouvrait, démesurée, se refermait aussitôt sur le linge, comme pour l'avaler, ses membres étaient agités de mouvements incohérents. Et ce ventre, tudieu ! Oblong, ondulant, comme habité par quelque bête furieuse, avec les bras de la matrone qui avaient l'air de le prolonger. Des tentacules !

Jacques se souvint de la naissance de son frère Baptiste. C'était au bord de la Pisiquid, dans une maison cernée comme celle-ci par l'hiver, le cercle des femmes, dispersé depuis, y ressemblait à celui-là. Tout était pareil et tellement différent. Les cris d'Isabelle lui revinrent dans les oreilles, mêlés à ceux de Joséphine. Il avait cinq ans. Son père n'était pas encore devenu un vieillard ; il rentrait à peine de Louisbourg que les Anglais avaient rendue à la France, parlait de reconquérir l'Acadie.

Il avait saisi l'enfant, l'avait tenu au bout de ses bras levés, riant de cette naissance tardive, répétant qu'elle était un cadeau du Ciel aux libres hommes de son pays.

Jacques ferma les yeux. Que faisait-il là, maintenant ? Il avait l'impression d'être étranger à cette scène, de la regarder par la fenêtre d'une maison où vivait une famille qui n'était pas la sienne. A peine Joséphine et lui avaient-ils eu le temps de s'apprendre quelques gestes de l'amour qu'il y avait eu entre eux ce ventre avec son habitant, ses ruades le repoussant, et Isabelle, qui semblait parfois croire qu'elle tenait Charlotte sous sa maternante protection, et les autres, les filles Terriot, bavardes et chamailleuses, les petits Melanson, les trois vieux, tout ce peuple rétréci par le gel sous son toit de fortune. L'exil, et sa tenace routine.

La nuit était venue. On alluma des chandelles autour de la parturiente, cela faisait veillée mortuaire. Dans la lumière jaunâtre baignant la pièce, Jacques croisa les regards des filles, inquiets, envieux parfois, puis celui de Claire. La femme de Thomas Hébert accouchait une seconde fois avec dans les yeux, au lieu de l'effroi noyant ceux de Joséphine, la douceur de la compassion baignée par la pâle clarté de la mort.

Il frissonna, soudain, sentit le souffle de son frère, dans son cou, accéléré par l'émotion. Ceux-là méritaient d'être parents. Lui ne ressentait rien d'autre qu'une vague honte submergée par une peur d'enfant, peur du noir, des bêtes dans les forêts de Pennsylvanie, de la maladie ravageant les maudits du *Hannah*.

— Jésomme[1] ! Un gars ! D'au moins sept livres !

Il entrevit une forme rose et gluante, entre les doigts souillés de la matrone, vit le drap rougir tandis que la souffrance de Joséphine devenait halètements, puis soupirs rauques, plainte uniforme, ténue, enfin.

1. Jésus.

Isabelle prit les mains de sa bru et les serra dans les siennes, haletant elle aussi, riant et pleurant en même temps. On se signa, des louanges à Dieu s'élancèrent vers la poutraison de l'entrepôt. Thomas claqua l'épaule de Jacques.

— Eh bien, va voir ça, ragnaseux[1].

Il approcha, timide, demeura debout au pied du lit, incapable du moindre geste, son chapeau dans les mains, comme pour la messe, autrefois. Les filles débattaient déjà d'un sujet d'importance. Le nouveau-né était-il acadien ou gascon ? L'enfant avait disparu sous des linges. Jacques n'en voyait que le front, plissé comme celui d'un aïeul, et la chevelure, un vrai scalp d'Anglais, brun clair et bouclé.

— Acadien, sans nul doute ! trancha Jérôme, qui s'était levé pour saluer son premier petit-fils.

Jacques considéra l'assistance d'un œil neutre. Il n'y en avait que pour Joséphine, gestes et prières des femmes, larmes aux paupières de Jérôme, mines ébaubies des enfants ; une crèche au bord du Saint-Laurent.

— Je crois savoir qu'il se prénommera comme vous, dit Isabelle à Pierre Lestang.

— Eh bien, j'aurai eu plaisir d'assister à tout cela avant de m'en aller au fil du fleuve, dit ce dernier à voix basse.

Jacques l'entendit, tourna son regard vers lui. Le vieil homme semblait heureux et infiniment triste en même temps. Descendre le fleuve quand les Anglais fermaient le passage de Québec ? Quelle était cette lubie ? Jacques voulut l'interroger. Pierre l'arrêta net.

— Toi, tu restes ici. La guerre n'est pas l'affaire des pères de famille.

1. Bougon.

XXIX

Golfe du Saint-Laurent, mai 1760

Pierre Lestang passa devant Québec, de nuit, pendant que les Français de Lévis en faisaient à leur tour le siège. Les souhaits des Canadiens étaient exaucés, la guerre délaissait ses favoris. Canonnés, réduits, suite à leur cuisante défaite de Sainte-Foy, à attendre qu'un miracle vînt les dégager par la mer, les Anglais avaient quelque peu allégé la surveillance du fleuve.

Hélas, à part les frégates *Atalante* et *Pomone*, modestes chiens de garde que Pierre aperçut à la pointe de l'île d'Orléans, nulle flotte française n'était encore venue parachever le triomphe du chevalier de Lévis et l'on guettait, anxieux, des deux côtés de la guerre, l'apparition des bannières salvatrices en aval de Québec.

Les lys ou les lions ? Pierre n'avait pas attendu de le savoir pour quitter le mouillage de Montréal avec un équipage réduit à cinq hommes. Allait-on se battre ou chercher à gagner le large ? Irait-on au devant de l'escadre annoncée ? On était en mai, rien ne pointait à l'horizon d'Anticosti.

— Diou biban de Diou biban, maugréa le vieux corsaire. Québec est à ramasser comme un fruit blet et nous sommes seuls sur la piste. Lorsque nos descendants apprendront cette histoire, ils auront peine à croire que l'on ait gâché autant d'occasions.

Le *Locmaria* prenait vaillamment le vent frais descendant de Terre-Neuve. Etrange année, gelée jusqu'en avril et subitement adoucie. Le ciel emmenait comme à la promenade des troupeaux de nuages blancs, inoffensifs passagers d'un printemps rêvé. Pierre ferma les yeux, huma la brise. C'était un climat pour la pêche sur la Côte des Français mais avec ses faibles pentes, ses prairies piquées de bois vert tendre, ses roches aimablement penchées vers l'onde, l'île d'Anticosti ne ressemblait que de fort loin aux chaos de Terre-Neuve.

— Pas plus d'Anglais que de Français par ici, monsieur, constata le matelot Quintrec.

Il était de Bretagne, piégé à Montréal pendant une demi-année, désirait rentrer au pays. Cela faisait des semaines que plus un seul navire n'avait quitté les rivages du Canada pour rejoindre ceux de la France. Cette goélette au fond de laquelle il fallait de temps à autre écoper, pourrait-elle l'y mener ? Perplexe, il observait son capitaine et le trouvait bien vieux et fatigué pour se lancer dans une telle aventure.

« Assorti à mon bateau, l'avait prévenu Pierre, c'est à prendre ou à laisser. »

Les quatre autres étaient des Acadiens de l'isthme réfugiés à Montréal depuis une dizaine d'années. Célibataires, ils avaient autrefois navigué et s'employaient au port, préférant vivre en ville plutôt qu'en famille, sur les terres ingrates bordant le Saint-Laurent. A équipage réduit, manœuvres économiques. On avait bordé le foc, et la grand-voile à demi seulement.

— Au sud, ordonna Pierre. Les glaçons qui dérivent du nord vont dissuader les Français de passer par là.

Le sud, c'était la Gaspésie et la baie des Chaleurs avec, un peu plus bas, les rivages tant désirés de l'Acadie. A l'idée de revoir cette ligne de côtes, au bout de tant d'années, ces hommes durcis par l'exil en avaient parfois la larme à l'œil.

« Il n'y a plus grand monde qui vive dessus, leur avait dit Pierre. C'est un désert pitoyable, le royaume des corbeaux et des busards. On m'a rapporté que les Anglais colonisent déjà les Mines. Je doute qu'ils y repercent des aboiteaux. »

Il faisait des efforts pour tenir debout. Par une sorte de malice, la maladie le maintenait en état stationnaire depuis quelques années. Perclus de douleurs, incapable de dormir plus de trois heures d'affilée, maigre au point qu'il sentait ses vertèbres se nicher l'une après l'autre dans le matelas lorsque, très lentement, il s'allongeait, il survivait.

« Combien de temps tiendra-t-il ? » Il lisait la question dans les yeux de ses hommes, pensait qu'un matin on le trouverait mort, éteint comme une pauvre chandelle. Un jeu.

— Le vent va nous pousser sans qu'on ait besoin de le chercher, constata-t-il dès que le *Locmaria* eut viré de bord.

Bien que peu gréée, la goélette penchait avec grâce, offrant à son maître un spectacle qui le rajeunissait. Les hommes se souvenaient du Bellilois, de ses courses. Ils avaient besoin de quelques héros pour faire sourire leur mémoire blessée. Maisonnat, dit Baptiste, Guyon et Bonaventure, héros d'Acadie au temps de Louis XIV, la compagnie était de qualité.

Pierre, qui s'y était mêlé, tout jeune, savait la raconter. Ainsi des âmes errantes rôdaient-elles, veillant sur le voyage hasardeux du *Locmaria*. Elles indiquaient un cap, loin des villes en ruine, des villages brûlés, loin des fermes abandonnées et des terres rendues aux herbes sauvages.

— Ils sont anglais, mes amis, et de haut bord.

Trois vaisseaux de ligne se succédaient dans la lunette de Pierre, cap sur l'embouchure du grand fleuve. Eussent-ils été de France, la goélette eût piqué droit sur eux, pour les saluer. Là, il convenait de ne pas s'approcher. Pierre ne tergiversa pas.

— Nous sommes trop petits, tant pour les attaquer que pour les intéresser. Seigneur, fais-nous voir de la fleur de lys, enfin !

On resterait dans les parages avec l'espoir de tomber sur la flotte française. Pierre observa le cheminement des Anglais, imagina la joie des assiégés apercevant ces maudites bannières à la pointe de l'île d'Orléans. Il y aurait du monde sur les remparts, pour les fêter !

— Ce n'est pas bon pour Montréal, dit Quintrec.

Poursuivant leur route, les navires du roi George disparurent derrière la pointe de Gaspé. Maintenant, tout serait affaire de chiffres. Une dizaine de fleurs de lys pourchassant les trois félins, avec à leur bord les quatre mille hommes réclamés par Vaudreuil, et la victoire était possible. Un fol espoir souleva les poitrines des marins. En entrant dans l'estuaire du Saint-Laurent, les Anglais s'étaient peut-être bien jetés dans la nasse.

Ils cherchèrent les voiles de France sur une mer désespérément vide. Bravant les dangers de la guerre, des pêcheurs venus d'Espagne ou du Portugal se risquaient parfois vers les côtes de Terre-Neuve, anxieux de devoir rendre des comptes aux uns ou aux autres.

« Avez-vous vu les navires du roi Louis ? » leur demandait Pierre. Non. Ils s'éloignaient, heureux de n'avoir pas été détroussés. C'est que de l'Inde à la Louisiane en passant par les côtes de Méditerranée, les corsaires de Louis XV avaient fait quelque cinq mille prises depuis le début de cette guerre.

Pierre en vint assez vite à penser qu'il ne pourrait passer le reste de son temps à croiser ainsi entre deux déserts. Son projet de se joindre à la flotte de secours prenait l'eau, comme le *Locmaria*, que les coups de vent secouaient de plus en plus fort. A part quelques glaçons hauts comme des cathédrales, entrant avec superbe dans l'estuaire du Saint-Laurent, nul vaisseau n'avait suivi les deux arrivants de la mi-mai.

Il pestait.

— Nous sommes en juin, pardieu. Il est déjà bien tard pour en finir avec ce siège.

Qu'était-il advenu de l'*Atalante* et de la *Pomone*, les deux frégates mouillées devant Québec ? Avaient-elles affronté les Anglais, ou s'étaient-elles prudemment retirées vers Montréal ? Les hommes interrogeaient leur capitaine et Pierre n'avait pas de réponse à leur donner, sur cela pas plus que sur le but ultime de leur mission. Le projet du vieil homme leur apparaissait peu à peu pour ce qu'il était, une lubie d'ancien corsaire, une embrassade avec la mer au bout d'un long itinéraire de défaites, de reculades, de fuites et d'exil.

Ils supputaient son âge, pensaient qu'il pouvait bien avoir cent ans. Comment parvenait-il encore à se lever, à tenir sur ses jambes squelettiques, à mouvoir sa carcasse ? Seul son regard vivait, un feu de nostalgie, de rage, d'amour pour son bateau et pour la mer.

— On la cherchait, petits, la voilà !

La flotte française, ou son avant-garde pour le moins, émergea d'une légère brume de chaleur au large des restes calcinés de Percé, un matin de juin. Un vaisseau de haut bord, le *Machault*, armé de trente-deux canons, deux autres, plus petits, le *Bienfaisant* et le *Marquis de Malauze*, entourés d'une flottille de ravitailleurs.

— Le reste ? Quel reste ? Mais nous sommes seuls dans cette affaire !

Le marquis François Chenard de La Giraudais ne cachait pas sa surprise. Perruqué de blanc, le visage finement poudré, la silhouette altière sous le tricorne frangé d'or, il avait belle allure, comme d'ailleurs le reste de son équipage. Heureux présage, la traversée s'était bien passée, sans tempête ni épidémie.

— Sauf le respect que je vous dois, monsieur, les gens d'ici attendent bien plus que votre escadre, lui dit Pierre.

Monté à bord du *Machault* après que le *Locmaria* eut montré ses couleurs et salué comme il le fallait, il avait eu du mal à ne pas rire de cette révélation. En même temps, la suite des événements lui parut évidente. La ruine du roi de France entraînait pour de bon celle de sa colonie. Trois navires quand on espérait une escadre, quatre cents hommes de renfort au lieu des quatre mille réclamés par Vaudreuil, cette fois, c'en était terminé du Canada.

— Ainsi les Anglais sont déjà dans le fleuve, à Québec et peut-être bien à Montréal, constata La Giraudais, en écho aux révélations de Pierre. Et vous dites que nous avons là-haut deux frégates, contre deux vaisseaux de ligne au moins. L'affaire se présente mal.

C'était même pire que cela. Des pêcheurs rejoignirent à leur tour la petite flotte, porteurs de nouvelles consternantes. Serrée par les deux anglais, la *Pomone*, ayant abattu du mauvais côté, s'était échouée près de Québec dans l'Anse-au-Foulon, quant à l'*Atalante*, qui la couvrait, elle avait été cernée, forcée de débarquer ses renforts en hommes. Les Anglais lui avaient expédié la bagatelle de huit cent cinquante boulets, capturant une dizaine de survivants, dont son commandant. La flotte royale de Québec avait vécu.

— Alors, nous sommes à l'entrée de cet estuaire comme dans la gueule du loup, dit La Giraudais, l'air contrarié.

Pierre lui proposa de le guider jusqu'à Québec, où il lui servirait d'éclaireur entre les écueils de la défense anglaise.

— Certes, mais nous sommes bien isolés pour tenter une telle aventure.

Les cartes indiquaient la solution raisonnable. Il fallait attendre de savoir ce qui s'était réellement passé entre les frégates françaises et les navires du roi George. Pierre s'étonna. Où comptait-on s'abriter pour cela ?

— Dans la baie des Chaleurs. Nous poserons quelques canons à terre, de part et d'autre.

Le gentilhomme pointa du doigt la carte, sûr de son fait, approuvé par ses officiers. La baie constituait pourtant un autre piège, un peu plus au sud, un cul-de-sac sans hauts-fonds, terminé par un minuscule comptoir commercial, Restigouche.

Pierre ne suivrait pas cette route-là. Comme à la Miramichi, l'endroit avait été ravagé par la purge anglaise, les hameaux brûlés, les populations dispersées. Dans ces conditions, il ne faudrait pas compter sur l'arrière-pays. Le commandant le regarda avec l'air de lui dire « Eh bien, avez-vous quelque chose de mieux à me proposer ? », une question à laquelle il n'y avait pas grand-chose à répondre.

Pierre rejoignit son bord, songeur. Il se joindrait à l'escorte du *Machault* jusqu'à l'entrée de la baie. Ensuite, il n'irait certainement pas s'enfermer dans une pareille nasse. Il l'expliqua au matelot Quintrec, que l'idée d'agir sortait enfin d'une silencieuse mélancolie.

— C'est étrange, cette fatalité française de s'enfoncer ainsi au fond de trous-du-cul indéfendables. Quitte à se battre seul contre tous, ce navire ferait sûrement mieux de remonter le Saint-Laurent, où les îles sont autant de refuges possibles. Au lieu de quoi il va se placer au fond de la baie, sans rien pour le masquer. Messieurs les Anglais, tirez donc les premiers ! Ah, nom de Dieu ! La guerre menée depuis Versailles par des petits marquis comme celui-là nous aura coûté cher, depuis un siècle !

La colère lui donnait des couleurs, et quelques forces. Avec sa petite escadre, le *Machault* avait l'air d'une cantatrice entourée de ses maquilleuses, ne sachant trop de quel côté de la scène effectuer son salut. L'image fit rire les hommes, qui en avaient quelque peu besoin.

La prévision de Pierre Lestang se révéla juste. Averti de la présence française dans la baie des Chaleurs par le chef indien de Richibouctou, le capitaine Byron engagea à son tour sa flotte, le *Fame*, l'*Achille* et le *Dorsetshire* assistés par deux frégates, dans la baie. Il s'ensuivit une bataille d'une dizaine de jours où les Français, au canon puis au corps à corps, défendirent avec infiniment de vaillance les rives de la baie des Chaleurs. Le *Bienfaisant* fut coulé, puis le *Marquis de Malauze*. Quant au *Machault*, canardé jusqu'à bout portant, il se saborda, non sans avoir porté des coups à ses adversaires.

Seul de la flotte française censée délivrer Québec, un ravitailleur, le *Petit Marquis de Malauze*, parvint à fausser compagnie aux assaillants, de nuit, se tirant ainsi d'affaire. Le *Locmaria*, qui s'était tenu jusque-là à l'abri de l'île marécageuse de Miscou, à l'entrée de la baie, vint à sa rencontre. Le bâtiment repartait vers la France.

— Monsieur Quintrec, vous voici exaucé, annonça Pierre à son matelot. Ces messieurs vont vous ramener en France et vous autres, d'Acadie, qui en avez sans doute assez de devoir vous rendre à l'ennemi, prendrez le même chemin. Ici, c'est fini et ce sera bientôt la même chose dans tout le Canada. Je vous souhaite de revenir un jour dans notre patrie pacifiée, d'y retrouver vos terres, votre ciel, vos morts et votre Dieu.

— Vous resteriez seul à bord, monsieur ? s'inquiéta Quintrec.

— C'est exactement ça, matelot.

L'homme avait du mal à croire une chose pareille. Il supposa que le vieil homme retournerait vite mouiller sa goélette dans les parages de Miscou, peut-être même à Anticosti, si le vent voulait bien le pousser vers le nord.

— Et c'est un ordre, trancha Pierre.

Il exigea que l'on bordât le foc et la grand-voile, mit la goélette face au vent pour l'immobiliser. Puis il serra la main de ses hommes, assista à leur départ, heureux de ne pas les avoir sacrifiés dans un combat qu'il savait sans espoir.

Le maigre équipage du *Locmaria* avait embarqué sans contrat écrit. Quelques pièces de monnaie, la vague promesse d'aller vers des rivages encore libres avaient suffi pour le décider. Rien ne liait ces hommes au vieux corsaire. Pourtant, la curieuse promenade de leur capitaine les avait intrigués comme les avait touchés son obstination à tenir debout malgré son grand délabrement physique.

Le *Petit Marquis de Malauze* ne tarda pas à s'éloigner, plein est, emportant à l'aventure quelques Acadiens de plus. Le matelot Quintrec s'avisa qu'il ne savait toujours pas l'âge de son capitaine. Cela resterait un mystère, vieux comme la geste acadienne.

Rivé à la barre du *Locmaria*, Pierre Lestang pénétra dans la baie des Chaleurs au matin du 10 juillet 1760. L'endroit, ainsi nommé par le Malouin Cartier, qui y avait planté une croix au nom de François Ier deux cent vingt-six ans plus tôt, portait encore bien son nom ce jour-là. Comme souvent en été, sur ces rivages atlantiques, le soleil, énorme cercle rouge frangé d'or, émergea dans des brumes lointaines. Une brise tiède s'était levée avec lui de l'orient, prenant doucement la goélette dans son élan, par l'arrière. Bien droit sur l'onde à peine irisée, le *Locmaria* longea la petite baie de Nepisguit, où il avait autrefois mouillé, à l'abri des tempêtes, sur la route de Terre-Neuve.

Pierre ne s'attarda pas à scruter les rochers de la côte. Derrière eux, au creux des épaisses forêts de la baie, il y avait des villages indiens dont il avait apprécié l'hospitalité, dans sa jeunesse. C'était le Bellilois son ami, qui le raillait d'avoir sans doute laissé là-haut quelques métis aux yeux bleus et à l'accent de Béarn !

Cap à l'ouest, il attendit le moment où apparaîtraient enfin les voiles anglaises.

La baie allait se rétrécissant. Le *Machault* s'y était décidément par trop enfoncé, quant au ravitailleur, il avait eu bien du talent pour se tirer de ce guêpier. Pierre ferma les yeux. Des images de son enfance béarnaise lui revenaient à l'esprit. La formidable nature américaine, la course avec ses dangers, ses gloires et ses misères, la nécessité de survivre dans une colonie si mal défendue par sa mère-patrie, les avaient recouvertes au fil des années.

— Acadien, Diou biban.

Voilà ce que le petit métayer d'Escout, près d'Oloron, était devenu. Il avait connu l'empire français qui allait de la baie d'Hudson au golfe du Mexique, régné en maître, avec quelques autres de sa trempe, sur les centaines de lieues où flottaient les fleurs de lys. Insolent comme l'étaient les conquérants de ces époques révolues, il allait maintenant à la rencontre des bateaux anglais avec dans la tête les odeurs, les contours, les couleurs des sentiers menant à la vallée d'Aspe.

Ce voyage le sidérait. Son vieux cœur se mit à battre plus fort. La bouche ouverte, plein d'un chagrin qu'il ne pouvait réprimer, il vit passer, dans un brouillard de larmes, les visages de ses parents, pauvres émigrants sacrifiés dont le rêve s'était fracassé aux frontières de la Nouvelle-Angleterre.

— Tudieu, Catherine.

Elle avait été la sœur aimée, fondatrice de la famille dont les morceaux s'étaient éparpillés entre Caroline, Pennsylvanie, Angleterre, Saint-Laurent et Dieu savait où encore. Voyait-elle ce désastre, depuis le fond de rivière où l'ennui, la désespérance, la vieillesse l'avaient jetée ?

Pierre contempla le soleil. Les yeux fauves de son aîné Julien s'y dessinaient. Julien, la page arrachée au livre de famille, l'homme des bois qu'un pacte avec les Anglais avait enrichi et déshonoré. Son âme tourmentée avait-elle rejoint celles des Indiens sur les cadavres desquels il avait initié son commerce de peaux ?

— Allez-vous-en ! hurla-t-il.

Ses jambes refusaient subitement de le porter. Pierre embrassa la roue du *Locmaria*, s'agrippa à elle, se laissa glisser lentement sur son tabouret, où il demeura un long moment prostré. A tribord, devant la pointe Migasha, un vaisseau mouillait à l'abri, à moins de cent brasses. Il le doubla, aperçut le remue-ménage que provoquait son passage, ce qui le fit sourire. Pour seul armement, la goélette disposait de deux couleuvrines encordées de part et d'autre du court mât d'artimon. Il en pointa une vers l'Anglais, alla chercher une torche de saindoux qu'il enflamma. Puis il alluma la mèche, se rassit.

— Pour le roi George, en guise de bonjour.

Le coup partit. Pierre ôta son tricorne, l'agita tandis que le boulet s'en allait mourir à une vingtaine de brasses de l'Anglais.

— Du vent, encore, au nom de Dieu.

Souvent, il avait espéré une semblable brise arrière, pour reposer hommes et voiles, porter doucement le bateau vers son mouillage, apaiser les corps et les esprits meurtris par les coups de tabac. La première bordée anglaise encadra le *Locmaria*, dessinant à tribord un pointillé de gerbes écumantes. Il rentra la tête dans les épaules, attendit la suite.

Un sifflement, une gifle sur la grand-voile, un trou devenu presque aussitôt longue déchirure. La goélette sembla s'arrêter, reprit doucement sa route, sous foc, face aux gros poissons du banc ennemi, bien visibles devant la crique d'Escuminac. Pierre écarquilla les yeux. Sur un fond de marécages et de bois lointains, le spectacle du *Fame* et de la frégate *Scarbourough*, les exécuteurs du *Machault*, immobiles, voiles brassées, fauves repus et brutalement réveillés en pleine digestion, valait la peine d'être vu.

Pierre rechargea la couleuvrine. Derrière lui, le *Dorsetshire* relevait son ancre à la hâte. Le *Fame* se présentait par bâbord. Pierre vit les trappes s'ouvrir, les gueules noires des canons se montrer. Il était encore un peu loin pour toucher. Pas les autres, qui ouvrirent sans tarder le feu.

— Sois fine, ma jolie, murmura Pierre à sa goélette.

Une première salve permit aux canonniers de régler leur tir. Ainsi profilé face à eux, le Français qui leur venait dessus n'était pas facile à moucher. Un boulet chuta sous son nez, cabrant le *Locmaria*. Un second brisa son grand mât, dont le morceau désemparé se mit à pendre au bout de cordages emmêlés. Pierre fit feu à son tour, à l'instant où une bordée s'abattait sur lui, pulvérisant la goélette et le projetant à l'eau, ensanglanté.

L'eau était douce et claire. Pierre Lestang en apercevait le sol de sable brun, ce tapis austère dont semblait paré le rivage tout entier de l'Acadie. Il ne souffrait pas, devinait, tout près, la masse impassible du *Fame*. Les images du Béarn revinrent, sur le fond vaseux de la baie, mais cette fois pressées de s'en aller, impossibles à retenir.

Il demeura ainsi entre deux eaux, sidéré. Une ombre s'était glissée auprès de lui, qui ressemblait à Catherine Lestang. Il ouvrit la bouche, voulut l'appeler, sentit la mer pénétrer en lui. C'était suave comme l'entrée dans le sommeil, le retour au ventre maternel, la fin de longs tourments. Il attendit, les yeux grands ouverts. Respira.

Il avait participé à sa façon à la dernière bataille pour la sauvegarde du Canada. Le reste, la levée du siège de Québec et le repli des Français vers Montréal, les cinq armées anglaises convergeant vers la Ville-d'en-Haut, incendiant au passage Sorel et forçant le gouverneur Vaudreuil à se rendre sans combattre le 8 septembre 1760, tenait de l'anecdote.

Anecdotes aussi, la colère de Lévis et de ses officiers, vainqueurs à Sainte-Foy, partisans de résister et de se battre jusque dans chaque maison de Montréal, l'amertume des miliciens mettant bas les armes, le profond chagrin d'une partie des Canadiens, le soulagement de la plupart.

Anecdotes, l'entrée de Murray dans la ville conquise et sa première proclamation garantissant aux civils leurs libertés essentielles, à condition de prêter sans délai le serment de fidélité au roi George. Anecdotiques, la stupéfaction dans les couloirs de Versailles et la décision de Louis XV de suspendre pour dix-huit mois le paiement des créances canadiennes, ruinant ainsi cent compagnies et les offrant à la rapacité goguenarde des marchands anglais.

Anecdotes, le haussement d'épaules de Choiseul affirmant : « La Corse présente un beaucoup plus grand intérêt que le Canada » et le verdict de Voltaire : « Je suis comme le public, j'aime beaucoup mieux la paix que le Canada. »

Anecdote, l'affirmation pour longtemps de la puissance maritime et terrestre d'Albion.

Anecdote, enfin, la mort d'un rêve pour la survie duquel le meilleur de la France s'était battu, deux siècles durant, espérant un miracle qui en vérité n'eut jamais lieu.

XXX

Montréal, juin 1761

— Eh bien voilà, dit Jean Bérard. Nous sommes dans l'obligation de nous défaire de notre entreprise. Le roi de France se refuse plus que jamais à honorer nos créances, ses représentants se sont volatilisés. Personne ici n'est disposé à acheter ce qui nous reste en dépôt. C'est une situation intenable.

Horace Mac Will gardait les mains serrées derrière son dos. Il n'était à Montréal que depuis six mois et, déjà, il avait racheté assez d'entreprises françaises pour s'imposer comme l'un des plus puissants marchands du Canada. Bérard l'observa tandis qu'il examinait ses documents.

— Ah ! Les cartes à jouer ! fit l'Anglais, goguenard.

Il était rond de taille et de visage, caressait en grimaçant son estomac par-dessus son gilet noir, comme pour y apaiser quelque excès d'acidité. Il portait l'habit austère des marchands de Boston, une veste et une lavallière sombres, une culotte de laine à peine plus claire, serrée aux mollets. Seuls ses souliers vernis, à petits talons et à rubans, mettaient un peu de fantaisie sur sa silhouette faussement bonhomme.

La monnaie de cartes l'amusait et le navrait en même temps. Par décision de Versailles, le paiement des créances de 1758 et 1759 par le Trésor royal était remis à plus tard. Cette grâce, le mot étranglait les Français et ravissait leurs ennemis, serait assez durable pour mettre à genoux les marchands privés d'autre part de navires, d'équipages, de la moindre perspective d'éclaircie par ces temps de bourrasque.

— Le gouverneur Murray a raison lorsqu'il nous dit qu'il faudra en vérité un bon quart de siècle à votre souverain pour rembourser les cent vingt millions de livres qu'il doit à ses colonies. Vous savez, monsieur, il n'y aura désormais plus de retour en arrière. Vous avez perdu le Canada. Mais entre gens raisonnables, il doit être possible de s'arranger.

Il était arrivé avec quelques autres dans les fourgons de l'armée anglaise. Tous n'avaient pas ses manières en apparence policées. Malgré les recommandations de Murray, d'aucuns avaient déjà fait irruption dans les offices et les bureaux, exigeant de voir les comptes, inspectant dossiers et livres, prenant possession d'affaires civiles comme d'autres de casernements, redoutes et entrepôts de munitions.

Bérard avait trouvé la reddition de la ville bien amère. Ce qui s'ensuivait lui broyait l'âme, mais ce n'était encore rien comparé au ressentiment qu'il éprouvait contre le roi de France. Les Anglais vainqueurs se comportaient comme ils le devaient, avec le tacite assentiment de religieux maintenus dans leurs prérogatives. Mais le Bourbon, dans sa galerie des Glaces ! Déjà pingre de ses navires, il fermait sa bourse au nez des Canadiens et se détournait, sans un regard ; le tout laissait dans les esprits la trace brûlante, insoutenable, définitive, de la trahison.

Il considéra l'Ecossais, un vague sourire au coin des lèvres. Dans son jeu, il ne restait plus que ces maudites cartes, coupées par le travers, portant les signatures de gens en prison à la Bastille. Rien. Il songea à Jérôme, qui avait refusé net de l'accompagner, peu intéressé de le voir manger son tricorne face à un prédateur sans états d'âme. L'Acadien aussi avait tout perdu, mais il tenait debout face à la tempête, appuyé sur sa canne, le chapeau sur la tête, attendant le jour où il pourrait retourner mourir sur sa terre.

Mac Will remit les documents en liasse, s'éventa avec. Il avait chaud, juin plombait la ville sous un soleil sans pitié.

— Vos terrains et entrepôts de la rue Saint-Gabriel et du quai principal, ce qui vous reste de marchandise, vos barques, yoles, petites voiles portuaires, vos hommes, s'ils se montrent capables de travailler à notre manière, cela vaut à mon avis...

Il hésita. Les débâcles montréalaises se chiffraient mentalement. Point n'était besoin d'aligner des chiffres sur des feuilles, d'autant que, dans un total désordre, des monnaies aussi différentes que la guinée anglaise, la piastre espagnole, le chelin ou le souverain s'échangeaient sur les décombres de la fortune française. Bérard guetta la sentence. Flot de chagrin et d'humiliation, l'envie subite lui vint de s'en aller cultiver quelques arpents d'avoine sur les bords du Saint-Laurent.

Il pensa aux réfugiés de la Petite Acadie. Ceux-là pouvaient supporter semblables avanies. Chassés de chez eux, ils s'accrochaient tels des noyés aux planches voguant sur des océans furieux. Les cinq années de leur migration les avaient délivrés de l'attachement aux biens de ce monde. Ils survivaient, priaient pour ceux des leurs perdus en route, gardaient, profondément ancré dans leurs âmes simples, l'espoir de remettre un jour le pied sur leur terre natale. Bérard était né à Tours. En mourant, son père lui avait légué sa fortune canadienne, laissant à un aîné une charge de notaire en France. Celui-là n'avait que fort peu la fibre américaine. Tant mieux pour lui.

— Six mille livres, annonça l'Ecossais.

— Anglaises ?

— Vous en connaissez d'autres auxquelles on puisse se fier ?

Bérard sentit une sueur froide couler entre ses omoplates. Six mille livres, c'était ce que lui laissait la vente d'une cargaison ordinaire. Les livraisons aux troupes françaises arrondissaient ces chiffres depuis quatre ans, une embellie bel et bien terminée ; la guerre avait eu du bon en fin de compte, à l'abri des fleurs de lys.

— Conservez ceci, ajouta Mac Will en lui tendant ses créances. Dix-huit mois, ce n'est finalement pas grand-chose. Les rois n'ont qu'une parole, n'est-ce pas. En attendant, je peux vous garder comme conseil sur un certain nombre d'affaires et vous y intéresser. Vous connaissez bien le commerce d'ici, le castor et le bois nous intéressent. Nous avons à apprendre de vous.

Son rire complice de fêtard proposant une polissonnerie à une fille de taverne choqua Bérard, qui pâlit. Au moment où il récupérait ses documents, l'Ecossais tira fermement la liasse de son côté, l'empêchant de terminer son geste.

— Monsieur Bérard, vous possédez sur la place d'Armes l'une des plus belles maisons de Montréal, dit-il d'une voix douce. Ce bâtiment-là me plaît beaucoup, je dirais même tout autant que le reste. Si je double la somme, le marché vous paraîtra-t-il plus, comment dirais-je, équitable ?

Bérard lui arracha la liasse des mains, ce qui le fit sourire. A l'image de ses pairs, Mac Will considérait les Canadiens comme une engeance somme toute inutile, juste bonne à biner la terre ingrate des campagnes, et papiste, pour couronner le tout.

— Je vais réfléchir, fit le Français.

— Vous avez une journée pour cela. Je vous rappelle que d'autres ont été purement et simplement privés de leur outil de travail, en quelques heures. Je vous offre de l'argent, moi, alors que nous sommes encore en guerre.

Il répéta, en anglais, *money*, un mot qui, entre ses lèvres amincies par un rictus, sonnait comme une insulte, un crachat lancé de loin sur le pavé d'une rue. Une journée, après quoi la ruine consolidée par six mois d'inactivité complète serait consommée en cas de refus.

Bérard remit son chapeau, salua, sortit de la petite maison montréalaise en bois de la rue Saint-Vincent servant d'office au marchand de Boston. Il était comme ses cartes, déchiré.

L'air lourd, chargé d'orage, ne lui fit aucun bien. Transpirant, il marcha jusqu'au port, son domaine des années passées, vit les voiles anglaises amarrées au bois des quais, les hommes vidant les cales, le quotidien banalisé d'une ville épargnée par les bombes, demeurant au fond la même sous des bannières différentes.

Portefaix et coursiers, ouvriers et artisans, domestiques débauchés à la recherche d'un contrat, esclaves vendus à de nouveaux maîtres et promenant des enfants blancs devant les étalages des maraîchers, le petit peuple de Montréal s'agitait sous ses yeux. Celui-là s'en tirait déjà, indifférent au sort des gros, des riches, des puissants.

— La ruine, pardieu, la ruine.

Il étouffait ; desserra son jabot, s'éventa de son tricorne. Des enfants dépenaillés, la morve au nez, le croisèrent, riant de le voir ainsi congestionné, empêtré dans ses chausses, sa veste de drap, ses dentelles aux poignets. Ceux-là aussi avaient pris leur parti de la nouvelle donne. La monnaie de cartes, ils s'en moquaient bien. Bérard les vit s'éloigner dans un brouillard qu'il tenta d'écarter de la main. Le souffle lui manquait. Il voulut s'asseoir ; ses jambes se dérobèrent. Il chuta lourdement sur le côté, inanimé.

— Vous allez bien, Jean ?

A la vue de son cousin défaillant devant la proue d'un navire battant pavillon du roi George, Jérôme, qui déambulait le long du quai de terre, pour tromper le temps, était accouru. A l'ombre du navire, un mouchoir à la main, il lui bassina les tempes à l'eau fraîche. Le marchand revint à lui, grimaçant, la tête pleine du désastre annoncé, un de plus dans la gabegie ambiante.

— C'est bien fini, cette fois, Hébert, nous sommes faits. Ils nous tiennent, moi et quelques autres. Le jeu change de mains, l'import et l'export sont à eux en totalité, désormais, et nous n'y pourrons plus rien.

Jérôme ne pouvait détacher son regard du navire londonien ancré à vingt pas de lui. Les dix mois écoulés depuis la reddition avaient fait doucement passer la colonie d'un statut à l'autre. Il n'y avait pas eu effusion de sang. Les Anglais avaient puni leurs déserteurs, remercié les ursulines pour les soins apportés à leurs malades, le spectre de la famine s'était éloigné avec l'arrivée des beaux jours et la reprise du commerce. Les soldats logés chez l'habitant, un par maison, se tenaient plutôt bien, les cultes étaient libres, le droit de négocier aussi. Jérôme éprouva de la compassion pour Bérard. Lui et ses pareils avaient pris de gros risques, confiant leur destinée à des partenaires inconséquents, en France. Le prix de cette imprudente naïveté était énorme.

— Je vous protégerai, lui souffla Bérard à l'oreille. J'obtiendrai que vous puissiez rester dans votre habitation. Je ne vous laisserai pas jeter à la rue.

Murray avait été formel. Les Français, sujets de Louis XV, pouvaient demeurer dans la province. Les Acadiens, sujets anglais, mauvaise graine rebelle, demeuraient partout des proscrits susceptibles d'être déportés à tout moment.

Bérard se remit lentement, parut presque rasséréné. Jérôme lui sourit. De toute façon, qui donc voudrait de la baraque où s'entassait sa tribu ? Des cordes, deux bœufs pour les haler ; l'entrepôt serait par terre en moins de trente secondes et ses habitants dispersés sur la mer.

— Et nous n'avons même pas de haine, n'est-ce pas, mon cousin ? s'étonna Bérard tandis que Jérôme l'aidait à se remettre sur pied.

— A quoi bon ? Nous serions tous déjà morts, bouffés de l'intérieur. S'il y a quelque chose à haïr dans cette histoire, c'est la lâcheté, la légèreté assassine, le cynisme des hommes de Versailles, qui nous échangeront sans doute contre du sucre, des épices, des esclaves, ou contre rien du tout. Vous allez donc vous défaire de votre commerce ?

Bérard s'époussetait. Jérôme ramassa la liasse éparpillée au sol, remit en ordre les cartes à jouer, tendit à son cousin sa gourde d'eau fraîche, que le marchand téta goulûment.

— Hé ! Le moyen de faire autrement ? s'exclama Bérard. Les navires sont à eux, comme les licences, la monnaie, le pouvoir de décider qui fait quoi, à quel prix. Savez-vous ce qui pourrait nous sauver, aujourd'hui, Jérôme ?

— Ma foi, sauf l'arrivée de trente mille hommes sur une cinquantaine de vaisseaux de ligne...

Ils s'étaient mis en marche, le boiteux et le flageolant, le long d'une succession de petites voiles ancrées à une vingtaine de brasses de la rive. Bérard eut un geste d'agacement.

— Pas du tout, mon cousin. La paix, tout de suite, la liberté de navigation et l'ouverture des ports français, voilà la seule issue. Mettre le siège devant le bureau de Choiseul et obtenir nos remboursements. Ah oui, que cette guerre finisse, demain, et je vous assure que les affaires repartiront.

Ils se rendirent au bas de la rue Bonsecours où, à quelques pas de l'église, s'élevaient les deux entrepôts de Jean Bérard, hautes baraques en bois aux portes entrouvertes. Bérard avait débauché ses trois derniers ouvriers. Ne restait, désœuvré, appuyé contre une barrique de saumure, que Thomas.

L'aîné des Hébert fumait une longue pipe, à l'ombre. Bérard lui annonça, sur le ton de la plaisanterie, qu'il devrait bientôt réclamer son salaire à la famille Mac Will. Observant son fils, Jérôme le vit, un instant décontenancé, se reprendre assez vite.

— Nous avons choisi de vivre dans cette ville, dit le jeune homme. D'autres se cachent à la campagne, ou dans les bois, de toute façon, plus personne de chez nous n'est libre aujourd'hui. A chaque instant, nous pouvons être embarqués sur l'un de ces navires et conduits Dieu sait où. Alors, s'il faut protéger les nôtres, autant s'attirer les bonnes grâces des vainqueurs. Moi, je ne ramènerai pas les petits au fond des forêts du Sud, c'est la mort, là-bas, vous le savez aussi, Père, pour l'avoir vu.

Jérôme baissa les yeux. Peut-être la victoire inspirerait-elle à Murray un peu de mansuétude mais il ne fallait pas trop compter là-dessus. Même dispersé, réduit à mendier sa survie, le gibier d'Acadie n'était pas encore gracié par son chasseur.

Jérôme sentit son cœur se serrer. Un jour ou l'autre, les civils les plus humbles devraient à leur tour prêter serment de fidélité au roi George. Thomas s'exécuterait, sans doute, pensant aux femmes, aux enfants qui allaient naître, plein d'un unique espoir : retourner un jour en Acadie et s'y enraciner à nouveau.

— Mais il y a d'autres solutions, cousin Jean, dit Thomas. Des Canadiens tiennent encore boutique dans Montréal. Ils auront besoin de bras quand cette guerre finira car bien sûr, elle finira. Voyez, même mon glorieux[1] de cadet a gardé son ouvrage chez le tonnelier Bricault. Pourtant, si quelqu'un montre de la peine à supporter ce qui nous arrive, c'est bien lui.

Jérôme admira son fils. Les événements n'avaient pas de prise sur lui. L'enfant mort-né ? On l'avait baptisé sans prêtre, secrètement, au chevet de sa mère, malgré les froides recommandations de l'évêché, puis enterré au bord du fleuve. Thomas avait emmené sa femme en longues promenades dans les bois, l'avait forcée à se nourrir quand chagrin et langueurs la tenaient, inerte, des jours durant.

Maintenant, il espérait que le ventre de Claire s'arrondirait bientôt à nouveau. Des enfants, on en ferait tant que Dieu le permettrait. Le Créateur en appellerait certains auprès de lui, laisserait les autres croître, c'était dans l'ordre des choses.

1. Faraud.

Ils se turent. Jérôme comprenait l'accablement de Bérard. Le marchand avait vécu dans le giron des juges, des conseillers, des gouverneurs, des gentilshommes-officiers constituant l'élite de Montréal. Fournisseur des uns et des autres, invité aux tables où se faisait la politique de la colonie, bon chrétien généreux envers l'Eglise, confiant dans les uns comme dans les autres, il glissait à présent dans la flaque laissée par la débâcle. Beaucoup s'en sortaient, dans le sillage d'une Eglise épargnée voire choyée par les nouveaux maîtres. D'autres, dont il faisait partie, devraient accepter de patauger quelque temps au fond de l'ornière, ou s'en aller.

— Il va me falloir annoncer ça chez moi, s'inquiéta Bérard. Certes, ma femme s'en doutait depuis quelque temps.

Il réfléchit un court instant.

— Elle est acadienne, n'est-ce pas, vous, qui avez tant enduré et continuez à espérer, savez ce que cela veut dire, conclut-il avec un pauvre sourire.

Jean Bérard finit par avouer à Jérôme qu'il avait décidé d'accepter les conditions de Mac Will. Ce n'était pas de gaieté de cœur.

— L'œuvre de mon père, dans ces mains-là. Mais vous comprenez, Hébert, les Anglais nous laissent jusqu'au début de l'année prochaine pour rentrer en France si nous le désirons. Ils ont installé des postes de contrôle sur les côtes de Gaspésie, d'où ils ne se gênent pas pour canonner pêcheurs et marchands français qui tentent le passage. Pour nous, la situation devient intenable, nous allons sécher sur pied ici et achever de nous ruiner.

Un peloton en vestes rouges défilait sur la place de l'église Notre-Dame. Il grimaça. Ouvrir une échoppe de peaux ou de tissu ne l'intéressait pas. Sa femme, que la société bourgeoise de Montréal n'avait acceptée qu'en superficie, était lasse de ce pays aux hivers trop rudes. Acadienne, pourtant. Alors, la France. Après tout, il y était né. Les Anglais se gaussaient ouvertement des pénuries et des famines accablant le royaume épuisé par la guerre, mais au moins y retrouverait-on de quoi s'installer en sécurité.

— Tours est tout de même une bonne grosse ville servie par une terre riche et fertile. Mon frère y tient boutique tout en gérant des fermes. Votre cousine Catherine se sentira bien, là-bas.

Jérôme attendit qu'il lui proposât de le suivre avec toute sa tribu ; Bérard se retint in extremis. Exclus de cette tractation-là, saisis dès qu'ils pointaient le nez hors de leurs niches, les Acadiens qui le désiraient devraient attendre encore pour s'en retourner au pays de leurs ancêtres. Bérard cita des noms de citadins invités comme lui à laisser la place. De quoi remplir le *Prince George*, qui partirait dans quelques jours. Montréal se débarrassait sans violence de ses industriels français.

— Pardieu, cela fait du monde, releva Jérôme, platement.

Son souci était ailleurs. La Petite Acadie ne produisait rien sauf quelques œufs et de la volaille pour les fêtes. Le reste, jattes de lait, miches, farine, était offert avec parcimonie aux filles Terriot par l'Hôpital général. Le peu d'argent que Bérard versait à Jérôme, en sus des maigres salaires de Thomas et de Jacques, suffisait à peine pour les achats vitaux de la famille. C'était déjà un peu plus qu'une obole, tant d'autres, recueillis ici et là à travers la province, vivaient de la charité publique.

Maintenant, où Jérôme irait-il se louer, avec sa patte tordue, ses rhumatismes, et ces fatigues subites, profondes, qui embrumaient son esprit et foudroyaient son corps ?

Bérard ricana.

— Bigot est à la Bastille, les autres, devant les tribunaux du royaume. Pardieu, ceux-là auront trait la vache jusqu'au bout. Il me plairait assez d'être en face de l'une ou l'autre de ces canailles.

La France. Il y était déjà. Jérôme y avait parfois songé, comme on rêvait d'une femme inaccessible, d'un trésor réservé à d'autres. Mais, aussi loin qu'il pouvait imaginer sa destinée, l'Acadie restait sa seule et unique patrie, l'endroit du monde où il devrait reposer, comme son père. Ce moment approchait. Il le sentait par instants, c'était un grand vide au plus profond de lui, un vertige au-dessus d'un gouffre sans fond.

Bérard se voulait optimiste malgré tout.

— Les religieux de Montréal sont habiles politiques et frayent avec les Anglais mais, hommes de Dieu, ils ne renient pas pour autant leurs engagements. D'autres que vous sont ici sous leur protection. Jésuites et sulpiciens n'abandonneront pas leurs ouailles à l'arbitraire de Murray.

Jérôme le considéra d'un œil éteint. De tous les vaincus du Canada, ses pays subissaient en première ligne l'opiniâtre et rude vindicte des rois d'Angleterre, et cela durait depuis un siècle. Pour quelle obscure raison ? Un jour, il faudrait mettre au jour les racines de cet ostracisme haineux envers les gens des aboiteaux. Bérard pointa l'index vers son hôte.

— Il ne vous arrivera rien tant que vous demeurerez discrets. Murray nous tient tous dans sa main, mais soixante-dix mille Canadiens sous la garde de quelques centaines de ses soldats, le rapport n'est pas forcément en sa faveur. Il ne fait pas le fier, d'ailleurs, notez-le.

Jérôme se leva de l'unique chaise meublant encore la pièce. Les créances, monnaies de cartes, liasses de reconnaissances de dettes, avaient disparu de l'office. Empilés sur une table, les registres de comptes, dernière survivance d'une ancienne aisance, attestaient de la besogne marchande réduite à néant.

— Ce sont des temps de contrainte, murmura Bérard, avec un sourire triste.

Jérôme le remercia, serra ses mains avec chaleur. Sa sollicitude lui avait évité le terrible devoir de disperser sa famille entre fermes et hospices, de placer les filles comme servantes chez des bourgeois, de voir les plus petits tendre la main au marché.

— Les morts sont les seuls vrais perdants des guerres, dit-il. Nous vivons. Il faudra rebâtir, mon cousin. Vous avez raison de retourner en France, nous autres sommes d'ici. Les climats du Poitou ou de la Normandie ne nous conviendraient pas. Je vais dire à nos femmes de s'en aller saluer leur cousine. Vous ne m'en voudrez pas de ne pas assister à votre départ.

Ils s'embrassèrent. On ne se reverrait sans doute jamais. Jérôme était rompu à ce cruel exercice de l'âme. Bérard assumait les conséquences d'une défaite militaire et en paraissait soudain vieilli, usé prématurément, sidéré par l'énormité de l'événement.

Ils se souhaitèrent bonne chance, promirent de prier les uns pour les autres. Il n'y avait plus rien à se dire, sauf adieu.

XXXI

Automne 1761

Thomas Hébert avait porté suffisamment de sacs de grains depuis le début de l'après-midi. Ses épaules lui faisaient mal. Il s'étira, exécuta quelques mouvements du cou, fit le compte des empilements de semences déchargées de la *Louisiane*, une goélette française en provenance de Québec. Depuis la faillite de Jean Bérard, l'Acadien travaillait pour le compte d'un négociant de la rue Saint-Laurent, Joubert. L'homme disposait de créances assez modestes auprès du roi de France, ce qui lui avait épargné de sentir les griffes de la finance anglaise se refermer sur lui.

— Quatre-vingt-quatre. Ma foi, les laboureurs de Lachine auront de quoi féconder leurs champs.

Les semences dégageaient une senteur de fanaison, puissante, mêlée à celle, plus âcre, de la poussière. Thomas caressa les sacs de toile épaisse, ferma les yeux. Comme souvent lorsqu'il coltinait ce genre de fardeau, des souvenirs lui revinrent, par bouffées. C'étaient les hommes d'Acadie arc-boutés sur leurs fourches, levant la paille vers les charrettes où des enfants rieurs se laissaient ensevelir par elle. On avait battu le blé, empli les granges. Tout autour des parcelles de la Pisiquid, la forêt léchée par le flot bleu de la rivière s'embrasait dans les derniers rayons d'un soleil encore tiède. Il n'y avait rien de plus beau à voir que cet incendie laissé par la sève descendante. Et même le spectacle du grand fleuve dans sa majesté, coulant entre ses haies de sycomores et de sapins, ne surpassait pas cette incandescence-là.

Il s'ébroua. Il éprouvait dans ces moments-là une intense sensation de vide, comme si le maître des lieux emportait dans son flot une partie de lui-même. Il aperçut Jacques qui descendait la rue Saint-Laurent, sa besogne terminée, l'appela. Baptiste cheminait à côté de son frère. Sur la recommandation de Bérard, le benjamin des Hébert avait été placé en apprentissage chez un cordonnier, où il apprenait, d'assez mauvais gré, l'art d'enclouer des semelles et de coudre ensemble cuirs et fourrures.

Il faisait beau, presque chaud, de quoi avoir envie de s'asseoir au bord du quai pour bavarder, allumer une pipe, observer le lent accostage d'un sloop.

— Alors, bâdou[1], lança-t-il au petit, est-ce que les dames de Montréal abîment toujours leurs petits pieds dans des souliers trop étroits ?

Baptiste haussa les épaules. Il changeait, grandissait, prenait en réduction la carrure ramassée de l'aîné. Le bougre avait passé ses treize ans, rêvait d'embarquer un jour, comme sa mère et son grand-père le Bellilois, pour la course au large.

— Eh bien, tu essaieras de retrouver ton oncle Pierre au fond de la baie de Restigouche, lui dit Thomas. Pauvre corsaire, les goddams ne lui ont pas marchandé leurs boulets, à ce qui se dit.

Jacques s'assit contre les sacs, bourra sa pipe. Il avait l'air presque détendu, souriait à demi tout en massant ses bras rougis par les flammes de la tonnellerie. Un cercleur de muids, un portefaix et un futur savetier, la progéniture d'Isabelle et Jérôme Hébert avait devant elle l'avenir radieux des petits métiers. Il s'amusa de cela.

— On n'aura pas fait la guerre pour rien, lâcha-t-il, acide.

Thomas ne releva pas. Il s'accoutumait tant bien que mal aux aigreurs de son frère, à ses sautes d'humeur entre ressassage et joies excessives, à ses silences qui pouvaient durer une semaine entière. Seule Joséphine parvenait alors à lui tirer

1. Nourrisson.

quelques mots. Elle lui racontait les progrès de son fils, ses fous rires, ses bêtises d'explorateur, la pipe de Jérôme jetée dans l'âtre, la pâte à tarte portée en perruque, le pot de nuit de Claire renversé sous un lit au petit matin.

— Regardez, dit Baptiste, celui-là ramène peut-être des Acadiens.

Voilure amenée, un schooner mouillait face au long quai de terre avec, à sa proue, une déesse marine enluminée, pointant le doigt vers un cap.

— Au diable, marmonna Jacques.

Les coudes appuyés sur une pile de sacs, Thomas observait la manœuvre. Des gens groupés à l'arrière se préparaient à débarquer, découvrant au passage le panorama de la ville, ses clochers régulièrement espacés, la modeste activité de son havre où une petite foule s'était rassemblée pour l'accueil. Il y avait à bord des civils, des soldats aussi, sac à l'épaule, des fusiliers en vestes et culottes blanches, des Ecossais, enfin, dont les pipes et cornemuses résonnèrent soudain, joyeuses, saluant la fin du voyage.

Jacques pâlit, cracha par terre, plusieurs fois, se leva. Il n'était guère prolixe sur ses exploits d'éclaireur, sauf lorsqu'il évoquait cette musique aigre, entêtante, montant des profondeurs de la forêt, longeant la Monongahela, approchant du fort Duquesne sans qu'il fût possible d'en voir les exécutants. Allait-on danser ? Ou se battre et mourir ?

— Le *Dorset*, constata Thomas. Il y a des jolies femmes à bord.

Des barques se détachèrent de la rive, abordèrent le navire auquel son modeste tonnage avait permis la remontée jusqu'à Montréal. Des marins sautèrent dans l'esquif, installèrent une échelle, bientôt suivis par les passagers. De la rive au *Dorset*, on se reconnaissait, on s'interpellait, dans la langue abhorrée par les trois Acadiens ; c'était à qui, des femmes, piaillerait le plus fort, pousserait le cri le plus aigu.

— On a l'air de mendiants attendant l'aumône, ou de vilains bouseux espérant voir le prince de Galles, maugréa Jacques. Ça vous intéresse vraiment de rester là à contempler ces gens qui nous détestent ? Moi, je m'en vais.

— Attends.

Thomas s'était avancé vers le vague plancher formant quai. Il souleva son tricorne, alla vers un couple encombré de bagages qui cherchait son équilibre sur l'étroite traverse de bois. Pardieu, il y avait là quelque chose d'étrange, une silhouette de femme, élancée, aux cheveux blonds maintenus en chignon sous un gracieux chapeau de paille, et un civil, prévenant, la main tendue vers sa compagne.

Thomas sourit. Ce visage un rien boudeur, ces jambes que l'on devinait longues sous la robe, il les connaissait, depuis toujours.

— Anne-Marie ? Cousine Anne-Marie ?

Elle le regarda, surprise, puis son visage s'illumina. Thomas Hébert, son cousin, là, devant elle, à l'endroit même où elle espérait enfin trouver quelqu'un de sa famille.

— Je vous ai cherchés, tous, Seigneur Dieu, cela fait des mois ! A Québec, sur la côte de Gaspésie, et tu es là ! Jésomme ! Tu déterres[1] ta mère comme jamais !

Elle se jeta dans ses bras sous le regard réjoui de William. Lui non plus n'avait guère changé, clair de regard comme de poil, l'œil interrogateur, curieux des autres, comme aux Mines, lorsqu'il venait faire sa cour à la belle Acadienne. Il avait l'air sincèrement heureux.

— Qui est avec toi ? Dis-moi vite, implora-t-elle. Sais-tu où sont mes jeunes frères, Gilles et Pierre ? Tu te souviens d'eux, n'est-ce pas ? Et Sylvain, pardieu, qui a dû être déporté de Beaubassin.

Il hésita, fit la brève comptabilité des ombres de la Petite Acadie.

— Bien sûr, je suis benête d'avoir pensé que les miens seraient ici, dit-elle d'une voix triste. Mais on espère tous le miracle, malgré les évidences.

Elle savait ses sœurs ainsi que sa tante Marguerite en Angleterre, d'où l'on refusait de les laisser sortir. Elles vivaient, dans des conditions plus que difficiles. Elle leur avait fait parvenir un peu d'argent, bien que cela ne servît pas à grand-chose. On leur interdisait de se déplacer, de travailler, de vivre normalement. Il y avait eu des épidémies. Pestiférés, réduits pour

1. Déterrer : ressembler à.

nombre d'entre eux à la mendicité, voilà ce qu'étaient les Acadiens d'Angleterre.

Thomas se tourna, vit Baptiste perché sur les sacs de semence. Jacques avait disparu.

— Cette guerre va finir avec l'année qui vient, peut-être bien, dit William en serrant la main de Thomas. On discute, en Europe. Vos familles seront réunies, tu peux me croire. Et puis, il faudra un jour faire le compte de tout cela. Les Anglais ont du sang sur les mains.

C'était étrange, cette première remarque de l'ancien commis à la déportation. Les comptes ? Thomas n'y croyait pas trop, mais il faudrait tout de même dire ça à Jacques.

Il s'amusa de l'impatience de sa cousine. Lorsqu'il lui eut dit que Claire Terriot, son amie d'enfance, sa jumelle de la Pisiquid, était à Montréal, il la vit qui joignait les mains et pleurait. Le temps venait des retrouvailles, rien ne l'arrêterait plus.

Ils se partagèrent les bagages, prirent avec Baptiste le chemin de la rue Notre-Dame, où William Jeffries aurait à voir des gens dans le courant du mois. Des marchands, comme lui. Thomas sentit tout à coup une chape de tristesse tomber sur ses épaules. Il y avait de la cruauté dans ce hasard, comme dans tous les autres, même les plus heureux, et des absents, encore et toujours, dont les ombres tournoyaient sous le soleil.

Anne-Marie ne put retenir à nouveau ses larmes.

— Mes parents ont trépassé sur un navire qui s'appelait le *Neptune*. Seigneur, ils ont tant souffert. Ma sœur Catherine est ici, j'ai hâte de la revoir.

Thomas se décida. Jacques lui avait affirmé avoir perdu de vue les deux jeunes à Philadelphie. Sans doute étaient-ils encore là-bas.

— Sylvain est mort, dans les bras de ma mère, en Caroline, dit-il d'une voix douce, et puis sa femme Françoise, à la rivière Miramichi où je l'ai vue encore vivante. Nous avons leurs enfants avec nous, ici, quatre escouvillons[1] qui vont bien. Quant à Catherine, elle est partie pour la France avec Jean Bérard, il y a trois semaines de ça. Les Anglais ont permis à ceux qu'ils avaient ruiné de s'embarquer.

1. Espiègles.

Elle chancela. William saisit son bras, la soutint. Elle avait prié pour voir le reste de sa tribu réuni dans un havre sûr et découvrait une hécatombe. William l'avait emmenée avec lui afin qu'elle puisse enfin se débarrasser de ses angoisses, trouver les réponses aux questions qui la hantaient depuis qu'ils vivaient loin de Salem Street. Le temps passant, elle se sentait tellement coupable. Leur voyage d'espoir serait celui du deuil.

— Il s'est passé trop de choses navrantes, dit Thomas. Depuis les jours maudits de la déportation, nous n'avons cessé de nous chercher. Nous les Hébert avons eu de la chance, le Seigneur nous a guidés les uns vers les autres, mais voilà, la destinée des Acadiens sera de continuer cette quête, leur vie durant. Tu sais cela, bien sûr.

Ils étaient parvenus devant l'entrée de l'ancien couvent des jésuites, transformé en tribunal et en prison par les Anglais. Comme un symbole de l'ordre nouveau, l'église en avait été cédée aux protestants. Anne-Marie s'éloigna, seule, le dos rond comme une vieille, les doigts serrant ses tempes.

— Christ Church, fit Thomas avec fatalisme. Il ne restait là que quatre ou cinq vieux prêtres catholiques, pas assez pour résister.

William séjournerait en face, dans une petite maison de la rue Bonsecours louée aux négociants bostoniens de passage à Montréal. Il s'approcha de Thomas, le prit par l'épaule.

— Ta cousine n'est pas une femme ordinaire, murmura-t-il à son oreille. Nous avons deux fils, nés dans une famille d'anciens huguenots de La Rochelle. Tu comprends ce que cela signifie. Eh bien, figure-toi qu'en plus des progrès qu'elle me fait faire dans ta langue, je crois bien qu'une fois la guerre terminée et la liberté religieuse rétablie pour les Acadiens, nous serons tous les quatre papistes. Garde ça pour toi. Mes fils ne se soucient guère de cela, mais si ma famille le savait, je serais sans doute banni de Boston, où l'on applique généralement la conversion inverse.

Il sourit, serra l'épaule de Thomas.

— L'amour permet ces sortes de choses, ajouta-t-il. Faut-il qu'il soit plein de malice, hé, cousin ?

William et sa femme s'étaient rendus à la Petite Acadie à bord d'un attelage léger autour duquel les petits se couraient après en riant. Ces landaus pour riches n'étaient pas monnaie courante de ce côté-là de la Pointe-à-Caillères.

La joie des retrouvailles fit oublier aux réfugiés l'étrangeté de l'instant. Pour la première fois depuis près de deux ans, un Anglais pénétrait dans la pénombre de l'entrepôt.

Lorsqu'il s'était agi de savoir qui vivait là et ce qu'il adviendrait de ces proscrits, les recenseurs de Murray eux-mêmes étaient demeurés à l'extérieur de la bâtisse, leurs carnets à la main. Claire se souvenait de leur indécision. Déporter ou non. Vainqueurs repus, peut-être las de se salir les doigts à signer ces feuilles infâmes, ils avaient laissé les choses et les gens en l'état. « Nous sommes sujets de Sa Majesté le roi d'Angleterre, depuis un demi-siècle », leur avait rappelé Jérôme.

— Et nous sommes toujours là, transparents comme la pluie, s'exclama Claire.

Anne-Marie caressa la joue de son amie. Intriguées, hésitant entre la curiosité pour cette apparition et le ressentiment vaguement hostile qu'elles avaient parfois du mal à dissimuler, les femmes de l'entrepôt s'étaient assises, formant autour d'elle un cercle de couseuses, attentif à sa présence malgré tout.

Claire avait fait, aux premiers jours d'octobre, une fausse couche qui la laissait moralement abattue, perplexe et surtout inquiète pour l'avenir. Joséphine se tenait assise à distance comme souvent désormais, séparée d'elle par les pies Terriot. Un peu en retrait, appuyé contre un montant de la fenêtre, William observait la scène, muet, les bras croisés haut sur sa poitrine, comme s'il avait froid.

— Voulez-vous un verre de vin, monsieur ? lui demanda Jérôme. Il est de France et comme nous, vieilli par la guerre.

Il se souvenait du petit soldat un peu perdu, si gauche, tentant de se faire accepter par les Acadiens de la Pisiquid. L'uniforme était haïssable, le garçon, transi d'amour, fier de savoir parler le français, semblait alors aussi inoffensif qu'un milicien de quinze ans armé pour la première fois. Ce qui ne l'avait pas empêché d'obéir comme les autres et jusqu'au bout, aux ordres de ses supérieurs.

— Je veux bien, oui.

— Venez, lui proposa Jérôme. Laissons les femmes se retrouver un peu. Il fait meilleur dehors, de toute façon.

William avait pris de l'assurance. Il revenait en négociant dans une ville conquise par les siens. Jérôme le scruta. Nul triomphe dans ses attitudes mais plutôt une sorte de compassion retenue, un tourment, aussi, par instants, à la découverte du lieu où vivaient les anciens colons des Mines.

Jérôme fut content de voir que cette guerre laissait des traces chez ceux-là mêmes qui l'avaient gagnée. Tous n'avaient pas l'arrogance des Monckton et des Murray, l'apitoiement fielleux, quelque peu méprisant, des nouveaux administrateurs, la raide volonté de pouvoir des marchands festoyant sur le cadavre français. Ceux-là étaient les pires, les vrais maîtres, pressés de faire sanctifier leur puissance par leurs pasteurs, tolérant les autres à condition qu'ils se dépouillent ou, à défaut de s'en aller, s'abaissent suffisamment pour leur servir de tabourets. William Jeffries semblait ne pas être de leur sale engeance.

— Etes-vous menacés d'une quelconque manière ? s'inquiéta le jeune homme.

Ils étaient sortis de la pièce ombreuse, s'abritaient du soleil sous le modeste auvent assemblé par Thomas. Jérôme eut un geste évasif. Les Acadiens n'existaient plus assez pour que l'on se posât ce genre de question. Menaçait-on des animaux piégés, des fuyards désarmés, des êtres considérés comme des meubles, entreposés au bord d'un fleuve ? Le malheur qui s'était abattu sur eux laissait les colons d'Acadie dans un état de déchéance tel que les assaillir encore ne signifierait plus grand-chose.

— Précaire, monsieur, tel est le mot juste. Les religieux de Montréal nous protègent, les gouvernants nous ignorent, ainsi va notre quotidien.

Il pointa l'index vers le visiteur.

— Je prie Dieu pour que tous, à Boston, New York, Atlanta et dans les autres lieux de notre calvaire, réalisent un jour ce qu'ils nous ont fait subir. Vous êtes de ceux qui le savent et je vois bien que cela vous cause du souci. C'est à votre honneur, mais hélas je doute que cela suffise à réparer.

William considéra son hôte avec gravité. A la différence de ses frères, il n'avait jamais considéré la conquête du Canada comme une nécessité pour l'Angleterre. Son service aux armées du Nord le confortait dans cette opinion. Il y avait de la place pour deux nations dans la vaste Amérique.

— La loi anglaise pèse lourd sur nous aussi, dit-il. Ces guerres, ces conquêtes, coûtent cher au roi George, qui nous demande d'en payer une bonne part. J'en connais qui commencent à trouver ses taxes trop lourdes.

— Et vous en êtes. Que venez-vous acheter ou vendre, ici ?

— Acheter. Des peaux. J'ai fondé une petite compagnie au Massachusetts. Votre nièce me seconde avec une énergie très... acadienne ! Bien des femmes de Boston pourraient s'en inspirer au lieu de pérorer devant des tasses de thé.

Jérôme haussa les épaules. Le caquetage de la volaille bostonienne l'intéressait autant que celui des pintades dans les jardins de l'Hôpital général. Il se perdit dans la contemplation du Saint-Laurent. A cet endroit, le fleuve s'élargissait vers Montréal, prenait les proportions d'un lac ; son flot s'apaisait, sa rive s'envasait et se couvrait d'ajoncs. C'était un décor grandiose et désolé, un bout du monde que les bâtisseurs du nouvel empire, déjà occupés à abattre le mur d'enceinte de la ville, finiraient bien par noyer un jour sous elle.

Décontenancé, William ne savait plus trop quoi dire. Jérôme aperçut, au loin, la silhouette de Jacques. Son fils baguenaudait souvent ainsi, solitaire, le long du rivage. Les chamailleries des filles, les cris des enfants l'agaçaient, tout autant que l'humeur égale de Thomas ou encore la prévenance inquiète d'Isabelle. L'attelage des visiteurs ne devait pas davantage l'inciter à rejoindre le clan.

Joséphine sortit à son tour de l'entrepôt. Jérôme la vit qui remontait le bas de sa robe et se pressait pour rejoindre son époux. Ce couple encore enfant ne manquait pas de bizarrerie. Jérôme se tourna vers William, qui sirotait son vin tout en essayant de se donner une contenance.

— Mon vieil oncle Pierre Lestang prétendait que les colonies anglaises finiraient un jour par se révolter contre la tutelle de Londres. Je suppose même qu'en se jetant contre votre *Fame*, à Restigouche, il en était encore persuadé. Eh bien, les taxes du roi George suffiront-elles pour cela ?

— Cela vous ferait plaisir ?

— Infiniment. Pour la mémoire de mon pauvre oncle.

— Bien sûr.

William demeura un long moment sans parler, observant les reflets de son verre dans les rayons du soleil couchant. Puis il planta son regard dans celui de son hôte, sourit.

— Aussi vrai que ce vin a joliment vieilli, je pense qu'un jour ou l'autre, le roi George, ou quelque autre de sa descendance, devra se résoudre à nous laisser la bride sur le cou. J'espère que cette discussion se fera alors entre gentilshommes. J'espère aussi, monsieur, que nous serons là pour le voir vous et moi.

Il y avait au sud de la Petite Acadie, le long du fleuve, une lande de terre bosselée où rien d'autre que des herbes jaunâtres ne semblait pouvoir pousser, un décor plein de mélancolie que les pluies de novembre transformeraient bientôt en un cloaque où plus personne ne se risquerait. Joséphine y rejoignit Jacques et se mit à marcher près de lui sans mot dire.

Il allait au pas promenade. Les mains croisées derrière le dos, dans une attitude qui le faisait ressembler à son père, les yeux mi-clos, le visage tendu vers le soleil mourant, il humait la senteur un peu veule montant du Saint-Laurent.

Lasse de l'accompagner sans qu'il se fût même rendu compte de sa présence, Joséphine le dépassa, se campa devant lui, l'interpella :

— Vas-tu faire le tour de l'île de Montréal ? On dit qu'il faut une semaine pour ça.

Il ne répondit pas, fit un pas de côté.

— Tu ne veux pas voir Anne-Marie ?

— Je ne fais pas la conversation aux Anglais, comme si rien ne s'était passé.

— Elle est acadienne, c'est ta cousine, dit-elle. Elle parle de toi avec tendresse.

— Elle est anglaise, de Boston. D'autres aussi ont marié des soldats pendant qu'on nous forçait comme du gibier, je m'en souviens. Chez nous, celles-là étaient moins considérées que des garlaises[1]. Quant à lui, pardieu, si nous avions pu le jeter avec les autres dans une fosse à Grand-Pré !

Baptiste avait offert à sa belle-sœur deux petits souliers de fine peau, teints en rouge, enrubannés, qu'une femme d'offi-

1. Filles faciles.

cier embarquant pour la France avait oubliés à l'atelier. Même Isabelle ne possédait rien de semblable. Joséphine les portait par temps sec et les regardait souvent, tout en marchant. Ce jour-là, cette petite coquetterie n'amusa pas Jacques.

— Elle s'est pourtant mise en quête de sa famille, argumenta Joséphine. Ils sont presque tous morts ou disparus. Sais-tu qu'elle a laissé ses enfants loin d'ici, pour savoir cela. Et moi, tu me vois ? demanda-t-elle soudain.

— Bien sûr que je te vois. Tu es là, pour faire le tour de l'île à pied. Non ?

— Ce n'est pas ce que je voulais dire.

Il rentra la tête dans les épaules, mit ses mains dans ses poches, faucha des touffes d'herbe d'un pied rageur. Il arrivait souvent à Joséphine de se dresser sur son lit en pleine nuit, hurlant de terreur, cherchant quelque chose à quoi s'accrocher. Ces brusques réveils le décontenançaient, comme le déroutaient ce genre de questions sur son peu de souci pour elle.

Ils dormaient ensemble, cela devait suffire, le reste était affaire d'hommes, entre la tonnellerie, les tavernes, le désir de solitude et l'ennui sécrété par la Petite Acadie. Thomas s'était construit une cabane contre le mur de la maison, un réduit où il pouvait vivre un peu intimement. Les autres se partageaient encore la pièce commune, avec ses cloisons de drap, sa promiscuité, ses chicaneries de plus en plus fréquentes entre les filles de Jean Terriot, qui, lui, s'en moquait. Il devenait sourd et perdait la mémoire, radotant ses dictons sans objet.

Il la toisa, railleur.

— C'est tout de même bien toi qui ne rêvais que de voyage, de villes, lorsque nous étions au fort Duquesne !

Il lui rappela qu'elle rechignait à loger à Montréal. Les ouvriers disposaient de minuscules logements à l'arrière de l'échoppe, certains y vivaient avec femmes et enfants. Elle refusa, une nouvelle fois. Elle avait encore trop peur, des murs de pierre qui pouvaient s'écrouler sur elle, des bruits de la cité, des vestes rouges des Anglais et puis, enfin, de la guerre.

— La guerre ? la railla-t-il. Il n'y en a plus. C'est fini, tout ça, et j'en suis bien fâché. Comment peux-tu supporter chaque jour les jacasseries des Terriot, leurs histoires de bourgeois montréalais qui les épouseront et les emmèneront loin d'ici ?

Quelles fadaises ! Les bourgeois se marient entre eux. Et même, épousées par ces fantômes, où iraient-elles, de toute façon, dis-moi ?

Elle comprenait son désespoir d'avoir perdu ce qui au fond était sa vraie famille, la troupe, où il avait trouvé sa belle liberté d'éclaireur. Parfois, elle se demandait pourtant s'il restait à Jacques une vraie haine pour les vainqueurs, une envie réelle de se battre à nouveau. Ses humeurs maussades, ses silences, son indifférence, dont elle souffrait un peu plus chaque jour, avaient leur source dans des profondeurs secrètes de son âme. Ne rien pouvoir pour les amender l'attristait en même temps que naissaient en elle, par instants, des bourrasques de révolte qui la sidéraient.

— Les femmes de la Petite Acadie sont ma famille, dit-elle, butée, soudain. Oublies-tu ce qu'il est advenu des miens ? Que voudrais-tu que je fasse ? Que je m'engage comme domestique dans une de ces maisons canadiennes bien vues des Anglais ? Que j'aille laver les parquets de l'Hôpital pendant que tu dépenses ton peu d'argent dans les tavernes ? Les Terriot sont bonnes brodeuses, elles m'apprennent.

— Ah oui, les quelques coiffes vendues au bonnetier de la rue Saint-Pierre, de quoi acheter des clous et trois navets. Ces filles feraient mieux d'épouser leurs bourgeois, une bonne fois pour toutes. Nous serions leurs palefreniers.

— Tais-toi, tu es amer et tu dis des choses que tu ne penses pas.

— Je suis moins amer que cette bonne Claire. Si tu savais comment elle surveille ton ventre, ces temps-ci.

— Tu es méchant. Tais-toi.

Il s'arrêta, perdu dans le paysage immense qui l'emprisonnait. Des mamelons herbeux s'élevaient le long du fleuve. De leurs sommets arrondis, la vue embrassait l'aval jusqu'à l'île Sainte-Hélène et même plus loin.

Joséphine s'assit, les bras serrés autour des genoux, dans la lumière douce du couchant. Elle se lassait petit à petit de devoir aller vers Jacques pour le toucher, le forcer à la regarder, à lui parler. Qu'il fût embarrassé par la présence en nombre des autres à la Petite Acadie, soit, mais par celle de sa femme ! Elle ne le supportait pas davantage, tentait de le lui faire comprendre, en vain. Et les excuses d'Isabelle pour la trop grande jeunesse de son fils, pour sa maladresse et sa nostalgie de la troupe, commençaient en vérité à ne plus lui suffire.

Elle voulut lui faire admettre encore une fois qu'elle avait besoin de lui, tout comme leur fils, qu'il avait des devoirs de père, renonça. Il lui répondrait que le clan des exilés suffisait bien pour ça, qu'elle n'avait qu'à surmonter ses peurs, quitter ce cocon acadien en sursis et le suivre. Vers où, Seigneur ? Il brûlait de quitter Montréal, de se jeter à l'aventure. Du fort Saint-Antoine sur le Mississippi, où elle était née, jusqu'aux ruines de Québec, elle avait assez voyagé pour le moment.

— La nuit va venir, dit-elle. Les Anglais, comme tu dis, ont dû s'en aller.

— Non, ils sont toujours là. Et puis, je n'ai pas envie de raconter comment mes cousins ont été scalpés et mis au poteau par les Iroquois. Fais-le, si ça te chante, puisque tu sais maintenant.

— Pauvres gens.

Elle se leva. Comme chaque soir, lorsque naissait la brise et que se répandait la senteur humide de la terre, des maringouins attirés par les odeurs de peau tournicotaient, agressifs, obstinés, transformant les fins de promenade en combats serrés. Joséphine boutonna les manches de sa chemise, son col, se coiffa de son chapeau de paille.

— Tu restes à te faire piquer au sommet des montagnes, mon époux ?

Sa gaieté un rien narquoise acheva d'excéder Jacques, comme au fort Duquesne, lorsqu'elle se moquait de sa gaucherie ou du piteux état de ses vêtements. Il la planta là, tourna les talons, marcha, le dos rond, vers la petite chapelle de la congrégation. Furieuse elle aussi, elle se détourna et prit la direction de la maison.

— Mon oncle, me permettrez-vous de revenir ici ? s'inquiéta Anne-Marie.

William Jeffries était déjà installé sur le banc de l'attelage. Les rênes en mains, il attendait, fumant sa pipe.

— Je crois que ces filles étaient bien contentes de te voir, dit Jérôme. Ta Claire ! Pardieu ! Vous formiez une jolie paire de sœurs dans notre pauvre Acadie. Fais comme bon te semblera, ma nièce, cette maison est ouverte à tous ceux qui y viennent en paix. Tu as voulu donner de l'argent à tes cousines. Ne dis pas non, je t'ai vue.

Elle rougit. Ce n'étaient que quelques pièces, que Claire avait refusées. Quel mal y avait-il à vouloir aider ? Anne-Marie avait bien vu les robes ravaudées, les laines trouées, les nippes des enfants en lambeaux aux chevilles et aux poignets. Jérôme lui sourit. Elle avait connu elle aussi les jours terribles de la déportation, devait comprendre qu'une sorte de fierté désespérée naissait de ce néant où l'on avait cru engloutir un peuple entier. La charité à Boston, où l'on punissait les Acadiens pour le simple fait d'exister, peut-être. Pas à Montréal, où, malgré les duretés de l'époque, il était encore possible de ne pas se réduire à l'aumône. Jérôme vit les larmes perler au coin des paupières de sa nièce.

— Tu sembles avoir un bon mari, murmura-t-il en l'embrassant. Ce jeune homme sait que nous existons, il a du cœur, ce n'est pas donné à tout le monde en ce moment.

Elle fut secouée de sanglots, se reprit.

— Fais ce que tu dois, lui dit Jérôme. Nous avons juste de quoi vivre, pour l'instant, nous nous en contenterons. Garde tes sous. Retourner un jour là-bas, je ne désire rien d'autre, pour tous ceux qui sont ici avec moi, mais ce ne sera pas à n'importe quel prix.

— Oui, mon oncle, dit-elle d'une toute petite voix.

La fierté du vieil Acadien la bouleversait. Une telle raideur, quand les spadassins de Murray pouvaient surgir à tout moment, un ordre de déportation à la main. Elle avait en face d'elle un de ces hommes suffisamment habités par l'amour de leur patrie pour y avoir risqué leur vie, plusieurs fois. Jérôme Hébert ; ce nom avait hanté les cales anglaises en compagnie de quelques autres, d'Iberville et Saint-Castin, Baptiste le corsaire, Ramezay, et tant d'autres ; la légion des réfractaires, dont le vocabulaire s'était longtemps réduit à un seul mot : non.

Elle se hissa sur l'attelage. Les femmes étaient sorties de l'entrepôt. Anne-Marie essuya ses yeux. Elle entendait soudain les chuchotements des siens derrière le bastingage du *Neptune*, ces voix qui revenaient à ses oreilles lorsque, se promenant sur les collines qui dominaient le port de Boston, elle suivait les lents mouvements d'un navire à l'approche.

William fit un signe auquel Jérôme répondit de la main, brièvement. Il fouetta le cheval. Il n'y aurait plus guère de ces réunions, à la Petite Acadie.

La petite classe se répartit autour de la table, les filles à côté l'une de l'autre, face à l'alignement compact des garçons. Jérôme trônait entre ses deux rangs d'élèves, attentif à ce que l'unique encrier de la maison circulât équitablement. Jean Bérard avait offert quelques liasses de papier vierge dont on faisait un usage parcimonieux, les feuilles étaient couvertes d'encre sur leurs deux faces, suffisamment pour que le noir y dominât le blanc, pâtés compris.

— Il y avait autrefois une école à Port-Royal, rappela le maître. Récollets et jésuites y enseignaient les enfants de la puissance royale, fils de gouverneurs, d'officiers. Nous autres, nés à la terre, accaparés par elle, regardions cette élite avec envie. Beaucoup d'entre nous demeuraient dans l'ignorance des choses essentielles que sont l'écriture, la lecture, la mathématique. Des croix grossières figuraient leurs noms au bas des documents. Il fallait aux quelques autres, dont j'étais, des pères obstinés à sortir de leur condition pour nous persuader d'étudier.

On avait à finir une multiplication. Il observa avec infiniment de compassion les efforts de ses jeunes disciples, dans la clarté de la chandelle. Les langues pendaient aux commissures, les fronts s'inclinaient vers la tâche, les paupières se plissaient sous l'effort. Il sourit. Les doigts crispés sur la plume de canard exprimaient, mieux que tout le reste, la souffrance acceptée des petits Acadiens.

Un silence religieux s'installa, troublé par le babil de Pierre Hébert. Puis le maître inspecta la copie, corrigea les erreurs, nombreuses ce soir-là ; la visite des Bostoniens avait troublé les esprits.

— Que fait-on, maintenant ? proposa-t-il.

— La carte marine !

Cri du cœur, unanime. Au fil de cette récréation se dessinaient sur le papier les contours de l'Acadie et c'était alors à qui se battrait pour placer au mieux les hauts lieux d'une histoire partie au vent. L'île Sainte-Croix, où monsieur de

Champlain avait débarqué avec ses gens d'aventure, La Hève et Fort-Latour, centre des luttes féodales entre seigneurs, au temps du roi Louis XIII, et le reste, quelques dizaines de points le long des côtes, villages et fermes, des rivières, aussi, et des lignes courbes figurant les reliefs.

— Il y avait un fort à Port-Royal...

Les yeux de Jérôme Hébert brillèrent, ses mains s'animèrent. Ah ! Comme on l'avait bien défendue, cette capitale d'un empire aux frontières aussi floues que les falaises de Cap-Breton dans les brumes de novembre. Il y avait tout autour, jusqu'aux marches de la Nouvelle-Angleterre, une patrie née sous les bannières de France, avec de l'espace et de la liberté pour les laboureurs, les marins et les armateurs, les chasseurs de castors et de loups.

— Vous venez tous de là, c'est une chose très simple et très juste que vous ne devrez jamais oublier. Mes petits, nul ne sait de quoi demain sera fait, peut-être, s'il plaît au Seigneur qu'il en soit ainsi, poursuivrons-nous nos vagabondages jusqu'à la fin des temps. Eh bien, cela ne vous empêchera pas de chercher votre vie durant cette terre que, pardieu, nous n'avons volée à personne. Même en rêve, même avec le seul cœur, la seule mémoire, la seule force de la Foi, des liens invisibles vous attacheront à jamais à l'Acadie et seriez-vous exilés à l'autre bout du monde, vous devrez conserver au fond de vous cette rage des retrouvailles, comme un bateau sa quille, un épi sa racine, un homme bafoué son honneur.

Jean Terriot exhala un profond soupir. Les femmes levèrent le nez de leurs ouvrages. Il passait dans ces moments-là des nuées de nostalgie, les âmes vibraient à l'évocation de ce qui n'était plus.

— Les Anglais sont un peuple de marchands, expliqua Jérôme. Dans leur royale stupidité, les monarques de Versailles croient encore qu'ils ont en face d'eux une muraille guerrière. Quelle erreur ! Si les soldats remportent les victoires, ce sont bel et bien les marchands qui gagnent en fin de compte les guerres. Là, nos ennemis règnent, solitaires, moins orgueilleux qu'opiniâtres. Ils ressemblent aux chiffres qu'ils alignent au bas de leurs bordereaux maritimes. Le sort des Acadiens leur importe moins que celui de leurs chiens de meute, alors ils nous ont laissés mourir davantage qu'ils n'ont cherché à nous tuer. Maintenant que nous demeurons en vie, désarmés, certes, vaincus, mais bien debout face à eux, il faut prier pour que le spectre de leur mauvaise action s'en vienne rôder dans leurs ciels de lit. Car il se pourrait bien que ce peuple étrange ait une âme. Pour nous, ce serait le début du salut.

Isabelle servit la soupe, comme à son habitude. Thomas avait dit le bénédicité, prié Dieu que l'été d'octobre ne se terminât jamais, puis les Acadiens s'étaient assis à leurs places habituelles, de part et d'autre des deux anciens.

— Il faut manger, Jean Terriot, répéta Isabelle. Vous dépérissez de jour en jour.

Elle serra les doigts de son ami autour de sa cuillère, qu'elle porta avec douceur à ses lèvres. Jérôme se pencha vers lui.

— Elle a raison, Jean. Tu maigris, c'est pitié, à te voir, on dirait une ralingue[1].

Terriot haussa les épaules. Il avait travaillé tout l'été avec les moissonneurs de l'Hôpital général. Malgré cela, le séjour à Montréal le minait un peu plus chaque jour. Comme tant d'autres, il avait lutté pour survivre, marché, navigué, cherché un havre où, désormais à l'abri, il n'avait plus en tête que le projet de s'endormir une bonne fois pour toutes. Les Anglais, la guerre, la France, tout se mêlait et s'annihilait dans son mortel ennui. Seuls les orphelins, pigouilleux[2] aux nocturnes chagrins, parvenaient à le tirer de son marasme. Ceux-là sauraient s'en sortir sous la houlette des aînés.

— Nous, on encombre. On serait mieux sous la terre et vous auriez plus à vous partager.

— Taisez-vous, père, lui lança Claire, on ne dit pas ces choses-là.

Les petits Melanson tendaient leurs assiettes. Les deux garçons seraient bientôt placés en atelier, ainsi en avait décidé Thomas. A onze et dix ans, ils pouvaient commencer un apprentissage. Des pêcheurs canadiens cherchaient des aides pour mettre en caque le poisson.

1. Nageoire de flétan.
2. Taquins.

— Il se pourrait bien que je les rejoigne sur un bateau, annonça Thomas. Après tout, ce serait un juste retour des choses, vous ne croyez pas, mère ? Et puis, l'océan n'appartient à personne, on y respire en liberté. Peut-être bien que Baptiste préférera ça à ses enclouages de semelles.

Isabelle vit le visage de son benjamin s'éclairer, sourit à son tour. Elle était née de l'Atlantique, avait passé sa prime jeunesse entre canots et filets, Terre-Neuve et Cap-Breton.

Elle allait répondre lorsque Jacques entra dans la maison. Il avait son air sombre, tourmenté, celui des jours anglais comme le raillait Thomas. Joséphine se leva, son fils dans les bras, pour lui faire de la place à table. Jacques la rejoignit sans mot dire, s'assit.

— As-tu faim ? s'inquiéta Isabelle.

Il fit le tour de la table du regard, dévisageant chacun, un petit sourire au coin des lèvres.

— Les Anglais ne sont pas restés à souper, constata-t-il.

Les coiffes des filles s'immobilisèrent. Jérôme considéra son fils avec étonnement.

— Comme tu vois, dit Thomas.

Il avait appris à respecter les humeurs de son cadet, ses accès de rage froide. Plusieurs fois, cependant, il avait sorti Jacques d'une ou l'autre des tavernes de Montréal avant que l'ancien éclaireur ne se colletât. Il poursuivit son repas, l'air de rien, les coudes largement étalés sur la table. Jacques avait son œil chicaneur, ses doigts se crispaient, la longue promenade sur les rivages de l'île ne l'avait guère apaisé.

— Anne-Marie a regretté de ne pas te voir, poursuivit Thomas. Elle t'aime bien, je me souviens qu'elle te défendait volontiers quand nous vous taquinions, ta sœur et toi.

— Et son goddam aussi nous taquinait, autour de l'église de Grand-Pré. Tout cela n'était donc qu'un jeu, ce jean-foutre et ses pareils, avec leurs baïonnettes, leurs trognes de cauchemar, c'est bien que je l'apprenne enfin, je n'ai pas vu tout ça de la même manière. Vous non plus, mère ? C'était pour jouer, vous saviez ça ?

— Calme-toi, lui dit Jérôme.

Il sentait l'agacement de Thomas, percevait son envie soudaine d'affronter son frère. Jacques hocha la tête. Des pensées contraires envahissaient son esprit. Il cherchait des mots, pour y mettre de l'ordre, n'y parvenait pas. Ses lèvres se mirent à trembler.

— Me calmer, ah oui, il faut être calme. Tout accepter, y compris ceux qui nous ont martyrisés, jusqu'à cette table, où l'on boit une pinte de vin avec eux en bavardant du temps qu'il fait. Soyons calmes, comme l'Acadie où plus rien ne bouge, comme ici, dans cette ville soumise où l'on salue la pourriture à cul ouvert, courbés plus bas encore que chez le roi.

— Nous n'avons pas le choix, dit Isabelle, et nous ne saluons personne comme tu le dis.

— Alors, tout cela peut durer encore vingt années, toute la vie, jusqu'à ce qu'enfin on daigne nous laisser partir, morts sans doute ou affranchis, comme les esclaves.

Thomas lâcha sa cuillère, fixa son cadet, poings serrés.

— Nous ne sommes ni esclaves ni morts à cette heure. Il y a eu une guerre et nous l'avons perdue, souviens-t'en, le pays tout entier est soumis à un régime militaire qui pour l'instant nous épargne. Si tu t'en sens le courage, prends ta femme et ton fils et emmène-les en Louisiane, où quelques-uns sont déjà. Traverse les montagnes, les pays indiens, les colonies anglaises. Dieu te garde, c'est une longue route. Tu rencontreras les centaines des nôtres qui sont en ce moment dans les plantations de Caroline, de Géorgie, traités à peine mieux que les Nègres, et les autres, nos parents, qui mendient aux portes des villes anglaises. Et combien sont au fond de l'eau, tu le sais, toi ? On vit, pardieu, on s'est retrouvés et on vit ! Anne-Marie et son Anglais sont venus jusqu'ici pour nous dire qu'il fallait continuer et espérer.

— Qu'ils aillent au diable, elle et son goddam. Moi, le Jeffries, j'ai vu la pointe de sa baïonnette piquer le cul des vieillards d'Acadie, des prêtres, des femmes grosses avec leurs brailloux contre elles, et tout le monde est descendu dans les cales du *Hannah*, du *Leopard*, du *Providence*, ah, le joli nom. Providence ! Qui n'a pas respiré l'odeur de ces endroits-là se tait.

Thomas se leva lentement. Jacques ne le quittait pas des yeux.

— Qui n'a pas vu les jolis visages des filles d'Acadie rongés par la petite vérole se tait, ajouta-t-il.

Isabelle étouffa un cri, les Terriot joignirent les mains. Thomas avait saisi son frère au col et le tenait serré, par-dessus la table, sous l'œil ahuri des enfants.

— Je connais l'odeur dont tu parles, Jacques, elle montait des cadavres dans l'air de la Miramichi et je crois bien que des pauvres gens ont mangé de ça pour ne pas mourir.

Jacques ne se débattait pas. Ricanant, il toisa son aîné, attendant patiemment d'être libéré de sa poigne.

— Assez ! cria Jérôme. Il y aura toujours quelque part une souffrance plus grande qu'ailleurs, un héros plus glorieux que les autres. Assez, tout cela est vain, je ne veux pas qu'on se batte ici.

— Moi aussi, j'ai tiré sur des vestes rouges avec monsieur de Boishébert, dit Thomas en relâchant sa griffe, mais, sais-tu, je préfère voir tomber un cerf ou un orignal plutôt qu'un homme, fût-il mon ennemi.

Il s'assit, dans le silence. Les petits observaient les deux garçons, bouche bée, Isabelle interrogeait Jacques du regard, avec une telle intensité que le jeune homme esquiva, livide.

— Les coupables, ce sont les rois de France, le quinzième et son aïeul, qui nous ont abandonnés, dit Jean Terriot, bien présent, soudain. Leurs fautes nous écrasent mieux que la botte anglaise.

Jacques quitta la table, chancelant. Il avait atteint la porte lorsque Joséphine le rejoignit.

— Toi, reste ici, fit-il, rogue.

Elle vit qu'il était au bord des larmes, n'insista pas. Isabelle s'était levée à son tour. Elle se couvrit d'une cape de lin, caressa au passage les cheveux de sa bru, sortit, sur les pas de son fils.

— Il faut que tu me dises, maintenant, Jacques.

Il avait escaladé un monticule herbeux, à une centaine de pas de la Petite Acadie. Souvent, la tribu se rendait là au coucher du soleil. On contemplait l'orient tandis que le sud tant désiré plongeait peu à peu dans la pénombre.

— Jacques, regarde-moi.

Il tourna vers elle son visage durci, haineux, où pourtant luisait la petite flamme des chagrins enfantins. Elle lui sourit pauvrement et il vit son angoisse. Au moment où il avait lâché le nom de la maladie, il avait eu le terrible sentiment de poignarder sa mère, et cette méchanceté enfantée par la colère se retournait à présent contre lui. Sa rage le quittait. Faire mal était donc si facile.

— Charlotte a été malade, n'est-ce pas ? La picote ne l'a pas tuée mais c'est tout comme ?

Il fit oui, de la tête, avoua, péniblement. Ce n'était plus la jeune fille secrète qui regardait ses aînées avec envie. Le voyage avait eu raison de sa joliesse, de sa pureté. Parce qu'elle ne supportait pas l'idée d'être regardée par les siens, elle s'était enfermée dans une prison sans barreaux, très loin d'eux. Elle vivait, oui, auprès de gens cloîtrés avec elle dans leur société, une famille uniforme et grise qui n'avait besoin de personne pour exister.

— Je m'en veux de l'avoir laissée, si vous saviez, mère.

Il s'agenouilla, regarda ses mains, comme si elles pouvaient encore serrer celles de sa sœur, pour la ramener au bercail. Isabelle les prit et les baisa. Jacques était trop jeune lui aussi, pour une aussi longue guerre. Il avait tué à quinze ans, eu un fils à dix-sept. Un poids trop lourd ployait son cou, l'écrasait. Il vint contre son ventre, vibrant.

— Ils nous ont fait trop de mal, murmura-t-il. Pardieu, je voudrais tous les voir couverts de leur sang. Je n'aurai de repos avant d'avoir aidé à cette justice.

Elle caressa ses cheveux, lui dit que cela ne servait plus à grand-chose, qu'il fallait attendre la fin du chaos. Il refusait, de tout son être.

— Je ne peux pas. Ma tête est pleine des cris des mourants, de leurs faces vérolées. Ils sont là, chaque jour que Dieu fait, ils m'entourent, me touchent, me demandent pourquoi je suis ainsi, la main tendue vers leurs assassins, et moi, je ne sais pas quoi leur répondre, je vous regarde, tous pareils, soumis, attendant que l'on décide pour vous. Je ne peux plus vivre comme ça. La Louisiane, oui, autant s'y rendre, on y est encore libre, à ce qui se dit.

Elle lui dit qu'aucun navire ne l'y mènerait, quant au voyage par les colonies avec femme et enfant, ils savaient bien l'un comme l'autre qu'il était sans espoir. Il se laissa tomber en avant, le front contre la terre, implora qu'elle le laissât tranquille. Isabelle demeura un long moment devant lui. Elle était triste, accablée de se sentir inutile, comme parfois au fond de l'*Endeavour*, ou au chevet de son neveu agonisant. Elle regarda la nuit noire et chaude où tout s'était englouti, ville, fleuve, guerre et jusqu'à la faible lumière de la Petite Acadie.

— Je t'aime, mon petit. Joséphine et toi êtes bien malheureux, cela se voit et s'entend. Il faut que la paix revienne en toi, Jacques.

Il demeura prostré, secouant doucement la tête, les bras repliés sur la poitrine. Elle se détourna.

XXXII

Montréal, janvier 1762

Le Griffon avait fait le plein de sa clientèle habituelle. Palefreniers et portefaix, ouvriers du port mis au chômage par l'hiver, artisans aux gosiers séchés par les forges, les fours, les heures de besogne dans l'obscurité des ateliers, se retrouvaient là aux premières ombres de la nuit.

Quelques fils de famille désœuvrés, d'anciens miliciens rassurés par l'amnistie anglaise et retournés à la vie civile, des filles racolant discrètement avant d'entraîner le galant vers une chambre complétaient le public de la taverne.

C'était un temps étrange, ni paix ni guerre, au cœur d'une ville épargnée par les canons, revenant peu à peu à sa vie antérieure, portuaire et commerciale. A l'automne, on avait vu, au Griffon, levant le coude en compagnie de marchands, des laboureurs venus vendre leurs poules et leur grain, parlant et pintant fort, comme si la fin des pénuries, la relative tolérance des nouvelles autorités, alliée à la geste lénifiante des congrégations, donnaient enfin aux habitants l'impression d'être tirés d'affaire.

— Illusion, marmonna Jacques Hébert, on est toujours en guerre, que je sache.

Cela faisait deux bonnes heures qu'il était attablé près d'une fenêtre en compagnie d'anciens éclaireurs des Compagnies franches, devant une rangée de pintes de bière. C'était là leur place habituelle. Les vitraux en losanges aux couleurs douces déformaient joliment la rue Saint-Paul, ses maisons, ses passantes, trichaient avec le rouge des vestes anglaises longeant la taverne. Même la neige semblait irréelle derrière ce filtre.

— Plus d'endroit où se battre et l'hiver qui tient tout, fit La Liberté, un Parisien massif au catogan négligé.

Il s'appelait en vérité Gauduchot, avait participé comme les autres à la bataille des Plaines d'Abraham et s'était choisi ce surnom, manière de dire merde aux Anglais. Jacques frappa la table du poing, qu'il garda serré. Des rumeurs circulaient en ville, venant de France. L'Europe s'était saignée pour quelque temps, on allait vers la paix. Le dernier miracle français serait peut-être que l'on conserverait un bout du Canada. Jacques cracha par terre. Il n'y aurait ni miracle ni retour en arrière. Les Anglais ne repartiraient jamais. Il n'y avait qu'à voir avec quelle voracité ils s'emparaient du négoce.

— Les Canadiens auront droit à des emplois d'esclaves, je vous le dis.

— Esclaves, tu y vas fort, tempéra La Liberté.

— Ma mère l'a été, en Caroline. Pourtant, c'était la fille d'un armateur de pêche, d'un corsaire comme il en est né quelques-uns en Acadie. Des gens d'honneur, meilleurs que bien de ces nobles qui nous ont si mal commandés. Esclave, je vous dis, à travailler le riz avec les Nègres, voilà ce à quoi elle a été forcée. Les Anglais, compagnons, il y a eux et le reste des hommes. Qui n'a pas séjourné dans les cales de leurs navires ne peut imaginer ce que cela veut dire.

Le troisième homme se nommait Guillaume Charpentier. Il était grand, fin de visage, portait une ample chevelure bouclée, sans perruque ni attache. Des aptitudes naturelles à soigner les animaux l'avaient aidé à accéder à la fonction de chirurgien, hélas pour lui au moment de la reddition.

— Et regarde, ils débarquent ici, à c't'heure, fit-il, le doigt pointé vers la porte.

Les occupants ne se risquaient guère dans les tavernes fréquentées par les Canadiens, non qu'ils fussent découragés par la sourde hostilité ambiante mais parce qu'ils en avaient reçu la recommandation. Ceux-là étaient des civils, poussés vers un âtre par le froid. Ils ôtèrent leurs capes couvertes de neige, cherchèrent des places où s'asseoir. Jacques les observa. Ils interrogeaient du regard le tavernier.

— Pas un ne se lèvera, dit Jacques.

Des buveurs se poussèrent, libérant un bout de table.

— Perdu, fit La Liberté, fataliste.

Jacques plongea ses lèvres dans sa pinte. Les Anglais commandèrent des bières tandis que les conversations un moment interrompues reprenaient, comme si rien ne s'était passé. Jacques bouillait. L'alcool chauffait soudain ses tempes, accélérait son cœur. Il ne suffisait pas d'être vaincus, encore fallait-il s'effacer pour que la gent maîtresse de la ville pût s'installer à son aise. Il se leva, titubant. Ainsi finissait-il le plus souvent ses libations, quand l'évocation des absents, La Violette et quelques autres, le laissait face à l'amer constat de la défaite.

— Vous restez ici, vous ? Moi, je ne peux.

Ses amis n'avaient pas envie de se risquer dans la rue balayée par le vent. Ils logeaient dans le quartier du port, partageaient une cambuse de marins, à l'arrière d'une corderie. On était mieux au chaud. Il les salua d'un geste, revêtit sa cape, ondula entre les tables, jusqu'à celle qu'occupaient les Anglais.

— Peut-on savoir qui vous emploie ? leur lança-t-il, l'œil brillant.

Ces manières n'étaient pas courantes de la part d'un tout jeune homme aux allures de commis d'épicier, ou de vacher. Les étrangers le toisèrent, vaguement étonnés. Il y avait là deux frères, perruqués, aux nez pareillement longs et concaves, noirs de poil, la mine sévère, portant vestes de serge noire et gilets, et des souliers de cuir gainés de fourrure, à la manière des capitaines anglais. Le troisième, rond de taille et de cou, les cheveux bruns attachés sur la nuque, souriait benoîtement.

Dans la rue, une patrouille passa, éclairée par des torches. Jacques vacillait doucement. Les Anglais avaient la quarantaine bien passée, l'assurance de gens en place protégés par les archers.

— Cela intéresse vous ? lui demanda l'un des frères entre deux gorgées de bière.

Il avait le parler haché, détaillait le collier indien de Jacques tout en buvant.

— Cela m'intéresse, oui.

L'homme haussa les épaules, réprima un rot.

— Apthorp et Hanckok, lâcha-t-il, un rien affecté, presque négligent. Nos navires sont de Boston, de Londres. Vous cherchez une place ?

Jacques demeura bouche bée, sidéré comme par les premiers coups de canon du siège de Québec. Des filles l'apostrophèrent, hilares. Allait-il s'endormir ainsi, debout ? Ce qui fit rire à leur tour les Anglais. Il ferma les yeux, fit quelques pas vers la porte de la taverne, contre laquelle il dut prendre appui pour ne pas tomber. Ces hommes travaillaient pour les affréteurs du *Hannah*, du *Swan*, de l'*Endeavour* et de trente autres tombeaux au fond desquels l'Acadie s'était engloutie. Le Griffon était soudain plein d'une cargaison de quelques milliers de fantômes et tout ça menait une danse effrénée entre les tables, hurlant, protestant, réclamant de la lumière.

— Tu iras mieux dehors ! plaisanta Charpentier qui lui mit d'autorité son chapeau sur la tête.

Jacques sentit qu'on le poussait dans la rue. Une gifle glacée lui fouetta le visage. Il neigeait fort. Il fit quelques pas, chuta, les fesses dans la neige, vit les trognes de ses deux compagnons penchées sur lui. Sa tête tournait, sa poitrine lui faisait mal, des tisons la fouaillaient, serrés dans des doigts de fer.

— On n'allait pas te laisser seul, lui dit La Liberté. Debout, l'Acadien !

Il se laissa empoigner par le col, chancela.

— Pardieu, Charlotte, tu as entendu ces noms ?

Le visage de sa sœur lui apparut, débarrassé de ses cratères, de ses croûtes, de sa laideur. Isabelle mourait à petit feu de cette absence, en secret, une plaie ouverte dans ses entrailles. Lui, Jacques, avait vu cette béance irréparable, lorsque sa mère avait cherché près de lui l'ombre de Charlotte, avant même de l'avoir reconnu.

— Ces gens nous ont tués, gémit-il. Apthorp et Hanckok, les armateurs de la déportation.

Il retomba dans la neige, se recroquevilla. Il y avait à une heure de marche de là, au bord du fleuve, le feu de la Petite Acadie, les chuchotis des enfants, les gestes des femmes brodant de la dentelle à la lueur des chandelles. Pauvre Jérôme Hébert. Il faisait semblant de régner sur son royaume de planches et de terre grise. Mort lui aussi, somnolant le jour durant, inutile et murmurant tandis que levaient près de lui les pâtes des tourtes et que ronronnait la marmite de fricot.

Il griffa la neige durcie, refusa la main que lui tendait Charpentier.

— Hé, *boy !* Besoin d'aide ? Vous allez glacer ainsi dans la neige.

Il ouvrit les yeux, distingua les visages des trois Anglais dans le halo d'une lanterne. Il voulut se lever, secoua la tête. Pas d'aide.

— *So, good night !*

Ils s'éloignèrent en riant. Jacques s'assit, secoua sa cape. Il y aurait une demi-toise de neige, au matin, dans les rues de Montréal. Il se leva, les jambes lourdes, le crâne bourdonnant. Les Anglais ne s'étaient pas attardés dans la taverne. Ils tâtaient la bonne volonté des vaincus, à petits pas, suivant les recommandations de leurs maîtres, ne pas offenser les gens, respecter leur religion, les laisser boire, rire, travailler, commercer, prier. Et puis, si cela était possible, épouser leurs filles malgré l'hostilité des prêtres, pour former un jour un peuple soumis, à moitié bâtard, qu'il serait d'un coup plus facile de dominer.

Jacques se remit sur ses pieds. Il était bien saoul, bavait. Ses amis en avaient aussi engorgé pas mal et peinaient à garder leur équilibre dans la neige fraîche.

— Ces goddams sont fort insolents, grogna La Liberté. On leur donnerait bien une leçon.

Jacques se mit en marche. Des placards cloués sous les porches annonçaient des Te Deum catholiques en l'honneur du roi George III, récemment couronné, et d'une Charlotte de Mecklenburg. Des épousailles. Suivait toute une vermine royale galloise pour qui un abbé de Montgolfier recommandait aux Montréalais de prier.

Il les arracha au passage, cracha dessus, les enfonça du pied dans la neige puis, titubant, suivi des deux autres, chercha la lanterne des marchands qu'il finit par apercevoir derrière un rideau de flocons. Où allait-on ? Il n'en savait rien, suivit la lueur falote, à distance. Les frères s'arrêtèrent devant l'escalier d'une maison de bois, autrefois propriété d'un marchand de peaux. Le troisième les salua, reprit sa route, seul.

La rue était déserte. L'homme, empêtré dans sa cape, trébuchait souvent, jurait. Par ces temps, il fallait quelquefois plus d'une heure pour parcourir un quart de lieue. Il croisa la rue Notre-Dame, prit la direction du couvent des jésuites, le quartier où résidaient la plupart des édiles anglais. A mesure qu'il se rapprochait de lui, à hautes enjambées, Jacques sentait se rallumer dans sa chair les brûlures de la fouettée reçue sur le *Hannah*. C'était intolérable, dégrisant.

— Sus au bourreau, mes gueux, dit-il. On ne le laissera pas rentrer chez lui comme ça.

— Pardieu, tu as raison, renchérit Charpentier.

Il fallait faire vite, le couvre-feu était encore en vigueur, censé dissuader les tire-laines, coupe-jarrets et autres vide-goussets. Une patrouille passant par là ne manquerait pas de sommer les trois hommes. Longeant le mur du couvent, Jacques parvint sur les talons de l'Anglais, le dépassa, avant de se dresser devant lui, les mains nues.

— Apthorp, Hanckok, massacreurs de pauvres gens.

L'homme leva sa lanterne, reconnut Jacques, posa une question que l'Acadien ne comprit pas. Sa cape était ouverte sur son bedon, un pan de sa chemise apparaissait, sous des épaisseurs de laine. Jacques vint contre lui, le saisit à la gorge, l'entraînant dans sa chute.

— Il couine, le vilain porc, s'écria La Liberté.

A demi enseveli dans la neige, l'Anglais se débattait avec force ; il appela, mais ses cris se fondirent aussitôt dans la tourmente. Jacques vit Charpentier lever son poignard, plonger brusquement la lame sous la large ceinture de tissu rouge.

L'Anglais grogna bizarrement, tandis que La Liberté frappait à son tour au cou, à la poitrine. Du sang plein les yeux, la bouche, le nez, Jacques finit par se rendre compte qu'il étranglait un cadavre. Il s'interrompit, à bout de souffle, s'agenouilla. Un brouillard rougissait à sa vue la lueur de la lanterne. Il prit de la neige, à pleines mains, frotta son visage, découvrit la face du marchand, livide, ses yeux grands ouverts qui le fixaient, semblant l'interroger encore.

— Pardieu, il ne faut pas traîner ici, dit Charpentier. Il y a des archers juste derrière ces murs. Séparons-nous maintenant et à Dieu vat !

Jacques demeura seul auprès du mort. L'averse redoublait ; très vite, elle recouvrirait le corps. Il restait à l'Acadien à terminer son travail. Il tira son couteau tuscarora de sa ceinture, saisit le cadavre aux cheveux et le scalpa. D'un seul geste, bien circulaire. Mille mains serrées autour de la sienne tirèrent ensemble, leur force était inimaginable.

Il se campa sur ses jambes, leva la dépouille vers le ciel, gémit, longuement, puis, ayant lancé au loin son trophée et éteint la lanterne, il disparut à son tour dans la nuit noire.

XXXIII

Montréal, février 1762

Il s'éveilla, perclus de douleurs, les joues en feu. Le cachot était plongé dans l'obscurité, le silence. Il s'assit, gémissant, au prix d'un effort qui lui déchira le dos. Comme dans un rêve dont il ne pouvait sortir, la voix de son père lui parvint, racontant une lointaine histoire de meurtres indiens, à Port-Royal, au temps du roi Louis XIV ; un coup de main micmac sur le bourg devenu anglais, un long séjour dans les geôles ennemies, un interrogatoire et des représailles, fermes brûlées, laboureurs contraints à l'exil vers le bassin des Mines.

Qu'avait fait au juste ce pur héros de l'Acadie ? se demanda Jacques. Les récits des anciens baignaient souvent dans des mystères que l'on semblait entretenir comme à plaisir. L'affaire avait en tout cas changé la destinée de pas mal de gens, on avait émigré vers la rivière Pisiquid, et dans les regards des témoins de l'époque, cet épisode rarement évoqué laissait le reflet changeant des feux mal éteints.

Il s'accagnarda contre le mur. Il avait mal et faim en même temps. Les Anglais n'y étaient pas allés de main morte, surtout le civil, avec ses yeux couleur d'eau de lessive, sa bouche aux dents de lapin ouverte sur des questions plus pertinentes les unes que les autres.

« Qu'as-tu fait en sortant de la taverne Griffon ce soir de janvier ? Pourquoi n'es-tu pas rentré à votre maison de la Pointe-à-Caillères ? As-tu poignardé le marchand Grant ? Où sont tes compagnons, Charpentier, et celui qui se fait appeler La Liberté ? Où les caches-tu ? Et ton collier indien, qu'en as-tu fait ? »

Le silence obstiné que Jacques avait gardé jusque-là ne pourrait durer indéfiniment. Les Anglais savaient beaucoup de choses. Le wampun du chef Henry et le couteau étaient sous la glace de la rive, loin de la Petite Acadie. Jacques redouta soudain d'avoir à l'avouer sous une torture bien plus féroce que les coups et les gifles.

Pareils à un vain secours pour marins en perdition, des souvenirs déformés par la nuit noire se mirent à affluer autour de lui, défilèrent, rapides comme le temps passé depuis l'embarquement dans le *Hannah*. Six années. Où étaient-elles ? Les avait-on vraiment vécues ? Au milieu de cette danse éclairée par d'étranges éclairs, les jours heureux de l'enfance revinrent à ses yeux aveuglés. Des ciels, des rires, des heures silencieuses devant la cheminée de la ferme Hébert, toute une fantasmagorie apaisée, avec son peuple de femmes occupées à la couture, de corsaires et de guerriers rassurants, d'aînés confiants dans l'avenir.

— A boire.

Il se leva, tâtonna le long des murs, jusqu'à la porte de la cellule contre laquelle il tambourina avec de plus en plus de rage et de vigueur. Les bâtisseurs français du fort Saint-Louis avaient bien travaillé, choisissant des bois épais pour clore les geôles au fond des souterrains. Il hurla, guetta en vain une réponse. Un peu d'eau gouttait d'entre les pierres de la voûte. Il lécha le mur, cela ressemblait à de la boue, l'eau et la poussière mélangées, de quoi donner la nausée. Las de gueuler, il s'assit à nouveau, les yeux grands ouverts dans le noir.

Une angoisse le prit soudain. On avait longtemps cherché le marchand, partout en ville et jusque dans la campagne environnante, des archers étaient venus à la tonnellerie, poser des questions. Des ouvriers déblayant la neige devant le cloître des récollets avaient découvert le corps plusieurs semaines après le crime, l'enquête était tout de suite remontée à cette soirée de tempête neigeuse où l'on avait bu à la taverne.

« Vous lui avez parlé, nous savons que vous l'avez apostrophé, vous et les deux autres, vous étiez complètement saouls ! »

Jacques grimaça. Lassés de son mutisme, ses hôtes s'étaient partagé le travail, au civil les gifles, bourrades, coups de poing et de pied, au lieutenant les questions.

Les Anglais n'avaient aucune preuve contre lui, des témoignages, seulement. Les deux éclaireurs s'étaient enfuis dès la découverte du corps, signant leur culpabilité, alors, on le laisserait peut-être bien crever là, lui, Hébert, pour faire bon poids dans cette affaire, un marchand assassiné contre une petite mouche à bière agressive, un bervocheux[1] qui paierait pour les autres.

« Toi et tes chiens d'Acadiens de l'Hôpital général n'existez pour personne, tu sais cela ! avait hurlé l'officier, hors de lui. Rebelles par décret du roi d'Angleterre ! J'ai le droit de chasse sur vous, du Labrador à la Géorgie ! »

Jacques s'allongea, le cœur subitement affolé. Il avait agi sans réfléchir, provoqué le massacre de ce Grant, une faute pour laquelle les siens allaient maintenant payer. On les mettrait de nouveau en rang, sur un quai de Montréal cette fois, avec leurs ballots, leur trousseau de misère, leurs enfants et leurs illusions. Le courant les porterait jusqu'à l'embouchure puis l'*Edward*, l'*Elizabeth*, le *Swallow* ou le *Prosperous*, n'importe lequel de ces foutus cimetières flottants, les cracherait à Philadelphie, à Baltimore ou à Savannah. Là, tout recommencerait et Joséphine connaîtrait à son tour la déportation. Elle, et Pierre, ce fils qu'il n'avait jamais pris dans ses bras.

Il rampa sur la froide terre de la cellule, tenta de chasser de son crâne l'image des colonnes d'Acadiens descendant vers le rivage de Grand-Pré. Tous avaient les traits de ses parents, des centaines d'Isabelle et de Jérôme, de Thomas et de Pierre, les filles allaient tête basse sous leurs coiffes, les mères serraient leurs petits contre elles, les vieux boitaient et grimaçaient, baïonnettes aux reins.

Il se mit à sangloter, ne bougea plus. La peur était plus forte en lui que la douleur, les courbatures, la trace brûlante des coups de ceinturon. Il pensa qu'il avait fait son possible depuis l'embarquement aux Mines, que désormais il n'y aurait de

1. Buveur.

place que pour les êtres soumis à la loi unique, que se révolter contre l'ordre nouveau aboutirait à mettre un peu plus en danger ceux dont le rêve ultime était de se fondre dans le silence, la paix, l'oubli. Thomas avait raison. Se battre encore ne servait plus à rien.

Il dormit, perdit la notion du temps, parcourut cent fois en pensée l'itinéraire au bout duquel il se trouvait là, condamné à périr de soif et de nuit. Enfin la porte de la cellule s'ouvrit, la lumière d'une torche pénétra, vacillante, limpide et douce comme un soleil d'octobre.

— *Come on.*

Deux soldats étaient entrés, fusil en main. Il se tendit. Les coups allaient pleuvoir de nouveau, les menaces et les injures. Cette fois, il avouerait avant d'aller se balancer au bout d'une corde comme le laboureur de Québec dont il cherchait le nom tandis qu'on l'emmenait. Et s'il était déjà trop tard, si la Petite Acadie avait été vidée de ses habitants, brûlée ?

Il trébucha sur des marches de pierre, éraflant au passage ses jambes, déboucha dans la cour enneigée du fort, soutenu aux aisselles par les soldats. La neige était gelée, le ciel, bas, promettait d'y ajouter bientôt une épaisseur. Il était en chemise, les pieds nus, claquait des dents. On le fit entrer dans le bâtiment des gardes dont il gravit l'escalier avec peine. Puis les soldats le poussèrent dans une pièce aux murs nus, basse de poutraison, au fond de laquelle rougeoyait un âtre. Il voulut aller vers la chaleur, sentit la poigne des geôliers sur ses épaules, qui l'en empêchait.

— A boire, par pitié, implora-t-il, je meurs.

Le lieutenant se tenait debout devant la cheminée. Un civil lui tournait le dos, perdu dans la contemplation de la cour. Jacques ferma les yeux. Il avait préparé son aveu, décidé de le lancer sans attendre qu'on le lui demandât et voilà que ses lèvres refusaient de s'ouvrir, tremblotaient, bien serrées.

— Hébert !

Jacques sursauta, vit le lieutenant venir vers lui, les mains croisées dans le dos.

— Alors, vous ne savez toujours pas ce que vous avez fait après être sorti de la taverne Griffon, au soir du 20 janvier de cette année ?

Il soutint son regard dur, chargé de mépris, nota le vouvoiement.

— Et vos deux compagnons, disparus depuis ? Vous n'avez toujours pas idée de ce qu'ils ont fait ? Ou de ce que vous avez fait ensemble ?

— J'ai soif, monsieur.

— Répondez d'abord.

— Non.

L'Anglais eut un drôle de rictus, hocha la tête comme pour lui signifier qu'on arrivait de toute façon à la fin de la procédure.

— Pourquoi refusez-vous de dire chez qui vous avez soupé ce soir-là ? Par solidarité avec deux crapules que l'on finira par retrouver et pendre ? Parce que vous vous prenez pour le dernier guerrier des armées du roi Louis XV ? Parce que vous vous pensez capable de résister à la question, posée de plus à la mode goddam ?

— Parce que tu as vraiment une sale caboche de petit fermier de la rivière Pisiquid, fit William Jeffries en se tournant, l'air grave, vers Jacques. Cela te coûtait donc tant de dire que nous nous étions rejoints ?

Jacques reconnut le Bostonien, demeura bouche bée, scruté avec intensité par le lieutenant. Impassible, William observait son cousin. Démentir Jeffries revenait à le compromettre aux yeux de l'officier. Confirmer ouvrait une créance envers lui. Jacques sentit qu'il y avait pourtant là une sorte de jeu dont il était un simple pion. Il hocha la tête.

— Ce qui veut dire, monsieur l'Acadien ? demanda l'officier.

— Que c'est vrai.

Il avait lâché les mots machinalement, sans même s'en rendre compte. Il pensa qu'aucun Tuscarora, ou Mohawk, n'eût accepté semblable marchandage. L'officier le fixa un long moment. Le rebelle vêtu de boue, puant ses souillures, la chiennerie tout juste bonne à mendier dans les ports des colonies, lui aurait résisté jusqu'au bout. Il serra les lèvres sur une moue de dégoût, s'écarta, sortit de la pièce tandis que William couvrait aussitôt les épaules de Jacques d'une cape.

— Bois.

Jacques saisit la gourde tendue, but, à longues et bruyantes gorgées. Manquait le pain ; ce serait pour plus tard.

— Mark Drayton était soldat avec moi aux Mines, dit William. Tu as de la chance, Jacques. L'officier qu'il est devenu ne vous aime pas davantage pour autant, vous autres Acadiens. Il a simplement confiance dans la parole d'un ami. Mets ces souliers. Ils ne sont pas doublés de fourrure, il te faudra courir jusqu'à chez moi, si tu ne veux pas geler sur pied.

— Joséphine, ma mère...

— Chez elles, tranquilles, avec les autres, mais rien n'est définitif de ce côté, le gel empêche pour l'instant les navires de remplir leurs cales. C'est votre chance, à tous.

Il tendit à son cousin une toque de fourrure. Jacques le regarda, circonspect. Les souliers, la cape, la queue de castor, tout était prêt pour sa sortie. Un jeu, oui, dans ce qui n'était plus tout à fait la guerre.

William se leva de sa chaise, alla attiser le feu crépitant dans la petite cheminée de brique. Il occupait une chambre minuscule au rez-de-chaussée d'une maison de la rue Bonsecours. Seul. Impatiente de revoir ses fils, Anne-Marie était retournée au Massachusetts avant l'hiver, tandis que William restait à Montréal, le temps de mettre en place de nouveaux réseaux commerciaux avec la bénédiction des autorités.

— Le castor, Jacques-à-Jérôme-à-Jacques Hébert, le castor !

L'Acadien trempa ses lèvres dans un verre d'eau-de-vie, plein de la tiédeur qu'il avait pensé devoir oublier à jamais. Etourdi, meurtri, impressionné par le calme dont William ne s'était jamais départi, il ne parvenait pas à croire tout à fait ce qui lui arrivait.

— Contre quoi m'avez-vous échangé ? demanda-t-il. Vos amis ont pourtant dû savoir que je n'étais pas chez vous, ce soir-là.

— Il neige de nouveau, avec un fort vent, éluda William, le nez contre la vitre. Dur climat que celui-ci, vraiment. Je comprends pourquoi les brillants cerveaux de Versailles préfèrent celui des Antilles pour leurs petits négoces lucratifs.

Jacques attendit. William cessa d'observer les poudrilles, revint s'asseoir face à lui, alluma sa pipe, souriant.

— Il y a quelque temps, cher cousin, dit-il, rêveur, j'ai attendu à la sortie d'une auberge de Halifax que des personnalités de la ville aient fini de dîner. Il y avait là une douzaine d'hommes, des civils et des officiers. Ces gens fêtaient la capitulation de Vaudreuil dans cette bonne ville de Montréal, et la fin de ce qu'il est désormais convenu d'appeler chez nous la guerre de conquête. C'était en octobre.

Il tira sur sa pipe, trempa ses lèvres dans son verre de marc, poursuivit :

— Je voulais rencontrer l'un de ces hommes, lui dire que depuis cinq ans je vivais le jour et la nuit avec le souvenir de ce qu'il m'avait fait faire en Acadie. J'ai attendu sous un porche. La mi-nuit a passé, je voyais la lumière du banquet, à l'étage, j'entendais des voix fortes, des rires, les vainqueurs des guerres sont gens assez contents d'eux-mêmes, qui parlent haut. Enfin, ils sont descendus, ont revêtu capes et manteaux, sont sortis dans la rue.

Les convives avaient continué de bavarder et de rire jusque sur le pavé de la rue puis ils s'étaient séparés.

— L'homme venait vers moi, accompagné par deux amis. Je me suis avancé avec l'intention de m'adresser à lui sans tarder. Il m'a aperçu, s'est immobilisé, cherchant à qui il pouvait bien avoir affaire à cette heure de la nuit. J'ai lancé : « Monsieur le gouverneur Lawrence, je dois vous dire mon tourment d'avoir forcé des pauvres gens à embarquer dans vos navires, en Acadie. » Et tu sais quoi ? Ha ! Il a murmuré quelque chose, avant de porter sa main à sa tête et de s'effondrer, d'une pièce, comme ça.

Il écarquilla les yeux. La scène n'était pas ordinaire. On s'était précipité, les compagnons de Lawrence avaient appelé. Des valets, des filles de salle étaient sortis de l'auberge, formant en quelques instants un cercle inutile autour du gouverneur.

— Mort, Jacques, autant qu'on peut l'être. L'homme qui vous avait assassinés, la machine froide et sans cœur qui calculait vos rations d'huile, de viande pourrie, de farine, entamait là son voyage vers les mânes de ses victimes, sous mes yeux. Imagines-tu une chose pareille ? J'espère que cela te fait plaisir.

Jacques fit oui de la tête. L'ordonnateur de la déportation avait payé, la nouvelle en était parvenue à la Petite Acadie, où l'on avait, là aussi, fêté ça, mais comme un acte de justice, quelques jours à peine après la nouvelle de la mort de Pierre Lestang à Restigouche.

— Je l'ai peut-être tué, ce glorieux soldat, ou alors la balle reçue à Fontenoy lui sera remontée d'un coup au cœur et à la cervelle.

William but, fuma en silence, l'air plutôt satisfait, comme si ce trépas l'avait en partie libéré des roueries de sa conscience. Il considéra Jacques avec intensité. Sans Anne-Marie, il eût rangé sa mission en Acadie dans quelque tiroir secret de sa mémoire. Quelques-uns, troublés comme lui par la sauvage exécution des ordres reçus, s'y étaient employés avec succès.

Il emplit le verre de son hôte.

— Apthorp et Hanckok. Tu n'avais pas oublié ces noms, n'est-ce pas, Jacques Hébert ? Ils sont pour toujours dans vos têtes acadiennes. Ces porcs de Londres et de Boston qui se sont engraissés sur vos cadavres méritent bien eux aussi de chuter sur le pavé des villes conquises. Et si possible avec des lames entre les côtes, si j'ai bien compris.

Jacques soutint son regard. Il se sentit pâlir, redouta d'avoir à raconter à son tour comment mouraient les bourreaux de l'Acadie. William se détendit, soudainement.

— Le lieutenant Drayton pense qu'il y avait un Indien dans ce coup-là, à cause du scalp. Moi, je sais de quoi sont capables les petits rescapés des Mines et autres éclaireurs des Compagnies franches de la marine lorsqu'ils ont des comptes à régler. L'éducation micmac. Ou mohawk !

Jacques ne put s'empêcher de sourire. William pointa son index vers lui.

— Les assassins du marchand Grant ne se sont pas trompés de cible. L'homme a trempé jusqu'au cou dans la déportation, les projets de Lawrence lui convenaient. Les Acadiens au nord, les Nègres au sud, du sucre antillais et des bananes au milieu, voilà comment des armateurs bien adaptés à leur époque amassent les plus belles fortunes d'Angleterre. Celui-là était un être abject, sache-le, mais le tuer n'aura pas fait avancer la cause acadienne d'un pouce.

Il alla tendre ses mains vers le feu. Puis, se tournant, mi-sérieux, mi-malicieux :

— Il est à souhaiter pour tout le monde que tes deux amis courent le plus longtemps possible, jusqu'à tomber sur un clan iroquois en colère ou dans un trou de glace, ajouta-t-il. Quant à ta question de tout à l'heure, sache simplement que Drayton m'était redevable, à propos d'une vieille affaire. Tu vois, cousin, il y a de l'honneur en ce bas monde, même chez les Anglais.

Du grand fleuve immobile dans ses glaces aux murailles écroulées de Montréal, seul le clocher de l'Hôpital général émergeait de la steppe, tel un phare indiquant le nord.

— Il faut tout de même aller à sa rencontre, dit Joséphine, du reproche et de l'inquiétude dans la voix.

— Certes pas, lui lança Jérôme, on n'est même pas sûrs qu'il reviendra. De toute façon, ton foutu époux connaît le chemin et toi, tu ne risqueras pas de te faire geler l'ambouril[1] pour le seul plaisir de l'accueillir dans deux pieds de neige.

Thomas et son père avaient passé une partie de la matinée à dégager les abords de la Petite Acadie. L'hiver de 1762 s'ingéniait à décourager les efforts des gens pour repousser bancs et roulis de neige. A peine avait-on recréé l'arrondi d'un chemin que la nuit épaisse et noire déversait sur la glace une averse de plus, scintillante sous le soleil triomphant du matin.

Joséphine leva son petit nez vers la charpente de la maison. Elle se savait désormais enceinte et subissait depuis l'annonce de son état le regard trouble, dépité, jaloux par éclairs, de sa belle-sœur. « Dieu décide », avait dit Claire, et sa frustration était apparue à tous.

Isabelle observa sa bru à la dérobée. Insensiblement, l'humeur de Joséphine se gâtait elle aussi, comme si le cocon au creux duquel elle s'était réfugiée l'étouffait. C'étaient de petits signes, des haussements d'épaule, des soupirs, des mines où la mélancolie le cédait parfois à de brefs mouvements d'impatience. Joséphine rêvait, souvent. L'autorité faussement sereine de Claire, longtemps acceptée, lui devenait pesante, à mesure que ses bouffées d'angoisse, ses terreurs nocturnes, ses cauchemars s'espaçaient et s'estompaient.

— Il gèle à pierre fendre, tu ne sortiras pas, lui dit Claire d'une voix ferme. Ici, ce n'est pas l'Acadie, l'hiver peut tuer un cheval échappé en quelques heures.

1. Nombril.

— Ce n'est pas l'Ohio non plus, rétorqua sèchement Joséphine. Ni la Monongahela, encore moins l'Allegheny.

Jérôme contemplait la danse des flammes dans la cheminée. Il leva un sourcil, intrigué par le ton subitement différent de la discussion, grogna. Il y avait eu longtemps une bonne entente dans la maison, malgré les inévitables chamailleries des plus jeunes. Au bout de trois années de coexistence, la règle commune acceptée par tous se fissurait.

Cette petite n'est pas acadienne, pensa-t-il, la nostalgie des prairies, des granges et des moissons n'est pas sienne. Les soldats des régiments français ne laissaient pas grand-chose derrière eux, au fil des guerres d'Amérique. Des ruines de forts, assez de bâtards dans les tribus indiennes, des orphelins, aussi, comme celle-ci, à qui l'on trouvait couvents ou familles pour les nourrir et les élever.

Il souleva le couvercle de la marmite, vit que la soupe de pois et de lard commençait à frémir. Il ne put s'empêcher de sourire. Au fil du temps, il était devenu grand ordonnateur des chaudières et casseaux[1] à la Petite Acadie. Personne à Montréal, et surtout pas les nouveaux maîtres, n'ayant besoin d'un vieil Acadien sachant compter, il ne quittait plus la maison, s'occupant à consolider ici un cadre de fenêtre, là un lit branlant, préférant aux bisbilles des femmes le patient enseignement des enfants.

C'était un bon temps pour la rêverie. Le plein hiver était égalitaire au Canada. Terrés dans leurs habitations, les gens ne sortaient que rarement, vieux et jeunes s'y partageaient l'entretien du feu et des petits, la cuisine et la conversation.

Jérôme observa Isabelle, que la situation de réfugiée minait elle aussi, petit à petit. Donner de la vie à sa maisonnée, créer des choses assez dérisoires, une basse-cour, quelques rangs de carottes et de navets, l'avaient maintenue à flot quelque temps. L'hiver anglais l'enfonçait désormais dans le silence, la tristesse, jour après jour. Et leurs étreintes, même, dont ils avaient pourtant retrouvé la douceur, à défaut de la fougue, devenaient une espèce de devoir conjugal vite accompli.

— Il y a une pâte à torteaucher[2], dit Isabelle à Joséphine. Si tu veux bien.

1. Marmites.
2. Malaxer.

La jeune femme se leva, le visage fermé, rejoignit ses compagnes à la table, où l'on préparait les crêpes de la Chandeleur. En février, il fallait tout de même aller chercher le lait et le pain à l'Hôpital général. Une expédition pour franchir un quart de lieue de bouillasse, de neige et de glace, jusqu'au four et à l'étable.

— Si la Chandeleur est goutteuse, les vaches seront laiteuses, déclara Jean Terriot, s'éveillant d'une longue sieste.

— Et les poules pondeuses, ajouta la pie-Mathurine, qui se plaisait à écouter son père et l'encourageait, même.

Il régnait dans la pièce une tension perceptible aux gestes un peu brusques, aux soupirs, aux regards que se lançaient les femmes. Isabelle avait les traits tirés, ses lèvres pincées s'ouvraient comme à regret pour un ordre bref, une remontrance aux pies-Terriot. Les petits avaient extrait d'un banc de neige un sac plein de lait solidifié. Elle l'ouvrit, tailla un gros morceau à la hachette, qu'elle mit à fondre dans un barricot[1] tandis que les filles commençaient à pétrir. Si Dieu le voulait bien, cette Chandeleur serait pourtant une vraie fête.

Jérôme alluma sa pipe. Le jour commençait à décliner, Thomas n'était pas encore rentré. Jacques était-il vraiment libre, comme William l'avait fait savoir ? Le meurtre était horrible, fût-il celui d'un marchand d'êtres humains. Avec sa réputation de querelleur, Jacques avait bien pu en être. D'autres que les Acadiens de Montréal se fussent présentés au gouverneur Murray pour obtenir des explications, une démarche que les Hébert ne pouvaient se permettre. Et pourtant, ils étaient sujets anglais, eux, depuis un demi-siècle !

— S'il pleut à la Chandeleur, les vaches donneront beaucoup de beurre, affirma Jean Terriot, brisant le pesant silence.

Jérôme regarda son vieil ami, se dit qu'il y aurait toujours plus démuni, nu et inutile que soi, et cette pensée le rasséréna un peu.

Il faisait nuit noire lorsque la porte s'ouvrit, livrant passage à trois hommes, les Hébert et le père Anselme, un prêtre de l'Hôpital général. Isabelle poussa un cri, se précipita vers son

1. Seau en bois muni d'une anse.

cadet. Joséphine était restée assise. Jérôme se leva, engourdi par un long somme, s'avança, clopinant, vers les arrivants.

— Voici votre fils, libre et innocent, annonça Thomas.

— J'en étais bien sûre ! s'écria Isabelle.

Elle était transfigurée ; son visage retrouva en un instant la grâce de sa jeunesse. Tandis que le prêtre se débarrassait de sa cape, Jacques demeura immobile, les bras ballants, attendant que Joséphine se lève à son tour pour venir l'embrasser. A la découverte des ecchymoses et des éraflures colorant son visage, la jeune femme se signa.

— Il est couvert de ces arcs-en-ciel, mais pardieu, il vit, ce bougre, dit Thomas, joyeux. Ce ne fut pas une mince affaire !

Il se mit aussitôt à raconter comment William avait recueilli le prisonnier après quelques jours de régime sévère dans les profondeurs du fort Saint-Louis. Jacques était blanchi de l'assassinat.

— J'en étais sûre ! répéta Isabelle. Pardieu, mon fils ne peut pas avoir fait une chose pareille.

— C'est vraiment le Bostonien qui t'a sorti de là ? s'étonna Jérôme.

— Recueilli, corrigea Thomas. Votre fils s'en est sorti tout seul, c'est un Hébert.

Le prêtre affichait discrètement son scepticisme. Jérôme grogna. Sortant d'un long oubli comme la poussière d'un plancher de grenier, des bouffées de sa propre jeunesse lui revinrent. Les manquements y abondaient, et peu de gloire émergeait de ce fatras abandonné à la lessive du temps.

Le père Anselme s'assit sur la chaise que lui proposait Claire. Il connaissait bien la Petite Acadie et ses fidèles à la messe du dimanche, notamment ce Jacques qui souffrait tant à être forcé de la suivre.

— Oui, votre fils s'est bien tiré d'une aventure peu commune, dit-il, l'air grave. Etre pris pour un autre n'est jamais très agréable.

Il n'avait pas que cela à dire. Jacques était allé s'asseoir sur le banc. A la joie bruyante des premiers instants succéda un silence plein de ferveur. Jérôme se campa devant son fils dont il scruta le visage. Oubliant leur tension, mains jointes, les femmes contemplaient le miraculé. Le prêtre hocha la tête, l'index pointé vers le jeune Acadien.

— J'en connais quelques-uns dans la ville de Montréal, qui font tout ce qu'il faut pour attirer l'attention sur eux. Comme si notre situation à tous n'était pas déjà suffisamment difficile. Boire dans les tavernes à la santé du roi de France, chercher querelle à tel ou tel sous prétexte qu'il ne semble pas suffisamment affermi dans sa haine pour les Anglais, provoquer ceux-là, qui nous laissent en paix et nous garantissent finalement nos droits, voilà qui est bien excessif, et surtout dangereux.

Il se frappa la poitrine, poursuivit :

— Croit-on ici que les Te Deum et prières pour le petit prince de Galles, les actions de grâce pour son père et pour l'Angleterre me réjouissent le cœur ? La défaite est chère à payer, mais si l'on veut continuer à vivre dans ce pays, il faut cesser de risquer à chaque instant le peu qu'il nous reste.

Jérôme marcha vers la cheminée, prit du bois qu'il laissa tomber dans l'âtre. Le père Anselme exagérait un peu. S'il était des gens qui survivaient sans grandes pertes au Canada, c'étaient bien les ecclésiastiques, qui achetaient leur tranquillité en bénissant les vainqueurs. Et les bourgeois épargnés par les appétits des conquérants n'étaient pas fâchés quant à eux de se placer sous l'auguste et efficace protection d'aussi avisés pasteurs.

Tandis que le prêtre poursuivait son sermon, Jérôme ne quittait pas son fils des yeux. Il devait avoir la même tête ravagée, la même mine de braconnier saisi par les archers, lorsque, près de quarante années plus tôt, dans une casemate du fort Royal, un lieutenant anglais n'avait eu de cesse qu'il avouât avoir participé au raid sanglant des Micmacs sur Annapolis. L'homme s'appelait Potter. Il courtisait la cousine de Jérôme, Lucrèce, une métisse née de Julien Lestang aux confins des empires. On se battait encore pour les fourrures, l'Acadie, déjà, était anglaise.

Lucrèce était devenue la maîtresse de Jérôme, la nuit de l'assaut, pendant qu'on assassinait son père. Vieilles histoires de trafiquants, de vengeances indiennes. Jérôme avait été libéré, les Acadiens avaient payé cher la colère indienne ; fermes brûlées, exil. Hébert et Melanson avaient migré vers le bassin des Mines. Quant à Jérôme, il avait laissé sa cousine partir pour Boston, où des amis de son père l'avaient recueillie.

L'affaire ne s'était pas arrêtée là. Jérôme soupira, une boule dure au fond de la gorge, s'ébroua, étonné de voir surgir devant lui, avec autant de netteté, ces fantômes qu'il chassa. Cela suffisait pour le moment et puis, quelle importance ? Jacques seul comptait, qui s'en sortait au prix d'un reniement, d'un mensonge, ou pire. La mort d'une canaille anglaise enrichie par la déportation des Acadiens ne comptait guère, le père Anselme n'y avait même pas fait allusion, comme quoi, les vraies questions étaient ailleurs, d'ordre plutôt politique. Se soumettre ou non, dans l'âme, après avoir déposé les armes au pied des vainqueurs.

Jérôme n'en voulait pas à son fils d'avoir, en poignardant le marchand, écrasé une larve, un étron puant libéré par l'Histoire sur une terre conquise à la pointe de l'épée. Il vivait sa détresse de guerrier comme si elle était la sienne, parce qu'elle l'avait été, en vérité, dans une vie antérieure. Alors, le prendre par le col et le secouer en lui ordonnant d'aller se terrer dans un trou de souris, comme il avait d'abord prévu de l'accueillir, humilier encore le jeune soldat dépassé par l'ampleur et la rapidité de la débâcle, à quoi bon.

Le prêtre parla de la nécessité de se taire, d'attendre, de rentrer la tête dans les épaules, d'accepter.

— Accepter, murmura Jérôme.

Il croisa le regard de Thomas, devina sa pensée, identique. Il était temps d'abréger cette leçon donnée par un homme peut-être saint mais dont la terre n'avait pas été confisquée, la famille dispersée, mutilée, l'honneur piétiné. Certains pouvaient s'arranger avec l'époque qui enfantait cela, d'autres, non.

— C'est bien, mon père, fit vivement Thomas. Il y a beau temps que nous avons compris ces choses. Dès que les glaces auront fondu, les pêcheurs basques de Montréal repartiront en campagne, à l'embouchure et même plus loin, jusqu'à Terre-Neuve. Des hommes leur manquent, qu'ils ont du mal à remplacer. Mon frère fera partie de leurs équipages et les plus jeunes aussi.

Il désigna Baptiste, que les mois d'hiver haussaient maintenant à son épaule, et les aînés de Sylvain Melanson. Il y avait là un trio de petits paysans, de terriens dont l'avenir immédiat serait sur l'eau, ainsi allait l'Acadie, tel un courant fantasque, imprévisible.

Le prêtre écarta les bras, soulagé.

— A la bonne heure, mes enfants. Ah ! Ce fleuve qui demeure tant de mois immobile, il faut que le Seigneur lui envoie bien vite son bon soleil. Les pêcheurs basques, c'est très bien, voilà des gens que les duretés du temps présent n'empêchent pas de prospérer, à leur façon. Il faut faire comme eux et vous verrez, un jour, la justice reprendra sa place dans notre pauvre Canada.

Il se leva, revêtit sa cape.

— Mon père, bénissez nos petits, lui demanda Isabelle.

— Mais oui, avec grande joie.

Les enfants lui furent présentés. Il imposa ses mains sur leur tête, marmonna une prière, crucifia du pouce le front de Pierre Hébert. On lui tendit une lanterne. Il salua puis, s'étant dirigé vers la porte, se retourna, soudain.

— Toi, je t'attends en confession, dit-il, le doigt pointé vers Jacques, comminatoire.

L'ordre était stupéfiant. La dernière confession de Jacques remontait aux temps d'avant la déportation, et dans les forts de l'Ouest les capitaines ne poussaient pas particulièrement leurs hommes à s'y plier. Les bâtards du roi, comme on appelait parfois les nombreux métis conçus dans ces lointaines contrées, étaient certes chrétiens et baptisés, leurs père et mère aussi, mais avouer le péché était aussi exceptionnel que fêter en famille la naissance. Laissez-les naître, Dieu reconnaîtra les siens, telle eût pu être la devise. Laisse dire et tais-toi, Dieu reconnaîtra les justes, pensa Jacques.

En d'autres temps, Jérôme eût considéré le coup de sang de son fils comme une faute contre l'esprit de la résistance acadienne. Les Anglais, on avait su autrefois comment s'en occuper, face à face, en de rapides et sanglants coups de main sur leurs positions militaires.

— Suivre un marchand dans la neige et l'assaillir à trois ou quatre dans l'obscurité, à l'angle d'un mur de couvent, voilà qui n'est pas très glorieux, laissa-t-il tomber avec tristesse et mépris. Besogne de coupe-jarrets, pas de soldats du roi de France. Comment peut-on perdre ainsi sa raison ?

Jacques l'avait suivi sous la dépendance, où l'on allait à tour de rôle nourrir le seul trésor de la tribu, le cheval de Jean Bérard. Jérôme n'accusait, ni ne jugeait. La mise à bas des Acadiens s'était faite dans le sang et la honte, autant laisser les méthodes à l'ennemi, même si on lui avait dépecé quelques hommes, au coin des bois de l'isthme.

Jacques hocha la tête. Avec le temps, il avait cru que la punition subie à bord du *Hannah* s'effaçait doucement derrière la souffrance des captifs, leur misère et leur désespoir dans la longue nuit de la déportation. Jérôme n'avait pas connu de l'intérieur cet anéantissement collectif, même si le désir de vengeance qu'une aussi grande injustice avait fait naître dans bien des cœurs ne lui était pas étranger.

— C'était une question d'honneur, affirma-t-il, péremptoire.

Et de mémoire. Il avait souvent rêvé qu'il enfonçait une dague sous la veste du capitaine du *Hannah*. Charpentier et son ami La Liberté avaient fait ce geste pour lui. Dans le halo de la chandelle, il soutint le regard de son père, soulagé de passer ainsi à l'aveu. Pour ceux qui avaient tenu un fusil en main au nom de la liberté, qu'importait la manière d'agir. Il y avait des limites à l'insolence des vainqueurs.

— Ah oui ? Qu'avait donc fait cet homme dans la vapeur d'une taverne ? Parlait-il trop fort ? A-t-il laissé tomber par mégarde un os de poulet sur ton soulier ?

— Il se vantait d'être de la maudite industrie qui nous a tués, armateur de l'*Endeavour*, du *Leopard*, du *Hannah* et de tous les autres. Qu'ils coulent, ceux-là, où qu'ils soient, bouffés de l'intérieur par les rats, par la pouillerie et la vermine qui nous donnèrent tant de tourments. Pardieu, Père, je l'ai frappé avec la force de tous ceux que nous ne reverrons jamais plus. Je n'étais pas seul à cet instant, j'avais tant et tant d'énergie que j'aurais pu affronter cinquante soldats.

Jérôme apprécia.

— Seulement cinquante ?

Battu, exilé, prisonnier, son fils conservait au fond de lui-même des trésors de pugnacité. Dommage, oui, que les combats aient pris fin le long du Saint-Laurent, il serait resté de l'espace pour les têtes brûlées dans son genre.

— L'honneur, murmura-t-il.

— J'ai pensé à votre père, le chef de la milice de Port-Royal dont je porte le prénom. N'est-ce pas vous qui nous racontiez ses guerres lorsque nous étions enfants ? Les raids anglais repoussés à un contre dix, les femmes chargeant les mousquets et tirant à l'occasion, ma propre grand-mère faisant le coup de feu au bord de la rivière Dauphin. Ah, la belle époque. Et vous, demeuré au fort Royal jusqu'à la fin, quand tant d'autres l'avaient déserté. Nous n'avons pas su tenir de tels engagements.

Il chercha l'assentiment de son père. On était tout de même d'une famille de guerriers, de corsaires, de coureurs des bois. Comment pouvait-on se satisfaire de végéter ainsi à Montréal ? Le Jacques Hébert de Port-Royal ne se fût pas laissé faire.

— Tais-toi, l'interrompit Jérôme avec brusquerie.

— Votre père...

— Il n'était pas mon père et quand je te regarde, toi, avec tes impatiences d'égoïste, tes mines de colique, ta morgue, je me dis qu'une fatalité pèse sur notre famille et qu'elle porte un nom.

Jacques écarquilla les yeux.

— Ferme ta bouche, lui dit son père, tu vas avaler des araignées. Thomas sait, lui, enfin je pense, mais il s'en moque finalement et sans doute a-t-il raison. Jacques Hébert, ah oui, le sage de Port-Royal, un homme, vraiment, avec en lui assez d'amour pour ouvrir sa porte comme son cœur et nous laisser tous entrer à l'intérieur. Mon père était quelqu'un d'autre, à qui nous ressemblons, toi et moi. Nous avons hérité son incapacité à se fixer pour de bon quelque part et à y faire vraiment le bonheur des autres. Lui a conservé son excuse, sa noblesse de sang, sa particule, et il est mort avec, Dieu ait son âme. Fou à lier. Aubin de Terville, gentilhomme de Cherbourg et de Beaubassin, cousin du roi Louis XIV : voilà qui était ton grand-père. Ma pauvre mère en fut éprise au point d'aller le chercher en vain dans l'isthme de Chignecto au lieu de m'enfanter en paix auprès des siens. Ah ! Te voilà bien muet, à cette heure. Alors, ne te demande pas d'où tu tiens ton foutu caractère et essaie plutôt de l'amender. Il y a ici une Joséphine qui t'en saura gré, tu peux me croire.

Il ricana.

— Sûr qu'un tel homme n'eût pas barguigné pour scalper un marchand de Londres. Je croyais être le seul à porter ce poids, poursuivit-il, mais voilà que tu viens partager la charge, toi, le chétif réchappé des fièvres et des coliques. C'est vrai, cette guerre a brisé ceux de ma génération et tu as raison, nous n'avons pas tenu nos engagements. Les têtes chaudes comme toi ont le droit de nous en vouloir.

— Je pensais gagner votre estime, Père.

— Tu l'as malgré tout, rassure-toi, mais que vaut-elle ? Je te regarde et c'est comme si je me voyais dans un miroir. Tu es surpris, n'est-ce pas ? C'est sans doute parce que je ne t'ai pas vu grandir. Je te découvre. Bougordjé ![1] C'est qu'à dix-neuf ans à peine, tu as déjà fait du chemin.

Il considéra son fils avec tendresse, débarrassa le cheval de son picotin.

— Regarde-le, celui-là, dit-il. Comme nous, à la diète ! Bast, on s'habitue. Les moines de l'Hôpital ne sont pas avares de leur avoine. Il faut dire que nous les avons aidés à la moissonner.

Il serra l'épaule de Jacques, sentit sa raideur, un mouvement de recul, presque, et murmura :

— L'Acadie est morte, Jacques, comme le Canada. C'est fini. La défaite des Québécois, la nôtre, c'est tout pareil. Ceux qui ont encore envie de se battre doivent choisir, faire la paix avec eux-mêmes ou s'en aller égorger les gens sur les chemins. Rentrons, tu es en chemise, de quoi attraper la mort à coup sûr.

1. « Bougredieu ! »

XXXIV

Montréal, printemps 1762

C'était un joli mois de mai. Des lambeaux de neige s'accrochaient encore aux collines surplombant le fleuve, le ciel en s'ouvrant lui donnait sa couleur ; il faisait en vérité un temps à mettre tous les Acadiens sur les navires du retour.

L'*Iraty* était allé s'ancrer face à la longue butte de terre bosselée servant de quai. A son bord, la dizaine de pêcheurs embarqués un mois plus tôt s'affairaient à regrouper les tonneaux de poissons déjà mis en caque. Bientôt, le petit bâtiment des Basques serait rejoint par son jumeau, l'*Hasparren*, et les deux goélettes armées pour la pêche feraient halte pour quelques jours, avant de repartir vers le golfe.

Joséphine repéra de loin la longue silhouette de Jacques, qu'elle désigna du doigt à son fils. L'Acadien roulait des barriques sur le pont tandis qu'aidé par Baptiste et Beloni-à-Sylvain-à-Joseph Melanson, l'aîné des orphelins, Thomas apprêtait la yole.

Les Basques avaient recruté avec générosité la jeunesse de la Petite Acadie. Les temps changeaient ; comme ils avaient eux-mêmes besoin de poisson, les Anglais toléraient leur commerce. Ils étaient de Bayonne et se nommaient Etchart, avaient autrefois croisé la flotte de Cap-Breton au large de Terre-Neuve. Les noms du Bellilois et de Pierre Lestang leur étaient familiers. Sacrée époque, que celle des corsaires acadiens.

Thomas aperçut Joséphine et lui fit de grands signes. C'était sa seconde campagne de pêche, la première pour ses cadets. Le sang marin d'Isabelle s'était révélé en lui au départ de l'île Saint-Jean. Désormais, il bouillait dans ses veines, au grand bonheur de sa mère et de Jérôme.

Gommer les Acadiens de la carte des Amériques ne serait pas aisé, répétait-il. Les chassait-on de leurs champs, ils se faisaient pêcheurs, confisquait-on leurs fusils, ils s'en allaient hacher la forêt pour le compte des charpentiers de Montréal. Les traquait-on encore ici et là ? Ils se faisaient tout petits en Gaspésie et dans les villages laurentins où les Canadiens les laissaient se constituer en hameaux.

— Hé, les marins ! cria Joséphine.

Jacques répondit à sa femme, montra les tonneaux alignés contre le bastingage. La campagne s'était limitée aux abords d'Anticosti. Elle avait été bonne, on ramenait du bar et de la gatte[1], de l'anguille et du marsouin blanc, de quoi payer tout le monde et plutôt bien.

Joséphine ferma les yeux, huma l'air frais. C'était, au sortir du long hiver, un de ces jours sans menace, où il faisait bon vivre, où croiser des vestes rouges dans une ruelle devenait anodin, où les esprits conciliants pouvaient imaginer l'existence ainsi pérennisée pour le bien de tous.

Joséphine fut soulagée de constater que son Jacques s'activait en bonne entente avec les autres. Elle avait craint pour cela, redouté que ses humeurs changeantes, ses colères et ses mélancolies ne le missent en marge de l'équipage. Au lieu de quoi, il souriait derrière les barriques, de l'air de l'ouvrier content de son travail.

— C'est meilleur que l'air de la tonnellerie ! lui cria Joséphine lorsqu'elle fut parvenue à portée de voix de la goélette.

Il avait changé. Joséphine vit qu'il se tenait droit, le cou dégagé des épaules, lui qui semblait depuis des mois porter le poids du monde sur son dos. Elle vit aussi Thomas dans ses allures habituelles de fourmi toujours occupée à quelque chose. L'aîné finissait peut-être par influencer heureusement le cadet.

1. Alose.

Elle ressentit une onde de bonheur, au plus profond d'elle-même, se souvint qu'au fort Duquesne Jacques pouvait rester des heures à écouter la leçon du sergent La Violette, et passer autant de temps à la mettre en pratique. Si l'esprit de son mari s'était débarrassé de ses ombres, alors elle retrouverait l'adolescent de la Monongahela, fragile et si fort en même temps.

— Mon mari, murmura-t-elle.

Elle l'observa maniant la rame de la barque. Pour ceux qui avaient connu les tempêtes, les coques de noix prenant l'eau, la crainte des mortelles rencontres, les nuits de mai avaient été douces dans le golfe du Saint-Laurent, une bénédiction de Dieu. Elle vit Baptiste qui sautait à terre, courait vers elle pour lui montrer ses mains rougies par les cordages. Le bougre avait pris encore un peu de volume, il serait bientôt un homme, aussi robuste que Thomas.

Elle marcha vers Jacques, ouvrit ses bras, sentit qu'il la serrait contre lui avec un peu plus de tendresse que de coutume. Elle le désira, soudain, frotta son ventre déjà un peu arrondi contre le sien. Il se laissa faire quelques instants, grogna quelque chose comme « On n'a tout de même pas traversé l'Atlantique ». Il restait de l'ouvrage à bord, pour lui comme pour les moussaillons, qui pensaient peut-être que la journée avait pris fin avec l'accostage. Elle caressa son visage, baisa furtivement ses lèvres.

— Va, mon beau. La mer te donne des couleurs.

Son teint avait perdu la rougeur des ateliers et des tavernes, pris le hâle des premiers jours de vrai soleil. Il s'accroupit, salua Pierre, voulut prendre ses mains. L'enfant, qui le regardait d'un air à la fois craintif et curieux, se déroba, agrippé à la jambe de sa mère. Joséphine se mit à rire, un peu gauchement, excusa le mioche.

— Un mois, c'est long pour un petit comme lui. Je lui ai pourtant parlé de toi chaque jour.

— Ça va, grommela-t-il dans un rictus. Nous aurons le temps, tous ensemble.

Un charroi s'était avancé vers l'*Iraty*, tandis que l'*Hasparren* s'ancrait à son tour, au contact de son jumeau. Jacques remonta dans la yole. Il fallait enrouler des voiles et des cordages, laver le pont souillé par les débris de la pêche, vérifier que la cale avait été débarrassée en entier de sa cargaison.

Thomas donna au passage une tape amicale sur l'épaule de son frère. Lorsqu'il s'était agi de descendre pour la première fois dans la cale, Jacques s'était immobilisé au bord de la trappe, incapable de faire un geste. Le grand trou noir d'où il percevait, montant vers lui, un souffle informe, une plainte, des odeurs, l'avait effrayé. La fermeté de Thomas, sa voix avaient été nécessaires pour lever l'obstacle. Les jambes molles, la tête pleine d'étoupe, Jacques avait fait le court chemin qui le menait à ses cauchemars, salué par un « A la bonne heure » joyeux de son aîné. Etrange médecine, qui le conduisait là où croupissaient ses pensées les plus noires.

— La paie dans deux jours, lorsque nous aurons vendu la pêche, annonça Jeannot Etchart.

Le capitaine, massif, les bras ronds comme des branches de chêne, le cou fondu dans la puissante épaisseur des épaules, était satisfait de ses recrues. Thomas Hébert pouvait prétendre à le seconder, quant aux autres, ils avaient tiré avec cœur sur les cordages et les filets.

Le grand air, la sensation de liberté convenaient à ces êtres trop longtemps contraints de vivre serrés dans une masure. Tous seraient-ils un jour de vrais marins ? Etchart les observa ramant vers l'*Iraty*. Les Acadiens lui avaient raconté leur histoire, à chacun son chapitre, son aventure, sa mémoire des événements. Lorsqu'il retournerait à Bayonne, il expliquerait à son tour ce qui était arrivé aux Français du Canada, doutant d'être cru tout à fait.

Joséphine couvait des yeux son mari. Lui, encore plein de la chanson des voiles et du vent, les yeux fatigués d'avoir scruté les rives du grand fleuve, les ruines de Québec, l'horizon bleuté au large d'Anticosti, paraissait étonné de se retrouver à terre. Il avait redouté cet instant ; la mer était bonne avec les âmes tourmentées, elle égalisait tout dans le lent mouvement du navire, son silence était fait de cent murmures différents, rien à voir avec la ville et ses fumées, ses cris, ses odeurs composites.

Joséphine prit le bras de Jacques tandis que Thomas hissait le petit Pierre sur ses épaules. Elle s'amusait, provoquait le regard de son époux, la tête penchée sur le côté, sautillante comme une donzelle marchandant un premier baiser.

— Ton ventre est bien rond, lui dit-il.

— L'enfant commence à remuer.

Elle frissonna, ravie. La naissance était prévue pour le plein été. Claire aussi était grosse, sans doute. Elle n'avait pas saigné depuis deux bons mois et le cœur lui tournait souvent. Joséphine avait une autre nouvelle. La pie-Suzanne marierait bientôt un scieur de long, de surcroît bedeau.

— François Reboul, dit Beauchêne, un Canadien. Elle l'a connu à l'Hôpital, où il sonne la cloche et fait un peu de ménage pour les pères quand il n'est pas en forêt. Un bon garçon pas très malin mais bien fort de ses bras. Et puis je crois bien que la pie-Mathurine aussi fraye un peu par là-bas. Ce serait avec le Pierre Révillon, tu sais, le grand cordier dont les grands-parents ont été tués par les Iroquois avant le siècle, je n'en serais pas étonnée.

Il hocha la tête, bercé par le bavardage de sa compagne. Tout cela ferait un peu plus de monde à la Petite Acadie, à moins que les donzelles ne suivissent leurs époux quelque part dans le vaste Canada. Au fond, il s'en moquait. Le voyage au fil du Saint-Laurent, le grand large aperçu à l'est d'Anticosti avaient éveillé en lui l'envie quelque peu assoupie de repartir en campagne.

Tandis qu'ils marchaient tous ensemble vers les entrepôts, en une bande joyeuse, il redécouvrait l'horizon de bois, de champs, de collines bordant la ville et se sentait ni de là ni de Québec ni même d'Acadie. De passage, voilà quel était son état.

Claire et Isabelle cousaient devant la fenêtre ouverte sur la steppe herbeuse piquée de fleurs blanches, jaunes et bleues, lorsqu'elles aperçurent les jeunes gens. D'un même élan, elles abandonnèrent aiguilles et tissus, allèrent à la rencontre des marins et ce ne furent pour de longues minutes qu'embrassades, exclamations, rires et compliments. Les petits étaient à la fête. Comment s'étaient-ils comportés, eux qui ne connaissaient rien de la mer et pas davantage des navires ? Le Seigneur avait-il rempli comme il fallait les filets de l'*Iraty*, accroché aux lignes assez de bars et d'aloses ? Thomas vit Jean Terriot, appuyé sur sa canne dans l'embrasure de la porte. Il s'inquiéta :

— Père n'est pas avec vous ?

Isabelle se rembrunit. Jérôme souffrait du ventre depuis quelques jours. Une colique dont il ne savait pas la raison le tenait allongé. Thomas se hâta, suivi de ses frères, trouva son père à demi assis contre l'oreiller, la main sur l'estomac. Jérôme avait maigri, ses joues pâles s'étaient creusées. Il écarta les bras.

— Mes trois corsaires ! Pardieu, j'en connais qui doivent vous regarder avec fierté, de leur ciel.

Son visage fatigué s'éclaira. L'espace d'une seconde, Thomas vit devant lui le corps étique de Pierre Lestang, sa longue silhouette d'agonisant. Il serra la main de Jérôme tandis que Jacques et Baptiste s'asseyaient au pied du lit. Les femmes entrèrent à leur tour dans la pièce commune. On mettrait une volaille au pot, on pétrirait de la pâte. Il y eut de la gaieté, soudain, à la Petite Acadie.

Jérôme exigea des récits. On avait quitté les ateliers, laissé à d'autres les travaux de manutention sur les quais, oublié les grises perspectives d'emplois obscurs. La mer, pardieu ! Le cœur d'Isabelle s'emballait à la pensée de savoir ses fils ainsi réunis sur un bateau.

— Les Anglais nous confinent à l'estuaire, corrigea Thomas, et au large d'Anticosti. A peine.

— C'est un début. Quand la paix sera revenue, les Basques retourneront à Terre-Neuve et vous avec. L'océan, oui, c'est là votre monde futur, mes garçons.

Jérôme fixa Jacques avec tant d'acuité qu'il lui fit baisser les yeux. Lorsqu'il en eut assez entendu sur la campagne de pêche, il lâcha, presque désinvolte :

— Les Anglais ont forcé un des scalpeurs du marchand Grant. Charpentier, Guillaume, ainsi s'appelait-il. Ils l'ont tué quelque part près de Trois-Rivières. Quant à l'autre, introuvable, il est peut-être bien en Chine à cette heure.

Jacques ne réagit pas. Il semblait encore en voyage, oscillait doucement, comme pris dans les mouvements du bateau. Jérôme grimaça, s'assit au bord du lit, le dos voûté, l'air las. Il était en chemise longue, réclama ses vêtements pliés sur une chaise, s'habilla avec lenteur, comme si chacun de ses gestes lui était peine, ou douleur.

— Le roi au petit lever, plaisanta-t-il.

Il ajouta « Versailles » avec un large mouvement du bras vers la poutraison. Baptiste s'était approché de lui, à le toucher. Il prit le garçon par la nuque.

— Le petit-fils du Bellilois prend la mer à son tour, dit-il. Pardieu, ma joie est grande de voir une chose pareille. Un jour, tu nous ramèneras en Acadie, mon fils.

— L'Acadie, on n'y est pas encore, grommela Jacques.

Il s'étira, considéra d'un œil indifférent le cours du Saint-Laurent. Aux environs de l'entrepôt-à-Bérard, les eaux du fleuve brassaient en permanence de la vase, sous les ajoncs, et lorsque le ciel était à l'orage, comme ce jour-là de septembre, elles prenaient la teinte des nuages.

Jacques s'appuya sur ses coudes, observa un long moment le ventre de Joséphine, d'où était sorti le mois d'avant, plus rouge qu'un homard et gueulant bien fort son envie de vivre, leur puîné, Julien.

Comme si un malheur devait effacer aussitôt la joie, Claire avait avorté, à deux mois à peine du terme, brutalement, alors que tout semblait bien aller. Thomas était sur l'*Iraty*, loin de là, les pies-Terriot, toutes deux mariées depuis juillet, avaient suivi leurs époux en ville. La ruche acadienne s'était éteinte pour la veillée funèbre.

— Il y a désormais de la place à la Petite Acadie, du silence aussi, remarqua Jacques. Cela doit te faire plaisir.

— Ni plus ni moins qu'à toi.

— En vérité, tu as la nostalgie de la vie militaire, se moqua-t-il.

Elle baissa la tête. Le temps qui passait embellissait ses souvenirs d'enfance. Les séjours de plusieurs années dans des forts plantés au milieu des plaines ou au cœur des forêts ? Voyages le long des fleuves sous l'œil attendri de braves cerbères. Les échos des guerres s'approchant des redoutes au son des cornemuses écossaises ? Chansons de marche. Et la sanglante rupture avec cette bourlingue finalement heureuse, dans Québec assiégée, simple accident de parcours ? lui demanda Jacques.

Elle se tut, fatiguée de lutter face à un roc persuadé en permanence d'avoir raison contre tous et contre tout. Jacques ricana. En vérité, elle supportait mal sa famille d'accueil, pour des raisons qu'il refusait de comprendre.

— Ils sont tes mennonites, la railla-t-il.

Il lui avait décrit les rituels, les silences, l'esprit de clan, rigide, intangible, le suprême égoïsme des Allemands de Pennsylvanie sous le masque de la fraternité, de l'amour et de la compassion. Il savait bien que ce n'était pas aussi simpliste. Les protégés de William Penn les avaient accueillis, lui et sa sœur, le laissant libre de les quitter. Mais Joséphine devait prendre la leçon ; ça valait bien de tricher avec la réalité.

— Tu te moques bien de savoir ce que je ressens, se défendit-elle.

Elle enrageait de le savoir occupé par des pensées auxquelles elle n'avait pas accès. Ainsi sont les garçons, lui serinaient à longueur de temps les pies-Terriot. Qu'en savaient-elles ? Et comment pouvait-on ainsi se complaire par avance à vivre dans cette ignorance-là ? Les quelques femmes des garnisons servaient leurs compagnons avec loyauté. Cela les autorisait à leur en imposer à l'occasion, certaines y allaient même à grands coups de bec quand il le fallait.

Il lui fit remarquer qu'elle avait souffert à égalité avec les autres de la promiscuité, du bruit, de l'agitation des plus petits. Maintenant, les garçons étaient en mer, les donzelles avaient convolé. Restaient les vieux.

— Et Claire.

— Que dis-tu ?

— Rien. Je pensais tout haut.

La douce Claire s'aigrissait pour de bon, elle dont le désir d'enfanter croissait avec ses échecs successifs. Thomas l'encourageait et la louait pour sa force et sa patience. Il acceptait. Pas elle, qui regardait avec envie, et plus que cela, croître la progéniture de Joséphine.

Gentille fiancée, elle avait autrefois ouvert ses yeux pleins de naïveté, d'espérance, de foi, sur le monde incertain des Acadiens. De cela ne survivait intacte que la foi. Le reste s'était gâté ou consumé, son humeur était passée de l'autorité tranquille à la vigilance inquiète, parfois abrupte, rogue, même, à l'occasion.

Jacques soupira. Les affaires de la Petite Acadie ne l'avaient jamais trop concerné. Joséphine l'observa. Son Jacques, elle le connaissait. Les campagnes avec les Basques l'occupaient depuis quelques mois. Il s'y donnait comme il fallait, mais son esprit vagabondait par trop, loin des préoccupations matérielles, des soucis, des calculs de Thomas. Elle fronça les sourcils. Jacques lui jetait de ces petits coups d'œil en coin d'enfant n'osant franchir un pas. Elle pâlit.

— Eh bien, tu as quelque chose à dire. Presse-toi, il va falloir rentrer.

L'horizon s'éclairait de blanc, vers Lachine, la chaleur devenait moite. Des petites mouches noires énervées commençaient à tourner autour d'elle. Jacques s'assit. Lors d'une escale à Bonaventure, il avait retrouvé un gentilhomme, dans une ferme où l'équipage faisait halte.

— Benoît de Lavallière, un ancien compagnon de mon père en Acadie. Je t'en ai parlé, tu ne te souviens pas ?

Elle fit non de la tête, tendue, soudain.

— Les hommes comme lui n'ont jamais cessé de se battre, expliqua-t-il.

— Bien, et alors ?

— Il allait de place en place à la recherche de ses frères d'armes, faisait le compte des familles de chez nous abritées par des Canadiens. Les Anglais le traquent, tu sais, il leur a échappé souvent. Il y avait grand risque pour lui à se trouver là, à quelques lieues à peine des forts ennemis.

— Eh bien, un compagnon de ton père, qui continue sa guerre. Que vas-tu en faire, à cette heure ?

Elle avait presque crié.

— Il y a un chef ottawa dans la région des Grands Lacs, son nom est Pontiac. Lavallière nous a dit qu'il prend les armes contre les Anglais au nom du roi de France. Ainsi est-il le dernier à se battre quand tous les autres se sont couchés devant Murray, Amherst et tous les maudits goddams qui nous mettent en esclavage.

Elle se détourna avec brusquerie, fit quelques pas sur le chemin.

— Où vas-tu ? lui cria Jacques.

Elle lui fit face. Sa tristesse un peu nonchalante, son ironie avaient disparu, ses joues s'empourpraient.

— Où veux-tu que j'aille ? Là-bas, pardi, à la Petite Acadie de tes parents, c'est ma place, celle des bêtes que l'on met à l'étable ou à l'écurie.

Il se mit debout, surpris que l'on pût ainsi s'alarmer de quelques mots. Elle darda sur lui son regard furibond.

— Alors, c'est ça, l'envie de te battre court à nouveau dans ta tête. Pauvre Jacques Hébert, il y avait bien trop longtemps que tu t'employais pour les pêcheurs basques, quatre mois, rendez-vous compte. Lever des filets, mettre des aloses en caque, la besogne n'est pas à ta hauteur. Il te faut de la guerre, des Sauvages peints, des forts en flammes. Et que je ponde des petits Acadiens comme les poules des œufs ne t'intéresse guère.

Il voulut parler. Elle ne lui en laissa pas le temps.

— Ah oui, tu peux te préparer à rejoindre ton chef ottawa, celui-là aussi te donnera une médaille ou un collier, des coquillages vides avec de la magie dedans, et quand tu seras couché sur la terre avec du plomb plein le corps, on te mettra dans un trou, la tête au levant, et tu auras l'air malin. Chef Hébert, l'Ottawa ! Jacques-à-Jérôme-à-je-ne-sais-trop-qui, le dernier soldat de la Nouvelle-France, celui qui se bat encore quand tous les autres sont rentrés chez eux, ou dorment depuis des années dans les cimetières.

Elle secoua la tête, incrédule. Il s'approcha d'elle, la vit qui se dérobait. Eh, quoi ? Il y avait donc de la malice à désirer se remettre debout face à l'ennemi ? La guerre n'était pas finie, que l'on sache. Il écarta les bras. L'orpheline avait trouvé un toit chez lui, comme d'autres petites proies de la misère ramassées en cours de route, abritées, nourries, sauvées d'une mort certaine. Que lui fallait-il de plus ?

— Voilà donc pourquoi tu semblais si heureux à votre retour, dit-elle, stupéfaite. J'ai cru que c'était à cause de moi, de tes fils. Ha !

Elle se plia en deux, ahanante, recula, empoigna de la terre sèche qu'elle lui jeta au visage, puis elle essaya de le pousser jusque dans la vase du fleuve. Il esquiva, la vit qui glissait à terre et y rampait sur le côté, alourdie par son ventre encore arrondi, incapable de se relever. Il lui montra du doigt la maison, au bout de la lande craquelée.

— Tu es ici chez toi.

Elle parvint à s'asseoir, puis à s'agenouiller. L'excuse ne lui suffisait pas. Des mois de bile ravalée sous le regard protecteur des femmes de la tribu remontaient à la surface. Certes, on l'avait recueillie, habillée, jusqu'à l'identifier parfois à la fille éloignée par la déportation, cette Charlotte dont elle ne serait jamais qu'une pâle image aux yeux d'Isabelle.

— J'en ai assez, de cet endroit où tu n'es pas. Est-ce que tu comprends ça ? Et tu reviens de l'océan pour me dire qu'un chef indien des Grands Lacs a besoin de toi pour redonner le Canada au roi de France. Mille Ottawas et un Acadien vont reprendre Niagara, Oswego, Duquesne, et assiéger Boston par la même occasion !

Elle éclata de rire. La soldatesque, les rites des garnisons, les exigences de la guerre, elle connaissait tout cela par cœur, pour avoir grandi au milieu. Maintenant, les forts étaient tombés, les armées s'étaient dispersées, Dieu désignait les vainqueurs et l'idée même de mener la contre-attaque tournait au grotesque.

Jacques se sentit mortifié. Il comprenait pourquoi les femmes ne s'étaient jamais mêlées des affaires militaires. Ravauder les uniformes, lessiver la draperie, mettre les volailles au pot et veiller au bon repos des héros exténués, voilà qui suffisait bien à leur condition.

— Eh bien, va, mon beau, marche jusqu'aux Grands Lacs, rejoins le chef Pontiac et cours sus à l'Anglais. Il restera toujours assez de gentilshommes pour te montrer le chemin, et assez de rêveurs comme toi pour mourir en leur honneur. Si demain matin un capitaine vient te proposer d'attaquer avec lui la garnison de Montréal, tu iras. Seigneur, quelle belle âme. Mais il faut que tu saches une chose.

Elle tendit son poing vers lui.

— Si jamais tu t'en sors vivant, je ne serai plus là pour t'ouvrir la porte. D'autres le feront, ils en ont l'habitude, même quand tu reviens d'avoir assassiné un marchand. Ah, vraiment, il valait mieux s'en aller en France avec Vaudreuil et sa troupe !

Il leva la main, se pencha vers elle, qui ne broncha pas, le nez contre le sien.

— Le marchand...

— Tu l'as tué, et puis scalpé. Crois-tu que nous soyons toutes assez bêtes pour ne pas l'avoir su tout de suite ? Jacques s'en est sorti tout seul, bé dame ! Jacques était incapable de faire une chose pareille ; la belle sornette ! Mon pauvre époux, tu oublies à qui tu dois de ne pas t'être balancé au bout d'une corde. C'est de ton cousin William que tu devrais être le soldat, pas du chef Pontiac. Le beau héros que tu fais là, vraiment.

Les mouches lui donnaient l'assaut, sous la frange de ciel noir irisée par le soleil. Elle ruisselait de sueur. Jacques se prit la tête dans les mains. Pardieu, tout cela était compliqué. Il vit sa femme se relever, aller en chancelant vers le bord du fleuve Il voulut la suivre.

— Laisse-moi ! lui cria-t-elle.

Il était accablé, penaud, en même temps. Ses certitudes vacillaient : d'être dans le vrai en voulant résister jusqu'au bout aux évidences de la guerre ; de prendre ses complaisances avec lui-même pour de la simple justice ; de pouvoir ainsi continuer à traverser la vie des autres en ne se préoccupant que de la sienne.

Il réalisa qu'il n'était plus le libre fugitif de Pennsylvanie, ni l'éclaireur protégé par un grand frère expérimenté, encore moins le guerrier des Plaines d'Abraham revenu chez lui pour illuminer la misère ambiante ; tout ce qu'il se persuadait d'être encore.

Il rejoignit la rive, aperçut la silhouette de Joséphine allant vers la maison. Le Saint-Laurent s'ouvrait à l'est, large comme la mer, indompté. Les Basques suivraient bientôt ce chemin vers le golfe, à nouveau, avec leurs équipages.

Il se tourna. En amont, très loin dans les profondeurs des orages, des forêts, commençaient les territoires encore inviolés des Ottawas, où se levait une révolte, la dernière peut-être de la guerre.

— Pontiac, pardieu, tu as bien raison.

Il ferma les yeux, éprouva aussitôt un vertige qui le força à les rouvrir. Il était sur la ligne invisible d'une frontière, incapable de choisir sa route. Il fit les quelques pas qui le séparaient du fleuve, entra dedans sous les roulements rapprochés du tonnerre. Envasé jusqu'aux genoux, il se mit à frapper du poing la surface de l'eau, de plus en plus fort, hurlant sa rage, minuscule dans les immensités d'ajoncs.

Marchant au bord du fleuve, Thomas avait dépassé l'Hôpital général lorsque l'orage éclata. Un temps, il pensa aller se réfugier chez les sulpiciens, tant le ciel déversait sa manne avec violence. La Petite Acadie était encore à une grande demi-heure de là.

Il ferma le col de sa cape, enfonça bas son feutre. Peine perdue. Des tourbillons de pluie l'assaillaient, imprévisibles ; l'eau s'infiltrait dans son cou, tandis que ses légers souliers de peau pataugeaient au fond d'une glu boueuse.

Il pesta, se dit qu'il aurait dû demeurer auprès des Basques, jusqu'au soir. Mais le désir de revenir vers les siens, porteur de la première paye collective, l'avait emporté.

— Sacordjé ! Qui marche, là-bas ?

Une forme, au fond du décor noyé, le croisait à distance, au milieu des chaumes des sulpiciens, couchés par la tourmente. Il lui sembla que c'était une fille, tête nue. Il appela, en vain.

Il reprit sa route, arc-bouté contre les rafales. Il faisait froid, soudain. Les marins redoutaient cette alliance, soudaine, brutale, du ciel et du fleuve, qui pouvait les noyer en quelques minutes dans un infernal clapot. Il serra la bourse dans sa main, le contact lui fit du bien. De l'argent, quelques guinées ; à l'effigie d'un George quelconque ? La belle affaire !

La tribu s'était repliée à l'intérieur de la maison, où l'on manquait de pots pour recueillir l'eau tombant de la toiture. Manquait Jacques. Et Joséphine.

Claire sortit de la cabane-aux-anciens, une coupelle à la main, recouverte d'un linge souillé.

— Tu devrais voir ton père, lui lança-t-elle. Il est sur son lit, et fort malade.

La maison était plongée dans la pénombre, il y pleuvait comme d'une gouttière, en dix endroits, cela créait au sol des flaques, où trépignaient en riant les plus petits, et à ce jeu, Pierre Hébert n'était pas le plus maladroit. Thomas écarta les draps séparant les couches des jeunes Melanson, poussa la porte de la minuscule chambre, aperçut le visage très pâle de Jérôme penché sur une assiette creuse à demi pleine de sang.

— C'est ainsi depuis une grande heure, dit Isabelle à voix basse. Il a souffert du ventre, tu sais, là où il porte souvent la main, et puis il s'est couché et s'est mis à dégouler[1] ça.

1. Vomir.

Appuyé sur un coude, le souffle court, Jérôme gardait la bouche ouverte, des filets sombres marquaient le coin de ses lèvres comme un maquillage, coulaient jusqu'à son menton. Thomas vit la couleur du sang, brune, différente de celle des blessures encore fraîches.

Agenouillée, un linge à la main, Isabelle s'efforçait de nettoyer le visage du malade, ses paupières à demi closes, sa bouche. Thomas approcha, s'assit au bord du lit, contre la hanche de son père, attendit que Jérôme l'eût enfin reconnu.

— Pardieu, ça me brûle en dedans.

Jérôme avait l'air sidéré tant par l'acuité de la douleur que par ce sang sortant de lui, n'osait bouger, de peur de déclencher une nouvelle débâcle. Thomas fut effrayé de découvrir la lividité de ses joues, les cernes marron sous ses paupières, l'affaissement des muscles de ses bras, de sa poitrine. Il sentit la main de son père saisir soudain la sienne et la serrer, c'était là un geste inhabituel, un appel où se mêlaient la souffrance, la peur, autre chose, aussi, un réflexe désespéré de noyé s'agrippant à une planche. Isabelle se leva.

— Je vais jeter ce sang, dit-elle.

— Ça me vient des entrailles, fils, souffla Jérôme, c'est comme une déchirure. Sacordjé, si je dois mourir de cette façon, je ne veux pas que ce soit ici.

Il fixait un point au loin, dans la poutraison.

— Il va nous falloir partir, je veux retrouver les autres et puis mourir en Acadie, gémit-il entre deux éructations.

Thomas acquiesça. Retrouver les autres, mais où, pardieu ? Cela faisait sept années que la famille s'était dispersée. Jérôme nomma ses sœurs, sa fille Charlotte, d'autres encore, qui l'appelaient de toutes parts.

Thomas serra sa main, pensa qu'il délirait, peut-être bien de fièvre.

— Calmez-vous, lui dit-il, il faut vous reposer.

— Il faut s'en aller, je te dis. Nous n'avons plus rien à faire ici.

Il tenta de se lever, renonça dans l'instant. Sa nuque chuta lourdement au creux de l'oreiller. Allait-il saigner de nouveau ? Au moment où Isabelle, revenue de sa répugnante besogne, se penchait sur lui, un éclair intense illumina la maison, suivi aussitôt par un craquement de fin du monde. L'orage un instant calmé reprit, la bourrasque se déchaîna de nouveau, hurlante.

— S'en aller, répéta Jérôme. Je les entends, pardieu, ils souffrent, bien pis que moi.

Sa main se détendit, comme à l'orée du sommeil. Thomas se leva.

— Il va un peu mieux, dit Isabelle à voix basse. J'ai bien cru qu'il allait passer, tout à l'heure.

De l'eau gouttait sur le lit, sur la terre bosselée de la chambre. L'hiver avait encaverné la maison, la glace avait disjoint les planches de la toiture. Les premières pluies du printemps perçaient partout ses défenses.

On mit des brocs, des écuelles. Toute la vaisselle de la Petite Acadie fut bientôt employée à ce crépitant recueil.

— C'est Joséphine que j'ai vue tantôt sous l'averse ? s'inquiéta Thomas.

— Elle a baguenaudé un bon moment avec son mari le long du fleuve, expliqua Claire. Puis elle est revenue chercher le tout-petit et s'en est allée par le chemin de l'Hôpital.

— Par un tel orage, sacordjé ! C'est bien elle que j'ai vue, alors.

— Oh, celle-là et son Jacques, je ne sais pas ce qu'ils ont au fond de l'âme, dit Isabelle. A peine revenu, voilà ton frère qui refait sa tête de bois, et la petite avec de la tristesse plein le cœur.

Thomas posa la bourse près de sa mère. Les Basques avaient bien vendu leur poisson, il y avait là de quoi acheter du tissu, de la dentelle, quelques outils et ce qui manquait souvent chez les Acadiens, l'huile, la mélasse, la viande fraîche, le sucre et même, luxe de bourgeois, les fruits des Caraïbes que les bateaux anglais transportaient jusqu'au Pays-d'en-Haut.

— Pardieu, c'est la fin des temps, dit-il, à l'écoute du déluge s'abattant sur la maison.

Jacques n'était pas reparu depuis le matin. Thomas considéra d'un œil inquiet les gouttières tombant, drues, du faîte de l'entrepôt. Pardieu, la journée était rude et il restait des choses à faire. Il hésita à se rendre aussitôt à l'Hôpital, choisit d'aider la maisonnée à écoper sa barcasse en grand péril.

— Sauts de baleine, grosse bise prochaine, dit Jean Terriot, qui ne quittait plus son fauteuil à bascule.

La pie-Mathurine n'était plus là pour lui répondre « sauts plus hauts, tempête au plus haut » et l'emmener au pot mais, sous le déferlement de l'orage, une main charitable avait tout de même tendu un drap au-dessus du vieil homme.

Thomas se sécha devant l'âtre. Il serait bien resté là, près de son père, le reste du jour. Il fallait inspecter et réparer la toiture, mesurer la pièce commune que l'argent des Basques doterait bientôt d'un plancher.

— Foutu Jacques, murmura-t-il, tandis que Claire l'aidait à enfiler ses bottes. Je ne sais trop ce qu'il médite en ce moment.

— Tu m'as dit qu'il s'est bien tenu sur le bateau, remarqua Claire. De toute façon, il n'avait pas le choix. Les Basques sont de bons maîtres.

— Certes. Ce bougre a de la force sous ses apparences de merlet mouillé et il ne la marchande pas, c'est un fait. Mais va savoir ce qui trotte dans sa tête.

— Quand tu l'auras retrouvée, n'oublie pas de tancer la petite. Elle est gréée pour la promenade. On ne court pas dans la bourrasque ainsi vêtue. Quant à lui, laisse-le donc se mouiller et prendre les poumons vifs[1]. Il aura bien ce qu'il mérite.

Thomas regarda sa femme. A mesure que le temps confortait les routines de la Petite Acadie, Claire s'installait dans un rôle de maîtresse des lieux qu'Isabelle lui abandonnait sans résistance. De surcoît, elle n'aimait guère son beau-frère et le montrait de plus en plus ostensiblement.

— Prie un chirurgien de venir jusqu'ici, ton pauvre père en a grand besoin, recommanda-t-elle.

Thomas enfila une chemise sèche, boutonna sa culotte rayée. Puis il se coiffa de son feutre, s'encapa de laine épaisse et sortit, grommelant.

L'orage laissait la place à de la grisaille. La pluie horizontale lui gifla les joues. C'était froid, dégoulinant. En quelques minutes, le sol desséché par un long été de soleil et de vent s'était transformé en bourbier.

1. Pneumonie.

— Sacredieu, mon frère, tu nous tourmentes trop, à cette heure.

Il se hâta, les yeux rivés sur le chemin. Les chirurgiens de l'Hôpital général n'avaient pas très bonne réputation. Trépaneurs et saigneurs, voilà ce qu'ils semblaient être avant tout, quant à leurs potions il se disait qu'elles précipitaient plus souvent les trépas qu'elles ne les empêchaient.

Il parvint au hameau, emboué jusqu'aux hanches. L'église était vide, sœurs grises et ouvriers étaient rentrés dans les bâtiments. Des pauvres, pensionnaires de l'établissement, prenaient le frais à l'abri des auvents.

— La petite avec son marmouset ? Elle a dû aller se sécher aux cuisines ! Ils étaient bien trempés, tous les deux.

La femme était édentée, hirsute, en haillons, jolie face de sorcière dégouttante de pluie. Thomas marcha jusqu'aux communs, dont il poussa la porte. Les cuisines se trouvaient près du réfectoire des sœurs. Une large cheminée y occupait la moitié d'un mur, entre des vaisseliers et des étagères garnies de pots, de marmites, de bassines. Des femmes travaillaient autour d'une table, des religieuses en robes grises, novices pour la plupart, et des servantes. Thomas ôta son feutre, salua d'une inclinaison de tête.

— Hé ! Mais c'est la Petite Acadie qui nous rend visite ce soir ! s'écria une sœur. Un Hébert à la recherche d'une noyée. (Puis, désignant de son couteau une silhouette blottie sur une chaise basse, au coin de la cheminée :) Celle-ci était plus crottée qu'un cheval de labour. Seigneur, vous ne savez pas encore qu'ici, l'orage fond sur vous en quelques minutes. Le petit pourrait attraper du mal.

Les préparatifs des femmes reflétaient les rigueurs de la condition religieuse plus que celles du régime militaire. On pelait des pommes de terre, qui rejoindraient pois et haricots dans la marmite. Un laboureur avait pris au collet un gros lapin étalé de tout son long sur la table. Poutine à la râpure, pensa Thomas que sa longue marche contre le vent avait mis en appétit.

Il alla vers Joséphine, à pas lents. La jeune femme serrait son fils dans ses bras. Elle s'était enrhumée et mouchait fort. Ses cheveux mal séchés, dispersés en tous sens, lui donnaient l'air de ces folles enfermées tout près d'elle à l'hospice. A ce spectacle, Thomas fut pris d'un sentiment de pitié. Sa gorge se noua.

Joséphine lui jetait de furtifs coups d'œil. Il s'approcha, tournant son chapeau entre ses doigts, s'accroupit à ses genoux. Elle était épuisée, marmonnait à l'oreille de son petit. Thomas la contempla en silence, prit les doigts de son neveu entre les siens, d'un geste auquel il n'était guère accoutumé. Les mignardises de ce genre étaient le lot des filles, qui bêtifiaient des heures durant devant les berceaux. Joséphine vit bien cependant que cette tendresse-là lui déchirait le cœur et qu'il avait les larmes au bord des yeux. Quel père attentif et aimant il ferait, pensa-t-elle.

— Laisser une pauvresse courir ainsi sous la pluie n'est pas très charitable, lança de loin une novice, d'une voix acidulée.

Thomas haussa les épaules. On savait de qui Joséphine était la femme. L'écho des frasques de Jacques Hébert résonnait encore entre les murs, l'histoire du marchand scalpé aussi, évidemment.

— Il veut maintenant aller se battre aux côtés d'un chef ottawa. Tu le savais ? demanda Joséphine.

— Je m'en doutais. Je pensais qu'il oublierait notre rencontre avec le gentilhomme français.

Elle le considéra un long moment, l'air grave, ses yeux noirs pleins des reflets fauves de l'âtre. On ne transformait pas un homme en aussi peu de temps, et Jacques avait montré assez souvent ces faiblesses de sa nature qu'il s'obstinait à prendre pour des forces. Comment trouverait-il la paix dans un pays hostile, entouré par ceux-là mêmes qu'il désirait écraser depuis si longtemps ?

— Ton père a raison, Thomas. Il faut quitter ce pays. Si cette guerre finit, il faudra s'en aller, loin.

— Tu l'aimes donc, ce malcommode.

— Je ne sais pas. Je voudrais le moudre, et puis...

Elle toussa, ferma les yeux. Son enfant s'était endormi contre elle, dans la tiédeur. Dehors, la pluie battait le sol, chuintante. Les sœurs allaient et venaient en silence dans la cuisine.

Elle désirait le repos, loin des laideurs du monde en guerre. Sa tempe s'appuya contre l'épaule de Thomas. Elle s'endormit.

Cela fit deux malades sous le toit des Acadiens, l'un, pâle et affaibli, qui se remettait doucement de son coup de sang, l'autre, fiévreuse, peinant à respirer, secouée sans trêve par des quintes. Le chirurgien fit une visite, conclut qu'il n'était pas nécessaire de saigner davantage Jérôme Hébert. En revanche, ayant diagnostiqué chez Joséphine une fluxion de poitrine, il y alla du trocart, pour une demi-pinte de sang bien rouge, après quoi il s'en alla recommander au père Anselme de se tenir prêt à lui administrer les derniers sacrements, si la fièvre empirait.

Thomas le regarda s'éloigner, piquant et fouettant son cheval comme s'il craignait de disparaître dans la gadoue. Il soupira. Cela faisait cinq jours pleins que Jacques avait disparu et les Basques n'attendraient pas indéfiniment pour reprendre le cours du fleuve.

— Ta patience est mise à rude épreuve, lui dit Claire, qui s'inquiétait de la décision prochaine d'Etchart. Que comptes-tu faire, maintenant ?

— Je vais atteler notre cheval et chercher encore.

Personne n'avait vu Jacques, à la ville. Thomas n'avait pas l'intention d'interroger les Anglais là-dessus.

— S'il est passé par Lachine, c'est qu'il s'est mis en route vers les Grands Lacs, pour de bon. S'il a pris comme ça un tour de lune[1]...

Et si Joséphine trépassait ?

— Tu es le chef de famille, dit Claire, nous avons besoin de toi ici. Laisse donc ton frère revenir seul.

Il attendit, la mort dans l'âme, sentant monter en lui colère et ressentiment. Au huitième jour de sa maladie, Joséphine s'éveilla couverte de sueurs, urinant tant et plus, libérée, un peu, de sa toux mais épuisée au point de ne pouvoir remuer un doigt.

— La fièvre s'en est allée, constata Isabelle. Pardieu, cette fille aura bien du mal à nourrir son bâdou, maintenant.

La première question audible de Joséphine fut de savoir où était son mari.

— On va le chercher, de ce pas, et te le ramener, promit Thomas.

1. Une lubie.

Il décida que les Melanson s'embarqueraient seuls avec Baptiste pour maître si les Basques larguaient les amarres.
Le temps se remettait à la pluie.
— J'irai aux limites des bois de Lachine, dit-il. Au-delà, c'est le Pays-d'en-Haut, anglais maintenant. Les tribus nous y sont devenues hostiles.

Il chemina sous les averses, tâchant d'éviter les quelques patrouilles surveillant les rivages sud de l'île de Montréal. Des troupes régulières montaient vers l'ouest, peu nombreuses à vrai dire. La menace ottawa ne devait pas peser bien lourd aux yeux des stratèges anglais.
A Lachine où, un siècle auparavant, les Iroquois avaient massacré deux cents personnes et enlevé ce qui survivait de femmes et d'enfants, il interrogea les villageois ainsi que le curé. Un grand escogriffe au poil roux, avec l'air d'en vouloir à la terre entière, cela ne passait pas inaperçu.
A moins d'avoir traversé les lieux au milieu de la nuit, Jacques n'avait pas pris ce chemin.
Cette quête n'a pas de sens, pensa Thomas, à moins d'aller ainsi jusqu'aux Grands Lacs.
Il pria dans la petite église. Des Acadiens avaient séjourné là au débouché de la forêt, cinq ans plus tôt, des rescapés de la Miramichi pour la plupart. Partis plus loin, depuis.
— Des Robichaud, des Bourque, se souvint le prêtre. Ils s'en sont allés en Gaspésie, je crois bien. Quel grand désordre, quelle misère pour votre peuple.
Thomas décida de rebrousser chemin. Il fulminait, prenait le ciel à témoin des limites qu'un bon chrétien ne pouvait dépasser. L'inconduite de son frère le choquait. La plupart des déportés avaient autant de raison que lui d'être amers et même désespérés. Quel diable malicieux s'abritait dans la cervelle de celui-là ? Si par malheur Joséphine trépassait, ce maudit crâne-de-bois le paierait cher.
La première personne qu'il vit aux alentours de la Petite Acadie fut Jacques s'en allant tranquillement poser des lignes au bord du Saint-Laurent en compagnie de Baptiste.
Thomas était épuisé. Sortis des cloaques et des marais, éclos par myriades entre les ajoncs, des maringouins assoiffés

l'avaient assailli la nuit durant, le piquant avec férocité à travers sa couverture. L'automne s'annonçait chaud.

— Mécréant !

Il jeta son sac à terre, courut, soudain délivré des démangeaisons aux mains, aux chevilles, aux lobes des oreilles qui le tourmentaient depuis trop longtemps. Jacques le vit qui fonçait sur lui, le sentit qui l'empoignait par le col et le secouait avec force en hurlant.

— Calme-toi, Thomas ! cria Baptiste.

— Et quoi encore ?

Jacques demeura sans réaction, se laissa bousculer. Il avait erré le long de la rive, longé la ville, pris le chemin de Québec sans très bien savoir où aller. Les Anglais y étaient plus nombreux, armés, les civils occupés à charroyer. Au bout de quelques jours de cette errance, il avait réalisé que ces gens vivraient de toute façon sans se soucier le moins du monde de lui. Pontiac, les Grands Lacs, la dernière révolte de la guerre ? Des leurres.

— Il y a suffisamment de vagabonds à Montréal, dit-il entre deux bourrades.

Thomas le lâcha. Sidéré. Jacques haussa les épaules. Il était revenu, sans avoir éprouvé le besoin de tuer quelqu'un auparavant. Guérissait-il de son mauvais zèle à compliquer la vie des autres ?

— Joséphine ? demanda Thomas.

— Elle va bien, dit Jacques. Elle souffre encore en respirant, ça la brûle à l'intérieur de la poitrine.

Baptiste ramassa le galure de Jacques, le lui tendit, un petit sourire au coin des lèvres. A mesure qu'il devenait adulte, l'unité fraternelle à l'intérieur de la famille lui semblait plus importante que tout le reste. Voir ses deux aînés l'un en face de l'autre, incapables de se dire qu'au fond ils s'aimaient bien malgré leurs innombrables différences, le rassurait.

— Joséphine est bonne chrétienne, si elle t'a pardonné de la traiter ainsi, dit Thomas à Jacques. Et nous avons bien prié pour elle quand tu n'étais pas là.

Jacques soutint son regard. Eluda, calmement :

— Un Etchart est passé à la Petite Acadie ce matin. Les Basques ont dû réparer plus longtemps que prévu. Ils repartiront dans trois ou quatre jours. Je lui ai dit que nous serions à leur bord, tous ensemble.

Il ramassa ses lignes. Regarda ses frères médusés avec dans les yeux un mélange d'orgueil et d'amusement. Ajouta :

— Parce que tu leur manquais, Thomas, et que je me préparais à aller te chercher, figure-toi.

TROISIÈME PARTIE

Les oubliés du Port-Royal

XXXV

Le temps de la paix était enfin venu. A Paris, au mois de février de l'an 1763, les puissances avaient décidé que le Canada serait désormais anglais. Tout entier, sauf les îles minuscules de Saint-Pierre-et-Miquelon, rétrocédées à la France pour les besoins de sa pêche. Le royaume de Louis XV récupérait des morceaux d'Antilles et les Français, que l'on avait persuadés qu'ils y gagnaient de toute façon, pensèrent que le soulagement d'être enfin en paix valait largement ce troc.

Les grands marchands, armateurs, industriels du Canada avaient plié bagage, l'un après l'autre. On laissait aux habitants, paysannerie et petite bourgeoisie supposées dociles, une liberté de foi habillée de quelques roueries administratives. Habiles et patients, les religieux de Québec et de Montréal avaient en fin de compte sauvé l'essentiel.

Pour les Acadiens, cela n'était rien au regard de ce qu'ils récupéraient enfin : le droit de ne plus être traqués, pourchassés ou seulement considérés comme des sous-êtres et traités comme tels.

De Boston à Williamsburg, de Londres à Philadelphie, de New York à Atlanta, de partout où on les avait parqués, enfermés, dispersés ou mis en esclavage, ils furent alors des milliers, en vérité ce qui restait de leur peuple, à migrer de nouveau avec, cette fois, l'espérance au cœur et au ventre ; de se retrouver, de s'enraciner ensemble quelque part, de reformer un jour leur petite nation.

Certains choisirent la Louisiane, d'autres, les plus nombreux, décidèrent de regagner le pays natal. Tribus sans terre, clans décimés, reliquats de familles, solitaires épargnés quand tous étaient morts autour d'eux, ils quittèrent sans un adieu ni même un regard les lieux de leur long martyre et se mirent en marche vers le nord. Vers l'Acadie ! Pour les guider, un astre plus brillant que le ciel tout entier illuminait leurs âmes, allégeait leur pas. L'étoile de Marie. Indifférents aux saisons, aux hasards de la route, aux terribles incertitudes de l'avenir comme aux frontières que les Anglais dessinaient à l'intérieur de leur conquête, ils n'eurent, dès l'instant de leur liberté retrouvée, qu'un but : rentrer chez eux.

Mars 1764

Devant Montréal et jusqu'aux immensités marines du golfe, c'était comme si le haut pays se déversait tout entier vers l'aval en larges plaques blanchâtres. Le fleuve charriait des glaçons par centaines, un murmure continu au bruit assourdi entrecoupé de craquements menaçants montait de ce chaos.

Il faisait très froid, les gens allaient comme à leur habitude hivernale, le dos rond, couverts d'écharpes, de capes, de peaux. Pourtant, le chant de la glace découpée comme au couteau par une main surhumaine résonnait le long des rives annonçant une libération prochaine, et la neige elle-même, quoique bordant encore par endroits le bas des fenêtres, semblait devoir supporter bientôt, elle aussi, les premiers assauts du printemps.

— Joli mensonge, grogna Jérôme. J'ai les petites bêtes aux doigts[1] pour l'instant.

Il clopinait en raquettes, à la suite de Thomas, le long de la bande de terre séparant les murailles effondrées de Montréal du Saint-Laurent. Près de lui, attentive à mettre ses pas dans ceux de son fils, inquiète de savoir son homme ainsi exposé à la rigueur du temps, Isabelle tentait avec maladresse de garder son équilibre.

1. Froid.

— Voilà bien un chemin que nous avons toujours pris garde d'éviter en hiver, remarqua Jérôme.

— Hardi, Père, vos souffrances seront bientôt terminées. Nous arrivons à l'hivernage des Basques.

C'était à l'aplomb de l'Hôtel-Dieu, à même le sol ondulant de la rive, au milieu d'un tapis de débris de bois abandonnés par le fleuve. Les deux bateaux de pêche avaient été halés et reposaient sur leurs étais, l'un à côté de l'autre.

Jérôme reprit son souffle. A mesure que passaient les mois, sa maladie d'estomac lui laissait des répits de plus en plus courts. Isabelle s'approcha de lui, prit son bras. Thomas avait été persuasif. Faire sortir son père de sa tanière de fortune n'était pas facile, et dans la froidure, qui plus était !

— Eh bien, fils, ce vaisseau de haut bord, où le caches-tu ?

— Là.

Thomas fit quelques pas vers la butte portuaire, grimpa sur un monticule enneigé. Jérôme ne distinguait rien de spécial. Il rejoignit son fils, découvrit la forme arrondie de ce qui ressemblait à une barque couchée. La chose, en partie dégagée de sa gangue de boue glacée, possédait un mât court, un plancher percé d'une écoutille, un trou à l'avant où un foc avait autrefois dû trouver sa place.

Jérôme s'esclaffa. Une demi-douzaine de pas suffisaient pour passer de la proue à la poupe de ce chef-d'œuvre de l'art maritime, à côté de quoi le *Locmaria* ruiné faisait de son vivant figure de brick flambant neuf.

— Et voilà qui va nous ramener en Acadie ! A la bonne heure. Je craignais que tu n'aies persuadé les Anglais de nous concéder la jouissance de leur *Dorset.*

Il rit de bon cœur, prit Isabelle à témoin. Décidément, les Acadiens ne lésinaient pas sur les moyens de leur errance. Et où Thomas avait-il déniché ce joyau ?

— Il était de la flottille basque. Maintenant que la paix est venue, les pêcheurs vont s'en retourner en France, où sont leurs familles. Ils n'avaient plus l'usage de ce bâtiment depuis l'arrivée des goddams à Montréal.

— Es-tu sûr que le mot « bâtiment » convienne ?

Thomas haussa les épaules. Sa décision était prise depuis l'automne, de toute façon. Il n'était pas d'ici et ne séjournerait pas une année de plus sur le grand fleuve. Il observa sa mère.

Isabelle avait délacé ses raquettes et s'était approchée de l'esquif. Un morceau de bois à la main, elle se mit à sonder la coque, le fond.

— Ce côté-là a tenu, quant à l'autre, en partie enterré, va savoir... Pas de quille, ou si peu, ajouta-t-elle. Il faudra l'échouer souvent.

— Voilà un ouvrage qui me ramène quelques lustres en arrière, dit Jérôme.

Il revoyait la toute jeune fille du Cap-Breton aidant les hommes à havrer les barques de la pêcherie, vérifiant l'état des coques, clouant et calfatant. Isabelle était née de l'océan, la moindre occasion de s'y replonger lui était délice, seules les routines accaparantes de la Petite Acadie semblaient l'avoir découragée de se joindre parfois aux équipages des Basques.

— Si le bois de tribord n'a pas pourri, ce bateau est capable de naviguer par petit temps, affirma-t-elle. Il y faudra ramer, aussi.

— Nous avons une yole, annonça Thomas.

Jérôme rit de bon cœur.

— Cela ne sera pas de trop. Et combien coûte cette nef pour gens désormais libres d'aller sombrer où bon leur semble ?

Thomas balaya la question d'un geste.

— Rien. L'amitié des Basques est réelle. Ces gens ont été témoins de ce que nous avons enduré depuis neuf ans. Vous savez, quelques-uns feront souche ici.

Jérôme hocha la tête, l'air grave, soudain. Neuf ans que l'Acadie était devenue un point à peine visible sur le flot sans bonté du bannissement ! Il murmura le chiffre qui avait fait de Thomas Hébert un homme jouxtant la trentaine, au visage et aux muscles durcis par la nécessité de survivre et d'y aider les autres. Oui, vraiment, celui-là tenait de sa mère l'énergie, la rectitude du corps et de l'âme ; les voir tous deux penchés sur une barcasse à peine capable de passer de Montréal à Saint-Lambert lui fit venir les larmes aux yeux.

Quand, brûlé par le feu de l'ulcère, sentant le mal se répandre dans les profondeurs de son ventre, il n'aspirait qu'à se coucher dans l'attente de la délivrance, ceux-là et tant d'autres de par les terres d'exil hissaient leur cœur et leur force au grand mât de l'espoir.

— Vous avez raison, murmura-t-il, pour lui-même.

Thomas avait établi le plan de route. Les havres ne manquaient pas tout au long du fleuve, jusqu'à Gaspé. Ensuite ? Ce serait un voyage de plus le long de la terre natale cette fois retrouvée.

Jérôme voulait bien croire à ce rêve. Ce qu'on découvrirait ne serait guère encourageant et il fallait avoir une âme d'enfant pour croire à la résurrection des choses mortes. Thomas avait communiqué cette foi à Baptiste, Isabelle se laisserait convaincre sans toutefois être dupe, restait Jacques, dont les décisions pouvaient prendre à revers tout cela et l'en écarter, à tout instant.

— Le temps me dure de partir. Nous nous mettrons en chantier pour arrumer[1] sans tarder, annonça Thomas. Etchart et ses hommes se proposent pour nous aider avant de s'en retourner en France. Ici, la planche ne manque pas, ni les clous, chevilles, tasseaux et tout le reste. Pardieu, si ce pays peut nous gratifier de quelque chose avant de le quitter, c'est bien de son bois. Vous ne pensez pas comme moi ?

Il rit, de toute sa denture qu'il avait blanche et bien alignée. Jérôme ôta son tricorne et le salua, tandis qu'Isabelle poursuivait, murmurante, son exploration.

— Que ferons-nous en Acadie ? demanda Joséphine, que la proximité du départ rendait nerveuse.

Claire avait desservi les assiettes des hommes et s'était attablée à son tour. Elle considéra sa belle-sœur avec surprise. Il fallait être d'ailleurs pour ne pas ressentir le besoin de poser à nouveau le pied sur la terre natale. Joséphine était pourtant excusable. Elle était née dans un fort sur le Mississippi, rien qui ressemblât à une patrie.

— Tu le sais bien, chercher un lieu pour s'installer et vivre, dit Thomas.

— La loi y sera bien la même qu'ici, objecta Joséphine. Il faudra comme ici prêter le serment d'allégeance et pis encore, peut-être bien abjurer un jour notre foi.

Elle provoqua Jacques du regard, en vain. La fin de la guerre signifiait le triomphe du droit ennemi, mais aussi la prescrip-

1. Réparer.

tion de quelques crimes et soupçons par la même occasion. Le prix à payer n'était pas mince. Les rares candidats catholiques au Conseil de la ville devaient jurer d'étranges choses, qu'il n'y avait en vérité aucune transsubstantiation des éléments de pain et de vin dans la Sainte Cène, par exemple. Et d'autres encore.

Et si demain tout citoyen se voyait forcé de prêter le même serment ? A mesure qu'approchait le moment de quitter Montréal, elle se sentait des envies de prolonger la navigation jusqu'en France. La quête des Acadiens lui était étrangère, leurs choix, leurs espérances, mystères de proscrits, même si elle en comprenait l'essence, à défaut de les ressentir.

— Personne ne sera obligé d'embarquer, sauf évidemment les plus petits, l'interrompit Jérôme. Les époux de Mathurine et de Suzanne sont d'ici, canadiens autant qu'on peut l'être. Le voyage en Acadie ne les intéresse guère et leurs épouses demeureront avec eux et veilleront sur leur père. C'est normal. Mais nous !

Il se raidit, ajouta, à voix basse :

— Nous sommes acadiens, pardieu.

Joséphine se tut. Jacques avait depuis quelque temps éteint, en surface du moins, les feux mauvais qui le consumaient. Les lois anglaises, la mise au ban du pape, les serments à prêter pour exister dans la société nouvelle étaient autant de jougs sous lesquels l'éclaireur des Compagnies franches n'eût jamais accepté de plier, mais que le réfugié de la Petite Acadie semblait désormais accepter sans broncher.

Jacques allait avoir vingt ans. Joséphine avait obtenu qu'il jetât enfin sur ses deux fils un regard de père et se mît au travail pour de bon, loin des chefs indiens encore en guerre. Elle s'embarquait avec lui, devrait se contenter de cela.

— Acadiens ou Montréalais, nous sommes sujets de George III, ironisa Thomas. Nous n'avons pu vaincre cette fatalité par les armes. Acceptons ce roi et faisons-lui recracher petit à petit ce qu'il a volé dans nos maisons. Vous avez raison, Père. Nous retrouverons chez nous des coins de terre où poser nos sacs, peut-être à la Pisiquid ou à Grand-Pré, sinon, ailleurs. Sacredieu ! Il n'y aura tout de même jamais assez de goddams pour occuper chaque lieue carrée de chaque crique de la côte acadienne. Cette chiennerie nous laissera bien la place pour haler notre bateau et ceux que nous assemblerons ensuite.

Il apparut que le *Port-Royal* tenait bien à flot, qu'il n'était pas nécessaire d'écoper et qu'enfin, toutes toiles gonflées, un court foc et une grand-voile un peu plus large qu'un drap de lit, il allait à peine moins vite qu'à la rame.

— Nous sommes dans le fil du courant, tempérait Isabelle.

L'équipage et les passagers n'avaient cure de cette modération. Les premiers milles parcourus furent une fête. Les glaces avaient fondu, l'air vif de mai piquait les yeux et les nez, le vent fermement enroulé dans la toile était celui de la liberté.

Délivrés d'une attente longue de cinq années, Jérôme et Isabelle redécouvrirent, bouleversés, l'espace, le décor, les horizons oubliés. Qu'importaient alors la précarité de leur situation, la minceur de leur fortune, la vision des bannières anglaises flottant sur les fortins, à Saint-Lambert, à Longueil ou au Tremblay. Le fleuve les portait et leur communiquait sa puissance, son calme, sa majesté.

Eblouis, ils dévorèrent du regard les mornes platitudes des rivages méridionaux comme s'il se fût agi de l'entrée au Paradis des exilés. Les jeunes battaient des mains. Le vol des oiseaux de mer, longtemps contemplé de la terre, n'était plus le même, leur cri lançait des messages, des invitations à se laisser aller vers le golfe immense où l'on vivrait d'autres retrouvailles.

Jean Terriot eût sans doute trouvé quelque dicton fluvial en rapport avec la saison et la situation. Installée à la pointe ouest de l'île de Montréal, la pie-Mathurine, qui avait suivi son époux à la paroisse de Saint-Louis, avait réclamé que son père vînt passer le reste de son existence auprès d'elle.

Ainsi fit-on sans lui escale à Québec, où Joséphine alla prier sur les fosses communes de la basse ville tandis que Jacques se recueillait devant celle où l'on avait jeté le cadavre de son ami La Violette. Pour elle comme pour lui, Québec demeurait la cité des grands deuils, encore noire des brûlots, blessée en maints endroits.

Des ouvriers s'y activaient un peu partout, beaucoup avaient quitté les rangs des armées pour s'employer ainsi sous la houlette des nouveaux maîtres. L'époque était à la conciliation, à la reprise du commerce, la ville bruissait à nouveau de ses ateliers, les mâts s'alignaient au mouillage de la rade.

— Un français.

Jacques avait désigné les fleurs de lys, tout en haut d'un brick. Il s'était arrêté au milieu de la sente reliant les deux parties de la ville, là même où, une nuit de juin 1759, il avait assisté au déchaînement de la flotte anglaise. Joséphine avait jeté un bref coup d'œil vers le port hérissé de mâtures puis elle avait repris sa marche vers la ville haute, abandonnant son mari à sa rêverie.

Ils avaient pensé rendre visite ensemble aux ursulines de Québec. Longtemps, le remords avait taraudé l'esprit de la jeune femme, malgré la confession de sa faute. Fuir les âmes pures qui l'avaient acceptée parmi elles était un grand péché.

— A quoi bon, avait tranché Jacques. Vas-y, si tu veux, ça ne m'intéresse pas, finalement.

Elle entra dans le bâtiment principal, croisa des visages étrangers. Elle alla droit vers la chambre de la mère supérieure, frappa à la porte. La religieuse achevait de prier. Elle avait vieilli, son visage semblait harassé.

— Tiens. La fille de ces pauvres Lalanne. Et d'où vient-elle, à cette heure ?

Elle n'avait rien perdu de sa mémoire, ni de l'acuité de son regard. Joséphine subit sans broncher ce feu dont elle ne savait s'il la brûlerait ou, apaisé, la réchaufferait. Comme autrefois.

— Je suis venue vous demander pardon, dit-elle.

— A moi ? Seigneur, je ne sais si je mérite pareil hommage. A lui, en revanche, vous pouvez.

Elle désigna du menton le crucifix, à la tête de son petit lit de bois. Attendit que Joséphine se fût agenouillée. Mais la jeune femme ne s'exécuta pas. Elle l'avait suffisamment fait, à la chapelle de l'Hôpital général, sur le sol de la Petite Acadie et dans sa tête, surtout. Quel crime ! ricanait Jacques. S'être enfuie d'un couvent où on l'aurait volontiers séquestrée avant de la marier avec quelque barbon ou laboureur était plutôt à son honneur, d'après lui.

— J'ai deux fils, maintenant, ma mère.

— Ah ? Le père me semblait doué d'un esprit bien en tumulte, éluda la religieuse. Il y a encore de l'ivrognerie parmi ces soldats débauchés.

Joséphine sourit du rapprochement. On buvait de l'eau, à bord du *Port-Royal*.

— Il est marin pour le moment, dit-elle. Nous allons en Acadie, où est sa terre.

— Les temps vont redevenir un peu plus sûrs. L'Acadie. On raconte que ce fut un bien beau pays. Les Anglais vont y faire débarquer des colons par centaines, Ecossais pour la plupart. Ceux-là ne prisent guère notre religion, vous aurez bien du mal à la faire entendre. Dieu vous garde, ma fille.

Elle décroisa ses mains, qu'elle tenait devant sa taille, fit un petit signe, en guise d'au revoir.

— Les novices sont devenues sœurs, ajouta-t-elle. Elles sont à la prière et ne doivent pas être dérangées.

A aucun moment son visage n'avait exprimé autre chose que cette indifférence glacée si difficile à comprendre.

Joséphine comprit qu'elle serait un mauvais exemple pour ses compagnes, qu'il valait mieux ne pas chercher à les voir. Jacques ne se trompait pas lorsqu'il lui affirmait que ce genre de pèlerinage ne servait pas à grand-chose.

Elle fut triste, tout à coup. C'était comme ce retour en Acadie où personne n'attendait quiconque, un pari sur quelques déconvenues de plus. Elle se signa, quitta la chambre sur un adieu murmuré.

Jacques était parti à la recherche hasardeuse de ses anciens compagnons des régiments royaux. Joséphine parvint seule au quai devant lequel des navires marchands attendaient d'être chargés. Elle marcha jusqu'au *Port-Royal*, trouva l'esquif déserté par ses passagers, monta à bord.

Elle se sentait dans un état étrange de lassitude et de torpeur. L'exaltation du départ s'était dissoute, la ville lui paraissait aussi lointaine que les événements et les drames du siège. Iraiton jusqu'en France ? L'espoir lui venait, parfois, de voir un jour la Gascogne de ses ancêtres, d'y trouver une maison où mettre ses fils à l'abri des hasards, des errances, au milieu d'une famille solidement attachée à sa terre d'origine et qui n'aurait pas connu la guerre.

Elle s'assit contre le grand mât, ferma les yeux.

— Alors, fille, tu te prends à rêver un peu ?

Elle sursauta. Jérôme se tenait debout près d'elle. Pâle, les yeux cernés de brun, les lèvres livides, il devait sortir d'une de ses crises douloureuses, amaigri comme l'était le vieux corsaire Lestang avant son dernier voyage. Il s'assit à son côté, grimaça. La sueur emperlait son front, ses mains. Elle remarqua à ses tempes les taches sombres de tavelures agrandies par l'émaciation. Un masque, semblable à celui des cachectiques des hospices lorsqu'ils parvenaient en fin de vie.

Jérôme avait laissé partir l'équipage vers le marché.

— Ils se sont égaillés dans cette ville. Bonne promenade ! Ils nous ramèneront de la saumure et du sirop de sycomore. Moi, vois-tu, la visite de Québec ne m'intéresse guère. Tu as vu le français, avec sa fleur de lys ? Il est singulier de penser que nos bâtiments abordent désormais ces rivages en liberté. Comme si rien ne s'était passé.

Il l'observa, un vague sourire au coin des lèvres.

— Tu as bien fait de décourager ton Jacques de rejoindre le chef Pontiac et ses guerriers ottawas, dit-il d'une voix rauque. Les Anglais ont levé des troupes contre lui et marchent en ce moment vers ses campements. L'homme se bat pour l'honneur du roi de France, quelle farce. Il a du cœur mais cela ne suffira pas, et de toute façon il sera trahi. Il se dit ici que Murray lui a fait parvenir des couvertures portant la petite vérole. Une vieille méthode qui en a tué plus d'un. Je préfère savoir mon fils parmi nous.

Elle l'écouta, distraite. Depuis le début, ils n'avaient guère de penchant mutuel pour se parler. Jérôme ne se mêlait que fort peu des affaires des femmes. L'enseignement des jeunes lui suffisait, pour le reste, sommeiller les soirs durant devant la cheminée de la Petite Acadie, bercé par le bavardage du gynécée, l'avait satisfait.

— Alors, poursuivit-il, puisqu'il a accepté de ne plus courir à l'aventure, tu consens aujourd'hui à le suivre en Acadie. Cela fait deux malheureux qui se font une raison et n'en pensent pas moins.

Il parvint à sourire. Joséphine lui avait donné deux beaux petits-fils que l'on amenait chez eux. Jérôme eût pu se contenter de cela, laissant sa belle-fille à ses états d'âme. Pourtant, la secrète détresse de Joséphine le touchait. Il en connaissait la raison, cette impossibilité pour elle de comprendre le caractère de Jacques et, plus encore, de l'aider à dominer ses failles. Tous deux avaient conclu une sorte de marché tacite, faute de mieux.

— Jacques est comme un feu sous la cendre.

Elle fit oui de la tête.

— Tu verras, petite, l'Acadie vous redonnera à tous le bonheur et la fierté de vivre. Ce ne sera pas facile, tu peux me croire, mais cette terre a suffisamment de vertus pour vous contenter.

Il se leva avec peine, chancela un peu. Déplier son corps lui était une souffrance. Il s'appuya sur la lice, regarda vers l'aval. Joséphine remarqua ses bras à la peau craquelée, au poil blanchi, ses hanches osseuses sous le pantalon rayé de laboureur des Mines. Le jour était proche où il ne pourrait plus se tenir debout.

— Il me manque bien du monde aujourd'hui, dit-il, les dents serrées, mais ce qui me reste de famille vivra sur sa terre. Par Dieu Tout-Puissant, je veux voir ce jour désormais, tu comprends, petite. Le temps me dure d'éprouver cette joie.

La maladie l'avait réveillé quand il s'enfonçait dans le profond sommeil des exilés. Beaucoup, de sa génération, s'y étaient engloutis, sous la nostalgie, le regret, le chagrin. Il n'avait plus désormais d'autre force que celle de l'esprit. C'était un courant, puissant comme celui du fleuve, dans lequel il brûlait de se remettre.

Joséphine le trouva pathétique. On voguait tous ensemble, pleins de projets, d'espérances, de regrets si différents, et lui ne semblait plus apercevoir au bout de tout cela que le trou dans la terre d'Acadie au fond duquel on le jetterait. Elle eut soudain envie de se réfugier dans ses bras, pensa dans l'instant qu'elle n'était pas cette Charlotte dont il ne parlait jamais, se retint.

Il avait dû deviner sa pensée, pressa brièvement sa main, avant de redescendre dans l'entrepont.

Le vent se leva à l'approche de Rivière-du-Loup, rameutant les nuées de l'estuaire du Saguenay. Il manquait de l'espace sur le fleuve pour former une houle ; un clapot, dur, répétitif, épuisant, se forma, déportant le navire avec brusquerie. Arc-boutés sur la barre, Thomas et Jacques tentaient de maintenir le cap. Allait-on se laisser drosser à la côte, sur un fleuve, fût-il de la largeur d'un lac ?

La bourrasque pluvieuse se déclencha brusquement, sous un ciel changeant, obligeant les plus jeunes à descendre dans le réduit servant de cale. Là, veillés par Claire et Joséphine, les enfants sentirent la puissance du fleuve se concentrer avec colère sous la fragile coque du bateau. La peur succéda à la paisible routine installée depuis le départ de Montréal. Le géant débonnaire déroulant son fil d'eau grise entre les monts enneigés du Nord et les longues plaines du Sud était donc capable de colères ?

Isabelle scruta la rive. Les minuscules hameaux qu'elle distinguait à peine à travers le rideau folâtre de l'ondée n'offraient pas de havre. Bordés d'ajoncs en forêts uniformes sous lesquelles affleurait la vase, ils constituaient autant de pièges évités d'ordinaire avec soin par les pêcheurs.

— Il faut accoster, ma belle. Il y a des gens de chez nous dans ces bourgs, ces fermes.

Jérôme se tenait près d'elle, blanc comme un suaire. Sa main tremblante montrait un cap, quelque part en amont. Remonter le cours du fleuve ? Isabelle le regarda, inquiète. Depuis quelques jours, il ressassait ce qu'il avait entendu sur les quais de Québec. Les Acadiens rentraient chez eux. De partout où on les avait exilés, Géorgie, Caroline, Massachusetts, l'armée pacifique des proscrits s'était mise en marche.

— Et ceux-là mêmes que la Virginie a refusés, les maudits de Williamsburg, j'ai appris qu'ils ont quitté l'Angleterre pour la France. Alors, ceux qu'on a perdus depuis neuf ans, Marguerite et ses Melanson, les Hébert et tous les autres voguent sans doute vers l'Amérique, sur la route de nos anciens. Pour nous rejoindre. Ils y sont déjà, pardieu, ils sont là, je te dis, ma mie. Et ta Charlotte, avec eux. Tu n'as donc pas envie de la revoir ?

Il alla s'appuyer sur la lice, bras nus sous le déluge. Sa chemise trempée collait à ses côtes, son pantalon claquait telle une voile sur ses cuisses. Isabelle le rejoignit.

— Nous avons les nôtres avec nous, enfin, tous ceux que nous avons pu rassembler. Je t'en prie, Jérôme, cesse de rêver. Le pays est immense, les gens s'y seront dispersés, perdus. Quant aux autres, ceux de Londres, il leur faudra bien du temps avant de reprendre la mer.

Il se disait aussi qu'aux survivants le roi avait fait proposer des terres, en Bretagne, et au pays des origines, le Poitou.

— Accoste, te dis-je. Il y en a à nous, là, tout près.

Il vacilla, l'œil féroce, crispa ses doigts sur l'étroit bastingage. Isabelle eut soudain l'intuition de sa mort prochaine. Jérôme Hébert se savait en court sursis. Il lui fallait faire vite, l'absence de quelques-uns lui crevait le cœur, quand il avait enfin les moyens de les chercher et de les sauver.

— A Rivière-du-Loup, dit Isabelle. Cela doit être à moins de deux heures d'ici.

— Où tu voudras. Mais accoste. Je veux savoir.

Elle rejoignit les hommes de barre.

— Il veut aller à terre, devina Thomas. Ça lui occupe l'esprit depuis assez longtemps.

— A la bonne heure ! cria Jacques.

Isabelle mit les navigueux[1], ainsi appelait-on désormais les orphelins, et Baptiste, qui les commandait, à la manœuvre. On était trop près de la rive, mieux valait affronter le coup de vent un peu plus au large et virer de bord face à Rivière-du-Loup.

L'équipage ruisselait. Il faisait froid, soudain. Aborder reposerait tout un chacun.

— Et alors, il n'est arrivé personne d'Acadie par ici ? tempêta Jérôme.

L'homme le considéra avec un mélange de respect et d'inquiétude. A peine descendu d'un bateau de pêche, un escogriffe aux cheveux blancs en désordre, aux yeux fous, l'alpaguait sur le chemin menant à sa ferme et se mettait à le questionner. Des Acadiens ? La paroisse n'en comptait guère, mais alentour, peut-être.

— Où, sacredieu ?

1. Jeunes marins.

La région ne manquait pas de villages. Saint-Simon, Trois-Pistoles, quelques autres. Le curé saurait, lui. Il tenait des registres. Les Anglais ? On n'en voyait pas trop. L'existence sans mystère des colons de la rive sud ne les intéressait pas, leur terre, assez ingrate, non plus.

On verrait le prêtre. La petite délégation chemina jusqu'aux quelques maisons du bourg, groupées autour d'une église en bois. Jérôme clopinait en tête, soufflait fort, courbé sur sa canne, refusant l'aide de Thomas et d'Isabelle. Jacques fermait la marche, bougon, les mains dans les poches de ses pantes encore humides.

Où allait-on ainsi ? Jérôme regardait la forêt toute proche, sa bouche ouverte semblait vouloir les happer tout entière, elle et la rivière Saint-Jean qui coulait vers l'Acadie. Curieux voyage. On ferait halte dans le moindre hameau quand il eût fallu sortir au plus tôt de l'estuaire, mettre cap au sud et commencer à se chercher un avenir.

Le curé de Rivière-du-Loup enclouait un banc devant son minuscule presbytère. Sa paroisse s'étendait assez loin sur la rive et vers la forêt, quelques centaines d'âmes y vivaient, labourant, pêchant, trappant, aussi, dans les profondeurs des bois.

— Des Acadiens, Seigneur, il devrait en arriver avant peu. Je sais qu'à Rimouski et plus loin encore vers la Gaspésie, des familles sont sorties de la forêt. Des familles, enfin, ce qu'il en restait au bout de toutes ces années. Elles ont rejoint celles qui avaient fui l'île Saint-Jean, au temps de la déportation.

— Des Hébert ? Des Melanson ? Des Terriot ? Et ceux de Londres, les avez-vous vus arriver ?

Jérôme l'eût attrapé au col pour le faire parler plus vite ; le brave homme n'en savait pas plus. Il se souvenait d'un Joseph Hébert, de l'île Saint-Jean. L'homme s'était évadé de Boston avec ses trois frères. Sa bourlingue l'avait mené à travers bois jusqu'au Saint-Laurent. Jérôme fouilla sa mémoire. C'étaient là de lointains cousins, qu'on n'avait jamais vus.

— Où sont-ils, ces quatre ?

— Repartis, vers Saint-Simon ou Bécancour, et plus loin même, les temps sont encore à l'errance.

Jérôme fulminait. On était passé devant ces lieux d'amont sans savoir ces choses essentielles. Il pressa le prêtre de questions. Si quelqu'un devait être au courant des passages dans sa région, c'était bien lui.

— De Caroline ? De Pennsylvanie ? Au nom du Christ, comment savoir cela ? se défendit l'abbé.

— Il faut aller plus loin, décida Jérôme.

Ses fils le regardèrent, troublés. Ainsi haché, le voyage allait durer des mois et la très modeste fortune des passagers ne suffirait pas à le payer. Jérôme secoua la tête, plein de sa certitude. On explorerait la rive sud lieue par lieue, on s'enfoncerait dans la forêt s'il le fallait.

— Nous l'avons bien fait autrefois pour te retrouver, toi et les petits de Sylvain !

Thomas tenta d'argumenter. L'expédition sur la Miramichi avait été réussie par des marins robustes, chargés de vivres, non par une cohorte de femmes et d'adolescents suffisamment occupés à border les voiles du *Port-Royal*. Il vit Jérôme qui chancelait, la main crispée sur le ventre, l'aida à se rasseoir.

— Je ne veux pas mourir ici, dit Jérôme dans un souffle. En Acadie, pardieu, en Acadie.

Isabelle était entrée dans l'église, où elle priait, face au bois grossièrement peint, bleu et or, d'une Vierge à l'Enfant. Jacques la rejoignit. A ce stade du voyage, il fallait choisir. On pouvait s'arrêter là, ou un peu plus loin, à Rimouski, à Bonaventure, et se joindre à ceux qui voudraient bien faire un peu de place. Si l'on choisissait de poursuivre vers l'Acadie, il fallait le faire sans tarder et ne plus trop songer à retrouver qui que ce fût.

— Souvent, je m'en veux d'avoir laissé Charlotte chez les Tristes, murmura Jacques.

Il savait bien pour qui sa mère s'abîmait en prière, chaque jour que Dieu faisait, et là surtout, à cette heure de doute, face au regard plein de compassion de la sainte patronne des Acadiens. Isabelle caressa sa joue. Enfant, son cadet était celui qui s'inquiétait de ses humeurs, de ses tristesses. Il tenait fort sa main lorsque, par un soir venteux de l'automne 1746, on avait mis en terre le Bellilois, son grand-père.

Jacques n'avait pas oublié les fumées noires montant de la pêcherie du Cap-Breton incendiée, la solitude effrayante régnant sur la lande où dormirait le vieux corsaire, la fuite à travers bois, déjà, comme un signal de ce que seraient leurs existences tout entières.

— Toi et moi savons comment les gens vont désormais se chercher, de toutes parts, dit Isabelle. Qu'ils aient été dans les bateaux ou au cœur des forêts, les Acadiens de nos âges seront brisés par cette quête sans fin. Pauvre Jérôme Hébert. L'ennui le minait à Montréal et voilà que notre liberté toute neuve le consume.

Jacques semblait ailleurs, loin de l'église, du bourg, des autres. Isabelle, qui l'observait, à bord, voyait bien qu'il subissait sa décision comme une punition. Joséphine trouvait-elle son compte dans ce médiocre arrangement ?

Ils longèrent la rive sud du Saint-Laurent, les postes de Gaspé, Percé, Pabos, dévastés et incendiés par les Anglais au début de leur offensive vers Québec. Puis, ayant mis cap au sud, ils pénétrèrent dans la baie des Chaleurs où ils firent escale, à Bonaventure.

Là, invisibles depuis la mer, proches de la rivière par laquelle elles pouvaient fuir, une trentaine de familles acadiennes avaient trouvé refuge, vivant chichement de la pêche et du bois de pin rouge qu'elles vendaient à des commerçants anglais. Des Bujold, Arsenault, Dugas, Brasseux et quelques autres, rescapés des traques dans l'isthme de Beaubassin ; venus des profondeurs de la baie, où ils s'étaient longtemps terrés dans les bois. Mais pas de Hébert, de Terriot ni de Melanson.

Inquiète de l'état de son mari, son excitation entrecoupée de longues périodes gémissantes, Isabelle alla quérir le chirurgien Bourdages. L'homme, époux d'une Esther LeBlanc, fille du notaire de Grand-Pré, avait combattu aux côtés de Boishébert avant de voyager entre France et Québec et de se fixer sur la côte sud de l'estuaire.

— Hébert, celui de l'affaire de Grand-Pré, sacredieu, il nous arrive des gens de qualité.

Avec son bien, Raymond Bourdages avait construit un moulin, établi deux postes de pêche, l'un à Bonaventure, l'autre à Caraquet. Autour de lui s'organisait une petite société accrochée à sa terre d'adoption, qu'il aidait autant qu'il le pouvait.

— Les Mackenzie, Moore et autres Mac Gill se moquent bien de notre farine et de nos quelques vaches, expliqua-t-il à Isabelle tandis qu'ils rejoignaient le *Port-Royal*. Ils sont là pour acheter des mâts de navire et du poisson, leur intérêt bien compris ou très anglais, comme vous voudrez, n'est pas de prendre notre place. Nous ferons souche ici et personne ne nous en délogera plus jamais.

Il s'était battu lui aussi, avait fui. La Gaspésie serait sa seconde patrie, après tout, on y était encore tout près de l'Acadie.

Jérôme gisait sur un lit de filets et de sacs. Bourdages se pencha sur lui, tira le drap sale qui le couvrait.

— Sacordjé, votre mari n'est pas en bon état.

Il découvrait ce à quoi les autres s'étaient habitués, un spectre cachectique à la peau jaunie, craquelée. Ainsi finissait Jérôme Hébert, qui avait été du coup où l'on avait occis près de cent cinquante Anglais, vingt années plus tôt. Isabelle décrivit les saignements, les douleurs parfois atroces, des lances indiennes dans le ventre du malheureux.

— Il se consume de l'intérieur, sans doute par un méchant ulcère ou quelque tumeur des entrailles, supposa le chirurgien.

Il préparerait des potions, saignerait et purgerait le malade.

— Ainsi, voilà toute une famille, dit-il, découvrant le cercle attentif autour de lui.

Il vit les jeunes garçons, apprécia.

— Ils sont assez vigoureux pour s'en aller hacher du bois et jeter des filets avec nous. Regardez. Il y a déjà un village, ici, de la place pour d'autres maisons. Bonaventure, un joli nom, vous ne trouvez pas ? Votre ancien y trouvera le repos.

— Il veut aller en Acadie, revoir sa terre, dit Thomas.

— C'est encore de la souffrance pour lui, à bord d'un bien pauvre navire, dit le chirurgien. Nous avons des bâtiments ici, deux goélettes que les Anglais n'ont jamais trouvées, des barques. Votre *Port-Royal* se joindra à notre petite flotte. Regardez ce lieu, un barachois le protège, l'eau y est profonde et calme, la forêt donne un bois magnifique, le plus dur et résistant du Canada.

Il écartait les bras, argumentait tout en sondant le regard des femmes, comme s'il guettait leur assentiment. Claire baissa la tête, à la différence de Joséphine, que la perspective de s'arrêter dans un havre sûr sembla soudain animer.

Thomas hocha la tête. Il avait fait un serment à son père et puis il n'était pas d'ici non plus. L'entêtement des émigrants étonna l'armateur. Ceux qui s'étaient réfugiés à Bonaventure venaient de Beaubassin, de l'île Saint-Jean, de Grand-Pré, pour quelques-uns. Ils n'avaient pas demandé grand-chose sauf l'essentiel, cesser de marcher, poser leurs hardes et se remettre à vivre sans crainte de l'aube suivante. Cela donnait un village où il faisait meilleur vivre.

— Bien, fit-il, un peu dépité. Le Seigneur vous guidera. Je reviendrai tantôt avec des remèdes et la lame pour la saignée.

XXXVI

Ile Saint-Jean, juin 1764

Jérôme s'appuya sur un coude, chercha à apercevoir la terre par-dessus la lice du *Port-Royal.* Cela faisait bien six heures que, franchissant un étroit goulet, le bateau était entré dans la baie de Rustico, sous un ciel lourd de menaces.

— L'île Saint-Jean, gémit l'Acadien, pardieu, j'ai peur qu'il n'y reste plus personne. Hisse-moi, veux-tu, Claire ?

A peine le bateau ancré, Thomas, Jacques et Beloni Melanson étaient descendus à terre à bord de la yole. Leur mission ressemblait aux précédentes. Parmi les gens atterris sur l'île, il y en aurait peut-être d'Europe ou même une seule, de chez les mennonites de Pennsylvanie.

« C'est ce qui le tient en vie désormais », avait dit Isabelle.

Elle avait vu le rivage désert et, en bordure de bois, les quelques toitures indiquant une présence humaine. Maintenant, elle gardait le silence, comme les autres voyageurs. Le paysage d'eau tranquille, de roches et de forêts brillait sous le soleil, pareil à mille autres longés depuis le départ de Montréal. Les yeux s'étaient habitués à ce défilement piqué de chaumes erratiques, cabanes de pêcheurs ou de bûcherons, souvent vides ou en ruines.

Joséphine veillait son aîné, appuyée contre la base du grand mât. L'enfant souffrait depuis deux jours d'une diarrhée et de vomissements qui allaient s'amplifiant. Son front était bouillant, ses lèvres se desséchaient.

Claire s'approcha d'elle. La vacuité du décor avait quelque chose d'effrayant, quelle aide attendrait-on des quelques âmes rassemblées au fond de cette baie ? Joséphine darda sur sa belle-sœur un regard plein d'une froide colère. Les jours passaient, le cabotage n'en finissait pas, à la poursuite de fantômes disparus depuis des lustres. Elle n'était pas de la mer, la fille du sergent Lalanne, mais elle n'ignorait pas qu'une navigation sans détours les eût déjà déposés sur le bon rivage.

— Où veulent-ils donc terminer cette route ? demanda-t-elle, comme pour elle-même.

Claire n'en savait rien. Thomas désirait devenir pêcheur ; en même temps, la nostalgie de la Pisiquid et des douces pentes des Mines le tenaillait. Et si les fermes avaient été épargnées ? Si peu d'Anglais pour un pays si vaste, allons ! Il devait bien rester de la place.

Joséphine n'y croyait pas. Le chirurgien Bourdages avait confirmé ce qui se disait à Montréal, le temps des colons français était terminé, les terres du Canada étaient au roi d'Angleterre qui les baillait ou les offrait à ses serviteurs. Dans l'affaire, les Acadiens ne devaient s'attendre à aucune grâce, de leur souverain comme de ses agents.

— Ton petit me semble bien fiévreux, dit Claire. Il court de ventre[1].

— Embarrasse[2]-toi du tien.

C'était blessant. Claire se renfrogna, attendit de sa belle-sœur un mot, un geste, qui ne vinrent pas. Joséphine se mordit les lèvres, finit par jeter vers Claire de brèves œillades vaguement gênées. L'atmosphère s'était tendue depuis que l'on mouillait à Rustico. Les vivres donnés par les gens de Bonaventure s'épuisaient. Même Isabelle, pourtant si prompte à interposer la force apaisante de sa présence et de sa voix dans les conflits, paraissait nerveuse.

Joséphine scruta le visage de son fils. L'enfant dormait d'un sommeil agité, poussait de menues plaintes, grimaçait par instants. Ses jambes se repliaient brusquement, comme pour

1. « Il se vide. »
2. Occupe.

protéger son ventre, des filets d'une bave translucide coulaient le long de son menton. Nourrisson, il eût été vite emporté ; tout près de ses quatre ans, il luttait, à demi conscient.

Claire n'insista pas, alla s'asseoir le cœur gros, désœuvrée, à l'avant du bateau.

— Voilà où l'on vit, à c't'heure, fit l'homme.

Il s'appelait Gallant, c'était un quasi-vieillard au visage long et anguleux, aux yeux profondément enfoncés dans les orbites. Il avait fui la grande rafle de 1758 pour se réfugier sur le continent. Revenu avec quelques autres, Pitre, Martin, Doiron, Arsenault, dès la signature du traité de Paris, il vivait dans une minuscule cabane de planches, de chaume et de feuillage, un peu à l'écart du rivage.

Les visiteurs le suivirent à l'intérieur de sa demeure. Une douzaine de semblables abris formaient là un hameau adossé à la forêt. Dans la pénombre, les Acadiens de la Pisiquid distinguèrent des formes humaines assises à même le sol ou sur des tabourets. Des femmes, avec des petits dans leurs bras, devant une marmite où clapotait un ragoût fleurant fort le gibier.

— Du chat sauvage, expliqua l'hôte. Ici, nous n'avons plus aucun droit sur nos terres. Le retour au pays n'est pas facile, il faut chasser pour ne pas mourir, comme dans les forêts de la Miramichi en somme. Dieu merci, les proies n'ont jamais manqué à l'île Saint-Jean, lynx, rats musqués, perdrix ou mascaouèches[1], nous mangeons à notre faim et voilà tout.

Des arpenteurs anglais s'étaient mis au travail. L'île était en cours de division, soixante et sept lots à ce que l'on savait, qui seraient vendus à des Anglais méritants.

— Et gare à qui d'entre nous se mettra derrière un soc, dit Gallant. Enfin, nous n'étions pas sur les deux foutus navires où les nôtres se sont noyés. Nous vivons, grâce en soit rendue au Seigneur.

Thomas éprouva le besoin de respirer à l'extérieur, les ombres de la Miramichi lui revenaient soudain en mémoire.

1. Ratons laveurs.

Il aperçut une bande de garçons sortant de la forêt, l'un d'eux portait un fusil en bandoulière, les autres des oiseaux morts et un lièvre à la ceinture. Il sourit, alla vers eux. A Montréal, il avait posé des collets, pris quelques lapins. Acadien et braconnier, c'était comme une seconde nature, là-haut. Il salua, de loin. Voir enfin des jeunes gens libres d'épauler un fusil, leur parler, lui ferait du bien.

— Pas plus de Melanson et de Hébert que partout ailleurs, grommela Jacques.

Il lançait des cailloux le plus loin possible, un exercice où il était difficilement battable, visait les ornières laissées sur le mauvais chemin par les pluies. Passerait-on le reste de l'existence à aborder ainsi chaque hameau, pour annoncer à chaque fois à un agonisant que les Marie, Antoine, Cécile-à-André-à-Joseph Melanson, les François, Jean-Pierre ou Pierre-à-Jean-à-Joseph Melanson manquaient toujours à l'appel, comme d'ailleurs mille autres Melanson ou Hébert ou Terriot ?

Les noms dansaient une sarabande dans sa tête. Tout cela était absurde, quant au luxe de la colonie de Rustico, il n'avait rien à envier à celui du *Port-Royal.* On était bien tous pareils, sur le chemin du retour. Jacques sentait que le calme Thomas perdait lui aussi patience, petit à petit.

Occupé à lancer ses cailloux, il n'avait pas vu les deux cavaliers parvenus derrière lui, qui demandaient le passage. Un soldat en veste déboutonnée et culotte blanches, l'épée au côté, et un civil tout de noir vêtu, coiffé d'un feutre, les jambes posées sur de volumineuses sacoches. Jacques les toisa. Que voulait-on ?

— Otez-vous du chemin, monsieur, ordonna en français le civil, laissez passer l'arpenteur du roi George.

Les chevaux piaffaient. Tardant à s'écarter, Jacques les vit qui se cabraient et lui venaient dessus, postérieurs fléchis.

— Eh bien, allez, pardieu, et au diable, s'il vous plaît, protesta-t-il.

Les chevaux s'étaient mis au galop. Ils le frôlèrent, manquant le renverser. L'Acadien assura le caillou plat qu'il tenait en main, le lança.

— Jacques ! hurla Thomas.

La pierre plana, horizontale, frappa la cuisse du soldat qui stoppa net sa monture, fit demi-tour.

— Seigneur Jésus, fit Beloni Melanson, il va nous percer.

L'Anglais était déjà à terre, l'épée au poing. Son compagnon avait mis son cheval au trot et le rejoignait. Le soldat jura, sourd aux appels de son compagnon, la pointe de son arme à un pouce du torse de Jacques. L'Acadien mit ses mains dans ses poches, attendit.

— Pardieu, monsieur, il va le tuer, implora Thomas.

— J'ai connu un arpenteur de Virginie près des fleuves de l'Ouest, mentit Jacques d'une voix calme. Il s'appelait Washington et nous l'avons forcé à nous rendre son maudit fort Necessity, après quoi il s'en est retourné chez lui la queue entre les jambes, comme ont les chiens quand on leur botte le cul.

— Ça suffit ! cria Thomas.

Le soldat ne comprenait pas un traître mot de ce qui lui était raconté. Jacques le provoquait, à petits coups de menton. Thomas courut vers son frère, le vit qui crachait aux pieds du cavalier, lequel, d'un bref revers de sa lame, lui entailla profondément la joue.

Jacques chuta sur les fesses, porta la main à son visage. L'Anglais allait finir le travail. Thomas saisit au passage son poignet tandis que l'arpenteur, descendu à la hâte de sa monture, lui prêtait main-forte.

— *Stop it, James, it's enough !* cria-t-il. (Puis, à l'adresse de Thomas :) Vous êtes du village des Acadiens ?

Thomas expliqua d'où il venait, tandis que le soldat, le visage congestionné, rengainait son épée.

— Alors je vous conseille de vous rembarquer aussi tôt que possible, avant de porter tort aux autres, lui dit l'arpenteur. Ici, chacun est à sa place et c'est très bien ainsi.

Jacques cherchait à se relever. Thomas le maintint à terre jusqu'à ce que les cavaliers se fussent éloignés. La blessure saignait d'abondance. Une balafre, coupant la joue de part en part, laissant paraître des pelotons de graisse jaunâtre.

Livide, Beloni Melanson était allé s'asseoir sur une souche. Thomas se sentit pâlir à son tour tandis que son frère, soudain choqué, dodelinait de la tête.

— Pardieu, c'est une fente, souffla Thomas.

Il s'agenouilla, attendit que Jacques fût revenu à lui. Ils étaient tous deux couverts de sang. L'aîné prit le cadet par les aisselles.

— Aide-moi, Beloni.

Le rivage était à moins de cinq cents pas. Claire aperçut les trois hommes longeant la lisière des bois.

— Ils sont embrassés, dit-elle, inquiète. Il est arrivé quelque chose.

Joséphine se leva, alla vers la proue du *Port-Royal*. Les jeunes s'y trouvaient déjà, observant les manœuvres du canot.

— Il y en a un qui saigne du visage, fit l'un d'eux.

Le minuscule canot approchait rapidement, une grosse tache rouge en son centre. Jacques. Effarée, Joséphine découvrit peu à peu l'ampleur des dégâts, vit son mari monter à bord, poussé aux fesses par son frère, et s'affaler contre des cordages. Elle se précipita. Les chairs avaient déjà commencé à gonfler de part et d'autre de l'entaille, cela faisait des bourrelets écarlates doublant presque le volume de la joue, sous l'œil à demi fermé.

— Laisse-moi donc ! lui lança Jacques, d'une voix de mangeur de pois mâchouillant sa soupe.

Jérôme était remonté de son antre et contemplait le spectacle, les bras ballants, appuyé contre le mât. Thomas raconta, la recherche stérile des parents, les Acadiens dans leurs cabanes misérables, la rencontre avec l'arpenteur. Joséphine voulait en savoir plus, comment, pourquoi, et sans mensonge.

Jacques s'était colleté avec un Anglais ; elle devina, avant même que Thomas ait donné les détails. Elle se mit à taper du pied, à tourner sur elle-même, furieuse. Personne ne s'était donc interposé. Ainsi le calme apparent de son mari cachait-il le feu bien vivant de ses élans mauvais.

— Pardieu, on a bien fait de caboter tout ce temps au lieu de rester près de ceux qui ont déjà trouvé un havre. Quelle belle obstination, dit-elle.

Isabelle s'approcha d'elle, la main apaisante. Elle la repoussa, cria :

— Regardez ça ! Il s'en va chercher ses cousins et voilà comment il revient, le joli soldat que nous avons là ! Alors, il faut s'armer et courir sus à l'Anglais, cette guerre n'est pas finie, qu'est-ce que vous attendez, tous ici ? Allez, mais allez donc !

— Du calme, petite, dit Jérôme. Assez.

— Non, Seigneur Jésus, non ! Ce n'est pas assez.

Claire s'était penchée vers le blessé, un linge mouillé à la main. L'ouvrage dépassait ses pauvres moyens, la taillade allait de l'orbite au menton, dessinait une courbe monstrueuse.

— Laisse-le ! hurla Joséphine.

Elle la saisit par le col, la força à se relever avant de la projeter sur des cordages. Elle était blême, méconnaissable, levait les poings au ciel comme une poissarde invectivant les archers devant une taverne.

— Nous sommes encore en prison sur ce bateau, vous, moi et lui aussi ! Marie, mère de Dieu, regardez-nous !

Elle répéta le mot « prison », dix fois, cria qu'elle n'en pouvait plus de cette navigation auprès d'un enfant dans les limbes de la fièvre, d'un vieillard acharné à poursuivre des fantômes pour s'ensevelir avec eux, et maintenant d'un époux balafré, saigné comme un cochon. Les noyés ne surgiraient pas de l'eau pour se sécher les os dans les baies de l'île Saint-Jean. Ils étaient morts, cela suffisait à leur repos, quant aux vivants, ils feraient mieux de songer à s'établir enfin quelque part au lieu de courir après des spectres.

Thomas bondit, saisit ses poignets, qu'il serra fort. Lui aussi était en colère, à cause du temps perdu, de la vaine quête des manquants entre les épaves d'un peuple. Il sentit qu'elle faiblissait, relâcha sa griffe. Joséphine glissa contre lui, tomba à genoux, le front sur le bois du pont.

— J'ai un autre enfant dans le ventre, gémit-elle.

Il y eut un silence. Elle se releva, marcha jusqu'à la lice, bascula aussitôt, chutant doucement dans l'eau. Les femmes crièrent tandis que Thomas sautait à sa suite. Il n'y avait guère de profondeur à cet endroit, le jeune homme vit Joséphine se débattre, alourdie par sa robe. Il eut tôt fait de la rejoindre et de l'empoigner. Joséphine le repoussa, elle voulait aller vers le large, où toute cette misère se confondait avec la houle et s'y diluait. Toussant et crachant, elle le griffa, lui donna des coups de poing, respira de l'eau et finit par se laisser aller contre son torse, à demi asphyxiée.

On la hissa sur le pont, on l'allongea. Sa fugue n'avait guère duré plus de temps qu'il n'en avait fallu au soleil pour disparaître derrière les nuages. Une nuit cendrée tombait sur le havre de Rustico, sur le sable noir abandonné par la marée où de larges rigoles d'eau dormante luisaient.

Isabelle se mit à genoux, enserra ses épaules, lui prodigua à voix basse des paroles de réconfort. On s'arrêterait bientôt, en vérité, le voyage avait assez duré, même pour elle, qui avait déjà eu sa part d'errance, de colère, d'espoir aussi, malgré tout.

— Allez où vous voudrez, murmura Joséphine entre deux quintes.

Elle jetait des regards perdus vers Jacques. S'il mourait de sa blessure, il serait allé au bout de son désordre. Elle le trouva pitoyable, ainsi étalé, les jambes écartées, râlant, à moitié évanoui, la tête tournée sur le côté. Pensa qu'elle l'aimait, fondit en larmes.

Il faisait nuit lorsque Joseph Brossard, dit Beausoleil, mit à son tour sa goélette à l'abri dans la baie de Rustico. Au matin, il aperçut le *Port-Royal* mouillé à moins de cent brasses de lui. Un Français sur cette côte devenue anglaise ! La rencontre avait les relents d'anciennes campagnes de pêche vers le Labrador, Terre-Neuve, ces lieux où l'on allait alors librement.

— Jérôme Hébert, tudieu ! Le pauvre est en triste état. La dernière fois qu'on s'est vus, c'était pas bien loin d'ici, ça puait fort la défaite, dit-il lorsque, étant monté à bord, il se fut penché sur lui.

— Hé. Beausoleil. Je croyais que vous étiez rendu prisonnier à Halifax, murmura Jérôme.

— J'y fus, sacordjé. Cinq années de forteresse, ça vous laisse le temps de réfléchir.

L'homme avait vieilli, lui aussi. Sous son chapeau rond enrubanné, son front s'était plissé, ses petits yeux malins, scrutateurs, s'étaient bordés de rides en patte-d'oie. Le reste, énergie, impatience, révolte, n'avait pas changé. Jérôme approcha de lui sa face de parchemin jauni. Cinq ans dans la bonne ville du gouverneur Lawrence, c'était suffisant pour y avoir eu des nouvelles des délégués de 1755.

Brossard se souvint de la petite troupe désarmée, envoyée à Halifax par les gens des Mines, l'été de 1755. Lawrence les avait sommés de venir le rencontrer. On négocierait. Quoi ? Les serments d'allégeance, encore une fois, la liberté de demeurer sur leurs terres. Naïfs, pleins d'une espérance inquiète, les Acadiens s'étaient vite rendu compte qu'ils étaient en vérité prisonniers. Enfermés à portée de lorgnette de la ville, ils avaient passé là les sept années de la guerre, coupés du monde.

— Des Melanson en faisaient partie, Paul, un de la Pisiquid, et son père, André.

Brossard fouilla sa mémoire. On n'était pas tous détenus au même endroit.

— Ils en étaient, oui, je crois bien, dans l'île Georges, quant à savoir ce qu'ils sont devenus ? A vrai dire, je n'en ai guère connu qui aient désiré demeurer plus longtemps dans cette ville de malheur. A peine libérés, nous avons formé des petits groupes et nous nous sommes embarqués, les uns pour ici, les autres pour le Sud.

Jérôme retomba en arrière. Spolié, désespérant de pouvoir se réinstaller dans l'isthme de Beaubassin, Brossard n'avait pas hésité longtemps. Ayant nolisé une goélette, il quittait à jamais le Canada, l'Acadie et tout le reste, emmenait avec lui vers la Louisiane une centaine d'Acadiens, sa famille entière, quelques Dugas et Guillebaud, des Arsenault et des Thibodeau.

— C'est fête, à mon bord, dit-il à Thomas. Nous n'avons rien ou presque, sauf le navire, mais je sais que les terres de Louisiane sont aussi riches que le furent les nôtres. Elles sont libres d'accès, il y a là-bas un gouverneur espagnol[1] qui les offre à ceux qui en veulent bien. Attakapas, Opelousas, beaux noms pour un nouvel exil, non ? Cela ne vous tente pas ?

Il découvrait la morne assemblée du *Port-Royal*, les mines renfrognées des femmes, la trogne éclatée, rougie, difforme de Jacques, l'indécision, le doute de tous. Dix de plus pour un tel voyage, la belle affaire ! On se suivrait au fil de l'eau, jusqu'aux espaces sans limites où les flots tièdes du golfe du Mexique se mariaient à ceux du Mississippi.

1. La Louisiane avait été « prêtée » à l'Espagne par Louis XV, en 1762, afin qu'elle ne devînt pas anglaise.

— Quitte à s'exiler, autant que ce soit le plus loin possible. Je ne puis supporter davantage la vue d'un seul de ces goddams, c'est à vomir. Les voilà sur nos terres, qui pérorent au sujet de la liberté, de la justice et de l'équité, rien que ça ! Et nous, on a du mal à croire qu'ils nous voient seulement, debout devant eux, quand ils nous parlent.

Il cracha dans l'eau. Thomas apercevait ses passagers, sagement installés sur le pont de la goélette. La Louisiane. Le nom sonna soudain aux oreilles du fils Hébert comme un appel.

— Grand-Pré, dit Jérôme, épuisé. Nous sommes de là.

Thomas prit Beausoleil à part. L'obsession de son père envahissait les esprits, obérait les pensées de tous. Ainsi allait-on sans très bien savoir jusqu'où. La détresse de Joséphine, sa colère avaient fait un temps l'effet d'un coup de tonnerre. L'orage passait, déjà, il fallait soigner Jacques, penser à repartir.

Brossard était sceptique.

— N'espérez rien aux Mines, dans l'isthme ou à Annapolis. Les ordres anglais sont formels, la terre nous est arrachée une bonne fois pour toutes, par décret royal, le pays tout entier sera bientôt mis en parts comme une tourtière, pour être vendu à des laboureurs de chez eux. Notre œuvre est morte, il faut en commencer une autre, ailleurs.

Le ciel s'éclaircissait, l'océan redevenait une ligne bleue, étale, entre les rochers de Rustico. Brossard s'étira. C'était un joli temps pour descendre vers le sud. Il frappa amicalement l'épaule de Thomas.

— Ne le dites pas à votre père, qui rêve d'un passé mort ; Cobequid s'appellera désormais Truro et Pisiquid Windsor, on a donné au Coude le nom de notre bourreau, Monckton, et ici même Port-Lajoie est déjà devenu Rockey Point. Refaire de la France en Acadie ne sera pas chose facile.

Il en avait pris son parti, avec un mélange de fatalisme paysan et de fierté corsaire. Thomas lui rappela qu'ils avaient combattu ensemble sous les ordres de Boishébert, ces temps-là ne s'oublieraient pas. Brossard sourit. Certes, on se souviendrait, mais tout cela était passé, mort, autant que pouvaient l'être les milliers de disparus, de vérolés, de noyés. Il enjamba la lice, prit les rames de son canot.

— Dieu vous garde tous. Vive l'Acadie !

Un murmure lui répondit tandis que se déployait la grand-voile de la goélette, sous le soleil encore embrumé du matin.

Au bout de leur premier mois de mer, ils passèrent dans les premiers feux du soir le goulet large d'une centaine de brasses séparant l'Acadie de l'île du Cap-Breton. On était là en terrain connu. Jérôme, que de lourdes somnolences retranchaient désormais le plus clair du temps de la vie à bord, avait demandé à être allongé sur le pont. Adossé à des linges, la tête inclinée sur le côté, la main dans celle d'Isabelle, il regarda défiler le paysage autrefois piqué des bannières fleurdelisées. Tout allait vite, comme souvent à cet endroit, des coulées de vent arrière s'engouffrant entre les rives pentues poussaient avec vigueur les navires vers les à-pics encore lointains de Canso.

Les jeunes gens observaient, muets, le rivage. De temps à autre, Isabelle pointait le doigt vers une anse, un îlot. Souvenez-vous, disait-elle aux siens, vous avez marché le long de ces grèves. Elle se retenait pour ne pas montrer son chagrin, mais les passagers du *Port-Royal* devinaient bien que ce retour la bouleversait.

— Où est enterré notre grand-père ? demanda Baptiste.

Il n'était pas encore de ce monde lorsque, après avoir mis le feu à la pêcherie du Bellilois, Isabelle avait fait enterrer le vieux corsaire, et voilà que dix-huit années plus tard une coque longeait la tombe avec à son bord un autre mourant. Etranges retrouvailles. Isabelle eut un geste vague. C'était par là, de l'autre côté de l'île Madame, dans la brume qui montait de la terre.

— Voulez-vous que nous abordions ? lui demanda Thomas.

— Non. Il se fait tard et il faut s'éloigner de ces côtes avant la nuit. Elles sont dangereuses.

Elle se détourna avec brusquerie, il y avait à faire pour Pierre Hébert, qui allait un peu mieux, auprès de Joséphine aussi, qui passait les heures à contempler, muette, la face hideuse de Jacques.

Elle s'assit aux côtés de sa bru, le dos contre la lice. Au fil du voyage, chacun s'était créé une sorte d'espace personnel sur le pont, les navigueux à la proue, Claire et Thomas face à

Jacques et Joséphine de part et d'autre du mât, les anciens à l'arrière, entre la barre et la poupe.

Le petit Julien s'était souillé. Elle le lava à grand renfort d'eau de mer tandis que Joséphine dépliait pour lui un penaillon dix fois ravaudé, en vérité un chiffon de plusieurs couleurs mais propre.

Jacques vint s'agenouiller devant sa femme. Comme souvent lorsque la cale s'était vidée de ses dormeurs, Claire et Thomas y étaient descendus, refermant derrière eux l'écoutille. Là, dans l'obscurité, bercés par le roulis, ils faisaient l'amour, parce que la nuit, tout contre les autres, la chose n'était pas aisée.

Jacques s'efforça de sourire, cela lui faisait mal, comme mâcher, déglutir, parler, même. En bas, Claire poussait des petits cris étouffés. Joséphine soutint le regard de son mari avec une insolence moqueuse. Leurs étreintes n'étaient pas bien fréquentes, plutôt brèves, mécaniques et sans chaleur, quand le reste des passagers était supposé dormir. Cela tenait à elle, qui n'en éprouvait plus trop l'envie, et cette troisième grossesse pour fêter ses dix-neuf ans !

— Tu es beau ainsi tailladé, lui dit-elle d'une voix feignant l'indifférence.

Il voulait lui dire qu'au fil de ses coups de sang la lueur encore bien pâle de la raison s'allumait malgré tout en lui. Il avait pensé s'excuser, mais de quoi au juste ? La morgue d'un cavalier n'était-elle pas suffisante pour se dresser et s'opposer ? Vaincus, on perdait le droit de tuer, et alors ? Restait l'honneur. Brossard quittait la scène, la Louisiane serait la nouvelle Acadie, trop loin. Jacques comprenait son père, même s'il trouvait sa quête stérile et épuisante. On chercherait encore, pardieu, la mémoire devenait une arme.

Il lut soudain de la défiance dans le regard de Joséphine. Un éclair, fugitif, aiguisé comme une lame. L'honneur ? Elle s'en moquait, son souci était ailleurs, dans ce voyage dont personne ne voyait la fin. D'autres, à Québec ou à Montréal, attentifs, vivant au calme, l'eussent au fil des ans délivrée de ses angoisses, au lieu de quoi cette compagnie d'Acadiens courant l'océan à la poursuite d'improbables revenants l'emmenait Dieu seul savait où.

Jacques la contempla, se rendit compte que l'exercice ne lui était guère familier. Elle existait pourtant, cette jolie fille qui l'aimait assez pour demeurer à ses côtés. Il comprit, la voyant abîmée dans ses pensées tandis qu'elle s'occupait de leur fils, qu'à la fin du séjour à Montréal elle avait eu plus d'une fois envie de quitter la tribu de la Pointe-à-Caillères et qu'il y avait d'assez bonnes raisons pour cela, ne fût-ce que trouver enfin quelque part la paix de l'âme.

« Je ne suis pas acadienne, moi. »

Elle lui avait lancé ça, quelquefois. Pour exister au milieu d'une famille qui n'était pas la sienne et oubliait trop souvent qu'elle aussi avait souffert. Il n'avait rien écouté. Elle avait sauté par-dessus bord, à l'île Saint-Jean, pour être enfin entendue. Peut-être même la goélette de Beausoleil avait-elle éveillé en elle des idées de Louisiane. Joséphine était un petit animal au fond d'un piège, qui s'y débattait.

Il appuya doucement son front contre les genoux de Joséphine, sentit qu'elle les écartait un peu. Il pensa qu'il n'était pas facile de se mettre dans la peau d'un vaincu, malgré les évidences. Il avait encore un peu de chemin à faire pour cela.

XXXVII

Nouvelle-Ecosse, juin 1764

Il existait, à une demi-lieue de la ville de Halifax, un endroit appelé Chezzetcook, où l'eau vive courait vers la mer en larges chenaux. Entre collines boisées, prairies en pente et rivage de roches et de sable brun, des Acadiens autrefois chassés par les rafles anglaises s'étaient réinstallés, vivant de pêche, de chasse et de quelques pauvres cultures potagères. Des Bellefontaine, Bastarache et autres Corporon. Natifs de là, ils avaient survécu dans les forêts environnantes et se comptaient, une cinquantaine au total, heureux, finalement, de se retrouver sur leur terre d'origine, à la différence de tant d'autres.

— Les Anglais nous laissent tranquilles, expliqua Pierre Bellefontaine à Thomas. C'est ici comme partout ailleurs, on nous tolère à condition de n'être pas trop nombreux et de ne pas prétendre cultiver la terre.

Thomas considéra l'alignement des cabanes constituant le village. C'était comme à Rustico et dans d'autres endroits abordés par le *Port-Royal* ; un campement dont la précarité sautait aux yeux. Pourtant, un semblant d'organisation sociale attestait la prise de cette greffe minuscule. Des femmes s'en revenaient de la forêt, tirant à la corde des pièces de bois, des enfants dépenaillés, maigres, étalaient des filets sur la grève aux côtés des adultes.

Thomas vit les deux barques halées à l'abri des rochers. Bien suprême ! Le mauvais temps les retenait à terre, l'embellie les relancerait aussitôt vers le large. Bellefontaine était formel.

— Pas de Melanson, de Hébert ou de Terriot chez nous, ni même dans la région. Pas de prêtre non plus, c'est bien malheureux. C'est à Halifax que vous aurez sans doute des renseignements sur vos parents. Les Anglais sont bons commerçants, ils tiennent bien leurs registres. Fourrure, mélasse, Nègres ou Acadiens, leurs cargaisons sont notées à la pièce près.

— Nous savons cela. Un oncle et un mien cousin faisaient partie de ces gens, lui dit Thomas. Ils étaient de la délégation emprisonnée dès son arrivée par Lawrence.

L'homme eut un geste évasif. A sa connaissance, tous les proscrits avaient déguerpi dès l'ouverture de leur geôle. Pour où ? Il n'en savait rien.

— Comme vous, comme nous en fin de compte. Ils auront cherché à retourner vers les fermes, les postes de pêche, les bouts de terre où sont enterrés leurs anciens.

Il était frêle, noueux, sans âge. Son visage aux traits fins, aux yeux cernés, témoignait des privations, des longs hivers passés sous des branchages, à craindre le pire. Il eut un coup de menton vers le nord.

— Il y a bien des ossements d'Acadiens dans ces montagnes. Jésomme, on nous a frappés durement.

Thomas parla des Mines, distantes d'à peine quinze lieues. Bellefontaine le décilla vivement. Il n'y avait aucun espoir de ce côté-là de l'Acadie.

— Des Ecossais y arrivent par familles entières, avec leurs jupes, leur musique et tout le tintamarre. Les Planters, comme on dit ici. Si cela peut vous consoler, ils ont laissé les terres basses en l'état. Ces gens abattent les arbres et labourent les collines. Les digues et les aboiteaux ne les intéressent pas. De toute façon, il ne faut pas avoir de regrets, tout ça s'est abîmé dans les marées, et puis, il nous est à tous interdit de posséder une acre dans ces régions-là.

Le ciel se chargeait d'orage, le vent qui avait obligé le *Port-Royal* à entrer dans la baie de Halifax, la veille au soir, forcissait.

— Dieu vous garde, dit Bellefontaine, qui avait à faire.

— Dieu vous garde.

Le chemin de Halifax, parfois enfoui sous de traîtres marécages, ondulait entre grèves et forêts. Des lacs aux eaux grises le bordaient par endroits, gonflés par la marée. C'était un itinéraire mouvant, dangereux, qu'il valait mieux ne pas emprunter à la nuit tombée. Thomas releva le col de sa cape et se remit aussitôt en route.

— Il t'attend, dit Jacques.

Le *Port-Royal* s'était vidé de ses femmes et de sa jeune classe. Ballottés par la houle, désireux de trouver enfin à terre un peu de répit, équipage et passagers s'étaient groupés contre le mur d'un entrepôt, à l'abri des averses. Thomas les aperçut de loin, devisant, assis, sous leurs coiffes blanches et leurs chapeaux ronds, dans leurs pantalons à rayures et leurs robes colorées. Réfugiés, encore, pensa-t-il.

Par l'ouverture de la cale, il distingua le visage de son père, croisa son regard tout de questionnement anxieux. Avait-il enfin trouvé quelque chose, quelqu'un, une piste ?

— Hélas, non. Il faut maintenant aller à la maison commune des Anglais, où sont peut-être les traces des nôtres.

Il écouta le long gémissement du malade. Jérôme Hébert ne pouvait plus se mouvoir. A le voir ainsi tendu vers lui, accroché à ses dérisoires espérances, Thomas se sentit submergé par un sentiment d'impuissance qui l'accabla. Appuyé contre le mât, les mains dans les poches, dents serrées, Jacques contemplait le havre où l'on s'était abrités.

— Pardieu, je hais cette ville et les gens qui vont avec.

Ce n'était ni Québec ni Montréal, juste un gros bourg piqué de rares clochers, gardé par des fortins en bois, étalé sous une haute colline face à l'un des abris naturels les plus remarquables de la péninsule. Jacques n'avait pas désiré y poser le pied. Il en détestait la moindre pierre, la plus vague silhouette et jusqu'aux esclaves marchant, d'un air très concerné, derrière les enfants de leurs maîtres.

La gorge de Thomas se serra. De là étaient partis les ordres, les troupes, les élans meurtriers de la grande déportation, l'immense malheur des Acadiens avait été conçu au secret de ces maisons en bois autour desquelles s'affairait un peuple de portefaix, d'ouvriers, d'archers et de bourgeois.

Une ville, toute jeune, si paisible en apparence, dont la puissance future se devinait à ses nombreuses mâtures sagement alignées l'une derrière l'autre, à ses quais chargés de marchandises, à ses attelages en norias entre soutes et entrepôts.

— Je vais à la Maison commune, décida Thomas. Les autres feraient bien de revenir à bord, va les chercher, ils vont attraper la mort à rester là sans bouger.

Il se hâta. La pluie gagnait en violence, tourbillonnait dans les rafales d'un vent aigre. Il s'engouffra dans une ruelle escaladant la colline, repéra bien vite la haute toiture de l'édifice communal. Une sentinelle en gardait l'accès.

Des registres acadiens ? L'homme eut une moue d'incompréhension, indiqua une direction, dans un angle de la cour intérieure. L'endroit était obscur, un étroit couloir donnait accès à des pièces chichement meublées où des civils travaillaient, dos tourné aux fenestrons. Thomas finit par trouver le bon endroit, un réduit aux murs tapissés de rayonnages, de piles de dossiers, de livres. Un homme se tenait là, assis, une plume à la main, écrivant. Il était de noir vêtu, portait une perruque bouclée, à la façon du siècle d'avant.

— *Acadians ?*

Il eut un petit rire de gorge. Ils n'étaient pas nombreux, ceux qui venaient jusque-là lui poser cette question. S'étant levé, il inventoria des entassements avec une certaine solennité, tira d'un magma de documents une mince chemise de carton, qu'il ouvrit sur la table.

— *Can you read it ?*

L'Acadien savait lire, on voyait décidément des choses étonnantes. Thomas soupira. Il avait, pour la première fois devant lui, la trace écrite des événements passés ; tourna les pages du document comme il l'eût fait de celles d'un livre saint. Des noms. Par dizaines. Autrefois les curés de Grand-Pré, de Cobequid ou d'Annapolis établissaient semblables listes de leurs paroissiens.

Il y avait là une Acadie en réduction, avec ses Cormier, Comeau, Arsenault, Trahan, tous passés par là après avoir été arrachés de Beaubassin, de la baie Verte, de Canso et de dix autres lieux. L'homme se pencha, plein d'une candeur complice. La guerre était finie, on exhumait des cadavres, on libérait des ombres, cette besogne même, licite, devenait anodine.

Une main appliquée avait mis tout cela en colonnes, les vivants et ceux qui n'avaient pas survécu, dotés quant à eux d'une croix en bout de ligne, les enfants, *sons* et *daughters*, avec leur âge, un vrai travail calligraphique, posé, précis, terrifiant. Thomas parcourut les pages, découvrit la mention spéciale *dangerous people* pour Beausoleil et ses amis, pointa l'index sur ce qu'il était venu chercher.

— Melanson, Paul et André. Août 1755, mars 1764.

Ses tempes battaient. Son oncle et son cousin étaient peut-être encore en ville, cela faisait à peine deux mois qu'ils avaient été libérés. L'Anglais secoua la tête. Tous ces gens avaient quitté Halifax, Dieu seul savait pour où. La Louisiane, peut-être, il avait entendu ce nom en ville.

— *Sorry, sir*, dit-il, souriant, faussement navré.

Thomas se retrouva dans la rue, presque aussitôt trempé de pluie, le cœur en charpie. Les Acadiens semblaient s'être dissous dans le ciel bas. Il observa longuement les allées et venues des gens, leur course sous l'ondée, écouta leurs cris, leurs rires. Il lui restait une chose à faire.

— *Just there, sir.*

L'homme désigna un recoin de pierre, à quelques pas de son auberge. Charles Lawrence s'était écroulé là, précisément. On avait dû l'appuyer contre le mur, ouvrir sa chemise, l'éventer. Avait-il eu le temps d'interroger ses compagnons sur le mystère de sa mort imminente ?

Thomas ferma les yeux, joignit les mains, pria. Pour que les âmes des bourreaux, errant à jamais, accompagnent celles des innocents sur leurs chemins de hasard. Pour qu'un tourment éternel maintienne en éveil celle de leur chef. Pour qu'enfin, surgissant des profondeurs de la mémoire humaine, le spectre du gouverneur de la Nouvelle-Ecosse, honteux de ses ruses, de ses mensonges et de ses crimes, vienne implorer un jour le pardon des Acadiens.

— Il faudra repartir sans tarder, dit Jacques.

— C'est toi qui parles ainsi ?

Thomas s'amusa de son air buté, sous lequel perçait soudain une vraie lueur d'intérêt pour ce qui allait advenir du navire et de sa cargaison. Docile et calme, passif le plus clair du temps, Jacques avait subi le voyage depuis l'île Saint-Jean sans se plaindre ni même argumenter, comme concentré sur les sensations que lui procurait sa blessure, étranger à l'expédition dont il faisait pourtant partie. Thomas espérait que la diatribe de Joséphine lui aurait ouvert les yeux sur ses inconséquences, son égoïsme, sur la vanité difficilement supportable de ses foucades.

La leçon portait, en apparence du moins.

— C'est moi, oui.

Les femmes s'en revenaient vers le bateau en compagnie des jeunes gens, formant une tache de couleurs dans la grisaille. Thomas les houspilla. Leurs capes étaient mouillées, cela se sentirait dans l'espace clos de la cale.

— Laisse-nous donc, se défendit Isabelle, c'était bien assez doux de marcher un peu sur la terre ferme.

L'exaltation du départ prochain était d'un autre temps. Et puis, il y avait, dans le ventre du *Port-Royal*, la carcasse pourrissante de Jérôme Hébert, ses gémissements, l'étrange obsession des retrouvailles, jusque dans ses rêves. Jacques avait raison. Il faudrait repartir et trouver, le plus vite possible, le coin de terre où l'on pourrait enfin cette fois poser les hardes.

XXXVIII

Côte sud de la Nouvelle-Ecosse, juillet 1764

La mer était calme, rassurante, dans la clarté de la pleine lune. Il y avait parfois sur l'Atlantique de tels instants fondus dans le seul bruit de l'étrave, un murmure. Les voiles flageolaient, tout semblait suspendu, pacifié. C'était une de ces nuits d'été, douce et complice, un temps d'alliance entre les marins et leur élément.

Les Acadiens avaient allumé sur le pont des chandelles dont la fumée montait, toute droite, mariée à celles des pipes. Jérôme ouvrit grand ses yeux. Il avait saigné le jour durant, délivré de sa souffrance, cherchait dans la pâle immobilité des quelques étoiles visibles un point où fixer son regard. Indifférent aux visages penchés sur lui, comme occupé à un dialogue avec l'éther lactescent.

— J'ai failli, répétait-il, des larmes lui venant au coin des yeux.

Isabelle tenait sa main, cela n'avait plus ni chair ni vie ; des os, étiques, que la moindre pression briserait comme du verre.

— Tranquille, mon beau, chuchota-t-elle.

Il n'irait pas au bout du voyage. Déjà, son souffle se raccourcissait, laissait entrer dans son corps épuisé le grand vent du départ.

— J'ai failli, hélas, trop souvent.

Baptiste respirait avec lui, guettant ses soupirs, accompagnant comme il le pouvait sa dérive. Certains s'en allaient dans les fièvres, l'inconscience, s'endormaient, paisibles, comme des tout-petits ; nul ne devinerait leurs pensées. Jérôme Hébert mourait l'esprit tendu vers le ciel empli de silence, ce mystère tant de fois contemplé dans la vaste nuit d'Amérique.

— Il est pâle, Seigneur Tout-Puissant, dit Claire.

C'était comme s'il se vidait à l'intérieur même de sa carcasse, la mort sculptait son squelette au fil des minutes ; tempes, pommettes, menton, tout devenait promontoires, roches où s'accrochait la peau diaphane veinée de bleu. Ainsi à l'agonie, il ressemblait à Jacques Hébert, son père adoptif, au Bellilois, au corsaire Lestang, tous trois consumés de la même manière.

« Notre Père qui êtes aux Cieux. » Claire égrenait et baisait son chapelet, on pouvait avoir tout laissé derrière soi, les petites perles de bois vivaient, au fond des poches, sous les tabliers, c'était la compagnie des anges, qu'aucune guerre, aucun exil, ne détruirait jamais.

— Il s'en va, dit Isabelle d'une voix rauque.

Jérôme luttait avec tout ce qui lui restait de forces. Il se mit à happer l'air comme font les poissons, donna des coups de tête, de plus en plus faiblement. On lui parla. De la terre promise, en vue dès l'aube prochaine, des bateaux que l'on mettrait à la mer pour une nouvelle vie, loin des conquérants, des colons étrangers, des vestes rouges.

Par deux fois, il parut entendre, suspendit sa respiration. Une mousse rosée s'échappa de ses lèvres, crépitante. Un coup de tête plus vif que les autres. Il expira, longuement, gémit, s'immobilisa.

Personne n'osait parler, on écouta le chuchotement des prières. Debout contre le mât, Jacques ne pouvait détacher son regard du cadavre étendu à ses pieds. Jérôme Hébert avait traversé un demi-siècle de la guerre entre les empires. Il avait connu la gloire éphémère des capitaines du roi Louis XIV, puis la décrépitude, la défaite et l'oubli. Les hommes de cette génération-là avaient tout perdu, terre, argent, honneur, on les avait traqués comme des rats. Maintenant, leurs fils poursuivraient, seuls, leur route d'incertitude et de hasard.

Jacques serra les dents. Il y aurait encore de quoi se révolter à condition de puiser en soi aux dernières sources de la colère.

— Il faut le mettre en terre dès demain, finit par dire Isabelle.

A la différence de sa femme, Jérôme n'avait jamais éprouvé d'attirance pour l'océan. Il était du pays des aboiteaux et des vertes prairies, où la houle était celle des épis ondulant et murmurant sous le ciel. L'océan, on lui rendait visite au bout des digues ou des chemins côtiers, pour humer ses odeurs, scruter ses horizons, s'emplir de ses fureurs.

— En terre, oui, dit Thomas. Nous accosterons dès l'aube.

Un grain se formait à l'est. Ils cherchèrent l'abri de la côte. Isabelle avait appris cela de son père, fuir devant le coup de vent, précéder autant que possible la montée menaçante des nuées, l'envahissement du ciel, glisser par vent arrière et chercher bien vite l'endroit du rivage où s'engouffrer avant le déferlement.

Elle connaissait mal cette côte sud de l'Acadie, terrain de chasse des corsaires anglais que les pêcheurs de Cap-Breton fréquentaient peu. Elle observa longuement le rivage déchiqueté. Les criques se succédaient, de toutes formes, souvent protégées par des brisants. Les seigneurs de la Tour et autres Isaac de Razilly savaient ce qu'ils faisaient lorsque, engagés dans leurs luttes féodales, ils s'étaient installés au fond de ces repaires au temps du roi Louis XIII.

Ces places avaient dû être reprises depuis par les herbes, la forêt, l'oubli.

— La sorcière de vent approche, mère, dit Thomas.

A la poupe du *Port-Royal*, l'horizon noircissait, des nuées grises précédaient le gros de la tempête, voilant le soleil déjà haut. Isabelle distingua l'eau plate d'une baie, entre les brumes de chaleur qui montaient à l'assaut des rochers.

— Je ne sais trop où nous sommes, dit-elle, ce sera là de toute façon.

Elle fit border la grand-voile, mettre la barre à droite. Le bateau prit de la gîte tandis que, postés à l'avant, Jacques et Thomas scrutaient la surface de l'océan. Déjà, le vent se levait, rafraîchissant l'air, creusait les vagues jusque-là paresseuses. Il pleuvrait bientôt, de ces ondées tourbillonnantes au milieu de quoi se perdaient les coques de noix imprudentes.

Isabelle redouta de voir surgir, entre deux bancs d'écume, les pointes noires de récifs affleurants. Les marins d'Acadie avaient assez de raisons de redouter cette côte superbe et inhospitalière.

— On passe, dit-elle, soulagée.

La baie était profonde, gardée par deux avancées rocheuses concaves, parallèles, dessinant des parenthèses, le rivage s'aplatissait doucement vers l'embouchure d'une rivière. Isabelle soupira. Les risées qui ondoyaient, encore légères, semblaient accompagner le *Port-Royal* vers son havre. On mouillerait à la limite des ajoncs, pour éviter l'échouage à marée basse.

Ce fut Baptiste qui repéra un minuscule panache gris audessus des cimes, en amont de la rivière, sans doute un campement micmac. Influencés et armés par Louisbourg, les clans et les tribus du Sud avaient longtemps mené la vie dure aux Anglais de Halifax. Isabelle se souvint des périples de Jérôme aux quatre horizons de l'Acadie. Il fallait sans cesse s'assurer de la fidélité des Indiens, l'ennemi aussi savait à l'occasion gagner leur neutralité, voire leur soutien. Des clans de l'isthme supposés amis avaient même attaqué des fuyards lors des grands exodes.

— La guerre est finie, nous ne craignons plus rien, dit Thomas. Il faut aller à leur rencontre. Il y a peut-être des traces françaises par ici.

On mit le canot à l'eau. Baptiste voulait être de l'expédition, la longue navigation lui pesait. Il fallut le convaincre de rester à bord avec sa troupe de navigueux.

— Femmes et petits ont besoin d'être protégés, lui dit Jacques. Et puis, il faut continuer à veiller le corps de notre père. Sois un bon fils, ce voyage n'est pas terminé.

Thomas et Jacques pagayèrent jusqu'à la rive, échouèrent le canot. La marée commençait à descendre dans une lumière soudain grise, de l'eau irisée par les premières rafales s'écoulait en rigoles vers la mer entre des monticules de vase brunâtre.

Jacques frissonna. C'était un paysage hostile, menaçant. Lorsqu'ils se tournaient vers le large, les deux Acadiens apercevaient la silhouette du bateau, sur le fond ténébreux de l'horizon.

— Ce sera un fameux coup de vent, dit Thomas.

Le havre était sûr. Ils s'enfoncèrent dans les profondeurs de la forêt, à la recherche des signes indiens sur les arbres, escaladèrent des raidillons, débouchèrent rapidement sur une clairière piquée de quelques toiles micmacs, au moment où la pluie commençait à tomber, épaisse et verticale.

— Ils cultivent, dit Thomas, ce sont des sédentaires.

Ces bandes vivaient entre bois et rivages, pêchant en hiver, moissonnant leurs maigres lopins à la saison des maringouins. Les Acadiens se montrèrent de loin, marchèrent jusqu'à un chantier où des hommes, torses nus, cheveux raides serrés au front par un bandeau, évidaient à la hache un tronc de sycomore.

Des enfants accoururent, curieux, tandis que les femmes portaient sous les tentes du linge mis à sécher sur la prairie. Thomas salua les hommes. Ceux-là n'avaient sans doute pas vu grand-chose des sept années de la guerre, plus soucieux de vivre en liberté sur leur coin de terre que de se mêler des affaires des étrangers. Nullement troublés par la visite des deux Acadiens, paraissant même indifférents à leur présence, ils poursuivirent leur besogne, les pieds sur un tapis de copeaux et d'écorce.

Où était-on ? Le nom indien de la rivière signifiait « l'eau-qui-va-vers-le-bec-de-l'aigle », à cause de la forme de la baie.

— Fort-Latour, dit un homme, le doigt pointé vers l'ouest. Un demi-matin de marche, pour y arriver.

— Y a-t-il encore des Acadiens, près d'ici ?

Le Micmac se releva. Il était trapu, sa peau luisait de sueur. Il écarta les doigts de sa main droite.

— Une famille, dans les rochers, près du cimetière des Français.

Le cimetière devait être celui de l'ancienne colonie féodale, où les pêcheurs et les marchands du temps de paix fuyaient parfois les coups de tabac, sur la route de la Nouvelle-Angleterre.

Les tentes commençaient à onduler sous les rafales, la forêt ployait ses cimes vers la clairière, dans d'amples et bruissants mouvements.

— Il faut retourner au bateau, nous irons à Latour dès que la tempête se sera calmée, décida Thomas en se disant que s'il restait quelque chose du cimetière, son père y serait en bonne compagnie.

Couramment emprunté par les Micmacs, le chemin côtier était bien tracé, surplombant par endroits des chaos pétrifiés, longeant ailleurs de longues baies de sable et de vase noirs. Baptiste ouvrait la marche, suivi par sa mère, puis venaient Jacques et Thomas avec à l'épaule, se balançant doucement, le hamac de toile où ils avaient placé le corps de leur père.

Jacques se retournait de temps à autre. Bien que fatiguée par sa grossesse, nauséeuse, Joséphine avait insisté pour accompagner la petite colonne, Claire restant au bateau avec les garçons.

— Hardi, la fille Lalanne !

Elle cheminait avec vaillance, les mains sur les cuisses lorsqu'il fallait grimper, comme au fort Duquesne, lorsque, ayant traversé à la rame la Monongahela, ils allaient tous deux contempler la forteresse du haut des falaises de la rive ouest.

Etrange cohorte, se dit Jacques. Il y avait là quelque chose d'un retour de chasse, un gibier suspendu à des perches, des marcheurs allant de leur pas régulier sous le ciel apaisé, sauf qu'on s'en allait marier les os de Jérôme Hébert à ceux des premiers seigneurs d'Acadie.

Il n'y avait plus de fort, pas même la moindre trace de muraille ou de redoute. La forêt, les vents, les pluies avaient digéré jusqu'aux fondations de l'ancien bastion dont ne subsistait en vérité que la clairière, un espace herbeux grossièrement rectangulaire.

Ils cherchèrent le cimetière décrit par les Indiens. C'était au nord, à une cinquantaine de pas de la trouée. Des tumuli y étaient encore visibles, deux siècles après qu'on y eut enseveli les Français de Razilly. Le corps de Jérôme fut posé dans l'herbe, les hommes se mirent immédiatement à l'ouvrage, pelletant la terre amollie, tandis qu'Isabelle et Joséphine priaient aux pieds du cadavre.

C'était un bon endroit pour dormir son dernier sommeil. Comme son père adoptif, enterré dans les ruines de l'Habitation de Champlain, à Port-Royal, Jérôme côtoierait les gentilshommes dont sa bâtardise l'avait fait cousin.

— Nos morts sont bien dispersés, dit Isabelle, et c'est pitié. Voyez, le Bellilois au Cap-Breton, Jacques Hébert à Port-Royal et ce pauvre Pierre Lestang quelque part au fond des eaux de Restigouche.

— C'est l'Acadie, lui dit Thomas. Mais nous sommes là ensemble et pardieu, nous vivons.

Rêveuse, elle ajusta les vêtements de Jérôme, lissa son gilet de lin, serra les cordelettes de la ceinture autour de sa taille osseuse.

Le couple qu'ils formaient était devenu vieux un jour de septembre 1755, au bord de la rivière Pisiquid, alors que commençait la grande rafle. Les années, l'exil, la fatigue en avaient aplani la passion, les humeurs. « Notre temps est passé », répétait Jérôme.

— Il ne pèse plus rien, remarqua-t-elle lorsque, s'étant placée entre Thomas et Jacques, elle eut aidé à lever le corps.

Sanglotant, tenant serrés dans sa main les doigts décharnés de Jérôme, Baptiste marcha jusqu'à la fosse où l'on fit doucement descendre la dépouille. Qui dormait là, tout près ? Des mousquetaires nés en France et venus commencer une longue guerre de cent années, des servantes emportées par les fièvres, des marins, des enfants morts au berceau ?

Thomas récita la prière des Trépassés. Jérôme Hébert avait aimé sa patrie, versé le sang pour elle, lutté, longtemps, pour empêcher qu'on la privât de sa liberté, de son existence, même. Le Seigneur serait bon envers ce serviteur aux longues errances, il lui pardonnerait ses péchés, s'il en avait commis.

Ce fut Isabelle qui jeta la première poignée de terre sur le drap. Ainsi ensevelissait-on où l'on pouvait les survivants du grand exode, sans prêtre ni église, aux marches d'un pays qui n'existait plus. Etait-ce la fin d'une histoire, le début d'une autre ? Isabelle songea aux milliers de tombes ainsi dispersées aux quatre coins de l'Acadie. Reliées par des fils invisibles, elles dessinaient un calvaire aux pentes d'une colline dont on ne voyait pas le sommet.

Joséphine s'était approchée de Jacques, raide, épaule contre épaule, collée à lui comme pour lui faire savoir qu'elle ne soutenait ni n'était soutenue mais tenait bien debout et avec force.

A voir ces deux-là qui demeuraient ensemble quand tant de choses eussent dû les séparer, Isabelle sentit fondre un peu sa tristesse. Jacques l'avait plusieurs fois échappé belle, une bonne étoile veillait sur lui. Cette graine d'Acadien, rebelle et tourmentée, cet enfant au cœur endurci bien avant l'âge, avait finalement de la race.

Gibier de potence, avaient conclu les Anglais, de leur bouche, cela sonnait comme un compliment. Isabelle sourit à son cadet. Elle était fière de lui, de ses fautes comme de ses justes révoltes.

On planta une croix au-dessus de la tête de Jérôme Hébert, on pria, longuement. Le temps passait trop vite, on serait bien restés là, à rêver sous le ciel limpide. Isabelle se détourna, brusquement, marcha vers la forêt. Lentement, à gestes comptés, les autres rassemblèrent les quelques objets de la cérémonie et lui emboîtèrent le pas.

Ils étaient cinq, en effet, un couple et trois garçons adolescents occupés à consolider le toit de leur refuge. Des Amirault, pêcheurs. L'homme était hirsute, barbu, la femme, sèche et menue, ridée comme une vieille, pouvait avoir trente ans, ou soixante. Nourris de coquillages, de baies, de quelques poissons, ils étaient maigres. Leurs yeux brillaient, de faim.

Un jour d'avril 1756, les soldats d'un certain major Prebble, dépêchés sur ordre de Lawrence, avaient investi le village de Port-Latour, pendant que les hommes étaient en mer. Il fallait faire un exemple, vider en même temps le reste de la région par la terreur. L'écho de cet acte cruel autant qu'inutile avait fait le tour du Canada.

— Nous étions en forêt, à couper du bois avec ces trois drôles, expliqua le chef de famille. Nous avons vu de loin les femmes et les petits emmenés par les soldats. Deux des nôtres, une de quatre ans et l'autre de trois, ont été enlevés, avec ma sœur et tous les siens. Portés à la Caroline, à ce qui s'est dit ensuite. Il fallait fuir, nous sommes entrés dans les bois, où des Micmacs nous ont laissés construire un abri à quelques pas de leur campement.

Six années de cette vie, qu'il conta de sa voix égale. Privés de leurs familles, bien des hommes de Port-Latour avaient perdu la raison, d'autres s'étaient mis à errer dans les profondeurs de la sylve, où ils avaient disparu.

— Quand les Indiens nous ont dit que la guerre était finie, nous sommes redescendus vers la mer, et voilà où nous vivons depuis une demi-année.

C'était au fond d'une crique, une cabane adossée à la roche sous un enchevêtrement invraisemblable de branches, de feuilles, de plaques de boue séchée. Isabelle regarda la femme. Emaciée, ahanante, elle assemblait un fagot, avec de la démence dans les yeux. Des enfants lui manquaient, qu'elle n'avait jamais revus. On devait se ressembler, tous ainsi en errance, à penser sans cesse aux absents.

— Vous ne pourrez passer l'hiver ici, dit Thomas.

Deux des garçons étaient allés s'accroupir dans la vase, à la recherche de coquillages. Un geste quotidien, pour survivre.

— Nous n'avons pas vu grand-monde depuis que nous sommes là, dit Amirault. Il y a des brisants qui empêchent les pêcheurs d'approcher.

Sans barque ni attelage, ils n'avaient trop osé bouger. Et puis, cette guerre était-elle vraiment terminée ? Ils redoutaient de voir débouler une troupe chargée de les faire déguerpir, pensaient tout de même de temps à autre qu'il leur faudrait rejoindre un port, un village.

— Voulez-vous chercher cela avec nous ? lui proposa Thomas. Notre bateau est solide, il nous a menés jusqu'ici sans encombre, depuis Montréal. C'est tout ce qui nous reste, avec de quoi manger pour quelques jours encore. On se serrera pour vous y ménager de la place.

Où irait-on ? Le Sud était anglais, jusqu'à Halifax et bien plus loin, les Mines devenaient une colonie écossaise.

— Vers l'ouest. Les Anglais ne passeront pas le reste de leur vie à nous fourgailler[1]. Ils ont les terres, Dieu leur mette rats et sauterelles dessus. Un jour ou l'autre, ils laisseront les pêcheurs s'installer à distance de leurs fermes. La mer est généreuse à la baie Sainte-Marie, vous le savez bien, puisque vous êtes de ces régions de l'Acadie.

— Pardieu, oui, je connais ce pays. Il y a du poisson dans ces parages-là.

1. Maltraiter.

— Il faut vous décider maintenant. Le temps s'est remis au beau, nous reprendrons la mer avant ce soir.

Amirault regarda sa femme. Qu'avait-on à perdre, sauf cette misère dont on ne voyait pas bien la fin ? Plier le bagage de hardes, de collets et de filets indiens ne prendrait guère de temps.

— Pardieu, monsieur, vous nous sauvez la vie, nous serions partis à l'aventure Dieu sait pour où.

Isabelle lut dans le regard que Thomas portait sur ces réfugiés de la colère mêlée à de la fierté. On débarquerait bientôt quelque part et on mettrait sans tarder lignes et filets à la mer. Le jeune Hébert bouillait d'impatience, vibrait de tous ses muscles. Ah oui, si on laissait à ces hommes-là la simple liberté de travailler, l'Acadie revivrait, Isabelle en eut soudain la conviction.

Il faisait une chaleur intense lorsque le *Port-Royal* s'engagea dans la baie Sainte-Marie. C'était entre le bout du Nez-de-Canard et la côte ouest de la Nouvelle-Ecosse, l'entrée dans un très long boyau de mer finissant en cul-de-sac vingt-cinq lieues plus au nord.

La houle s'aplatit progressivement à mesure que le navire s'enfonçait entre les rivages déserts de la baie. C'était là un abri naturel, large comme un estuaire, où les tempêtes frappaient moins fort la roche, où les bateaux pouvaient trouver refuge plus facilement qu'au sud.

— Il n'y a jamais eu beaucoup d'Anglais dans ces endroits, dit Amirault.

Il en connaissait les reliefs, les baies et les criques se succédant par dizaines, indiquait les caps battus par les lames, les barrières de brisants. La pêche était bonne par là.

— Elle était bonne partout, dit sa femme avec acrimonie. Vrai, on pourra sûrement se terrer quelque part entre ces roches, le temps qu'on nous fasse déguerpir une nouvelle fois.

Thomas rejoignit sa mère à l'avant du bateau. Le paysage défilait, sombre, austère.

— Il ne manque pas de memetchais[1], remarqua-t-il.

1. Marécages.

Par endroits, la perspective fuyait vers l'horizon dans un étrange reflet argenté. De l'eau, partout, étale sous le soleil. Ailleurs, surgissant de l'onde, de noirs rochers délimitaient des havres au fond de quoi serpentait la ligne ondulante des bois. Rien là qui invitât à fonder autre chose que de précaires campements. Pas de fleuves ni de grandes prairies, juste une bande de terre entre la mer, la forêt et des collines, à l'est, descendant du pays indien.

— Ce n'est pas une patrie pour les Anglais, répéta Amirault. Ils ont déjà les terres de Port-Royal pour leurs colons du Nord. S'ils doivent s'installer quelque part dans ces rochers, ce sera bien plus au sud, face à leur maudite cité de Boston. Sûr qu'ils ouvriront un port, là-bas.

— Alors, cette baie où rien ne pousse sera un pays pour nous, dit Thomas.

Il se sentait peu à peu possédé par la noire présence d'un rivage où personne n'accostait jamais, sauf les oiseaux de mer et les bateaux blessés par les tempêtes du grand large.

Des marais et des bois pour frontière, des ajoncs et de l'herbe arasée par les vents pour seules cultures, sur un terreau de basalte découpé par endroits comme au ciseau, l'Acadie des rescapés du Grand Dérangement ne risquait pas d'attirer les Planters écossais.

Amirault pointa l'index vers un surplomb léché à sa base par le flot calme.

— Je crois qu'il y a une anse juste derrière, dit-il. Les Micmacs appellent le lieu Chichaben, on y trouve des petites racines[1] dont on peut se nourrir. Il y a la place pour une flottille et même davantage, les marais en sont à une demi-lieue de distance.

Thomas le considéra, longuement. On ne ferait pas l'inventaire de toute la côte.

— C'est une bonne place, insista le pêcheur. Il nous est arrivé d'y trouver abri, autrefois.

Thomas regarda sa mère. Il fallait prendre une décision et construire vite de quoi ne pas craindre l'hiver. Du bois, de l'eau, la mer ce jour-là complice des voyageurs, et la fatigue

1. Pommes de terre.

de chacun, intense, pour donner le signal du débarquement, cela suffisait.

— Soit, dit Isabelle. Ce sera ici.

Elle se demanda si, cette fois, elle en terminerait pour de bon avec ses années de bourlingue. Il y avait eu assez d'autres rivages, avec des gens dessus, indifférents ou hostiles, tant de destins fracassés comme les misérables vaisseaux jetés vers eux. Elle contempla le décor dans lequel on allait se fondre, pria pour que nul prédateur ne vînt tourner autour.

— Laisse-nous ce bout de monde, Seigneur, il nous suffira bien si nous y vivons libres, murmura-t-elle, tandis que le *Port-Royal* s'approchait lentement de la batture[1].

Les plus jeunes tendirent le cou vers ce qui serait leur havre. Des roches sombres y formaient un rivage austère, de longues jetées rectilignes, rompues par des plages de sable ocre luisant faiblement, prolongeaient la pointe vers le nord. Tout était là désert, livré au vent, au mouvement pacifique de l'océan.

Lorsque le *Port-Royal*, ayant raclé le fond sur quelques toises, s'immobilisa dans la vase, légèrement incliné sur tribord, Isabelle alla à sa proue et le remercia, tandis que les hommes se laissaient glisser à terre. Elle s'agenouilla, courba la nuque. La main invisible qui l'avait guidée jusque-là l'avait protégée des tempêtes et des récifs. Elle y vit un bon présage.

Thomas et Baptiste s'étaient mis à genoux eux aussi, sur la grève, près de Jacques qui, debout, mains sur les hanches, contemplait le décor triste et esseulé. Ainsi immobiles, ils devaient ressembler à ceux qui, deux siècles et demi plus tôt, avaient posé le pied sur ces terres inconnues.

Isabelle ferma les yeux et se mit en prière.

1. Le rivage.

XXXIX

A la baie Sainte-Marie

Un soir de mars 1775, une goélette battant pavillon anglais vint mouiller face au village des Acadiens. Un canot fut mis à l'eau, deux hommes y prirent place et ramèrent jusqu'à la plage. Un peu avant de jeter l'ancre, les visiteurs avaient aperçu, à deux cents brasses, deux barques hérissées de lignes, à bord desquelles des pêcheurs longeaient lentement le rivage, à la rame eux aussi.

William Jeffries sauta du canot, fit quelques pas dans le sable vaseux, jusqu'au chemin bordé par une dizaine de minuscules maisons. Les portes en étaient fermées, des fumées montaient des cheminées. Courbées sur des sarclettes, des femmes besognaient la terre à peine dégelée, derrière des enclos de potagers. William les vit qui se relevaient et regardaient vers lui, la main en visière.

Il s'approcha. La première Acadienne qu'il reconnut fut Isabelle Hébert, dont la chevelure rousse relevée en chignon flambait toujours pareillement dans la lumière. Elle avait pris de la corpulence, son dos s'était arrondi, son visage s'était ridé avec grâce, au front, au coin des paupières. Mais ses pommettes saillaient comme autrefois, l'éclat de ses yeux bleus perdurait, durci, comme les plis de la bouche.

— Claire Terriot, fit l'Anglais, le doigt pointé vers l'une des femmes.

William avait forci, ses tempes se dégarnissaient sous sa longue chevelure serrée à la nuque par un ruban noir. Claire remarqua les éphélides piquant son visage, que les premiers rayons de vrai soleil faisaient ressortir, comme à chaque printemps.

— William, Seigneur Jésus. Ce navire est à toi ?

Il rit. La goélette s'appelait l'*Anne-Marie*, elle était bien à lui.

— Les d'Entremont de Pobomcoup m'ont dit qu'il y avait une souche de Hébert et de Melanson ici, expliqua-t-il. J'avais une petite chance de vous retrouver. La bonne !

Son compagnon, gras, rubicond, s'appelait Horton ; il commandait la goélette.

— On va à Annapolis-Royal, dit William. Le castor, toujours.

Il y eut un silence. Quinze années avaient passé depuis la chute de Montréal. On se regarda, étonnés, vaguement réjouis. Des enfants étaient accourus, il y en avait de tous âges, nés sur la terre d'Acadie, des pousses sur l'arbre planté là dix ans plus tôt.

— Lesquels sont à toi, gentille Claire ? demanda le Bostonien.

— Il n'y en a pas, répondit-elle, une onde de tristesse passant sur son visage aux paupières gonflées, aux traits affaissés.

— Désolé, ma cousine.

William apprécia le décor. Un village était né, juste assez peuplé pour ne pas irriter les gens de Halifax. Pointe-de-l'Eglise était son nom. Claire parla des autres, égrenés tout le long de la côte. Des exilés, il en était revenu d'un peu partout, du Massachusetts principalement ; on ne déracinait pas aisément un peuple à ce point épris de sa terre. William serra le poing en signe de victoire.

— C'est bien. Mes vieux amis d'Angleterre ont cessé de vous tourmenter.

— Ils ont cessé de nous assassiner, pas de nous tourmenter, corrigea Claire.

— Qui est en mer à cette heure ? demanda William.

Les barques se rapprochaient du rivage, avec leurs grappes d'hommes hissant des filets, les ventres des poissons scintillaient dans le soleil couchant.

— Thomas et Jacques. Il y a des Terriot, aussi, et d'autres.

Elle cita des noms. On s'était serrés pour accueillir les arrivants, et dans ces conditions, il y avait eu des mariages.

— Il faudra que nous parlions de la pêche et aussi de quelques autres choses, dit William avec assurance.

Il marcha vers la plage, où s'échouaient les embarcations, salua, d'un ample geste de la main. Les laboureurs de la Pisiquid étaient devenus de vrais marins, s'affairant autour de leur prise. Chemises de toile épaisse ouvertes jusqu'à la taille, ils avaient les jambes nues sous leurs pantalons serrés aux genoux ; leurs cheveux flottaient dans la brise, en liberté, leurs torses luisaient, comme leurs visages boucanés par le sel et le vent.

— Fier peuple, murmura William.

A Boston ou à Pointe-de-l'Eglise, les gens de cette race-là se ressemblaient, l'océan les sculptait au fil des ans, à l'image des rochers et des grèves.

Jacques Hébert reconnut le visiteur, parut abasourdi. Les échos de Boston étaient parvenus jusqu'à lui. Il y avait eu, cinq ans auparavant, un massacre de marchands mécontents devant la Town House. Puis cette affaire plus récente de taxe sur le thé, réglée à leur manière par les colons, des milliers de livres de feuilles séchées jetées à la mer sous le nez des soldats du roi George III. Jacques s'était alors demandé si William avait pris part à ces événements, lui qui les avait prévus de si longue date.

— Hé, cousin !

L'Ecossais le secoua avec effusion. L'espace d'un instant, Jacques revit la maison d'hôte de Montréal, le feu devant lequel il s'était trouvé libre, tiré des griffes anglaises. Il pensa : Je te dois la vie et tu es là, se laissa embrasser sans réagir tandis que ses compagnons déchargeaient les barques.

William applaudit. La pêche était bonne, il y aurait de la caque en tonneaux dans les celliers acadiens.

— Ça nous suffit pour manger, lui dit Jacques.

Thomas reconnut à son tour le visiteur, dont il serra la main. William le félicita. Croisant au large de la Nouvelle-Ecosse, il avait parfois aperçu de loin les hameaux de Pobomcoup, Cap-de-Sable, Tousquet.

— La mer vous sauvera. Un jour, vous commercerez avec Boston ! s'écria-t-il, enthousiaste.

L'encouragement venait d'un marchand enrichi par la fourrure, débarqué d'une belle goélette pour une visite chez des cousins éloignés. Thomas haussa les épaules. Onze ans après avoir jeté l'ancre, lui et les siens vivaient encore au jour le jour, sous l'œil vigilant des Anglais. Interdiction de cultiver, de posséder un troupeau, on pariait sur qui posséderait le premier cheval de Pointe-de-l'Eglise. Pour le reste, des carottes, des pois et des haricots, c'était à peu près tout ce qu'on avait le droit de faire pousser à la baie Sainte-Marie. Et encore, à l'abri des regards. « Mangeurs de pois », les raillait la gent anglaise. Et pour cause !

— Avez-vous retrouvé ceux que vous cherchiez autrefois ? s'inquiéta William.

Personne n'était reparu, ni ceux de Londres ni ceux de Philadelphie ou d'ailleurs en Nouvelle-Angleterre, de toute façon, on n'avait pas les moyens de partir à leur poursuite.

— On dit qu'il y en a en France, à Belle-Isle et au Poitou, d'autres sont peut-être en Louisiane. Beaucoup sont au fond de l'eau ou dans des trous, en forêt, lui répondit Thomas.

William parut sincèrement navré. Il écarta les bras d'un geste fraternel. La dure condition des émigrés s'étalait sous ses yeux, dans leur habitat réduit au strict nécessaire, un toit, quatre murs de planches, deux fenêtres à l'ouest et deux autres à l'est, pour que la lumière remplaçât la pénombre des années noires. Un domaine où l'ordinaire marin ne devait guère varier.

— Un village acadien, pardieu, et des hommes libres sur des bateaux, cela me chauffe le cœur, dit-il.

Une dizaine de maisons constituaient le hameau. Les autorités de Halifax étaient formelles ; on devait s'égailler le long du rivage de la baie, éviter de concurrencer les implantations anglaises par le nombre de feux, se contenter d'exploiter la mer, manière d'oublier à jamais que l'on venait de la terre et des rivières. William balaya l'argument.

— Les Anglais, on s'en fout bien pour le moment, on s'occupera d'eux plus tard. J'ai des choses pour vous ! s'écria-t-il. Anne-Marie m'a fait embarquer avec un train de prince du sang, elle m'a dit « Retrouve-les où qu'ils soient et dis-leur que je pense à eux chaque jour que Dieu fait ».

Il entraîna les hommes vers sa barque, souleva une bâche. On n'avait qu'à se servir, il y avait là, ficelé en une dizaine de gros ballots, un vrai trésor de peaux, de fourrures, de drap, de toile pour les lits, les bateaux, les gens. Horton fit passer par-dessus la lice des tonnelets de bière, de mélasse, d'huile et de sirop tandis que William, un peu anxieux de voir subitement ses hôtes se détourner et rentrer chez eux, y allait de son coup d'épaule, ployant sous la charge.

Les Acadiens le regardèrent, sidérés. Lorsqu'il en eut terminé, il serra longuement l'épaule de Thomas, affirma qu'en aucun cas il ne s'agissait là d'une aumône.

— Nous savons bien ce qu'il est advenu de vous, nous savons aussi que le voyage continue, pour des milliers de vos frères, jusqu'à la Dominique et aux îles Malouines, même. Si je pouvais, pardieu, Thomas, je te jure que j'irais les chercher un par un, pour les ramener ici. Accepte, je te prie, l'hiver est dur pour tout le monde en Amérique. Et puis, tu sais, je serai peut-être moi-même à la recherche d'un havre, dans quelque temps. Tout comme vous l'avez été. Je te raconterai.

Son visage était tout amicale sincérité, invite à partager. Nulle pitié, ni même compassion, ne l'animait. Thomas se détendit. Sa cousine Anne-Marie avait elle aussi du cœur.

— Eh bien alors, mettons tout ça à l'abri et soupons, décida-t-il.

Il y avait de la place sous le toit de Thomas Hébert, entre sa couche et la table rectangulaire. Pas d'autre lit ni de berceau. Les plus jeunes s'étaient installés en bout de banc, Pierre et Julien, les deux fils de Jacques et Joséphine entourant leur sœur Catherine, une brune de dix ans, née aux premiers mois de l'installation. La petite sorcière-à-Jacques Hébert était coiffée de blanc, minois de souris, des formes, déjà, sous son corsage boutonné jusqu'au creux du cou. Les deux garçons n'auraient pas déparé quant à eux une table familiale, à la Pisiquid. Longs de cou et de bras, cuisses épaisses, cheveux noirs et raides, yeux bleus, ils avaient pris de leurs deux parents avec le sel et le vent pour tanner et ambrer leur peau.

William appréciait l'accueil. Certes, cela n'avait pas grand-chose à voir avec les retrouvailles de parents proches, mais il régnait autour de lui une ambiance d'hospitalité polie, une réserve sans hostilité rompue par des sourires, parfois même par des rires brefs. Jacques et Joséphine s'étaient joints au souper mais pas Isabelle, qu'un subit accès de malaria clouait au lit, trémulante et suante.

Claire s'inquiéta d'Anne-Marie, de sa condition d'Acadienne dans un univers tellement différent. William leva ses poings serrés, cita les noms de femmes fortement impliquées dans la vie de la cité, une Abigaïl Adams et quelques autres. Des égéries au parler fort, soutenant leurs maris, qui ne craignaient pas d'interpeller et même d'apostropher les délégués de Londres, aux réunions civiles.

— Ah, vous la verriez, votre cousine ! Elle est de cette coterie-là, toute véhémente à l'intérieur. Soyez fiers d'elle, le compte quotidien qu'elle règle avec vos tourmenteurs ne connaît pas de trêve.

Il se mit à raconter, d'une voix qui vibrait par instants. La lente montée de la colère dans les colonies, parce que l'on devait importer d'Angleterre ce que l'on pourrait pourtant produire soi-même, parce que la taxation sans cesse alourdie remplaçait tout dialogue, parce que enfin le roi George, troisième du nom, se figeait dans une attitude de morgue et de mépris carrément insultante. Les colons ? Des sujets comme les autres et moins que ça, imposables à merci et que l'on fusillait, à l'occasion.

William jubilait. L'affaire de la Tea Party, il en avait été, aux côtés de sa femme. A l'annonce d'une nouvelle taxe sur le thé, les gens s'étaient spontanément rassemblés sur les places. Qu'allait-on faire ? « Au port ! » criait-on. On avait attendu la nuit. Une escouade d'ouvriers, d'artisans, de bourgeois déguisés en Indiens avait pris d'assaut le *Darmouth*. Dix-huit mille livres de feuilles séchées jetées par-dessus bord, quelle fête et quel affront pour le souverain ! La riposte ne s'était pas fait attendre. Cinq lois avaient été promulguées.

— On les appelle « intolérables ». Maintenant, le port de Boston est fermé, les armateurs courent à la ruine et nous devons ruser pour commercer encore un peu.

Il raconta comment les colonies venaient en aide à leur sœur dans le besoin. Philadelphie avait envoyé des moutons, la Caroline du riz.

— Le roi George expédie en Amérique des mercenaires allemands achetés sept livres l'homme, qui font régner l'ordre en ville, dit-il, l'air grave, soudain. Des Allemands, pour mater des colons libres. Les choses vont aller vite, nos milices s'arment pour la défense. Je suis capitaine, là-dedans ! Il y aura une guerre en Nouvelle-Angleterre et ma foi, je serai heureux d'y faire mon devoir.

Philadelphie, Caroline, les noms éveillèrent le souvenir des années noires chez les Acadiens, dont les nez plongèrent dans les assiettes. Tout à son discours, William semblait ne pas s'en rendre compte.

— On dirait que nous avons connu la situation dans laquelle vous êtes, dit Thomas, d'une voix douce où perçait de l'ironie. Seulement, vaincre deux millions de colons révoltés sera moins facile aux Anglais que déporter vingt mille pauvres Acadiens. Enfin, c'est le vœu que nous avons tous dans le cœur, ici. Dieu vous assiste dans la noble tâche de les foutre à la mer. Ils y boiront leur thé.

— Juste, Thomas Hébert.

Tout en servant la soupe de pois, Joséphine observait Jacques. Comme chaque fois qu'un souci, une humeur grise, une contrariété l'assaillaient, il se renfrognait, sourcils froncés, tête rentrée dans les épaules. William cherchait lui aussi le regard de son cousin. Etait-ce un jeu ? Jacques semblait profondément troublé, fuyait les flèches inquiètes que lui lançait sa femme.

Les jeunes étaient plutôt indifférents aux paroles du Bostonien. Thomas eut un geste fataliste. Les affaires de la Nouvelle-Angleterre, du roi George, dont le numéro indiquait qu'il y en aurait sans doute un quatrième après lui, du même acabit, ne le concernaient que de fort loin. Pour lui comme pour ceux de Pointe-de-l'Eglise, l'univers se limitait désormais aux bois entourant la minuscule greffe acadienne.

— Et à la mer, ajouta Claire, le doigt pointé vers le couchant. De ce côté, le regard porte loin mais pas assez pour apercevoir votre ville, et je vous dirai que cela ne m'attriste pas. Quant à votre guerre à venir, elle nous épargnera si le Seigneur le veut bien. Je prierai pour que vous vous écharpiez en famille, à Boston ou à Baltimore, en Géorgie ou à New York, sans avoir besoin de nous.

Elle fixa son hôte de ses grands yeux à l'expression fatiguée, désenchantée. William y lut de la colère, du ressentiment, aussi. La jeunesse insouciante des laboureurs d'Acadie était loin, oubliée, écrasée sous le noir linceul de la déportation. Maintenant, il fallait vivre d'un métier dangereux, sous l'œil sans complaisance des Anglais.

— Il nous faut surtout ne pas mourir de faim, comprenez-vous, dit Joséphine, émue par le trouble subit de William. Vous connaissez cette mer de l'Ouest. Elle est douce à regarder ce soir, et pourtant sans pitié pour les marins quand elle se fâche. C'est là notre quotidien, à cette heure. Alors, c'est vrai, Seigneur Jésus, votre Amérique en révolte nous est bien étrangère.

— C'était manière de causer, dit William. Vous voyez, votre cousine m'apprend à parler français, avec les tournures, ajouta-t-il, hilare.

Joséphine vint s'allonger contre Jacques. Souvent, ils demeuraient sans bouger, muets, récupérant des fatigues de la journée jusqu'à ce que le sommeil les prît. Elle le caressa, baisa ses mains durcies par les travaux de la mer. Ce qu'elle avait longtemps redouté se produisait, un rappel brutal des choses passées, un signal né de la houle atlantique, très loin, déferlant comme une lame plus profonde que les autres, emportant tout.

Elle devina son regard perdu entre les poutres de la maison, écouta son souffle accéléré. Il y avait un danger, immédiat. Jacques rêvait les yeux grands ouverts, son esprit avait pris le large, cinglait vers les côtes de la Nouvelle-Angleterre. Contre cette envie de voyage, elle ne pouvait rien ; la minuscule société de Pointe-de-l'Eglise se refermerait de toute façon autour d'elle, comme autrefois celle des proscrits du Saint-Laurent.

— Je ne sais pas ce qu'il faut faire, répéta Jacques.

Il se mentait à lui-même. Savait très bien, au fond.

— Tu vas nous laisser, tous les quatre ?

Elle distingua les formes de Pierre et Julien endormis côte à côte dans la pâle clarté lunaire. Comme la plupart des enfants de leur âge, les garçons s'étaient vite enracinés à la baie Sainte-Marie, où il y avait assez d'ouvrage, en vérité un monde à construire, rien que ça. Ils écoutaient, patients, les récits des anciens tout en pensant aux filets à réparer, aux casiers à relever, aux horizons que les vents se plaisaient à rendre complices ou menaçants. Pierre et Julien-à-Jacques-à-Jérôme

Hébert tenaient avec bonheur leur place dans cette société toute neuve, abritée des noires nuées de la guerre.

Jacques grogna. Il avait découvert la paternité avec la naissance de leur fille, Catherine. « Une de la baie Sainte-Marie, que Dieu nous envoie en présent », avait alors déclaré Isabelle. C'était au plus fort du premier hiver. On s'était à peine organisés ; par deux fois, le *Port-Royal* avait bien failli être emporté par des coups de vent. Cela avait été un apprentissage immédiat, impitoyable.

— Cette petite t'aime bien fort, murmura Joséphine.

Lasse de chercher le regard de son mari, elle se laissa retomber sur sa couche. En mûrissant, Jacques avait aussi appris à regarder ses fils. Souvent, lorsqu'elle l'apercevait aux côtés de Pierre et de Julien, halant une barque ou roulant une barrique de saumure, elle avait du mal à se persuader qu'ils étaient père et fils. Des frères, plutôt, pareillement longs et maigres, l'aîné un peu raidi, portant au visage sa balafre comme un Christ sa plaie au flanc, les garçons, sans malice et pleins de leur juvénile énergie, jeunes gens de quinze et quatorze ans, encore gauches et souvent benêts, hésitant encore à entrer dans l'âge adulte.

Elle se souvint du jour où Jacques lui avait parlé du chef Pontiac et de ses Ottawas en guerre contre les Anglais. L'époque résonnait encore des batailles, des tumultes, des exils. Immobile, les bras repliés derrière la tête, Jacques revivait ces instants et Joséphine ressentait sa tension, son soudain mal-être.

Il se tourna enfin vers elle, ses yeux imploraient qu'elle répondît à son angoisse. Lentement, il rapprocha son visage du sien, dans un geste de tendresse, inhabituel, qui la troubla.

— Tu crois que tu dois quelque chose à l'homme de Boston, dit-elle.

Elle se refusait à considérer William Jeffries comme un cousin ou même un ami ; juste un marchand anglais surgi de l'océan, les mains pleines de présents comme pour racheter les vieilles fautes, reparti après avoir semé le doute dans l'esprit de Jacques. Inutile et coûteuse bourrasque.

— C'est par lui que je suis ici, ma mie. Personne d'autre que cet homme de Boston, comme tu dis, n'aurait été capable de m'épargner la potence. Tu ne t'es pas privée de me lancer ça à la figure, autrefois.

— Je pensais que tu avais oublié. Bien des années ont passé, nous ne sommes plus les enfants perdus de Québec, les réfugiés de Montréal, ni toi, l'éclaireur du fort Duquesne tout plein de son exploit.

Il frissonna, vint contre elle, se fit petit dans ses bras. Elle se tendit, se dégagea doucement, s'assit au bord du lit, dans la lumière grise tombant de la fenêtre. A la voir ainsi cambrée, sa chemise ouverte sur son buste, relevée jusqu'au milieu des cuisses, il la désira.

— Laisse-moi, dit-elle en se dégageant. Tu veux me posséder et puis t'endormir comme si de rien n'était. Tu n'as donc rien retenu de ce qui s'est dit ce soir ?

Il ne comprenait pas.

— Cet homme est venu nous dire qu'il cherchait des compagnons pour sa guerre, il nous a même donné des présents pour payer d'avance. Le roi d'Angleterre achète des soldats allemands, et lui des miliciens. Le castor ! Tu n'as tout de même pas cru à cette histoire. Pauvre Jacques Hébert. Ton frère aîné est vraiment un homme sage et nos garçons aussi. J'ai vu, moi, comment William les regardait. Ah, oui ! Retourner à Boston pour donner ces innocents aux baïonnettes anglaises. Claire l'a bien mouché, ton cousin ! Et toi, tu fais bien trop la bête pour ne pas avoir compris tout autant. A trente-deux ans passés !

Elle ne put s'empêcher de rire. Il s'assit de l'autre côté du lit, la tête dans les mains. D'autres, et lui aussi, risquaient assez souvent leur vie sur leurs coques fragiles ; l'océan n'était pas d'humeur égale au large de la baie Sainte-Marie. Et puis, quoi, trente-deux ans, c'était un peu jeune pour se contenter de fumer la pipe au coin de la cheminée en se racontant des histoires de baleines et de casiers à homards.

— William est reparti, dit-il. Aussi bien pour toujours. Mais ce n'est pas la peine de mentir. S'il repasse par ici et me demande de le suivre à sa guerre, je n'hésiterai pas.

Il fut impossible à Jacques de trouver le repos de l'âme. Tous, conscients de son désarroi, s'étaient pourtant ligués, tacitement, pour le convaincre de la simple nécessité du travail, chaque jour que Dieu faisait. Il y avait autour de lui une famille, un village, une patrie, peut-être bien. Des Acadiens continuaient à revenir d'exil, s'installaient le long de la baie Sainte-Marie ; ceux qui n'avaient pas choisi la Louisiane, la France, et dont le cœur vibrait pour les retrouvailles avec la terre natale.

— Nous avons tous vécu les mêmes tristes jours, disait Isabelle. Il faut penser à autre chose. Regarde nos petits, et ceux qui les rejoignent. Ils sont tout beaux, tout neufs dans ce pays. Dieu leur a épargné ce que nous avons vécu, c'est là leur force.

Jacques voyait bien la peine que sa mère se donnait pour la besogne commune. Isabelle retrouvait à la baie le décor, les odeurs, les climats de sa jeunesse. L'océan avait longtemps été son compagnon, elle en connaissait les humeurs, les contraintes souvent érigées en lois cruelles, aussi ne se plaignait-elle à aucun moment et gardait-elle secrètes ses bouffées de chagrin.

— J'aimerais être comme vous, Mère.

Elle lui disait que ce n'était pas si compliqué, que la guerre comme la nostalgie, c'était l'affaire des vieux, et d'eux seuls. On avait juste de quoi manger, vêtir les nourrissons, marier les aînés, les temps étaient difficiles, mais on était bien là, arrimés aux roches, aux rivages hostiles battus par les vents, aux tempêtes, même, dont on avait pourtant si peur.

— C'est notre monde, Jacques, et ma foi, je ne veux plus trop savoir ce qui se passe ailleurs.

Il acquiesçait avec l'air de se convaincre petit à petit. Mais le jour de mai où l'*Anne-Marie* montra de nouveau sa voile devant Pointe-de-l'Eglise, il demanda à Baptiste de mouiller la yole et de le conduire aussitôt vers la goélette.

— Qu'est-ce que je dirai à Joséphine ? lui demanda son cadet alors qu'ils accostaient l'*Anne-Marie*.

Jacques s'en allait comme un voleur, pendant que les autres étaient en mer et les femmes à la ville anglaise pour y vendre quelques légumes.

— Rien qu'elle ne sache déjà.

— Pourquoi fais-tu cela ?

— Pour un mot, dit-il, dont on fait semblant de ne plus se souvenir, ici.

Des mains se tendaient vers lui. Il épaula son maigre baluchon, agrippa une corde.

— Prends bien soin de ta Jeanne-à-Louis-à-Jean-à-Benoni-Amirault ! cria-t-il à son frère au moment de s'élancer. Et dis à mes femmes que je leur ramènerai des étoffes de Boston !

Baptiste avait déjà fait deux enfants à la maigrichonne rencontrée à Port-Latour. Il suivit des yeux la rapide ascension de Jacques, mit ses mains en porte-voix.

— De quel mot faut-il donc se souvenir ?

Jacques était déjà sur le pont. Il se pencha. Baptiste aperçut, près de lui, la trogne satisfaite de William Jeffries.

— L'honneur, mon Baptiste, l'honneur !

— Nous sommes désormais les Patriotes américains, dit William avec fierté. Tiens, mon cousin, voilà qui s'arrose comme il faut.

Il emplit de rhum le verre de Jacques. L'*Anne-Marie* cinglait vers le Massachusetts avec à bord une troupe hétéroclite de volontaires ramassée sur les côtes de la Nouvelle-Angleterre. Tous les moyens étaient bons pour amener du renfort aux milices armées par les colons autour de Boston.

— La fermeture du port nous oblige à faire des détours. Comme dirait ton frère Thomas, c'est là aussi une situation que vous avez connue, vous autres les Acadiens.

Jacques n'en était pas à son premier verre. Son esprit baguenaudait au rythme lent de la goélette, c'était à la fois doux et entêtant, une impression de liberté et de gâchis qui lui laissait un goût amer dans la bouche. William n'avait fait aucune allusion aux événements de Montréal, pourtant, les fantômes du passé étaient bel et bien du voyage.

L'Ecossais but, songeur. Il avait invité l'Acadien dans sa carrée. La chemise ouverte, les cheveux en liberté, il affichait la force paisible de ceux qui savent où aller. Il se pencha vers son hôte.

— Tout ce que tu désires depuis ta prime enfance est en train de se réaliser. Nous allons nous débarrasser des dos-de-homards[1], Jacques. Sais-tu bien cę que cela veut dire, le prix que ça vaut ? Ma famille est coupée en deux parties désormais inconciliables. Mes frères, mes parents se rangent aux côtés du

1. Sobriquet donné par les colons aux soldats anglais.

roi d'Angleterre, peut-être les tiendrai-je en joue dans quelques semaines. *Tories*. Loyalistes.

Il cessa de sourire. Tout allait vite pour ceux qui avaient vaincu les Indiens, fédéré un peuple en révolte dans les treize colonies, déclaré enfin que la tutelle anglaise avait vécu. Boston se préparait à vivre des heures de doute, de danger.

— Le sang a déjà coulé, Jacques. A Concord, il y a quelques semaines. Les Anglais prétendaient faire main basse sur la poudre et les canons des milices. Ils ont été raccompagnés à leurs casernes comme il se devait, moins les deux cents et quelques que nous avons couchés à Lexington.

Jacques ferma les yeux. Il n'avait que faire de Concord, de Lexington et des *minute men*[1] de William et de ses chefs, qu'il méprisait. Au meurtre du marchand comme dans les souterrains du fort Saint-Louis, puis à l'île Saint-Jean face à l'arpenteur et à son garde, il avait pensé et agi avant tout pour lui-même. Dans la carrée de l'*Anne-Marie*, semblable à celle du *Locmaria* où d'autres histoires, englouties depuis, s'étaient écrites, les spectres des vivants atterrés par sa conduite l'assaillaient, tourmenteurs. Il se jura que c'était bien la dernière fois.

— Hé, cousin !

Il sursauta. William riait, de toute sa denture blanche bien alignée, sans les chicots défigurant la plupart de ses hommes. Jacques se leva, pointa le doigt sur sa poitrine. On se battrait s'il le fallait, et quand la dette serait honorée, chacun reprendrait sa route, quant aux familles disloquées par les choix des uns et des autres, ceux qui désiraient finir de les mettre en lambeaux seraient bien libres d'achever la besogne où et quand bon leur semblerait.

— Ce n'est pas une manière d'Acadien, ajouta-t-il. Nous avons commis bien des fautes, sauf celle de tirer sur nos frères.

William écarta les bras. On était entre hommes libres qui s'engageaient pour le rester, ou le devenir. Jacques aurait peut-être la chance de voir des visages remarquables, appartenant à des hommes d'exception, Franklin, Adams, Jefferson, Paine.

1. Fermiers transmettant aux insurgés les informations sur les déplacements anglais.

— Et le colonel Washington, qui a pris les armes en Virginie et viendra nous épauler, dit-il, admiratif.

— Washington, ah oui !

Ce fut au tour de Jacques de rire, de bon cœur. Le lieutenant du fort Necessity, qui avait fait tirer à mort sur Jumonville et ses hommes, avait fait du chemin depuis les batailles de la Monongahela. Jacques leva son verre à sa santé. D'aucuns auraient du mal à démêler un jour les fils de cette histoire somme toute compliquée. Mais si l'ordre des choses commandait de marcher ensemble pour le bien de la liberté, alors on oublierait bien volontiers ces détails emportés depuis longtemps au fil des rivières de l'Ouest.

— Repose-toi, ordonna William. Le vent mollit, nous serons au nord de Boston demain soir.

Jacques ne désirait guère se reposer, tourmenté qu'il serait par le visage, le sourire, la grâce enfantine de sa fille. Il pensa que Joséphine était peut-être au fond assez jalouse de cette enfant regardée par son père avec les yeux de l'amour. Vanité. Il chassa l'idée, et les visages.

— Viens sur le pont. L'air y est vivifiant, lui dit William.

— Je resterai ici.

Il ne désirait pas davantage voir la côte de la baie Sainte-Marie disparaître à l'horizon. Que se levât le vent, pour en terminer avec ce voyage. Il emplit son verre, baissa la tête et se mura dans le silence.

XL

Bunker Hill, Boston, juin 1775

Ils arrivaient de toutes parts, en bandes bruyantes, par fratries, ou solitaires, un peu étonnés de se trouver soudain au milieu du désordre. Car il semblait bien que rien ou presque n'avait été préparé pour les accueillir.

— Les miliciens de la liberté. Regarde-les bien, Jacques ! s'écria William. Ceux de Lexington, de Cambridge, de Concord et de vingt autres villes. Il y a moins de six mois, tous ou presque étaient encore loyaux au roi George.

Il en était accouru un bon millier, pas un n'avait le même accoutrement. Certains, en vestes et culottes frangées, feutre à large bord sur la tête, ressemblaient pour de bon à des miliciens. Les autres, moitié civils moitié soldats lorsqu'ils avaient par le plus grand des hasards l'allure quelque peu militaire, déboulaient pour la plupart de leurs fermes, de la paille sous les chapeaux, bras nus ou vêtus de gilets, de vestes élimées, de pantalons coupés au ras des chevilles. Quant à leur paquetage, cela allait du fusil de chasse à l'épée rouillée en passant par les couteaux indiens, les haches, les faucilles, même, serrées sous les ceintures.

— Belle armée, mon cousin, belle armée.

William Jeffries cachait son angoisse derrière une bonne humeur un peu forcée. Ses hommes n'avaient guère eu quant à eux de chemin à parcourir, tous venaient de Boston ; il y avait là des ouvriers, des artisans, des marins, des bourgeois aux tempes grises accompagnés de leurs fils, des étudiants, même, qui avaient fui leur cocon de Harvard pour se joindre aux rebelles.

— Dont mon aîné André, ton cousin, que voici.

Jacques sourit. Il y avait du Melanson, de l'Acadien, dans ce visage à la peau mate, aux yeux rieurs, aux pommettes saillantes. Il n'était jusqu'à ses cheveux noirs, raides, exact contraire de ceux de ses parents, qui ne fussent de la Pisiquid ou même du Poitou.

André pestait. On manquait d'officiers, cela se voyait aux rassemblements spontanés que personne ne dirigeait, s'entendait aux ordres et contrordres mêlés aux cris joyeux des retrouvailles. Un beau foutoir en vérité, sur la colline de Bunker Hill d'où Jacques Hébert, abasourdi, découvrait soudain la ville de Boston étalée devant lui, de l'autre côté de la rivière Charles.

— Pardieu, nous ne ferons plus marche arrière, dit William. Les Anglais vont être forcés de venir nous déloger.

La Charles constituait désormais une frontière de part et d'autre de laquelle les adversaires massaient leurs forces. Avec son fortin de bois renforcé par de la terre, des pierres, des planches, la colline serait une cible idéale pour la marine de Sa Majesté le roi George, ce dont le capitaine Jeffries n'avait cure. Les insurgés n'avaient pratiquement pas d'artillerie, on se battrait à terre, en fantassins, contre les hommes qui débarqueraient à coup sûr bientôt.

— Je vous montre notre poste de tir, cousin Jacques, dit André avec un fort accent.

Il l'entraîna vers l'angle sud-est du bastion où, par la force des choses, auraient lieu les premiers assauts. La pente d'accès y était plus douce, les assaillants pourraient la franchir en courant, c'étaient là des détails dont l'importance gonflerait au fil des heures.

Jacques fut aussitôt L'Acadien, La Balafre pour quelques-uns. Personne ne lui demanda la raison de sa présence. Lui-même, tout à la surprise d'être devenu le compagnon d'armes de ses ennemis d'hier, eût été bien en peine d'expliquer. C'était ainsi. Une vieille affaire mal engagée, dont il cherchait la conclusion. Tout y avait la couleur rouge des drapeaux, des vestes, qu'il désirait encore fouler du pied.

Dans le rêve qui hantait souvent ses nuits, il marchait sur un rivage ressemblant à celui de Grand-Pré, croisait des gens qu'il ne reconnaissait pas, occupés à faire leur bagage sous le regard impassible de soldats en vestes rouges. Soudain, une bourrasque puissante, venue des profondeurs de l'horizon, déferlait sur les gardes, les renversait comme des quilles ; le ciel d'encre uniforme se teintait d'écarlate, puis l'océan se refermait sur ses proies hurlantes.

— Cela vous ira, monsieur ? lui demanda André Jeffries en lui tendant une arme.

Jacques fit oui de la tête. Avant de quitter la ville, les insurgés avaient vidé quelques arsenaux. Fusils, pistolets, poudre, on possédait un peu de tout mais sans solution de rechange. Il faudrait être économes si l'on voulait tenir assez longtemps. Jacques hérita un mousquet long comme une nuit d'hiver à Montréal, prolongé par une baïonnette qu'il lui faudrait ficeler. « Ne te plains pas, lui avait dit William, certains n'ont que la lame, ou la poudre ! »

L'Acadien faisait partie d'un groupe de jeunes ouvriers portuaires dont certains auraient pu être les compagnons de jeux de son fils Pierre. Il s'assit à quelques pas de leur cercle bavard. Il se sentait plein d'un mélange de fatigue et d'exaltation. Par instants, la pensée qu'il n'avait pas grand-chose d'utile à faire en ce lieu traversait son esprit, l'obligeant à la chasser.

Il observa les visages enfantins des miliciens. Ces gamins riaient et plaisantaient comme s'ils allaient poser des lignes dans une rivière de leur colonie. Entre le fortin et les triangles des avant-postes, le doigt pointé vers la ville, ils se chamaillaient à propos d'un lieu, ou d'une personne, se donnaient des bourrades, des coups de pied dans les mollets, et leur gaieté résonnait, irréelle, dans le décor guerrier de la colline.

Et la troupe disparate continuait à se rassembler, cherchant les ordres, les positions, les bivouacs.

— Les navires de Sa Majesté, annonça William au milieu d'une jolie pagaille.

Il observait l'aval à la lunette. Les chefs avaient recommandé de s'égailler sur la colline lorsque commencerait le bombardement naval, puis de rentrer dans le fort dès que le débarquement aurait eu lieu.

— Il paraît que nous nous débanderons au premier coup de canon, dit William, goguenard. Enfin, c'est ce qui se dit en ce moment à Boston. Il y a eu de tout temps des rumeurs dans cette ville, c'est ainsi depuis votre baron de Saint-Castin[1], qui rôdait autour il n'y a pas si longtemps.

Il inspecta sa compagnie, une trentaine d'hommes dont certains portaient encore leurs vêtements de ville et des souliers vernis. Comment se comporterait cette armée face aux cinq mille Allemands de Howe, les meilleurs soldats jamais expédiés par Londres en Amérique ?

C'était étrange ; on allait se battre pour une colline face à la cité où les soldats du roi George croiseraient dans les rues les femmes, les frères, les parents de leurs adversaires. Jacques comprit cette chose simple : les Anglais se trouvaient enfin devant un mur bien plus haut que ne l'étaient les digues acadiennes, mais ils ne le savaient pas encore. L'inconscience des insurgés n'avait d'égale que leur totale détermination à se battre. Ah ! Si l'on avait autrefois empoigné ainsi dagues et fusils, aux Mines, à Port-Royal, à Cobequid les reîtres de Lawrence et de Murray auraient dû eux aussi monter à l'assaut des collines au lieu d'y mettre tranquillement le feu !

— Venez, mes gentils porcs, qu'on en finisse, murmura-t-il.

Il se mordit les lèvres. S'il était tué, cela ferait trois orphelins de plus, comme si l'Acadie n'en comptait pas suffisamment. Autour de lui, on exorcisait les peurs entre gueulantes, embrassades, courses d'un point à l'autre du fortin. Au fil des minutes, un semblant d'ordre naissait du chaos originel. Une nation, prétendait William.

Il se leva, étonné de ne ressentir ni fraternité ni haine pour les hommes qui se préparaient au combat. Pourtant, certains d'entre eux, les plus âgés, avaient sans doute mis à genoux le Canada quinze ans plus tôt.

— Boston, murmura-t-il.

La ville ennemie, dressée contre la France pendant plus de cent ans ! Quel choc de la voir ainsi dans ses brumes de beau

1. « Capitaine des Sauvages » à l'époque de Louis XIV. Il assiégea Boston, en 1692.

temps. Il éprouva une sorte de fierté à se tenir droit face à elle, un fusil entre les mains, sûr désormais que son père l'eût félicité d'être là, ce matin du 17 juin 1775.

Les commandants anglais devaient être assez sûrs d'eux pour avoir dédaigné la préparation du terrain par l'escadre. Quelques coups de semonce avaient précédé la mise en marche des bataillons allemands.

Les défenseurs postés à mi-pente derrière les redoutes avaient fait leur travail et plutôt bien. Leurs salves avaient éclairci les premiers rangs des assaillants tandis que la modeste artillerie des insurgés donnait de la voix. William se rapprocha de Jacques. Sa compagnie s'était déployée en première ligne derrière une palissade de rondins, assez en hauteur pour canarder à l'aise les mercenaires de Howe.

— On ne tire pas ! répéta William.

Les doigts étaient crispés sur les détentes, les visages s'étaient couverts de sueur en quelques minutes, le temps pour les assaillants d'entamer leur progression vers Bunker Hill. Le choc serait frontal, sur deux côtés du fortin. Sûres de leur force, les troupes du roi George sanglées dans leurs uniformes blancs montaient à l'assaut d'un pas régulier, comme à l'exercice. Face à elles, une triple rangée hétéroclite de tricornes, de galurins enrubannés, de toques en castor, de feutres, alignés comme sur des étagères, ondulait entre les perruques blanches des officiers.

— Pardieu, ils viennent, dit Jacques d'une voix rauque.

Un pistolet au poing gauche, William Jeffries dégaina son épée. Jacques le vit qui levait lentement le bras, et vingt officiers faire le même geste au même moment, dans un silence irréel. Allait-on enfin faire parler la poudre ? L'ordre tomba mais ce n'était pas celui qu'on attendait.

— Ne tirez pas avant de voir le blanc de leurs yeux ! hurla le colonel Prescott, qui commandait les colons.

Jacques se concentra, espérant que le canon de son fusil ne lui éclaterait pas à la figure. Sa cible approchait d'un pas égal, entre dix autres, semblables, les rangs allemands semblaient un mur, avançant au rythme lancinant des tambours. Ces gens ne couraient donc jamais ?

— Le blanc de leurs yeux ! cria William en écho.

Pas facile à repérer sous les visières, les tricornes, les hauts chapeaux aux fronts dorés. L'homme vers qui Jacques pointait son fusil était immense, comme ses compagnons du régiment d'élite chargé de balayer la vermine coloniale. Vingt pas, quinze, dix. On avait commencé à tirer, sur le flanc est. William Jeffries prit une profonde inspiration, son ordre fut couvert par une longue salve et les pantalons blancs des assaillants jonchèrent presque aussitôt le sol.

Jacques se pencha pour recharger son arme tandis que le deuxième rang libérait à son tour sa volée de plomb, de clous, de limaille. Arrêtés brutalement dans leur marche, sidérés, ceux des Hanovriens que les salves n'avaient pas couchés refluaient déjà au milieu des cris, des appels, des ordres et contrordres.

Un hourra monta des rangs insurgés.

— J'en compte une bonne centaine avec beaucoup d'officiers, hurla un homme, et c'est pareil de l'autre côté !

William leva le poing. Des attroupements s'étaient formés autour des quelques morts et blessés du fortin, la disproportion des pertes apparaissait, incroyable. Sur un seul assaut ! Le mot « victoire » se mit à circuler entre les rangs.

William tempéra la joie de ses hommes :

— C'était l'avant-garde, supposée nous passer dessus d'un seul élan. Le gros de la troupe n'a pas encore donné, ils sont trois mille cinq cents et nous avons usé un bon tiers de nos munitions.

Son fils le rejoignit, tout excité à l'idée d'avoir à son tour commencé sa guerre d'indépendance. Pardieu, les Allemands avaient cru pour de bon entrer dans le bastion comme dans une motte de beurre. C'était facile, la guerre, en fin de compte.

William le laissa vider son trop-plein d'exaltation. Frappa l'épaule de Jacques. Le cousinage avait fait front avec assez de bonheur.

Ils se préparèrent pour le second assaut, qui vint à l'heure de midi. A l'euphorie victorieuse des premiers instants succéda une lourde angoisse, rompue par les plaintes des agonisants tout au long des prairies descendant vers le fleuve.

— Les fleurs blanches de juin, apprécia William.

On avait évacué les quelques morts américains, mené les blessés vers les bois tout proches. A la disproportion des forces en présence répondait celle des victimes, un carnage, déjà, pour l'Angleterre et ses mercenaires.

— Que nous prépare notre bon gouverneur Howe ? se demanda William à voix haute.

Il observait à la lorgnette la rive où, dans un ordre apparent, les rangs anglais se reformaient comme pour la parade. Quelque trois mille hommes dégrisés allaient marcher à nouveau vers la colline hérissée de piquets, de palissades, de baïonnettes et de canons de fusil. William regretta que les Allemands n'aient pas tous déserté, comme ceux que la terre d'Amérique avait bien vite transformés en colons.

— Ceux-là se battront, et bien, dit-il en repliant sa lunette marine.

Il alla vers un faisceau de fusils posé à quelques pas, parlementa avec ses hommes, revint porteur d'une arme incroyablement fine, longue, qu'il tendit à Jacques.

— Pennsylvania Rifle, dit-il. En as-tu déjà tenu d'aussi extraordinaire ? Les Anglais disent de lui que c'est le plus efficace faiseur de veuves et d'orphelins.

— Oui, répondit Jacques en souriant. C'était au fort Duquesne et nous les avions récupérés sur des miliciens de ton monsieur Washington. Nos officiers les gardaient pour eux. Nous, les éclaireurs, avions seulement le droit de les ramasser.

— Il est à toi, son propriétaire est mort. Ici, les officiers comme leurs hommes étaient hier encore aubergistes, tonneliers ou saleurs de morue. Ils ont le sens du partage.

William pointa le doigt vers le fleuve, où les assaillants s'étaient remis en marche sur deux rangs.

— Pardieu, mon cousin, je crois bien qu'ils reviennent nous visiter.

Les ordres s'entrecroisaient, des hommes couraient, cherchant encore où se placer ; l'imminence du combat révélait les carences du commandement. Comme on manquait de poudre, il fut procédé à la hâte à une nouvelle distribution de clous, d'écrous, de vis, en vérité de tout ce que les gueules des fusils pouvaient absorber.

Et cette fois encore, on tirerait à bout portant ou presque. Jacques assura l'arme entre deux piquets de la palissade, ses voisins firent de même. Si l'on visait juste, il y aurait bientôt une cinquantaine de cadavres là-devant.

Les insurgés se mirent à s'encourager, de plus en plus fort. Une clameur s'éleva au-dessus du bastion, répercutée en écho jusqu'aux rangées allemandes. Puis le silence retomba et l'on entendit les tambours rythmer à nouveau l'avancée des soldats.

— Hardi, les Patriotes ! cria William.

Sa haute silhouette émergeait de la masse compacte de sa compagnie. Jacques eut l'impression soudaine que sa vue se brouillait. De la sueur coulait de son front, comme une pluie chaude qui piquait les yeux. Ses voisins étaient à peu près dans le même état de peur, certains s'exaltaient par des grognements, d'autres riaient nerveusement au spectacle des hommes en veste blanche alignés en travers de la colline, mettant soudain genou à terre pour une salve.

— On ne tire pas ! répéta William.

Il y eut quelques vides chez les insurgés, aussitôt comblés. Les assaillants du premier rang rechargèrent leurs armes tandis que leurs camarades les dépassaient, accélérant le pas. On serait vite au contact. Oubliant les ordres, des Américains s'étaient mis à canarder. Jacques vit des hommes tomber, des soldats, des officiers aussi, tandis qu'une fumée blanche, ténue comme une brume de septembre, se répandait partout.

Il tira, à bout touchant, sur une poitrine, la vit qui glissait à terre avec un gros trou noir en son milieu. Des Allemands lardés à la baïonnette s'agrippaient encore à la palissade. Jacques se joignit au groupe qui achevait de les repousser. Des Américains étaient tombés, les colonels Gardner et Parker et des miliciens, par dizaines. Jacques aperçut William aux prises avec un Hanovre, qu'André Jeffries foudroya d'un coup de pistolet.

— Prends garde ! hurla l'Acadien.

Un second Allemand s'était rué. Jacques vit sa baïonnette anglaise s'enfoncer sous la veste de William, bondit, la lame en avant, qu'il plongea dans le flanc de l'Allemand. Tout était confus, on se tirait dessus à trois pas, des officiers blessés, couverts eux aussi de sang, continuaient à donner des ordres.

William s'était agenouillé, Jacques se précipita vers lui, lâcha son fusil. Une traînée rougeâtre s'étalait sur le pantalon du capitaine.

— Il m'a percé bel et bien, gémit William.

Jacques souleva les longs pans de la veste, découvrit la déchirure de la chemise dans un magma poisseux, écarlate. Quelqu'un cria, tout près. Les Allemands se repliaient une seconde fois. Des hourras retentirent, poussés par cent poitrines. Déjà, il fallait reconstituer la palissade en grande partie effondrée. L'assaut n'avait pas fait que des dégâts matériels, des corps entremêlés jonchaient le terrain, sur le sommet de la colline et sur ses pentes.

— Nous ne supporterons pas un troisième envoi, dit William.

Il semblait se reprendre, jurait en anglais, furieux, comme s'il était simplement tombé dans la boue et se relevait, crotté. André courut jusqu'à lui, s'agenouilla.

— Aidez-moi, mes amis, ordonna William.

Il n'avait pas le temps de se faire soigner, qui plus était, l'engagement avait couché des officiers américains de haut rang. Capitaines et lieutenants allaient vite monter dans la hiérarchie militaire. Les pertes anglaises se comptaient par centaines, les hommes étaient formels, Howe avait déjà perdu la majeure partie de ses commandants.

— Nous n'avons plus de poudre, constata William, même les morceaux de ferraille nous font défaut. Il faudra se replier dès la fin de la prochaine salve.

Il chancela. A quelques pas de lui, les colonels Gardner et Parker agonisaient dans les bras de leurs miliciens, tandis que circulaient les ordres. On tiendrait encore un peu puis on abandonnerait la position si les assaillants menaçaient de la tourner.

— Nous leur avons fait assez de mal, dit William. Eh bien, mon cousin, j'espère que tu ne regrettes pas de t'être joint à moi. Cette première bataille de notre guerre est déjà une victoire, il manquera désormais du monde pour nous narguer dans les rues de Boston.

Il était d'une pâleur extrême, peinait à respirer, les narines pincées, les joues creusées par la douleur et l'épuisement. Il refusa une fois encore de s'allonger, ou même de s'asseoir.

— Je vais bien, pardieu, on verra plus tard à boucher ce trou dans mes reins.

Eberlué, l'Acadien considéra la compagnie hétéroclite avec laquelle il avait l'honneur de combattre, les grands-pères et leurs petits-fils occupés à rafistoler une simple barrière de planches et de rondins, les fusiliers bourrant les canons de leurs armes de ce qui restait de clous et de boulons, les lieutenants de dix-huit ans dirigeant les pas de miliciens assez âgés pour être leurs pères.

Bunker Hill, un fortin dérisoire dominant la ville de Boston.

— Ils reviennent déjà, annonça un homme.

Les rangs allemands s'étaient reformés, on marcherait entre les centaines de corps abandonnés sur la prairie. La désinvolture hautaine des premières heures se ferait rage à emporter cette position de gueux. William prit appui sur Jacques. Ses yeux s'entouraient de larges cernes bruns, du sang collait à sa veste. L'Acadien héla des miliciens, réclama de la charpie, pour un pansement. William n'en voulait pas. Il fallait agir, la lancinante musique des tambours de Hanovre montait à nouveau des rives de la rivière Charles.

— Au nom de Dieu, père, laissez-vous soigner, l'implora André.

Les hommes se remettaient en position de tir, certains, touchés à la tête, arboraient des linges souillés comme d'autres leurs bicornes empoussiérés ou leurs toques de castor. Jacques déchira la chemise de l'Ecossais, découvrit le séton traversant le flanc, plaqua les linges dessus, à la hâte. Combattre, encore. Livide, tenant à peine debout, William galvanisait ses hommes. La liberté ou la mort ! Beaucoup avaient fait de ces quelques mots un liseré pour leurs chapeaux.

— Ils vont bientôt être là. On n'a même pas le temps de pisser, aujourd'hui, dit William avant de perdre connaissance.

C'était à Cambridge, à deux lieues de Boston, où les insurgés, ayant abandonné la position intenable de Bunker Hill, s'étaient repliés, organisant aussitôt la défense. Anne-Marie Jeffries s'agenouilla près de son mari. Avec quelques autres, elle avait fait le périlleux voyage vers les arrières des Américains, à la recherche des siens.

— Cousin La Balafre s'est bien ocupé de moi, lui dit William. Il m'a retiré de la mêlée quand j'allais être lardé, et porté jusqu'ici, quant à notre André, il s'est joliment comporté, tu peux me croire.

On avait organisé un camp pour soigner les blessés, quelques dizaines de miliciens plus ou moins gravement atteints gisaient, à même le sol. Anne-Marie caressa le front de son époux. William souffrait beaucoup, urinait du sang ; la pointe anglaise avait touché ses entrailles. « Une chance sur deux de s'en tirer », avait déclaré un Patriote chirurgien, au bout d'un rapide examen.

— Dis-moi, l'Acadienne, comme est-ce en ville ?

Un choc. Immense. La balade militaire de Howe avait tourné au carnage, la première bataille pour la liberté laissait plus de mille morts anglais sur le terrain et tous les officiers ou presque de la garnison. Boston semblait entrée en catatonie, tandis que des messagers portaient la nouvelle de la défaite anglaise jusqu'au fond des treize colonies. Car il devait bien s'agir d'une défaite, propre à encourager l'insurrection à Philadelphie, à New York et dans cent autres lieux.

William approuva. Les Américains, ainsi s'appelait-on désormais, étaient décidément capables de former une vraie armée.

— Va, ma mie, il y a d'autres gens à soigner tout autour.

Anne-Marie se releva. Des femmes allaient et venaient entre les corps étendus, portant des brocs d'eau claire, des linges. On se reconnaissait entre gens de Boston, dans une situation inimaginable quelques heures auparavant ; ce qui s'était passé à Bunker Hill n'avait pas de précédent en Nouvelle-Angleterre. Une guerre avait commencé, les *tories* ne s'y trompaient d'ailleurs pas, qui réclamaient déjà du roi George un secours massif et rapide.

Jacques s'installa près de William, les fesses sur les talons. L'Ecossais semblait satisfait de la façon dont tournaient les choses. Ses hommes s'étaient bien battus, à l'image de tous les autres, et le colonel Washington, que le Congrès de Philadelphie venait de placer à la tête des armées insurgées, louerait leur courage.

Jacques contempla longuement son cousin. L'affaire américaine ne le concernait en aucune façon, l'étripage intime des bourreaux autrefois unis pour mettre l'Acadie à fond de cale le contentait, même. Washington, Franklin, le roi George et toutes les gloires des colonies en rébellion ne valaient pas le cri d'une mère de Grand-Pré ou de la Pisiquid soudain séparée de ses petits.

Il songea à la chance qu'il avait d'être parvenu indemne sur les arrières de la bataille. Au bout de tant d'années d'incertitudes et de dangers, il était peut-être temps pour lui de s'arrêter une bonne fois, de penser à vivre autrement qu'en éternel quémandeur de justice. Par le sang du Christ, les gens dignes d'amour et de paix ne manquaient pas, à deux jours de navigation des côtes du Massachusetts.

William parvint à lui sourire.

— Tu as assez vu de cette guerre, eh, cousin La Balafre ? murmura-t-il, épuisé. Elle ne fait pourtant que commencer. Les femmes en seront, tu vois ça ?

Maternelle, empressée, Anne-Marie allait d'un blessé à l'autre, comme si le souci qu'elle avait longtemps oublié d'éprouver pour les déportés de Grand-Pré l'occupait tout entière au chevet des blessés de Bunker Hill. C'était là une bien jolie transfiguration, l'égoïsme et l'insouciance d'une jeune Acadienne mués en la passion d'une figure de l'Amérique à naître. William saisit le bras de Jacques, le serra fort.

— Tu n'es pas d'ici, ami, et tu as bien donné pour nous. Je te rends ta belle liberté. Rentre chez toi, je te ferai donner de l'argent, assez pour gréer un joli bateau sur ta baie.

Jacques refusa, d'un mouvement de tête. Les milices se reformaient déjà sur le territoire où les Anglais affaiblis ne se risqueraient pas. Je ne suis pas d'ici, pensa-t-il, et cette évidence l'emplit de joie et d'impatience. Pardieu, oui, les maisons misérables de la baie acadienne avec de noirs rochers pour fondations, l'ordinaire gagné chaque jour, la peur au ventre, sur l'océan, l'humilité des hommes, dans chaque geste, chaque attitude, chaque mot, le dos des femmes enfin, ployé vers la terre des minuscules potagers, là étaient la racine, le peuple, la nation. Déportés, entraînés par des courants trop puissants, dispersés par les tempêtes, les Acadiens survivaient dans leur Amérique à eux, qui en valait bien d'autres.

Il s'assit. Promit à William qu'il le quitterait une fois rétabli, pour prendre à pied le chemin des caravanes du Massachusetts, celui-là même qui avait ramené quelques centaines d'Acadiens sur leur Terre Promise, après le Traité de Paris. Il se sentait quitte, libre pour de bon, avec dans la bouche, le cœur, les entrailles, le goût si longtemps cherché de l'honneur.

XLI

Baie de Fundy, novembre 1775

Ils n'étaient pas acadiens, mais, la vraie patrie des pêcheurs étant la mer, ils embarquèrent Jacques Hébert sans lui poser de question. C'était à Saint-John, au nord de la baie de Fundy, autrefois nommée Française, d'où l'on allait traquer la baleine, au large de la Nouvelle-Ecosse.

L'hiver s'annonçait. A terre, loin de là, les insurgés avaient pris le fort Ticonderoga, dont Jacques se souvint qu'il avait un jour porté lui aussi un nom français, Carillon. L'Acadien regardait la mer étale le long des falaises du Nez-de-Canard, et cette histoire d'Américains en quête de leur liberté lui devint peu à peu étrangère.

— *Hey, La Balafre, soon at home*, lui lançaient les marins.

De l'autre côté de la mince bande de terre formant le Nez-de-Canard s'étalait la baie Sainte-Marie, où l'on accosterait en cours de campagne. Quelques heures de marche suffiraient alors à Jacques pour rejoindre Pointe-de-l'Eglise.

On est mieux ici qu'à la bataille, se réjouissaient ses hôtes. Voire. Embarquer à dix dans une coque de noix pour s'en aller harponner des monstres de trente mille livres avait de quoi inquiéter, et les Acadiens ne se risquaient pas encore à cet exercice.

Il embarqua pourtant, harponna, dans la fraternité des hommes de mer, un ciment plus solide encore que celui des soldats. Anglais ou Français, Patriotes ou Loyalistes, la peur plus forte que tout soudait les hommes agrippés aux cordages, confondait leurs hurlements en un chant barbare, guerrier, au bout de quoi brillerait, mieux qu'un soleil, la fortune de mer.

Là comme au combat, Jacques Hébert tint son rang. Et sur les eaux calmes de la baie comme dans la fournaise de Bunker Hill, les hommes le regardèrent avec respect et lui parlèrent avec amitié.

Il imagina les événements dont William lui avait parlé. Enivrés par leurs premiers succès, les insurgés se lanceraient à tort dès l'hiver suivant à l'assaut du Saint-Laurent et l'on verrait alors Canadiens français et anglais défendre avec succès leurs villes contre l'envahisseur et le mettre en pièces, au nom du roi George III. Temps étranges. Un jour de mars 1776, George Washington prendrait Boston, et William Jeffries, qui avait survécu, aurait gagné sa place dans la glorieuse cohorte des Pères de l'Indépendance.

Le souffle court, les muscles rompus par l'effort, Jacques Hébert contempla la masse arrondie de la baleine morte traînant à l'arrière de la barque. Par dix fois l'on avait manqué chavirer, ainsi allait la chance des marins. Distinguait-on la côte américaine à l'horizon ? Trop loin.

Jacques pensa qu'il avait gagné le droit d'être débarqué. « Reste avec nous », lui demandèrent les pêcheurs satisfaits de son travail. Il y avait d'autres baleines, tout près de la baie Sainte-Marie. Il accepta cette fois d'être payé, puis, ayant traversé la baie, il posa le pied sur les rochers, le cœur battant, l'esprit tranquille, comme s'il revenait d'une simple journée en mer.

Il longea le rivage, traversa le bourg anglais de Yarmouth puis les immensités de marais au fond de quoi gîtait sa souche acadienne. A mesure qu'il s'approchait de Pointe-de-l'Eglise, il lui vint des humeurs de vainqueur. Après tout, les insurgés avaient abandonné leur colline après avoir occis un bon millier d'adversaires. Des Allemands, certes, payés pour faire le travail, mais quoi ! Les mânes des héros de l'Acadie avaient dû sourire, du haut de leur Paradis. Même le sage Thomas devrait rabattre de son indifférence.

Le hameau était désert lorsqu'il y parvint. Une embellie avait lancé les bateaux vers le large, sous un ciel pacifique aux reflets de métal. Des chiens grognèrent. Il les héla, de la joie plein le cœur, les vit qui couraient vers lui pour lui faire fête.

— Je suis d'ici, murmura-t-il.

Les maisons se préparaient pour l'hiver. On avait amassé du bois, renforcé les planches sur les toits, rentré les quelques tonneaux de poisson séché, la petite fortune des pêcheurs.

Il vit des petits sur le chemin de la grève, en compagnie d'adolescents qu'il eut du mal à reconnaître et qui restèrent à distance ; pressa le pas vers sa maison dont il trouva les volets fermés, la porte close.

— Il n'y a personne, ici ?

Il entra, donna du jour. Cela sentait l'humidité, la moisissure d'automne. L'âtre était vide, le mobilier, sommaire, à sa place. Pas de miche sur l'étagère ni de lait dans la jatte. Les lits avaient été débarrassés de leurs draps et couvertures.

Il se pencha, ramassa un morceau de bois, une boule rejetée par la mer, qu'il avait sculptée en tête de femme, pour sa fille Catherine.

— Ils sont partis, Jacques.

— Partis ?

Thomas se tenait dans l'embrasure de la porte.

— Ton Pierre s'est noyé en octobre, le jour de ses quinze ans, dit-il en s'avançant dans la pièce.

Jacques le regarda, plissa les paupières. Le sol se dérobait sous lui. Il se laissa tomber sur un banc, manqua glisser à terre. Noyé ?

— A une lieue au large, à l'aplomb du Nez. Un coup de vent a drossé le *Port-Royal* à la côte. J'étais dessus, avec Baptiste et le Pierre-à-Louis Amirault, qui y est resté aussi.

Jacques se tassa sur lui-même. Les murs tanguaient devant ses yeux, un vertige. Il gémit, leva la tête vers son frère qui restait là, debout, droit comme un tronc de sycomore, émit un feulement de bête à l'agonie, brisé par un sanglot.

— Les autres ?

— Une nuit, Joséphine a ramassé le peu d'argent qu'elle avait gagné en vendant ses haricots et ses pois, dit calmement Thomas. Elle a pris les deux petits avec elle, et puis elle est allée à Yarmouth où elle s'est embarquée sur un schooner.

— Pour où, pardieu ?

— Les Anglais du port nous ont dit que le bateau allait à Halifax et de là, à Québec.

Jacques se leva d'un bond, empoigna son frère par le col.

— Vous l'avez laissée faire ! Sang du Christ, vous ne l'avez pas empêchée !

Thomas saisit ses mains avec fermeté, desserra l'étau. Le regard de Jacques chavirait.

— Nous l'avons cherchée vers le sud, jusqu'à Pobomcoup, parce que nous pensions qu'elle se serait peut-être réfugiée chez des d'Entremont, des Robichaud ou des Surette. Lorsque nous sommes allés à Yarmouth, elle était partie depuis près d'une semaine.

Jacques marcha vers la lumière. Parvenu à la porte, il se mit à se taper le crâne contre le chambranle, de plus en plus fort, en hurlant. Immobile, Thomas le regarda faire, attendit qu'il s'écroulât, ce qui finit par arriver. Jacques tomba à genoux, la tête dans les mains. Thomas s'assit sur le banc, silencieux. Il fallait laisser au héros de Bunker Hill le temps de bien se rendre compte du désastre.

Lorsqu'il se serait un peu calmé, il l'emmènerait au minuscule carré où reposaient les premiers morts de la colonie. Pierre Hébert y avait sa tombe, adossée à un arbre près de celle de Pierre-à-Louis Amirault. Puis Thomas dirait à son frère que la veille de son départ, au souper, Joséphine avait parlé d'anciens sergents du fort Duquesne, demeurés à Québec avec femmes et enfants après la chute de la ville.

Sa vraie famille, peut-être bien, à elle qui n'était jamais entrée tout à fait dans celle des Acadiens. « Les hommes font bien ce qu'ils veulent, et ainsi devons-nous les suivre », répétait-elle souvent. Avait-elle rejoint ses anciens compagnons des rivières de l'Ouest ?

Ce serait alors à Jacques-à-Jérôme-à-Jacques Hébert d'obtenir la réponse à cette question, lui qui n'avait pas peur des longues marches solitaires.

Epilogue

Boston, printemps 1776

Des miliciens du colonel Washington patrouillaient dans les rues du quartier Charter. Depuis que la ville était tombée aux mains des insurgés, leur présence se faisait chaque jour plus visible. Anne-Marie Jeffries en croisa quelques-uns, occupés à vérifier qu'il ne restait pas de soldats anglais dans les habitations vides.

Passant devant la maison de ses beaux-parents, elle eut la tentation de s'arrêter. Elle n'y avait pas mis les pieds depuis ce soir de mars 1770 où l'on veillait la dépouille de sa belle-mère. La veille, devant la Town House, la troupe avait tiré sur des civils, tuant cinq garçons dont le seul crime avait été de lancer des boules de neige sur les soldats anglais. Le Massacre de Boston, premier sang du divorce entre l'Angleterre et ses colonies.

Chez les Jeffries, tout avait été glacial cette nuit-là, le vent, l'accueil, les visages, face au rebelle et à sa femme venus prier devant la morte. Au matin, le vernis familial entretenu à grand-peine par André Jeffries avait fini de tomber en poussière.

Elle vit les fenêtres fermées, sauf celle du salon, reconnut la silhouette de son beau-père courbée sur une canne, solitaire au milieu de la pièce. Il eût été inconvenant de frapper à la porte en ce jour semblable à nul autre. Elle frissonna, ferma le col de sa cape, pressa le pas, impatiente d'arriver au port.

Il régnait une étrange ambiance dans le quartier, le silence y était tout à fait inhabituel. Des dizaines de maisons étaient closes ainsi que la plupart des échoppes. Dans Back Street, Anne-Marie vit des soldats de Howe quitter leurs pensions, se rassembler et marcher vers la ville basse. Vestes rouges, bicornes noirs, fourreaux d'épée vides, désarmés, têtes basses, les candidats à l'embarquement pour l'Angleterre subirent aussitôt la gouaille d'enfants et de jeunes gens, qui leur lancèrent des insultes, crachèrent dans leur direction.

— Bonjour au roi George, souverain des souris et des rats !

Bon vent, pensa Anne-Marie.

Elle éprouvait une joie intense, profonde, un bonheur de gamine récompensée d'une très longue patience ; suivit à distance la petite troupe vaincue et sa compagnie goguenarde. Et si tout cela n'était pas vrai ? Si, au dernier moment, un accord entre les belligérants permettait à ces hommes détestés de demeurer au Massachusetts ? Pardieu, non. Il fallait aller au bout de l'aventure, les voir monter sur les quelque cent soixante-dix navires promis à leur transport. Eux, et les autres.

William l'attendait à la Faneuil House, où le cortège, enrichi d'une cohorte de civils, s'épaississait. On était accourus de partout pour voir ce spectacle, une foule se formait, mêlant ceux qui s'en allaient et ceux qui resteraient. Anne-Marie saisit le bras de son époux, sentit le trouble de William, au tremblement de ses lèvres et de ses mains, à sa pâleur.

— Tu souffres, lui dit-elle.

Il la regarda sans répondre. Sa blessure au flanc lui laissait des séquelles douloureuses dont les traits de feu le transfixiaient à l'improviste. Il urinait parfois du sang et des sanies, souffrait d'accès de fièvre et de frissons qui le terrassaient et le privaient de ses forces, pour des semaines.

— Ça va, murmura-t-il, mes plaies ne sont pas en cause. Je crois que je n'irai pas au port ce matin, voilà tout.

— Ton père est resté, dit-elle.

— Je suis passé le voir. En vérité, il ne tardera pas à rejoindre les autres. Parmi les derniers, voilà tout. Tu sais, Halifax n'est jamais qu'à deux jours de mer d'ici.

Elle observa la lente procession se dirigeant vers les embarcadères. Tout se faisait dans l'ordre, quelques miliciens montaient la garde de part et d'autre du flot humain. William caressa la nuque de sa femme.

— Va, toi. Je sais ce qu'il y a dans ton cœur aujourd'hui.

Elle tremblait elle aussi, peinait à retenir ses larmes. Elle embrassa sa joue, attendit qu'il lui répétât d'aller.

— Tu trouveras ton fils par là-bas, lui dit-il. Les héros de Bunker Hill seront au spectacle toute la journée.

Elle se raidit sur ses jambes, se mit à marcher, comme si la marée des proscrits de Boston devait l'emporter dans sa longue et murmurante vague. Son exaltation des premiers instants laissait place à une angoisse qui chauffait et serrait ses tempes. Ces gens, à côté d'elle, avançant les uns derrière les autres, chargés de ballots, d'enfants, poussant des carrioles pleines jusqu'à ras bord de leurs meubles, de leur vaisselle, de leurs draps et de leurs nippes, ressemblaient comme frères et sœurs aux Acadiens du Grand Dérangement.

Sans doute les quinze mille Loyalistes bostoniens à qui Washington accordait le droit d'émigrer en compagnie des soldats de Howe étaient-ils moins pauvres et démunis que leurs devanciers de Beaubassin, d'Annapolis et des Mines. Anne-Marie les vit pourtant ravagés par le même chagrin, la même hébétude de vaincus, la même rage de ne plus pouvoir infléchir le cours impitoyable des événements.

Les enfants hurlaient et pleuraient, les vieux claudiquaient à la traîne des familles, les femmes inquiètes surveillaient et protégeaient leurs nichées, telles des oies ou des canes couvrant leurs petits de leurs ailes. Et les chefs de famille, ployés par l'humiliation ou bombant au contraire le torse devant la milice, subissaient, inutiles et spoliés, le châtiment.

Lorsqu'elle parvint enfin en vue des quais, Anne-Marie dut s'arrêter. Son cœur battait trop fort au spectacle incroyable qui s'offrait à elle. Elle s'appuya contre un mur, pressa sa poitrine. Près d'elle, comme au théâtre, des garçons surexcités cherchaient le meilleur endroit pour voir, escaladaient des murets, des alignements de tonneaux.

Le port de Boston tout entier était noir de monde, civils et soldats mêlés attendaient au bord des quais la noria des barques commises à leur transfert vers les navires. Il y avait là, en sus de l'entière armée de Howe, un millier de familles représentant la hiérarchie sociale de la ville, artisans et boutiquiers, grands et petits-bourgeois, aristocrates, religieux et ouvriers. Du plus riche au plus pauvre, des dynasties les plus anciennes aux immigrants les plus récents.

Anne-Marie ferma les yeux. Il lui importait peu que, par une ironique pirouette de l'Histoire, ce troupeau en partance pour Halifax s'en allât peupler ce qui avait été autrefois l'Acadie. Elle songea aux visages de Mary et de Henry Jeffries, perdus dans la masse, enfin débarrassés de leur morgue, de leur insoutenable expression de supériorité.

— La même gueule que nous.

Et le Tom Jeffries, finalement lié par le mariage à un parti d'importateurs d'esclaves ! Il avait un temps balancé entre les uns et les autres jusqu'à se persuader que les insurgés seraient balayés par la première charge des Allemands du roi George ; lui aussi était quelque part dans ce désastre. Mauvaise pioche, pour un fin joueur de cartes.

— Il ne faut pas les chercher, murmura-t-elle.

Etre là, simplement, suffisait à l'amer bonheur d'Anne-Marie. Elle regarda le ciel pommelé, où d'autres visages, attentifs, étrangement calmes, suivaient à leur fantomatique manière le spectacle. Jean et Madeleine Melanson, leur fils Sylvain et sa femme Françoise, Gilles et Pierre, des mères et des enfants morts ou disparus, ce qui avait été sa famille.

Elle écarquilla les yeux. Des visages rejoignaient ceux-là, par dizaines puis par centaines, tout aussi calmes, comme détachés, muets et pleins en même temps de toute la force de leur présence. Quinze mille Acadiens, contre quinze mille loyalistes, quels jolis peuples de perdants échangés à vingt années de distance !

Elle n'entendait plus le lugubre écho du port. Qui s'en allait ainsi ? Elle s'agenouilla dans l'ombre d'un porche, prit sa tête entre ses mains et se mit à prier.

Pointe-de-l'Eglise, juin 1786

Isabelle Hébert sortit dans la lumière adoucie, marcha de son pas lent, un peu claudiquant, vers le pommier à l'ombre duquel elle avait coutume d'attendre, en été, la fraîcheur et la pénombre de la nuit. C'était dans le prolongement de la maison de Thomas, à la limite du potager, un espace pentu, herbeux, lieu de passage des volailles à la recherche de graines et de vers. De là, la vue portait loin ; par beau temps, on apercevait distinctement les bois du Nez-de-Canard sur quoi se détachaient les barques revenant de la pêche avec leurs rameurs, leurs voiles affalées, leurs trésors aux ventres gris.

Elle regarda le ciel, ce jour-là complice des marins, marié en bleu uniforme avec l'océan. Il y avait grâce à Dieu bien des journées comme celle-là à la baie Sainte-Marie, propres à réjouir les cœurs et les âmes. L'hiver était loin, perdu au nord, les canicules s'annonçaient, à peine tempérées par les brises de terre.

Elle soupira, installa sa chaise, son nécessaire à couture, déplia les linges dont elle faisait des chemises pour les plus jeunes. C'était du drap, ramené de Yarmouth par Thomas, parce que, au bout d'une vingtaine d'années d'extrême précarité, le village commençait à négocier ses prises. Oh, pas grand-chose, quelques dizaines de livres de saumure, des homards, des choux, des pois et des carottes, acheminés à pied jusqu'au marché des Anglais. L'arrivée massive des Loyalistes de Boston et d'autres ensuite pareillement chassés de New York, de Charleston, de Pittsburgh, de tous ces lieux devenus américains, avait augmenté la population, ouvrant un peu le commerce des légumes et du poisson. Un jour peut-être, ceux des Acadiens qui auraient su élargir et amplifier ce négoce traiteraient d'égal à égal avec leurs clients.

Elle laissa son regard flotter vers le sud, le long de la ligne d'horizon. A Pointe-de-l'Eglise, l'aisance était encore à venir ; sans cheval ni carriole, il fallait toujours une demi-douzaine d'heures de marche pour accéder au marché, par temps sec.

Des enfants l'avaient aperçue, des petits venus au monde sur cette côte ouest de la Nouvelle-Ecosse où les générations se confondaient en paix, loin des champs de bataille. Tous avaient quelque chose à faire, en principe, entre leurs jeux ; déterrer les appâts pour les lignes, trouver les mailles défaillantes sur les filets étendus au soleil, tenir l'intérieur des maisons. Les plus hardis seraient bientôt emmenés en mer, ce serait au mérite, une récompense qui effrayait les mères et faisait se rengorger les hommes. Isabelle les laissa tourner quelques instants autour d'elle avant de les chasser gentiment. Il y aurait bientôt du poisson à décharger, sur le rivage.

Elle se mit à l'ouvrage, reprenant sa couture où la nuit précédente l'avait interrompue. A Pointe-de-l'Eglise, on mangeait juste à sa faim mais on ne manquait ni de chausses, ni de pantes ou de chemises. Et les capes, les écharpes, les couvertures y étaient épaisses comme le brouillard de novembre, aussi chaudes que les âtres fumant l'hiver durant.

Relevant la tête, elle vit Thomas et Claire qui s'en revenaient de leur long voyage à Yarmouth en compagnie de jeunes gens.

— Les autres sont toujours en mer ? s'inquiéta Thomas.

C'était la première question de ceux qui étaient restés à terre, rituelle, un exorcisme quotidien ou presque, parce qu'il arrivait que prier Dieu pour le salut des marins ne suffît point à les protéger.

— Ils vont rentrer, je pense.

Elle sourit à sa bru. Claire et son époux vieillissaient ensemble sans chamailleries, comme si les épreuves de leur jeunesse, devenues mémoire de temps révolus, les avaient délivrés de leurs tourments.

— On a bien travaillé, dit Thomas.

Il exhiba quelques pièces, une guinée au total, promises par avance au partage. C'était dur, tout de même, partir au milieu de la nuit, cheminer une douzaine d'heures, pour un tel résultat, mais il avait fait beau et on avait vu des étoffes venues d'Angleterre, dont on pourrait faire un jour des robes, si le bar se vendait mieux.

— Et ceci, ajouta-t-il.

Il sortit un livre de sa poche. L'ouvrage avait souffert, sa jaquette avait pris l'eau, des pages à demi déchirées pendaient. Isabelle jeta un coup d'œil sur le livre. Enfant, elle avait préféré de loin la course en mer à la pratique de l'orthographe, et son père, qui raisonnait comme elle, ne l'avait guère poussée à l'étude. Quant à Jérôme, qui enseignait ses enfants, il ne l'avait pas plus attinée[1] à ce sujet.

Thomas abrégea les efforts qu'elle faisait pour lire le titre :

— « Jacques le Fataliste », de monsieur Diderot. Un second de Saint-Malo avec qui je causais ne savait plus quoi en faire. Le titre me plaisait bien, je l'ai eu pour le seul prix de l'amitié.

1. Taquinée.

J'espère que mon cher frère aura loisir de le lire un jour, à Québec, si sa besogne de tonnelier lui en laisse le temps.

Isabelle secoua doucement la tête. Si Joséphine avait réussi à le tenir entre les quatre murs de leur habitation, peut-être son cadet se serait-il mis un peu à la lecture.

Rompue de fatigue, Claire avait déjà pris le chemin de sa maison. Thomas posa le livre aux pieds de sa mère. La courte voile d'un bateau paraissait devant la pointe du Nez-de-Canard. L'*Acadie* avait remplacé le *Port-Royal,* perdu dix ans plus tôt.

— Je m'en vais les attendre, mère.

Isabelle suivit la lourde marche de son fils vers le rivage. La journée n'était pas encore terminée, pour lui comme pour les autres. Au passage devant les habitations voisines, Thomas rameuta ceux des jeunes qui n'avaient pas pris la mer ce jour-là.

— Marie mère de Dieu, merci, murmura Isabelle.

Le bateau était solide, au moins autant que le *Bellilois,* son jumeau, né à la baie Sainte-Marie comme quelques-uns de ses passagers.

— Vous êtes Isabelle Hébert, l'épouse de Jérôme Hébert, de la Pisiquid ? Pardieu, il me semble que je vous reconnais, à cette heure.

Elle n'avait pas vu arriver l'homme qui lui posait cette question d'une voix juvénile. Dans le soleil couchant, elle distingua une haute silhouette, élancée, un catogan s'échappant d'un bicorne, à la mode du temps. La main devant les yeux, elle scruta l'apparition.

— Qui êtes-vous donc ?

L'homme posa son sac à terre, ôta son chapeau, se pencha, souriant, montrant son visage aux traits accusés, aux lèvres épaisses.

— Je suis Antoine Trahan, de Grand-Pré. Je crois bien que nous nous sommes vus il y a quelque vingt années, à l'île Saint-Jean, où votre mari m'avait conduit.

Le regard d'Isabelle s'illumina. Le petit Trahan ! D'où sortait-il ainsi costumé, moitié soldat par le pantalon et les guêtres, moitié civil par la chemise ouverte sur le torse et la veste de fine laine ?

— De la Louisiane. Monsieur Hébert est-il avec vous ici ?

— On l'a mis en terre il y a longtemps, sur la côte sud.

Il parut attristé, soudain. Etait-il venu de la Louisiane pour entendre cette réponse ? Isabelle réalisa soudain qu'il avait sans doute fait partie des convois de déportés de 1758. Elle se leva. Etait-ce un spectre qui lui rendait visite, surgi des entrailles du *Violet* ou du *Duke William* ?

— Nous en avons réchappé à vingt-sept ; pardieu, madame, je mourrai avec ce souvenir dans la tête, et la gloire d'avoir corrigé les Anglais à Yorktown avec monsieur de Rochambeau ne suffira pas à l'adoucir.

— Alors, la France ?

— J'ai été recueilli en Bretagne après le naufrage, placé dans une école de marine à Brest. J'avais seize ans lorsque l'on nous a envoyés en Angleterre avec monsieur de Nivernois, pour ramener ceux de l'Acadie déportés là-haut. Pauvres gens, la moitié en étaient morts, des petits et presque tous les vieux aussi.

Isabelle s'approcha de lui. On avait su des choses sur ces gens. Touché par leur extrême misère, le roi leur avait fait donner des terres à Belle-Isle et en Poitou. Trahan fit la grimace. La greffe avait mal pris, au point que proposition leur avait été faite d'émigrer à nouveau. Certains avaient choisi Saint-Pierre-et-Miquelon.

— Les autres sont désormais en Louisiane, où nous venons de les transporter avec l'aide du roi d'Espagne. J'étais sur le *Ville-d'Arcangel*, avec le capitaine Le Goaster. Mille six cents personnes, sur sept navires. Vous imaginez cela, deux cent vingt-quatre familles de chez nous, lasses de leur séjour en France, s'en allant peupler la nouvelle Acadie. Nos morts du Grand Dérangement doivent en être satisfaits.

Il s'enflammait. Cita des noms de bateaux, le *Saint-Remy*, la *Amistad*, le *Beaumont*, portant sur leurs ponts et dans leurs cales ouvertes des hommes et des femmes libres d'aller ainsi jusqu'aux rives du Mississippi.

Isabelle posa ses doigts tremblants sur son bras. Dans ceux-là, qui vivaient maintenant à Cabahannocer, à Iberville, à O Pelousas, il y avait sans doute ceux que l'on avait perdus de vue trente ans plus tôt et les enfants de leurs enfants, et puis, peut-être, une donzelle devenue femme, une rousse avec des yeux couleur de mer, des joues rebondies, un minois d'enfant boudeuse.

— Charlotte, ce prénom vous dit quelque chose ? Elle a été en Pennsylvanie, aussi. Vous avez traversé ces contrées-là, puisque vous vous êtes battu sous les bannières du roi de France ?

Il sentit sa soudaine détresse, derrière le masque de l'espoir. Très vite, les rides un instant effacées du visage d'Isabelle se reformèrent.

Il se mordit les lèvres. Il avait autrefois embarqué sur le *Ville-de-Paris*, le vaisseau-amiral du comte de Grasse, au moment où les armées anglaises reprenaient le dessus un peu partout sur les Américains. Il avait combattu sur mer, à la Chesapeake, puis à terre, à Yorktown. Ah ! Comme le roi Louis XVI avait bien rattrapé les erreurs de son père, et sauvé les Américains d'un désastre annoncé ! Six millions de livres, trente mille hommes et la défaite anglaise, totale, définitive, pour récompense.

Il s'aperçut qu'Isabelle ne l'écoutait plus.

— Hélas non, madame, je n'ai pas souvenir d'avoir rencontré cette personne, dit-il, troublé. Nous n'avons pas livré bataille en Pennsylvanie.

Elle baissa la tête, vieille, soudain. Puis un léger sourire naquit sur ses lèvres. Cela faisait assez longtemps que l'on vivait d'espérance à la baie Sainte-Marie et cela continuerait tant qu'il y aurait de la vie.

— Alors, vous repartirez tantôt, dit-elle, rêveuse.

— La France, la Louisiane, c'est bien joli, mais ma patrie est ici, en Acadie. J'espérais y revoir l'homme qui m'a sauvé autrefois de l'hiver.

— Et maintenant ?

Il regarda les maisons formant le hameau de Pointe-de-l'Eglise, cernées par leurs bois épais, le rivage dont la sombre couleur luisait sous les rayons rasants du soleil. Il n'y avait rien dans ce décor qui pût apaiser la soif de gloire ou d'aventure. Il répéta « L'Acadie est ma patrie », mit sa main en visière.

— Ce sont les vôtres qui rament à bord de cette barque ?

— Des Hébert, oui, quelques Terriot aussi et même des Melanson.

— Vous pensez qu'ils me laisseraient les aider à décharger leur poisson ?

Il avait ôté sa veste, retroussé ses manches. Attendit la réponse qui vint sous la forme d'un simple signe de tête. Isabelle se rassit, regarda l'homme se hâter, joyeux, vers le rivage. Un flot de larmes lui vint aux yeux, qu'elle tenta en vain de réprimer. Elle vit dans un brouillard les pêcheurs qui sautaient sur la plage, halaient l'*Acadie,* et le jeune Trahan qui se glissait parmi eux et tirait sur l'amarre. Dieu, que c'était joli à voir.

— L'Acadie. Cela existe donc vraiment quelque part ?

Elle sécha ses larmes, fixa le soleil au déclin, attendit. C'était une impression douce et forte, dans une lumière pacifique, comme au soir d'une de ces journées de juin à la Pisiquid, quand les hommes harassés revenaient des digues et des misettes. Elle guetta le moment où le disque ondulant disparaîtrait derrière les faibles reliefs du Nez, retint sa respiration.

Un dernier rai. Elle ferma les yeux, entendit, comme un salut au jour donné par le Seigneur, les cris lointains des enfants autour des bateaux. Sourit. La nuit pouvait descendre sur la baie Sainte-Marie.

Chronologie

Date	*Acadie*	*Québec*	*Nouvelle-Angleterre Amérique*	*Europe*
1524-1600	Explorateurs : Verazzane Cartier, Laudonnière, La Roche.	Exploration du Saint-Laurent.	Explorations : Cabot.	
1604	Installation des Français : Champlain, de Mons, Lescarbot.			Henri IV encourage l'exploration et l'installation.
1608-1620	Alliance avec les Micmacs. Baptêmes. Arrivée des jésuites.	Fondation de Québec par Champlain.	Le Gallois Argall détruit Port-Royal (1612). *Mayflower* : 1620.	
1621-1632	Début des guerres franco-anglaises, qui dureront cent quarante ans.	Famine à Québec (1628). Québec anglais (1629), repris en 1632.	Pirates anglais et hollandais. Traite des Noirs.	Louis XIII. Jacques Ier : concession anglaise sur toute l'Acadie.
1632-1667	Conflits féodaux (d'Aulnay, La Tour, etc.). L'Acadie est perdue puis rendue à la France (1667). 200 Acadiens en 1644. 70 familles en 1650. L'*Oranger* amène des colons.	Compagnie des Cent-Associés, créée par Richelieu. Commerce des peaux. Guerres iroquoises. Les Iroquois exterminent les Hurons. Variole introduite (1659). Montréal fondée en 1642.	Sedgwick prend Port-Royal (1650).	Traité de Saint-Germain (1632). La France récupère Québec. Pleins pouvoirs à Cromwell (1654). Louis XIV règne (1661). Traité de Breda (1667).

1667-1688	Coups de main anglais sur Pentagouët et les rivières. 68 familles à Port-Royal (1671). La Vallière gouverneur (1678). Menneval gouverneur (1687). Perrot gouverneur corrompu (1684).	Arrivée de 900 « filles du roi ». Frontenac gouverneur. Massacre de Lachine.	Révoltes indiennes contre les puritains. Chef Philippe décapité (1678). 13 colonies. Ordonnances moralisatrices.	Colbert meurt (1683). Révocation de l'édit de Nantes (1685). Guerre de la ligue d'Augsbourg (1688). Jacques II, roi catholique d'Angleterre.
1688-1698	Guerre en Acadie. Prise et reprise de Port-Royal. Guerre de Saint-Castin. Victoires françaises. Expansion vers Grand-Pré, Beaubassin, etc.	Mauvaises récoltes. Misère. Epidémies de variole. D'Iberville prend Terre-Neuve. Mort de Frontenac (1698). 15 000 habitants en Nouvelle-France.	Sorcières de Salem (1692). Boston et New York attaquées par Saint-Castin. Massachusetts à feu et à sang. 300 000 habitants en Nouvelle-Angleterre.	Effort de Louis XIV pour défendre l'Acadie. Guillaume III, roi protestant d'Angleterre. Protestants français en Nouvelle-Angleterre. Louis XIV refuse qu'on prenne Boston et New York. Désastre naval de La Hougue, Paix de Riswyck.
1703-1710	Raids anglais sur Port-Royal (1704, 1707). Défense acadienne farouche. Exploits des corsaires. Subercase gouverneur.	3 000 morts par la variole. Achat d'esclaves possible (1709).	Préparation de la « guerre sainte » des puritains contre l'Acadie.	Guerre de Succession d'Espagne. La reine Anne succède à Guillaume III. Saint-Castin meurt à Pau en 1707.

Date	*Acadie*	*Québec*	*Nouvelle-Angleterre Amérique*	*Europe*
1710-1711	Découragement des Acadiens. Port-Royal définitivement anglais. Migrations acadiennes. Bataille de Bloody Creek.	Calamités agricoles. Epidémies.	Désastre naval anglais en aval de Québec (1711).	France ruinée. Abandon de l'Acadie.
1713	Acadie et Terre-Neuve perdues. Iles Cap-Breton et Saint-Jean conservées.			Traité d'Utrecht. George Ier, roi d'Angleterre. Mort de Louis XIV (1715).
1717	Début de construction de Louisbourg.	Fortification de Québec et Montréal.		Pressions anglaises pour l'allégeance des Acadiens.
1720-1744	« Français neutres ». Enrichissement et accroissement des Acadiens. Agriculture, pêche fleurissent. 7 600 Acadiens (1737).	Misère paysanne. Immigration pénale. Violences. Hivers rigoureux. Disettes : 1729, 1730, 1733, 1737. Typhus (1743).	Assassinat du père Rale par les Anglais. Guerre des scalps.	Premiers projets de déportation des colons français. George II.
1745-1746	Chute de Louisbourg. Désastre naval français. D'Anville se suicide. Evacuation de Cap-Breton.	Corsaires anglais sur le Saint-Laurent. Invasion de chenilles.		Guerre de Succession d'Autriche. L'Ecosse rattachée à l'Angleterre (1746).
1747	Massacre de Grand-Pré.	Forte inflation à Québec.	Persécution des Abenaquis.	
1748	Louisbourg restituée à la France. Repeuplement.		Les Français occupent la vallée de l'Ohio.	Bataille de Fontenoy. Traité d'Aix-la-Chapelle.

1749-1753	Migrations vers l'isthme : 6 000 réfugiés.	Disettes, émeutes, exode rural.	Fondation de Halifax. Shirley est gouverneur à Boston.	Début de l'*Encyclopédie*.
1753	Guerre larvée. 18 000 habitants. 12 000 acres endigués.	70 000 habitants. Québec : 8 000 habitants. 110 forts français en Amérique. Incendies.	1 200 000 habitants. Le harcèlement des Français est encouragé.	
1754	Chute du fort Beauséjour.		Charles Lawrence est nommé gouverneur de Nouvelle-Ecosse.	Dupleix aux Indes. Londres est favorable à la déportation des Acadiens.
1755	Déportation massive des Acadiens. Dévastation, dispersion, traque des fugitifs.	Tremblement de terre à Québec. Incendie de l'Hôtel-Dieu. Variole. Assassinat de Jumonville. Braddock et Washington sont défaits au fort Duquesne.		
1756	Résistance de Boishébert. Traque dans l'isthme de Chignecto. Famine.	Typhus.	8 000 Acadiens dans 9 colonies. 1 500 refoulés de Virginie vers l'Angleterre.	Début de la guerre de Sept Ans. Prusse et Angleterre contre France, Saxe, Autriche, Russie et Suède. Ports français assiégés.

Date	*Acadie et Acadiens*	*Canada, Nouvelle-France, Louisiane*	*Colonies anglaises*	*Europe*
1757	Traque. Famine. 2 000 à 3 000 morts. Rafle à Cap-de-Sable.	Mauvaises récoltes. Succès français à l'ouest : Oswego, Fort W. Henry…	Acadiens libérés des Caro-lines, refusés à New York.	Défaite française à Rossbach. Pitt au pouvoir à Londres.
1758	Chute de Louisbourg. Déportation des 3 000 Acadiens de l'île Saint-Jean. Naufrage des *Violet* et *Duke William* (700 morts). La Gaspésie est dévastée par Wolfe.	Abandon des forts Duquesne et Oswego. Victoire de Montcalm à Carillon. Printemps glacial.	Des Acadiens migrent vers le nord, la Louisiane. Reddition de Brossard, dit Beausoleil.	Victoire française à Saint-Cast. Repli à Minden.
1759	Acadiens réfugiés dans la baie des Chaleurs (Bona-venture), sur le Saint-Laurent.	Abandon du fort Niagara. Bataille des Plaines d'Abraham. Chute de Québec.	Gros renforts anglais : 10 000 hommes plus flotte.	Revers français : perte des Indes ; défaite à Quiberon ; défaite à Minden.
1760	Bataille navale de Restigouche.	Victoire de Sainte-Foy. Renforts français dérisoires : 400 hommes. Chute de Montréal.	Mort de Lawrence.	George III sur le trône de Grande-Bretagne et d'Irlande. Berlin pillée.
1761	Traque en Acadie.	Régime militaire. Industriels ruinés.		Pacte franco-espagnol.

1762	Traque.	Louisiane donnée à l'Espagne.		Perte de la Martinique. Jésuites spoliés. Russie : Catherine II.
1763	Retour de quelques survivants. La France récupère les déportés en Angleterre. 60 familles sont aux Antilles	*Province of Quebec :* 60 000 habitants.	2 millions de colons.	Traité de Paris. Fin de la Nouvelle-France. Les Antilles sont conservées.
1764	Brossard, dit Beausoleil, en Louisiane.	Acte de Québec, garantie des droits des Français. Gouvernement civil. Résistance de Pontiac.		Affaire Calas. Acadiens à Belle-Isle, en Poitou.
1765	Acadiens aux îles Malouines, en Guyane (600), en Uruguay, en Bretagne, aux Antilles. Belle-Isle : 78 familles.	Désordre judiciaire. Tractations religieuses.	Stamp Act (taxe sur les timbres) refusé aux Colonies.	
1766	Acadiens à Pubnico, baie Sainte-Marie. Hécatombe en Guyane.	Mgr Briand est évêque de Québec. Début des luttes franco-anglaises : religieuse, politique, culturelle.	Abrogation du Stamp Act.	Choiseul reconstitue la marine.
1767	Migrations. Peuplement de Saint-Pierre-et-Miquelon par 551 Acadiens.			

Date	*Acadie et Acadiens*	*Canada, Nouvelle-France, Louisiane*	*Colonies anglaises*	*Europe*
1768	Migrations en tous sens.		Emeutes anti-taxes.	
1769	Implantations sur les côtes : Nouvelle-Ecosse, Nouveau-Brunswick.	Pontiac est assassiné.		
1770			Massacre de Boston.	
1772				Partage de la Pologne.
1773	France : attribution de lots aux Acadiens (679 familles).		Boston : Tea Party.	Suppression de l'ordre des jésuites.
1774		Acte de Québec favorable aux Français.	Déclaration des Droits. B. Franklin conteste l'acte de Québec. Visées américaines sur le Canada.	Louis XVI est roi de France. Turgot aux Finances. Vergennes aux Affaires étrangères.
1775	1 500 Acadiens abandonnent le Poitou.	Loi martiale. Menace américaine. Défaite des Canadiens à Québec.	Bataille de Bunker Hill. Washington est général en chef des insurgés.	

1776	Loyalistes en Nouvelle-Ecosse.	Défaite américaine à Québec. Repli américain. Loyalistes au Canada.	Washington prend Boston. Exil de 15 000 loyalistes. Déclaration d'Indépendance. Beaumarchais agent de la France.	Disgrâce de Turgot.
1777		Conseil législatif.	Saratoga défaite anglaise.	B. Franklin est à Paris.
1778	Misère des Acadiens en France.	Canadiens : « Français d'Amérique ».	La France reconnaît les USA.	Mort de Voltaire. Bataille d'Ouessant.
1779			Epuisement des Américains.	Projet franco-espagnol : invasion de l'Angleterre.
1780			Rochambeau en Amérique avec 6 000 hommes.	
1781		Tensions Canada-colonies. Crainte d'invasion américaine.	De Grasse, Lafayette et Rochambeau. Cornwallis capitule à Yorktown.	Necker démissionne.
1782			Saratoga : défaite anglaise.	B. Franklin à Paris. Lafayette est maréchal. Victoire de Suffren en Inde. L'Irlande est autonome.
1783	Accord de l'Espagne pour l'émigration en Louisiane.		Indépendance des Etats-Unis.	1er vol en montgolfière. *Le Mariage de Figaro.*
1785	Les Acadiens quittent la France pour la Louisiane.		Sécheresse.	Affaire du Collier.

LES BATEAUX DE LA DÉPORTATION
Octobre-décembre 1755
(Selon le Dr Don Landry)

[**Nom** : genre, tonnage, capitaine, destination, cargaison]

NAVIRES PARTIS DU BASSIN DES MINES

(Grand-Pré, Pisiquid, Rivière-aux-Canards et rivière des Vieux-Habitants)

Dolphin : sloop, 80 t, Zebad Forman, Maryland, 230 déportés.
Dove : sloop, 57 t, Samuel Forbes, Connecticut, 114 déportés.
Elizabeth : sloop, 95 t, Nathaniel Mulburry, Maryland, 186 déportés.
Endeavour 1 : « ship », 83 t, John Stone, Virginie, 166 déportés.
Hannah : sloop, 70 t, Richard Adams, Pennsylvanie, 140 déportés.
Industry : sloop, 86 t, George Goodwin, Virginie, 177 déportés.
Leopard : schooner, 88 t, Thomas Church, —, 178 déportés.
Mary : sloop, 90 t, Andrew Duning, Virginie, 182 déportés.
Neptune : schooner, 95 t, Jonathan Davis, Virginie, 207 déportés.

Prosperous : sloop, 75 t, Daniel Bragdon, Virginie, 152 déportés.

Race Horse : schooner, 60 t, John Banks, Massachusetts, 120 déportés.

Ranger 1 : sloop, 90 t, Francis Peirey, Maryland, 263 déportés.

Ranger 2 : schooner, 56 t, Nathan Monrow, Virginie, 112 déportés.

Sarah and Molly : sloop, 70 t, James Purrenton, Virginie, 154 déportés.

Seaflower : sloop, 81 t, Samuel Harris, Massachusetts, 206 déportés.

Swallow : brigantin, 118 t, William Hayes, Massachusetts, 236 déportés.

Swan : sloop, 82 t, Ephraïm Jones, Pennsylvanie, 168 déportés.

Three Friends : sloop, 69 t, James Carlyle, Pennsylvanie, 156 déportés.

NAVIRES PARTIS DE L'ISTHME DE CHIGNECTO

(Beaubassin)

Boscowan : ship, 95 t, David Bigham, Pennsylvanie, 190 déportés.

E.D. Cornwallis : schooner, 130 t, Andrew Sinclair, Caroline, 417 déportés.

Endeavour 2 : sloop, —, James Nichols, Caroline, 121 déportés.

Jolly Philip : schooner, 94 t, Jonathan White, Géorgie, 94 déportés.

Prince Frederick : « ship », 170 t, William Trattles, Géorgie, 280 déportés.

Two Brothers : « ship », 161 t, James Best, Caroline, 132 déportés.

Union : « ship », 196 t, Jonathan Crathorne, Pennsylvanie, 392 déportés.

NAVIRES PARTIS D'ANNAPOLIS-ROYAL

Edward : « ship », 139 t, Ephraim Cooke, Connecticut, 278 déportés.

Experiment : brigantin, 136 t, Benjamin Stoddard, Pennsylvanie, 200 déportés.

Helena : « ship », 166 t, Massachusetts, 323 déportés.

Hobson : « ship », 177 t, Edward Whitewood, Caroline, 342 déportés.

Pembroke : « ship », 139 t, C. Milton, Caroline, 232 déportés (détourné vers Saint-Jean par les Acadiens).

Two Sisters : « ship », 140 t, T. Ingram, Connecticut, 392 déportés (peut-être remplacé par l'**Elizabeth,** capitaine Rockwell...).

LA POPULATION ACADIENNE

En 1755, les Acadiens étaient au nombre de 18 000 environ.

Situation des Acadiens en 1763, au Traité de Paris
(R.A. LeBlanc, « Les Migrations acadiennes »,
Cahiers de géographie du Québec)

Connecticut	666 personnes.
New York	249
Maryland	810
Pennsylvanie	383
Caroline du Sud	220
Géorgie	185
Massachusetts	1 083
Rivière Saint-Jean	86
Louisiane	300
Angleterre	866
France	3 500
Québec	2 000
Ile Saint-Jean	300
Baie des Chaleurs	700
Nouvelle-Ecosse	1 249
Total	12 597

Bilan du Grand Dérangement : 6 000 à 8 000 morts.

Les Acadiens aujourd'hui

En Louisiane et aux USA : 1 200 000.
Au Québec : 800 000.
Dans les provinces maritimes canadiennes : 400 000
... et pas mal d'autres, sans aucun doute, un peu partout dans le monde.

ADRESSES ET SITES INTERNET

LES AMITIÉS ACADIENNES (et associations affiliées)
2, rue Ferdinand-Fabre 75015 PARIS
Tel : 01 48 56 16 16
amitiés.acadiennes@wanadoo.fr

www.acadie.net
www.capacadie.com
Sites d'information, de presse et d'échanges sur l'Acadie.

www.imperatif-francais.com
Site canadien de défense de la francophonie.

www.acadie400.ca
Site du 400e anniversaire de l'Acadie.

www.snacadie.org
Site de la Société nationale d'Acadie.

flfa@free.fr
Adresse courriel de l'association France-Louisiane franco-américaine.

passerelle.risc@infonie.fr
Rencontres musicales et culturelles. Contact : Maurice Segall.
• Déferlantes francophones de Capbreton (Landes, août).
• Nuits acadiennes (Paris, novembre).

www.magicblues.com
Site de Patrick Verbeke, chanteur de blues, défenseur de l'Acadie et de sa musique.

OUVRAGE DE RÉFÉRENCE

Le vocabulaire acadien de cet ouvrage est tiré du *Dictionnaire du français acadien* d'Yves Cormier (Editions FIDES)

PRODUCTION JEANNINE BALLAND

Romans « Terres de France »

Jean Anglade
Un parrain de cendre
Le Jardin de Mercure
Y a pas d'bon Dieu
La Soupe à la fourchette
Un lit d'aubépine
La Maîtresse au piquet
Le Saintier
Le Grillon vert
La Fille aux orages
Un souper de neige
Les Puysatiers
Dans le secret des roseaux
La Rose et le Lilas
Sylvie Anne
Mélie de Sept-Vents
Le Secret des chênes
La Couze
Ciel d'orage sur Donzenac
Jean-Jacques Antier
Autant en apporte la mer
Marie-Paul Armand
La Poussière des corons
La Courée
tome I *La Courée*
tome II *Louise*
tome III *Benoît*
La Maîtresse d'école
La Cense aux alouettes
Nouvelles du Nord
L'Enfance perdue
Un bouquet de dentelle
Victor Bastien
Retour au Letsing
Françoise Bourdon
La Forge au Loup
La Cour aux Paons
Le Bois de lune
Annie Bruel
La Colline des contrebandiers
Le Mas des oliviers
Les Géants de pierre
Marie-Marseille
Jean du Casteloun
Michel Caffier
Le Hameau des mirabelliers
La Péniche Saint-Nicolas
Les Enfants du Flot
Jean-Pierre Chabrol
La Banquise
Alice Collignon
Un parfum de cuir
Didier Cornaille
Les Labours d'hiver
Les Terres abandonnées
La Croix de Fourche
Etrangers à la terre
L'Héritage de Ludovic Grollier
L'Alambic
Georges Coulonges
Les Terres gelées
La Fête des écoles
La Madelon de l'an 40
L'Enfant sous les étoiles
Les Flammes de la Liberté
Ma communale avait raison
Les blés deviennent paille
L'Eté du grand bonheur
Des amants de porcelaine
Le Pays des tomates plates
La Terre et le Moulin
Les Sabots de Paris
Yves Courrière
Les Aubarède
Anne Courtillé
Les Dames de Clermont
Florine
Dieu le veult
Les Messieurs de Clermont
L'Arbre des dames
Le Secret du chat-huant
Annie Degroote
La Kermesse du diable
Le Cœur en Flandre
L'Oubliée de Salperwick
Les Filles du Houtland
Le Moulin de la Dérobade

Les Silences du maître drapier
Alain Dubos
Les Seigneurs de la haute lande
La Palombe noire
La Sève et la Cendre
Le Secret du docteur Lescat
Marie-Bernadette Dupuy
L'Orpheline du bois des Loups
Elise Fischer
Trois Reines pour une couronne
Les Alliances de cristal
Alain Gandy
Adieu capitaine
Un sombre été à Chaluzac
L'Enigme de Ravejouls
Les Frères Delgayroux
Les Corneilles de Toulonjac
L'Affaire Combes
Les Polonaises de Cransac
Le Nœud d'anguilles
Gérard Georges
La Promesse d'un jour d'été
Michel Hérubel
La Maison Gelder
La Falaise bleue
Tempête sur Ouessant
Le Démon des brumes
Denis Humbert
La Malvialle
Un si joli village
La Rouvraie
La Dent du loup
L'Arbre à poules
Les Demi-Frères
La Dernière Vague
Yves Jacob
Marie sans terre
Hervé Jaouen
Que ma terre demeure
Jean-Pierre Leclerc
Les Années de pierre
La Rouge Batelière
Louis-Jacques Liandier
Les Gens de Bois-sur-Lyre
Les Racines de l'espérance
Jean-Paul Malaval
Le Domaine de Rocheveyre
Les Vignerons de Chantegrêle
Jours de colère à Malpertuis
Quai des Chartrons
Les Compagnons de Maletaverne
Dominique Marny
A l'ombre des amandiers
La Rose des Vents
Louis Muron
Le Chant des canuts
Henry Noullet
La Falourde
La Destalounade
Bonencontre
Le Destin de Bérengère Fayol
Le Mensonge d'Adeline
L'Evadé de Salvetat
Michel Peyramaure
Un château rose en Corrèze
Frédéric Pons
Les Troupeaux du diable
Les Soleils de l'Adour
Jean Siccardi
Le Bois des Malines
Les Roses rouges de décembre
Le Bâtisseur de chapelles
Le Moulin de Siagne
Jean-Michel Thibaux
La Bastide blanche
Le Secret de Magali
La Fille de la garrigue
Le Roman de Cléopâtre
La Colère du mistral
L'Homme qui habillait les mariées
La Gasparine
L'Or des collines
Jean-Max Tixier
Le Crime des Hautes Terres
La Fiancée du santonnier
Brigitte Varel
Un village pourtant si tranquille
Les Yeux de Manon
Emma
L'Enfant traqué
Le Chemin de Jean
L'Enfant du Trièves
Colette Vlérick
La Fille du goémonier
Le Brodeur de Pont-l'Abbé
La Marée du soir
Le Blé noir

Collection « Sud Lointain »

Jean-Jacques Antier
Le Rendez-vous de Marie-Galante
Marie-Galante, la Liberté ou la Mort
Erwan Bergot
Les Marches vers la gloire
Sud lointain
tome I *Le Courrier de Saigon*
tome II *La Rivière des parfums*
tome III *Le Maître de Bao-Tan*
Rendez-vous à Vera-Cruz
Mourir au Laos
Jean Bertolino
Chaman
Paul Couturiau
Le Paravent de soie rouge
Le Paravent déchiré
Alain Dubos
Acadie, terre promise
Hervé Jaouen
L'Adieu au Connemara
Dominique Marny
Du côté de Pondichéry
Les Nuits du Caire
Juliette Morillot
Les Orchidées rouges de Shanghai
Bernard Simonay
Les Tigres de Tasmanie
Jean-Michel Thibaux
La Fille de Panamá
Tempête sur Panamá

Romans

Alain Gandy
Quand la Légion écrivait sa légende
Hubert Huertas
Nous jouerons quand même ensemble
La Passagère de la « Struma »
Michel Peyramaure
Le Roman de Catherine de Médicis
Les Tambours sauvages
Pacifique Sud
Louisiana

Composé par Nord Compo
à Villeneuve-d'Ascq

Impression réalisée sur CAMERON par

BUSSIÈRE CAMEDAN IMPRIMERIES

GROUPE CPI

à Saint-Amand-Montrond (Cher)
en août 2003

N° d'édition : 7102. — N° d'impression : 033894/1.
Dépôt légal : août 2003.

Imprimé en France